이광수 문학과 민족 담론

이광수 문학과 민족 담론

김경미

역락

머리말

이광수는 문학가, 지식인, 민족의 지도자 등의 다양한 명칭으로 불릴 만큼 한국 근현대문학사에서 근간이 되는 작가이다. 그의 문학은 식민지 시대의 굴곡만큼이나 그 양상이 다채로웠고 연구자의 평가도 다양하게 이루어져 왔다. '이광수 문학 연구사'가 학위논문으로 나올 만큼 한국문학사에서 이광수는 어떤 의미에서이든 그 중요성을 한마디로 표현하기는 힘들다. 그럼에도 불구하고 식민지 문학의 정신사적인 면에서 그의 문학은 근대문학의 '고갱이'이기 전에 '트라우마'로 기억되고 있다. '근대'와 '근대성'에 대해 관심을 갖고 공부하던 시기, 우연히 "조선놈의 이마빡을 바늘로 찔러서 일본 피가 나올 만큼 조선인은 일본정신을 가져야 한다."라는 이광수의 글을 읽게 되었다. 그 당시 젊은 연구자로서 문학에 대한 환상과 패기로 가득차 있었던 나의 마음은 아이러니하게도 분노보다는 먼저 연민이 앞섰고, 한마디로 '참담함' 그 자체였다. 이 양가적인 나의 마음은 이광수를 천인공노할 친일파로 해석하고 있는 다양한 논의들이 과연 정당한가, 또한 그것이 그를 온전히 말해주고 있는 것인가, 과연 그 간단명료한 결론들이 한국 근현대문학사의 진실일까라는 불편한 의문이 들기 시작했다. 한 시대의 문학자이자 지식인이 도저히 정상적인 정신 상태에서는 말할 수 없는 수준의 비합리적이며 무논리적인 발언을 하게 만든 안타까운 상황은 무엇이었을까? 이광수가 조우한 식민지 근대는 도대체 어떤 모습이었을까? 라는 물음에서부터 그를 위한 나의 변론과 애정은 시작되었다.

이광수는 '민족'을 자신의 문학과 삶을 대표하는 화두로 삼은 작가이다. 이 책은 이광수가 화두로 삼고 있는 '민족' 담론이 식민주의 권력과 문화 그리고 다양한 담론들과 충돌하고 갈등하는 과정에서 드러나는 다양하고 미시적인 차이에 주목하여, 그의 민족 담론이 어떤 방식으로 변모되고 전개되는지를 추적하고 있다. 이러한 관점은 1910년대부터 대일협력으로 얼룩진 식민지 말기까지의 이광수 문학에 대하여 단순히 '타협' 또는 '변절'로 규정하는 이분법적 틀에서도 벗어나고 있으며, 식민지 주체가 식민주의 구조에 포섭된 주체이므로 그의 민족 담론도 일제의 헤게모니적 지배와 동궤를 걷고 있다고 규정하는 파시즘의 논리와도 다르다.

이광수가 살았던 식민지 장(場)은 식민주의 권위의 상징을 '차이'의 기호로 치환하는 공간이다. 식민지는 식민주의의 억압적 담론이 수용되더라도 식민지인의 담론과 섞이면서 미시적인 차이를 발생하게 된다. 이러한 미시적인 차이는 식민지라는 시공간에서 제국주의 담론에 균열을 일으킨다. 식민지 조선에서 이광수의 '민족' 담론은 식민지 장과의 상관관계를 통해 형성된 균열로서 식민주의에 대한 저항의 계기를 마련할 수 있다. 이러한 관점은 '타협' 또는 '변절'로 규정지어온 기존의 이광수 문학에 대한 시각을 다양한 층위에서 해석하는 길을 제공하고, 특히 공백기로 남겨진 식민지 후반기 문학의 의미를 새롭게 규정할 수 있는 열쇠가 될 것이다.

이 책은 박사학위논문을 수정 보완한 제1부와 박사 논문의 방법론을 확장하여 이광수 문학을 집중적으로 분석하고 재구성한 제2부로 구성하였다. 제1부는 식민지 시대의 이광수 문학에 나타난 민족 담론의 양가성에 집중하여 그 양상과 의미를 고찰하였다. 그의 민족 담론은 제국의 담론인 문명화론, 문화론, 황민화론을 전유하면서 새로운 담론으로 재구성되었다. 조선 민족이 진정한 국민국가가 되기를 욕망했던 이광수는 식민지인으로서 제국의 담론을 모방하지만, 이것은 단순히 일제의 담론을 재생시킨 것이 아니라 식민지 장에서 혼성성을 담지한 민족 담론으로 탄생하게 된다. 타자의 정체성을 완전히 자신의 정체성으로 치환할 수도 없으며, 그 반대로 순수한 자신만의 정체성을 담지할 수도 없는 식민지 공간의 특성으로 인해 이광수의 민족 담론은 모방의 과정에서 그 의미를 새롭게 구축한다. 즉 이광수의 민족 담론은 제국의 담론과 일본의 국체 담론까지도 포함하여 형성된 것이다.

　제2부는 이광수의 문학의 방대함으로 인해 중요하지만 학위논문에서 충분히 다루지 못했던 주제를 중심으로 심층적으로 분석한 소논문으로 구성하였다. 첫 번째와 두 번째 논문은 이광수의 역사 소설의 서사 전략을 통해 그의 민족 담론이 역사 내러티브로 구성될 때 나타나는 양상과 의미를 분석한 것이다. 세 번째 논문은 1920년대 전반기 이광수의 문화 담론이 당대의 주요매체였던 『개벽』과 『조선문단』의 관계 속에서 형성되고 수행되는 양상을 통해 그의 문화 담론이 당대 문단에서 차지하는 위상과 의미를 도출하고 있다. 네 번째 논문은 일제 말기 조선에서 행해진 어문정책으로 성립된 이광수의 이중어 글쓰기의 의미를 밝히고 있다. 작가의 의도된 서사 이탈과 이중 언어 혼용 표기, 두 언어의 간섭 현상은 권력언어인 일본어를 주변화하기도 하고 언어에 담긴 조선적 정체성으로 인해 제국문학으로 완전히 편입하지 못하는 모습을 보여준다. 다섯 번째 논문은 해방기 이광수 문학에서 기억의 재구성으로 드러난 고백 서사의 전략과 민족 담론의 변화 양상을 밝힌 것이다. 해방기의 정치 담론의 변화만큼이나 다양한 글쓰기를 선보인 이광수의 해방기 문학은 고

백의 전략을 동반하든지 신화적 기억을 수반하든지 최종적으로는 새로운 국가 건설을 위한 민족주의의 구축으로 드러났다.

이 책이 출간되기까지 격려와 도움을 주신 많은 분들이 계신다. 먼저 지도교수이신 이주형 선생님, 늘 엄격하고 냉정하게 평가하시지만 그 가르침 속에는 제자에 대한 무한한 애정이 담겨있다는 것을 수년이 지난 다음에야 깨달은 것에 대해 죄송하고 감사한 마음은 어떤 말로도 표현하기 힘들다. 그리고 소설에 대한 단순한 사랑만 있었던 부족한 나를 연구자로서 자신감을 심어주시고 촌철살인의 혹평과 칭찬을 해주신 김재석 선생님, 따뜻한 격려로서 연구의 길로 이끌어 주신 김주현 선생님, 학위논문을 쓰는 동안 꼼꼼히 읽고 가르쳐주신 박현수 선생님, 박용찬 선생님, 그리고 박사학위논문 심사를 위해 먼 곳까지 오셔서 지도해주신 노상래 선생님, 손정수 선생님께 진심으로 감사드린다. 또한 무엇보다도 나의 연구에 동력이 되어준 대학원 선후배와 동학들에게 감사드린다. 그리고 후배이지만 항상 언니처럼 걱정해주고 교정도 꼼꼼히 봐준 김명기에게 고마운 마음을 전한다.

흔쾌히 출판을 허락해주신 역락출판사의 이대현 사장님과 섬세하고 아름답게 책을 편집해 주신 박선주 선생님께도 감사드린다. 그리고 언제나 부족한 나를 응원하고 후원해주는 가족에게 고마움을 전한다. 누구보다도 공부한다는 핑계로 철없이 늙어가는 딸을 묵묵히 지켜봐 주시고, 늘 자랑스럽게 생각하시는 나의 아버지와 어머니, 내 존재의 이유이다. 마지막으로 먼저 먼 길 떠난 나의 오빠 김경식에게 이 책을 바친다.

2011년 3월
김경미

차 례

제1부: 이광수 문학의 민족주의 담론의 양가성

제1부: 이광수 문학의
민족주의 담론의 양가성

제1장 이광수 문학과 민족 담론

1. 문학, 민족, 담론과의 상관관계

이광수(1892~1950)는 한국 근·현대문학의 근간이 되는 작가라 할 수 있다. 그의 식민지 민족주의 문학은 시대의 굴곡만큼 그 양상이 다채로웠고, 그에 대한 평가도 다양했다. 식민지 시대의 민족주의 담론은 당대 문학자뿐 아니라 지금의 식민지 문학 연구자들의 관심 분야라 할 수 있다. 특히 이광수는 '민족'을 자신의 문학과 삶을 표현하는 화두로 삼았다. 따라서 이광수의 민족주의 담론에 대한 고찰은 그의 식민지 시대 문학의 핵심을 말할 수 있는 근저로서 의미가 있다.

식민지 시대의 '민족주의' 논의는 식민 지배 민족과 피식민 민족 자신을 뚜렷한 경계선으로 구분하고, 동일성을 규명하는 형태로 규정되어 왔다. 식민지인의 민족주의와 침략적 민족주의인 제국주의는 모두 '동일성 또는 대립'의 논리로 이루어져 왔었다. 그러나 식민지의 특수한 공간은 동일성 또는 대립의 논리만이 발생하는 장이 아니다. 식민지 장은 식민주의의 권력과 의고적인 담론들, 피식민자의 순수한 문화와 담론들이 교섭하는 충돌의 공간이다. 이런 공간에서 피식민자는 식민지배자, 즉 타자의 문화를 받아들여 자신의 정체성을 고착시키지 않고, 교섭하면서 새로운 문화를 창출한다. 식민지 공간에서 이루어진 민족주의 담론 역시 동일성 또는 대립의 이분법이 아닌 새로운 형태의 담론으로 생성된다.

본고는 식민주의의 권력구조, 담론, 문화의 상관관계 속에서 드러나는 이광수의 민족주의 담론의 의미를 살펴볼 것이다. 이런 관계 속에서 생성된 민족주의 담론을 살펴봄으로써, 이항대립의 관점에서 분석한 기존의 논의들이 간과한 부분들을 도출할 수 있을 것이다. 또한 이 논의는 식민지 장에서 수행적으로 드러나는 담론의 미시적인 '차이'를 통해 이광수 민족주의 담론을 새롭게 규명하는 계기가 될 것이다.

이광수 문학에 대한 연구는 1980년대까지 계몽성과 민족의식에 대한 연구[1]가 주를 이루었다. 그러나 1990년대 이후 근대성에 대한 논의가 활발해지면서 이광수 문학에 대한 연구 역시 그러한 측면에서 많은 성과[2]를 거두었다. 최근에는 문화론적 관점으로 바라본 연

---

[1] 김붕구, 「신문학초기의 계몽사상과 근대적 자아」, 『이광수 연구(상)』, 태학사, 1984. ; 김우종, 「민족문학과 훼절」, 『이광수 연구 (상)』, 태학사, 1984. ; 이주형, 「1910년대 장편소설과 계몽의식」, 『국어교육연구』 34집, 국어교육학회, 2002. ; 이주형, 「1920~30년대에 나타난 민족주의 문제」, 『국어교육연구』 16집, 국어교육학회, 1984. ; 김춘섭, 「이광수의 문학론과 민족주의」, 『한국문학 이론과 비평』 26집, 한국문학이론과 비평학회, 2005.

[2] 김복순, 『1910년대 한국문학과 근대성』, 소명, 1999 ; 서영채, 「『무정』과 소설적 근대성」, 『문학사상』, 1992. 2 ; 김윤식, 「고아의식의 초극과 좌절」, 『문학사상』, 1992. ; 구인환, 「이광수 소설의 근대성」, 『문학과 문학교육』 1호, 2000 ; 권영민, 「『무정』은 과연 근대소설인가: 이광수 문학의 근대성 평가」, 『문학사상』, 문학사상사, 1997. 9. ; 이현식, 「문학의 자율성, 주체의 발견, 근대라는 미망」, 『문학과 사회』, 문학과 지성사, 1998, 가을호. ; 권보드래, 「정의 발견과 근대성」, 『문학과 교육』, 2000 가을. ; 김동식, 「낭만적 사랑의 의미론」, 『문학과 사회』, 2001 봄. ;

구[3]들도 나오기 시작했다.

이광수를 총체적으로 연구하기 위해서는 작가의 전반적인 삶과 사상, 그리고 시대와 문학을 연결하는 가장 핵심적인 동인을 찾아내야 한다. 이 논문은 그것을 '민족'이라고 본다. 이광수 문학에 나타난 '민족'은 부정과 긍정의 양극단으로 평가 받아왔다. 그의 삶과 문학에서 '민족'이라는 개념은 표면적으로 저항과 타협이라는 극과 극의 양상으로 드러났다. 「2·8 독립 선언서」 작성에서 상해 『독립신문』 주간을 거쳐 30년대 후반 이후 일제의 신체제론을 옹호하는 '반민족' 활동에 이르기까지, 그의 문학은 어떤 형태로든 '민족'을 구심점으로 삼고 있다.

1980년대까지는 일본 제국주의의 반대 항에 위치한 '저항적 민족주의'를 기준으로 이광수의 민족주의를 해석하는 연구들[4]이 대부분이었다. 제국주의 논리에 '순응'하느냐, '저항'하느냐를 기준으로 이광수 문학의 평가는 양분되었다. '민족주의'를 견지하다가 일제의 강압에 의해 '친일'로 변절한 문학가라는 것이 이 시기의 일반적인 평가이다. 이러한 경향의 논자로는 김우종과 임종국이 있다. 김우종은 이광수 텍스트의 9할 이상이 식민주의에 저항하는 것임으로 40년대의 그의 변절은 그의 문학 해석에 크게 중요하지 않다고 보았다. 따라서 김우종은 심정적 차원에서 이광수 문학 전체를 민족주의 문학으로 평가하는 것이 옳다고 보았다. 이러한 평가는 문학사에서

서영채, 『한국 근대 소설에 나타난 사랑의 양상과 의미에 대한 연구』, 서울대 박사학위논문, 2002.

3) 김현주, 『이광수의 문화 이념 연구』, 연세대 박사학위논문, 2002. 8. ; 김현주, 「이광수의 문화적 파시즘」, 『문학속의 파시즘』, 삼인, 2001.

4) 임종국, 『친일문학론』, 평화출판사, 1966. ; 김우종, 「민족문학과 훼절」, 『이광수 연구(상)』, 동국대부설 한국문학연구소 편, 1983.

백철, 조연현 등에 이어진다. 한편, 임종국은 40년대의 식민주의 담론의 위압성과 강제성을 배제한 채, 정치적으로 저항하지 못했던 문학들을 친일문학으로 규정하였다. 그에 따르면, 이광수 문학은 철저한 변절자의 문학, 친일문학인 것이다. 그는 친일/저항의 이분법적 틀을 가지고 가치 지향적 평가를 내림으로써 일종의 단절론적 해석에 이르렀다. 또 다른 측면으로 당대의 다양한 문학적 경향의 상관관계에서 이광수의 민족주의를 평가하고 있는 이주형의 논의[5]가 있다. 그는 이광수의 문학에 대해 "민족주의를 최선의 이데올로기로 삼아 이것을 형성화한 문학"이라고 규정한다. 그런 다음 이광수 문학에서 나타난 민족주의의 한계를 분석해 낸다. 이 논의는 식민지 문학 장에서 여러 민족주의 문학론자들의 전반적인 지형도를 그려냈다는 점에서 의의를 가진다.

이광수의 '민족주의'를 근대에 대한 인식 결여로 보고, 시대 상황의 변화에 따라 '민족'에 대한 인식이 다르게 나타났다고 보는 견해로 김윤식[6]을 들 수 있다. 그는 『이광수와 그의 시대』에서 이광수 사상의 근저에 자리 잡고 있는 아버지 부재사상, 즉 '고아의식'이 시대 상황의 논리에 따라 자신의 논리를 바꿔가고 있다고 말한다. 이광수의 민족주의가 근대에 대한 인식의 결여와 고아의식이라는 심정적 세계로 인해 바뀔 수밖에 없었다는 것이다. 즉 김윤식은 심정적 세계가 합리적 세계를 누르고 있는 형국이 바로 이광수의 '민족'이 자리 잡고 있는 곳이라 보았다. 이 논의는 내적 일관성을 확보함에도 불구하고, 근대에 대한 인식의 결여를 곧바로 민족주의에

---

5) 이주형, 「1920~30년대에 나타난 민족주의 문제」, 『국어교육연구』 16집, 국어교육학회, 1984.
6) 김윤식, 『이광수와 그의 시대』, 솔, 1999.

 이광수 문학의 민족주의 담론의 양가성

대한 인식의 결여로 파악함으로써 단순논리화 하는 문제가 있다. 이러한 문제는 식민지 장의 다양한 층위에서 나타나는 저항의 미시적 '차이'들을 설명할 수 없게 한다.

최근에는 이광수의 '민족주의' 담론을 식민주의 구조에 의해 생산된 식민지 주체의 담론으로 규정하여 분석한 논의들이 많이 나왔다. 이광수의 민족주의는 이미 식민주의 담론에 포섭된 상태이므로, 그의 문학 전반이 일제의 식민주의 담론을 벗어날 수 없다는 견해이다.[7] 이런 논의들은 파시즘(fascism)을 '하나의 역사적 체제로서뿐만 아니라 근대성의 한 속성'으로 파악한다. 근대성의 한 속성으로 '파시즘'을 분석하는 것은 근대를 지배의 구조로 파악하고 있다는 것이다. 이러한 논의는 식민지 주체가 식민지적 구조에 종속된 상태이기 때문에, 민족주의 역시 일제의 헤게모니적 지배와 동궤를 걷고 있다고 보는 것이다.

특히 김철은 이광수의 '민족주의'를 '파시즘' 구조 안에서 강력하게 비판하고 있다. 그는 이광수의 '민족주의'를 "일제 말엽의 파시즘의 강화라는 사회적 조건 속에서 하는 수 없이 선택한 행위가 아니라, 그의 사상의 형성에서부터 이미 시작된 것으로 모든 행위가 제국주의의 논리를 그대로 실천한 것"[8]이라고 파악한다. 이경훈은

---

7) 김철, 신형기 외, 『문학속의 파시즘』, 삼인, 2001. ; 이경훈, 『이광수의 친일문학 연구』, 태학사, 1997. ; 김현주, 『이광수의 문화이념 연구』, 연세대 박사학위논문, 2002. 8.

8) 김철은 서구적 자본주의의 길이 민족의 살길로 알았던 한말 근대주의자들(유길준, 안창호)의 논리를 이광수가 그대로 수용한 것으로 파악하고 있다. 김철은 그의 논의에서 이광수가 서구 제국주의 논리와 일본 식민주의 논리, 그리고 파시즘의 논리를 완전히 동일시함으로써 이광수의 초창기 문학에서부터 40년대 말까지의 문학이 모두 친일적일 수밖에 없었다고 파악한다. 이러한 견해는 식민지인의 주체성을 식민주의 담론에 완전히 종속된 주체로 설정함으로써 제국주의 논리에 벗어나고자 하는 논의들조차 제국주의 담론으로 환원시키고 만다.

이광수의 후반기 문학을 "제국주의의 피해자임을 벗어나려는 시도일 뿐만 아니라, 스스로 제국주의의 주체가 됨으로써 '타력본원'적인 욕망"9)의 표출로 파악하고, 그 근저의 사상으로 개인적·민족적 고아의식, 종교적 관점, 무의식적 욕망이 복합적으로 관련되어 있다고 분석한다. 김현주는 1920년대 이광수 문학을 '문화적 파시즘'으로 명명한다. 김현주에 따르면, 이광수의 문학에서 '문화'는 '심미적 이상'으로 유기적 통일성을 지향하고, 논설에서 '문화'는 개인과 집단의 완전한 통일의 형식, 즉 정치의 전체화로 드러난다. 따라서 이광수에게 있어 '문화'는 결국 1940년대 친일문학으로 나아갈 수밖에 없는 정치적 이데올로기로 작용했다는 것이다.

이상의 논자들은 공통적으로 식민지 주체는 식민주의를 생성한 제국주의 담론에 포섭된 주체이기 때문에, 이광수의 민족주의 담론도 식민주의 권력과 구조에 완전히 포섭될 수밖에 없다는 것이다. 이런 파시즘적 구조에 포섭된 주체는 이미 저항적 주체로서의 출구를 완전히 봉쇄하고 있는 논리이다. 이들의 논의는 앞의 논의들에 비해 근대적 경험의 굴절과 복합성을 설명하는 데는 유효하다. 그러나 식민지 장에서 식민지인의 민족주의 담론이 식민 지배자의 식민주의 담론과 갈등·충돌하면서 수행적으로 나타나는 미시적인 '차이'를 고찰하기는 힘들 것이다. 이러한 미시적 '차이'는 식민지라는 시공간에서 저항의 계기를 형성할 수 있다.

본고는 기존 논의에서 제국주의와 민족주의의 이항대립의 관점인 저항/협력의 고정된 틀과도 거리를 두고 있으며, 식민지 주체가 식

김철, 「이광수는 민족주의자인가」, 『역사비평』 16호, 역사비평사, 1991년 가을호, 344쪽.
9) 이경훈, 앞의 책, 349쪽.

 이광수 문학의 민족주의 담론의 양가성

민주의 담론에 의해 구성되고 생산된다는 논리 위에 서있는 식민지 규율담론과도 거리가 있다. 본고는 식민지 주체의 담론이 식민주의 담론과의 상호관계에서 나타나는 미시적인 '차이'에 주목한다. 식민지 주체가 식민주의 담론을 모방하는 수행적 과정에서 이광수의 민족주의 담론이 식민주의 담론과 어떤 지점에서 동일하고, 또 어떤 지점에서 '차이'를 나타내는지 살펴볼 것이다. 이러한 관점은 기존 논의에서 간과한 식민지 주체와 식민주의 담론과의 역동성을 통해 다양한 층위에서 식민주의와 민족주의 담론의 관계를 바라볼 수 있는 장점이 있다. 또 이러한 관계에서 형성된 주체는 식민주의 구조에 포섭된 주체가 아니라, '동일화'와 '차이'를 반복적으로 드러내는 분열된 주체로 나타난다. 식민지의 민족주의 담론은 식민주의 담론과 갈등·충돌한다. 이 갈등양상이 담론간의 '차이'를 낳고 식민주의 담론에 '균열'을 일으킨다. 그리하여 식민지 주체의 민족주의 담론은 양가성을 드러낸다.

2. 식민주의 담론의 모방과 전유

본고는 이광수 문학의 민족주의 담론이 식민주의 담론과의 상호관계를 통해 드러나는 양가성의 의미를 밝힘으로써 이광수 문학의 민족주의 담론을 새롭게 규명하는 것이 목적이다. 이광수의 민족주의 담론은 제국주의에 완전히 포섭된 논리가 아니라 다양한 문화적 요소들에 의해 식민주의 담론과 '미시적 차이'를 드러낸다.

이광수는 '민족'을 자기의 삶의 화두로 여기고 문학 행위를 한 작가이다. 그가 살아왔던 시대의 식민지인들은 다양한 층위에서 식민 권력의 영향을 받을 수밖에 없었다. 이광수의 '민족'과 '민족주의'에 대한 관념은 각 시대마다 그 비중과 의미는 달라질 수 있다. 1910년대, 1920년대, 파시즘이 팽배했던 1930년대 이후의 민족주의에 대한 이광수의 인식은 당대 담론들을 형성한 문화들과의 역동적인 관계 속에서 이루어졌다.

식민지는 제국주의(침략적 민족주의)와 민족주의(저항적 민족주의)의 논리가 교차하는 공간이다. 이러한 식민지의 '민족주의'는 이면적으로 저항의 의미를 내포하지만, 식민주의 담론과의 상관관계에 따라 변용된다. 식민지 공간은 식민지인의 문화와 언어, 담론들이 식민주의자들의 그것과 섞이면서 드러나는 혼성성[10]의 장이다. 이러한 식민지 장은 식민주의 권위의 상징을 '차이'의 기호로 치환하는 곳이기도 하다. 식민지는 식민주의의 억압적·권위적 담론이 수용되더라도 식민지인의 담론과 섞이면서, 수행적 차원에서는 미시적 차이가 발생하게 된다. 식민지 조선에서의 민족주의 담론 역시 식민지 장과의 상관관계에서 형성되는 것이다.

기본적으로 민족은 "본래 제한되고 주권을 가진 것으로 상상되는 정치 공동체"[11]이며, '실질적이든 가상적이든 간에 공통적인 혈통이

---

10) '혼성성'은 식민지 권력, 그 변환의 힘과 고착성에 포함된 생산성의 기호이다. 그것은 부인을 통한 지배의 과정을 전략적으로 역전시키기 위한 명칭이다. 혼성성은 차별적인 동일성 효과를 실행시키기 위한 식민지적 정체성의 가정을 재평가한다. 그것은 차별과 지배의 모든 위치 속에서 필연적으로 변형과 치환이 나타남을 보여준다. 그것은 식민지 권력의 모방적이고 나르시시즘적인 요구를 해체하고, 그 '동일화' 과정을 전복의 전략 속에 재연루시켜서 권력의 시선 위에 피차별자의 응시로 되돌리는 것이다.
호미 바바, 나병철 역, 『문화의 위치』, 소명, 2002, 225~226쪽.

11) 앤더슨은 민족은 가장 작은 성원들도 대부분의 자기 동료들을 알지 못하고 만나지 못하지만, 구성원 각자의 마음에 서로 친교의 이미지가 살아있기 때문에 상상된 것이라고 파악한다. 즉 10억 인구를 가진 가장 큰 민족도 비록 유동적이기는 하지만 한정된 경계를 가지고 있어 그 너머에는 다른 민족이 살고 있다고 생각하기 때문에 민족은 '제한된 것'으로 상상된다. 또 계몽사상과 혁명이 신이 정한

나 거주지에 의해 결합된 인간의 집단과는 다르다.'12) 즉 민족은 원초적이거나 불변의 사회적 실체도 아니며, 역사적으로 최근의 시기에 나타난 것으로, 민족이 민족주의를 만드는 것이 아니라, 민족주의가 민족을 만드는 것13)이다. 민족을 일정한 가치 체계를 공유하는 사람들의 집단으로 규정하면, 민족주의는 그러한 가치 체계를 만들어 내면서 그 가치에 사람들을 종속시키는 역할을 한다.14) 이런 측면에서 볼 때 민족주의에 의하여 민족이 형성되며, 민족주의는 민족보다 역사적으로 선행하는 운동이라 볼 수 있다. 즉 민족주의는 민족이 없는 곳에서 민족을 발명해 내는 것으로써 민족 개념을 구성하는 것이다.15) 이러한 '민족주의'는 근대적 시민사상이 배태된 이후의 사상으로, 사회적·역사적 산물로서 어떤 정치적 실체에 상응하는 하나의 정신상태이다.16) 또한 민족주의는 "특수한 종류의 문화적 조형물"17)로 파악된다. 근대 민족주의가 출현한 것은 무엇

계층적 왕국의 합법성을 무너뜨리던 시대에 태어났기 때문에 민족은 '주권을 가진 것'으로 상상되며, 각 민족에 보편화 되어 있을지도 모르는 실질적인 불평등과 수탈에도 불구하고 민족은 언제나 심오한 수평적 동료 의식이 있다고 여기기 때문에 '공동체'로 상상된다고 파악한다.
베네딕트 앤더슨, 윤형숙 역, 『상상의 공동체』, 나남 출판, 2002, 23~26쪽.

12) 한스 콘, 백낙청 역, 「민족주의의 개념」, 『민족주의란 무엇인가』, 창작과 비평사, 1981, 29~30쪽.

13) 에릭 홉스봄, 강명세 역, 『1780년 이후의 민족과 민족주의』, 창작과 비평사, 1998.

14) 고부응, 「균열된 상상의 공동체」, 『비평과 이론』 10권, 한국비평이론학회, 2005, 63~64쪽.

15) 베네딕트 앤더슨, 앞의 책. ; 에릭 홉스봄, 앞의 책 참고.

16) 한스 콘은 민족주의를 자연적인 현상도 아니고, 영원한 혹은 자연적인 법칙의 산물도 아니며, 특정한 역사적 단계에서의 지적·사회적 요인의 성장의 산물로 파악한다.
한스 콘, 앞의 책, 15~45쪽 참고.

17) 민족주의는 의식적으로 주장된 정치적 이데올로기와의 결합에 의해서가 아니라, 민족주의 이전에 있었던 더 큰 문화체계와의 결합에 의해서 이해되어야 한다고

보다도 봉건 사회의 신분적 차별을 철폐하고, 주권 사상을 축으로 민중들을 민족의 틀 속에 끌어 들였기 때문이다. 그러므로 민족 국가의 동질성이나 근대 민족주의의 유대감은 혁명이 있은 연후에나 비로소 가능했던 것이다. 그것이 바로 근대 민족주의가 출현할 당시 내포하고 있던 사회적 내용이자 역사적 함의인 것이다. 민족주의의 이러한 역사적 함의를 무시하고, 그것을 원초적인 왕조적 충성심이나 '원시 종족주의'와 동일시한다면 그것은 혁명과 진보의 동력으로 역사의 전면에 대두했던 민족주의를 회고적 보수의 틀에 가두는 결과를 초래할 것이다.[18]

이러한 민족주의는 주로 유럽에서 발생한 민족주의를 그 틀로 바라보는 시각이며, 현재 학계에서 통용되는 근대 민족주의에 대한 정의라 할 수 있다. 이러한 서구 민족주의에 의한 정의는 다민족 국가로 이루어진 유럽의 경험을 토대로 형성된 의미이다. 즉 근대 민족주의는 다양한 인종을 규합하고 통일된 정치제도를 통해 제국주의를 형성하는 밑거름이 되는 담론이었다. 이는 곧 식민주의를 양산하는 침략적 민족주의의 형태를 띠면서 나타났다. 그러나 식민지의 민족주의[19]는 제국주의에 대한 대응으로서 출현했다. 조선에서 민족

앤더슨은 말한다. 즉 앤더슨은 민족주의를 그 문화체계에서 나왔고, 또한 그 문화체계에 대항하여 나온 것이라고 본다.
베네딕트 앤더슨, 앞의 책, 23~25쪽.

18) 임지현, 『민족주의는 반역인가』, 소나무, 1999, 21~38쪽 참조.

19) '민족'이란 용어가 우리나라에 처음 사용된 것은 1904년경이며, 그 말은 애초의 일본인들이 '네이션'이라는 외래어를 번역하는 과정에서 나온 조어에서 비롯되었다고 보는 견해가 있다.
장문석, 『민족주의 길들이기』, 지식의 풍경, 2007, 26쪽.
또 민족과 민족주의 개념은 "1907년경 동시에 사용되기 시작한 용어이다. 민족은 동포보다 내적인 평등과 단결을 더 강조하는 의미로 받아들여졌으며, '민족'은 역사적인 운명공동체로서 당시의 시대적 과제를 해결할 주체로 받아들여졌다. 또 '민족주의'는 처음에는 민족의 정치적 독립을 침해하는 '제국주의'에 대한 대

이광수 문학의 민족주의 담론의 양가성

주의는 기본적으로 이러한 역사적 상황 하에서 나타났고, 제국주의의 대항 담론으로 기능했다.

이 시기 조선은 근대로 표상되는 제국주의에 의해 식민지로 전락했다. 당시의 민족주의는 반제국주의·반식민주의의 이데올로기를 내포한 담론일 수밖에 없었다. 식민지 조선의 민족주의는 결집을 강화할 수 있는 혈연 공동체, 언어 공동체를 배경으로 형성되었다. 이러한 원초적 민족주의를 토대로 형성된 조선의 저항적 민족주의는 근대에 형성된 전근대적인 담론으로서 복합적인 모습을 보였다. 즉 이 시기 조선의 민족주의는 사회적·역사적 구성물이라는 관점의 '근대 민족주의'와 집단적이고 혈연적인 '원초적 민족주의'의 복합된 양상을 보이면서 형성되었다. 식민지 민족주의는 근대의 산물인 제국주의로 인해 발생했으나, 그 제국주의(식민주의)의 극복을 위해 형성된 민족주의 담론은 혈연과 언어 공동체인 원초적 민족 담론을 토대로 이루어졌던 것이다.[20]

립어로 주로 사용되었다. 이런 의미는 1907년경의 식민화 직전의 시대상황을 잘 구현해주는 것이라 할 수 있다. 즉 민족을 받아들인 각 시대에 따라 그 개념은 조금씩 변용되고 의미 역시 달라질 수밖에 없는 것이다.
박찬승, 「부르주아 민족주의, 우파 민족주의, 문화 민족주의」, 『역사비평』, 역사문제 연구소, 2006 여름, 287쪽.

20) 『대한매일신보』 '론셜' 란에는 당시 민족에 대한 개념을 명시하고 있다. 그것은 기본적으로 국민과 구별되는 개념으로 같은 조상, 자손, 지방, 종교, 언어를 쓰는 것이라고 명명하고 있다.
"국민이라ᄒᆞᄂᆞᆫ 명목이 민족 두글ᄌᆞ와ᄂᆞᆫ 구별이 잇거늘 이제ㅅ사ᄅᆞᆷ들이 흔히 이거슬 혼합ᄒᆞ여 말ᄒᆞ니 이ᄂᆞᆫ 올치 아니홈이 심ᄒᆞ도다 고로 이제 이거슬 략간 변론 ᄒᆞ노라. 민족이란거슨 다만 ᄀᆞᆺ흔 조샹의 ᄌᆞ손에 미인쟈―며 ᄀᆞᆺ흔 디방에 사ᄂᆞᆫ쟈―며 ᄀᆞᆺ흔 종교롤 밧ᄃᆞᆫ쟈―며 ᄀᆞᆺ흔말을 쓰ᄂᆞᆫ쟈―곳 이민족이라 친ᄒᆞᄂᆞᆫ바―어니와 국민이라ᄂᆞᆫ 거슬 이와ᄀᆞᆺ치 히셕ᄒᆞ면 불가ᄒᆞᆫ지라 (중략―인용자) 국민이란쟈ᄂᆞᆫ 그 조샹과 력사와 거디와 종교와 언어가 ᄀᆞᆺ흔외에 ᄯ오 반ᄃᆞ시 ᄀᆞᆫ흔 정신을 가지며 ᄀᆞᆺ흔 리해를 취ᄒᆞ며 ᄀᆞᆺ흔 힝동을 지어셔 그 ᄂᆞ부에 조직됨이 ᄒᆞᆫ몸에 근골과 ᄀᆞᆺᄒᆞ며 밧글 더ᄒᆞᆫ 정신은 ᄒᆞᆫ 영문에 군디 ᄀᆞᆺ치ᄒᆞ여야 이거슬 국민이라

　1910년대 민족주의는 1900년대 한말의 저항적 민족주의의 영향권과 식민화 이후의 새로운 사상의 결합으로 형성되었다. 1900년대 민족주의는 서양 열강의 영향으로 이루어진 사회진화론의 입장에 서 있었다. 이 시기 민족주의는 스스로의 실력을 갖추는 것, 즉 자강 운동론과 결합될 수밖에 없었다. 자강운동론과 사회진화론이 결합된 민족주의는 제국주의를 비판함과 동시에 선망하는 구조를 가졌다. 이러한 모순 속에서 1900년대 민족주의는 제국주의의 침략을 궁극적으로 극복할 수 있는 논리를 가질 수는 없었고,[21]1910년대가 되면서 민족 평등주의와 결합되어 민족자결론으로 이어졌다.[22] 1900년대 민족주의는 서구의 담론과 내부의 저항 담론이 결합하여 형성될 수밖에 없었던 것이다.

　이광수는 동학당과 동경유학의 경험을 통해 시대의 흐름에 대한 인식을 키웠으며, 이때부터 그의 민족주의적 성격이 형성되었다. 이

ᄒᆞᄂᆞ니라.”
　「민족과 국민의 구별」, 『대한매일신보』, 1908. 7. 30.

21) 이 시기 신채호는 민족주의를 '타민족의 간섭을 받지 않는 주의'로 파악했다. 또 최동식은 민족주의란 "같은 종족, 같은 언어, 같은 문자, 같은 습속의 사람들이 한 곳의 땅을 점거하여 서로 동포로 여겨 함께 독립과 자치에 힘써서 공익을 도모하고 타족을 막아내는 것"이라고 보았다.
　박찬승, 『민족주의의 시대』, 경인문화사, 2007, 16쪽 참고.

22) 박은식은 "다아윈이 강권론을 제창함으로부터 소위 제국주의가 세계에서 둘도 없는 유일한 가치가 되어 나라를 망치고 종족을 멸하는 것을 당연한 공례로 삼아 전쟁의 화가 점차 극도로 비참하게 되었으니, 진화의 상례로 추론할지라도 평등주의가 부활할 시기가 멀지 않았도다."라고 말하고 있다. 그는 "오늘날은 강권주의와 평등주의가 바뀌는 시기이니 이 기회를 맞이하여 최종점에 도달했을 정도로 극심한 압력을 받는 것이 우리 대동 민족이요, 압력에 대한 감정이 가장 극렬한 것도 또한 우리 대동 민족이라. 장래에 평등주의의 기치를 높이 들고 세계를 호령할 자가 우리 대동 민족이 아니고 그 누구이겠는가"라고 말하고 있다.
　박은식, 「몽배금태조」, 『박은식 전서』, 단국대학교 동양학연구소, 1975, 309~310쪽.

　이광수 문학의 민족주의 담론의 양가성

광수에게 '민족주의'는 근대라는 시공간 속에서 나타난 '식민지'와 '제국주의' 그리고 '식민주의'를 함께 아우르는 의미였다. 식민지 조선의 근대화에 대한 욕망과 민족적 생존으로써의 민족주의라는 이중적 양상이 이광수 민족주의 담론의 형성요건이 되었다. 즉 이광수의 민족주의 담론은 제국의 근대화 담론을 전유하면서 식민지의 전근대적 문화 위에 형성된 것이다. 즉 그에게 식민지는 전근대의 표상이었으므로, 식민화를 벗어나기 위해 근대의 표상들을 모방하는 방식으로 민족주의 담론이 표출되었다. 즉 이광수의 민족주의는 '문명화론', '문화론', '황민화론' 등의 담론들을 민족적 목적을 위해 전유하면서 나타났다. 이광수는 일본이 서양의 문명화론을 모방했기 때문에 식민지를 개척할 수 있었다고 인식하였다. 이러한 인식을 토대로 이광수는 근대화를 위한 민족주의와 탈식민화의 논리인 저항적 민족주의를 동시에 펼치는 방안으로 서구(일제)의 선진적 담론을 전유하는 방식으로 민족주의 담론을 형성해 나갔다. 그의 민족주의는 식민주의의 저항에서 비롯한 것이지만, 그 출발 역시 식민주의를 흉내 내는 데서 시작될 수밖에 없었다. 즉 문명화론, 문화론, 황민화론의 논리는 당대 식민주의 담론이자 이광수가 민족주의를 형성해가는 과정에서 전유한 담론이다.

이광수는 우선 1910년대에 사회진화론을 근거로 근대 담론이라 굳건히 믿은 문명화론을 민족주의 담론으로 수용한다. 이 문명화론을 전유한 1910년대 민족주의 담론은 준비론의 형태를 띠고 나타났으며, 한편으로는 개인의 자유와 개성을 중시여기는 서양(일제) 근대 사상인 '정'을 통한 계몽 담론으로도 나타난다. 1910년대 '정'의 담론과 '준비론'은 서양의 문명화 담론을 전유한 이광수의 식민지 민족주의 담론인 것이다. 이는 당연히 당대 식민주의 담론과의 교섭을 통해 드러난 혼성성의 모습이라 할 수 있다.

1차 세계 대전 이후, 전 세계적인 현상으로 '민족자결론'이 문화론의 형태를 띠면서 급부상하였다. 1920년대 일본에서도 '문화론'은 시대 담론으로 기능했으며, 이 '문화론'이 조선에 유입되면서 일제에 의해 식민주의 담론으로 변용된다. 조선 역시 문화론의 영향권을 벗어날 수 없었으며, 이광수는 '문화론'으로 나타난 식민주의 담론을 전유하면서 민족주의 담론을 형성해간다. 그러나 조선에서 이 '문화론'은 민족의 전통과 정신이 결부되어 형성되었다. 이 시기의 민족주의는 서구의 문화 담론이 조선의 정신, 가치, 문화와 교섭함으로써 에스닉(ethnic) 공동체23)를 기반으로 한 유기체적 민족주의의 양상이 두드러지게 나타났다. 1920년대의 민족주의 담론은 1910년대의 개인주의적이고 근대적인 민족주의 경향보다 집단적이고 혈연 중심적인 민족주의의 모습을 보이면서, '대중'의 결집력을 강조하는 형태로 나타났다.

이러한 민족주의의 양상은 1930년대 초까지 형성되다가, 일제의 근대 초극론의 대두 이후 내선일체의 발현인 황민화론을 전유하면서 민족주의 담론을 새롭게 형성하게 된다. 일제가 주장한 1930년대 후반의 내선일체는 기본적으로 '일선동조론'을 사상적 기반으로 제시하면서 나타났다. 1920년대부터 대중의 결집을 주장했던 이광수의 유기체적 민족주의 담론은 이 시기 '일선동조론'을 수용할 수 있는 사상적 바탕을 형성하게 했다. 즉 유기체적 민족관은 같은 혈통, 인종, 언어, 종교를 바탕으로 이루어진 원형적 민족주의의 토대가 되는 것이다. 이 시기 이광수는 원형적 민족주의로 전환하면서

---

23) Anthony D. Smith, *National identity*, Reno Las Vegas: University of Nevada Press, 1991, pp.21~22.

 이광수 문학의 민족주의 담론의 양가성

일본의 민족관인 천황제를 토대로 한 황민화론을 적극적으로 수용한다.

본고에서는 이광수의 '민족주의'를 시대의 다양한 조건들, 담론들과의 역동적 관계에서 고찰할 것이며, 이 개념을 단순히 저항/타협이라는 가치 지향적인 것으로 사용하지는 않는다. 만일 민족주의를 가치 평가의 기준으로 사용하면, 그의 문학에 나타난 민족주의의 양상을 단순화시키고, 결과론적인 의미만을 확인하는데 그칠 것이다. 그러하기 때문에 식민지 장24)에서 형성된 민족주의 담론이 그의 문학 전시기를 통해 어떻게 발현되고 있으며, 그 담론이 식민주의 담론과 교섭할 때 나타난 양상들이 식민지 장에서 어떤 의미를 가지는가에 초점을 둘 것이다.

이광수의 민족주의 담론이 일제 강점 하에서 논의될 때는 반드시 식민지 장에서 수행되고 있는 식민주의 담론과의 상관관계를 통해서 고찰해야만 한다. 만일 식민주의 담론을 정형화로 고정시킨 후 그에 반하는 민족주의의 의미를 도출하는 것은 저항이나 협력의 이분법적 결론만을 끌어낸다. 식민지는 식민주의의 담론과 권력이 행해지는 장이다. 민족주의 담론 역시 식민주의 담론을 모방하는 과정에서 수행적으로 식민주의 담론과 '동일화'로 드러나거나 '차이'로 나타난다. 식민지 주체가 담론을 모방하는 과정에서 발생하는 '차이'는 식민지 혼성화의 공간에서 나타나며, 이때 식민지 주체는 양가적으로 분열된다. 이러한 양상의 고찰을 위해 문화적 관점에서 식민주의자와 식민지인의 관계성, 식민주의 담론과 그것을 수용해야

---

24) 이광수의 민족주의 담론은 식민지 공간에서 펼쳐지고 형성된 것이다. 식민지 공간은 제국으로 표상되는 타자와 식민지 주체인 자아의 상호관계에 의해서 이루어진다. 자아와 타자의 관계를 형성하는 다양한 문화와 역사적 상황의 변화에 따라 민족주의 담론은 형성된다.

하는 식민지인의 관계에서 작동하는 문화적 요소들의 의미를 부여하는 바바의 논의를 살펴볼 필요가 있다.

양가성 이론은, 서구(제국)의 상징계적 시선과 담론의 권력이 타자의 저항에 부딪혀 분열되면서 실재계를 드러내게 됨을 논의하고 있다. 양가성이나 혼성성의 순간은 타자(피식민자)를 서구의 질서 내부에 가두려는 권력으로부터 벗어나는 순간이다. 바로 그 분열의 틈새에서 타자의 저항의 계기가 만들어진다.[25] 바바의 논의는 권력의 시선과 담론으로부터 이탈하는 틈새를 다양하게 설명하려는 시도이다. 이광수는 일제 초기 조선을 문명화해야 한다는 신념 아래 식민 지배국의 담론을 모방(mimicry)[26]하여 동일화를 추구한다. 그러나 이러한 모방의 과정에서 식민주의 담론과 이탈하는 순간이 발생한다. 이러한 순간은 이광수의 민족주의 담론이 식민주의 담론의 단순한 모방에 그치고 있는 것이 아니라, 식민주의 담론과의 교섭과 모방(mimicry)[27]을 통한 균열과 저항의 계기로 작동된다. 이러한 모방의 양가성에 만들어진 초과, 혹은 미끄러짐은 담론을 '분열'시킬 뿐 아

---

25) 호미 바바, 앞의 책, 14~17쪽, 209~275쪽 참조.

26) 바바에 의하면 모방은, 피식민자가 식민자의 문명을 받아들여 흉내내는 것을 말한다. 모방은 피식민자가 서구문명을 수용함으로써 식민자를 닮은 순응적인 주체로 탄생되는 과정이다. 모방의 담론은 양가성을 둘러싸고 구성된다. 모방의 과정은 응시의 위협에 의해 분열되면서 글쓰기 혹은 언표작용의 과정으로 미끄러진다. 즉 모방은 닮는 것인 동시에 위협이기도 하다. 결과적으로 모방의 반복은 단순히 서구문명의 이식이 아니라 서구문명과 교섭하는 혼성성의 과정으로 나타난다. 바바는 그 교섭과 혼성화의 과정이 피식민자의 문화의 위치이며 그런 역동성속에 저항의 계기가 포함되어 있다고 생각한다.
호미 바바, 위의 책, 15~18쪽, 178~191쪽 참조.

27) '모방(mimicry)'은 지배자의 모습을 똑같이 따르는 '미메시스(mimesis)'가 아니라, 이를 우습게 만들 수 있는 '모조(mockery)'가 되어 전복의 전술로 이용되기도 하고, 부분적 유사성 또는 위장으로 저항적 효과를 나타내기도 한다.
호미 바바, 위의 책, 176~180쪽.

니라, 어떤 '불확실성'으로 변형되어, 식민지적 주체를 '부분적' 현존으로 고정시킨다. '부분적'이라는 말은 '불완전성'과 '실제성'을 뜻한다. 식민지성의 출현 자체가 표상화에 있어 권위적인 담론 자체 내의 한계, 혹은 금지에 의존하는 것처럼 보인다. 이러한 식민지적 적응의 성공은, 오히려 전략적인 실패임에 분명한 부적응한 대상의 증식에 의존하며, 따라서 모방은 닮는 것인 동시에 위협이기도 한 것이다.[28]

이광수의 민족주의 담론은 제국주의 담론의 모방의 반복을 통해 형성된다. 그러나 그의 민족주의 담론은 각 시대별 식민주의 담론의 양상에 따라 그 모습을 달리할 뿐만 아니라, 식민 본국의 담론과 발화의 맥락이 다르고, 경험의 영역 등이 다르기 때문에 완전히 동일시될 수 없다. 기존의 민족주의 관련 연구의 가장 큰 문제점은 그것이 일제의 식민주의 담론을 거부했느냐, 또는 완전히 수용했느냐는 입장에서 논의됨으로써 가치 지향적 판단이 개입될 수밖에 없었고, 식민지 장의 역동적인 관계에서 드러나는 의미가 모두 간과되었다는 점이다. 일본의 제국주의 담론도 식민지에서 수행될 때는 이중적인 양상으로 나타난다. 그리고 그것을 받아들이는 식민자의 담론 역시 양가적으로 나타날 수밖에 없다. 특히 일제는 각 시대별로 정책을 달리했으며, 식민주의 담론 역시 상황에 따라 적절한 변모를 거듭하였다. 이러한 정책과 담론의 변화에 따라 식민지인의 민족주의 담론도 변모될 수밖에 없었다.

1910년대 민족주의 담론은 일제의 문명화 담론과 상호작용하면서 문명화 논리인 식민주의 담론을 모방하기에 여념이 없었다. 그러나 1900년대부터 형성된 저항적 민족주의와 문명화론이 복합적으로 작

---

28) 호미 바바, 위의 책, 180쪽.

용하면서 '문명화'를 수용하는 '준비론'의 형식을 갖춘 민족주의 담론이 부상하였다. 또 서구의 문명화론의 영향으로 정신의 계몽 담론인 '정'의 담론으로 인해, 1910년대의 민족주의 담론은 정신과 물질을 아우르는 담론으로 형성되었다. 이러한 담론은 식민지 장에서 식민주의 담론과의 혼성화의 과정을 통해 이루어짐으로써 모방과 위협의 양가적 계기로 작용하였다. 그 계기의 표출이 바로 「2·8독립선언서」의 형태로 드러났다. 이러한 민족주의 담론의 표출은 1919년 3·1운동을 계기로 전환의 시기를 맞이하게 된다. 이는 일제의 식민주의 담론의 변화를 촉진시켰으며, 식민지 조선의 민족주의 담론의 변모에도 영향을 미쳤다. 1920년대에서 1930년대 중반까지의 민족주의 담론은 일제의 식민주의 담론의 다양화 전략으로 인해 복합적인 양상을 보였다. 이 시기의 민족주의 담론의 가장 큰 특징은 '문화'를 토대로 형성되었다는 것이다. 식민주의 담론 역시 문화를 통한 정신과 인격의 개조를 식민화의 논리로 사용하였다. 이러한 식민주의 논리의 모방 과정에서 식민지 조선 문화의 독특성이 일제의 문화 담론과 충돌·갈등하는 공간을 형성한다. 문화의 중요성을 피력한 차터지는 '제3세계 식민지인은 서양에서 파생된 민족주의를 모방하는 데에서 벗어나 문화적 구축물, 재래적 관습으로서의 민족주의'29)의 가능성을 설정하기도 한다. 이러한 해석은 식민주의 권력이 식민지 문화와 정신을 모두 잠식할 수는 없다는 인식에서 비롯되었다. 이러한 1920년대 문화 담론은 식민주의 문화 담론과 '동일화'와 '차이'를 반복하면서 양가성을 드러내고 있다. 1930년대 후반 이후의 이광수의 민족주의 담론은 일제의 강력한 내선일체 담론으

---

29) Partha Chatterjee, *The nation and its fragments*, Princeton, Newjersey; Princeton University Press, 1993, pp.5~7 참고.

 이광수 문학의 민족주의 담론의 양가성

로 인해 '동일화'의 양상이 짙게 드리울 수밖에 없는 상황이었다. 그럼에도 불구하고 민족주의 담론은 식민주의 황민화 담론을 전유하면서 완전한 동일시를 이루지 못했다. 미시적인 '차이'가 그의 텍스트를 통해 자연스럽게 표출되었다. 양가성 이론은 식민지 장에서 식민지 문화의 매커니즘이 식민주의 담론과 동일하게 드러나지 않음으로써 식민지의 다양한 문화적 속성과 탈식민의 가능성의 계기를 설명하는 유용한 논의이다. 본고는 이러한 방법론을 통해 식민지 시대 이광수 문학의 민족주의 담론의 양상이 식민주의 담론과의 상관성 속에서 양가적으로 드러나는 방식을 살펴볼 것이다.

이광수의 민족주의 담론은 항상 계몽조의 글쓰기를 통해 드러났다. 그의 민족주의 이상은 조선이 세계의 열강들과 어깨를 나란히 하는 민족으로 탈바꿈하는 것이었다. 이것은 식민지 공간이라는 특수한 장소, 그리고 지배자로 표상되는 타자와 식민지인인 자아의 관계를 통해 형성해야만 하는 지난한 과정이었을 것이다. 이러한 과정이 바로 선진 제국의 문명화론, 문화론, 황민화론을 전유하면서 드러나는 이광수의 민족주의 담론이다. 이광수의 민족주의 담론은 결국 거시적인 인식을 통해 일관된 논리 속에서 펼쳐진 것이 아니라, '문명'이라 인식한 제국주의 논리의 모방 과정에서 생성된 것이었다.

2장에서는 1910년대 식민 정책의 일환이었던 문명화 담론을 모방하는 과정에서 나타나는 민족주의 담론인 '준비론'의 양가성을 살펴볼 것이다. 그러기 위해서 먼저 일제가 내세운 동화정책인 일선동조론과 문명화 논리의 이중성을 살펴본 후, 이광수의 논설과 소설에서 드러나는 문명화 담론의 수용양상이 식민지 장의 다양한 문화적 요소로 인해 이탈되는 부분을 살펴볼 것이다. 이광수의 '준비론'적 민족주의 담론과 '정'을 통한 계몽 담론이 식민주의 담론에 함몰된 논리가 아니라, 문명화론을 전유하면서 새로운 의미를 생성한 담론임을 살펴볼 것이다. 이를 위해서 당대 작품에서 식민주의 담론과의 '차이'를 드러내는 인물 설정과 인물의 양가적 심리 표출 등이 글쓰기의 언표 과정에서 문명화론과 끊임없이 '차이'가 드러남을 확인할 것이다. 이러한 차이는 작가가 의도적으로 닮고자 한 식민주의 담론이 식민지 장의 담론과 교호하면서 무의식적으로 혼성화의 모습을 드러낸 것이라 할 수 있다. 이런 양상을 짚어봄으로써 제국의 담론을 모방하여 그려진 텍스트들에서 민족주의 담론의 새로운 지점을 발견할 수 있을 것이다.

3장은 1919년 3·1운동 이후의 작품을 중심으로 문화정치 기획 하에서 나타나는 민족주의 담론의 양가성을 살펴볼 것이다. 이를 위해 문화의 자율성을 보장한다는 미명하에 오히려 규율을 강화하는 1920년대 일제의 문화 정책을 통해 드러나는 식민주의 담론의 이중성을 살펴볼 것이다. 그리고 1920년대 이광수의 대표적 논설 「민족개조론」이 식민주의 담론에 포섭되는 '동일화'의 양상과 상해『독립신문』에 발표된 「개조」와의 연결지점에서 나타나는 '차이'를 글쓰기의 언표작용을 통해 살펴볼 것이다. 이는 「민족개조론」으로 표상되는 이광수의 민족주의 담론의 층위를 살펴볼 수 있는 계기가 될 것이다. 뿐만 아니라 1920년대 문화 민족주의에서 말하고 있는 '개인'과 '대중'의 의미를 통해 이광수의 민족주의 담론이 '대중'의 결집력을 강조하고, 조선의 전통과 결부되는 유기체적 민족관과 결합되고 있음을 파악할 수 있을 것이다. 이러한 1920년대 문화 민족주의는 1930년대 후반의 민족주의 담론과 연결되는 계기를 마련해주기도 한다.

4장은 일제의 식민주의 담론이 '탈아입구'에서 '탈구입아'의 형태

 이광수 문학의 민족주의 담론의 양가성

를 드러내는 '근대 초극론'을 토대로 식민지인의 정신에 대한 지배 양상을 살펴볼 것이다. '황민화'로 드러나는 정신 지배 논리는 바로 내선일체의 모순성을 보여준다. 일제의 '근대 초극론'을 바탕으로 하는 식민주의 담론은 그 어느 시기보다 강제성을 발휘했으며, 억압적이고 모순적으로 나타났다. 이러한 식민주의 담론은 식민지 장에서 모든 글쓰기 행위에 영향을 끼칠 수밖에 없었다. 이광수는 1900년대부터 민족주의의 기반으로 설명된 유기체적 민족관을 토대로 일제의 '일선동조론'을 수용한다. 이것은 이광수의 1930년대 후반 민족주의 담론을 확장된 원형적 민족주의로 전환하는 논리로 이용되었다. 그러나 이광수가 40년간 내면화한 민족에 대한 인식과 규율이 1940년대 강압적인 식민주의 담론에 의해 곧바로 동일시로 드러날 수는 없었다. 표면적으로 드러나는 언설의 양상과 달리 서사 과정에서 무의식적으로 표출되는 내러티브의 양상은 황민화 담론과 차이를 드러낼 수밖에 없었다.

5장에서는 앞 장에서 살펴본 이광수 문학에 나타난 민족주의 담론의 양가성의 성과를 토대로 그의 민족주의 담론이 식민지 근대 문학에서 새로운 담론으로 재구성되는 과정을 살펴볼 것이다. 이를 위해 그가 강력한 조선 민족을 욕망하면서 전유한 '문명화론', '문화론', '황민화론'이 어떤 논리와 어떤 인식을 토대로 민족주의 담론으로 기능하는지를 고찰할 것이다. 식민지 장에서의 다양한 문화적 요소의 상관관계를 통해 드러나는 민족주의 담론은 또 다른 의미의 담론으로 재창조되면서, 이광수의 '민족주의'의 의미까지도 새롭게 규정하는 것을 확인할 수 있다.

1. 문명과 야만의 논리, 그리고 물질문명

1) 무단 정책의 본질과 문명과 야만의 이분화

1910년대 일제는 식민지 조선에 대한 통치방침으로서 一視同仁, 內地延長主義, 日鮮同化로 표현되는 동화주의를 정책기조로 내세우고 있었다.[1] 그것은 총독부의 기관지인 『매일신보』가 일본의 총독 정치아래의 조선인은 "將來에 安全훈 憲法下에서 完全훈 國民의 資格과 權利를 獲得ㅎ야 世界의 一等 國民"이 될 것을 표명한다. 또 일제는 "총독의 万思万慮와 一言一動이 日鮮同化에 留意치 안이홈이 無ㅎ야 朝鮮民族으로 ㅎ야곰 忠實훈 日本民이 되게 ㅎ기에 餘念이 無"[2]하다

---

1) 식민지배론에는 식민지와 식민지 본국과의 관계, 식민지 총독의 권한 정도, 식민지 의회의 설치여부, 식민지민의 참정권 여하 등 제도상의 형식적 차이에 따라 구분되는 자치주의, 종속주의, 동화주의 등이 있다. 그 중 일제는 조선의 식민통치 방법으로 동화주의 형태를 취하고 있다.
   박성진, 「일제 초기 '조선물산공진회' 연구」, 『식민지 조선과 매일신보』, 신서원, 2003, 74쪽.

2) 「朝鮮民族觀 10」, 『매일신보』, 1914. 12. 6.

는 논조의 사설을 통해 총독정치의 목적이 동화주의에 있다는 점을 반복, 선전하고 있다. 그러나 이러한 식민주의 정책은 그 이면에 이중성을 담지하고 있다. 즉 일제는 조선이 일본과 똑같은 문명국이 되기를 바란다는 식의 정책을 펼치지만 결코 자신들과 동일한 수준으로의 동화는 원치 않는다. 그것은 피식민자로 하여금 식민주체인 일본은 저항의 대상이 아니라 문명국으로서 모방의 대상이라는 점을 인지시켜 식민통치를 원활하게 하고자 하기 위함이다. 이러한 문명화의 논리는 일본이 서양의 침략에 대한 두려움을 탈피하기 위해 자국보다 야만에 해당된다고 생각되는 조선과 대만 등을 침략한 식민화의 논리를 그대로 가져와 식민 통치를 정당화하는데 사용하고 있다. 따라서 서구 제국주의와 달리 일본의 제국주의는 조선에서 독특한 형태로 행해진다.

일본 제국주의는 서구 제국주의와 달리 독점 자본주의나 금융 자본주의의 단계에 완전히 진입하지 못했기 때문에 식민화의 목적이 경제적 측면보다는 근본적으로 정치적, 군사적, 문화적 측면에서 더 앞섰다고 할 수 있다. 한국과 중국이 서구 제국주의 하에 들어가면 일본의 안보 역시 크게 위협받기 때문이다. 일본의 조선 식민지화는 반도에서 일본의 경제적 이익을 극대화한다는 공격적 전략이 아니라, 이 영토를 다른 제국주의 국가의 통제 하에 두지 않겠다는 방어의 논리에서 기인한 것이라 할 수 있다.[3] 이 뿐만 아니라 문화적 담론에서도 일본은 서구 제국주의 눈에는 변방의 미개아시아국이자

---

3) 김동노는 일본이 아닌 다른 국가가 조선을 통치하게 될 때, 일본이 겪게 될 피해와 위험을 방지하기 위한 목적에서 일본의 조선 식민지 개척이 감행되었다고 본다. 일본의 조선 지배는 스스로 약한 힘을 식민지 개척을 통해 만회하고자 하는 '약자의 제국주의'라는 특징을 가지고 있다.
김동노, 「일본 제국주의의 조선지배의 독특성」, 『일제식민지 시기의 통치체제 형성』, 혜안, 2006, 25~30쪽 참고.

 이광수 문학의 민족주의 담론의 양가성

서양의 타자로서 계몽의 대상이었다. 일본이 조선을 식민화함으로써 이러한 서양의 시각을 벗어날 수 있었다. 그것을 실현할 유일한 논리가 '탈아입구'였던 것이다. 일본은 서구와 같은 위치에 있음을 강조함과 동시에 일본이 주변의 아시아 국가와는 질적으로 다르다는 것을 내세웠다. 그래서 일본은 서구에 대한 열등감과 주변 아시아국에 대한 우월감을 모순적으로 드러내면서 이중적 담론을 형성해 나갔다.4) 일본의 자기 식민화5)를 통한 조선의 식민지 구축은 그 방식에 있어 서양 제국주의를 모방할 수밖에 없었다. 일본은 프랑스의 직접 통치방식의 형태를 모방했으나, 실질적인 통치 방식은 매우 달랐다. 무력에 의존하는 중앙 집중화된 국가를 발전시키고, 국가에 대한 저항은 극단적으로 위축시키는 지배방식을 선택하였다. 이러한 국가중심주의로 갈 수밖에 없는 딜레마를 일제는 처음부터 안고 있었다. 서구 제국주의가 비서구 지역을 식민화할 때 펼치는 문명화 논리는 기본적으로 인종적 구분에서부터 출발한다. 그래서 그들의 문명화 논리는 비서구 지역을 쉽게 통치할 수 있는 이데올로기로 작용할 수 있었다. 그러나 조선은 일본과 동일한 황인종이며, 지역

---

4) 김동노, 위의 책, 34~35쪽.

5) 고모리 요이치는 일본의 '문명개화' 논리를 자기 식민지화의 논리로 표현하고 있다. '서양인'과 대등하게 평가되고 싶다는 생각에서 '문명개화'를 국가적 슬로건으로 내걸고 학교 교육과 군대에서의 규율 훈련을 중심으로 하면서 자신의 신체도 포함하여 국민적인 규모로 자기를 철저하게 '서양인'화하는, 즉 자기 식민지화하려고 해온 '일본인'을 비판적인 시선으로 설명하고 있다. '문명개화'란 바로 서구 열강의 논리와 가치관에 입각해 자기를 철저하게 개변하려고 하는 자기 식민지화인 것이다. 그러나 그러한 자기 식민지화는 부국강병을 하고 생산력·경제력·군사력을 서구 열강 못지않게 하여 외교적으로 대등하게 되면서, 바로 아시아의 주변 지역을 침략하여 제국주의적 식민주의를 전개한다는 야망을 실현하기 위한 수단이다. 그 결과 침략적 내셔널리즘에 의해 자기 식민지화를 부추겨대는 자기 모순에 빠지지 않을 수 없는 것이다.
고모리 요이치, 송태욱 역, 『포스트 콜로니얼』, 삼인, 2002, 69~70쪽.

적으로도 근접해 있었다. 이런 상황에서 일제는 서구 제국주의와 동일한 문명화 논리를 적용하면서도 다른 근거를 제시해야만 했다. 그 논리가 '동질화'와 '우월화'의 이중적 모순논리였다. 일본 제국주의는 문화적 동화와 정치적 민족 통합의 정책을 추진하는 근거로서 인종적 동질성, 역사적 경험의 공유, 언어의 유사성을 통해 '동질화'를 말하고, 일본인의 여행기를 통해 한국인과 한국문화가 얼마나 야만스러운가를 밝힘으로써 '차별화'를 실시했다.6)

　실질적으로 일제는 조선 통치이념으로 '日鮮同化'와 '문명개화'를 표방하고, 각종 지배정책으로는 '산업개발', '민풍개선' 등을 내세웠다. 이런 통치방침은 일제 기관지인 『매일신보』의 사설을 통해 제시하고 있다. "殖産興業의 基礎를 立ᄒ고 점차 順當히 啓導ᄒ야 其進步 發達을 圖"하고 "我國民과 融合同化ᄒ야 皇化의 惠澤에 霑ᄒ고 其子孫도 쏘흔 永久히 恩波에 浴케 ᄒ기를 期ᄒ고져"7) 한다는 것이다. 이는 조선인도 산업을 계발하여 진보 발달하면 우리 국민(일본인)과 융합동화 될 수 있음을 강조하고 있다. 조선이 일제의 식민 지배 하에 놓일 수밖에 없는 이유로 내세우는 것이 바로 '야만'으로 표명되는 비문명화이다. 야만의 상태를 '문명'으로 바꾸어주기 위한 것이 식민지 지배정책이라는 것이다. "朝鮮은 自來로 生活程度가 幼穉ᄒ야 其衣食居處가 足히 完全ᄒ다 謂키難"하며, "經濟의 方略은 依然히 古代의 幼稚를 未免"하고, "將來의 困難은 免不得의 事"인 까닭으로 "一般同胞는早히 此를 覺破ᄒ야 新物貨에 眩耀치 勿"하므로 "各其 衣食居住를 相當흔 規模를 用ᄒ야 勤儉貯蓄을 務行ᄒ야 經濟의 大困難을 是免"8)하기를 권고하고 있다. 이렇듯이 일제의 문명개화는 대부분 물

---

6) 김동노, 앞의 책, 47~48쪽.
7) 「朝鮮의 統治方針」, 『매일신보』, 1911. 2. 15.

　이광수 문학의 민족주의 담론의 양가성

질문명의 발달을 강조하고 융합동화라는 미명아래 식민지의 각종 자원도 본국의 자원으로 활용하였으며, 교육, 법률, 언어, 종교 규제 등 일상생활 규제를 통해 조선인의 정신까지 통제하는 방식을 구축했다.

즉 일제가 내세운 一視同仁主義는 진정한 동화를 위한 정책이 아니라 차별을 전제로 한 논리임을 확인할 수 있다.9) 그 실례로 법적·제도적 차원에서의 이중적 실시는 동화주의 정책의 허구성을 들 수 있다. 일제는 「경찰범 처벌규칙」(1912), 「조선태형령」(1912)을 실시한다. 전자는 명목상 식민지 주민 모두에게 적용되었지만, 실제로는 일인이주민을 우대하고 한인 대중의 일거수일투족을 철저히 억압 통제하는 치안법이었다. 후자는 조선인에게만 적용한 것으로 민족차별을 노골적으로 드러낸 법이었다.10) 교육제도에 있어서도 「사립학교규칙」(1911), 「조선교육령」(1911)을 통해 법적으로 한인교육을 감시, 탄압했으며, 臣民·普通·實業敎育의 시행과 교육과정의 민족적 차별, 인구 수 대비 공립학교 수의 차이 등에서 명시되지 않았을 뿐 이미 차별은 전제되어 있었다.11) 一視同仁主義라는 슬로건의 명목과

---

8) 「生活程度와 經濟」, 『매일신보』, 1912. 2. 7.

9) 차별화의 근거로 제시하는 것이 조선과 일본의 민도격차가 급진적 동화정책의 추진을 어렵게 한다고 보았고, 조선인이 일왕의 적자이기는 하나 문화·기술·지식의 격차로 인해, 동일한 제도를 실시하기 어렵다는 것이다. 또 문화적으로 완전히 미개한 나라는 아니었으므로 전래 문학과 舊慣古俗 가운데 선량한 것은 택하여 신교육을 실시하도록 한 후 점진적 개량과 동화를 도모해야 한다고 보았다. 「寺內總督談(二)－統一政治」, 『매일신보』, 1913. 6. 26. ; 「寺內總督談(九)－制度整理」, 『매일신보』, 1913. 7. 4.

10) 정연태, 「조선총독 寺內正毅의 한국관과 식민통치」, 『한국사연구』 124호, 한국사연구회, 2004.

11) 일제는 초·중등 교육과정을 한인의 경우 8년제, 일인의 경우 11년제로 해서 민족적 차별을 법적으로 마련하였다.
정연태, 위의 글, 199쪽.

는 달리 실질적으로 조선인의 민도개선을 위한 제도적·법적 조치들은 일제의 식민주의 담론의 이중성을 여실히 드러내는 것이었다. 식민 지배의 내재적 논리로 표방한 문명화 논리 역시 마찬가지였다. 그 단적인 예로 「물산공진회」를 들 수 있다. 공진회는 일제가 합병 이후 생산된 물품을 출품케 하여 병합 후 조선의 산업발달을 선전케 할 목적으로 실시한 것이다. 이러한 행사는 일제의 시혜정책을 선전하기 위한 목적이었기 때문에 조선의 민중들이 자발적으로 참여하는 경우가 거의 없어 강제와 폭력이 동원되기도 했다. 강제와 폭력에 대해서도 문명화를 위해 참고 견뎌야한다는 논리를 내세우고 있다.

> 야만으로부터 반개, 반개로부터 문명으로 점점 세상이 진보하면 종종 귀찮은 일이 많아진다. 지극히 복잡하고 옹색함이 천만가지다. 그러나 이 문명의 갑갑 옹색함은 문명의 행복으로 打消됨을 생각하며 이를 참지 않으면 안 된다. 반개 시대의 자기 맘대로 하는 자유에는 참담한 해악이 따르는 것을 잊어서는 안 된다. 폭정은 호랑이보다 더 무섭다고 하지 않는가. 이 폭정시대를 지나 금일 총독 정책의 은택에 목욕하는 자는 복잡한 제도로부터 오는 갑갑함 귀찮음을 참지 않으면 안 된다. 이에 대해 불평을 말하는 자는 야만시대가 그립다고 하는 것에 귀착된다.[12]

지금 일제가 실시하고 있는 많은 시책과 법제도, 정책 등은 야만인 조선을 반개화 시키는데 공헌한 것들이고, 나아가 문명화로 가기 위해서는 이러한 정책들의 폭력성도 참고 견뎌야만 한다는 논리이다. 문명과 야만의 이분화의 논리는 일제의 자기 식민화 논리임과

---

12) 小松綠, 「朝鮮施政의 眞義」, 『조선휘보』 9호, 1916, 15쪽.
   권태억, 「1910년대 일제 식민통치의 기조」, 『한국사 연구』 124호, 한국사 연구회, 2004, 224쪽 재인용.

  이광수 문학의 민족주의 담론의 양가성

동시에 타민족의 식민주의 논리[13]인 것이다. 이러한 식민주의 담론이 수행적으로 실시될 때는 이중성을 담지할 수밖에 없다. 일제 자신의 식민지적 무의식을 덮어버리기 위해서는 '미개한 타자'로 조선을 규정해 식민화해야만 했고, 이러한 식민화는 '문명화'와 '시혜'라는 외피를 써야만 그 본질을 은폐시킬 수 있기 때문이다.

2) 사회진화론 추종과 근대기획으로서 물질문명

이광수의 1910년대 민족주의 담론은 서구의 사회진화론을 토대로 한 계몽적 입장에서 설명하는 것이 대부분이다. 그 대표적 논설로 1916년에서 1918년에 『매일신보』의 논설과 『무정』을 근거로 든다. 이광수의 1910년대 글쓰기는 기본적으로 사회진화론을 수용하고 있으며, 일제의 식민주의 담론인 문명화 논리를 모방하여 자신의 민족주의 담론으로 활용하고 있다. 그의 민족주의 담론은 식민주의 담론과 '동일화'와 '차이'의 양상을 모두 드러내고 있지만, 이 절에서는 식민주의 담론인 문명화 논리를 적극적으로 모방하고 있는 양상을 통해 식민주의 담론에 포섭된 주체의 일면을 살펴보겠다.

식민주의 담론에 대하여 이광수는 적극적 모방을 통해 친일로 나아갔다고 보는 것이 기존의 견해들이다. 그런 논의의 근거로 제시되는 것이 『매일신보』 소재의 논설인 「자녀 중심론」과 「신생활론」, 「교

---

13) 일본은 자신들이 '문명'측으로부터 '미개'나 '야만'으로 간주될지도 모른다는 공포와 불안을, 거울인, 즉 새롭게 발견한 '미개', '야만'을 식민지화함으로써 마치 전혀 존재하지 않았던 것처럼 기억에서 소거하고 망각의 심연에 떨어뜨려 다시는 떠오르지 못하도록 뚜껑을 닫아버리고 의식하지 않으려고 한다. 이러한 조작을 통해 개국 후 일본의 식민지적 무의식과 식민주의적 의식의 원형이 형성되었던 것이다.
고모리 요이치, 앞의 책, 35쪽.

육가 제씨에게」 등이다. 「신생활론」은 그의 문명화 논리를 총체적으로 펼친 글이다. 특히 이 글에서 문명화 논리는 유교 비판 논리로 나타나고 있다. 선진 문명을 자랑하는 서구 국가와 우리보다 앞서 있는 일본에 비해 조선이 미개에 머무를 수밖에 없는 이유로 조선의 고루한 사상인 유교[14]를 들고 있다. 그는 조선인의 생활은 '고정'적이어서 '변화'가 필요함을 촉구한다. "오인의 이상을 확립하고 오인 각각이 그 이상을 의식하여 전심력을 다하여 오인의 진화를 촉진하여야" 하며, "강렬한 의식과 노력으로 변화해야 된"다고 역설한다. 변화를 재촉하는 인식의 근저는 식민주의 담론에서 주장하는 사회진화론 사상, 즉 물질의 진보를 통한 문명화만이 식민지를 벗어날 수 있다는 논리인 것이다. 이는 곧 물질문명이 발달된 서구의 열강들이 식민화를 강행하고 있고, 이를 본받아 문명화를 위해 노력하는 일본이 '반개'를 주장하며, 미개한 조선을 식민화한 것은 필연적 논리일 수밖에 없다는 결론으로 귀결된다.

이를 위해 조선인의 생활의 병폐를 비판하고 있다. 특히 유교사상에서 비롯된 병폐들[15]과 기독교 수용에서 비롯된 문제점들이 조선인의 신생활을 방해하고 있음을 개탄하고 있다. 이광수는 「신생활론」에서 조선에 유입되어 그릇되게 수용되고 있는 부분을 집중적으로 비판한다. 기독교 수용에 있어서도 "배타적 성질이 강하게 되어

---

14) 일제는 조선의 '유교'를 문명화에 역행하는 것으로 보기도 하지만, 유교 윤리를 통해 조선의 민풍개선을 유도하고 있어 일제의 식민주의 담론에서의 유교는 이중적으로 활용되고 있음을 알 수 있다.

15) 유교사상의 병폐로 '숭고와 존중화', '경제를 경히 여김', '형식주의', '효의 사상', '부부관계', '소극주의', '상문주의', '계급사상', '운수론', '비과학적', '점잔'을 지적하고 있다.
이광수, 「신생활론」, 『매일신보』, 1918. 9. 6.~10. 19. ; 『이광수 전집』 10권, 삼중당, 1972, 326~351쪽.

같은 신도 간의 애교적 정신이 강해질수록 역사적 동족을 사랑하는 정신이 희박하게"되고, "현세를 천히 여김은 즉 현대의 모든 문명을 천히 여김"이고, "그네의 정치의 근거는 신구약이 아니요, 신과학인 줄을 더 잘 알아야 한"16)다는 것이다. 그가 민족을 위해 계몽의 방식으로 표출하고 있는 내용은 의식적인 측면에서 일제의 식민주의 담론과 동궤에 있음을 확인할 수 있다.

> 現今 各國家, 各種族이 本業的으로 하는 生活은, 즉 外的 生活이니 政治, 社會, 教育, 交通 등 諸般 機關은 全혀 此 外的 生活을 實現하기 爲함이라. 更言하면 現代人은 天國을 望하기보다도 現世를 樂하려 하며 朦朧한 靈魂을 信하고 從하기보다는 確實한 肉體를 信하고 從하려 하며, 從하여 淸貧으로 靈魂의 慰安을 得하려기 보다도 黃金과 自動車, 大理石玉을 有하려 하며, 人에게 卑下하여 死後의 勝利를 期하려기보다도 爲先 人에게 勝하여 今日의 月桂冠을 得하려 하며, 一日 三次 祈禱하기 보담도 一日 三次 物理나 化學의 實驗을 하려 하도다. (중략-인용자) 즉 今日 文明 人類의 共通한 理想은 現世的, 肉體的, 物的의 榮光스러운 生活에 在하고, 內的 生活은 마치 일종 娛樂같이 되고 말았나니, 現代 文明이 肉的 生活의 文明이요, 生의 慾望의 文明이라 함이 此를 指함이라. 旣히 生活 中心의 文明이니, 此文明의 源泉이요, 또 合流處되는 教育의 根本 思想이 生活中心일 것은 勿論이라.17)

위 글에서 확인할 수 있듯이 이광수는 현재 중시되는 문명은 외적 생활을 할 수 있게 하는 물질문명임을 강조한다. 영혼의 위안을 받는 종교적 생활보다는 편리를 추구하는 일상적 생활이 중요하다는 것이다. 돈, 자동차, 대리석 등으로 드러나는 물질문명을 획득하기 위해 필요한 것은 물리나 화학 등의 실험을 하는 과학이라는 것

---

16) 이광수, 「신생활론」, 위의 책, 351쪽.
17) 이광수, 「교육가 제씨에게」, 위의 책, 55쪽.

이다. 허례허문 중심의 조선 교육을 형식에만 치우친 것으로 비판하고 실생활 중심의 교육이 필요함을 역설한다. 즉 의·농·공·상·물리·화학·수학·천문 등의 학문을 실생활과 밀접하다고 파악하고 있으며, 이들의 발달만이 조선의 문명을 일으킬 수 있다고 보았다. 이러한 논리를 일상생활에 적용했을 때 나타날 수 있는 결과를 상상하고 쓴 논설이 「농촌계발」이다. 이광수는 이 글에서 계몽의 설득력을 높이기 위해 논설에 '서사'를 접목하여 생활개선을 강조하고 있다. 이 작품은 1910년대 이광수의 사상의 기본적 패턴을 보여주는 것으로서 의의가 있다. 특히 현재 조선의 농촌 개량을 견본으로 삼아 전 조선의 문명화를 추진하는 것의 출발지점에 이 작품이 서 있다고 할 수 있다. 이광수는 이 작품에서 산업상, 정신상의 두 가지의 농촌 계발을 주장하는데, 여기서 말하는 '산업상'은 경제적 측면에서의 문명화를 말한다. 그리고 '정신상'은 문명화를 받아들이기 위한 전초 단계로서의 습관 개조와 정신 교화이다.

> 낡은 世代와 함께 낡은 兩班도 지나갔습니다. 새 時代에는 새 兩班이 생깁니다. 우리가 지나간 낡은 世代를 꿈꾸고 있는 동안에 벌써 새 兩班이 많이 생겼습니다. 만일 이대로 가면 우리 子孫은 永遠히 상놈이 되고 말 것이외다. 우리가 以前에 상놈이라 하던 자도 몇 千年前 祖上은 兩班 노릇 한 적도 있을 것이오, 兩班이라 하던 우리의 祖上이 그네의 奴僕인지도 모르는 것이외다. 그네가 원래 상놈이요, 우리가 원래 兩班이 아니라, 그네는 상놈이 「되」고 우리는 兩班이 「된」 것이외다. 그와 같이 우리는 상놈이 될 수도 있는 것이외다. 지금은 우리는 상놈 되는 중에 있는 것이외다.
>
> 그러면 어쩌면 兩班이 될까? 아주 쉬운 일이외다. 우리 祖上이 兩班이 된 것이, 첫째 그때 時勢를 알고, 둘째 글공부를 하여 그리 된 모양으로 우리도 兩班이 되려면 첫째 이때 時勢를 알고, 둘째 글공부를 하면 그만이외다.

 이광수 문학의 민족주의 담론의 양가성

　　그러므로 우리는 日本을 배우고 西洋을 배웁니다. 우리는 지금까지
그네를 蠻貊視之하였거니와, 그네에게는 새로 四書五經과 諸子百家가 있
습니다. 그리고 그것은 이전 四書五經과 諸子百家보다도 나읍니다. 하고
暫間 말을 끊고, 일동을 보오. 一同의 顔色에 驚異하는 모양이 보이오.[18]

　　위 글은 '양반'과 '상놈'의 비유를 통해 현 조선 농민의 정신을
교화하고 있다. 처음부터 양반과 상놈으로 배정되는 것이 아니라 양
반과 상놈은 그 시절의 시세를 잘 헤아렸거나 헤아리지 못해서 그
리된 것이라 설득한다. 그래서 현재 조선은 상놈이 되어 가고 있는
데, 다시 양반이 되려면 일본과 서양을 배워야 한다는 것이 이 논설
의 논리이다. 「농촌계발」은 일본과 서양을 따라가기 위해서는 교육
과 위생 담론을 적극적으로 수용할 것을 주장하고 있다. 당시 일제
가 『매일신보』를 통해 조선의 야만을 벗어나기 위한 방법으로 '위
생'을 강조하였다.[19] 「농촌계발」에서 펼치는 위생 담론은 일제의 문
명화 논리와 그 맥락이 동일하다. 또 이광수는 「농촌계발」에서 위생
적인 조선 농촌의 미래를 영국과 미국의 농촌으로 삼고 있어 농민
으로 하여금 곧 풍요로워질 것이라는 환상을 품게 한다. 이는 식민
주의 담론에서 주장하는 문명·야만의 이분화 논리의 반복으로 일
제의 식민지배 담론을 재생산하는 효과가 있다.

　　당시 이광수는 일본을 두 차례나 다녀온 유학생이었다. 일본의
발달된 물질문명 속에서 생활한 그에게 조선은 퇴보와 야만의 상징
으로 인식되었을 것이다. 또 당대 일제는 사회진화론[20] 사상을 일

---

18) 이광수, 「농촌계발」, 『이광수 전집』 10권, 삼중당, 1972, 93~94쪽.

19) 『매일신보』에 실린 위생에 관련된 논설로 「위생상 극히 주의할 시기」, 1916. 5.
　　19. ; 「차제의 위생」, 1916. 6. 21. ; 「호역과 위생」, 1916. 9. 2. ; 「발달되는 위생
　　의 개념」, 1916. 10. 10. ; 「하절의 위생」, 1917. 7. 24. ; 「위생은 문명의 척도」,
　　1917. 10·14·16·17·20. ; 「위생강화」, 1918. 2. 6.~10·13·15~17. 등이 있다.

찍 수용하여 자신들의 '식민지적 무의식'을 '식민주의적 의식'으로 전환하는 데 이용하였다. 이 논리는 당연히 식민지 지배 원리로 활용되었고, '문명'과 '미개'의 이분화의 양상으로 드러났다. '문명화론'을 식민주의 담론으로 형성시킨 일제는 당대 식민지 조선 지식인들과 민중들에게 매체를 통한 선전과 일상생활의 통제를 통해 이 논리를 빠르게 주입시켰다.

　이광수는 기본적으로 서양에서 배태된 사회진화론의 필요성을 절실히 느끼고 있었다. 진화론의 논리가 일제의 식민주의 논리인 문명화 담론의 핵심이어서 라기보다는 조선의 국권 상실의 원인 중 하나가 문명에 대한 자각이 부족했다는 인식에서 비롯되었다고 할 수 있다. 문명에 대한 자각은 이광수의 한일병합 전 1차 유학시기와 시베리아 방랑시기에 접한 『권업신문』과 『대한인정교보』의 논설에서도 확인할 수 있다. 1908년 일본 유학생들의 잡지인 『태극학보』에 「수병투약」이라는 글에 사회 진화론적 관점에서 문명의 중요성을 서술하고 있다.21) 『권업신문』과 『대한인정교보』에서는 독립을 위한 준비로 교육, 상업, 부에 힘써야 함을 역설한다. 이러한 논리는 1910년 한일병합 후에도 여전히 지속된 것으로, 식민치하에 접어든 시기에 이광수가 수용한 논리는 아니다. 물론 이 시기의 이광수는

---

20) 사회진화론은 우승열패·적자생존의 논리로 당시 서구인들에게는 제국주의적 팽창의 이론적 무기로 이용되었다. 또 사회진화론은 생존 경쟁이 치열한 국제 사회에서 조선이 왜 식민지가 되었는지, 왜 약자가 되었는지를 설명하는, 그리고 어떻게 하면 강자가 될 수 있는지를 제공하는 이론으로 기능했다.
　정용화, 『문명의 정치사상: 유길준과 근대한국』, 문학과 지성사, 2004.
21) 夫世間億千萬物은 하느으로 步를 文明의 域에 進ᄒ디 아님이 無ᄒᄂ니 故로 此를 因ᄒ야 時代와 가치 趨進ᄒᄂ자는 興하고 反之者 ─亡하ᄂ거슨 萬有의 歷史가 昭然히 證明ᄒᄂ 所以라. (중략─인용자) 弱肉强食이 日노 甚ᄒ거늘 유독 閉鎖保守로 保全을 是圖ᄒᆫ들 엇디 가히 得ᄒ리요.
　이광수, 「수병투약」, 『태극학보』 25호, 1908. 10.

합리성, 과학성으로 표출되는 문명화론의 일면만 인식했을 뿐, 합리성과 과학성의 이면에 폭력성이 자리 잡고 있음을 간파하지 못했다는 것을 확인할 수 있다. 사회진화론에 매료된 근대주의자 이광수는 그의 소설에서도 물질문명의 중요성을 계몽하는데 주력하고 있다.

근대문학의 대표작이라 할 수 있는 『무정』(『매일신보』, 1917. 1. 1.~6. 24.)은 신문소설이자 대중적 연애소설이다. 형식과 선형, 영채의 삼각구도 아래 자유연애의 중요성과 문명 추구의 논리가 전면적으로 드러난 작품이다. 기본적으로 연애를 중심 서사로 두고 있으며, 문명화론이 서사를 풀어가는 열쇠로 기능하는 작품이다. 문명화의 논리는 작품에서 서사의 갈등구조를 해결하는 계몽의 논리로 이행되면서 작품의 서사를 봉합하는 역할을 한다. 우선 서사의 구심점에 놓여 있는 인물은 고아 출신이자 경성학교 교사인 형식, 신교육을 받은 정신여고보 출신 선형, 그리고 신교육의 세례를 제대로 받지 못하여 기생이 된 영채이다. 형식은 신문명의 상징으로 드러나는 선형과 구시대와 옛정을 상징하는 영채 사이에서 갈등하는 인물이다. 미모와 정을 담지하고 있는 영채는 형식의 마음을 사로잡기는 하지만, 기생이라는 신분과 신교육의 세례를 받지 못했다는 이유로 선형에게 밀린다. 결국 형식은 신문명의 상징인 선형[22]을 선택함으로써 부와 미국유학 등의 물질문명의 수혜를 입게 된다. 또 이 작품은 형식이 선형을 선택할 수밖에 없게 하는 역할로 서사과정에서 끊임없이 문명화의 중요성을 피력한다. 이런 배경의 설정은 사건이 진행될 방향과

---

22) 이 작품에서 선형은 신문명의 기호로써 작용하지만 신문명의 실체를 보여주는 인물은 아니다. 선형 역시 진정한 신문명의 세례를 제대로 받지 못한 인물이다. 그러나 김장로의 부와 교육열에 의해 신문명의 세례를 받을 수 있는 조건을 갖추고 있기 때문에 형식을 가운데 두고 영채는 구습, 미개로 상징되고, 선형은 신문명의 기호로서 기능한다. 그래서 형식은 신문명의 미래를 담보하고 있는 선형을 택하게 된다.

주제를 예시하면서 드러난다.

> 도회의 소리? 그러나 그것이 문명의 소리다. 그 소리가 요란할수록 그 나라가 잘된다. 수레바퀴 소리, 증기와 전기기관 소리, 쇠마차 소리… 이러한 모든 소리가 합하여서 비로소 찬란한 문명을 낳는다. 실로 현대의 문명은 소리의 문명이다. 서울도 아직 소리가 부족하다. 종로나 남대문통에 서서 서로 말소리가 아니 들릴이 만큼 문명의 소리가 요란하여야 할 것이다. 그러나 불쌍하다. 서울 장안에 사는 사십여만 흰옷 입은 사람들은 이 소리의 뜻을 모른다. 또 이 소리와는 상관이 없다. 그네는 이 소리를 들을 줄을 알고 듣고 기뻐할 줄을 알고, 마침내 제 손으로 이 소리를 내도록 되어야 한다. 저 플랫폼에 분주히 왔다갔다하는 사람들 중에 몇 사람이나 이 분주한 뜻을 아는지. 왜 저 전등이 저렇게 많이 커지며, 왜 저 전보기계와 전화기계가 불분 주야하고 때깍거리며, 왜 저 흉물스러운 기차와 전차가 주야로 달아나는지……이 뜻을 아는 사람이 몇 명이나 되는가.[23]

서술자는 서사 과정에서 문명화의 중요성을 중간 중간에 펼쳐놓고 있으며, 이러한 배경적 구도위에서 펼쳐지는 서사의 중심 사건 역시 문명화의 논리로 봉합됨을 확인할 수 있다. 또 그가 바라보는 문명이 어떠한 문명인가는 위 인용문을 통해서 확인할 수 있다. 공장에서 나는 소리, 교통기관의 발달, 기계 문명의 진보 등이 보여주는 것이 진정 조선이 꽃피어야 할 문명이라고 보는 것이다. 대부분 겉으로 확인할 수 있는 물질문명에 국한되어 있으며, 이 물질문명이 어떠한 경로로 조선을 살릴 수 있는가에 대한 인식과 대안은 전혀 나타나고 있지 않다. 즉 현재 조선에는 이 문명의 의미를 아는 사람이 거의 없다는 피상적인 문명·미개의 논리를 펼치고 있다. 이는 식민주의 담론에서 내세우는 '조선의 앞날을 위해 경제를 살리는

---

23) 이광수, 『무정』, 『이광수 전집』 1권, 삼중당, 1972, 175쪽.

 이광수 문학의 민족주의 담론의 양가성

것이 급선무'임을 스스로 재인식하는 논리가 될 뿐이다. 또 주인공인 형식 역시 근대문명에 대한 인식은 피상적이다. 형식은 조선인들이 "그의 책장에 자기네가 알지 못하는 영문, 독문의 금자 박힌 것이 있음"24)을 통해 형식의 학식이나 교육수준을 가늠하는 잣대로 이용하고 있다고 생각하고, 서양 문물의 흔적이 있거나, 영어에 대한 인식이 그의 문명수준을 판명해주는 듯이 서술하고 있다. 일제의 자기 식민화의 논리이자 조선의 식민주의 논리인 문명에 대한 강조는 『무정』 텍스트에서 배경적 역할을 하면서 계몽 담론으로 드러난다. 또 그의 논설에서 강조한 '위생 담론'25)이 『무정』에서도 조선인의 야만성을 부각시키는 담론으로 제시되고 있다. 조선이 미개한 이유로 위생관념이 전혀 없다는 예26)를 구세대인 노파의 음식을 통해 은근히 제시하기도 한다. 『무정』은 서사 구조의 배치, 인물 설정과 주인공의 결말, 중심 서사를 돕고 있는 배경 등이 문명화의 논리로 진행됨으로써 식민주의 담론을 재생산하는 텍스트로 읽히기에 충분하다. 이런 서술 방식은 『무정』 텍스트의 문명화 논리를 부각시키는 전제적 기능을 함으로써 일제의 문명화 담론과 동일하게 읽히는 역

---

24) 이광수, 『무정』, 위의 책, 51쪽.

25) 일제는 『매일신보』를 통해 위생에 대한 중요성과 위생정책을 주민들에게 선전하였다. 『매일신보』는 주로 위생의 필요성과 계몽론을 사설을 통해 각인시키고, 또 위생조합과 위생회 등의 단체활동을 소개했다. 이는 모두 '조선인의 야만성과 비위생적 생활에 대한 비판', '풍속개량의 필요성'을 강조하면서 자신들이 내세우는 식민지 '문명화'논리를 통해 조선 지배의 정당성을 부각시키고 있다고 할 수 있다. (「위생강화」, 『매일신보』, 1912. 9. 29. ; 「위생 사무의 강습」, 『매일신보』, 1913. 9. 9. ; 「위생에 대하여(1~2)」, 『매일신보』, 1914. 7. 25~6. ; 「위생은 문명의 척도」, 『매일신보』, 1917. 10. 14~17.)

26) "그때에 마침 굵다란 구더기가 신우선의 눈에 띄어 신우선은 그 험구로 노파의 된장찌개가 극히 좋지 못함을 비웃었다. (중략－인용자) 「요사인 된장찌개에 구더기 없고?」"등의 표현을 통해 조선의 문화가 아직 청결상태를 갖추지 못하고 있음을 지적한다 (이광수, 『무정』, 앞의 책, 86쪽.)

할을 한다.

또 『무정』의 서사에서 서술자는 조선의 구습과 구세대의 고루한 인식을 가장 비판하는 대상으로 삼는다. 이 시대를 짊어지고 가야 할 세대는 신세대, 즉 청년들이며, 구세대는 지금의 세대를 이해조차하지 못하고 현재의 비참한 조선을 만든 주역으로 인식된다. 이는 일제가 조선의 열등성과 야만스러움을 부각시키기 위해, '불결', '부정직', '게으름'으로 상징되는 구세대 조선인을 그 근거로 제시하는 논리와 부합된다.

> 소위 신구사상의 충돌이라는 신문명 들어올 때에 의례히 있는 비극이 일어나는 것이다. 자기가 생각하지 못하던 바를 생각함은 낡은 사람이 보기에 이단 같지 마는 기실은 낡은 사람들이 모르던 새 진리를 안 것이다. 아들은 매양 아버지보다 나아야 하나니 그렇지 아니하면 진보라는 것이 있을 수 없을 것이다. 그러나 낡은 사람은 새 사람이 자기 아는 이상 알기를 싫어하는 법이니 신구사상 충돌의 비극은 그 책임이 흔히 낡은 사람에게 있는 것이다.[27]

> 저 노인도 갑오 전 한창 서슬이 푸르렀을 적에는 평양강산이 다 나를 위하여 있고, 천하 인민이 다 나를 위하여 있다고 생각하였으리라. 그러나 갑오년 을미대 대포 한 방에 그가 꿈꾸던 태평 시대는 어느덧 깨어지고 마치 캄캄한 밤에 번개가 번쩍하는 모양으로 새 시대가 돌아왔다. 그래서 그는 세상에서 버린 사람이 되고 세상은 그가 알지도 못하던, 또는 보지도 못하던 젊은 사람의 손으로 돌아가고 말았다. 그는 철도를 모르고 전신과 전화를 모르고 더구나 잠행정이나 수뢰정을 알리가 없다. (중략—인용자) 형식과 그 노인은 전혀 말도 통하지 못하고 글도 통하지 못하는 딴나라 사람이다. 「낙오자, 과거의 사람」이라 하는 생각과 함께 자기가 아무리 새세상 이야기를 하여도 못 알아듣다가 세상을 버린 자기의 증조부를 생각하였다.[28]

---

27) 이광수, 『무정』, 앞의 책, 140쪽.

  이광수 문학의 민족주의 담론의 양가성

위의 첫 번째 인용문은 지금 시대의 문명을 제대로 받아들일 수 있는 사람은 새사람이므로 조선 문명진보를 위해서는 낡은 사람은 새사람에게 그 자리를 양보해야 한다는 내용이다. 두 번째 인용문은 구세대의 고루한 삶의 태도와 철도, 전신, 전화, 잠행정이 다니는 새 시대의 삶을 대조하면서 그들의 삶이 낙오자의 삶이요, 이 세상 밖에서 살고 있다고 폄하한다. 중심 사건과 상관이 없는 내용을 배경에 부분적으로 서술하는 방식은 작가의 기본적인 사상을 드러내는데 기여하거나, 사건의 중심문제 해결을 돕기 위한 전제가 된다. 위 글의 내용에서 구세대의 고루함과 지금의 조선을 만든 노인들의 모습은 앞으로 사라져야 할 것들이다. 즉 문명을 제대로 인지하지 못한 세대의 비루함을 제시함으로써 문명화의 중요성을 부각시키는 것이다. 특히 『무정』은 작품의 중심 갈등을 해결하기 위해 형식과 선형, 영채를 삼랑진 수해사건에 끌어들인다. 이 사건을 통해 진정 그들이 나아가야 할 길로 제시된 것은 신세대의 교육을 통한 조선의 문명화이다. 서술과정에서 부분적으로 표출한 문명화에 대한 작가의 인식은 작품의 중심 갈등을 해결하는 데 이용된다. 서사는 결국 연애중심으로 시작하여 문명화를 위해 교육해야 한다는 것으로 봉합된다. 『무정』의 이러한 서사 구조는 일제가 『매일신보』를 통해 수차례 선전하고 계몽하려는 문명화의 논리와 그 궤를 같이 한다고 볼 수 있다.

과거의 것을 비판하고 막연한 문명에 대한 희망을 부여하는 작품이 『무정』이라면, 1918년의 『개척자』(『매일신보』, 1917. 11.~1918. 3.)는 화학자인 인물을 등장시켜 자연과학의 중요성을 직접적으로 제시한 작품이다. 이 작품은 과학이 현조선의 문명화를 위해 필요한 것임을

---

28) 이광수, 『무정』, 위의 책, 114쪽.

원론적으로 표출하는 계몽조의 서술 방식을 채택하여 서술자가 직접적으로 개입하는 서사 구조를 보인다.

> 성재가 시험관을 들고 앉았다가 주정등에 불을 켜놓고 거기다가 시험관을 쬐인다. 제군은 이것은 다만 성재의 화학실험으로서만 알아서는 못쓴다. 만일 제군이 총명할진대 성재의 시험관이 끓어나는 소리 중에서 새 생명의 심장의 고동을 들어야 하고, 주정등의 화염 중에서 새생명의 섬광을 보아야 한다.[29]

> 제군은 무엇을 볼 때든지, 그것이 盈하는 것인지 虧하는 것인지를 먼저 살펴야 한다. 그리하여서 그것이 영하는 것일진대 현재의 小와 弱을 장래의 大와 强을 약속함인 줄을 알아야 하고, 그것이 휴하는 것일진댄 현재의 대와 강이 장래 소와 약을 약속함인 줄을 알아야 한다. 명철치 못한 사람은 휴하는 대와 강을 기뻐하고, 영하는 소와 약을 보고 도리어 슬퍼하나니, 명철한 제군은 이러한 미련을 배워서는 되지 아니한다. 낡은 것, 썩은 것, 죽은 것이 현재에는 강하고 크다고 하더라도, 그것은 영하는 강과 대요, 새 생명의 소리와 빛이 비록 현재에는 소하고 약하다 하더라도, 그것은 영하는 것인 줄을 알아야 한다.[30]

첫 번째 인용문에서 서술자는 성재가 조선의 미래를 위해 집안의 전 재산을 사용하여 화학실험에 몰두한다고 말한다. 또 지금은 작은 실험이고, 조선의 미래를 보장해주는 것인지 보여주지는 않지만, 이는 성재 개인의 미래를 위한 것이 아니라, 조선의 미래에 반드시 투자해야 할 부분임을 강조한다. 두 번째 인용문은 현재에 강하고 큰 것이라도 버려야 할 것이 있고, 현재 작고 약하더라도 채우고 키워야 할 것이 있음을 명확히 생각할 줄 알아야 한다고 주장한다. 서술

---

29) 이광수, 『개척자』, 『이광수 전집』 1권, 삼중당, 1972, 255쪽.
30) 이광수, 『개척자』, 위의 책, 256쪽.

 이광수 문학의 민족주의 담론의 양가성

자가 작가의 목소리를 통해 서술과정에서 전면적으로 노출된다. 위 인용문의 밑줄 친 부분은 작가가 의도한 것을 독자에게 쉽게 주입시키기 위한 서술 방식으로 작품에 자주 드러나게 되면 서사 진행의 흐름을 끊을 수도 있는 방식이다. 그럼에도 불구하고 작가는 서사과정에서 자신의 목소리를 노출시키면서, 과학의 중요성, 문명화의 중요성을 노골적으로 표출하고 있다. 당대의 물질문명의 중요성을 화학자인 성재의 모습을 통해 전 조선인에게 계몽하려 한 이광수의 사상이 서술 방식을 통해서 뚜렷이 드러난 작품이다. 『무정』과 『개척자』의 이러한 양상을 통해 볼 때, 이광수의 1910년대 문명화 논리는 그의 작품이 실린 매체인 『매일신보』의 식민주의 담론을 모방하는 과정에서 '동일화'의 양상으로 표출되었으며, 이광수가 그의 작품을 통해 식민주의 담론의 수행자 역할을 착실히 실행한 측면이라 할 수 있다.

문명화 논리는 1910년대 이광수가 조선 민족이 가장 우선적으로 성취해야 할 민족의 과제로 삼은 담론이다. 일제 식민주의 담론의 핵심적인 논리를 적극적으로 모방한 문명화 논리는 1910년대 근대로의 이행에서 민족적 생존이라는 목표 아래 나타난 민족주의 담론의 한 양상이라 할 수 있다. 1910년대 이광수의 민족주의 담론은 일본 제국의 '문명화론'을 전유하면서 나타났다. 그러한 모방의 기제가 '동일화'의 면모를 두드러지게 드러내면서, 식민주의 담론에 포섭되기도 하는 양상으로 나타났다. 다음 절에서는 민족주의 담론이 '문명화론'과 '차이'를 보이면서 드러나는 양상을 살펴보겠다.

2. '정'의 문학과 식민주의 담론과의 균열

1) 정신문명 추구와 계몽 담론으로서 '정'

1910년대 이광수의 민족주의는 우선 사회진화론을 근거로 근대 담론의 표상인 '문명화론'을 민족주의 담론으로 전유한다. 이광수는 1910년대 일제의 문명론의 논리를 수용하여 물질문명을 추구하는 것이 조선이 해야 할 1차적 일이라고 생각한다. 그러나 표면적으로 드러나는 물질문명은 하루아침에 이룩할 수 있는 부분이 아니며, 물질문명뿐만 아니라 정신문명의 중요성도 인식하고 있음을 확인할 수 있다. 1910년대 조선에 있어서 정신문명에 대한 인식은 일제의 식민주의 담론인 문명화 담론에 균열을 가져왔고, 동시에 계몽 담론으로서 새로운 민족주의 담론을 형성하기도 했다. 이광수는 피상적인 물질문명에 중독되어 조선의 현실이 피폐해짐을 비판하면서 정신을 강조한다.

> 대개 法令은 消極的이라 이믜 罪惡을 犯한 뒤에 이를 다슬이는 能力이 잇을뿐이니 애초에 죄를 犯치 못하게 하는 힘은 오즉 道德的 感化에 잇고 道德的 感化는 教育과 民間 有德 人士의 尊敬에 잇는지라 或 낡은 道德이 이믜 깨어지고 새 道德이 서지 못함을 恨嘆하는 곳도 잇스나 只今 우리 상태는 道德이 깨어진 것이 아니라 道德의 根源인 道義心이 엇던 原因으로 痲痺함이니 아마 東西古今에 文明國치고 오늘날 우리처럼 無道德狀態에 잇는 亂民은 다시 차자 보기 어렵으리로다. (중략—인용자) 아아 우리는 皮相的 文明에 中毒하야 이 오래고 情들은 共和國을 깨틀이엇도다.[31]

---

31) 이광수, 「공화국의 멸망」, 『청춘』 5호, 1915, 11쪽.

위 글에서 그는 문명의 대표적 제도라 할 수 있는 법령에 대한 비판적 시각을 견지하고 있다. 문명국들이 법과 제도를 마련하여 국민을 다스리고자 하나, 그 법은 사후의 일만을 처리할 수 있을 뿐 죄를 짓지 않게 하는 인간의 정신적 소양부분에 대해서는 전혀 효력을 발휘하지 못한다. 이광수가 강조하는 정신의 상징인 도덕심은 부정적으로 작용되는 현대 물질문명의 대안이다. 예전의 조선인들은 덕에 의해 감화 받는 정신적 소양을 갖춘 사람들이다. 그들은 법제도라는 근대문명의 혜택을 받지 않아도 도의심을 발휘하여 잘 살 수 있었다. 그러나 지금의 조선은 도덕심의 붕괴뿐만 아니라 새로운 질서조차 갖추어지지 않은 무도덕 상태이다. 이광수는 현조선이 피상적인 물질문명을 통해 개화함으로써 문명화론의 모순과 식민주의 담론의 피상성을 그대로 드러내고 있다고 지적한다. 물론 이광수는 문명의 중요성을 강조하고 있다. 문명화론을 토대로 한 일제의 식민주의 담론의 모방의 과정에서 정신문명의 강조는 식민주의 담론과 '차이'를 생성하는 지점이라 할 수 있다. 일제는 조선의 부패한 정신상태와 야만적 생활이 현재의 식민화를 초래했으며, 조선의 식민화는 조선에게 '문명'을 선물한 것이라고 끊임없이 선전한다. 이러한 식민주의 담론이 조선인에게 주입되고 담론화 되는 가운데 이광수의 '정신문명'에 대한 강조에서 1910년대 민족주의 담론의 '혼성성'을 발견할 수 있다.

정신문명을 일으킬 수 있는 것으로 '문학'의 중요성을 강조한다. 이광수는 문학을 정신문명의 대표이자, 그 나라의 민족성의 근원으로 파악한다. 이런 식의 사고가 「문학이란 何오」에서 구체적으로 드러난다.

文學은(중략-인용자) 一民族의 精神的 文明이요, 民族性의 根源이라. 然
而, 此 貴重한 精神的 文明을 전하는데, 最히 有力한 者는 즉 其 民族의 文
學이니[32]

情이 이미 知와 意의 奴隷가 아니요, 獨立한 精神作用의 일이며, 從하
여 情에 基礎한 精神作用의 일이며 從하여 情에 基礎를 有한 文學도 역시
政治, 道德, 科學의 奴隷가 아니라, 此等과 竝肩할 만한, 도리어 一層 吾人
에게 密接한 關係가 有한 獨立한 一現狀이다.[33]

첫 번째 인용문은 문학과 정신문명의 상관성을 밝히는 것이다. 정신문명을 전하는 것은 바로 그 민족의 문학이고, 민족의 정신을 나타내는 것 역시 문학이라는 것이다. 두 번째 인용문은 정신문명의 상징인 문학이 정치·경제와 비등한 가치를 지닌 독립된 영역이자 '情'에 기초한 정신적 영역임을 말하고 있다. 또 '情'을 바탕으로 해야 진정한 문학으로서의 가치가 있다는 것이다. '정'의 발현으로 드러난 문학은 조선에서 민족정신을 계몽할 수 있는 장르로서 기능한다. '정'의 문학은 민족의 정신적 문명을 식민지인에게 전하는 역할을 한다.

'情'은 이광수가 1910년 1차 동경유학시 「今日我韓靑年과 情育」에서 그 의미를 최초로 밝히고 있다. '情'은 "諸義務의 原動力이며 各活動의 根據地"[34]로 사람으로 하여금 자동적으로 忠·孝·信·愛를 발휘할 수 있는 원동력이다. 그런 이유로 사람들은 '정'의 발현을 위해 힘쓸 것을 주장한다. 또 "情의 勢力은 金石을 可히 鎔ㅎ며, 釖戟을 可히 凌ㅎᄂ니 精神的 方面에 對ㅎ야 情이 오직 其發動機의 樞

---

32) 이광수, 「문학이란 하오」, 『이광수 전집』 1권, 삼중당, 1972, 551쪽.
33) 이광수, 위의 글, 548쪽.
34) 이광수, 「금일아한청년의 정육」, 『대한흥학보』 10호, 1910, 19쪽.

要"[35]가 됨을 역설한다. 즉 그는 '情'을 정신을 생성하는 원동력이자 행동의 근거지이며, 인간 정신활동의 가장 중요한 요소로 본다. 또 "生物이 生存홈에는 食料가, 必要홈과 가티 人類의 情이 生存홈에는 文學이 必要"[36]하다고 말한다. "知와 意의 奴隷에 不過"하다고 여겼던 "情도 文學, 音樂, 美術 등으로 自己의 滿足을 求"[37]해야 함을 역설한다.

인간의 정신은 知·情·意로 작용하며, 知로 작용하는 과학 등의 물질문명과 비등하게 情의 가치 역시 중요하다고 이광수는 설명한다. '情'은 개인의 자발성과 자각을 중요시하는 영역으로 문학을 형성하는 대표적 요소이다. '정'의 요소를 지닌 문학은 정신문명을 창조하는 원동력으로 작용하고, 정신문명의 대표라 할 수 있는 문학은 바로 음악, 예술 등과 같은 문화의 영역이다. 즉 정신문명의 표상인 문학은 '정'의 발현을 통해 탄생하며, '정'의 발현을 통해 형성된 문학은 정신문명의 분야인 문화의 영역으로 이어진다. 결국 '정'은 개인의 자발성을 중시하는 정신영역으로 다양성과 개별성을 강조하는 문화와 연결된다.

문화는 "인간생활의 다양성과 개별성에 역점을 두고, 물질적인 진보에 대해 정신의 우월성을 강조"[38]하는 것이라는 관점에서 볼 때, 이광수가 문화의 중요성을 강조한 것은 1910년대 식민지 조선에 있어서 새로운 의미를 획득하는 지점이다.[39] 문명 개념이 식민

---

35) 이광수, 위의 글, 18쪽.
36) 이광수, 「문학의 가치」, 『대한흥학보』 11호, 1910, 16쪽.
37) 이광수, 「문학이란 하오」, 앞의 책, 548쪽.
38) 니시카와 나가오, 윤대석 역, 『국민이라는 괴물』, 소명, 2005, 103쪽.
39) 류준필은 근대 국문학의 형성을 논의하는 과정에서 '문명'과 '문화'관념의 형성 과정을 주목하면서 국문학의 발생을 설명하고 있다.
   류준필, 「'문명'·'문화'관념의 형성과 '국문학'의 발생」, 『민족문학사연구』 18호,

지 주의의 구실이 되었다는 것[40]은 자명한 사실이다. '물질문명'이 미개한 '조선의 문명화'라는 식민주의 담론의 관점에서 볼 때, 이광수가 역설한 정신문명인 '문화'는 식민주의 담론과 '차이'를 낳게 된다. 서양 제국주의의 오리엔탈리즘 논리를 자국의 식민주의 논리로 전용한 일본의 입장에서 문화를 강조하는 이광수의 논리는 식민지 지배담론에 균열을 일으킨다.

이광수는 「우리의 이상」에서 정치·경제보다는 문화가 중요함을 강조하고 있다. "文化는 政治의 從屬的 産物이라고도 할 수 없고, 따라서 어떤 民族의 價値를 論할 때에 반드시 政治史的 位置를 判斷의 標準으로 할 것은 아닌가"[41]라는 입장을 취한다. 이 부분은 이광수가 정치를 배제하고 문화만을 강조함으로써 일제의 식민담론에 적극적으로 동조하는 자기 식민화 논리의 극단을 보여주는 것이라고 해석하는 논리에 대한 근거로 많이 인용되었다. 그러나 이런 논의들은 이광수의 논설에서 문화의 의미를 일면적으로 해석한 것으로 재고의 여지가 있다. 그는 이 글에서 "이번 歐洲 大戰亂은 現代 文明의 엇던 缺陷을 暴露한 것"으로 "現代文明에는 大混亂 大改革"이 생길 것이라 말한다. 또 "國家主義의 可否"와 "經濟組織의 不完全",그리고 "精神文明에 대한 物質文明의 偏重"[42]의 문제점들을 지적하고 있다.

민족문학사학회, 2001.

40) 일본은 문명개화라는 슬로건 하에 근대 국민국가로 형성되었다. 문명개념이 식민지 지배의 이데올로기로 사용된 것은 당연하다. 후진 지역의 야만적인 주민을 문명화하는 것이 선진 문명국의 임무라고 하는 단순한 문명의 논리는 서구열강의 식민주의자들을 지배했을 뿐만 아니라, 마르크스 같은 반체제 인물조차 지배했다. 실제 국내에서 문화 개념을 고집하는 국가라도 식민지 지배에서는 문명/미개라는 이분법을 적용했다.
니시카와 나가오, 앞의 책, 133쪽.

41) 이광수, 「우리의 이상」, 『학지광』 14호, 1917, 1쪽.

42) 이광수, 위의 글, 5쪽.

 이광수 문학의 민족주의 담론의 양가성

이러한 병폐는 현대 물질문명의 과부하로 인해 발생한 것이다. 즉 이광수는 물질문명보다 문화가 더 중요함을 강조하고 있다.

> 비록 단시간이나마, 쏘 극히 不確實하게 抽象的으로나마 獨立이라든지, 富國强兵이라든지를 理想으로 한 째는 잇스되 庚戌 8월에 日韓合倂이 實行된 뒤로는 거의 沒理想의 狀態에 쌔졋으니 만일 이대로 가면 精神的으로 滅亡하는 地境에 니를 것이외다. 이에 우리는 새로운 民族的 理想을 定할 필요가 잇스니 그것은 즉 新文化의 産出이라합니다.[43]

경술국치 이전에는 조선의 정신적 이상이 추상적이나마 있었으나 현 상태에는 이런 모습조차 찾아볼 길 없음을 개탄하고 있다. 물질문명은 많은 폐해를 낳으므로 정신을 통한 민족적 이상을 가지는 것이 급무임을 주장한다. 정신적 이상이 바로 문화 창조이다. 문화는 정신문명을 토대로 형성되는 것이고, 이 정신문명의 핵심이 문학이다. 문학은 다름 아닌 인간의 정신 중, '정'의 발현을 통해 형성되는 것이고, '정'은 한 민족의 문화를 창조하는 동인이다. 물론 '정' 개념은 서구 낭만주의의 영향아래 유입된 근대적 개인의 발견을 통한 자아의 형성과 개성의 자각을 말하는 것으로써 서구 근대 문명의 수용이라 할 수 있다. 이것이 일제를 통해 유입되어 조선의 식민지 근대문학을 토대로 한 계몽 담론을 형성하는 요소로 작용하게 된다.[44] 물론 '정'은 식민본국을 통해 이식된 개념이지만 피식민지

---

43) 이광수, 위의 글, 8쪽.

44) 정병호는 이광수 문학의 키워드인 '정'이 「소설신수」나 일본의 대작가나 거대 작품을 중심으로 영향받은 것이 아니라 오히려 이광수가 위치하고 있는 문학 환경에 영향을 받았다고 본다. 물론 당대 이광수의 문학에 영향을 준 일본문학사는 서양문학사의 영향이라 보고 있다.
정병호, 「이광수의 초기 문학론과 일본 문학사의 편제」, 『일본학보』 제59집, 한국일본학회, 2004. 6.

와의 교섭과정을 통해 새로운 의미를 도출하게 된다. 결국 '정'은 정신문명을 이룩하여 현 조선의 신문화를 창조하는 논리로 작용하고 있다. 이광수가 강조했던 '정'은 자신이 의도했든 안했든 식민지 조선에서 일제의 식민주의 담론에 종속되지 않는 내적 논리로 작용했다. 문명화의 논리는 문화의 논리로 인해 식민주의 담론에 '불확실성'을 생성하게 된다. '정'은 결국 이광수가 식민주의 담론인 문명화 논리를 통해 민족주의를 추구하고자 한 기획의도에 '정신'적인 부분을 부연하는 결과를 낳았다. '정'은 문학을 발생시키는 원동력이자, 조선의 정신문명과 문화를 창출하는 동인이다. 이광수에게 '정'의 담론은 결국 문화를 생성해야만 조선의 진정한 신문명을 일으킬 수 있다는 계몽 담론45)이라 할 수 있다. 이광수는 1910년대 조선의 민족주의 담론을 문명화론만으로 정형화시키지 않고, 식민주의 담론을 전유하는 가운데 '정'의 논리를 결부함으로써 새로운 민족주의 담론을 형성하였다. 즉 '정'의 담론은 당대 조선인에게 문화 창조에 대한 계몽 담론으로써 기여하였다고 할 수 있다.

결론적으로 '정'은 문화를 탄생시키는 원동력으로 작용한다. 개인의 개별성과 자발성을 통해 생성되는 문화는 문명화와 집단성을 강요하는 일제의 식민주의 담론과는 '차이'가 있다. 즉 개인의 자발성의 동력인 '정'은 일제 식민주의 담론의 모방을 통해 생성된 것인 동시에 일제 식민주의 문명화 담론에 균열을 일으켜 민족주의 계몽 담론으로 기능하는 양가적인 모습을 보였다. 이상에서 밝힌 논의를

---

45) 정병호는 이광수가 영향 받은 일본문학사는 예술로서의 문학이나 미의 추구대상으로서의 문학이라는 의식은 상당히 낮았으며, 도리어 현재적 시점에서 보면 근대 문학에서 배제해야 할 대상으로 간주해 온 문학의 공리적 역할과 효용론을 특히 강조하고 있다고 파악한다. 효용론적인 측면에서의 문학의 강조는 계몽 담론으로 이어질 수밖에 없다.
정병호, 위의 글, 462~466쪽 참조.

 이광수 문학의 민족주의 담론의 양가성

그의 작품을 통해 수행되는 과정에서 어떻게 드러나는지 그 양상을 살펴보겠다. 이를 위해 그가 직접 경험을 통해 느낀 바를 기록한 기행문과 초기 단편소설을 연구대상으로 분석하겠다.

2) 유교와 물질문명 비판으로서 '정'의 양가성

이광수의 '정'의 담론은 그의 단편소설에서 다양한 형태로 나타난다. 초기 문학에서는 '정'의 발현을 통한 사랑의 추구가 담론의 중심이 되면서, 민족 정신영역의 계몽 담론으로 활용된다. '정'의 발현을 통한 개인의 자발성의 추구는 폐쇄적이고 개성을 억압하는 당대의 유교적 관습과 사상에 대해 비판적일 수밖에 없었다. 이러한 논리를 담고 있는 작품들을 통해 '정'의 담론이 발현하고 있는 의미를 고찰하겠다. 「어린 벗에게」는 4통의 편지를 소중한 친구에게 보내는 형식의 서간체 소설이다. 주인공 임보형이 민족사업차 간 상해에서 병을 얻어 익명의 여인에게 간호를 받은 내용의 제1신, 그 여인이 일본 유학시절 사랑했던 김일연이었다는 제2신, 미국행 프로타호를 타고 항해하던 중 침몰하여 겨우 목숨을 구하게 된 일의 제3신, 그녀와 같은 기차를 타고 소백산을 지나면서 기혼자인 자신의 상황과 김일련의 환경을 말하면서 그들의 만남이 운명적임을 설명한 제4신으로 구성된 작품이다. 사랑의 가치와 자발성을 역설하는 이 작품은 형식적인 사랑이 아닌 생명 있는 '사랑'의 추구, '감정'의 해방을 형상화하고 있다.

나는 저 形式的 宗敎家 道德家가 입버릇으로 말하는 그러한 愛情을 닐음이 아니라, 生命잇는 펄펄끌는 愛情, 쌧쌧마르고 슴슴한 愛情 말고 자

릿자릿하고 달디달디한 愛情을 닐음이니 가령 母子의 愛情, 어린 兄弟姉
妹의 愛情, 純潔한 靑年 男女의 想思하는 愛情, 쏘는 그대와 나와 가튼 想
思적 友情을 닐음이로소이다.46)

情의 추구는 남녀간의 사랑, 인간에 대한 사랑, 동성간의 사랑 등
다양한 형태로 나타나고 있다. 이광수는 생명이 충만한 애정을 진정
한 사랑의 양상이라 생각한다. '사랑'은 일본 유학생들이 피식민지
조선 문학을 개혁하기 위해 유입한 사상이다. 즉 식민주의 문명화
담론을 적절히 모방한 것이다. 그는 자각을 통한 사랑의 구현을 막
는 것이 유교의 혼인제도라고 지적한다. 유교를 비판하는 논리는 근
대적인 개인의 개념을 모방하는 것에서 비롯되었다. 개인의 자발성
추구는 조선의 혼인제도 비판을 통해 형상화 하고 있다. 주인공인
나는 조선에서 이루어지는 혼인의 의의를 두가지면에서 밝히고, 이
것이 갖는 반근대적 야만성을 비판한다. 그 하나는 "父母가 아들과
며느리를 노릿갯감으로 노코 구경하는 것"이고, 다른 하나는 "도야
지 장사가 하는 모양으로 색기를 받으려함"47)이다. 오직 조선남녀
는 부모의 완구와 생식하는 기계의 역할만 한다. 그는 肉慾의 만족
과 자녀의 생산만이 혼인의 목적이 되는 것을 비난하고 있다. 이러
한 혼인은 인생의 정신을 깨닫지 못한데서 오는 열등한 생활의 표
현이다. 즉 "정신적 애착과 융합"이 없는 혼인은 근대의 문명한 나
라에서는 찾아볼 수 없다는 것이다. 이광수는 '정'의 추구를 위해
유교의 혼인제도와 유학의 속성인 '정'을 억제하는 기제로 사용된
'性'의 논리를 비판한다.48) 이광수의 유교 비판 논리는 근대 식민주

---

46) 이광수, 「어린벗에게」, 『청춘』 9호, 1917, 99쪽.
47) 이광수, 위의 글, 105쪽.
48) 김종수는 이광수가 '정'적 욕구의 주체로서의 인간을 의식했다는 점은 '정'의 억

 이광수 문학의 민족주의 담론의 양가성

의 문명화론의 모방 결과라 할 수 있다. 그러나 이 작품은 식민주의 문명화론의 모방을 통해 식민주의와 '동일화'하고자하는 욕망의 표현임과 동시에 '차이'를 나타내기도 한다. 이광수는 '정'의 발현을 막는 기제로 조선 유교의 혼인 제도를 비판의 대상으로 삼고 있다. 유교 비판은 '정'의 발현을 강조하기 위한 논리로써 서구 근대적 개인의 개념을 원용한 것이다. 이광수는 유교의 성리학에서 '정'의 발현을 억제시키는 기제로 '性'과 '理'에 주목한다. 그는 성리학이 인생의 자연스러운 감정들을 금지하여, 정신문명을 말소시켰다고 본다. 「어린 벗에게」에서 주인공인 '나'는 유교의 혼인제도에 의해 희생된 인물로 제도의 모순을 비판한다.

> 法律과 道德이 人生의 意志와 情을 거슬이기 위하야 생겼는가 人生의 意志와 情이 所謂 惡魔의 誘惑을 바다 道德과 法律을 違反하려하는가 (중략—인용자) 現代人은 넘어 道德과 法律에 靈性이 痲痺하야 靈의 權威를 認定 못하나니 이는 生命잇는 人生으로서 生命업는 機械가되어바림과 다름이 업나이다.[49]

잘못된 법률과 도덕이 인간의 본성인 '정'을 억제케 하고, 영성을 마비시킴으로 인간다운 삶을 살아갈 수 없게 만든다. 즉 도덕과 법률은 인간의 '情', '달디달디한 愛情'을 억제하는 기제로 작용한다. 이런 관점은 「소년의 비애」에서도 비슷한 양상으로 나타난다.

「소년의 비애」는 그가 논설에서 두드러지게 비판한 유교의 폐해

압을 기본도덕으로 여겼던 봉건적 유교체제에서 개성적 인간의 해방을 의도한 계몽의식으로 이해할 수 있다고 파악한다.
김종수, 「이광수 문학론의 계몽의식 연구」, 『한국문학이론과 비평』 제11집, 한국문학이론과 비평학회, 2001. 6, 121~122쪽.
49) 이광수, 「어린 벗에게」, 앞의 책, 132~133쪽.

를 작품을 통해 형상화하고 있다. 주인공 문호는 "美的, 情的 文學을 愛"하는 청년으로 사촌 누이와 문학을 통해 정신적 교류를 즐기는 인물이다. 그는 누이 난수를 인간적으로 사랑하고, 난수의 감정적 생활을 고평하면서, 문학에 대해 서로 논한다. 그러나 난수는 부모의 뜻대로 양반집 천치 남편에게 시집을 가게 된다. 결국 유교의 고루한 관습에 억눌려 개인의 자발성을 발휘하지 못한 인물과 그런 삶을 유지하려는 구세대를 비판하고 있다.

이 작품은 젊은 세대가 '정'을 발현하여 스스로 생각하고 새로운 문화를 창조해 나갈 것을 강조한다. 이광수는 젊은 세대인 난수에 대한 비판과 고루한 유교 폐습에 젖어 있는 구세대를 동시에 비판하고 있다. 난수는 신교육을 받았음에도 불구하고 구세대의 고루한 인습을 거역하지 못한다. 이광수는 이 지점에서 자각을 통해 자발적으로 자신의 삶을 이끌어 가지 못하는 신세대에 대해 비판한다. 또한 한 여자의 삶을 완전히 파괴시킨 대죄악인으로 숙부의 '無知無情'함을 비판하고 있다. 작품에서 비판의 논리로 적용하는 것은 그가 논설에서 주장하는 논리와 연결된다. 이광수는 「자녀중심론」에서 '효'라는 명목 아래 부모가 자식을 자신의 소유물처럼 대하는 것에 대해 신랄하게 비판한다.

> 子女는 自己便으로 보면 獨立한 個體니 子女는 實로 子女自身을 爲하야 난 것이오. 父祖를 爲하야 난 것이 아니니 그러므로 子女는 決코 父祖를 爲하야 自己를 犧牲할 義務가 업고 쏘 父祖가 子女에게 犧牲되기를 請求할 權利도 업다. (중략―인용자) 이 孝라는 觀念의 內容은 不可不 變하여야 할 것이니 이것은 他項에 更論하려니와 아모러나 子女의 最大한 義務가 父母에 對한 것이라 하던 舊朝鮮의 그릇된 道德에서 新朝鮮의 子女를 救出하여야 할 것은 焦眉의 急이오. 同時에 吾族 萬年의 運命이 分岐하는 地頭이라.50)

위 글에서 부모는 '자녀가 독립된 개체임'을 인정하고, 자녀가 부모에게 효도해야 한다는 생각은 버려야 함을 강조한다. 이런 논리는 바로 '정'의 개념에서 발생한 것이다. '개인의 자발성' 강조, '개성의 자각'을 인정하여, 자녀 역시 인격체로서 독립한 개체임을 父祖들은 자각해야 한다는 것이다. 즉 '정'은 개인의 자발성을 막는 고루한 관습의 개혁을 통해 새로운 문화 창조의 계몽 논리로 이어진다. 이것은 「소년의 비애」의 난수의 부친에 대한 비판과 동일선상에 있는 계몽논리라 할 수 있다. 이는 '개체'의 중요성보다 '집단'을 중요시하여 개인의 자발성을 무시하는 유교사상에 대한 비판이다. 이런 '정'의 발현으로 드러나는 이광수의 유교 비판은 일제의 근대적 개인의 개념을 모방한 것이지만, 식민지배 담론에서 보이는 유교의 '교풍' 이념과는 '차이'를 보인다.

> 彼等은 古來의 習慣혹은 德敎로 親을 尊ᄒᆞᄂᆞᆫ 同時에 其祖先을 敬ᄒᆞ며 更히 其墳墓를 重大히 思想ᄒᆞ고 又一面으로 學校에 入ᄒᆞ야ᄂᆞᆫ 非常히 敎師를 尊敬ᄒᆞ고 又ᄂᆞᆫ 長者에게 恭順ᄒᆞᄂᆞᆫ 美風이 有ᄒᆞᆫ 故로 此를 敎ᄒᆞᆷ에ᄂᆞᆫ 卿등의 從來尊敬ᄒᆞᄂᆞᆫ父母敎師의 恩보다 更히 深大ᄒᆞᆫ 天皇陛下의 恩澤을 思ᄒᆞ고 又 陛下 ᄭᅴᄋᆞᆸ셔 治ᄒᆞ시ᄂᆞᆫ 國家를 愛ᄒᆞ고 忠節을 盡ᄒᆞ라 說明ᄒᆞ면 능히 君國의 重大함을 了解ᄒᆞ며[51]

위의 『매일신보』의 사설은 조선의 장유유서, 군신유의 등의 어른을 존경하는 유교의 미풍양속을 이용하여 피식민지 조선인을 교화하고자 한다. 일제는 조선 古來의 유교사상을 부모나 스승보다 더 큰 은덕을 주는 천황을 숭상할 수 있는 이념으로 변용하고 있다. 일

---

50) 이광수, 「자녀중심론」, 『청춘』 15호, 1918, 11~12쪽.
51) 「朝鮮의 美風良俗」, 『매일신보』, 1912. 1. 16.

제는 조선의 유교사상을 식민지배에 용이하게 이용할 수 있는 논리로 바꾸어 조선인을 교화하려는 목적으로 사용한다. 이광수는 '정'의 발현을 막는 조선의 유교사상을 비판하였고, 일제는 유교사상을 이용하여 식민주의 지배담론으로 변용하고 있다.

일제는 물질문명의 미개를 빌미로 조선을 식민화했다. 또 식민지배 정책으로 '민풍개선'을 내세우면서 유교의 고루함을 비판하였다. 조선은 유교의 고루함으로 인해 문명국이 될 수 없었다는 것이다. 즉 일제는 조선의 유교를 야만으로 규정하여 침략논리로 사용하였고, 동시에 유교의 이념을 '민풍개선'이라는 측면에서 식민통치이념으로도 사용하였다. 이 두 가지 양상은 모두 일제의 식민주의 담론으로 이용되었다는 점에서 동일하다. 그런데 이광수의 유교비판 논리는 일제의 문명화 담론인 '정'을 통해 구현하고 있다. 이것은 식민주의 담론을 모방하여 동일시한 것이지만, 그 비판의 지점이 일제의 '민풍개선'에서 이용한 식민주의 담론은 아니라는 점에서 차이가 있다. 이광수는 일제를 통해 서구 근대 문명의 핵심인 '정'을 모방하였다. 그러나 '정'의 모방이 식민주의 담론과의 '동일화'에 그치는 것이 아니라 모방의 과정에서 '차이'를 낳게 되고, 계몽 담론으로써 새로운 민족주의 담론을 형성하는 논리로 원용되기에 이른다. 「어린 벗에게」와 「소년의 비애」는 개인의 자발성을 통해 사랑을 추구하고, 개인의 자각으로 자유로운 결혼을 할 것을 주장한다. 그는 이런 주장을 뒷받침해주는 논리로서 '정'의 발현을 막고 있는 유교를 비판한다. 이광수에게 있어서 유교비판은 근대적 개인의 개념인 '정'을 모방한 데서 비롯된 논리임과 동시에 일제의 '유교를 변용한' 식민주의 담론에 균열을 일으키는 논리로도 작용하는 것이다. '정'은 새로운 문화를 창조하고자 한 이광수의 민족주의 계몽 담론이었다고 할 수 있다.

한편, 이광수는 '정'의 발현을 막는 기제로서 유교뿐만 아니라, '물질문명'의 추구를 지적한다. 유교의 법률과 도덕이 '정'의 발현을 막아 인생의 진정한 의미를 깨닫지 못하게 하였듯이 물질문명 역시 인간의 정신을 피폐하게 만드는 작용을 한다.

> 오래 살아야 七十년에 구태어 社會앞헤 긇어 업데어 온갖 服從과 온 갖 阿諂을 하여가면서까지 奴隸적 安全과 快樂에 戀戀할 것이야 무엇이 니잇가. 제가 正義로 생각하는바를 따라 勇往邁進하다가 成하면 조코 敗하면 暴風에 썰어지는 꼿모양으로 훌적 날아가면 그만이로소이다. (중략 −인용자) 그네의 所謂 文明이라는 것이 卽 天命을 拒逆하는것이외다.52)

이 글에서 주인공은 "사랑의 本能을 抑制하지 아니할" 뿐만 아니라, 사랑을 통해 "人生의 完全한 發現을 期"할 것을 맹세하는 인물로 사랑 없는 사람은 사람이 아니라고 말한다. 이러한 사랑을 억제시키는 것이 바로 문명이다. 그 문명으로 지적되고 있는 것이 의식주로 표명되는 근대 물질문명이다. 이광수는 문명을 모방하면서도 글쓰기의 과정에서 물질문명을 비판하는 모습들이 자주 나타난다. 이러한 모습이 나타나는 것은 이광수가 식민주의 논리인 문명 개화론의 이중성, 물질문명의 허상과 모순에 대해 인식하고 있었기 때문일 것이다. 이러한 인식의 단면은 그의 기행문인 「上海서」에서 잘 나타난다.

> 上海 市街는 果然 燦爛하여이다. 長江의 交通은 極히 便利하여젓스며 國內의 富源은 날로 開發되고 鐵道, 電信等 交通機關은 날로 完備하며 四百州 坊坊曲曲이 新文明의 曙光이 아니미쳐가는데 업나이다. 그러나 생각하소서, 아아 이러한 文明의 主人이 누구오니잇가, 支那人과 이 文明과

---

52) 이광수, 「어린 벗에게」, 『청춘』 10호, 1917, 134~135쪽.

얼마나 關係가 잇사오리잇가 그네는 제집을 쑤며주는 洋人을 感謝할가
마다할가 엇지할 줄을 모르고 물쯔럼이 傍觀할 짜름이로소이다. 남이
제 집 일을 처리할째 傍觀하지 아니치 못할 그네의 身勢야 말로 가이
업슨가 하노이다.53)

中國은 政治上 經濟上 어느 方面으로나 완전한 自主가 없건마는, 그 중
에도 가장 痛心할 것은 小學校에서 전혀 英文으로 敎授하고 敎師까지도
英語로 說明함이니, 불상하고 철없는 그네들은 제 나라 말 모르고 英語
잘한다는 말 듣기를 榮光으로 여기어 제 國粹를 일허바리고 두루뭉실이
中國人도 아니요 洋人도 아닌, 말하자면 似而非 洋魂에 浸染된 것이로소
이다.54)

위 두 인용문은 상해에 가서 보고 느낀 바를 기술한 내용이다. 이
광수는 상해가 물질문명의 폐해로 인해 점점 타락해감을 지적하고
있다. 겉모습만 문명의 옷을 입고 있는 상해는 모순점들로 가득 차
있다. 이것은 식민지를 침략한 제국주의의 양면성을 잘 보여주는 것
이다. 이광수는 중국인이 자국의 언어 대신 영어를 사용하는 것을
영광으로 여기는 모습에 대해 '영혼까지도 사이비 서양 혼에 젖어
있다'고 비판한다. 이러한 상해의 중국인은 바로 일제의 피식민인
우리 민족의 모습이기도 한 것이다. 또 오산학교의 교원생활을 했던
이광수의 눈에 강렬하게 보인 것은 매독의 범람이다. "문명은 매독
이라"55)는 말은 물질문명의 이중성과 모순을 표현한 것이라 할 수
있다. 이광수는 제국주의의 식민화 논리의 이중성을 인지하고 있었
다. 이광수는 「상해서」에서 중국의 문명화론의 모순을 비판하지만,
반면에 그들이 중국의 '정신'을 지키려는 노력에 대해서는 높이 평

---

53) 이광수, 「상해서」, 『청춘』 4호, 1914, 76쪽.
54) 이광수, 위의 글, 78쪽.
55) 이광수, 위의 글, 79쪽.

  이광수 문학의 민족주의 담론의 양가성

가하고 있다. 그는 중국인을 "電燈은 켤망정 초불도 바리지 아니하며, 머리는 싹글망정 先王의 衣冠을 바리지 아니하며", "설혹 洋裝을 하더라도 동족끼리는 古來의 禮儀를 지키"56)는 민족으로 평가한다. 이것은 자신들의 본색을 잃지 않기 위해 노력하는 美質이라고 칭찬하고 있다. 이광수는 문명화가 제대로 뿌리내리지 못한 상해의 모습에서 식민지 조선의 모습을 보았고, 그 가운데서도 자신들의 정신을 잃지 않으려는 그들의 모습에서 또 한번 식민지 조선인의 부끄러움을 깨닫고 있다. 이런 인식의 바탕이 작품에서는 물질문명의 비판과 정신의 지향으로 나타난다. 「어린 벗에게」 역시 '정'의 발현을 통해 드러난 '사랑'의 감정을 억제하는 기제로써의 물질문명의 폐해에 대해 비판한 것이라 할 수 있다.

　비슷한 시기의 작품인 「윤광호」는 동경의 명문대학 경제학과에 유학중인 조선인 특대생이 주인공이다. 윤광호는 혼자의 힘으로 열심히 공부하여 모든 사람들에게 촉망받는 인물이지만 항상 감정의 허함을 느낀다. 윤광호는 자기의 명예와 갈망만으로 만족치 못하여 전차속의 청춘 남녀를 보면서 순간적 감정의 만족을 느낀다. 그러던 어느 날 그는 P라는 사람을 만나 사랑에 빠지고 그 사람에게 혈서로써 애정 고백을 한다. 그러나 돈과 외모의 부족으로 거절당하고 만다. 결국 돈이 없고 외모가 못생겨서 사랑을 거절당한 그는 좌절 끝에 자살에 이르게 된다.57) 윤광호는 명예와 갈망만으로는 정신적

---

56) 이광수, 위의 글, 79쪽.
57) 「윤광호」는 '정'의 발현을 통해 순수한 사랑의 감정을 추구하고자 하는 내용을 담고 있는데, 그 사랑의 대상이 바로 동성인 남자로 드러나고 있다. 서영채는 「윤광호」에서 사랑의 대상을 남성으로 선택한 것은 성적 취향인 동성애와는 전혀 상관없는 것이라 지적한다. 그것은 윤광호의 애정이 철저히 탈성화되어 있고 관념적이기 때문이라는 것이다.
　　서영채, 「이광수의 초기 단편에 나타난 사랑의 양상」, 『한국현대문학연구』 10집,

공허감을 채울 수 없었다. 사랑의 실현을 통해 정신적 세계를 채우고 싶어 하는 인물이다. 그러나 정신적 공허함을 채울 수 있는 사랑을 얻기 위해서는 돈과 외모가 필요했다. 물론 그에게는 돈과 외모가 없다. 결국 그는 정신적 공허함을 채울 수 없어서 자살이라는 극단의 상황을 선택한다. 이 작품은 인간 삶의 원동력은 '정'의 자유로운 발현을 통한 정신의 충만함이라는 것을 말하고자 한다. 그러나 '정'의 발현으로 나타나는 사랑의 감정조차 현대 물질문명의 위압 아래에 좌절되고 있는 것이다.

> 「쟈 한잔 잡수시오. 우리가티 黃金도 업고 美貌도 업고 生存競爭에 劣敗한 者는 술이나 먹어야지오」 (중략—인용자) 「나는—이 尹光浩氏는 말이야요—나는 宇宙는 「돈」으로되엇다합니다」하고 쏘 麥酒 한 甁을 잡아당기며 「이 조흔 술도 돈만 주면 옵니다 그려. 돈만 잇스며 가지지못할 것이 업고 하지못홀일이업구려.」[58]

돈만 가지면 사랑도, 술도 모두 가질 수 있는 물질문명의 세태를 비판하고 있다. 인간의 자발적 감정이라 할 수 있는 사랑을 물질인 돈이 막고 있는 세태를 비판한다. 이는 '정'의 발로를 막고 있는 현재의 물질문명의 위험성을 표출하는 것이기도 하다. 윤광호는 인생의 진정한 맛을 느낄 수 없어 결국 자살로 생을 마감한다. 이 작품은 '정'과 '정신'이 우선되지 않은 삶의 폐해를 지적하고 물질 우선의 생활을 비판한 것이다. 이광수에게 있어서 '정'의 발현인 '사랑'도 문명화 논리를 비판하는 계몽논리로 기능하다. 이는 인간의 진정한 정신의 세계를 이해하지 못하는 물질문명에 젖어 있는 현대인에 대

한국현대문학회, 2001. 12, 156쪽.
58) 이광수, 「윤광호」, 『청춘』 13호, 1918, 77쪽.

　이광수 문학의 민족주의 담론의 양가성

한 비판이기도 하다.

 이 작품과 시기적 차이는 있지만, 이광수가 일본어로 쓴 최초의 작품인 「사랑인가」(1909)도 조선인 유학생이 일본인을 사랑하게 되어 겪는 좌절감을 그리고 있다. 이 작품의 주인공 역시 사랑의 좌절로 인해 자살을 하게 된다. 주인공 문길은 순수한 '정'의 발현을 막고 있는 이중의 벽을 실감하고 좌절감을 느낀다. 작가는 이 작품에서 동정을 베풀지 못하는 인간에 대한 비판의 시선도 강하게 보여준다. 주인공인 문길은 자신의 마음을 보낸 편지에 미사오가 호응을 한다는 내용을 확인한 후 그를 찾아간다. 그러나 미사오는 문길을 아무런 이유도 없이 무시한다. "그와 나는 단지 이중의 벽을 사이에 두고 만 리 밖의 생각을 하고 있는 것"[59]이라고 생각한다. 문길의 이러한 의식은 시대적 상황을 고려해 볼 때, 식민지 조선인이 식민 본국인 일본 제국주의를 닮고 싶어 하는 모방의 욕망과 그러한 욕망을 충족할 수 없는 피식민자의 좌절감의 표현으로도 읽힐 수 있다.[60] 즉 「사랑인가」는 인간의 순수한 '정'의 발로를 막는 현실의

---

59) 이광수, 「사랑인가」, 『白金學報』 19호, 1909. 12. (김윤식, 『문학사상』, 문학사상사, 1981. 2, 442쪽에서 재인용.)

60) 일본인인 미사오는 어둠과 굴욕의 삶을 살아가고 있는 피식민 유학생인 문길에게 천사의 모습으로 비춰진다. 그에게 미사오는 이중의 벽을 뛰어넘어야만 만날 수 있는 존재이다. 피식민자가 식민주의자가 되어야만 넘을 수 있는 벽인 것이다. 1909년경의 조선은 일본의 식민통치하에 있는 것과 마찬가지였다. 당시 이광수의 일기를 살펴보면, 이 소설 「사랑인가」를 쓰기 전날인 1909년 11.15일에 "'대일본제국을 애호하시옵소서. 이등공같은 인물을 보내어 주시옵소서' 골계! 골계! 그리고도 그들은 기독신자라 한다. 혓바닥은 아무렇게 도는 것이다."라고 적혀 있다. 일기에서 보듯이 이광수는 당대 일본인들의 제국주의적인 모습에 상당한 조소를 보내고 있다. 그 다음날 소설 「사랑인가」를 썼다는 일기의 기록을 보면 이 소설에서 문길과 미사오의 이야기는 시대적 상황에서 해석 가능하다. 미사오에게 사랑을 얻을 수 없는 문길은 피식민자이기 때문이다. 미사오의 문길에 대한 무시는 식민자가 피식민자를 향해 보이는 식민주의의 폭력인 것이다. 18세의 어린 소년에게는 자살이라는 방법만이 식민주의의 폭력에 저항하는 유일한

문제, 동정이 없는 정신세계의 부재를 비판하는 것이다. 동시에 제국주의 모방의 욕망을 통해 나타나는 피식민자의 좌절의 모습을 보여주는 작품이기도 하다.

「윤광호」와 비슷한 시기에 쓴 작품인 「방황」의 주인공은 조선의 독립을 생각하고 조선을 유일한 애인으로 사랑하려고 한다. 그러나 그 사랑이 열렬하지 않다. 그 이유가 싸늘한 생활 때문이라는 것이다. 즉 민족애의 부족이냐, 개인 내면으로의 침잠이냐의 문제를 벗어나 이 작품은 "世上의 義務의 壓迫과 愛情의 羈絆 업는 싸늘하고 외로운 生活!"61)에 중심이 놓여있다. 주인공인 나는 "내 몸은 지극히 싸뜻하얏다. 그러나 내 生命은 물론 치윗다."62)라는 내용의 말을 자주 반복하면서 정신의 부재에서 오는 생명의 한계에 대해 비관한다. 이 작품 역시 주인공의 방황의 핵심은 민족이냐 개인이냐가 아니라, 정신적 공허감을 채울 수 없는 자신의 생활이다. 이것은 바로 '정'을 발현할 수 없는 자신의 현재 상황에 대한 압박감과 정신적 충만함을 주는 대상의 부재에서 오는 방황이라 할 수 있다. 개인의 '정'이 제대로 발현되어야만 '민족'에 대한 사랑으로 나아갈 수 있음을 말하는 작품들이다.

이상에서 살펴본바 이광수의 초기 단편소설은 정신세계의 핵심인 '정'의 발현을 추구하고자 하는 인간의 모습을 그리고 있다. '정'은 개인의 개별성을 인정하고 자발적 자각을 추구하는 서구 근대문명의 모방으로 탄생한 담론이다. 이러한 '정'의 담론이 일제를 통해 조선에 유입되어 식민지 조선의 문화를 형성하는데 작용한다. 결국

방법이었을 것이다.
61) 이광수, 「방황」, 『청춘』 12호, 1918, 82쪽.
62) 이광수, 위의 글, 75쪽.

'정'은 식민주의 문명화 담론의 모방으로써 식민지 조선에서 '개인의 자발성 추구'와 '개성의 자각'이 필요하다는 계몽 담론으로 기능한다. 그러나 문명화 담론인 '정'은 물질문명을 토대로 형성된 식민주의 담론과 교섭하는 과정에서 식민주의 담론과 '차이'를 보이면서 새로운 민족주의 담론으로 형성된다. 그것은 식민주의 담론인 '물질문명화'론의 재생산이 아닌 정신문명을 통한 제3의 새로운 문화 창조로 이어지는 담론의 형성인 것이다. 즉 '정'은 서구 근대 문명의 '동일화'이자 '문명화' 담론을 토대로 기획된 일제 식민주의 담론과 '차이'를 낳는 양가적 의미를 획득한다. 식민주의 담론에 종속되어 자기 식민화의 과정으로 나아가는 것이 아니라 새로운 담론을 형성하는 계기로서 작동한다. 1910년대 이광수는 '정'의 중요성을 피력한 지식인이다. '우승열패'의 슬로건으로 물질문명을 주창했던 식민지 초기에, 이광수의 '정'은 식민주의 담론과 교섭하는 과정에서 '동일화'와 '차이'를 나타내며, '문명화론'을 전유하여 형성된 민족주의 담론에 새로운 의미를 부여하는 내적 동인으로서 작용한다.

제국주의의 대항에서부터 비롯된 식민지 조선의 민족주의는 1910년대 제국의 담론인 문명화 담론을 전유하면서 나타났다. 근대의 이행기에 식민지 민족주의는 근대의 표상이라고 할 수 있는 제국주의의 담론을 전유할 수밖에 없었으며, 제국주의 담론은 식민지에서 문명화 담론으로 나타났다고 할 수 있다. 근대를 받아들이지 못한 결과로 식민화가 되었다고 생각하는 당대 조선인의 입장에서는 문명화 담론을 민족주의 담론으로 전유하는 것이 식민화를 극복할 수 있는 유일한 방책이었다. 식민주의 담론을 모방하는 과정에서 이광수의 민족주의 담론인 '정'을 통한 정신문명의 발현양상은 제국의 문명화 담론을 전유하면서 나타난 혼성화의 모습이다. 1910년대 정

의 발현을 구현하고자 했던 그의 단편소설은 식민지 초기 조선의
정신의 자발성을 중시하는 계몽 담론의 역할을 하였다. 그러나 유교
관습의 개혁과 물질문명의 비판을 통해 이루어짐으로써 식민주의
현실의 제도에서 비롯된 다양한 모순점을 발견하지 못하는 한계도
드러냈다. '정'의 계몽 담론으로 드러난 1910년대 이광수의 민족주
의 담론은 1920년대 문화 민족주의로 자연스럽게 이어지면서, 근대
기획으로서의 민족주의와 유기체적 민족주의가 결합하는 양상을 도
출하기도 한다.

다음 절에서는 1910년대 식민주의 담론의 핵심인 동화주의를 수
용하면서 드러나는 이광수의 민족주의 담론인 '준비론'의 양가성을
살펴볼 것이다. 1910년대 준비론으로 드러난 이광수의 민족주의 담
론은 '일시동인', '동화주의'를 모방하면서도 식민지 공간의 문화,
상징, 담론들과의 혼성화로 인해 식민주의 담론과 '차이'를 표출한
다. 3절에서는 그의 1910년대 논설과 장편소설 『무정』, 『개척자』를
통해서 '준비론'의 양가성을 고찰하겠다.

3. 동화주의 담론과의 차이와 준비론의 양가성

1) 동화주의 담론과의 차이와 이광수의 이중적 위치

1910년대 한일병합의 명분으로 일제는 문명과 야만의 이분화 논
리를 조선의 식민화 논리로 이용하였다. 문명화론은 기본적으로 사
회진화론에 토대를 두고 있으며, 서양의 제국주의 논리를 일제가 변
용하여 식민주의 담론으로 사용한 것이다. 조선의 근대화에 대한 욕
망과 식민화를 벗어나고자 하는 민족주의의 욕망의 결합이 이광수

의 1910년대 민족주의 담론을 형성하는 기저로 작용했다. 이것은 이광수에게 '준비론'이라는 형태로 드러났으며, 준비론은 제국의 담론인 문명화를 전유하면서 형성되었다. 즉 식민주의 담론인 문명화론을 모방하는 과정에서 민족주의 담론은 문명을 추구하는 심화의 양상과 신문명을 거부하는 위협의 양상으로 드러나고 있음을 확인할 수 있다. 이것은 식민주의 담론에 동화되거나 이탈하는 것을 동시에 보여주는 양가성의 모습이라 할 수 있다. 이러한 논의를 통해 이광수의 1910년대 문학이 식민주의를 재생산하는 '자기 식민화' 논리에 함몰되었다는 기존 논의를 재해석하고, 당대 이광수의 민족주의 담론에 대해 새로운 의미를 부여할 수 있을 것이다.

먼저 식민주의 담론에 대하여 이광수는 적극적 모방을 통해 친일로 나아갔다고 보는 기존의 논의[63]를 점검하는 것을 분석의 출발로 삼아 고찰하겠다. 자기 식민화 논리의 근거로 제시되는 것이 이광수 『매일신보』 소재의 논설인 「대구에서」와 「신생활론」 등이다.

① 官界나 敎育界나 郵便電信局, 鐵道, 輪船, 銀行會社등은 敎育바든 多

---

[63] 김윤식은 1916년 『매일신보』에 발표한 「대구에서」에서의 헌책이 식민지 유일한 합법적 생존 방식이라는 판단에서 나온 것이라면, 이 사상은 이광수가 상해에서 귀국하여 변절한 후의 사상이 아니라 이미 1916년에 완성된 사상이라는 것이다. 그래서 그가 1919년에 기초한 「조선 청년 독립단 선언서」는 돌발적인 사건일 뿐이라고 비판하고 있다. 그리고 「조선청년독립단 선언서」 발표 이후의 그의 2년간의 독립운동을 '돌발적이고 일시적 현상'으로 본다.
김윤식, 『이광수와 그의 시대』, 솔, 1999, 564~565쪽.
이주형은 "「대구에서」에서는 식민지배자에게 조선 청년들의 속성과 현실을 분석해 보이면서 그들을 잘 다스려 줄 것을 부탁하기도 한다. 문명화뿐만 아니라 교육·사회통제도 식민지배자에게 그 주도권을 위탁해 두자는 생각을 표출한 글이다"라고 밝히고 있다.
이주형, 「1910년대 이광수의 장편소설과 계몽의식」, 『국어교육연구』 제34집, 국어교육학회, 2002, 193쪽.

數青年을 需用할레라. 그 大部分은 事務가 高尙하고 複雜ㅎ야 아직 朝鮮人을 使用키 不能하며 當局에서도 當分間 內地人만 主ㅎ야 使用ㅎ거니와 銀行, 會社, 商店의 事務員과 工場의 技術師와 普通敎育의 敎員에도 多數ㅎ有敎育靑年을 取用홀지라.64)

② 만일 저 二十여명으로 하여금 西洋史 一卷이나 國家學 一卷은 말고, 一, 二年동안 新聞, 雜紙만 읽게 하였더라도 자기네 能力과 그만한 手段이 足하고 그 目的을 달치 못할줄을 깨달을 것이니, 일찍 海外에 있어 激烈한 思想을 鼓吹하던 者가 東京에 와서 二, 三年間 敎育을 받노라면 번연 引舊夢을 버려 이전 同志에게 腐敗하였다는 嘲笑까지 듣게 되는 것을 보아도 알지라.65)

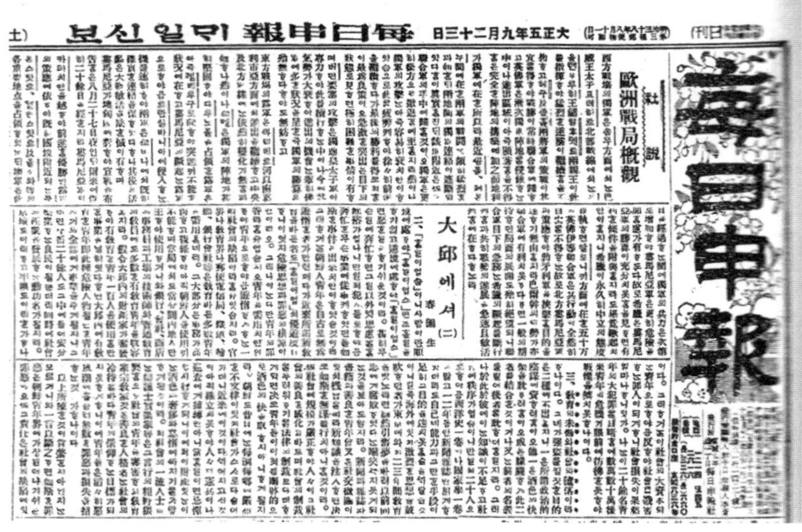

「대구에서」, 『매일신보』, 1916. 9.22~23

①은 조선의 교육받은 청년의 위험성을 제거하기 위해서는 그들

---

64) 이광수, 「대구에서」, 『매일신보』, 1916. 9. 23.
65) 이광수, 위의 글, 1916. 9. 23.

 이광수 문학의 민족주의 담론의 양가성

에게 알맞은 일자리를 주라는 것이다. 중요한 직책은 내지인이 맡아서 하지만, 아직 교육이 미비한 조선 청년은 하급의 일을 주어 노는 시간이 없어지면 범죄도 발생하지 않을 것이라는 논조이다. ②는 선진 문명에 대해 좀더 공부를 해보면, 현재 독립을 한다는 것은 잘못된 생각임을 알게 될 것이라는 내용이다. 이러한 부분을 기존의 논의에서는 '일본이 추구하는 식민정책의 추수의 결과로 드러난 것이고, 민족 개량주의적 발상이 표명된 부분'이라고 본다. 그러나 다음의 인용문을 본다면 이러한 해석이 일면적임을 확인할 수 있을 것이다.

> ③ 一朝倂合이 成ᄒ며 그네의 素志를 펴랴던 舞臺가 업서지고 文明程度 놉은 內地人의 손에 全般社會의 主權이 들어가니 敢히 萬般事爲에 步武를 가치ᄒᆯ슈 업시된지라. 그 사회의 中流以上人物을 多數로 吸收ᄒᆯ 官界도 다시 希望이 업고 整備ᄒᆫ 官公立諸學校가 簇生ᄒ며 그네의 活動ᄒᆯ만ᄒᆫ 私立學校가 根盤을 일허바리고[66]

> ④ 朝鮮도 昔日에ᄂᆫ 每洞每鄕에 嚴然ᄒᆫ 不文律이 잇서 社會가 스스로 다슬어가더니 近來에 이것이 다 ᄭ어지고 시것이 아직 確立치 못ᄒ야 (중략—인용자) 저 社會의 一流人士되ᄂᆫ 辯護士 實業家 등 그 言行의 粗野猥褻홈으로 社會의 靑年을 毒害ᄒ고 敎育家 宗敎家 갓흔 善良ᄒᆫ 人格者ᄂᆫ 社會의 냉대롤 바다 靑年의 崇仰ᄒᆯ 目標가 되지 못ᄒ게 ᄒ니 이에 청년들은 滔滔히 惡風潮에 휩쓸려 無數ᄒᆫ 罪惡과 損失을 招ᄒᄂᆫ것인가 ᄒ나이다.[67]

③은 한일병합으로 인해 교육받은 조선인들이 뜻을 펼칠 무대가 없어졌고, 사회 전반의 주권이 내지인의 손에 의해 좌우되는 것을

---

66) 이광수, 위의 글, 1916. 9. 22.
67) 이광수, 위의 글, 1916. 9. 23.

정확히 명시하고 있다. ④는 교육받은 조선 사람이 강도짓을 하게
된 이유는 동화정책이라는 명목하의 일제 통치체제 때문이라는 것
이다. 이것이 식민지 현실에 많은 문제를 야기하고 있음을 시사하고
있다. 즉, 예전의 조선에서는 엄연한 불문율이 있어 사회가 잘 다스
려졌음에도 불구하고 일제통치하의 현조선은 무질서와 혼란만 가중
되고 있음을 지적하는 것이다. 다시 말해, 이광수는 여기에서 일제
총독부의 식민정책, 즉 식민본국의 문명화된 지식을 받아들이기 위
해 교육을 권장하지만 식민본국과 동일한 수준이 아닌 '차이'를 두
면서 '동일화'를 추진하는 식민정책의 이중성이 식민지 조선인에게
불평등의 계기로 작용함을 보여주고 있다. 또 일제가 조선을 통치하
면서 끊임없이 일선동화를 주장하고, "朝鮮民族으로 ᄒ야곰 忠實ᄒ
日本民이 되게 ᄒ기"[68]에 여념이 없다고 주장하면서도, 내지인에게
주어지는 기회를 정작 교육받은 조선인에게 주지 않는 현실을 지적
하고 있다.

결과적으로 이광수는 이 글에서 일제의 선진문명을 인정하고 동화
주의 식민담론을 수용한다. 그러나 그 수용의 과정에서 식민주의 담
론의 모순점들을 발견해내고 그것을 표출함으로써 새로운 의미를 획
득한다. 이런 측면에서 봤을 때, 기존의 논의에서 「대구에서」가 『매
일신보』라는 총독부 기관지에 투고하여 식민정책을 적극적으로 지
원하는 내용이기 때문에 '준비론의 맹아'이자 '친일의 계기'라는 해
석은 한쪽만을 확대 해석한 것이라 할 수 있다. 이광수는 이 글을
계기로 『매일신보』에 많은 논설과 소설을 싣게 되고, 그러한 글들은
식민주의 담론을 모방적으로 재현하면서 식민주의 권력에는 내재적
인 위협이 된다. 식민주의 동화 정책의 이중성 속에서 피식민자인

---

68) 「朝鮮民族觀 10」, 『매일신보』, 1914. 12. 6.

 이광수 문학의 민족주의 담론의 양가성

이광수는 식민지배자의 동화정책에 동참하면서도 끊임없이 '차이'
를 보이게 된다.

이광수가 「대구에서」를 발표하기 2년 전인 시베리아 치타에서 독
립단체 기관지인 『권업신문』과 『대한인정교보』에 기고한 글을 살펴
본다면 이런 점을 더욱 정확히 확인할 수 있다.

> ⑤ 독립이 급한 것이 아니라 독립홀 쥰비가 급호 것이니 즉 나라롤
> 위호여 죽어 만호 국민을 교육호여야 홀지오 독립호 후에 일호여야 홀
> 인물을 양성호여야 홀지고 여러 가지에 쓸 지졍을 마련호여야 홀지라
> 이러호 쥰비도 업시 헛도히 덤벰은 츳 소위 연목구어이니 엇지 이루리
> 오.(중략-인용자) 우리 열 죽고 왜놈 하나 죽어 우리 2쳔만이 씨도 업
> 시 죽을 쟉뎡홉시다 그리하람에는 도로혀 이러호 원대호 쥰비가 더욱
> 필요호리다. 이 쥰비롤 무엇으로 홀가 오직 돈이올시다 모호고 모히고
> 모혀 돈벌이호스이다.[69]

> ⑥ 우리가 아령과 지나령에서 밥술이나 엇여먹기도 멧날이 아니 가
> 리웟다 우리는 멀지 아니호야 큰 전징-바라고 바라던 독립전징을 호여
> 야 호겟다 그 쎄에 병뎡 될 이도 우리, 대쟝 될 이도 우리, 군량 마련도
> 우리 춍검 쟝면도 우리가 호여야 훈다 마옴으로 쥰비호고 돈으로 쥰비
> 호여라 젼슐도 비호쟈 남드려 책을 닑어 달나서라도 싸움호는 법을 대
> 강 비호쟈 백두산 우에 긔발 플넝 날거든 모도다 우리 달녀나가쟈[70]

이광수는 「독립을 준비하시오」에서 지금은 상업 중심의 시대이고,
상업과 문명의 발달을 동일시하는 시기라고 말한다. 조선의 식민화
도 상업의 발달이 부진하여 발생한 것이기 때문에 독립을 위해서는

---

69) 이광수, 「독립을 준비하시오」, 『권업신문』 제100호~103호, 1914. 3. 1. ; 1914. 3.
　　8. ; 1914. 3. 15. ; 1914. 3. 22. (『민족문학사연구』, 민족문학사학회, 1996, 363~
　　364쪽 참조.)
70) 이광수, 「재외동포의 현상을 론호야 동포교육의 긴급홈을」, 『대한인정교보』 제11
　　호, 1914. 6. 1. (위의 책, 370~372쪽 참조.)

상업을 발전시켜야 한다고 보고 있다. ⑥은 머지않은 미래에 독립전쟁을 해야 하는데, 그러기 위해서는 끊임없이 준비해야 함을 역설하면서, 독립을 위한 준비가 철저히 된 순간 독립은 자연스럽게 이루어진다고 보는 입장이다. 이 글 역시 그의 준비론적 입장을 잘 보여주는 글이라 할 수 있다. 2년 후 『매일신보』에 실린 「대구에서」의 내용과 비교해 봤을 때, 독립단체에서 발간하는 기관지에서는 좀더 전투적이고 적대적인 어휘를 사용하여 투쟁적인 측면이 강하다면, 총독부의 기관지에 실린 글은 그들의 정책에 호응하는 어투를 사용하고 있다는 점이 다를 뿐, 준비론이라는 측면에서는 동일한 시각을 갖고 있음을 확인할 수 있다. 이러한 점에서 보더라도 이광수의 1910년대의 준비론은 단순히 식민지 재생산 논리로만 해석할 수 없다.

「대구에서」의 준비론의 양가적인 분열이 '응시'로 드러난 것은 그가 1919년 2월에 기초한 「조선청년독립단 선언서」에서이다. 이 글은 일본에게 우리의 독립을 투쟁적으로 주장한 선언서이다. "吾族은 生存의 權利를 위하여 온갖 自由行動을 取하여 最後의 一人까지 自由를 爲하는 熱血을 流"할 것이며, "日本이 萬一 吾族의 正當한 要求에 不應할진대 吾族은 日本에 對하여 永遠히 血戰을 宣하리라."[71]라고 하면서 피를 흘리는 투쟁을 통해서라도 독립을 쟁취하겠다는 각오가 격렬하게 드러난 글이다. 이 글 역시 동화주의 식민담론의 이중성이 드러내는 모순점을 여실히 파헤치고 있다.

> 公私에 吾人과 日本人과의 間에 優劣의 差別을 說하며, 吾族에게는 日本人에 비하여 劣等한 教育을 施하여 써 吾族으로 하여금 永遠히 日本人의 使役자로 成케하며, 歷史를 改造하여 吾族의 神聖한 歷史的 傳統과 威嚴을 破壞하고 凌侮하여, 小數의 官吏를 除한 外에는 政府의 諸機關과 交通, 通

---

71) 이광수, 「조선청년독립단 선언서」, 『이광수 전집』 10권, 삼중당, 1972, 16쪽.

 이광수 문학의 민족주의 담론의 양가성

信, 兵備등 제 機關에 전부, 혹은 대부분 日本人을 使用하여 吾族으로 하여금 永遠히 國家 生活의 知能과 經驗을 得할 機會를 부득케하니, 吾人은 결코 如此한 武斷 專制, 不正 不平等한 政治하에서 生存과 發展을 享有키 불능한지라.72)

위의 인용문에서 보듯이, 이광수는 일본인과 조선인 간에 차별적 교육과 업무에 대한 불평등, 즉 식민지 동화정책이 식민지인에게 얼마나 불평등한 것인가를 꼼꼼히 짚어내고 있다. 이러한 내용은 앞서 밝힌 「대구에서」의 ③번 인용문과 거의 비슷하다.

이상에서 식민담론의 적극적인 추수로만 논의되었던 이광수의 준비론이 항상 양가적으로 분열되고 있음을 확인할 수 있었다. 다시 말해 준비론에 나타나는 모방의 한 측면이 식민주의 담론에 동화되는 모습이라면, 그 다른 측면에는 그것을 위협하는 모습이 나타나는 것이다. 이러한 양상이 「조선청년독립단 선언서」에 표출되고 있다.

1910년대 문학에 확연히 드러나는 준비론의 양가적 측면의 기원은 그의 1910년대 이전의 동경 유학체험과 1914년경부터 시작된 시베리아의 방랑 등의 경험이 복합적으로 형성되면서 시작되었다고 할 수 있다. 독립을 위해 조선이 선진한 문명국이 되어야 한다는 이광수의 준비론 사상은 치타에서 뿐만 아니라 그의 1차 유학시절 때부터 갖고 있었던 사상이다. 준비론은 시대적 상황과도 긴밀한 관계를 보이지만 식민지 시대의 이광수의 위치와도 관련을 가진다. 이광수는 1차 유학시절 일본에서 선진 문명의 세례를 받았고 1910년 조국의 비운을 감지하고 귀국하였다. 이 당시 그는 유학생 잡지인 『태극학보』에 몇 편의 글을 싣는다. 먼저 「수병투약」에서는 한일합병의 위기에 놓인 우리 민족이 버려야 할 것 네 가지 猜忌, 姑息, 守舊, 依

---

72) 이광수, 위의 글, 16쪽.

賴를 지적하고, 조선이 나아가야 할 방향 和睦, 永遠, 進步, 獨立을 제시하고 있다.

以上四者를一寸利刀로快速히斷去ᄒ고猜忌에和睦을姑息에永遠을守舊에進步를依賴에獨立을代入ᄒ야舊來의 面目을一新ᄒ여야外人의奴隷도가히脫홀디며永遠의沈淪도可히免홀디요獨立旗도可히建홀디며自由鍾도可히鳴할디니 嗚呼라自由를叫ᄒ고獨立運動ᄒ는我靑邱二千萬兄弟姉妹[73]

이광수는 조선이 위기에 처한 이 시점에서 버려야 할 것들을 분명히 제시하고 있다. 이것을 버린다면 독립을 쟁취할 수 있다고 이천만 동포 자매에게 역설하고 있다. 「血淚」역시 이러한 내용의 연장선이라 할 수 있다. 이 글은 사람으로 태어났다면 자유와 권리를 위해 우리들을 압박하는 자들을 도살해야 한다는 전투적인 입장을 보인 글이다. 1910년 『대한흥학보』에 실은 「獄中豪傑」[74]이라는 글 역시 투쟁의 기치를 올려 자유를 쟁취하자는 글이다. 이러한 글들은 이광수의 1차 유학시절인 한일병합 이전에 쓴 글로 투쟁, 독립, 도살 등 혁명적 어휘들로 점철되어 있다. 완전한 식민화가 되지 않은 상황에서 독립에 힘쓸 것을 주장하는 것은 식민화 이후의 시기에 비해 훨씬 쉬웠을 것이다. 한일병합이 이루어진 1910년 8월에 쓴 「여의 자각한 인생」에는 국가에 대한 인식이 종합적으로 드러난다. 이 글에서 이광수는 1910년의 국가적 상황을 개인이 무시할 수 없을 뿐만 아니라, 예전과는 달리 국가는 개인의 생명과 함께 할 수밖에 없다고 인식하게 된다. 손병희의 주선으로 일본유학을 가게 된 이광

---

73) 이보경, 「隨病投藥」, 『태극학보』 25호, 1908. 10, 34쪽.

74) "끈어어라, 네니쌀노, 너를 얼맨쇠사슬을! 너닛발이 다라져서, 가루가, 되도록! 깃더려라, 발톱으로, 너를 갓운, 굿은 獄을!"
고주생, 「獄中豪傑」, 『대한흥학보』 9호, 1910. 1, 33쪽.

 이광수 문학의 민족주의 담론의 양가성

수는 자신이 유학하고 있는 나라이자 조선의 주권을 위협하고 있는 일본에서, 새로운 선진 문명과 개인의 자아에 대한 사상을 받아들이지만 그의 내면에는 항상 동학의 정신이 내재되어 있었다. 당시의 동학은 조선에서 크게 두 가지 측면에서 의미를 갖고 있다. 하나는 기존의 양반 지배계층을 향한 평등의식이었고, 다른 하나는 외세에 대한 저항, 특히 일본에 대한 저항의식이었다.[75] 이러한 동학의 사상은 10대 시절 이광수의 내면을 형성하는 바탕이 되었던 것이다. 결국 그는 국치의 비운을 맞이하게 되고, 개인과 국가는 불가분의 관계로 국가의 운명이 자신의 운명에 귀결된다는 애국주의로 돌아오게 된다.

귀국 후 이광수는 남강의 권유로 오산학교에서 교사생활을 한다. "오산학교는 단순한 교육기관이 아니라 민족주의의 불타는 신전"[76]이었다. 오산에서의 교사 생활은 그에게 많은 갈등과 시련을 준 시절이라 할 수 있다. 오산 시절의 내면 의식을 작품으로 형상화 한 것이 단편 「김경」이다. 「김경」은 그의 조선에서 교사로서의 불안감과 자부심이 교차하면서 내면 의식의 모순을 많이 드러내는 작품이다. 교사의 위치에 있음에도 불구하고 자신을 가르쳐 줄 선배가 없는 것에 대하여 후회하고 "이제라도 畏敬할 嚴師門下에 一年만 지났으면"[77]하는 소망을 갖는다. 이러한 조선에서 교사의 경험과 일본 유학의 경험은 식민지 지식인인 이광수에게 이중적 위치를 부여하게 된다. "老兄의 몸은 이미 老兄 혼자의 몸이 아닌 줄을 記憶하시오. 朝鮮人 全體가 老兄에게 期待하는 바가 있음을 記憶하시오."[78]에

---

75) 김윤식, 앞의 책, 117쪽.
76) 김윤식, 앞의 책, 288쪽.
77) 이광수, 「김경」, 『이광수 전집』 1권, 삼중당, 1972, 569쪽.
78) 이광수, 「방황」, 『이광수 전집』 8권, 삼중당, 1972, 94쪽.

서 확인할 수 있듯이 그는 조선인의 기대를 한 몸에 받고 있는 '지도자'격의 위치에 있다. 그리고 동시에 그는 식민지배자의 감시와 억압의 대상인 '피식민자'이기도 한 것이다. 즉 동경 유학생이자 교사인 이광수는 일본의 선진 문명을 배워 와서 조선의 민중들을 계도하는 입장에 있지만, 피식민자의 위치에서는 스승격인 일본에게 저항해야 하는 모순적 상황에 놓이게 된다. 이런 이중적 입장은 그의 사상에 갈등을 일으키는 원인이 된다. "寂寞도 해라, 춥기도 해라, 할 적마다 朝鮮이 내 愛人"이라고 생각하다가도 "나의 朝鮮에 대한 사랑은 그렇게 灼熱하지도 아니하고 朝鮮도 나의 사랑에 對答하는 듯 하지 아니"79)하다는 부정적인 생각을 반복하는 모습은 이러한 갈등 양상을 역력히 보여주는 부분이다. 일본의 선진 문명을 모방하여 조선을 문명화해야 하는 동시에 제국주의에 저항해야 하는 이중적 상황 아래에서 이광수의 민족주의 담론이 형성되었다고 할 수 있다.

구체적으로 그의 준비론이 시작된 것은 치타에서 활동한 시기이지만, 거슬러 올라가 일본 문명을 체험한 1차 유학 시절과 그 이전 동학정신을 수혜한 시절 또한 간과할 수 없다. 이런 다양한 경험의 과정에서 그는 피식민자이자 지도자의 위치에 서게 된다. 식민지인을 계도하는 위치에 있는 그는 "덕국의 부강과 문명이 멧날에 일넛으며 일본이 제법 동양의 강국인체ᄒ게 된 것이 그 멧날이뇨"80)라고 말하면서 조선을 식민화한 일본 문명 역시 그리 오랜 시간이 걸리지 않았음을 밝히고 있다. 일본 역시 서구 문명의 수용으로 문명화를 달성하고 불과 몇 년 사이에 동양의 강국이 되었고 조선을 식

---

79) 이광수, 「방황」, 위의 책, 94~95쪽.
80) 이광수, 앞의 글, 『권업신문』, 362쪽.

 이광수 문학의 민족주의 담론의 양가성

민화하였다는 것이다. 바꾸어 생각하면, 조선이 식민지배에서 벗어나는데 그리 오래 걸리지 않을 것이라는 사고에서 그의 준비론은 시작되었다고 볼 수 있다. 즉 준비론의 논리는 피식민자의 입장에서는 식민주의 담론에 동화되는 모습과 함께 탈식민의 가능성을 동시에 보여주는 양가적인 측면을 항상 담지하고 있는 것이다. 이광수의 이중적 위치에서 비롯된 이와 같은 준비론은 식민주의 담론의 모방에서 출발하지만, 이러한 모방은 항상 '아이러니적인 타협'을 제시한다. 이런 측면에서 볼 때, 1910년대 이광수의 준비론의 양가적인 모습은 식민주의 담론의 이중성과 이광수의 이중적 위치의 역학관계 속에서 나타난 것이라 할 수 있다. 다음 항에서는 이러한 상황에서 배태된 양상을 토대로 장편소설 『무정』과 『개척자』를 통해 드러난 '준비론'의 양가성에 대해 고찰하겠다.

2) 『무정』과 『개척자』에 나타난 '준비론'의 양가성

준비론의 사상이 가장 두드러지게 나타나는 『무정』은 논설과 달리 신문 연재소설이라는 점에서 강점을 가진다. 논설은 자신의 주장을 직접적으로 표출한 것이고, 그 신문정책의 범위에서 크게 벗어날 수 없는 한계를 가진다.[81] 그러나 소설은 피식민자들의 공동체적

___

81) 『무정』이 연재되던 시기에 『매일신보』는 '신년문예당선'이라는 타이틀로 「日鮮同化論」이라는 논설을 1917년 1월 23일부터 1월 28일에 걸쳐 싣고 있다. 조선인을 대상으로 식민담론의 적극적 동화를 권장하기 위한 방안으로 응모하고 있는 것이다. 이러한 논설의 내용을 살펴보면, "仰國家의 倂合은 戰爭에 因ㅎ여 敵國을 征服케 홈과 如ㅎ 强制的 倂合과 人民의 決議에 基홈과 如한 好意的 倂合이 有ㅎ니 我內鮮의 倂合은 卽 後者에 屬한지라."(1917. 1. 23.)라면서 일제의 식민정책에 동조하고 적극적으로 지지하는 것을 골자로 하고 있다. 즉 신문에 실리는 논설은 그 신문의 정책적 범위를 벗어날 수 없는 한계를 지니고 그러한 논조의 내용만

이데올로기를 등장인물이 대변하는 형식으로 피식민자의 욕망이 드러나게 된다. 이런 측면에서 신문 연재소설은 논설에 비해 훨씬 식민담론에서 자유로울 수 있다고 할 수 있다. 이는 교의적인 차원에서의 언설과 그것이 실제로 수행되는 과정에서 생겨나는 '차이'에서 비롯된 것이라 할 수 있다.

『무정』은 주인공 이형식을 중심으로 박진사와 영채의 한 축과 김장로와 선형을 한 축으로 하는 세 축이 서사의 큰 줄기를 형성하고 있다. 『무정』은 표면적으로 구세대의 구습 비판, 자유연애 추구, 유학, 교육을 통한 문명개화를 주장하고 이러한 선진 문명을 배워 조선을 문명화시키고자 하는 식민화의 논리82)를 보여주고 있다. 『무정』은 형식이 구세대의 영향을 받은 영채와 신문명의 영향을 받은 선형 사이에서 끊임없이 갈등하다가 결국 선형을 선택한다는 표층적인 서사구조를 가진 텍스트이다. 그러나 신문명의 결여로서 '부인'되는 구여성 영채에 대한 서술은 글쓰기 과정에서 '차이'를 생성한다. 『무정』에서 영채는 이광수가 비판의 대상으로 삼은 전근대를 표상하는 기호로 작용한다. 영채는 글쓰기 과정에서 '부인'의 대상이 아니라 '수용'의 대상이 된다. 영채에 대한 서술은 형식의 양가적인 심리를 표출함으로써 서사 과정에서 끊임없이 미끄러진다. 배제의 대상으로 설정된 영채를 서사 과정에서는 끊임없이 동정하고 감싸안음으로써 양가성의 양상을 보인다.

을 골라 싣는 경향이 있다.

82) 이주형은 『무정』의 126장을 근거로 제시하면서 이것은 "현재 조선 문명화는 식민 지배자가 주체가 되는, 즉 총독부에 의한 것일 수밖에 없다는 것을 천명"하는 것이고, "식민지배자에 위탁한 문명화와 낙관, 이것은 정신의 식민 상태에서 나오는 자기 식민화의 논리에 다름 아닌 것"으로 파악한다.
이주형, 앞의 글, 206~207쪽.

 이광수 문학의 민족주의 담론의 양가성

『무정』, 『매일신보』, 1917.1.1.

대체 자기는 누구를 사랑하는가. 선형인가, 영채인가. 영채를 대하면
영채를 사랑하는 것 같고, 선형을 대하면 선형을 사랑하는 것 같다. 아
까 남대문에서 차를 탈 때까지는 자기는 오직 선형에게 몸과 마음을 다
바친 듯하더니, 지금 또 영채를 보매 선형은 둘째가 되고 영채가 자기
의 사랑의 대상인 듯도 하다.[83]

위 인용문은 선형과 약혼을 하고 미국유학길을 떠나는 형식이 기
차간에서 영채와 부딪혔을 때 형식이 마음속으로 생각하고 있는 부
분이다. 신문명의 표상이라 할 수 있는 선형을 선택한 후에도 형식
은 끊임없이 신문명의 결여로 '부인'한 영채에 대한 마음을 정리할
수 없다. 이는 구여성, 즉 타자로서 거부되어야 하는 주체를 스스로
껴안음으로써 『무정』의 내러티브는 식민주의 담론을 수용하는 과정
에서 갈등과 충돌을 드러낸다. 형식은 자신의 약혼자인 선형을 신문
명의 표상으로 받아들였음에도 불구하고 서사 과정에서는 불안과
갈등을 표출하는 아이러니한 상황을 연출한다.

자기가 선형을 사랑하는 것도 결코 뿌리 깊은 사랑이 아니다. 자기는
선형의 얼굴이 어여쁜 것과 태도가 얌전한 것과 부자요 양반의 집 딸인

---

83) 『무정』, 앞의 책, 1972, 191쪽.

것 밖에 아무 것도 선형에 관하여 아는 것이 없다. 나는 아직도—약혼한 지금까지 선형의 성격을 알지 못한다. 물론 선형도 자기의 성격을 알지 못한다. 서로 이해함이 없이 참사랑이 성립될 수 있을까? 내 영혼은 과연 선형을 요구하고, 선형의 영혼은 과연 나를 요구하는가? 서로 만날 때에 영혼과 영혼이 마주 혼합하고, 마음과 마음이 마주 합하였는가? 일언이폐지하면 자기와 선형사이에는 과연 칼로도 끊지 못하고 불로도 사르지 못할 사랑의 사실이 있는가?[84]

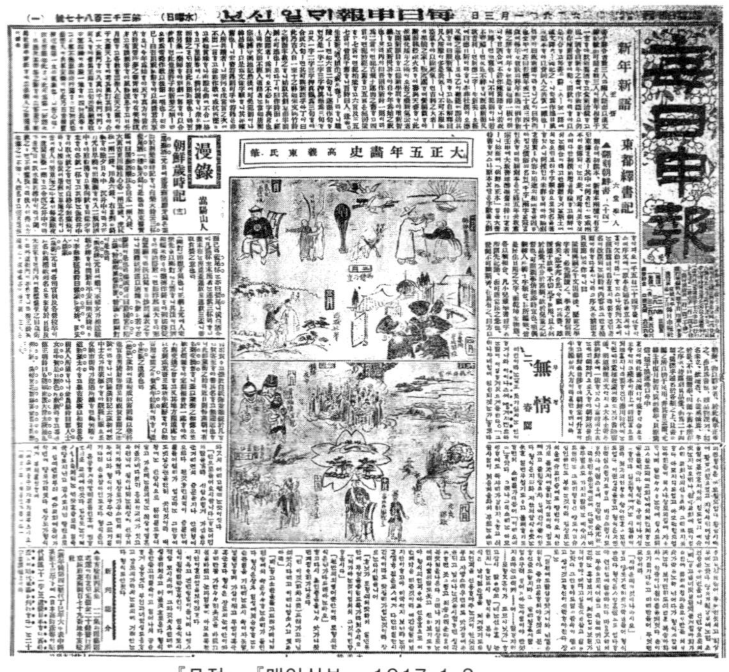

『무정』, 『매일신보』, 1917.1.3.

    신문명의 표상으로 받아들인 김장로의 딸 선형에 대해서도 형식은 끊임없이 갈등하고 부인하는 모습을 드러낸다. 신문명의 '타자'인 영채를 부인하고 받아들인 선형에 대해서 갈등하고 거부하는 서

---

84) 『무정』, 위의 책, 192쪽.

 이광수 문학의 민족주의 담론의 양가성

사는 끊임없이 문명화 담론에서 미끄러지고 있다. 선형은 형식에게 있어 받아들이고 싶고 동행하고 싶은 '동일자'임에 틀림없지만, 한편으로는 자기와는 '동일화' 될 수 없는 '타자'임을 역설적으로 보여주는 것이다. 이는 문명화 논리에 의해 드러나는 갈등과 충돌의 모습이기도 하지만, 한편으로는 '정'의 발현에 의해 이루어지지 않은 사랑에 대해 갈등하는 것이기도 하다. 즉『무정』에서 형식이 신문명의 표상인 선형을 선택하지만 배제해야 할 기호인 영채를 버리지 못하고, 서사 과정에서 '충돌'의 양상을 보인다. 이것은 문명화를 전유한 '준비론'의 양가적인 모습이자, 한편으로는 '정' 담론의 양가적 양상이기도 하다.『무정』의 서사는 기본적으로 신문명의 세례를 받아들이고 '동일화'를 추구하고자하나 서사 과정에서는 끊임없이 충돌하고 이탈하는 모습을 드러낸다. 이러한 서사 과정에서 '차이'로 드러나는 부분은 영채의 아버지인 구세대 박진사의 서술에서도 드러난다.

『무정』은 영채와 영채의 아버지였던 인물인 박진사를 선형의 아버지인 김장로의 출현으로 인해 사라진 인물로 설정되어 있다. 즉 문명화론을 민족주의 담론으로 전유한 이광수의 논리에서는 박진사는 구세대를 대표하며, 전근대를 표상하는 인물로 배제되어야만 한다. 그러나『무정』은 구세대의 전형으로 박진사를 서사의 표층구조에서 드러내지 않지만, 서사 과정에서는 '조선의 전통과 정신의 자각자'로서 옹호하는 양상을 드러낸다. 서사과정에서 박진사는 지금은 사라진 인물이지만, 주인공 형식에게 있어서는 살아있는 인물로 그려진다.

박진사는 남이 웃는 것도 생각지 아니하고 영채를 학교에 보내며 학교에서 돌아온 뒤에는 소학, 열녀전 같은 것을 가르치고 열두살 되던

여름에는 시전도 가르쳤다. 박진사의 위인이 점잖고 인자하고 근엄하고
도 쾌활하여 어린 사람들도 무서운 선생으로 아는 동시에 정다운 친구
로 알았었다. 그는 세상을 위하여 재산을 바치고 집을 바치고 몸과 마
음을 다 바치고 목숨까지라도 다 바치려 하였다.[85]

　박진사는 시대의 흐름을 읽고 새 시대와 전통을 동시에 껴안고
나라를 일구어나가고자 한 인물로 그려지고 있다. "소학과 열녀전
이 영채를 죽였구나"[86]라고 생각하는 형식이건만 박진사에 대한 긍
정적 서술은 문명화론을 모방한 민족주의 담론의 새로운 지점을 형
성하는 것이기도 하다. 한일병합 이전 애국계몽기에 조선의 독립을
위해 신문명을 받아들여야 한다고 주장했던 인물들은 일제에 의해
감시당하고 억압받는 인물이었다. 그들은 한일병합 이전부터 조선
의 독립을 위해 문명화를 추진했던 인물로 당대에는 추앙받던 인물
이었지만 지금은 일제의 감시 대상이자 위험인물로 억압의 대상인
것이다. 이런 인물이 현재 몰락할 수밖에 없다는 설정은 표면적으로
식민자들이 추구하는 식민정책을 '동일화'하는 것으로 보인다. 그러
나 텍스트의 이면을 살펴보면, 박진사의 내력을 서술하는 부분에서
는 다분히 호의적인 시선으로 그림으로써 식민지배자의 담론과 모
순을 일으킨다. 박진사는 "서양의 사정과 일본의 형편을 짐작하고
조선도 이대로 가지 못할 줄 알고 새로운 문명운동을 시작"하고
"젊은 사람을 모아, 데리고 상해서 사온 책을 읽히며 틈틈이 새로운
사상을 강설"[87]한 자로 신문명의 개척자이자 학교를 운영하여 새로
운 조선을 건설하고자 했던 인물로 서술되고 있다. 한편 이광수의

---

85) 『무정』, 앞의 책, 22쪽.
86) 『무정』, 앞의 책, 104쪽.
87) 『무정』, 앞의 책, 21쪽.

　이광수 문학의 민족주의 담론의 양가성

전기적인 측면에서 볼 때, 『무정』의 박진사는 '동학당 박찬명'을 모델로 한 것으로 보고 있으며, 그는 박대령을 '아버지보다도, 할아버지보다도, 어느 아저씨보다도 덕이 높고 엄숙한 이'[88]라고 회상한 것으로 보아도 그에 대한 존경의 마음은 매우 큰 것이었음을 확인할 수 있다. 이광수는 박진사를 "격변하는 시대의 흐름을 누구보다 일찍 깨닫고 조국과 민족을 위해 모든 것을 바친"[89]자로서 구세대의 고루한 인물로 폄하하기 보다는 민족을 위해 조선도 문명화를 준비해야 함을 역설한 인물로 본다. 오히려 신문명을 받아들이는 과정에서도 조선의 전통과 정신도 함께 고수하고자 한 면모를 부각시킴으로써 신문명의 타자가 아니라 선구자이자 전통수호자로서 기능하도록 한다. 이는 1910년대 문명화 담론에 의해 이루어진 식민주의 담론과 '차이'를 생성하면서 새로운 주체, 본받아야 했던 주체로 드러난다고 할 수 있다. 『무정』 텍스트에서 이러한 아이러니적 심리 양상이 서사과정에서 표출되는 것은 주인공을 둘러싼 주변인물의 설정에서도 드러난다.

주변인물이지만 『무정』서사의 중추적인 역할을 하는 반동인물인 배학감은 동경에서 유학한 경성학교의 학감이자 교주 김남작의 하수인이며 영채를 강간한 강간범이기도 하다. 특히 일제의 주구 노릇을 하는 당대 친일 귀족인 김남작의 하수인으로 설정하여 김남작과 함께 배학감에 대하여 비판적으로 서술하는 것은 또 다른 의미를

---

88) 김윤식, 앞의 책, 102~103쪽.
89) 장영우는 "박응진 일가의 몰락을 1910년 경술국치와 관련시킬 수 있다는 것이다." 라고 밝힌다. 이러한 논의는 『무정』에서 주인공이라 할 수 있는 영채의 기구한 삶의 시작이 바로 일제에 의한 식민화라는 것으로 해석할 수 있을 만큼 중요한 의미를 내포한 것이라 할 수 있다.
장영우, 「이광수의 근대인식과 민족주의 사상」, 『동악어문논집』 35집, 동국대학교 동악어문학회, 1999, 473쪽.

부여하는 것이다. 일본은 한일합병과 더불어 식민 정책의 효율성을 위해 「조선귀족령」90)을 반포하게 된다. 일제는 조선 귀족에게 식민 체제에 철저히 복종하기를 요구하며, 나아가 그들이 인민의 모범이 되어서 일제 식민정책의 혜택을 받은 모델이 되기를 원한다. 일제에 게 귀족 작위를 수여받았다는 것만으로 그는 친일적 인물이며, 조선 민중들에게 많은 반감을 사는 부류에 속한다.『매일신보』에서 일제 는 조선 귀족을 식민지배 안정화 정책을 선전하는 도구로 사용한다. 그러나『무정』에 그려진 귀족과 그 하수인인 배학감은 일제의 식민 지배 안정화 정책에서 일탈함으로써 식민주의 담론을 방해하는 작 용을 한다. 이들은 문명화의 수혜를 입은 '동경 유학파' 출신이다. 이들을 포함한 동경 유학생들은『무정』텍스트에서 신문명을 표상 하는 동일자로 등장하는 것이 아니라, 현재 조선을 망치고 있는 부 류의 전형으로 등장한다. 그들은 구세대를 표상하는 영채를 유린했 으며, "그네들은 다 번쩍하는 양복을 입고 일본말로 회화를 하며 동 경에 가서 대학교에 다니던 이야기를 하고 매우 젠 체 신산 체하" 는 "허수아비에 옷을 입힌 것"91)이라 비판한다. 이를 통해 작가는 일본의 문명을 수혜한 인물이라고 해서 조선을 위해 무엇인가를 할 수 있는 인물은 아니라는 것을 보여준다. 일본의 문명화를 본받는 길만이 조선이 나아가야 할 유일한 길이라 인식한 작가가『무정』에

---

90) 수작자들은 주로 조선 황실의 威族들과 전왕조의 최고위 지배층으로 구성되어 있다. 乙未五賊의 존재를 통해 알 수 있듯이 조선 귀족은 일제의 조선 강점에 공 로가 있는 인사들에 대한 '論功行實'적인 성격을 분명히 지니고 있다. 이처럼 일 제가 조선인들을 자신의 '華族'과 유사한 성격을 지니는 조선 귀족을 창출한 것 은 '친일세력'의 안정적인 확보와 그를 통한 식민지배체제의 안정 및 선전 효과 를 기대한 것이다.
沈在瑢, 「1910년대『매일신보』의 식민지지배론」,『식민지 조선과 매일신보』, 신 서원, 2003, 214쪽.
91)『무정』, 앞의 책, 73쪽.

 이광수 문학의 민족주의 담론의 양가성

서 드러내는 서사들은 식민주의 담론과 어긋나면서 미끄러진다. 이런 부분은 『매일신보』가 추구하는 식민주의 교육정책과 '차이'를 보이며, 식민주의 담론의 영향력과 지배자의 권력으로부터 벗어나는 순간이라 할 수 있다.

『무정』은 주인공인 형식을 구심점에 두고 신문명으로 표상되는 '선형', '병욱', '신우선', '김장로', '동경유학파(배학감)', 일제가 수여한 귀족층과 '부인'되어야 할 야만의 표상으로는 구여성인 영채, 구세대인 박진사, 노파, 기생 월화 등이 서사에서 이분화 되는 구조를 형성하고 있다. 식민주의의 교의적 언설에서는 구세대로 대표되는 인물들이 부정의 대상이 되어야 함에도 불구하고, 식민지 장에서 수행될 때에는 오히려 '문명화'로 표상되는 인물들이 서사 과정에서 배제되는 아이러니가 발생하고 있다. '문명화론'을 모방하는 과정에서 서사는 '차이'를 드러내면서 미끄러진다. 이런 양상은 식민지 장에서 식민주의 담론을 수용할 때 나타나는 '혼성성'의 모습이다. 『무정』은 주인공 형식이 선형을 선택하여 교육으로 문명화를 이루어 긍정적인 민족의 미래를 기약하는 것으로 마무리된다. 그러나 서사 과정을 통해 이런 결말이 의도적으로 '봉합'되는 것임을 확인할 수 있다. 『무정』은 서사 과정에서 식민주의 담론과의 '차이'가 과도하게 표출되어 '문명화론'이 민족주의 담론으로 완벽하게 기능하지 않는다. 이는 식민지 공간에서 민족주의 담론이 '혼성화'되는 모습으로 '불확실성'을 보여주는 것이다. 또한 이것은 이광수의 1910년대의 민족주의 담론이 새로운 제3의 논리로 읽히는 지점이기도 하다.

『무정』에 이어 발표한 『개척자』는 서사구조에서 『무정』보다 '문명화'를 위한 민족주의 계몽 담론이 더욱 부각되어 나타난다.[92] 이

---

92) 이주형은 『개척자』는 『무정』의 인물설정과 인물들의 행동과는 정반대로 그리고

작품은 계몽성의 강화를 위해 서사구조에서도 이분법적인 인물 배치를 통해 문명과 미개, 선인과 악인 등의 관계성을 대립적으로 보여주고 있다. 작가는 본문 첫 시작에서부터 성재의 과학실험을 보여줌으로써 과학문명의 중요성을 의식하며 서술한다. '과학문명'의 중요성을 피력하면서 자신의 민족주의 담론을 펼치고 있는『개척자』는 인물설정과 주제를 통해 작가의 '문명화론'을 피상적으로 드러내지만, 이 작품 역시 '문명화론'의 인식이 서사과정에서 불완전성을 보인다. 성재와 성순, 그리고 성순을 사이에 두고 연애의 삼각구도를 형성하는 민과 변, 그리고 성재의 집안과 대립적 관계에 있는 함사과 등이『개척자』의 주요 인물들이다. '과학'으로 표상되는 문명화론을 유일한 자신의 사명이자 신념으로 인식한 성재를 작가는 자신의 '문명화론'의 신념을 대변하는 인물로 그리고 있다. 작가는 성재가 7년간 지속된 과학실험을 중시여기나 늘 실패로 끝나고, 실험을 위해 사용된 비용 때문에 집안 재산까지 함사과에게 몰수당한 입장에서도 실험을 포기하지 않는 모습을 통해 '과학'의 중요성을 적극적으로 강조한다. 이를 뒷받침하는 것이 작가의 목소리를 서술과정에서 두드러지게 드러내어 계몽조로 서술하는 부분이다. 그러나 서사과정에서 '문명화론'의 계몽에 너무 몰입한 나머지 인물 배치에 있어 자신이 의도한 논리와 '차이'를 보인다. 성재는 과학실험을 위해 동생 성순을 부자이고 미남인 변영일에게 시집보내고자 한다. 그러나 변영일은 작가가 추구하는 진정한 문명화에 대한 의식이 없는 인물로 서술됨으로써 성재의 화학 실험의 성공을 통한 '문명

있다고 파악한다. 이로써『무정』의 계몽론을 수정하고 계몽론자로서의 자신에 대한 독자의 인식을 새롭게 하기 위해서라고 파악한다.
이주형,「1910년대 이광수의 계몽 논리와 그 장편소설화 양상」,『한국 현대소설과 민족현실의 양상』, 역락, 2007, 42쪽.

 이광수 문학의 민족주의 담론의 양가성

화’ 건설도 피상적인 것임을 표출한다.

> 변은 결코 악의 있는 청년이 아니었고, 차라리 선량한 청년이었다. 동경 유학시에 현금 조선의 사상과 풍습과 반대되는 여러 가지 사상을 많이 배웠지마는 그는 이 양자간에 무슨 모순이나 부조화가 있는 줄로 생각지도 아니하고, 따라서 구습을 깨뜨리고 신사상은 수입한다든지, 신사상을 배척하고 구사상을 묵수한다든지, 또는 신구를 조화한다든지 하려는 생각도 없고, 또 자기가 특별히 한 가지 이상을 세우고 전력을 다하여 여러 가지 곤란과 싸우며 그것을 실행하여야 할 필요도 認치 아니한다.93)

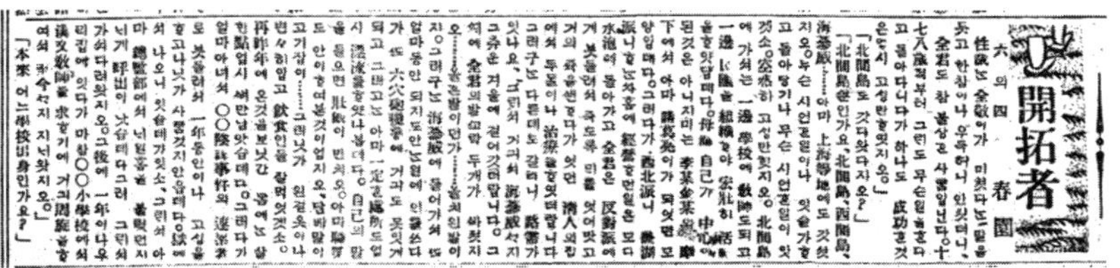

『개척자』, 『매일신보』, 1917. 12.5~6.

작가는 성재가 적극적으로 동생의 배우자로 추천하는 인물이 자신의 사상에 대한 신념도 없고, 현 조선의 문제를 개척해 나가고자 하는 어떠한 의지도 없는, 또 현 조선의 모습이 자신이 습득한 사상과 모순되는 것조차 인식하지 못하는 인물로 그리고 있다. 변에 대한 이러한 서술은 변을 지지하는 성재의 확고한 문명화에 대한 인식마저도 알맹이 없는 피상적인 인식으로 읽히게 한다. 내러티브 과정에서의 이러한 미끄러짐은 ‘문명화’를 자신의 민족주의 담론으로 전유한 것의 ‘불확실성’을 보여주는 것이기도 하다. 이러한 양상은

---

93) 이광수, 『개척자』, 앞의 책, 247쪽.

『개척자』에서 민과 변의 성격을 통해 부부관을 드러내는 데서도 나
타난다.

> 卞과 閔의 夫婦觀에는 懸殊흔 差異가 있다. 閔은 어디까지든지 女性의
> 人格의 權威의 自由를 認定하여, 夫婦를 完全한 양개체의 완전한 結合으
> 로 생각하므로, 夫婦關係는 完全한 對等의 關係요, 獨立國과 獨立國間의 關
> 係로되, 卞은 妻를 夫의 여러가지 所有物 (財産, 名譽, 知識, 洋服, 時計等)
> 中에 重要한 하나로 생각하므로, 夫婦의 關係는 主從의 關係요, 宗主國과
> 屬國과의 關係라.94)

  서사적 맥락에서 동등한 부부의 관계를 주장하는 민에 반해, 변
은 다분히 부정적인 입장에서 서술되고 있다. 부부관을 통해 우회적
으로 문명과 야만의 이분법이 원용되고 있다. 문명을 상징하는 남자
대 야만을 상징하는 여자, 이것은 곧 식민주의 국가와 식민지의 관
계의 불평등성을 표출하고 있는 것이다. 작가는 '민'을 이 시대가
원하는 가치가 무엇인지 아는 인물로 그리고 있음에 반해 변은 아
직도 고루한 구시대의 사상을 담지하고 있는 인물로 그리고 있다.
이러한 '변'을 지지하는 성재 역시 과학 실험이라는 피상적인 문명
에만 몰입하는 융통성 없는 인물로 읽히기에 충분하다. 이러한 부분
들은 『개척자』 텍스트가 식민주의 담론과 '교섭'하는 '혼성성'의 장
으로서의 역할을 한다고 볼 수 있다. 작가가 의식적으로 추구하고자
한 '문명화론'을 전유하여 추구한 민족주의 담론이 식민주의 담론과
'차이'를 보이면서 새로운 담론을 형성하고 있기 때문이다. 그것은
일제가 조선에 비전으로 제시하는 문명이 조선이 나아가야 할 유일
한 길이 아님을 역설적으로 제시하는 것이기도 하다. 이런 서사 과

---

94) 이광수, 『개척자』, 앞의 책, 253쪽.

 이광수 문학의 민족주의 담론의 양가성

정을 통해 소설을 읽는 식민지 독자들의 탈식민의 욕망을 어느 정도 충족해 줄 수 있을 뿐만 아니라 식민지인들의 민족주의 담론을 형성해 나가는 데도 기여하고 있음을 확인할 수 있다.

이상으로 확인했듯이 『무정』과 『개척자』는 일제가 제시하는 문명화 담론을 고스란히 서사과정에서 보여주고, 서구의 신문명에 매료되어 모방하는 주체의 ‘동일화’를 보이기도 한 텍스트이지만, 식민지 공간에서 수행적으로 나타나는 서사의 양상들은 식민지 장의 문화적 요소와 갈등, 교섭하면서 양가성을 드러내고 있음을 확인할 수 있었다. 표층적으로 드러나는 서사 구조와 서사 과정에서 무의도적으로 나타나는 아이러니적 양상은 『무정』 텍스트가 문명화 담론과의 ‘동일화’로만 기능하지 않음을 말하는 것이다. 『무정』과 『개척자』에서 ‘준비론’으로 나타나는 민족주의 담론은 식민주의 담론의 ‘사실적 모방’에만 그치는 것이 아니라 ‘부적절한 모방’을 통해 ‘차이’를 생성함으로써 식민주의 담론의 ‘불완전성’을 드러내게 한다. 이것은 이광수가 식민주의 담론의 수행자임과 동시에 식민지인이라는 이중적인 위치로 인해 나타난 것이기도 하다. 즉 『무정』과 『개척자』는 식민주의 담론의 이중성과, 식민지 지식인의 이중적 위치에서 나타나는 역학관계 속에서 모방의 양가성을 보여주는 텍스트라 할 수 있다.

‘준비론’으로 표출된 이광수의 민족주의 담론은 동화주의를 표방한 식민주의 담론인 문명화 담론을 전유하면서 나타난 것이다. 서구의 오리엔탈리즘을 자신의 식민화 논리로 변용한 일제의 문명화 논리는 식민지 조선에서 식민주의 담론으로 형성될 수밖에 없었다. 이 문명화 논리는 당대 민족주의자들에게 내재적으로는 저항의 논리이자 근대화의 논리이기도 했다. 식민지 내에서 저항의 담론은 ‘문명화’라는 식민주의 담론을 모방하는 과정에서 형성되었다.[95] 그 모방의 과정은 ‘동일화’와 ‘차이’를 반복하면서 양가성을 드러내었다. 식민주의 담론의 틈새에서 배태된 ‘차이’의 양상은 식민지 내의 담론의 ‘혼성성’을 보이면서 식민주의의 권위를 부인하는 민족주의 담론인 ‘준비론’으로 드러났다고 할 수 있다. 1910년대 ‘준비론’과 ‘정’의 계몽 담론으로 드러난 민족주의 담론은 1920년대 일제의 ‘문화론’을 전유하면서 문화민족주의의 양상을 보이게 된다. 다음 장에서 문화 민족주의가 식민지 장에서 ‘동일화’의 모습과 ‘차이’의 모습으로 드러난 양상에 대해 살펴보겠다.

---

95) 1910년대 민족주의의 양상은 두 가지로 나뉠 수 있었다. 식민 지배 통치방식의 강화로 인해 직접적인 투쟁은 국외 투쟁에서 이루어졌으며, 국내에서는 실력양성론을 바탕으로 한 ‘준비론’의 형태를 띠었다. 준비론은 문명화 담론을 모방하는 과정에서 출발했지만, 수행적 차원에서는 식민주의 담론과 ‘차이’를 보여 새로운 민족주의 담론으로서 기능하였다.

  이광수 문학의 민족주의 담론의 양가성

1. 반사회주의 담론과 문화 개조 담론

1) 지배 권력의 미시적 조직화와 정신주의 논리의 기만성

일제는 1919년 3·1운동을 계기로 식민정책을 '문화정치'라는 명목아래 행정부의 헌법정치를 완화하고 한국의 문화와 습속에 대한 존중, 일본인과 한국인의 차별철폐, 표현과 언론의 자유를 공식입장으로 내세운다. 그러나 식민통치의 문화적 전환에 대한 공식 언명은 식민지 대중의 적개심을 무마하기 위한 것이 표면적 이유였고, 실제로는 엘리트층에 대한 회유를 통해 협력세력의 양성을 위한 것이었다.[1] 1920년대 담론의 변화는 식민정책의 변화와의 상관관계 속에서 펼쳐진다. 일제의 소위 '문화정치'는 3·1운동의 거족적 민족운동을 간파해내지 못한 '무단 통치'의 비판에서 출발한다.

'문화정치'[2]를 표방한 일제가 관제개정에서 가장 두드러진 변화

---

[1] 김용직, 「1920년대 일제 '문화통치기' 민족 언론의 반패권 담론 투쟁에 관한 소고」, 『식민지 근대화론의 이해와 비판』, 백산서당, 2004, 148~149쪽.

를 보인 것은 '헌병경찰제도'를 폐지하고 '보통경찰제도'를 실시하여 권력 구조를 미시적으로 편성하는 것이었다. '헌병제도 하에서 민심의 소재를 정확히 파악하지 못한 것을 감안하여 경찰중심의 정보망을 강화하고 배일세력을 고립화'3)시키기 위해 행정의 '미시적 조직화'를 추진하였다. 헌병경찰제도가 보통경찰제도로 변경된 2~3년간에는 그 기구와 인원이 4배로 확대되었고, 무단통치기에 비해 문화통치기의 "경찰비가 교육비와 산업비를 합계한 금액의 7.8배를 점하고 총예산의 8분의 1에 해당한다"4)고 보고될 정도였다. 또 총독부가 편찬한 「施政二十五年史」에는 "보통 문화정치라고 일컬어지지만 반도통치의 근본방침에 있어서는 조금도 상이한 바가 없다"5)라고 하면서 문화정치의 기만성을 스스로 밝히고 있기도 하다. 결국 齊藤의 '문화정치'란 寺內총독의 헌병정치를 '경찰중심'의 정보정치로 바꾼 것에 불과한 것으로, 그것은 寺內총독 이래의 노골적인 무단정치보다 훨씬 교묘하고 기만적인 식민통치수법이었다.

한편 한일병합의 명분이었던 '문명화' 논리는 무단통치 속에서 조선의 민간언론을 완전히 통제하고 조선인을 억압과 폭력으로 규제한 정책이었다. 그러나 무단통치기의 언론 통제는 일제의 입장에

---

2) 문화정치는 주로 교육, 종교, 대중매체, 그리고 예술에 대한 국가권력을 확대하는 데 초점을 맞추었다. 하지만 기존의 식민정책에 단지 문화적, 이데올로기적 정책들을 첨가한 것만은 아니었다. '문화정치'는 식민통치에 대한 새로운 접근으로 식민국가의 재조직화를 필요로 했다. 이는 푸코가 말한 '통치성'이 발전한 것으로, 규율권력과 생체권력 같은 미시—정치학적인 권력형태가 확장될 수 있게 했고, 그 결과 개인의 삶에 대한 국가의 개입은 증가하게 되었다.
마이클 신, 「'문화정치'시기의 문화정책, 1919~1925년」, 『일제 식민지 시기의 통치체제 형성』, 혜안, 2006, 271쪽.
3) 김운태, 『일본제국주의의 한국통치』, 박영사, 1998, 237쪽.
4) 『동아일보』, 1920. 4. 8.
5) 총독부, 「시정이십오년사」, 314~315쪽. (김운태, 앞의 책, 241쪽 재인용.)

 이광수 문학의 민족주의 담론의 양가성

서는 오히려 조선인들의 정치·문화적 움직임들을 간파할 수 있는 통로가 차단됨으로써 일본 식민통치의 허점이 되었다. 이에 문화정치기에는 민간 언론을 부분적으로 허용한다.6) 그러나 조선의 민간 언론에 적용하는 법조항과 출판지법7)은 일본 본국의 법과 차별을 둠으로써 언론 통제는 무단통치기와는 다른 방식으로 이루어졌다. 일제는 언론 차별에 대해 일본인과 조선인의 '문화정도의 차이', 또는 '민도의 차이'를 내세우면서 법률적으로 차별을 둘 수밖에 없다는 논리를 내세웠다. '문화정치'는 언론매체를 허용하면서도 법률의 차별적용과 검열을 강화하였다. 이러한 제도를 식민권력의 통제 아래 둠으로써 지배정책의 반문화적 속성을 그대로 드러냈다. 그것은 일제 식민논리의 허구성과 근대 일본의 허약함을 드러내는 기제로 작용했다.8) 일제가 민간 언론을 허용한 것은 식민주의자 입장에서

---

6) 실제 신문의 허가가 朝·日 同化主義 단체인 「대정실업친목회」의 芮宗錫(『조선일보』)과 신일본주의를 표방한 「국민협회」의 민원식(『시사신문』), 그리고 김성수를 자본주로 하고 『매일신보』에 근무했던 이상협을 발행인으로 한 『동아일보』에게만 주었다.
박헌호, 「문화정치기 신문의 위상과 반−검열의 내적 논리」, 『대동문화연구』 50집, 성균관대학교 대동문화연구원, 2005, 207쪽.

7) 조선에 적용된 출판법은 허가제를 통해 사전 검열을 할 수 있고 각종 금지 내용은 일제에게 유리하게 적용되었으며, 일본과 비교해서 형량에 있어서도 훨씬 혹독하였다. 예를 들어 일본의 출판법 26조는 조선의 제11조1항에 해당하는 것이었는데, 전자는 2개월 이상 2년 이하의 가벼운 금고에 처하고 20원 이상 200원 이하의 벌금을 부과한 것인 반면, 후자는 3년 이하의 역형이었다.
이재진·이민주, 「1920년대 일제 '문화정치' 시기의 법치적 언론통제의 폭압적 성격에 대한 재조명」, 『한국언론학보』 50권, 한국언론학회, 2006. 2, 235쪽.

8) 일제의 논리는 늘 "現에 朝鮮에 시행ᄒᆞᄂᆞᆫ 諸般制度가 永久不變ᄒᆞᄂᆞᆫ 것이 아니오, 終局의 목적을 달ᄒᆞᆯ 중간 관도 시대의 사정에 의ᄒᆞᆫ 것"(「관제개정에 취ᄒᆞ야」, 『매일신보』, 1919. 8. 21.)이라는 방식이었다. 즉 중간 과도시대라는 말에서 보듯 근대문명의 시간성 속에 식민지 조선을 고착화시킴으로써 차별과 탄압을 정당화하는 논리전략이다.
박헌호, 앞의 글, 248쪽.

는 이중의 효과를 볼 수 있다. 표면으로 드러나지 않았던 조선의 문제적 지식인에게 활동공간을 제공해주면서 그들의 사상을 철저히 감시하기도 하고, 조선의 지식인들로 하여금 식민체제에 대해 안심하게 하도록 유도하였다.

문화정치는 '보통경찰제도'를 통해 민중 개개인의 일상생활을 통제하는 기능을 주된 업무로 실시하였다. 즉 무단통치가 억압된 형태의 통치제도였다면, 문화정치는 이데올로기적 국가기구를 일상생활에까지 확장시켰다는 면에서 더욱 교묘하고 세련된 통치방식이라 할 수 있다. 일제는 교육, 종교, 대중매체, 예술에 대한 국가권력을 확대했을 뿐만 아니라 교통 단속, 호구 조사는 물론 청결검사까지 실시하면서 문화적 측면에서 민중의 정보를 개별적으로 통제할 수 있는 시스템을 구축하였다. 이러한 시스템의 구축을 통해 문화의 영역에 깊이 개입하게 된다. 일제가 통제한 문화의 대상은 민족성 (ethnicity)또는 정신이었다.9) 즉 일제는 조선 문화의 특성을 조사하는 것에서부터 조선인의 정신 지배를 시작했다. 조선인의 정신문화를 조사한 것은 조선인의 사상적 토대를 일본적 정신으로 변용하기 위해서였다.

당시 일제는 언론을 통해 조선인의 사상의 추이를 확인하고, 정치적 전복의 가능성이 있는 사상에 대해서는 통제하고 감시했다. 일제의 관제 신문인 『매일신보』를 통해서 확인할 수 있는 바, 일제는 조선에 사회주의 사상이 확산될 것에 대한 우려를 상당히 노골적으로 표현하고 있었다. 일제가 언론을 통해 사회주의 사상에 대해 비판하고 흑색선전을 하는 것은 조선인들을 사회주의로부터 격리시키

---

9) 마이클 신, 「'문화정치'시기의 문화정책」, 『일제 식민지 시기의 통치체제 형성』, 혜안, 2006, 272쪽.

 이광수 문학의 민족주의 담론의 양가성

고, 지배의 정당성을 인식시키기 위한 것이라 할 수 있다.

> 所謂 新生命의 創造, 新社會의 建設은 此가 勿論 現今에 在하야 時代的 要求로 되지 않을 슈 업는 것이다. 그러나 創造이든지 建設이든지 徒히 舊代의 것이라 하야 一로브터 十 ᄭ지 모다 破壞 *裂을 爲할 것이 아니오. 倫理의 理想과 道德의 文化는 어대ᄭ지 此를 發揚하며 闡明치 아니치 못홀 것이니 萬一 此를 咀呪하며 此를 *認하야 徒히 急進的 革命을 主張홀 것 갓흐면 社會로서의 國家로서의 危險이 此에 遇할 자가 無한 것이다.(중략―인용자) 果然 急進主義的인 革命은 結局 悲慘하게 되는 것이다. 吾人은 彼 露西亞를 觀하라. 革命後의 彼 國民生活은 如何히 悲慘한 것이며 現下의 國家가 又 如何히 混亂한 狀態에 在한 것인가. 그럼으로 徒히 因襲을 打破하고 傳統을 破壞코저 하는 것은 此가 決코 合理적 革命思想이 안이고.[10]

위 인용문에서 보듯이 일제는 시대적 정신으로 신생명의 창조, 신사회의 건설을 주장하면서 옛것을 모두 버리고 새것을 취하는 데 있어 그것이 급진주의적인 것일 때는 비참을 낳을 뿐이라고 경고하고 있다. 그 급진주의는 바로 러시아의 혁명사상인 사회주의를 뜻한다. 일제는 이 사회주의 사상을 '물질주의'로 규정하고, "이 世上에서는 흔이 物質을 肯定ᄒ는 同時에 物質의 存在뿐으로써 實在로 看做하고 또한 萬有를 모다 物質로 認定하야 모든 現象活動을 物質現象活動으로 看做하며 따라서 우리 人類들의 홀일도 모다 物質的으로 解釋하고 推理하며 建設하려 하게 되얏"[11]고 하면서 이러한 폐해가 유물론의 영향임을 심각하게 비판하고 있다. 일제는 러시아의 성적인 문란함과 혁명으로 인한 굶주림, 혼란상 등의 사회주의 사상의 폐해를 식민지 주민에게 과대 선전하고 있다. 이는 혁명의 위험성을 공

---

10) 「現代思想問題에 就하야」, 『매일신보』, 1924. 12. 9.
11) 而隱生, 「唯物主義의 弊害를 論하노라」, 『매일신보』, 1922. 8. 2.

시함과 동시에 일제의 식민주의 정책이 러시아 사회주의 정책에 비해 훨씬 정당함을 강조하는 역할을 한다.

결국 사회주의 사상의 폐해를 비판하는 논리로 사용된 유물론은 '물질'만을 중시하는 사상이라 폄하하게 되고, 조선 사회에 '정신'의 중요성을 강조하는 담론을 낳게 된다. 이때의 '정신'은 진정한 자유주의에서 배태된 정신이 아니라 사회주의에 반하는 정신이어야만 했다.12) 이는 1910년대 '정'과 '정신' 문명을 강조하는 이광수의 민족주의 담론과 비교해볼 때 외피는 동일하게 보이지만 그 내면은 사뭇 대조적이다. 1910년대 '정'과 '정신'의 강조는 서구의 문명화 담론의 수용과정에서 나타난 것으로, 개인의 자유와 개성을 중시하는 형식으로 드러난 개념임에 반해, 1920년대 일제가 내세우는 식민주의 담론에서의 '정신'의 강조는 사회주의에 반하는 논리로써 형성된 것이다. 즉 사회주의를 유물론으로 규정한 후, 유물론을 물질주의로 왜곡해서 탄생시킨 담론이라 할 수 있다.

일제의 반사회주의 담론에서 인간이 정신적 존재라는 말은 도덕을 지키며 분수를 알고 계급 간에 협조하며 규율을 준수하고 때론 양보도 할 줄 아는 존재라는 뜻이다.13) 이러한 담론은 당대 언론 매체에서 주장하는 문화 개조론과 맞물리면서 이루어졌다. 육체, 물질,

---

12) 사회주의는 물질지상주의와 탐욕의 상징으로 그리고 반정신과 반예술·반종교·반개성·반자유의 사상으로, 즉 모든 가치 있는 것의 반대자로 왜곡될 수 있었다. 당연히 노동문제는 유물론이 조장한 극단의 물질주의가 대중에게 확산되었기 때문이라 선전됐다. 흔히 자본주의 병폐로 지적되는 금전 숭배, 욕망중시, 도덕의 타락 등이 역설적이게도 사회주의 때문에 야기된 것으로 비난받는 원인의 역전 현상이 야기됐다. 식민권력의 논리에 따르면 이러한 병폐를 초래한 사람들은 곧 '유물주의자'였던 것이다.
박헌호, 「1920년대 전반기 『매일신보』의 반─사회주의 담론 연구」, 『한국문학연구』 29집, 동국대 한국문학 연구소, 56쪽.
13) 박헌호, 위의 글, 57쪽.

 이광수 문학의 민족주의 담론의 양가성

낭비, 탐욕 등을 정신, 인격, 도덕의 반대 항에 자리매김한 식민주의 담론은 이들을 비판의 대상으로 인식하도록 주도하였다. 반사회주의를 토대로 한 1920년대 식민주의 담론은 조선의 문화와 일상에 미시적인 방법으로 침투하게 되었다. 식민주의 담론이 언론을 통해 주입되면서 조선 민중은 사회주의에 대해 부정적으로 인식하게 되었다. 일제의 담론 형성과정에서 유용하게 활용된 것은 조선의 정신문화라 할 수 있다. 1920년대 일제는 '민간사상', '무속'을 조선의 고유문화로 부각시키는데, 거기에는 조선 사회에 퍼지고 있는 외래사상, 사회주의 사상을 '정신'을 강조했던 조선의 고유문화를 원용해서 물리치고자 한 의도가 있었다.14) 1920년대 식민주의 담론은 일본의 문화만을 조선인에게 동화시키는 방식이 아니라, 조선 문화까지도 변용하여 '정신'의 내선융화를 추구했다.

일제는 미시적 경찰조직을 통해 민중의 일상생활의 사소한 부분까지 간섭하였으며, 언론 정책의 자율화라는 미명하에 사상 통제를 더욱 강화하고, 사회주의 사상의 통제를 위해 조선의 고유문화를 이용하여 정신의 중요성을 부각시키며, 외래사상의 폐해를 지적하고 동화주의 이데올로기를 펼치는 정책을 실시하였다. 결국 일제의 '보통 경찰제도'를 통한 지배 권력의 '미시적 조직화'와 '언론 허용'과 '검열'을 통한 감시 강화는 일제의 '문화 정치'기획이 보여주는 이

---

14) 조선인이 사회주의라는 외래사조에 접목하는 것을 경계하기 위해 그 臺木이자 苗床인 민간 신앙 연구가 중요한 사안임을 강조하였다. 또한 조선의 구관·고례 및 역사 등은 조선인의 민중의식을 식민지 국민의식으로 개량화 시키는 사회교화의 소재로서 변용되었다. 鄕約이나 契 등은 상하질서에 순종하는 봉건적인 정서를 조장하여 민중들이 식민지배체제에 순응하도록 하는 데에 적용되었다. 심지어 민중들의 인격수양과 정신적 교화를 위해 조선의 위인들이 선양되기도 하였다. 언어, 풍속, 습관 등의 전통문화를 강제적으로 획일화시키는 것보다 일본적인 '민족의식의 융합통일'이라는 관점에서 다루고 있었던 것이다.
이지원,『한국 근대 문화 사상사 연구』, 혜안, 2007, 168~169쪽.

중성과 기만성이라 할 것이다. 또한 이런 제도 하에 반물질주의, 반사회주의 담론으로 형성시킨 정신 개조와 인격 개조 담론은 20년대 문화주의 정책과 담론의 이중성을 은폐하는 논리로 작용하였다.

2) '개조'를 통한 문화 담론과 개량 및 배제의 논리

1920년대 초반 식민지 조선의 민족운동은 식민통치의 변화로 인해 다양한 공론장이 형성되었다고 할 수 있다. 『개벽』을 비롯한 수많은 잡지와 『동아일보』, 『조선일보』 등의 민족지의 출현이 대표적인데, 그것들을 통해 다양한 담론들이 형성되었다. 특히 사회진화론의 영향을 받았던 '문명'담론 대신 '문화'담론이 부상하게 된다. 이 문화 담론이 당대 일본을 통해 조선에 정착되기는 하지만, 일본에서의 문화 담론과는 달리 식민지 조선에서는 상당한 의미변용이 이루어진다.

1918년 일본의 문화주의자 구와키 켄요쿠의 「문화주의와 사회문제」에서 문화주의가 '인격주의'에서 출발하고 있음을 확인할 수 있다. 인격상의 평등을 전제로 '문화'가치의 실현과 '사회적 평등'을 주장하는 부분은 조선의 문화론과 비슷하다. 그러나 조선에 들어와서는 민족자결을 주장하는 부분이 생략된 점과 문화주의를 민중계몽과 연결시킨 점이 변용되었다.15) 일본의 문화주의 담론은 1920년대 중반이후에 '민중'의 입장에서 문화와 예술을 논해야 함에도 불

---

15) 홍선영은 1920년대 조선에서의 문화 혹은 문화주의 담론은 일본의 문화주의가 결핍되어간 '민중'을 강조한 반면, 일본의 문화주의에 과잉된 '민족자결'의 부분을 공백으로 남겨놓고 있다고 파악하고 있다.
　　홍선영, 「1920년대 일본 문화주의의 조선 수용과 그 파장」, 『일어일문학연구』 55집, 한국일어일문학회, 2005, 473쪽.

 이광수 문학의 민족주의 담론의 양가성

구하고 '민중'이 부재하다는 비판을 받았으며, '교양주의'라는 보다 일반적인 형태로 널리 보급되기에 이른다. 또한 일본에서 주장된 '문화주의'는 내용적으로 '인격주의' 혹은 '인격완성'을 의미하며, 시대적인 의미로서 '데모크라시' 정신의 실천을 그 역사적 배경으로 하고 있었다.[16] 이러한 일본의 문화주의는 조선에도 그 영향력을 미쳤다고 할 수 있다. 1919년 3·1운동 이후의 정책의 변화와 함께 조선에 실시된 문화정치와 식민 본국의 문화주의 담론의 영향이 조선에서는 문화 개조 운동으로 이어졌다.

1920년을 전후하여 창간된 잡지, 신문매체들은 너나 할 것 없이 '개조'에 대한 기사를 싣기 바빴다. 조선의 지식인들은 자신들이 수용한 개조론을 민족운동과 현실인식의 도구로 사용하면서 정신의 개조, 덕성함양 등을 주장한다. 1910년대 『학지광』을 통해 진화론에 입각한 문명화를 주장했던 현상윤 역시 "지금 우리의 진행에는 第一의 階段이 곳 이 性質의 改良이오, 心의 改造"[17]를 외치면서 조선인의 거듭나기를 주장한다. 거듭나기의 지점은 바로 '정신'의 영역이다. 정치적 독립의 좌절을 몸소 느끼고 온 이광수도 더는 서양의 물질문명으로 조선의 민족문제를 해결할 수 없음을 깨닫는다.

> 진실로 現代의 人生은 迷路에 立하얏습니다. 그네는 國家主義와 帝國主義와 商工業의 發達과 科學의 發明과 軍隊와 刑法과 條約 가튼 것으로 人生을 幸福되게 하리라고 미덧다가 只今에 와서 그네의 미듬의 妄想인 것을 어렴풋이 깨달앗스나 엇지하야 조흘것인 줄을 모르고 彷徨하는 狀態에 잇습니다.[18]

---

16) 홍선영, 위의 글, 476쪽.

17) 현상윤, 「거듭나기」, 『개벽』 19호, 1922. 1.

18) 경서학인(이광수), 「예술과 인생」, 『개벽』 19호, 1922. 1, 3쪽.

이광수는 서양의 물질문명의 폐해를 비판할 뿐 아니라 그것을 토대로 형성된 국가주의와 제국주의의 폐해까지 지적한다. 나아가 이제는 물질이 아닌 '정신'과 '문화'를 토대로 민족을 개조해야만 한다고 주장한다.

1920년을 전후하여 한국 지식인이 수용한 개조론은 민족운동의 양상을 띠면서 다양한 형태로 나타난다. 인격과 정신 개조를 통한 문화주의 형태로 『개벽』지를 중심으로 이광수, 이돈화, 김기전 등의 민족 개조론자들이 형성되었고, 노동문제의 해결을 요구하는 사회 개조론자[19]도 등장했다. '문화주의' 형태를 띠고 있는 민족 개조론자들은 대체로 비슷한 맥락의 논리 속에서 개별적으로는 다소 상이한 양상을 보였다. 조선에서 '문화'론을 처음 주창한 논자는 이돈화이다. 그는 『개벽』을 통해 신문화 건설운동을 주창하면서, 5가지의 결심이 필요함을 주장한다. 우리 민족은 "天職의 良能이 잇다"는 것을 확실히 믿고, "幸福은 오즉 動함에 잇고", 자기의 일은 오직 자기가 해야 하며, 직업에 나아갈 것, 십년 후의 성공을 생각할 것을 결심해서 지식열과 교육보급, 농촌개량, 전문가, 도시중심, 사상통일에 대해 집중적으로 건설할 것을 주장한다.[20] 이러한 신문화 건설은 정신의 문제와 연결되어 나타나고 있다. 이돈화는 문화를 理想的 價値로 설정하고, 이상적 가치를 도덕과 연결시키며, 이상적 생활이

---

19) 사회개조론은 문화주의가 인격·정신개조를 주장했던 것과는 달리 노동문제를 당면과제로 설정하고 있다. 또한 문화주의자들이 문화주의를 실현하기 위해 민족 구성원 개개인을 강조했다면, 사회 개조론자는 집단과 사회적 연대를 중심으로 한 사회운동을 지향했다. 이들은 노동문제를 계급적 시각에서 분석하고 있다. 노동문제는 사유재산과 계급모순에서 발생하고 있다는 점을 분명히 하고 있다. 당시 대표적인 논객으로는 신백우와 유진희를 들 수 있다.
김형국, 「1920년대 초 민족개조론 검토」, 『한국근현대사연구』 19집, 한국근현대사학회, 2001, 192~193쪽.
20) 이돈화, 「조선신문화건설에 대한 도안」, 『개벽』 14호, 1920. 9, 9~12쪽.

 이광수 문학의 민족주의 담론의 양가성

문화라면 문화는 도덕과 밀접하게 연결되어 있다고 설명한다. 또 "自由라 云하는 것이 道德 說明上의 基礎 觀念이 되어 잇스며 그리하야 또 그 意志의 自由와 文化는 關係를 깁히 맷고 잇겟"고, "意志의 自由가 有한 人이야 卽人의 人되는 本性을 具備한 것인데 그 人된 本性이라 함은 즉 人格이엇다. 고로 文化는 人格과 密接不離한 關係를 가지고 잇는 것"21)이라 해석하고 있다. 결국 현 시대에 문화의 건설은 기본적으로 자유의지에 의해 실현되며, 이런 자유의지는 도덕이 기초가 된 인격주의와 연관된다고 주장한다. 문화주의 담론은 개조론과 연결되면서 민족 개조에 대한 담론들로 형성되었다. 민족개조는 문화주의의 사회적 실현방법으로 채택되었다. 또 이돈화는 「조선인의 민족성을 논하노라」(『개벽』, 제5호, 1920. 11)에서 조선인의 민족성의 특징을 善으로 파악하고, "「善」을 宗教, 道德的 方面으로 보게 되면, 其中에 스스로 仁이 잇스며 愛가 잇스며 慈悲가 잇스며 人道 잇스며 正義 잇스며 平等이 잇스며 自由가 잇게" 될 것이고, "「善」이 宗教的 方面에서 仁·愛·慈悲등 性質을 가지고 나타나는 것이오, 道德的 方面에서 人道·正義·平等·自由의 性質을 가지고 나타날 것"22)이라고 설명한다. 이러한 善을 생활과 연결시켜 조선인은 생활의 모든 요소에 선을 발휘해야 함을 주장한다. 善을 '노동생활'과 결부시키고, '행위'의 표현이라 말하면서 실천하지 않는 善은 의미가 없다고 파악한다. 또 최근에 나타난 노동문제, 인종문제 등은 도덕을 표상하여 나타난 것으로 보고 있으며, 데모크라시, 인도, 정의, 자유, 평등 역시 도덕을 방편으로 해서 나타난 것으로 파악한다.23)

---

21) 백두산인, 「文化主義와 人格상 平等」, 『개벽』 16호, 1921. 10, 12쪽.
22) 이돈화, 「朝鮮人의 民族性을 論하노라」, 『개벽』 5호, 1920. 11, 6쪽.
23) 이돈화, 위의 글, 8~9쪽 참고.

즉 도덕을 통해 발현된 이러한 현상들이 우리 조선인의 民族性인 '善'과 연결되는 것으로 본다. 이 시대 대부분의 문화론자들이 물질 문명의 폐해를 비판하고 정신과 인격, 그리고 도덕을 통해 문화 창조에 나아가야 함을 말하는 데 비해, 이돈화는 물질문명도 중요한 부분으로 강조하면서 '善心'을 통해 조선인의 문화를 향상시켜야 함을 주장한다. 한편 문화개조론자인 김기전은 민족 전체의 발달을 위해서 봉건적 인습을 비판하고, 특히 가족제도의 폐해를 언급하고 있다. 부모 중심의 사회에서 자녀 중심의 교양주의로 나아가야 한다[24]고 강조한다.

문화 개조론을 주장하는 많은 논자들이 대부분 문화 창도를 위해서 도덕과 인격문제를 연결해서 논의하고 있으며 민족성에 대한 문제도 논의하고 있다. 그 중 1922년 『개벽』에 실려 문제가 되었던 이광수의 「민족개조론」은 앞서의 논자들과 인격개조와 도덕성 함량 등 기본적인 논조에서는 공통점을 가지고 있다. '민족개조는 도덕적일 것'이라는 항을 설정하여 조선 민족성을 좀먹는 요인을 '허위', '비사회적 이기심', '나타', '무신', '겁나', '사회성의 결핍'으로 파악한다. 그래서 조선 민족성의 개조를 가장 우선으로 주장하고, 그 개조의 밑바탕은 도덕으로부터 시작해야 함을 강조하고 있다.[25] 그 개조의 대상은 조선 인민 대중이며, 이 대중은 수양과 훈련이 필요한 대상이다.

이 시대의 문화 개조론자들은 대부분 정신 개조와 인격 개조를 주장하면서 조선 민족의 민족성 개조가 시급하다고 주장했다. 당대

---

24) 묘향산인, 「從來의 孝道를 批判하야써 今後의 父子關係를 聲言함」, 『개벽』 4호, 1920. 9, 23~26쪽.
25) 이광수, 「민족개조론」, 『개벽』 23호, 1922. 5, 36~38쪽 참고.

 이광수 문학의 민족주의 담론의 양가성

민족 개조 담론은 개인보다는 '집단'을 우선하는 논리, 물질보다는 '정신'을 중요시하는 입장을 취하면서 '민족'이라는 상상의 공동체 내에서 식민지 담론으로 형성되었다. 그러나 이 문화 개조 담론은 식민지 공간에서 상당히 관념적으로 드러날 수밖에 없었다. 1920년 대 문화론을 주장하는 이광수는 1910년대의 '문명화'론을 위한 교육사업, 신문 잡지의 경영 등과 같은 표면적으로 드러나는 형태를 지향하기보다는 현재는 '사람부터 만들자'는 취지를 더 강하게 강조한다. 즉 대중의 정신 개조와 인격 개조를 수양동맹회를 조직하여 이루는 것이 시급함을 지적한다. 이러한 논의는 문명화 담론에서 배태된 정신교화의 수준이 아니라 '정신', '인격', '도덕'의 민족성의 개조를 통한 문화 형성으로 나아간다는 점에서 1910년대의 정신 지향 담론과 달라졌다고 할 수 있다. 1910년대 '정신'의 강조는 문명론을 받아들일 수 있는 통로로서 기능했다. 그러나 1920년대 '정신'을 강조하는 것은 조선 민족의 근본 성질을 개조하여 문화 창조로 이어져야 한다는 의미였다.

구체적인 방안에서는 일제의 개조 논리와 달라지는 부분들이 있지만, 표면적으로 일제 식민주의 담론에서 주장하는 정신의 강조는 당대 조선 사회에서는 문화 개조의 맥락으로 읽힌다. 1920년경의 일제의 식민주의 담론은 주로 자본주의의 병폐로 지적된 금전 숭배, 욕망 추구, 도덕의 타락, 물질 중시 등이 사회주의로 인해 발생한 것인 양 변용되었으며, 이러한 행태들을 비판의 표적으로 삼았다. 당대의 문화 개조론자 역시 물질문명의 폐해를 짚어내면서 정신과 도덕을 강조하여 문화를 개조하고자 하였다. 식민주의 담론에서의 정신의 강조는 유물론을 물질주의로 환원하고, 물질의 반대 항에 정신을 두면서 사회주의를 비판하는 논리로 사용되었다. 그러나 이 정신은 개인의 진정한 자유의지를 강조하는 정신이 아니라 지배자의 요구에 복종하는 '도덕'의 논리에 갇힌 정신으로서 민족성 개조의 '도덕' 함양 논리와 연결되는 독특한 의미를 형성하게 된다. 그러나 식민주의 담론에서의 '도덕'의 강조는 사회주의의 범람을 두려워한 것에서 출발했기 때문에 표면적으로는 '조선인의 분수를 알고 계급 간에 잘 조율하여 서로 양보할 줄 아는 미덕을 가진 존재가 되자'는 논리를 강하게 부각시킨다. 이광수 개조 담론 역시 위의 논리와 연결되면서 민족주의 담론으로 형성되었다. 문화 개조론의 '도덕'은 실천할 수 있는 덕목의 근저로서의 정신과 인격을 갖출 것을 의미한다. 즉 실천력을 갖춘 개인을 도덕적이라 규정하였다. 식민주의 담론의 이면적인 논리와 맥락은 다소 달라도 표면적으로 주장하는 논의들은 당대 문화 담론과 동일하게 드러나고 있다.

식민주의 담론인 반사회주의의 형상화와 도덕 개조의 논리를 통해 문화 담론의 실천을 잘 보여주는 작품으로 조선인의 민족성 타락을 문제 삼은 『재생』, 사회주의의 폐해 상을 담은 『혁명가의 아내』, 당대 젊은이들의 삶의 양태를 비판한 『사랑의 다각형』을 들 수 있다. 『재생』(『동아일보』, 1924)은 3·1운동 실패 이후의 남녀 젊은이들의 삶이 타락하고 있음을 개탄하고 목적의식 없이 조직 운동에 뛰어들어 물의를 일으키는 인물에 대해서도 부정적으로 서술하고 있다. 『재생』은 1919년 3·1운동이 지나간 지 2년 후쯤부터 이야기가 전개된다. 미모의 여학생 순영을 중심으로 가난하지만 성실하고 올바른 학생 신봉구와 난봉을 일삼는 재력가 백윤희와의 애정행각이 삼각구도를 이루면서 진행된다. 2부로 구성된 이 작품은, 1부는 두 남자 사이를 오가면서 비정상적 성생활을 하는 순영을 중심으로 서사가 전개되고, 2부에서는 순영에게 버림받은 봉구가 복수를 결심하고 감옥까

 이광수 문학의 민족주의 담론의 양가성

지 가게 되는 다양한 사건이 서사의 중심을 이룬다. 작가는 대중 소설의 이분법적 구조를 빌어 자신이 표방하고 싶은 민족주의 담론을 은연중에 풀어내고 있다. 주인공 신봉구와 순영의 오빠 순흥은 고결함을 상징하는 긍정적인 민족성을 가진 인물로 설정하고, 반대편에는 순영과 백윤희, 선주를 물질적·정신적·성적으로 타락한 인물들로 설정하여 대비시키고 있다. 이러한 서사 구조는 작가가 설정한 민족주의 담론을 부각하는 데 일조한다. 이는 먼저 주인공이라 할 수 있는 신봉구의 캐릭터 창출에서부터 나타난다. 봉구는 기미년 운동 때 나라와 민족을 위해 독립운동을 하다가 일경에 잡혀 1년 8개월의 수감생활을 하면서도 끊임없이 조선을 위해 함께 일한 순영을 그리워하며 수감생활을 무사히 마치는 인물로 설정된다. 뿐만 아니라 작가는 살인의 누명을 쓰고 감옥에서 사형을 선고받은 후에도 담담하고 숭고한 정신세계를 보이는 봉구를 높이 평가한다. 죽음에 직면해 있음에도 불구하고 인류에 대한 사랑까지도 품게 되는 모습을 그림으로써 봉구의 고결함과 숭고함을 독자에게 각인시킨다. 범인을 알면서도 밝히지 않고, 끝까지 인간애를 지키는 그의 도덕성은 1920년대 젊은이들의 삶과는 정반대의 모습이라 할 수 있다. 작가는 봉구의 고결함을 더욱 부각시키기 위해 겉멋과 돈, 향락에 찌들어 사는 백윤희의 타락을 극단적으로 보여준다. 또 미국 유학까지 다녀온 김교수를 설정해서 개인의 안위를 위해 모든 것을 추구하는 인간상을 적나라하게 묘사하고 있으며, 당대 신문기자나 언론계에 종사하는 사람들의 허위의식과 사기적 기질들을 구체적으로 그려내고 있다. 물론 순영과 선주 같은 여성의 타락성 역시 부각해 보여준다.

　『재생』에서의 민족주의는 일관되게 고결함의 가치를 옹호하면서 섹슈얼리티를 통제하는데 기여하였다.[26] 봉구는 순영에 대한 정념에 사로잡혀 복수를 결심하나 결국 나라와 인류를 위하는 모습으로 급전환되면서 민족주의 사상과 봉합된다. "민족주의는 남성의 정념을 보다 고차원적인 목적으로 향하게 하고 육욕을 초월한 아름다움의 전형을 창출함으로써 성의 통제를 강화했다."27) 1920년대의 불안정한 상태, 물질문명의 타락한 모습만을 추구하는 사회를 통제할 가장 이상적인 관념이 '민족주의' 담론이라 인지하고 있음을 알 수 있다. 뿐만 아니라 봉구는 첫사랑인 순영에 대한 기억 때문에 자기를 열렬히 사랑하는 경주의 마음을 거절하고 자신의 성적 욕망을 통제하고 오직 순결함을 지향한다. 봉구의 성적인 고결함이 높이 숭상됨으로써 작가의 그리고자 하는 사상에 가장 부합되는 인물로 긍정성을 확보한다. 이는 섹슈얼리티의 통제를 통한 고결함의 표상으로 귀결되며, 또 민족의 표상으로서 기능하게 된다. 이는 당대 정신주의를 표상하는 식민주의 담론과 동일시되면서 문화 개조 담론이 반사회주의 담론과 그 궤를 같이하는 것처럼 형상화되고 있다.

『재생』에서 고결함의 표상으로 부각되는 또 다른 인물은 순영의 오빠 순흥이다. 그는 민족을 위해 같이 일했던 동료인 봉구와의 의리를 지키기 위해 동생인 순영을 저주하고 동생으로서 인정하지 않는다. 혁명의 시기에 같이 싸웠던 동지의 마지막을 위해 의리를 지키는 모습으로 나타난다. 작가는 순흥의 입을 통해 동지애를 저버린 놈들을 규탄하며, 민족을 위해 행동할 것을 절규한다. 특히 순흥은 혁명기에 같이 일했던 동지 봉구의 사형선고를 듣고 동생 순영을 버리며, 이후 쫓기는 몸이 되어서도 봉구의 앞날을 빌어주는 동지애를 보인다. 이러한 숭고한 미덕과 고결성은 민족주의 고취를 위해

---

26) 조지 모스, 서강여성문학회 역, 『내셔널리즘과 섹슈얼리티』, 소명, 2001, 3~15쪽 참고.
27) 조시 모스, 위의 책, 3~15쪽 참고.

 이광수 문학의 민족주의 담론의 양가성

늘 함께 부여되는 원리라고 할 수 있다. 민족주의 담론의 부각을 위해 제시된 숭고함과 고결함은 아이러니하게도 식민주의 담론인 정신주의와 결부되면서 식민주의 담론을 재생산하는 논리로 표출된다. 정신주의는 조선 민중의 타락과 낭비적 생활을 비판하고 절약과 도덕성을 중시여기는 논리로 탈바꿈되어 드러났다. 이러한 모습을 순영과 백윤희를 통해 보여주고, 그 반대편에 봉구와 순홍을 놓음으로써 이들의 숭고한 정신과 고결한 도덕성을 부각한다. 한편 경훈을 통해 반사회주의 담론을 각인시킴으로써 『재생』 텍스트는 당대 반사회주의 담론이 민족주의 담론과 혼용되면서 식민주의 담론과 '동일화'의 양상이 두드러지게 표출되는 형국이다. 다음 인용문은 이러한 양상을 드러내고 있다.

> 고려인은 경훈과 만나는 날, 자기는 상해에서 들어온 것과, 여러 동지가 비밀히 들어온 것과, 해외에는 * * 단의 동지가 여러 천 명 되는 것과, 자기네가 이번에 조선과 일본 내로 들어온 것은 삼십만원을 만들고자 함인데 경훈이가 십만원을 담당해야 한다는 말과, 만일 경훈이가 십만원만 내면 경훈은 * * 단 중에 가장 큰 공로를 가진 이가 되어서 * * 단의 재정을 맡는 책임을 가질 것이라는 말과, 또 * * 단의 목적은 이렇고 저렇고 대단히 좋다는 말을 하고, 또 자기네는 육혈포와 폭발탄을 가지고 다니니까 만일 자기네 일을 경찰에게 밀고하거나 동지로 약속하였던 사람이 배반하는 자가 있으면 천리만리를 따라가서라도 목숨을 없애버리고야 만다는 말을 하고는 양복 속주머니에서 과연 육혈포를 꺼내어 경훈의 눈앞에 번쩍 내놓는다. 그때에 경훈은 한껏 무섭기도 하고 또 한끝으로는 그렇게 큰 사업을 하는 사람들이 특별히 자기를 찾아와서 자기에게 그러한 큰 의론을 하는 것이 고맙고 기쁘기도 하여서…….28)

---

28) 이광수, 『재생』, 『이광수 전집』 2권, 삼중당, 1972, 104쪽.

위 인용문에서 보듯이 서술자는 사회주의자인 '고려인'의 행태를 비판하고 있으며, 목적 없이 사회주의를 통해 영웅이 되고자 하는 '경훈'을 냉소적으로 바라보고 있다. 이는 당대의 사회주의자들의 폭력성과 비도덕적인 모습을 그리는 것이기도 하다. 또 어리석고 사리분별이 부족한 민중을 무모하게 규합하고 이용하는 모습을 그림으로써 사회주의자들의 조직적 활동의 문제점들을 부정적으로 드러낸다. 작가는 서사 구조에서 경훈도 순영, 백윤희 등과 같이 부정적인 인물 유형에 배치함으로써 사회주의에 대한 부정적 인식을 표출하고 있다. 서사구조에서 드러나는 이러한 모습은 일제의 정신주의 담론을 모방하는 과정에서 '물질'만을 중시하는 사회주의라는 식민주의의 논리와 동일하게 읽힌다.

또한 『재생』은 3·1운동을 했던 젊은이가 돈과 쾌락에 빠져 타락한 모습을 통해 정신 개조의 필요성을 역설하고 있다. 순영은 일제가 사회주의를 비판하는 논리이자 일제의 문화정책의 일환으로 제시하는 정신의 개조를 꼭 해야만 하는 타락한 인물로 그려진다. 순영은 기미년 운동 때 민족을 위해 자신의 삶을 내놓은 고결한 인물이었다. 그러나 3·1 운동의 실패로 사회적 분위기가 개인의 안위와 행복만을 추구하는 쪽으로 바뀌자 시류에 휩쓸려 순영은 돈과 성적 쾌락의 유혹에 빠져 봉구를 배신하고 어느 부호의 첩으로 들어가 타락한 삶을 살아가게 된다. 순영은 돈에 끌려 백윤희의 첩 생활을 하다가 또다시 봉구와 석왕사로 여행을 가서 그의 아이를 임신하고 또 봉구의 아들을 뱃속에 간직한 채 또 다른 인물인 김교수와 미국행을 하기 위해 임신 중절약을 복용하는 등 비정상적인 성생활을 하는 여성으로 그려지고 있다. 순영의 삶은 당대의 풍속에서도 극단의 비정상적인 모습임을 작가는 강조한다. 고결함과는 정반대 위치

 이광수 문학의 민족주의 담론의 양가성

에 있는 순영의 삶은 결국 파국으로 치닫게 되고 자살로 마감한다. 민족성의 개조를 주장하던 작가의 사상에서 볼 때, 순영은 비정상적 섹슈얼리티의 극단을 보여주는 것으로 작가에 의해 추방될 수밖에 없었다. 왜냐하면 민족주의는 "순결하고 겸손한 여성이라는 모델을 이용해 도덕적 목적을 선전하고자 하"[29]는 이데올로기이며, "이상에 따라 행동하지 않는 여성은 사회와 국가에 위협이 되는 존재로 그들이 지켜야 하는 기존의 질서를 위협하는 것"[30]으로 생각했기 때문이다. 이런 의미에서 『재생』의 순영은 자살로 이 사회에서 배제되고, 순결함을 지키고 한 남성을 끝까지 사랑한 경주는 추방당하지 않고 살아갈 수 있는 것이다. 물질의 탐욕과 육체의 본능에 순응해서 살아가는 순영은 식민주의 담론에서 가장 비판하는 인물 유형인 배제와 개량의 대상인 것이다.

> 순영은 돈과 육의 쾌락이 심히 기뻤다. P부인을 따라가거나 인순과 뜻을 같이 하거나 그런 일은 침뱉아 버릴 우스운 일이요, 아직 세상모르는 어리석은 계집애들의 꿈이라 하였다.……[31]

인격 함량과 정신 개조의 논리 속에서 볼 때, 순영은 탐욕과 육의 쾌락에 빠진 인물로 개량과 배제의 대상이 될 수밖에 없다. 작가는 사회와 민족의 정신을 흐리는 개인을 자살로 이끌어 '배제'의 대상에 위치시킨다. 이런 배제의 논리는 당시 낭비와 나태를 비도덕으로 규정하고 물질의 부정성을 부각하는 식민주의 담론과 그 궤를 같이 하고 있다. '민도 개선'과 '문화 정도의 '차이'를 내세워 조선의 정신

---

29) 조지 모스, 앞의 책, 159~160쪽.
30) 조지 모스, 위의 책, 160쪽.
31) 이광수, 『재생』, 앞의 책, 67쪽.

개조를 강조하는 식민주의 담론에서 물질에 대한 탐욕과 정신적 타락
의 경향을 보이는 인물에 대한 배제의 논리는 작가의 민족주의 담론
과 그 궤를 같이한다. 주인공인 순영은, 고결함을 중요시하는 민족주
의 담론에서도, 정신주의를 강조하는 식민주의 담론에서도 배제의 대
상인 것이다.

『재생』의 서사 구조와 거의 동일한 작품이라 할 수 있는『사랑의
다각형』(『동아일보』, 1930)도『재생』의 봉구처럼 고결한 인물에 한은교
를, 순영의 자리에 송은희를, 경주의 위치에 귀남을, 타락한 인물인
백윤희의 자리에 민장식을 배치함으로서 당대 젊은이들의 타락상을
통해 정신의 중요성을 교화하는 작품이라 할 수 있다. 이 작품 역시
독립투사로 감옥에 갔다 온 인물인 한은교를 민족주의자로 그리고
있으며, 그는 정신적으로 상당히 고결한 인물로 작가가 전형적으로
선호하는 인물유형이다. 이에 반해 송은희는 정신의 타락으로 돈 많
은 인물에 유혹당하여 옛 애인을 배신한 후 결국 자살로 생을 마감
하는 여성으로 그려진다. 그녀는 민족주의에서 배제의 대상이자 식
민주의 담론에서도 비판의 대상인 반정신주의의 인물이다. 이러한
인물 배치와 서사 구조는『재생』과 동일하여, 민족주의를 표면적으
로 드러내는 역할과 동시에 반사회주의 담론으로 변용된 정신주의
를 고창하는 식민주의 담론과 '동일화'되는 양상을 드러내고 있다.

1930년의 작품인『혁명가의 아내』에서는 공산주의를 지향하는 젊
은 혁명가들의 위선적이고 탐욕적인 모습을 그려낸다. 일제의 식민
주의 담론에서 비판의 대상인 물질지향, 육욕, 사치, 낭비를 일삼는
사회주의자의 모습이 이 작품에서 그대로 드러나고 있다. 작가는 주
인공인 혁명가 '공산'을 여자를 무시하고 성욕에 이끌려 모든 일을
해결하는 인물로 묘사하고 있고, 그의 아내는 육욕의 화신으로 타락

 이광수 문학의 민족주의 담론의 양가성

한 모습을 과장되게 그리고 있다. 작가는 이들의 삶과 행동을 통해 혁명가의 모순성을 적나라하게 표현하고 있다.

> 혁명가인 공은 아내 정희를 그렇게 대등의 동지로 존경하지 아니하고 매양 「제까짓 것이」하는 태도를 보였다. 본래 공의 귀처진 입과 검은 자위위로 올라붙은 가느단 눈은 사람을 대할 때에는 빈정거리는 빛을 띠우기에 가장 적당하게 생기었다. 공은 아내가 무엇을 아는 체하고 잔소리를 하고, 주적대고, 자기를 거스를 대에는 매양 이 입과 이 눈을 가지고 빈정대는 칼로 정희의 볼록한 자존심을 긁어 주었던 것이다. (중략-인용자) 어떤 때에는 정희의 박박 긁는 소리에 갈청같이 얇다란 분통이 폭발이 되어 아내의 머리채를 잡아 방바닥에 둘러치어 엎드러뜨리는 일도 있었다.[32]

> 마음에 드는 여편네를 얻어서 아들 딸 낳고 살아요, 나는 죽으께, 혁명이 다 무슨 빌어먹을 혁명이란 말야. 혁명가도 저렇게 죽기를 무서워한담. 저렇게 더럽게 시리 살고 싶어한담. 약이라면 무슨 큰일이라도 난 듯이 허덕지덕이구, 그러구 혁명은 다 뭐야 집어 치워요. 혁명간 체하는 것도 다 위선이야 위선. 날 같은 계집애나 따라다니고 후려 내노라고 가장 혁명간 척 사상간 척 주의잔 척 했지. 흥 혁명가? 혁명가가 그 따위야. 안그래요 글쎄?[33]

> 정희는 이론상으로 무산계급의 여자를 동정하고 존경할 것을 주장하나 실천으로 동성인 어멈 계급에 대하여 잔인하다고 할 만한 멸시와 학대를 하였다.[34]

첫 번째 인용문은 사회주의자 공이 세계 만인 평등을 주장하는 혁명가인 체 하면서 늘 여성을 무시하고, 화가 나면 아내에게 폭력

---

32) 이광수, 「혁명가의 아내」, 『이광수 전집』 2권, 삼중당, 1972, 466쪽.
33) 이광수, 위의 책, 470쪽.
34) 이광수, 앞의 책, 476쪽.

까지 행사하는 모습을 통해 사회주의자의 이중적이며, 위선적인 모습을 그리고 있다. 두 번째 글은 폐병으로 죽어가는 사회주의자 남편을 두고 아내인 방정희가 혁명가를 비꼬고 있는 내용이다. 둘 다 사회주의자임에도 불구하고 혁명가의 위선과 모순을 서로의 입을 통해 드러냄으로써 사회주의자에 대한 신랄한 비판을 서슴지 않고 있다. 세 번째 인용문은 무산계급의 평등을 주장하는 사회주의자인 정희가 정작 자신의 집에서 어멈 일을 하고 있는 무산계급 여성에 대해서는 멸시와 학대를 일삼는 모습을 그리고 있다. 같은 여성임에도 불구하고 남성보다 더욱 하층여성을 천시하는 모습을 통해 계급 평등주의자인 양, 혁명가인 양 하는 사람들의 진정성 없음을 보여준다. 결국 일제가 관제 언론을 통해 노농러시아 혁명주의자의 성적 타락에 대해 큰 활자로 공개 비판[35]하는 담론의 형상화가 가장 뚜렷하게 드러난 작품이라 할 수 있다. 특히 첫 번째와 세 번째의 인용문의 서술방식에서 작가가 의도적으로 사회주의자의 탐욕과 모순을 그리고 있음을 확인할 수 있다. 이는 식민주의 담론인 반사회주의 담론과의 의도적으로 동일시한 모습이라 할 수 있다. 식민주의 담론은 사회주의 사상을 성적 타락, 육욕의 화신, 물질의 맹신으로 오도하여 반사회주의적 담론을 조선 내에 형성시켰다. 반사회주의 담론으로 형성된 1920년대 식민주의 담론은 당대 문화 운동 담론과 혼용되어 정신의 개조, 도덕 함양, 인격 개조의 덕목으로 표출되었다. 이러한 '동일화'의 면모는 이광수의 문화 개조 담론을 형상화한 작품들이 일제의 식민주의 담론을 자기 식민화 논리로 재생산하는

---

35) 남자는 한부인을 한주일 동안에 세 번식 거느릴 권리가 잇는대 한번 부인을 거느리는대 세 시간을 허락호야 주며 법령은 로동계급에만 쓰는 것이대……
「과격파의 부인국유」, 『매일신보』, 1919. 8. 1.

  이광수 문학의 민족주의 담론의 양가성

양상으로 표출되었다고 할 수 있다. 그러나 이광수의 1920년대 문학에서 나타난 '문화'를 통한 민족주의 담론이 식민주의 담론과의 '동일화'의 양상만 표출하는 것이 아니라 오히려 모방의 과정에서 조선의 문화와 결부되어 민족주의 담론이 새롭게 형성되기도 한다. 이는 그가 문화형성의 주체를 '대중'으로 상정하면서 드러나는 '차이'로서 다음 절에서 구체적으로 살펴보도록 하겠다.

2. 〈개조〉에서 〈민족개조론〉으로의 이행과 '대중'

1) 「민족개조론」과 '대중'의 성격

1910년대는 일제의 식민주의 담론인 '문명화론'을 전유하면서 민족주의 담론을 형성하였다. 문명화론을 기반으로 한 이광수의 민족주의 담론은 개인의 개성과 자각의 발현인 '정'의 담론과 '준비론'의 양가적인 양상으로 드러났다. 1910년대의 문명화론을 전유하여 표출된 민족주의 담론이 1920년대에는 세계적인 현상인 '문화론'을 일본을 통해 수용하면서 형성되었다. '문화론'을 전유하면서 형성된 이광수의 1920년대 민족주의 담론은 1910년대의 문명의 중요성을 자각시키기 위한 정신 개조가 아니라 '문명화'의 폐해로 인해 발생한 정신의 결핍과 인격·도덕의 보완에 초점이 놓여 있다. 이광수의 민족주의 담론은 이러한 일본의 문화론적 관점을 모방하면서 조선의 민족성의 개조를 접목하여 형성시킨다. 이는 식민주의 담론인 정신주의와 그 궤를 같이 하면서도 조선의 정신과 교섭하는 과정에서 형성된 것으로 근대 민족주의의 속성과 유기체적 민족주의의 양상이 동시에 표출되는 복합적인 민족주의 담론의 모습을 보인다. 즉 일본의 문화 담론이 조선의 정신과 교섭하는 과정에서 이루어진 민족주의 담론은 1910년대의 개인주의적인 면모가 강한 근대 민족주의 경향보다 집단적이고 혈연을 중심으로 형성된 유기체적 민족주의의 성향을 보이면서 대중의 결집을 강조하는 형태로 드러났다. 이러한 양상의 민족주의 담론을 고찰하기 위해서는 먼저 1920년대에 이광수가 강조하는 민족성 개조의 의미와 민족성의 바탕인 대중의 속성을 알아야만 한다. 이를 위해 「민족개조론」에서 주장하는 개조담론의 근저가 되는 대중의 의미를 『독립신문』의 「개조」와의 연계를 통해 고찰할 것이다. 이러한 시도는 1920년대 이광수가 주장한 문화 민족주의의 의미를 분석하는 시발이 될 것이다.36)

1920년대의 문화정치는 언론과 출판의 자유를 부분적으로 허용하면서도, 검열의 감시와 법제 강화를 통해 식민지 조선인을 이중적으로 억압하는 기만적인 정책이었다. 이런 배경에서 민족주의 담론은 표현의 기회를 많이 가질 수 있었다. 당대 식민주의 담론인 반사회주의 담론의 관점에서 봤을 때, 문화를 통한 민족주의 담론은 사회주의 담론을 견제할 수 있는 매개체로 활용하기에 용이했기 때문이다. 따라서 민족주의 담론은 표면적으로 20년대의 식민주의 담론 체계와 동일시되는 지점들이 많이 나타났다고 할 수 있다. 그러나 이광수의 개조 담론과 「민족개조론」을 식민주의 논리를 재생산하는 글쓰기로만 보는 시각은 이광수의 사상에 대한 통시적인 분석이 결여되었다고 할 수 있다. 이광수의 1920년대 사상의 궤를 정확히 파악하기 위해서는 1919년에서 1921년까지의 사상적 맥락을 고찰해야

---

36) 기존 논의에서 1920년대 이광수의 문화 민족주의를 식민주의 담론의 재생산 담론이자 식민주의에 포섭된 주체의 논리로 보는 견해에 대해 다른 시각을 부여할 수 있는 논의가 될 것이다.

 이광수 문학의 민족주의 담론의 양가성

만 한다. 이광수는 「2·8 독립선언서」를 작성한 후 식민지 본국이나 조선에 머무를 수 없는 처지였다. 그래서 그는 상해 임시 정부에서 『독립신문』을 주간하고 대표적인 논객으로 일하게 된다. 1919년 8월 24일 제1호를 발행하고, 제2호부터 「개조」라는 기획 논설을 싣는다. 「개조」는 18일간 「實」, 「밋뿜」, 「十年生聚十年教訓」, 「遠慮」, 「團合」의 5항목으로 나뉘어 실렸다. 「민족개조론」에서 핵심적으로 비판 받는 부분은 상해의 「개조」에 단순하게 기술되어 있지만 이미 전체적인 논조는 거의 비슷하다고 할 수 있다.

먼저, 기존 논의에서는 「민족개조론」에 나타난 이광수의 사상에 대해 "논쟁의 정치에 대한 어떤 불안이 스며들어 있으며, 정치문화 안으로 논쟁을 끌어들이고 있는 열기, 무질서를 불편해"[37] 했고, 「민족개조론」에서 '3·1운동은 무지몽매한 야만인종이 자각 없이 추이하여 가는 변화'라고 매도한 것은 대중의 정치적 세력화에 대한 불안과 위기의식에 말미암은 것[38]이라고 파악하고 있다. 이 논의는 이광수의 민족주의 담론을 통시적 시각에서 해석하지 않고, 1921년 상해에서 탈출해 조선에 입국한 당시의 이광수의 정황과 「민족개조론」 자체의 내용만을 부분적으로 발췌해서 논의한 것이다. 이러한 논의의 부적절성은 이광수의 『독립신문』의 「개조」를 통해 확인할 수 있을 것이다. 또 이광수의 문화 민족주의 담론은 위 논설에 나타

---

37) 김현주, 「논쟁의 정치와 「민족개조론」의 글쓰기」, 『역사와 현실』 57호, 한국역사연구회, 2005, 123~126쪽.

38) 김현주는 이광수가 두려워했던 부분으로 대중의 정치적 세력화를 든다. 이 대중은 '계급적 주체'로서의 대중이라고 파악한다. 그래서 사회주의에 대한 강렬한 비판의식을 20년대 초부터 가지고 있었던 사상이라 파악한다. (김현주, 위의 글, 223~224쪽.) 그러나 이광수의 상해 『독립신문』시기의 글과 「민족개조론」의 글의 연속성에서 드러나는 의미와 '대중'의 성격을 파악해 볼 때, 김현주의 논의는 「민족개조론」의 일면을 대조 확대해석했으며, 이광수 사상에 대한 통시적인 시각의 결여에서 비롯된 논의라 할 수 있다.

나는 '대중'에 대한 인식을 통해 설명할 수 있을 것이다. 한편으로
는 당대 '반사회주의'로 드러나는 식민주의 담론과의 상관관계에서
양가적으로 표출된다. 이를 위해 『독립신문』에 나타난 개조론을 먼
저 고찰하도록 하겠다. 1919년에 작성한 「개조」에도 대중의 무모한
정치운동에 대해서 경계하는 부분은 구체적으로 나타난다.

> 우리가 지금 말하는 團合은 決코 一齊히 萬歲를 부르는 것만이 아니
> 오. 一時에 나가 죽는 것만을 니름이 아니니 이는 아즉 初等의 團合이라
> 未開한 人種과 蜂蟻같은 動物도 하는 비라. 우리의 要求하는 團合은 實로
> 道德과 法과 知와로 된 高等하고 複雜한 團合이외다.
> 　　이러한 團合의 能力을 有한 뒤에야 비로소 文明한 國家를 經營하는 國
> 民이 될 것이외다.39)

　　위의 인용문은 3·1운동 때 일제히 만세를 부르는 것, 일시에 나
가 죽는 것 등의 단합은 미개한 인종이나 벌, 개미와 같은 동물들도
할 수 있는 행위라며 이보다 좀더 조직적이고 사회생활의 질서에
맞는 행위만이 진정한 단합이라는 것이다. 즉 3·1운동도 민족 구성
원의 대단결을 보여주었지만 군중심리에 휩쓸려 뭉친 것이지 어떤
목적에 맞는 主義의 단합은 아니었다는 측면에서 평가한 것이다. 그
는 '군중'과 '사회'를 구분하고 있고, 무모한 심리에 휩쓸리는 군중
에 대한 염려40)를 드러내기도 했다. 이광수가 「민족개조론」에서 언

---

39) 이광수, 「개조 15」, 『독립신문』, 1919. 10. 21.
40) 인류는 蜂蟻와 갓히 集合生活을 하는 動物이니 集合生活中에 가장 發達한 것이
　　人類社會요, 人類社會中에 가장 發達하고 完全하게 된 것이 國家외다. ……多數가
　　集合하엿다고 반다시 社會가 아니니 되는 대로 集合한 多數를 群衆이라 稱하고
　　法으로 統一된 群衆을 社會라 합니다. 그럼으로 社會의 完全 不完全은 오직 統一
　　의 完全 不完全에 在하고 統一의 完全 不完全은 法의 完全한 行不行에 在하외다,
　　그런데 法의 發生에 二道가 잇스니 神이나 皇帝 갓흔 最高 權力의 命令으로 되는
　　것과 社會를 組成한 人員의 同意로 되는 것과외다. …… 民主國家의 法의 發生의

급한 르봉의 '대중심리학'의 영향[41]을 이때부터 이미 받고 있었다는 것을 알 수 있다. 그의 '국가관'을 참고했을 때, 3·1운동을 '무지몽매한 야만인종이 자각 없이 추이하여 가는 변화'라고 한 것은 조직의 단합과 주의의 중요성을 강조한 것이지, 대중의 정치적 세력화에 대한 불안과 위기의식에서 나온 발언이라 할 수는 없을 것이다. 역으로 조직의 단합을 중요시한다는 것은 대중이 정치적으로 세력화할 수 있는 기반을 조성하기를 바란다는 의미가 된다. 「개조」에서 「민족개조론」으로의 과정은 글의 형식상의 체계성, 조직 운동의 방법을 구체화시킨 것 정도의 차이일 뿐, 그 기저에 흐르는 사상은 동일한 수준이라 할 수 있다. 즉 인격수양과 정신 개조, 인재 양성, 산업 진흥을 역설 하며, 개조된 1인이 계속해서 개조 의식을 전파하는 방식은 「개조」, 「소년에게」, 「민족개조론」 모두 동일하게 나타나고 있다. 단체를 조성할 수 있을 만큼의 사상적 통일과 인격 형성은

狀態를 察하건대 國民 又는 國民의 代表者가 會集하야 從多數로 決定한 者를 國家의 意思로 하나니, 一旦 國家의 意思가 決定된 때에는 決定할 때에 反對한 자도 贊成한 者와 다름업시 그 決定에 服從할 義務가 生합니다. 이에 우리는 社會生活을 營爲할 때에 두가지 原理를 發見합니다. 즉 多數의 意見으로 決定할 것, 한번 決定하야 그 社會의 名義로 公布한 以上 此를 改正하기 前에는 決定時의 贊成 不贊成을 不問하고 그 社會의 人員은 絶對로 此를 服從할 것. 또 이에 우리는 社會生活의 두가지 大德을 發見하나니 즉 讓步와 服從이외다. (이광수, 「개조 15」, 1919. 10. 21.) 이 글에서 이광수의 사회, 국가관이 드러난다. 상해 임시 정부에서 활동은 그의 국가관에 대한 단편적인 인식을 가져다주는 결과를 가져왔다고 볼 수 있다.

41) 이광수는 르봉의 「민족심리학」 이론을 토대로 민족성을 근본적 성격과 부수적 성격으로 구분하고 근본적 성격에 대해서는 "일즉 異民族으로서 完全히 同化하야 同一한 性格의 民族을 成하엿다는 前例를 보지 못한 것으로 보면 各 民族에게는 도저히 變할 수 업는 一介 또는 수개의 根本的 性格이 잇다" (이광수, 「민족개조론」, 앞의 책, 39쪽.)라고 말하면서 기본적으로 일제의 동화주의 정책의 문제점을 지적한다. 특히 영국의 식민지배 통치방식의 합리성을 호평하고, 프랑스의 직접통치방식을 비판하는 부분에서도 확인할 수 있다.

표면적으로는 문화적
인 측면으로 드러나
지만 그 이면엔 정치
성을 내재하기도 한
다. 통일된 사상을 조
성하여 단체를 꾸려
서 할 수 있는 일은

「개조」, 『독립신문』, 1919. 10.

대세를 움직일 운동에 필요한 것들일 것이다. 1919년 『독립신문』에
서 「개조」를 통해 전파한 사상과 귀국 후 1922년 『개벽』에서의 「소
년에게」와 「민족개조론」의 사상은 통시적인 관점에서 파악할 때 변
화된 사상이 아니라 사상의 기본적인 맥락은 동일하되 좀 더 구체
화되고 체계성을 갖춘 논리로 진행되어 간 것이다. 이를 입증할 수
있는 것이 바로 「개조」에서 펼치고 있는 '대중'에 대한 인식과 이후
논설에서 보이는 '대중'에 대한 인식이 동일하다는 점이다.

三月 一日 以來로 이러케 不統一하게 無準備하게 各個人이나 各小團體
가 各各 目前의 慾望만 追求하기 째문에 被할 人物, 精力, 金錢 時間 及 形
勢의 損失이 얼마나 큰지 서로 생각해볼 일이외다. 우리는 決코 罪惡의
基礎 우에 新國家를 建設하기를 不願하노니 비록 事業의 成功이 遲緩하더
라도 內와 外에 對하야 正正堂堂한 行爲를 함이 至當함이외다. 그럼으로
目前에 小害가 잇더라도 호常久遠의 義와 利를 眼中에 置하야 個人이나
一時의 利害로서 全局 又는 全民族이 久遠한 前途를 誤함이 업서야 할지
니 만일 我民族에게 이러한 遠慮의 精神이 잇다하면 大統一도 立成할지오
內外에 대한 信任도 確固不動하게 될 것이외다. 久遠한 理想과 計劃을 確
立하고 二千萬이 一心一體가 되어 健全하게 着實하게 堂堂하게 進行할 째
에 何强을 挫치 못하며 何事를 成치 못하랴. 我를 棄하고 公論에 從할 지
어다. 姑息을 棄하고 遠慮에 就할지이다.[42)]

  이광수 문학의 민족주의 담론의 양가성

위 글은 3·1운동 분위기의 상승으로 인해 개인이나 각종 단체들이 두서없이 폭발탄을 일본 총독부나 관공서에 투하하는 행위는 일본이 조선인의 무분별한 행동과 테러를 전 세계적으로 교묘히 알릴 수 있는 여지를 주어서 조선이 외교상 독립할 수 있는 여건을 더욱 힘들게 할 수 있으므로 자제할 것을 촉구한 발언이다. 이 글은 앞서 인용한 글의 연장선상에서 실질적인 예를 들어 대중을 설득하고 있는 것이다. '도덕과 법과 지로 형성된 단합'은 바로 외교·정치적 문제와 결부되어 드러나고 있다. 상해임시정부 산하 독립신문 주간으로 있으면서 이광수는 국가의 주권회복이 단순한 단결만으로 이루어지지 않고, 복잡한 정치·외교 문제를 해결할 수 있는 민족의 역량을 함께 갖췄을 때 이루어질 수 있음을 인식했다고 할 수 있다. 그래서 지금은 좀 더 멀리 내다보고 조직의 힘을 통해 그 실력을 발휘할 것을 당부하고 있다. 이것은 기존 논의의 해석처럼 '대중의 정치적 세력화에 대한 불안과 위기의식'에서가 아니라, 오히려 '대중이 정치적으로 조직화' 되기를 바라는 마음에서 나왔다고 해석할 수 있다. 이러한 논리의 연장선상에 「민족개조론」도 놓여있다. 결국 이광수가 말하고 있는 대중은, 지엽적으로 사회주의의 '계급적 주체'로서의 대중이 아닌 애국심에 들뜬 '일반 조선 민중'이다. 이 논의에 대한 근거들은 그의 『독립신문』의 「개조」논설의 맥락 속에서 더욱 잘 나타나고 있다.

> 愛國心은 最高의 德이오 最神聖한 精神이외다. 그러나 男女의 愛가 흔히 盲目的임과 갓히 國家에 대한 純潔한, 새로 覺醒하는 國民의 愛도 쏘한 盲目的이기 쉬우니 오직 熱烈하고 아모 私意 업는 愛國心에서 나오는 行動이 흔이 行動者의 知的 判斷의 誤謬로 하야 도리혀 國家에게 害를 끼

---

42) 이광수, 「개조 13」, 『독립신문』, 1919. 10. 4.

치는 수가 잇습니다. 그럼으로 眞正하고 完全한 愛國者가 되랴면 熱火갓
혼 愛國의 熱情외에 冷靜한 知的 判斷의 標準되는 것이 지금 말하랴는 遠
慮웨다.43)

　　비록 愛國心이 조흔 것이라 하더래도 自己 個人의 愛國心만 滿足하려
함은 역시 私意니 統一업는 愛國心의 發動은 或人의 稱讚하는 奇行을 作
할 수 잇더래도 도리허 國家에게 大害를 貽하는 수가 잇나니 지금 우리
의 要求하는 바는 實로 이 統一이외다. 決코 一時의 快를 貪하야 各各 自
己의 任意로 活動하지 말고 中心機關의 命을 從하야 匕首 一閃, 爆彈一發,
萬歲 一聲이 모도다 統一된 民族 意思의 發現이라야 하나니 만일 政府에
서는 甲을 主張하고 計劃할 째에 엇던 個人이나 團體가 그와 反對인 乙
行動을 할째에는 政府는 그만큼 實力과 信用을 일코 짜라서 우리 獨立運
動은 支離滅裂하게 될 것이외다.
　　血沸 肉躍하는 我 獨立運動의 勇士는 이 妙機를 잘 諒解하야 비록 自己
의 意見이라도 中心機關의 名義로 實行하여야 하나니 이것이 가장 戒愼할
비라. 全民族의 大事에 대한 遠慮를 要할 바라 합니다.44)

　　三月 一日의 大同團結은 實로 過去 十年間의 辛酸한 經驗의 高價로 산
것이외다. (구미민족들) 戰爭中 뿐만아니라 戰後에도 그네는 萬事를 國家
中心으로 觀하고 思하고 行하야 數千萬 數萬의 國民의 各員이 마치 一大
機械의 各部分 模樣으로 同一한 目的을 向하야 同一한 意識을 하면서 一步
一步 健全한 民族的 活動을 繼續합니다. 아아 우리 民族의 本이 여긔잇습
니다.45)

　　위 인용문에서 알 수 있듯이 이광수는 국민의 애국심을 매우 중
요시한다. 그리고 3·1운동의 대동단결은 중요한 경험이라고 보고
있다. 그러나 각 개개인의 애국심의 발휘보다 단결을 통해 드러나는
애국심의 중요성을 강조한다. 이광수는 계급적 주체에 대한 두려움

---

43) 이광수, 「개조 11,－ 遠慮 (一)」, 『독립신문』, 1919. 9. 29.
44) 이광수, 「개조 12,－ 遠慮 (二)」, 『독립신문』, 1919. 10. 2.
45) 이광수, 「개조 14,－ 團合 (一)」, 『독립신문』, 1919. 10. 7.

 이광수 문학의 민족주의 담론의 양가성

이 아니라 애국심에 불타 개인적으로 폭탄을 투여하는 대중에 대한 위험성을 경고하는 것이다. 즉 그가 원하는 대중은 '애국심과 지적인 판단력을 갖춰 단체를 위해 행동할 수 있는 인물'이다. 위의 내용을 종합해 보면 이광수가 원하는

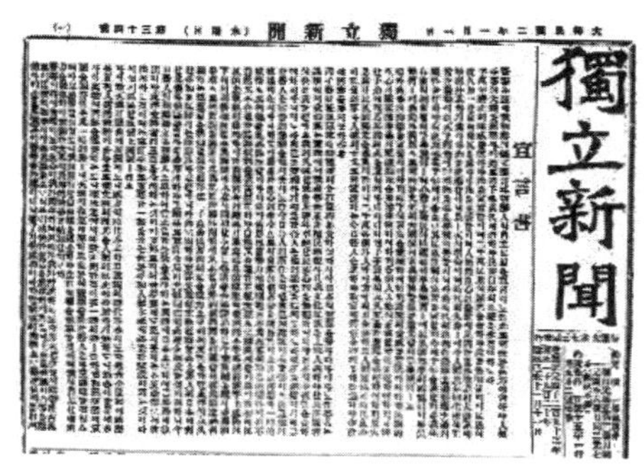

「독립신문선언서」, 『독립신문』, 1920. 1. 1.

'대중'의 조건은 첫째, 애국심이 강해야 한다는 것, 즉 전 세계 인류의 평등 이전에 '조선 민족', '국가'가 먼저라는 의미이다. 둘째, 개인의 욕망을 위해 애국심을 발휘하는 인물이 아니라 국가가 항상 우선이 되는 애국심을 가진 인물이어야 한다. 셋째, 개인행동이 민족의 독립을 저해할 수도 있기 때문에 단체를 조직하고, 훈련을 받아 수양된 대중, 즉 사회적으로 '조직된 개인'[46]이어야 한다. 이런 논의를 통해 살펴볼 때, 이광수가 요구하는 '대중'은 계급적 성향과 상관없이 '민족'을 위해 일할 수 있는 조직화된 개인, 훈련된 개인으로서의 대중인 것이다. 또 이는 식민주의 담론에서 배제하는 '계급적 개인'으로서의 대중에 대한 비판과 동일하지 않다. 그것은 하나의 영웅보다 독립을 위해 실력을 갖춘 기술자가 더 필요함을 역설[47]하는 데서도 확인할 수 있다. 또한 애국심이 있는 훈련된 대중

---

46) 이광수는 대중들의 산발적 희생에 의해 이루어지는 것이 아니라, 외교와 대중의 응집된 힘 등이 복합적으로 형성되었을 때 독립이 가능하다는 것을 인식했음을 확인할 수 있다.

47) 나는 반다시 英雄을 바라지 아니다. 이 世上에는 그러케 英雄이 必要하지 아니합니다. 社會 모단 機關을 着實히 運轉할 만한 技能가진 자만 잇스면됩니다. 譬하면 發明家보다 發明된 各種 機械를 設備하고 使用할 技師나 技手가 必要하외다.

만이 이후 조선의 '중추계급'이 될 수 있음을 역설하고 있다.

> 「革命」이란 말은 中心人物이나 中樞階級을 變革한다는 뜻이니 專制 君
> 主國에서 君主를 革하여 新人이 位에 卽하는 것이나 貴族階級을 革하야
> 平民이 그 國家와 社會의 中心이 되는 것이나 最近에 至하야는 資本家 階
> 級을 代하야 勞動者가 中心이 되려하는 것이나 畢竟은 一社會의 中樞階級
> 을 變革하야 新理想 新制度를 가진 新社會를 現出하려 함뿐이외다. 또 中
> 樞階級은 반듯이 그러케 天運에 依賴할 것이 아니라 人力으로 成할 수도
> 잇고 變할수도 잇는 것이니 이 中樞階級 造成의 力은 넓은 의미의 敎育
> 이외다. (중략―인용자) 오늘날 우리나라에서 흔히 말하는 文化運動이라
> 하는 것도 말을 고치면 中樞階級造成運動이라고 할만합니다.[48]

> 現代의 民族的 生活은 一個 或 數個의 中心될 偉人으로 되는 것이 아니
> 오 社會組織의 各機關을 分擔 運轉할 만한 人格者의 充足함이 必要하다 함
> 이외다. 今日에 잇서서 神人이나 또 全民族을 救濟할 英雄의 出現을 禱求
> 한다하면 이는 실로 時代錯誤의 滑稽니 今日에 求하는 것은 多數의 한사
> 람 구실(社會의 機關의 一部를 擔任함)할만한 凡人이오 결코 一 二의 偉人
> 이 아니외다.[49]

이광수는 기본적으로 중추계급이 이 사회를 이끌어가는 힘이라고
파악한다. 그러나 이 중추계급은 현재의 몇몇 엘리트를 말하는 것이
아니라, '평범한 범인'인 대중을 대상으로 한다. 이들을 단체에 가입
시켜 수양하게 한 다음, 조선의 중추가 되는 계급으로 탈바꿈시키자
는 것이다. 여기서 이광수가 말하는 중추계급은 정해져 있는 계급을
말하는 것이 아니라, 개조를 통해 변화하여 형성되는, 조선의 중심
을 이룰 수 있는 미지의 대상이다. 그가 말하는 혁명이란 그 사회의

이광수, 「개조 8―十年生聚十年敎訓(三)」, 『독립신문』, 1919. 9. 23.
48) 이광수, 「중추계급과 사회」, 『개벽』 13호, 1921. 7, 26쪽.
49) 이광수, 위의 책, 28쪽.

 이광수 문학의 민족주의 담론의 양가성

중심인물이나 중추계급을 변혁하는 것으로 현 시점에서는 조선의 일반 민중, 범인이 중추계급이 되어야 함을 강조한다. 이광수는 현재 조선에서 개조의 핵심 대상은 '민중'이며, 그 민중이 중추계급이 되는 시기가 조선이 독립을 할 수 있는 시기로 보고 있다. 또 일개 내지 수개의 위인으로는 현 사회조직을 운영하기 힘들기 때문에 현재 조선에서 중추계급은 다수의 凡人이 되어야 함을 강조한다. 그것의 단적인 근거로서 그는 현재 조선의 중추계급에 대해 상당히 부정적으로 인식하고 있으며, 이런 지식인 계급들이 조선을 망치고 있다고 파악한다.[50]

> 農夫, 漁夫, 工匠 가튼 職業을 가진 者는 거의 다 勤勉하다 할 수 잇습니다. 우리 民族의 懶惰함을 代表하는 階級은 곳 中流以上의 有産, 有識階級이외다. 멋 十年前으로 말하면 治者階級입니다. 治者階級이라하면 全國을 다스리던 所謂 兩班階級, 모든 시골의 一郡 一鄕을 다스리던 土豪階級이니 그들의 特徵은 産業에 從事하지 아니하고 오즉 官吏나 挾雜으로 業을 삼음과 漢文字를 배워 衣服, 言語, 動作을 庶民과 判異하게 하야써 治者로 自處함에 잇습니다. 그럼으로 이 階級은 官吏가 되지 못하면 生을 無爲로 보내나니 얼어죽더래도, 굶어죽을지언정, 體力을 勞하는 일을 잡지 아니합니다. (중략─인용자) 一言以蔽之하면 一定한 職業을 가지지 아니한 것이 懶惰한 자의 特徵이니 여러분 보십시오. 우리 民族中에서 農夫와 기타 勞動者를 제한 외에 一生의 職業을 가진 者가 小數가 아닌가.[51]

현재 조선에서 가장 나타한 계급은 직업을 가지고 있지 않은 치

---

50) 이광수는 20년대 초 중반기 이후의 작품에서 지식인 계급에 대하여 상당히 비판적으로 묘사하고 있다. 「재생」, 「사랑의 다각형」, 「흙」 등의 작품에서 묘사되는 유학파 출신의 지식인들, 토착 지주계급, 보통교육 이상의 교육을 받은 신여성들에 대한 묘사는 대부분 허위의식과 낭비를 일삼는 조선을 좀먹는 인물로 표현되고 있다.

51) 노아자(이광수), 「소년에게」, 『개벽』 18호, 1921. 12, 37~39쪽.

자계급과 군, 향 단위의 토호계급으로 중류이상의 유식계급이라는
것이다. 이들이 현 조선을 가장 좀 먹는 중추계급으로 이들의 변화
가 필요함을 촉구한다. 그리고 조선에서 가장 근면하고 직업을 가져
서 민중의 모범이 되는 계급이 농민과 노동자라고 파악하고 있다.
현 조선의 중추 계급의 인격 개조, 정신 개조 없이는 현재의 조선은
문화적·경제적 측면에서 발전이 힘들다고 파악한다. 이들보다 농
민과 노동자 등 직업을 가진 다수의 범인이 조선의 중추계급이 되
어야 함을 강조하는 데서도 그가 말하고 있는 '대중'의 성격을 확인
할 수 있다. 결론적으로 이광수의 문화 개조론은 대중의 도덕성 개
조와 교육을 통해 우수한 정신을 드러낼 수 있는 문화를 형성하자는
것으로 요약할 수 있다. 이광수가 말하고 있는 '대중'의 의미가 중요
한 이유는 그의 문화 민족주의의 특성을 밝히는데 바탕이 되는 논거
가 되기 때문이다. 다음 항에서는 '대중'의 의미를 토대로 이광수가
주장하는 문화 담론이 식민주의의 정신주의 담론과 어떻게 만나고,
달라지는지를 살펴보겠다.

2) '대중'의 의미와 문화 민족주의의 발현

앞의 항에서 이광수가 「개조」와 「민족개조론」에서 주장하고 있는
개인, 대중의 의미를 살펴보았다. 그는 '계급적 주체'에 대한 견제를
위해 '대중'을 염려하고 교화하려는 것이 아니었다. 그가 원하는 대
중은 '단체행동을 통해 애국심을 발휘할 수 있는 개인'으로서의 대
중이다. 한마디로 사회적으로 조직된 개인들의 단합으로 이루어진
대중의 중요성을 강조하고 있다. 이 논리에는 그것이 어떠한 계급적
층위인지는 나타나지 않는다. 이를 뒷받침하는 논의로 이광수는 사

회주의 사상에 대해 무조건적인 비판의 시각을 견지하지 않는 데에
서도 확인할 수 있다. 자본주의의 폐해를 자각하고 있었던 당시의
이광수는 사회주의에 대한 관심과 필요성에 대해서 다음과 같이 피
력하고 있다.

> 다음에는 分配의 均衡이니 아모리 生産이 다하다하더라도 過去의 資本主
> 義의 制度로는 도저히 國內에서 貧窮의 跡을 絶할 수 없을지라. 現今 勞動問
> 題가 世界 改造의 中心問題가 됨을 보아도 알지니 我國에도 土地問題 勞動問
> 題는 장차 新國家의 中心問題가 될지오. 또한 되어야 할 것이외다.52)

> 프랑스 大革命 이래로 人類 救濟의 빛은 수없는 政治的 改善과 革命에
> 서 찾으려 하였으나, 마침내 國際聯盟에 이르러 人類 救濟의 빛이 거기
> 서 얻지 못할 것을 人類가 깨달았다. 政治와 外交가 人類를 救濟하노라던
> 僭濫한 使命을 人類는 不認하고 말았습니다.(중략－인용자)「政治的 自由와
> 平等을 다오!」하던 것보다 「밥을 다오!」하는 것이 人類 救濟에 한 걸음
> 내킨 것은 事實이외다.53)

> 經濟的 革命은 人類 救濟의 一部分 또는 一 階段을 表示하는 것으로는
> 眞理이어니와, 決코 人類 救濟의 빛 自身은 아니외다.54)

첫 번째 인용문은 얕은 수준의 사회주의 사상이지만 식민치하에
서 자본주의, 즉 물질문명을 받아들인다 해도 부력을 쌓는 데는 한
계가 있을 뿐만 아니라, 조선 내에서 생산되는 것이 조선 민중을 다
먹여 살리기는 부족하다는 인식을 보여준다. 토착 지주 계급들이 재
산보호를 위해 일본 총독부에 적극적으로 동조함으로써 대부분의
민중들은 가난을 면할 수 없는 상황이었기 때문에, 현 조선에서의

---

52) 이광수, 「개조 10」, 『독립신문』, 1919. 9. 27.
53) 이광수, 「相爭의 世界에서 相愛의 世界에」, 『이광수 전집』 10권, 삼중당, 1972,
    171쪽.
54) 이광수, 위의 글, 172쪽.

자본주의 제도는 오히려 사행심을 조장하고 유민만을 발생시키는 원인임을 자각한 것이라 할 수 있다. 두 번째 인용문은 사회주의 사상에 대하여 일면적인 긍정을 하고 있다. 오히려 자본주의를 토대로 자유민주주의 사상을 부르짖는 서구의 문명국들의 정치적 혁명에 대해 더 비판적인 시각을 담지하고 있다. 사회주의 사상이 현재의 인류를 구원해 줄 유일한 사상은 아니지만 자본주의 사상에 비해 한 계단 진일보한 사상임을 주장하고 있다. 1919년 이후 국제 연맹 등의 외교활동의 허위를 목격한 이광수는 서구 열강의 자본주의 역시 인류를 구제할 수 있는 사상이 아님을 확신하고 있다. 이광수는 기본적으로 자본주의 사상과 사회주의 사상에 대해 부정적인 시각을 견지하고 있다. 그러나 서구 자본주의 형태보다는 사회주의가 진일보한 사상임은 인식하고 있는 수준이다. 이는 자본주의 사회의 고용문제에 대한 인식에서도 드러난다.

> 雇傭制度는 古來로 잇는 것이지마는 産業革命以來로 資本主義의 發達됨을 짜라 거의 모든 職業의 經營이 小數資本家의 手中에 들어가고 이에 從事하는 個人은 知識階級이나 勞動者를 勿論하고 被傭者의 位置에 잇게되엇습니다. 그래서 多數의 被傭者는 小數 資本主義 階級의 意思에 服從하는 處地에 서게 되엇나니 아마 오늘날처럼 奴隸만흔 時代는 업슬것이외다.55)

이광수는 직업에 있어서도 각 개인의 심적 태도 여하와 사회제도에 따라 노동은 즐겁거나 괴로울 수 있다고 말한다. 그러나 현재 자본주의 체제하에서 개인의 노동에는 즐거움보다는 괴로움이 더 많음을 지적한다. 소수 자본가에게 복종해야 하는 노예적 생활을 하는

---

55) 이광수, 「예술과 인생」, 『개벽』 19호, 1922. 1, 13쪽.

 이광수 문학의 민족주의 담론의 양가성

사회제도가 형성된 시대가 되었기 때문이라는 것이다. 이러한 발언은 자본주의 사회제도의 기본적인 문제점을 노골적으로 표명하는 것이라 할 수 있다. 물론 자본주의 체제의 모순을 사회주의적 체제로 바꾸자는 의미가 내포된 것은 아니다. 그러나 당시의 자본주의 체제의 고용제도의 모순은 인지하고 있음을 확인할 수 있다.

물론 이광수의 민족 문화 개조의 핵심은 조선민족이 단합과 실행을 통해 이루어낼 것이라는 점진적 개조론으로 드러나지만, 그의 문화 민족주의 사상은 사회주의를 대립 항에 두고 실천하는 논리라고는 볼 수 없다. 이러한 측면에서 볼 때, 「민족개조론」은 '계급적 주체'의 등장에 불안을 느낀 문화주의자들의 통합 기획안으로 자신들의 위치를 확보하기 위한 전략적 기획이라고 볼 수는 없을 것이다. 이는 이광수의 「민족개조론」 논설의 일면만을 확대 부각한 결과라 할 수 있다. 뿐만 아니라 1922년경에 서서히 활동을 시작하고 중반경에 위세를 떨친 사회주의 사상이 민족주의 사상의 반대쪽 담론의 축으로 형성된 현상을 결과론적으로 해석한 경우라 할 수 있다.

이광수가 1910년대 '개인'을 강조하다 1920년대 '민족', '단체'를 더 강조하는 쪽으로 변화한 것은 개인의 의미가 무엇인가 하는 부분을 살펴봄으로써 해결할 수 있다. 이광수가 1910년대에 주장한 '개인'은 '정'을 기반으로 한 '정신의 주체'로서의 개인이다. 즉 부모의 장난감으로써의 자녀, 잘못된 조선사회의 악습에 규정되어 개인의 의지와 상관없이 살아왔던 조선시대의 규율을 비판의 대상으로 삼고, '개인'의 자유와 자각의 정신을 중요시한 경우이다. 이는 근대 서구의 문명화 담론의 영향아래 있었던 일본 담론의 조선적 수용이자 '차이'로서 드러난 담론이었다. 1920년대 이광수가 주장하는 '대중(개인)'은 표면적으로 반사회주의 담론이 표상하는 '정신주의’의 발현으로 드러나지만, 이는 반사회주의 담론에서 배태된 정신 주의가 아니라 서구의 자유주의 정신을 담지하면서 집단과 사회를 중심에 두는 ‘사회적 개인’으로서의 의미를 지닌 것이다.

> 영국은 세계에서 가장 처음이오. 또 가장 발달된 입헌국이니, 자유 민권이란 사상은 실로 영국에서 그 원을 발한 것이라 합니다. 그러나 영국인은 자유를 바라는 동시에 실제를 조하함으로써 법국인과 같은 공상적 혁명을 세우려 하지 아니하고 극히 실제적으로 극히 점진적으로 인민의 자유를 확장한 것입니다. …… 그네의 요구하는 자유는 이론 상의 자유가 아니오 실용상의 자유외다. …… 그러면서도 영국인은 국 가로 하여금 자기 개인의 자유를 간섭케 아니하리만큼 철저한 개인 자 유주의자외다. 그러치마는 그네는 국가생활, 사회생활, 즉 단체 생활의 필요를 알아 봉사의 정신이 왕성함으로 그네는 능히 단체를 위하여 능 히 자기의 자유를 희생합니다. 그 희생함이 또 자유의 의사에서 발한 것이기 때문에 자유외다.[56]

이광수는 민족 개조의 견본으로 영국을 가장 주목한다. 그는 자 유를 추구하면서도 공상적이고 충동적이지 않은 실제적 자유를 누 리는 영국인들을 가장 민족성이 좋은 국민으로 평가한다. 그리고 철 저하게 개인 자유주의를 누리면서도 사회에 봉사하는 정신을 갖고 있다고 파악한다. 영국인의 민족성이 이러한 것인지 아닌지는 중요 한 부분이 아니다. 이광수가 평가하는 영국 민족의 ‘우수성’이라는 것이 개인적 자유를 적극적으로 누리며, 국가의 간섭을 철저히 배제 하면서도 스스로 필요한 시기에는 국가를 위해 희생하는 점이라는 것이 중요하다. 즉 개인의 자유를 버리고, 무조건 단체나 국가에 복 종하라는 논리는 아닌 것이다.[57]

---

56) 이광수, 「민족개조론」, 『개벽』 23호, 1922. 5, 32~33쪽.
57) 기존 논의에서, 이광수의 「민족개조론」에서 영국과 일본의 경우를 본보기로 삼아

 이광수 문학의 민족주의 담론의 양가성

그러나 영국과는 달리 '국가'가 없는 조선에서 그는 상상된 공동체인 '민족'을 상정할 수밖에 없는데, 이 민족이 정치적 단체인 국가가 되기 위해서는 우선 사회적 개인으로 생활하자는 것이다. 이것이 더욱 선명하게 드러나는 것은 귀국 후 『개벽』에 실린 「예술과 인생」에서이다.

> 그네는 國家主義와 帝國主義와 商工業의 發達과 科學의 發明과 軍隊와 刑法과 條約 가튼 것으로 人生을 幸福되게 하리라고 미덧다가 只今에 와서 그네의 미듬의 妄想인 것을 어렴풋이 깨달앗스나 엇지하야 조흘것인 줄을 모르고 彷徨하는 狀態에 잇습니다. (중략—인용자) 各個人이 幸福되랴니 人生의 藝術化가 必要하고 各個人이 社會的 生活을 하랴니 人生의 道德化가 必要한 것이외다. 무릇 個人의 生活에는 分離할수업는 兩面이 잇스니 가튼 個人的 生活과 社會的 生活이외다. 다시 말하면 個人의 生活을 個人의 見地에서 보면 個人生活이오 社會라는 見地에서 보면 社會生活이오. 單一한 한 生活인데 보는 點이 다를 뿐이외다.[58]

이 글에서 그는 자본주의를 토대로 한 국가주의와 제국주의의 한계를 지적하고 있고, 개인의 행복추구에 있어서 기본적으로 중요시할 것이 물질, 상공업, 발명, 군대 등의 물질문명만은 아니라는 것, 기본적으로 인간 행복의 기저는 정신에 있다는 것, 그래서 정신의 대표라 할 수 있는 예술이 중요하다는 것이다. 그러나 이 예술 역시 사회에 토대를 둔 개인의 삶이어야 한다는 것이다. 어느 것이 우선이냐의 문제보다는 개인과 사회, 생활과 예술은 불가분의 관계라는 것이다. 이 글의 핵심을 어느 관점에서 보느냐에 따라 달라질 수 있

민족성을 개조하자는 논리가 바로 제국주의 논리이자 파시즘의 논리로 이어진다고 보는 것은 비약이다. 이런 논리 역시 30년대 후반기의 '친일'행적을 통해 역추적의 방식을 통한 결과론적 해석인 것이다.

58) 경서학인, 「예술과 인생」, 『개벽』 19호, 1922. 1, 3~4쪽.

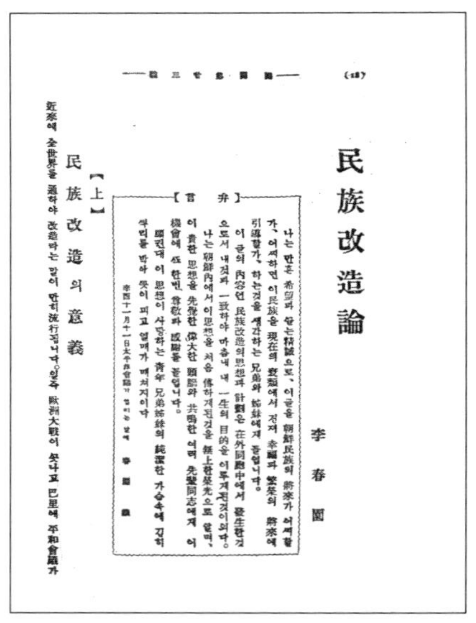

「민족개조론」, 『개벽』, 1922.5.

는 여지는 있으나, 앞서 그의 글의 연장선에서 살펴봤을 때, 개인을 사회에 종속시키는 논리나, 사회가 개인에 우선한다는 논리로 해석하기는 힘들다. 또 '사회적 개인'으로서의 대중은 노동자, 농민 등 계급적으로 제한을 둔 것이 아니라 凡人으로서의 대중인 것이다. 범인을 중심으로 형성하고자 한 문화적 민족주의를 엘리트 중심의 부르주아 민족주의로 보는 시각은 교정되어야 한다.

대중을 기반으로 하는 이광수의 문화적 민족주의는 정치성을 배제하자는 논리 위에 이루어진 것이 아니라, 오히려 정치성을 내포한 담론이라 할 수 있다. 그것은 앞서 본 단체조직의 의미와 대중의 성격에서 나타날 뿐 만 아니라, 「민족개조론」에서 '사상을 담지한 주의'에 대해 서술한 부분에서도 드러난다.

世界 思潮의 影響을 닙어 近來 朝鮮 思想界의 民族이나 社會에 대한 思想分類의 範疇가 흔히 民主主義 對 帝國主義, 資本主義 對 勞動主義의 두 雙에 分한 듯합니다. 그래서 各 個人의 思想 傾向을 論할 때에도 이것을 標準으로 하는 模樣이외다. 그러나 내가 말하는 民族改造主義는 이 範疇 中에 어느 것에 속한 것도 아니오, 또 어느것을 특히 排斥하는 것도 아니외다. 이 改造主義자 중에는 帝國主義者, 資本主義者도 잇슬수 잇는 동시에 民主主義者, 勞動主義者도 잇슬 수 잇는 것이외다. 이런 것은 政治組織에 관한 것이니 改造主義에는 아무 상관이 업는 것이다. 改造主義者의

　　唯一한 主張은 朝鮮人이 帝國主義者가 되든지, 民主主義者가 되든지, 쏘는 資本主義者가 되든지 勞農主義者가 되든지를 勿問하고 오즉 그 무슨 「‥者」될 사람의 人性을 改造해야 한다 함이외다. 다시 말하면 현재 朝鮮人의 性格을 改造한 뒤에야 健全한 帝國主義者도 될 수 잇고, 民主主義者도 될 수 잇고, 勞農主義者나 資本主義者도 될 수 잇는 것이지, 이 改造가 업시는 아모주의자도 될 수 업시 오즉 劣敗者가 될 쑨이라 함이외다.[59]

이광수는 ‘개조주의’가 정치성이 배제된 운동이라고 말한다. 그것은 어떤 주의자에게든 반드시 배경적으로 갖추어야 할 기본 소양임을 강조한다. 그러나 이 논리는 역으로 사상과 주의를 가지기 위해서 반드시 ‘개조주의’가 필요하다는 것이다. 그렇다고 본다면 ‘개조주의’는 이미 정치성을 내포하고 있다는 것이다. 그의 발언과는 달리 ‘개조주의’는 ‘사상성’과 ‘정치성’을 전제로 형성된 논리이다.

　　改造의 性質이 오즉 民族性과 民族生活에만 한하엿고, 쏘 目的하는 事業이 上述한 바와 가티 德體知 三育의 敎育的 事業의 範圍에 한 한 것인즉 아모 政治的 色彩가 잇슬 리가 萬無하고 쏘 잇서서는 안 될 것이외다. ……同盟者 中에는 온갖 主義者, 온갖 職業者, 온갖 宗敎의 信者를 包含할 수 잇는 것이니 대개 務實하자, 力行하자, 信義잇자, 奉公心을 가지자 한 가지 學術이나 技藝를 배우자. 職業을 가지자, 學校를 세우자 하는 것 등은 어느 主義者나, 어느 宗敎의 信者나를 물론하고 共通한 信條로 할 수 잇는 짜닭이외다. 어느 宗敎의 信者는 改造 同盟에 들어 그대로 修養함으로 참으로 조흔 信者가 될 것이오. 社會主義者는 참으로 조흔 社會主義者가 될 것이니 대개 이는 人의 根本되는 모든 要件이기 째문이외다.[60]

이광수는 위의 글에서 민족개조에는 정치성이 없음을 끊임없이

---

59) 이광수, 「민족개조론」, 앞의 책, 54쪽.
60) 이광수, 「민족개조론」, 앞의 책, 72쪽.

강조하고 있다. 이는 총독부의 언론 통제와 검열을 의식한 부분이기도 하지만, 개조운동이 민족성, 민족생활에 국한된 것임과 기본적으로 정치성을 배제한 문화적인 부분의 개조임을 강조한 것이다. 이는 곧 자신의 민족주의는 정치성을 배제한 문화적 민족주의라는 뜻이다. 정치성을 배제한 문화적 민족주의라는 이광수의 논리는 그 자체에 이미 정치성을 담지하고 있음을 자신의 서술과정에서 드러내고 있으며, 문화 민족주의의 속성에서도 드러난다. 우리 민족이 민족성을 개조하기 적절한 조건을 갖추었다고 파악하는 부분에서 그의 문화 민족주의의 특성은 잘 드러난다. 다음 인용문을 통해 이를 고찰해 보겠다.

血統과 言語와 性情의 點으로 보더라도 朝鮮人의 극히 單純 저 中華나 印度와 가튼 만흔 差別이 업스며 宗敎나 階級도 統一的 生活을 하는 障碍가 될만한 것은 업습니다. 아마 中華나 印度의 民族改造는 심히 어려울 줄 압니다. 차라리 中華라 印度라 하야 그것을 各各 一民族으로 보고 改造事業을 하느니보다 그것을 혹은 地方, 혹은 言語, 혹은 宗敎 등을 標準으로 여러 部分에 나누어서 제각금 改造 事業을 行하는 것이 便하리라 합니다. (중략—인용자) 朝鮮은 극히 單純한 一民族으로 性情과 言語와 生活의 目的이 單一함으로 改造하기에는 가장 根本的인 便宜를 가젓다고 할 수 잇습니다.61)

조선 민족은 중화나 인도와 달리 민족성이 단일하며 혈통, 언어, 생활면에서 단일하여 개조 사업을 펼치기 좋은 민족임을 강조한다. 이런 맥락을 통해서 이광수의 문화 민족주의에 대한 개념을 고찰할 수 있다. 이광수는 기본적으로 문화적 접근을 통한 민족성 개조와 문화 민족주의에 대한 인식이 에스닉(ethnic) 공동체를 기반으로 하고

---

61) 이광수, 「민족개조론」, 앞의 책, 50쪽.

 이광수 문학의 민족주의 담론의 양가성

있음을 확인할 수 있다. 스미스는 민족적 정체성은 에스닉 공동체에서 기원하고 있으며, 이것의 가장 큰 특징이 공유된 기억과 집단적 운명, 문화적 단위에서 경계짓는 신화, 기억, 상징, 가치 속에서 형성된 문화적 친근감이라고 파악한다.[62] 그는 에스닉 공동체의 요소가 민족적 정체성을 형성하는데 중요한 역할을 하고 있음을 지적한다. 민족적 정체성을 형성하는 요소인 역사적 영토 또는 고향, 공통의 신화와 역사적 기억들, 공통·공중의 문화, 멤버들의 법적 권리와 의무, 그리고 공통경제[63]들은 에스닉 공동체에 기원을 두고 있기 때문이다. 문화적 친근감을 토대로 형성된 민족적 정체성은 1920년대 이광수가 지적하고 있는 문화적으로 접근한 민족주의의 성향과 의미적으로 일맥상통하고 있다. 스미스가 민족적 정체성의 기원으로 지적한 에스닉 공동체의 조건은 원초적 민족주의에 그치고 있는 것이 아니라 근대 민족주의를 형성하기 위한 바탕이 되는 전제가 된다. 이광수의 1920년대 문화 민족주의 역시 유기체적 민족관을 토대로 형성되었으며, 그 바탕 위에 정치성을 내포한 근대 민족주의가 형성되어야 함을 설명하고 있다. 1920년대 이광수가 주장하는 문화적 민족주의는 표면적으로 드러나는 언설의 양상과 달리 정치성을 내포할 수밖에 없는 것이다. 이는 문화적 민족주의가 가지고 있는 기본적인 속성에서도 드러난다.[64] 문화적 민족주의는

---

62) Anthony D. Smith, *National identity*, University of Nevada Press, 1991, pp.18~29.

63) Anthony D. Smith, ibid., p.14.

64) 박의경은 문화 민족주의의 중요성은 그 무정치성이나 비정치성에 있는 것이 아니고, 문화 민족주의가 정치적 정통성의 문제에 발생하는 근본적인 변화에 주목하는데 있다고 파악한다. 현재 문화는 정치와 잠재적 연관성을 지녔을 뿐만 아니라, 정치에 불가피하게 필요한 것으로 대두하고 있다고 본다. 민족은 이제 더 이상 그 정치적 충성으로 공통의 주권자에게 바치는 사람들의 집단이 아니고 정신적 유대와 문화적 전통으로 엮여있는 공동체인 것이다. 근대 민족주의의 성격은 '문화의 정치화'와 '정치의 문화화'라는 말을 통해서도 여실히 드러난다. 민족주

정치성이 배제된 것이 아니라 정치적으로 조명되기 위한 전제로서 기능하는 것이다. 유기체적 민족관의 바탕 위에 형성된 문화 민족주의는 식민지 장이라는 공간에서의 진행으로 인해 정치성은 내면으로 침잠할 수밖에 없었다. 그러나 수행적 차원에서 드러나는 담론은 문화 민족주의의 정치적 속성이 대중의 성격과 정신주의 논리의 다양성으로 표출되는 양상으로 나타난다.

이런 관점에서 볼 때, 1910년대에 개인을 주장하던 이광수의 논리가 1920년대에 사회나 집단을 강조하는 논리로 바뀐 것이 아니라, '정'의 발현을 통해 정신문명의 중요성을 주장했던 1910년대의 논리가 '사회적 개인', '대중'의 정신 개조와 인격 개조를 통한 조선의 문화 민족주의를 형성하는 논리로 이어지고 있음을 확인할 수 있다. 이는 1910년대의 문명화론을 전유한 민족주의 담론이 '정'과 '정신문명', '준비론'으로 발현된 것이라면, 1920년대는 문화론을 전유한 민족주의 담론이 민족성 개조를 토대로 한 정신 개조의 논리로 드러났다고 할 수 있다. 근대의 문명화를 토대로 형성된 민족주의에서 유기체적 민족관, 즉 에스닉적 성격을 토대로 형성된 문화적 민족주의로 이행된 것이다. 이는 1910년대와 1920년대의 식민지 상황이 달랐던 것만큼, 식민지 공간에서 배태되는 담론, 문화, 생활 등의 '차이'로 인해 형성되었다고 볼 수 있다. 이것은 1940년대 두드러지게 나타난 원형적 민족주의로의 이행과도 상관관계가 있는 것이다. 즉 '문화'와 '정신'을 중시하는 사상이 1922년에 불쑥 나타

의는 문화적 가치를 고려하지 않고는 존재할 수 없다. 그러나 이러한 변화가 발생하기 위하여, 문화가 정치적 주장에 공조하기 위하여, 문화 그 자체가 우선적으로 정치적 맥락에서 조명되어야 한다는 것이다.
박의경, 「민족문화와 정치적 정통성」, 『한국정치학회보』 36집, 한국정치학회, 2002, 66쪽.

 이광수 문학의 민족주의 담론의 양가성

난 것이 아니라, 1910년대, 1919년 상해 시절, 1921년 귀국 후까지 이어진 이광수 사상의 핵심이라 할 수 있다.[65] 1920년대 식민주의 담론에서 주장하는 정신주의 논리와 교섭하는 과정에서 형성된 문화 민족주의는 '대중'을 문화 형성의 구심점에 둔 새로운 민족주의 담론으로 기능하였다. 즉 식민주의 담론인 정신주의의 논리를 모방하면서 '동일화'와 '차이'가 끊임없이 양산되고 있음을 확인할 수 있었다. 그의 사상의 궤적을 찾는 논의들이 대부분 상해『독립신문』의 글들을 연장선상에서 논의하지 않고 「민족개조론」의 논리만을 따라 읽음으로써 1910년대에서 1920년대로 이어지는 그의 사상을 단절 혹은 변절로 파악했다. 1920년대의 문화론은 시대의 주류 담론이었으며, 일제의 식민주의 담론이 조선의 식민지 문화 담론으로 형성되었으나, 이 담론은 식민지 장에서 식민주의 담론과 교호하고 갈등하면서 '동일화'와 '차이'를 발생시켰다.

이광수가 추구하는 정신과 인격의 개조담론은 반사회주의 담론인 식민주의 담론과는 그 논의의 맥락상 미시적인 '차이'가 드러났다. 식민주의에서의 정신의 강조는 유물주의의 해석을 '물질주의'로 규정하여 사회주의 사상의 파급을 막기 위한 논리로서 채택된 것이다. 그러나 이광수의 '정신'은 반사회주의 논리와 '차이'를 보이는 문화주의의 형태로 새로운 조선 문화건설과 민족성 개조의 문제로 연결된다. 오히려 정신과 도덕의 강조는 사회주의에 대한 반감보다 서구

---

65) 이광수의 1910년대와 1920년대로의 이행 과정에서 가장 문제적인 글로 생각하는 「2·8독립선언서」 역시 같은 맥락으로 볼 수 있다.『독립신문』에 익명으로 실린 이광수의 많은 논설들은 「2·8독립선언서」와 같은 맥락이 매우 많을 뿐만 아니라, 저항성이 담지된 글과 준비론적 입장의 개조론 역시 함께 실리고 있다. 그의 투쟁론은 늘 준비론 속에서 이루어지는 것이며, 준비론은 늘 투쟁론을 담지하고 있는 것이라고 할 수 있다. 개조론 역시 이 두 성향을 모두 함의하고 있는 것이라 할 수 있다.

자본주의의 폐해에 대한 비판적 시각이 더 많이 작용한 결과로 볼수 있다. 이광수의 정신 강조와 민족성 개조의 담론은 '대중' 민족주의를 위한 하나의 과정으로 해석하는 것이 타당할 것이다. 이러한 논의의 연장선상에서 3절에서는 그의 1920년대 대중 민족주의가 당대 식민주의 담론과 교섭하면서 드러나는 양가성의 의미를 그의 작품을 통해 고찰하도록 하겠다.

3. '사회적 개인'의 조직과 문화 민족주의 담론

1) 사회적 개인의 조직과 계몽 주체로서의 '대중'

1920년대 이광수는 일제의 '문화론'을 전유하면서 민족주의 담론을 형성하였다. '문화론'을 기반으로 정신과 민족성 개조를 강조하며 '대중'을 구심점에 둔 문화 민족주의를 형성한다. 이러한 이광수의 문화 민족주의 담론은 당대 반사회주의 논리로 활용된 정신주의의 식민주의 담론과 교섭하는 과정에서 양가적으로 드러난다. 이광수가 규정한 민족주의 담론은 '대중'의 정신에서 비롯된 것으로 이 '대중'은 일제의 식민주의 담론에서 부정적으로 언급하는 '계급적 주체'를 배제한 개념이 아니라 계급성과는 상관없이 '조직적으로 훈련된 개인'으로, 조선 민족의 우수한 민족성을 토대로 개조하고 훈련된 대중인 것이다. 이 대중의 실체는 직접적인 행위를 통해 실천할 수 있는 민중의 현실태인 농민으로 드러난다. 1920년대 '대중'을 토대로 한 이광수의 문화 민족주의 담론은 일제의 식민주의 담론인 정신주의 논리를 모방하는 과정에서 '동일화'와 '차이'를 반복적으로 드러낸다. 그 '차이'로 표출되는 양상은 정신주의가 함의하고 있는 속성에서 비롯된 것이다. '문화론'이 세계적으로 대두하는 가운데 일제는 '문화론'을 식민주의 담론으로 채택하면서 '문화론'을 반사회주의 담론으로 변용시킨다. 식민지에서 사회주의의 범람을 두려워한 일제는 '문화론'의 정신 개조와 도덕성 함량 등을 내세워 반사회주의 담론을 유포하는 데 이용한다. 즉 사회주의를 물질주의로 규정하고, 정신주의를 통해 이를 규제하고자 하였다. 식민주의 담론에서 '정신주의'는 바로 반사회주의 담론과 동일한 의미를 내포하고 있는 것이었다. 그러나 이광수의 문화 민족주의 담론은 '문화론'을 전유하여 식민주의 담론을 모방하면서도 정신 개조와 인격 개조는 조선의 민족성과 전통적인 정신을 함의하여 설정한 것으로 식민주의 담론과 차이를 보인다. 결국 민족주의 담론에서 지지하는 대중의 의미에서부터 차이가 나면서 식민주의 담론에서 미끄러지게 된다. 서사과정에서도 이러한 '대중'의 속성의 차이로 인해 민족주의 담론은 식민주의 담론과의 이탈의 양상을 보이게 된다. 구체적인 양상들을 작품을 통해 고찰해보겠다.

이광수의 1920년대 문화통치기의 작품들은 사상적 스펙트럼이 상당히 다양하게 분포되어 있는 것이 특징이다. 문화통치기는 내지와의 동화를 일방적으로 주입하는 방식에서 벗어나 각 민족의 민족성과 문화의 혼용을 통해 내선융화를 추진하던 시기였다. 이런 통치방식으로 인해 민간언론이 다소 허용되었고, 일상생활의 통치 방식도 미시적인 조직으로 이루어지게 되었다. 이것은 당대 조선인 작가들에게 사상의 폭을 넓게 가질 수 있는 기회로도 작용하였지만, 그 반작용으로 언론매체의 검열을 강화하게 되는 원인이 되기도 했다. 우선 문화통치기에 발표된 이광수 작품의 성향을 통시적으로 살펴보면, 1923년 단편 「가실」, 「거룩한 죽음」, 장편 『선도자』, 『금십자가』

등은 민족주의를 표면적으로 드러내고 있다. 특히 『선도자』는 민족의 지도자인 안창호를 모델로 지은 작품으로 2부 중도에 연재 중단을 당할 정도로 제재를 받은 작품이다. 이들 작품에는 이광수가 1920년대 가졌던 민족성을 개조하고자 한 의도들이 자연스럽게 드러나 있다. 이후 『재생』, 『단종애사』, 『혁명가의 아내』, 『사랑의 다각형』, 『삼봉이네 집』, 『이순신』, 『흙』은 모두 장편소설로 자신이 추구하는 사상을 이면적으로 드러내고 있다. 현실의 삶을 토대로 한 『재생』, 『사랑의 다각형』, 『삼봉이네 집』, 『흙』은 그의 문화 민족주의 담론의 양상을 다각도로 드러내고 있는 작품이다. 또 『이순신』, 『단종애사』 역시 역사적 상징성을 토대로 민족주의 담론을 그리고자 시도한 작품이라 할 수 있다. 「민족개조론」에 제시된 문화 개조사상을 토대로 한 『흙』은 작가의 의식적 측면과 무의식적 측면을 동시에 드러내는 작품이라 할 수 있다. 본 절에서는 현실의 삶을 중심으로 한 작품을 토대로 1920년대 대중 민족주의의 양가적인 측면을 고찰하겠다.

식민지 문학에서는 직접적 언설의 형식보다는 내러티브를 통한 간접적 표출이 의미의 층위를 더욱 다양하게 볼 수 있는 장점을 가진다고 할 수 있다. 논설은 자신의 주장을 직접적으로 표출하는 장르로 서술과정이 의도적으로 봉합되어 나타나는 데 비해 소설은 서사 구조의 작용으로 인해 서술자의 의도되지 않은 언설들이 무의식적으로 표출될 수 있는 가능성이 높다. 이런 장르상의 특성으로 인해 소설에서는 작가가 의도하지 않았던 담론들의 파편들이 자연스럽게 표출되기도 한다.

문화정치기에 발표된 이광수의 작품은 문화정책의 이중적 거리만큼 텍스트에 드러난 사상의 의미 폭도 넓게 나타났다. 이러한 양상

 이광수 문학의 민족주의 담론의 양가성

의 의미를 분석하기 위해서는 당대 식민주의 담론이 이광수의 작품에 어떤 방식으로 '차이'를 드러내는지 살펴보는 미시적인 접근법이 필요하다. 1920년대 문화통치기의 이광수의 대중 민족주의의 논리를 분석하기 위해서는 먼저 텍스트가 보여주는 '대중'의 의미를 탐구하는 것이 중요하다. '대중'의 의미 규정은 그의 문화 민족주의가 지향하는 방향성의 근거가 되기 때문이다.

이광수가 상해에서 돌아와 당대 조선 현실의 타락상을 적나라하게 제시한 작품이 『재생』이라면, 『혁명가의 아내』는 사회주의 사상에 대한 반감을 감정적으로 표출하여 사회주의 사상가들의 허위와 생활상의 타락을 드러낸 작품으로 평가되고 있다. 그러나 식민주의 담론과 '동일화'를 보인다고 평가받는 두 작품에도 대중에 대한 인식이 식민주의 담론과 '차이'를 보이는 지점들이 자연스럽게 스며들어 있다. 『재생』은 3·1운동 이후 돈의 숭배와 육욕의 탐닉을 통한 도덕의 타락을 보여주는 인물들을 비판적으로 보여주는데 이런 인물들은 식민주의 담론에서 끊임없이 비판의 대상으로 그리고 있는 유형들이다. 그러나 이광수는 이 작품에서 순영의 오빠 순흥과 순흥의 부인, 봉구를 통해서 일반대중의 미래를 그리고 있다.66)

---

66) 김현주는 "「민족개조론」에서 사회적, 정치적 문제와 갈등이 탈신체화되고 비특수화된 '민족(민중=대중)'에 의해 표상되었다면, 같은 문제를 『재생』은 젠더화된 신체—여성의 신체—를 통해 드러냈다. 『재생』에서 '오염'되고 '분열'되고 '타락'한 사회에 가장 먼저, 그리고 가장 급격하게 휘말려 버리는 여주인공 김순영은, '이성'이 아니라 '감정'에 좌우되고, 이론과 비평의 능력을 가지지 못하고 오직 모방과 복종의 능력만을 가졌기 때문에, 여론이나 교육의 가르침을 그저 수용할 뿐인 '대중(민족)'의 성격을 구체화하고 있다. 김순영은 오염되고 타락하고 분열된 1920년대의 조선, 곧 '병든 민족'을 상징한다."(김현주, 『이광수와 문화의 기획』, 태학사, 2006, 295쪽.)라고 보면서 이광수가 『재생』에서 비판하고자 한 민족의 모습은 순영으로 대표된다고 보고 있다. 그러나 이광수의 『재생』은 타락한 순영의 모습을 바라보는 봉구와 순흥의 생각을 통해 조선 민족의 미래상을 그리고자 한 것 역시 간과할 수 없는 부분이다.

순홍은 스스로 나라를 사랑한다고 자처하였다. 그러나 과연 그 사랑이 아내의 사랑과 같이 순결하고 열렬하고 그러고도 자연스러웠을까. 순홍은 스스로 의심하지 아니할 수가 없었다. 순홍 자신은 아내를 사랑하지 아니하였건마는 아내는 끊임없이 자기를 사랑하였다. 그러나 자기는 조선과 조선 사람이 자기를 사랑하지 아니함을 볼 때에 분노와 원망으로서 그들에게 대하였다. 「망할 놈의 조선」, 「모조리 때려 죽일 조선 놈들!」 이렇게 자기는 자기의 뜻과 같지 않다고 자기의 사랑을 받지 아니한다고 분노하고 원망하고 실망하여 마침내 몸까지 죽여 버리려 하였다.[67]

순홍은 3·1운동 후 죽음을 맹세한 동지들의 배신을 보고 망할 놈의 조선 놈들이라 절망하지만, 아내의 희생으로 자신이 나아가야 할 방향에 대해 깨닫는다. 조선의 현재가 나를 배신했지만 이러한 조선이더라도 순홍은 아내가 자기에게 그랬던 것처럼 조선을 끝까지 사랑하고 자신을 희생할 것을 맹세한다. 결국 순홍은 미래를 기약하며 스님의 신분으로 독립을 준비하는 모습으로 그려지고 있다. 봉구 역시 순영의 배신에 절망하고, 조선이 자신을 배신한 것으로 여기지만, 결국 순영의 죽음을 통해 "이천만 조선 불쌍한 생명을 건지기 위하여 몸을 바치겠다고 하면서 내 품으로 들어오려는 순영과 그의 소경 딸을 건지지 못하였구나!"[68]라고 자신의 옹졸함을 반성한다. 봉구의 이러한 인식은 당대의 타락한 계층에 대한 비판이기도 하지만 그런 계층을 수용하지 못하는 자신의 민족주의에 대한 비판이기도 하다. 또 작가는 순홍을 통해 현재의 조선 사회에 대한 비판적 인식을 도출하지만, 그러한 비판과 함께 조선의 미래를 이끌어갈 인물로 설정하기도 한다. 순홍이 서있는 자리가 바로 이광수가 그리는

---

67) 이광수, 『재생』, 앞의 책, 188쪽.
68) 이광수, 『재생』, 위의 책, 233쪽.

 이광수 문학의 민족주의 담론의 양가성

미래의 조선인의 자리이자 대중이 설 자리이다. 대중을 미래지향적 모습으로 그리고, 순흥과 봉구의 현재의 모습이 조선 대중이 나아가야 할 모습임을 드러낸다.

> 인제부터 조선의 강산이 내 사랑이다―내 님이다. 조선의 불쌍한 백성이 내 사랑이다. 내 님이다. 죽고 남은 이 목숨을 나는 그들에게 바치련다. 그들과 같이 울고, 같이 웃고, 그들과 같이 고생하고, 같이 굶고, 같이 헐벗자. 그들의 동무가 되고, 심부름군이 되자. 종이 되자. 모든 빛난 것이여! 모든 호화로운 것이여! 모든 아름다운 것이여! 다 가라! 조선의 모든 백성들이 다 안락을 누릴 때까지 내 몸에 안락이 없으리라! 다 한가히 놀 수 있을 때까지 내게 한가함이 없으리라. ……가자! 우리 님에게로 가자! 농부에게로 가자! 거기서 그들과 같이 땀 흘리고, 그들과 같이 늙고, 같이 죽어 그들과 같은 공동묘지에 묻히자.[69]

　작가는 봉구의 입을 통해 앞으로 조선을 위해 해야 할 일을 보여주고 있다. 봉구는 순영에 대한 복수로 미두에 돈을 투자하고 불법적으로 부를 축적하는 인물로 서술되다가 결국 민중을 위해 희생하는 조선 백성인 농부의 삶을 택하는 민족주의 지향의 인물로 그려진다. 식민주의 담론에서는 정신의 타락과 물질을 지향하는 대중을 배제의 대상으로 본다. 그러나 『재생』에서 서술자는 봉구를 민족의 문화적 주체성을 되찾고 그 기원을 농민에게서 찾으려는 인물로 환원시킴으로써 잃어버린 조선의 공동체를 찾아가는 문화론의 입장에서 서사를 마무리 짓는다. 이는 이광수의 문화 담론이 식민주의 담론과 이탈하는 틈새라 할 수 있다.
　대중에 대한 이광수의 인식은 『선도자』에서도 드러난다. 『선도자』는 이광수의 스승격인 인물 안창호를 모델로 쓴 작품으로 그의 민

---

69) 이광수, 『재생』, 앞의 책, 224쪽.

족주의 담론을 확연히 보여준다. 그리고 민족의 주인이 되어야 할 대중이 누구인가에 대한 인식도 뚜렷하게 드러나고 있다. 『선도자』는 주인공 이항목의 삶을 일대기 식으로 그리고 있으며, 민족의식과 정치성의 강한 표출로 검열에 의해 중도에 중단된 작품이다. 주인공인 이항목과 그를 둘러싼 한말의 시대상황, 고위 관료들의 부패, 정치적 폐단 등을 통해 조선이 나아가야 할 방향을 제시하고 있는 작품이다. 민족을 위해 희생한 한 인물의 일대기를 그린 작품임에도 불구하고 작가는 조선에서 필요한 것들에 대한 인식을 서사 과정에서 자연스럽게 표출하고 있다. 우선 대중에 대한 인식이다. 작가는 조선을 이끌어갈 민족의 지도자는 조선의 대부분을 차지하고 있는 농업에 대한 지식과 경험이 필요하다고 역설한다.

> 만 오년간 그가 열 여덟살 되기까지에 농사에 관한 모든 재주를 배워 제법 한 사람 구실할 농부가 되었고, 또 그가 열 다섯 살 되던 해에 의견을 내어 보통강 상류의 어떤 물굽이 하나를 막아 열마지기나 넘는 논을 만들었으므로 금년에는 거기서 벼를 삼십 석이나 거두어 밭곡식과 합하여 일년 양식은 넉넉하게 되었다.70)

주인공 이항목은 조선을 이끌어갈 지도자이다. 그러나 그의 집안은 조선의 일반 백성, 농민으로 설정되어 있다. 그도 어린 시절부터 농사일을 하게 되는 데, 농사를 돕는 수준이 아니라, 농지를 개척하여 수확을 늘릴 수 있을 정도의 식견을 가지게 된다. 장차 조선을 이끌어갈 지도자의 출신과 경험 모두 조선의 일반 민중들의 토대에서 출발하고 있음을 서사과정에서 자연스럽게 드러내고 있다. 지도자는 한명의 타고난 천재나 영웅이 아니라 조선의 일반 민중의 삶

---

70) 이광수, 『선도자』, 『이광수 전집』 3권, 삼중당, 1972, 519쪽.

 이광수 문학의 민족주의 담론의 양가성

과 토대를 몸소 경험하고 직접 경험해 본 행위자에서 비롯됨을 서술자는 강조하고 있다. 그리고 지도자가 된 후에도 그는 세상에 대한 인식과 조선이 앞으로 나아가야 할 방향을 그리는 데, 일반 민중을 핵심에 두고 구상한다.

> 논밭에 김을 매는 것이 큰 나라일이요. 이리하므로 국민의 먹을 양식을 버는 것이외다. 짚신과 미투리를 겪는 것이 큰 나라일이요, 이것으로 국민이 활동할 신을 공급하기 때문이요. 아이들과 무식한 동포를 가르치는 것은 큰일 중에도 가장 큰일이요, 이러하므로만 국민이 잘 살게 될 수 있는 까닭이요! 그러므로 국민의 생활에 필요한 모든 직업은 농이나 공이나 상이나 교육이나 정치나 죄다 나라 일이요. 그러므로 각 사람이 놀지 말고 한 가지 직업을 잘하는 것, 이것이 나라 일을 잘하는 것이요. 우리가 덕성을 함양하는 것이나, 지식을 배우는 것이나, 운동을 하여 몸을 건강케 하는 것이 모두 제 직업을 잘하기 위한 준비외다. 높은 인격이란 무엇이냐? 저 맡은 직업을 가장 충실하게 잘하는 인격을 이름이외다. 한 가지 직업이 없는 자는 곧 인격이 없는 자이니 죄인 중에 이에서 더 큰 죄인이 없는 것이외다.[71]

특정한 지식의 함양보다는 각자의 자리에서 최선을 다해 일하는 것과 직업을 갖는 것의 중요성을 부각하고 있다. 직접 행위함으로써 얻어질 수 있는 것의 소중함, 즉 직업을 가진 자만이 조선을 이끌어갈 중추계급인 것이다. 이는 곧 일반 대중이며, 그들은 직업을 통해서 진정한 덕성과 인격을 갖출 수 있다고 지적한다. 이는 일제가 추구하는 인격 개조, 정신 개조를 통한 문화 창조라는 식민주의 담론과 표면적으로 동일하게 읽힌다. 그러나 대중에 대한 인식에서 현격한 '차이'를 보임으로써 이광수가 주장하는 문화 민족주의는 식민지

---

71) 이광수, 『선도자』, 위의 책, 574쪽.

장에서 새로운 의미를 가진 담론으로 형성된다. 즉 일제 총독부에서 옹호하는 계층과 비판하는 계층이 이광수의 작품에서는 반대로 드러나면서 담론에서도 '차이'를 보인다. 이는 인격주의로 드러나는 문화 담론과 동일한 맥락에서 읽힐 수도 있지만, 식민지 일상에서 수행적으로 나타날 때는 일제의 정신주의 담론과는 '차이'를 보인다. 대중에 대한 인식의 '차이'가 분명하게 드러나는 작품으로는 『흙』과 『삼봉이네 집』이 있다.

수양동우회의 사상을 작품으로 그린 『흙』은 주인공 허숭을 사이에 두고 도시 부르주아 중산층의 인물들과 농촌의 무산자 대중을 대비적으로 설정한 후 '대중'이 지향해야 할 바가 무엇인가를 제시하는 작품이다. 도시 엘리트 계층이자, 현재 조선의 중추계급으로 그려지고 있는 인물은 허숭의 아내 정선, 갑진, 토착 지주계급인 유정근이며, 그 반대편에 농촌 무산 대중으로는 유순, 작은 갑, 한갑을 설정하여 대립적인 구도를 형성한다. 주인공인 허숭은 도시의 중추계급을 대해서 탐욕과 부정의 대상으로 인식하고 있으며, 서술자는 토착 지주인 유정근의 묘사를 통해 일제가 보호하고 있는 계층의 속성을 신랄하게 비판한다. 물론 물질주의와 탐욕을 부정하는 식민주의 담론의 입장에서 볼 때 이들은 배제의 대상이 되기도 한다. 그러나 현실에서 일제는 도시 엘리트 계층과 토착 지주들을 자신의 편으로 끌어들여 식민화를 지속시키는 방편으로 활용하기도 한다. 일제는 「조선농회령」(1926년) 등의 법제도 차원에서 뿐만 아니라 지주와 소작인의 관계규정에 있어서 늘 지주의 입장에서 소작농을 억압하였다. 그 방법으로 첫째는 소작료·소작권의 이동·변동 등 소작조건 설정권을 지주가 지배하도록 하여 고율소작료를 보장했고, 둘째로 소작쟁의가 생길 경우 지주에게 유리하도록 조정했고, 셋째로

 이광수 문학의 민족주의 담론의 양가성

소작농민의 자위조직인 소작인 조합을 탄압하였다.[72] 그러나 이러한 일제의 문화 정책들이 수행적 차원에서 드러날 때는 당대의 식민지인의 삶과 결부되면서 다양한 양상으로 표출된다. 작가는 『흙』에서 도시 엘리트 변호사인 허숭을 농촌에 보내어 농민들을 계도하고자하는 의도를 드러낸다. 그러나 서사 진행과정에서는 작가의 의도와 달리 부르주아 계급을 계도하는 모습을 더욱 자주 표출한다. 이런 양상은 부르주아 계층의 반대편에 서있는 농촌 무산자 인물들의 속성을 자연스럽게 노출함으로써 수직적 차원에서의 계몽보다는 수평적 차원에서의 계몽이 이루어진다. 이것은 식민주의 담론과 이탈하는 양상으로 '농민'으로 드러나는 대중을 통해 조선의 정신, 민족성의 우수함을 부각시키고 있다.

> 자네는 가치 비판의 표준을 전도한단 말일세. 중하게 여길 것을 경하게 여기고 경하게 여길 것을 중하게 여긴단 말야. 조선 하면 농민 대중이 전 인구의 팔십 퍼센트가 아닌가. 또 사람의 생활자료 중에 먹는 것이 제일이 아닌가. 그 다음은 입는 것이요. ─하고 보면, 저 농민들로 말하면 조선민족의 뿌리요 몸뚱이가 아닌가. 지식계급이라든지 상공계급은 결국 민족의 지엽이란 말일세. 그야 필요성에 있어서야 지엽도 필요하지. 근간 없는 나무가 살지 못한다면 지엽 없는 나무도 살지 못할 것이지.[73]

---

72) 일제는 지주뿐 아니라 자본가의 포섭을 위해서 그들을 일제의 권력장치 속으로 편입시키는 방안을 내놓기도 하였다. 대규모의 지주와 자본가에게 총독부 자문기관인 중추원 참의의 관직을 주었고, 중수 지주 자본가에게는 각급 지방청의 자문 기관인 도평의 회원으로 임명하였고, 참정론, 자치론의 유포를 통해 이들을 포섭하였다. 일제의 반사회주의 정책도 이 계급을 포섭하는 무기였다.
안태정, 「1920년대 일제의 조선지배논리와 이광수의 민족개량주의 논리」, 『史叢』 35집, 역사학연구회, 1989, 86쪽.
73) 이광수, 『흙』, 『이광수 전집』 3권, 삼중당, 1972, 37쪽.

위 글은 갑진이가 농민을 업신여기는 것을 보고, 허숭이 농민의 중요성과 조선민족에게 있어서 농민의 의미를 깨우치는 부분이다. 중추계급이라 할 수 있는 지식계급과 상공계급은 민족의 근간이 아니라 지엽이며, 정작 뿌리가 되고 몸뚱이가 되는 계층은 조선 민중의 80%인 농민임을 주장하고 있다. 농민이 제대로 살 수 있고 중심이 되어야 조선 민족이 잘 살 수 있다는 인식을 기반으로 한다. 이러한 언설의 이면에는 도시 엘리트로 자처하는 부르주아 계층의 허위와 나타를 비판하는 중의성도 내포하고 있다.

『흙』은 서사구조에서 허숭과 정선, 갑진 등 도시 엘리트층과 유순, 한갑, 작은 갑의 농촌 민중의 두 축의 대립과 화합의 상호관계를 통해 농촌의 중요성을 일깨우는 계몽구조의 소설이다. 그러나 소설의 발단은 허숭이 변호사를 그만두고 농촌에서 농민과 더불어 부유한 살여울을 만들려는 포부를 실천하는 곳에서 출발한다. 그러나 서사가 진행되는 과정에서는 실질적으로 농민 스스로 계몽의 주체가 되어 살여울을 이끌어간다. 오히려 도시 엘리트였던 정선과 갑진이 살여울의 농민들에게 감화를 입어 농촌에 정착하는 모습을 그리고 있다. 농민의 대표적 인물인 작은 갑과 유순을 농촌구조의 모순을 깨닫고 살여울을 이끌어갈 농민으로 설정함으로써 식민주의 담론에서 정신과 인격 개조의 대상이었던 소작 농민을 계몽의 주체로 변모시켰다. 이는 지주 계급의 편에서 농촌의 문제를 해결하고 선전했던 일제의 식민주의 논리와 '차이'를 보이는 부분이자 대중 민족주의의 한 속성이라 할 수 있다. 당시 일제는 소작쟁의의 근본적인 문제를 농민들의 불순한 사회주의 사상에서 비롯되었다고 보고, 대부분의 소작쟁의를 지주의 입장에 서서 해결하였다. 그래서 소작쟁의가 발생하면 대부분 소작농을 징역에 처하는 방식을 취했다. 그러

  이광수 문학의 민족주의 담론의 양가성

나 이 작품은 그러한 처벌의 부당성을 지적함과 동시에 소작농인 농민이 대부분을 차지하는 조선에서 농민이 계몽의 주체이며, 장차 중추계급으로 부상할 계층임을 부각시킨다. 이런 모습은 『삼봉이네 집』에서도 드러나는데, 사회주의자 유정석을 통해 농민이 조선 민중의 지도자가 되어야 함을 부각시키고 있는 부분에서도 확인할 수 있다.

> 내야 고생을 했다기로 몇 푼어치 했겠소? 감옥에를 가 있었다기로니 울로초 고생에 비길 수가 있어요? 나 같은 사람이 일생에 했다는 고생을 다 뭉치더라도 형이 하루에 한 고생을 당해 낼 수가 있나. 또 우리 따위야, 말일세, 글일세 하고 서울 한복판에 전기불을 켜고 앉아서 한담 삼아 떠들기나 했지, 인류 위해서 무엇하나 새로 이루어 놓은 것 있나. 형 같은 이는 울로초 뿌리를 뽑아서 논을 천여평을 만들어 놓았으니 이런 일이야 말로 창조거든. 한 해에 스무섬이 나면 쌀이 열섬, 쌀이 열섬이면 열사람의 일년 양식이 아니요, 그 논이 백년만 갈 것이 아니요, 천년만 갈것이 아니니까, 그렇게 생각하면 형의 이태 노력이 몇 만 명 몇 천 만명 양식을 만들어 준 심이란 말이오. 실상 유정석은 삼봉의 인격에서 영웅적인 점을 발견하였다. 이 사람이 민중의 지도자가 될른지 모른다고까지 생각하였다. …… 그러나 유정석은 삼봉의 이데올로기를 그냥 둘려고 생각지 아니하였다. 도리어 이것은 인류의 행복을 위하여 깨뜨려 버려야 할 것이라고 생각하였다. 그래서 유정석은 삼봉이에게 마르크스주의 사회이론의 선전을 시작하였다.[74]

위 글에서 볼 수 있듯이 작가는 사회주의자 유정석의 생각을 통해 직접 실천하는 민중의 힘을 높이 평가하고 있다. 진정한 민중의 지도자는 실천하는 사람이 되어야 한다는 생각은 「민족개조론」의 사상과 연결되는 부분이라 할 수 있다. 이는 농민이 조선 민중의 대

---

74) 이광수, 『삼봉이네 집』, 『이광수 전집』 2권, 삼중당, 1972, 617쪽.

표이자 조선을 이끌어갈 중추계급임을 더욱 입증하는 부분이다. 작가는 지식계급과 유산자 계급, 양반 계급, 지주 계급에 대한 비판을 내러티브 과정에서 자연스럽게 드러내고 있으며, 조선 민족의 중추계급은 현재 조선의 민중이 되어야 함을 부각시킨다.

> 우리 조상같이 시골 사는 상놈은 자네네 같은 양반 집에 정하배를 하였지마는, 그 대신에 자네네 같은 양반은 호인의 집에 정하배를 하였거든. 지금은 일본 사람의 집에 정하배를 하고…안 그런가… 자네와 나와 같이 친한 경우에야 무슨 말을 하기로 허물이 있겠나마는 시골놈, 상놈 하고 입버릇이 되어 말하면 민족 통일상 불미한 영향을 준단 말이야. 자네나 내나 더구나 자네와 같이 귀족 혈통을 받은 사람이 나서서, 양반이니 상놈이니 서울놈이니, 시골놈이니, 하는 걸 당연히 깨뜨리고, 오직 조선 사람이라는 한 이름 밑에 서로 사랑하도록 힘써야 될 것 아닌가.75)

> 자기의 나라의 신민이라고 할 만한 하인들과 소작인들에게는 모범적이라고 할 만큼 거만하였지만은 관리와 「일본인」에게 대하여서는 또한 모범적이라고 할 만큼 겸손하였다. 주재소 순사가 호구 조사를 나왔던 길에 들르더라도 노참사는 반드시 사랑으로 청해 들어서 주식을 들어서 극진히 대접을 하였다. 이것이 노참사의 인생관이요, 또 처세술이었다.76)

첫 번째 인용문은 허숭이 양반 출신의 갑진에게 시골 사는 상놈이 양반계급에게 인사하는 것을 과거의 조선 양반들이 중국인에게, 현재 식민지 시기에 일본인에게 아부하는 모습을 비교해 보이고 있다. 과거 양반들과 현재 귀족들의 친일적인 행각에 대해 비꼬고 있음을 확인할 수 있다. 두 번째 인용문은 지주계급들이 자신의 집에

---

75) 이광수, 『흙』, 앞의 책, 25쪽.
76) 이광수, 『삼봉이네 집』, 앞의 책, 572쪽.

 이광수 문학의 민족주의 담론의 양가성

서 가족처럼 부리는 하인과 소작인들에게는 천대를 하고, 일제 관제 관리들에게는 대접을 극진히 하는 모습을 통해 당대의 지주, 양반 계급의 허위의식과 중추계급의 부패상을 표출하고 있다. 이런 계층에 대한 인식은 당대 지식계층이라 할 수 있는 유학생 출신들의 생활상에 대한 비판과 함께 서사 전개 과정에서 자주 드러난다. 이런 맥락을 통해 볼 때 1920년대 이광수는 조선을 이끌어 가야 할 계급으로 조선의 대다수를 차지하는 농민을 지목하고 있으며, 몸소 행위를 실천하는 민중을 통해서만 조선의 내일을 기약할 수 있다고 보았다. 그러나 이들은 먼저 단체나 조직을 통해 수양되어야 하며, 이후에 이 대중이 조선 민족을 이끌어가야 할 중추계급이 되어야 한다는 맥락이다.77) 이광수는 1920년대 문화를 통한 민족성 개조를 강조하면서 조선의 민족주의 담론을 형성하고자 했다. 일제의 식민주의 담론인 정신주의 논리를 모방하여 조선에서도 대중의 정신과 인격 개조를 추진한다. 그러나 일제의 정신주의 논리는 반사회주의 담론에서 발생한 것으로 대중의 계급화를 막고 제국주의 체제를 존속하고자 하는 의도였다. 즉 조선 민중을 물질에 대한 탐욕과 타락의 주체로 인식하고, 정신과 도덕의 개조를 대상으로 간주한 것이다.

---

77) 김현주는 "이 시기 이광수의 글에서 '국민', '민족', '민중'이라는 다양한 용어로 불린 집합체는 이성적이고 자율적인 개인들의 결합체가 아니라 그 자체 '군중(대중)'으로 나타나고 있다."고 파악하며, "민중은 이성적 능력을 결여하고, 정치의 '주체'가 아니라 '대상'일 뿐이며, 따라서 반드시 순치되어야 한다"라고 본다. 즉 "이광수의 소위 '민족개조론'이나 '단체'담론은 대중에 대한 공포와 멸시, 그리고 지배욕망에 바탕을 두고 있다"(김현주, 위의 글, 306~307쪽.)고 파악하고 있다. 이러한 논의는 이광수의 소설 텍스트에서 보여주는 양상에 대한 부분은 거의 다루지 않고 20년대 「민족개조론」과 이광수의 이후 행적을 토대로 결과론적으로 해석한 것이라 할 수 있다. 그의 20년대와 30년대 초의 많은 작품에서는 '민중'에 대한 인식은 '선동되고 전염될 우려가 있는 계급적 주체로서의 불안'을 드러낸 것이 아니라, 조선 민족의 근간이 되는 계층으로 인식하고 있음을 확인할 수 있다.

그러나 이광수의 1920년대 작품에서 나타나는 대중은 정신과 도덕의
타락으로 인해 계몽되어야 할 '대상'이 아니라 오히려 조선 전통과
정신의 수호자이자 근간이 되는 계층으로 계몽의 '주체'가 된다. 이러
한 논의에 힘을 실어 줄 수 있는 것이 내러티브의 서사과정에서 미끄
러지는 사회주의에 대한 인식의 양상이다. 다음 항에서는 사회주의
인식을 통해 나타나는 대중 민족주의의 양가성에 대하여 살펴보겠다.

2) 사회주의 의식과 문화 민족주의의 양가성

1920년대 문화통치 시기의 식민주의 담론은 반사회주의 담론으로
드러났다. 사회주의의 부정성을 선전하기 위한 장치로 물질주의의
폐해를 비판하고 정신과 도덕의 개조를 언론 매체를 통해 조선 대
중에게 선전하였다. 그러나 텍스트에 나타난 사회주의 사상에 대한
그의 인식은 표면적으로는 식민주의 담론과 동일하게 긍정성을 부
각시키지는 않는다. 그는 오히려 계급성을 배제한 민족개조를 통한
문화 민족주의를 주창하고 있다. 그러나 내러티브 과정에서 그의 사
회주의에 대한 인식은 식민주의 담론과 '차이'를 드러낸다. 『삼봉이
네 집』은 일제의 식민정책으로 인해 농토를 빼앗겨 조선을 떠나 만
주로 유랑할 수밖에 없는 농민의 삶을 그리고 있다. 이 작품의 서사
구조는 부지런한 농민이었으나 동척회사에 농토를 뺏긴 농민 가족
삼봉이네와 이들을 착취하는 노참사, 김문제, 중국지주들이 대립하
는 구도로 설정되어 있다. 농민을 괴롭히는 대상은 대부분 지주 계
급들이다. 작가는 지주들의 횡포와 일제의 토지정책의 모순점들을
삼봉이네 가족의 삶과 결부하여 그린다. 지주들의 폭악한 횡포에 못
견디고 삼봉이는 결국 지주들만 약탈하는 비적이 되어 그들을 징계

 이광수 문학의 민족주의 담론의 양가성

하는 인물로 변신한다. 이런 식의 개인적인 복수는 오히려 중국에 살고 있는 조선 민중들에게 무의도적으로 피해를 입히게 된다. 이것을 해결해주는 인물로 작가는 사회주의자를 끌어들이고, 그들을 통해 제도의 모순을 개혁하는 것이 중요함을 인지시킨다. 특히 작가는 사회주의자 유정석을 긍정적 인물로 그리고 있으며, 우리 민족의 근간이 될 '민중의 지도자'의 사상적 지침을 마련해 주는 인물로 묘사하고 있다. 작가는 사회주의자인 유정석을 계급적 주체로 배제하지 않고 현 조선에서 유일하게 믿을 수 있는 엘리트로 인식하고 있다.

「개인을 넘으라」고 할까 하나이다. 형께서는 형과 및 형의 가족을 괴롭게 한 것이 노참사나 김문제나 호가로 생각하시고 재만 동포를 괴롭게 하는 것이 장삼, 이사하는 개인으로 아시는 모양이어니와, 이것이 형께서 근본적으로 잘못 생각하시는 것인가 하나이다. 개인 중에도 선인도 있고 악인도 잇는 것이 사실이어니와 그것을 제도라는 무서운 힘 밑에 놓으면 성명도 없는 것이니 예하면 형이나 제라도 지주의 처지에 놓이면 소작인의 것을 빨아먹는 사람이 될 수밖에 없는가 하나이다. 노참사나 김문제가 반드시 사람중에 가장 악한 사람이 아니요, 그저 제도의 충실한 복종자인 보통사람인가 하나이다. 그러므로 형이여, 형께서 만일 재만 동포의 불행을 근본적으로 구제하시려거든 개인 개인을 따라 다니며 원수갚기를 그치시고 개인을 넘어서 제도 그 물건과 싸우셔야 할 것을 삼가 말씀하나이다.[78]

이 세상의 불공평한 모든 악이 어느 개인에게서 오는 것이 아니요. 제도에서 오는 것이란 말은 삼봉이도 수긍하였다. 그러나 유정석이가 삼봉이더러 그러면 무엇을 어떻게 하여라 하고 분명히 지시한 것이 없는 것은 심히 불안하였다. 「오, 개인을 넘어서. 오, 크게 동지를 모아서 큰 단체를 이루어 가지고 전민족적으로 문제를 해결해야 된다는 말이다!」 하고 삼봉이는 벌떡 일어나 앉았다. 삼봉의 이 해답은 유정석이가

---

78) 이광수, 『삼봉이네 집』, 앞의 책, 642쪽.

의미한 것과는 전혀 딴 것인지 모른다. 유정석이가 삼봉에게 아마, 삼봉이가, 「오 개인을 넘어서. 오, 전 세계의 무산 대중이 합해서……」라고 깨닫기를 바랐을 것이다. 그러나 김삼봉의 생각은 「조선 사람이」 하는 것을 벗어나지 못한 것이었다. 혹은 이것이 다음 걸음을 밟는데 반드시 먼저 밟아야 할 계단일는지도 모른다. 「오, 나는 내 길을 찾았다!」 하고 삼봉은 곁에서 곤하게 자는 동지들을 돌아보았다.79)

위의 첫 번째 인용문은 삼봉이가 지주들을 개인적으로 처벌하는 방식 때문에 만주에 사는 조선 농민이 더 살기가 힘들어 지는 문제80)에 직면하여 사회주의자 유정석에게 자문을 구한 후 얻은 지침이다. 그 내용은 '개인을 넘어서' 제도와 맞서 싸워야 한다는 것이다. 이는 기본적으로 자본주의 체제의 지주제 방식의 문제점을 지적하는 것이기도 하지만, 당대 일제의 식민 통치 방식에 대한 비판, 그리고 만주로 이주할 수밖에 없는 상황을 만든 식민지법에 대한 비판이기도 하다. 당대 일제는 조선 식민지 농촌사회에 지주제를 실시하여 모든 이권을 '총독부'와 '지주' 중심으로 재편하는 법제도81)

---

79) 이광수, 『삼봉이네 집』, 위의 책, 644쪽.

80) "한인 고용법이라는 것이니 이 법으로 하여 **성내에 사는 조선인은 전부가 중국인의 고용인으로 화하여, 이를테면 농노가 되어 버리고 말았다. 이 때문에 만주 각지에 조선인 구축이 일기 시작하여 오곡이 다 익은 때에 피땀 흘려 개척해 놓은 논밭과 거기 지어 놓은 곡식을 한 알도 먹어 보지도 못하고 중국인 지주에게 바치고 부로 휴유하고 쫓겨나는 조선 동포로 봉천으로 닿은 큰길이 메이게 되었다."
이광수, 『삼봉이네 집』, 위의 책, 642쪽.

81) 총독부의 조선인 지주의 장악과 농촌 재편성을 위한 시도는 1926년의 「조선 농회령」의 발포와 조선 농회의 설립을 통해 제도적으로 완성된다. 조선 농회조직은 군단위의 말단 조직으로 하고 회장과 그 밖의 집행임원을 임명제로 하여 일본 관헌의 강력한 직접적 통제하에서 운영되도록 한 것이다. 즉 농회의 집행기관을 보면 군도 농회는 군수도사를 회장으로 하고 읍면장을 분구장으로 임명하여 농회의 운영이 행정기구의 통제하에 놓여지도록 했고 도농회도 회장은 도지사나 주무부장이 맡고 사무소는 도청 내 또는 군도청 내에 두어 모든 업무가 관계관

 이광수 문학의 민족주의 담론의 양가성

를 마련하였다. 일제는 「조선농회령」을 실시하여 농촌을 장악하고 지주를 총독부 산하에 두는데 성공한다. 이런 이유로 대부분의 조선 소작농은 어쩔 수 없이 만주나 간도로 이주를 했다. 그러나 그 곳도 조선 농민을 위한 공간은 아니었다. 그래서 유정석은 삼봉이에게 개인을 넘어서 제도와 싸워야 함을 인지시킨다. 이것은 일제의 제국주의(자본주의)체제의 문제점을 곧바로 지적한 것으로 당대 식민주의 담론이 가장 억압하고 배제하는 논리이다. 물론 두 번째 인용문에서 삼봉이는 사회주의 방식의 제도 타파가 아닌 이광수식 문화 민족주의 방식을 채택한다. 이는 작가가 사회주의를 배제하려는 의도가 아니라 아직 현 조선에서 먼저 실현해야 할 것이 세계 인민의 평등보다는 조선인의 단결이라는 생각에서 비롯된 것이다. 사회주의가 필요한 것이고 이루어야 할 과제이기도 하지만 식민지 상황에서는 민족주의가 우선이라는 것이다. 먼저 민족의 자결 이후에 세계 인민의 평등을 위해 제도와 맞서 싸워야 한다는 것이다. 이러한 논리 위에 이광수가 서 있기 때문에 서사과정에서 일제의 식민주의 정책의 모순점들이 자연스럽게 드러난다. 이런 모습은 삼봉이가 조선을 떠날 때의 상황을 묘사한 부분에서 잘 드러난다.

> 삼봉이 네 생활의 기초가 되던 「박가동」은 박진사 손자가 만주 좁쌀 장사를 한답시고 서울로, 봉천으로 덤벙이고 돌아다니다가 동척(東拓)과 식은(殖銀)에 저당하였던 토지는 그만 경매되어 동척에게로 넘어가고, 그 토지는 동척 농장이라는 것이 되어서 일본 이민 십여호가 지난 가을부터 박진사네 땅 전부를 맡아서 갈게 되었다. 이 때문에 본래 박진사

리의 결재를 받아 행하도록 했다. ……결국 1920년대 중엽에 전 조선에 걸쳐 이러한 관제적 계통농회를 조직할 수 있었다는 것은 일제의 대한 농촌지배에 있어서 획기적인 일이었다.
김운태, 앞의 책, 284~285쪽.

네 작인이었던 동민 수십호는 무슨 방법으로든지 달리 생계를 구하지
아니하면 아니 되게 되었다.[82]

조선 농민이 일구던 땅들은 대부분 동척이나 식은에 저당 잡혀
결국에는 일본인 이주민에게 넘어가는 게 현실이었다. 토지를 뺏긴
조선 농민은 이주를 할 수밖에 없게 되는 것이다. 이런 상황은 그의
작품의 내러티브 과정에서 자연스럽게 표출되고 있다. 소작농의 피
를 빠는 각각의 지주를 처벌하는 행위는 무의미하다는 유정석의 말
은 일제의 식민지 지배에 대한 직접적 비판이자, 자본주의 사회 제
도에 대한 부정을 드러낸 것이다. 이런 법과 제도 하에서 개인을 벌
하는 것은 계란으로 바위 치는 격이며, 오히려 조선 농민을 더욱 옭
아매는 결과만 초래할 수도 있다는 것이다. 물론 이 작품에서 이광
수는 사회주의를 조선민족의 담합을 이루고 독립을 이룬 이후에나
가능한 사상임을 작품 말미에 전제해 두고 있지만, 작품의 전반적인
맥락에서 현재 제국주의 또는 자본주의 하의 사회전체가 모순으로
가득 차 있음을 지적하고 있다.

이러한 사회주의에 대한 인식은 '도시 부르주아 엘리트의 시각으
로 조선 농촌의 삶을 재단하고 있다'는 혹평을 받고 있는 『흙』에서
도 나타난다. 『흙』은 사회주의 사상을 전면에 노출시키지는 않았지
만 일제 식민지법 중 「치안유지법」의 남용을 통해 일제의 식민주의
통치법의 모순을 그리고 있다. 작가는 모든 소작쟁의 문제나 노농문
제를 강압적으로 해결하는 일제의 모습을 인물을 통해 비판하고 있
는데, 그것은 일제의 사회주의 사상 통제의 모순점을 표출하는 것이
다.

---

82) 이광수, 『삼봉이네 집』, 앞의 책, 564쪽.

 이광수 문학의 민족주의 담론의 양가성

선동은 맹한갑이가 한 모양이고, 맹한갑이를 누가 선동했는지도 도
무지 자백을 하지 아니합니다. 맹한갑은 보통학교를 졸업했을 뿐이니까
무산대중이니 부르조아 제국주의 정부니 하는 말을 할 지식이 없겠는
데, 황기수의 증언을 보면 그런 계급적 투쟁적 언사를 하고 부르조아
제국주의의 주구인 관리를 타도하라고 하였다니, 필시 지식계급에 있는
불량배의 선동이 있는 것이라 믿어집니다.[83]

위 글에서 보듯이 일제는 소작농과 총독부 하급관리 사이에서 생
긴 사소한 문제도 모두 사회주의와 관련지어 처벌함으로써 농민들
을 더욱 억압하는 기제로 사용하였다. 또 사회주의 의식을 가진 지
식인들을 '불량배'라는 어휘로 표현하는 것을 통해서도 일제가 사회
주의에 대한 억압이 과도하다는 것을 작가가 인지하고 있었음을 알
수 있다. 일제는 당대 소작쟁의나 노농분쟁을 '계급적' 의식을 가진
소작농들의 사회주의 사상에 의한 것이라 치부하고, 「치안유지법」을
적용하여 가혹한 처벌을 하였다. 이는 총독부 관리와 허숭의 대질
심문에서 더욱 잘 나타난다.

『무슨 다른 목적이 있는 것 아닌가? 지금 그런 일은 당국에서 다 하
고 있는 일인데, 네가 그 일을 한다는 것은 당국이 하는 일에 대해서 불
만을 가지고 당국에 반항하는 것이 아닌가?』숭은 대답이 없었다. 『필시
그런게지? 총독치하에 대해서 불만을 가지고 거기 반항하자는 게지? 내
가 들으니까 네가 사람들을 모아놓고 조선 사람들은 어리석어서 모든
인권을 남에게 빼앗기고, 물건도 남의 물건만 사 쓰고, 그래서 점점 조
선 사람이 가난하게 되니, 조선 사람이 자각을 해서 조선 사람끼리 모
든 것을 다해가도록 해야 된다고, 그러기 위해서 조합도 만들고, 유치
원도 설치하고, 야학도 열고, 단결도 해야 된다고 그랬다지?』(중략—인
용자)『소화 *년 *월 *일 협동조합 총회에서 네가 이렇게 해야만 우리

---

83) 이광수, 『흙』, 앞의 책, 84쪽.

조선 사람이 살아난다고, 이렇게 하려면, 조합을 만들고, 조선 사람끼리
잘 살아야 된다는 공동 목적으로 단결하지 아니하면 다 죽는다고 말한
것은 사실이지?』 (중략—인용자)
　『필경은 총독정치에 반항한다는 것을 의미하는 것이 아니냐?』
　『그것은 잘못 생각하신 것이오. 농민들이 야학을 세우고 조합을 만들
고 하는 것은 순전히 문화적, 경제적 활동이지, 거기 아무 정치적 의도
가 포함된 것은 아니라고 믿소. 또 촌 농민들에게 무슨 정치적 의도가
있을 바가 아니오. 문화적으로, 경제적으로 더 잘 살아보겠다고 하는
농민의 노력을 죄로 여긴다면, 그야말로 농민으로 하여금 반항할 길 밖
에 없게 하는 것이오.』[84]

　야학이나 협동조합활동을 통해 문화적 활동을 하는 것까지도 정
치적 의도로 몰아 「치안유지법」을 적용하여 징역 5년을 선고하는
모습을 통해 식민지법에 대한 비판이 자연스럽게 드러나고 있다. 이
는 총독부의 문화정치 논리[85]가 전혀 문화론적이지 않음을 반증하
는 것이기도 하다. 문화정치는 일상생활에의 식민 기구 확대와 문화
생활 공간의 확장 등을 통해 동화주의보다는 형식적으로 덜 강압적
인 융화정책을 펼친다는 취지로 실시되었다. 그러나 일제는 문화적
활동의 영역인 야학이나 유치원 등을 조선인이 사설로 운영하는 것
조차 식민지법을 적용하여 처벌하는 기만적인 모습을 보였다. 이광
수는 『흙』에서 조선 문화의 영역에서의 활동을 통해 정신과 문화를
개조하려고 노력한다. 이는 식민주의 담론에서 보여주는 문화 개조
담론의 논리의 반복으로 읽힐 수 있으나, 실제 일상영역에서 일제
식민지법에 의해 처벌되는 모습을 적나라하게 표현함으로써 당대
식민주의 담론과 달라지는 지점, '차이'를 생성하고 있다. 교의적 언

---

84) 이광수, 『흙』, 앞의 책, 261쪽.
85) 마이클 신, 앞의 글, 278쪽.

　이광수 문학의 민족주의 담론의 양가성

설이 아닌 수행적 차원에서 드러나는 양상은 식민주의 담론과 이탈
하는 경향을 보이게 된다.

　일상생활로 확대된 식민지법의 미시적 적용은 조선의 80%에 해
당되는 농민의 삶에 깊숙이 침투하여 오히려 1910년대의 무단통치
때보다 더 높은 강도의 통치성을 드러냈다. 이는 문화론을 토대로
형성된 식민주의 담론의 이중성과 모순성의 모습이기도 하다. 또 역
으로 문화적 민족주의 역시 그 이면에 정치적 의도를 내포할 수밖
에 없음을 말하는 것이기도 하다. 다음의 인용문은 식민주의 문화정
책의 이중성을 농민의 입을 통해 적나라하게 드러내고 있다.

> "저 회나뭇댁 참봉 영감을 구둣발로 차서 까무러쳤다가 피어는 났지
> 만은 아직도 오줌 출입을 못한다오. 그 양반이 환갑 진갑 다 지내고 일
> 흔이 넘은 어른이 아니신가. 말 말어. 그나 그 뿐인가. 그 놈의 청결 검
> 사, 담배 적간, 술 적간, 농회비 무엇이니 하고 읍내서 나오는 날이면
> 어디 맘을 펴보나. 글쎄 남의 집 안방, 부엌할 것 없이 시퍼렇게 젊은
> 놈들이 막 뛰어 들어와 가지고 젊은 아낙네까지 붙들고 힐거를 하는 수
> 가 있으니, 요새 법은 다 그런가, 서울도 그런가, 나라법이야 어디 그럴
> 수가 있나, 이래서야 어디 백성들이 살아 먹을 수가 있나. 또 그 놈의
> 신작로는 웬걸 그리 많이 닦는지, 부역을 나와라, 조약돌을 져 오너라,
> 밭갈때나 김맬때나 나오라면 나와야지. 아니 나갔다가는 큰일 아닌가.
> 우리 같은 것도 그래도 한집을 잡고 산다고 남하는 것 다하라네 그려.
> 이거 원 살 수가 있나, 서울도 그런가."[86]

　1920년대 이후 일제는 문화정치의 명목 하에 법개정을 실시한다.
이로 인해 이전에 없는 조합이나 모임을 만들어 농민을 부역으로
써먹고, 농회비의 명목으로 돈과 시간을 착취하는 모습이 촌부의 실

---

86) 이광수, 『흙』, 앞의 책, 72쪽.

질적 삶을 토대로 표출되고 있다. 소작농의 전형적인 인물인 한갑의 어머니의 입을 통해 나온 내용은 당대 농촌에 적용된 식민지법의 모순을 사실적으로 보여주는 것이다. 이광수는 당대 식민지에서 벌이고 있는 조합 활동과는 다른, 즉 예전의 '계'나 '두레'의 형식처럼 조선인들이 직접 운영하는 방식의 협동조합 형태로 조선 농촌을 살리고자 했다. 이는 조선의 전통을 토대로 삶을 유지하고자 하는 이광수의 문화 개조 방식이라 할 수 있다. 또 이것은 식민지 총독부에서 마련한 동척조합, 식은, 식산조합이 식민지인에게 횡포와 부조리한 착취를 행하고 있음을 작가가 무의식적으로 드러내고 있는 것이다.

삼년의 세월이 흘러갔다. 살여울의 농민들은 이 동네 생긴 이래로 처음 당하는 견딜 수 없는 곤경을 당하였다. 집 간, 논마지기, 밭 낟가리는 대부분 유정근이가 경영하는 식산조합의 채무 때문에 혹은 벌써 경매를 당하고, 혹은 가차압을 당하고, 혹은 지불명령을 당하고 있게 되었다. 빚을 얻어 쓰기가 쉬운 것과 옛날의 신용대부 대신에 신식인 저당권 설정이라는 채권채무의 형식은 가난한 농민들을 완전히 옭아 넣고 말았다. 숭이가 경영하던 협동조합이 농량과 병치료비와 농구 사는 값밖에는 일체로 대부하지 아니하던 것을 야속히 여기던 살여울 농민들은 잔치비용이거나 노름 밑천이거나를 물론하고 저당만하면 꾸어주는 유정근의 식산조합을 환영한 것은 사실이었다. 그러나 가여운 농민들은 그것이 자기네의 자살 행위인 줄을 몰랐던 것이다. 그러나 이 동네에서 개벽이래로 있어 본 일없는 차압이니, 경매니, 하는 것을 당하게 되어 몇 푼어치 아니되는 세간에 이상한 종이조각이 붙고, 오늘까지 내 소유이던 것이 남의 손으로 끌려감을 당할 때에 받는 살여울 농민들의 가슴의 쓰라림은 비길데가 없이 심각하였다. 그러나 모든 것을 합법적으로 하여 가는 정근에게 그따위 민간의 불평은 한센티멜탈리즘에 불과하였다. 혹시 불평하는 말을 하는 소작인이나 채무자가 있다고 하면 정근은 서슴치 않고, 「그것은 게으른 자의 핑계다. 약자의 비명이다. 내가 그대 네에게 돈을 꾸어준 것은 급한 때에 그대들을 도와준 것이다. 남의 도움을 받았거든 감사한 줄을 알아라.」 이 모양으로 대답할 것

 이광수 문학의 민족주의 담론의 양가성

이다. 정근은 법률을 배우지 아니하였으나 그는 무슨 일이든지 법률에 걸리지 않기를 힘쓴다.[87]

문화정치 아래 조선 농촌은 총독부의 「지주회」와 「조선농회령」의 간섭으로 농민도 모르는 사이에 파탄에 이르게 되었다. 특히 지주를 중심으로 이루어진 동척조합, 식산조합은 가난에 찌든 농민을 더욱 가난으로 몰아넣었다. 이런 조합의 매커니즘의 이면을 전혀 몰랐던 농민들은 대부분 빚을 지고 조상이 대대로 남겨준 땅을 지주나 동척에게 빼앗기고 유랑하는 신세가 되었다. 결국 식민주의 정책인 조합주의나 소규모 모임들의 추진은 일상생활에서 실시하는 미시적 조직화를 통한 기만적인 지배방식이었다. 그러나 이광수가 그리고 있는 협동조합의 형태나 야학의 모습은 식민주의의 조합주의를 수용하고 있으나, 식민주의 방식의 조합형태가 아니라 마을 단위의 소규모 사설 조합의 형태로 조선의 전통적 문화를 전유한 방식이다. 이러한 모습은 식민정책이 제시한 문화론을 모방하는 과정에서 배태된 것이기는 하지만 우리만의 독특한 생활상과 결부시켜 새로운 조합형태의 문화로 창조한 것이라 할 수 있다.

1920년대 이광수는 일제의 '문화론'을 전유하면서 민족주의 담론을 형성하였다. 문화론을 기반으로 정신과 민족성 개조를 강조하며 대중을 구심점에 둔 문화 민족주의를 형성하였다. 문화론을 토대로 한 문화적 민족주의는 당대 문화정치를 통해 반물질주의, 반사회주의 담론을 펼친 식민주의 담론과의 상호작용 속에서 '동일화'와 '차이'를 반복하면서 드러났다. 그러나 이광수의 작품에서 보여주는 문화 민족주의 논리는 대중의 의미에서부터 '차이'를 보였다. 이광수

---

87) 이광수, 『흙』, 앞의 책, 268쪽.

가 규정한 민족주의 담론은 대중의 정신에서 비롯된 것으로 이 대중은 일제의 식민주의 담론에서 부정적으로 언급하는 '계급적 주체'를 배제한 개념이 아니라 사회주의자를 포함하여 조직적으로 훈련된 개인으로, 조선 민족의 우수한 민족성을 토대로 형성된 대중인 것이다. 대중의 속성은 실천할 수 있는 민중의 현실태인 농민으로 드러났다. 조선의 대다수를 차지하는 농민이 진정한 중추계급을 형성할 계층임을 보여준다. 그에게 농민은 부르주아 계층의 계몽 대상이 아니라 조선의 미래를 이끌어 갈 계몽 주체이자 실천자로서 인식되었다. 즉 문화(대중) 민족주의는 소수 도시 엘리트에 의해 이루어지는 담론이 아니라, 조선의 근간이자 대다수를 차지하는 실천하는 힘을 지닌 농민 계층을 통해 형성되는 것이었다.

1920년대에서 1930년대 초반까지 이광수가 주장한 문화(대중) 민족주의[88]는 문화·개조 담론의 상관관계 속에서 파악할 때, '조직화된 사회적 개인'인 조선의 대중이 주체가 되는 민족주의이다. 이러한 민족주의 담론은 일제의 '문화론'을 전유하면서 형성된 것이다. 그러나 일제의 문화론과는 배태되는 양상이 많이 달랐다. 1920년대

---

88) 로빈슨은 1920년대 문화 민족주의의 성격을 논의하면서 보수적인 성향을 가졌음에도 불구하고, 그들의 합법적 자강계획은 일본지배의 기반을 잠식하기 위한 거시적인 계획을 숨겨놓고 있었고, 교육계획은 일본의 정책을 거역하고 일본어 사용을 뒤엎어 놓으며 민족의식을 강화하고 있다는 것이라고 파악한 마루야마의 시정연설을 인용한다. 마루야마는 단기적으로 문화운동은 위험하지 않지만 장기적으로는 일본 지배의 미래에 재앙을 초래할 것이라고 예고했다. 그리고 1922년에서 1924년 사이에 문화 민족주의자들은 그런 우려가 현실이 되기를 희망하면서 여러 가지 운동에 불을 붙이기도 했다고 파악한다. (미하일 로빈슨, 김민환 역, 『일제하 문화적 민족주의』, 나남, 1990, 125쪽.) 이러한 형태는 조선인들 스스로가 식민주의 정책과 담론을 수용하는 가운데 그들만의 독특한 문화적 요소와 원인들과 교섭하는 과정에 발생한 새로운 형태의 문화 창조라 할 수 있다. 이것이 바로 식민주의 담론과의 상관관계에서 '차이'를 발생하는 그 지점에서 형성되는 것이다.

 이광수 문학의 민족주의 담론의 양가성

일제의 식민주의는 조선에서는 '반사회주의' 담론으로 변용하여 '정신주의'로 모습을 드러내었다. 이광수의 민족주의 담론 역시 '정신주의' 담론을 모방하면서 형성된 것이다. 그러나 이것은 당대 문화정치를 기획한 식민주의 담론과의 역동적 관계에서 '동일화'의 양상으로 나타나기도 하지만 '차이'를 생산하기도 한다. 이 차이로 나타나는 대중 민족주의는 1920년대 식민주의가 의도한 문화론의 양상이 아니라, 식민지인들이 이를 수용하는 과정에서 새롭게 재창조한 문화 민족주의의 모습이다. 이러한 차이로 인해 생성된 문화(대중)민족주의는 20년대 독자들에게 끊임없이 식민주의의 이중성과 모순성을 일깨워주는 계기로 작용했을 것이다.

1920년대 문화 민족주의는 대중의 이러한 속성을 기반으로 형성된 것으로 이광수가 인지하고 있는 조선 민족에 대한 에스닉 공동체적인 성격을 토대로 형성된 것이라 할 수 있다. 이는 조선 민족의 단일 언어와 문화, 가치 등을 기반으로 형성된 것으로 1940년대 일제가 내세운 내선일체 논리를 수용하는 과정에서도 영향을 준다. 서구 내지는 일본을 경유해 들어온 '문화론'은 식민지 조선에서 제국의 담론을 전유하지만, 기본적으로 조선 특유의 문화를 바탕으로 형성된 것이라 할 수 있다. 조선의 문화와 민족성 위에 형성된 1920년대 문화 민족주의는 에스니(ethnie)적 성격으로 인하여 1940년대 이광수가 원형적 민족주의로 전환하는데 직접적인 영향을 미친다.

제4장 **'근대 초극론'으로의 전환과
원형적 민족주의**

1. 내선일체의 이중성과 황민화론

1) 일상의 규율화와 내선일체의 모순성

일제는 1930년대 들어와서 '탈아입구'의 서양 근대를 지향하는 논리에서 벗어나 '탈구입아'의 근대 초극론을 내세워 아시아 확장침략을 꿈꾸고, 조선의 정책을 획기적으로 바꾸기 시작한다. '근대 초극론'은 일본 내에서 1935년 이후 국체 논의와 함께 형성되면서 일본의 문화, 철학, 정책의 모든 면에 영향을 미친 논의이다.[1] 근대 초극론은 일제의 전쟁 이데올로기를 합리화하는 논리로 이용되었으며, 서구 중심주의를 벗어나서 동양이 세계 질서의 중심이 되어 서

---

[1] 태평양 전쟁 전과 전쟁 당시 일본의 논단에서 '근대의 초극'에 관한 논의는 일본 제국주의의 동아시아 정책, 나아가 세계정책을 이데올로기적으로 추인하면서 합리화하는 성격을 짙게 띠고 있었다. 결론적으로는 일본이 세계 정치, 세계 문화에서 강력한 헤게모니를 장악하는 일이 '근대의 초극'을 위한 전제 조건이라고 이해된 이상, 일본 제국주의의 세계 정책에 대한 이데올로기적 추인이라는 근본적 성격은 불식될 수 없었다고 본다.
히로마쓰 와타루, 김항 역, 『근대초극론』, 민음사, 2003, 45쪽.

구적 근대를 극복하자는 논리를 펼친다. 근대 초극론의 논객들은 개인의 자의적인 자유가 국가 존립을 위해서 억압되어야 하며,[2] 그 과제를 위해서 멸사봉공의 국가논리에 집중해야 함을 역설한다. 또한 미국으로 표상되는 '물질주의'와 '기계문명'의 극복[3]이 근대 초극론의 근본적인 문제로 파악하고 있다.

근대 초극론을 전쟁 합리화 논리로 이끈 고오야마는 일본 제국주의 전쟁 이데올로기로서 이론적 체계를 세우는데 '역사의 지리성과 天人合一'론을 가져온다. 이 논리는 인종주의적 역사관을 배척하고 개인을 역사의 주체로 인정하지 않는다. 그리고 수동적이거나 또는 능동적인 역사의 주체로서 민족을 상정한다. 일제는 "서로 다른 역

---

2) 西谷啓治는 현재 일본의 국가적 존립을 위해서 개인의 자의적인 자유를 억압해야 하며, 이를 위해서는 멸사봉공의 정신을 가질 것을 요구한다. 자유주의는 사익추구를 위해서 애써지고 있는 것으로 현재는 가장 근본적인 국민논리의 정신에 따라 사멸봉공의 정신을 통해 자유주의는 극복되어야 함을 주장하다. 이는 근본에 종교적인 것과 연결된다고 파악한다. 즉 주체적 무의 입장은 광의의 기술과 논리와 종교와의 영역을 일관한 길, 현실의 직역적 활동의 각하에 국민논리를 통해서 열려질 수 있는 것과 같은 종교적인 입장이다. 더구나 총력의 집중은 근본에 있어서 국민의 각각이 나를 멸하고 전체로서의 국가에 귀일한다는 깊은 논리성 없이는 일어날 수가 없다. 국민존체를 각자의 직역생활에 있어서 안에서 통일하는 중심점은 국가 존재 자체의 발굴이다. 그 의미에서 에너지는 도덕적 에너지라 불러질 수 있다. 국가는 국민 각자에게 멸사, 헌신의 노력을 요구하고, 그것에 의해 국민을 논리적이게 하고, 역으로 이러한 국민의 공동체로서 비로소 그 자신 논리적일 수 있다. 도덕적 에너지는 국민과 국가와의 사이에 이러한 살아있는 연관 속에서 생겨난다고 파악한다.
西谷啓治, 「近代の超克 私論」, 『近代の超克』(河上徹太郎 著), 創元社, 1943, 19~40쪽 참고.
3) 津村秀夫는 근대초극론의 과제를 미국주의, 즉 물질문명, 기계문명의 마력의 극복으로 본다. 물질문명, 기계문명의 고도한 발달은 금융자본가 또는 자본력의 무통제적인 활약에 좋은 무대를 제공하는 식의 인과관계를 내재하며 진행되어 간다고 파악하고, 이 무서운 파도와 싸워서 인간생활, 국가생활을 조절해 나가는 것이 급선무라고 강조한다.
津村秀夫, 「何を破るべきか」, 앞의 책, 128~149쪽 참고.

 이광수 문학의 민족주의 담론의 양가성

사적 전통과 지역적 특수성을 가진 민족과 국가가 각각 자신이 있어야 할 곳을 찾는 일이 새로운 세계 질서를 건설하는 도덕적 원리라고 선언"[4] 하면서 근대의 초극을 통한 대동아 공영권을 주장한다. 그러나 이러한 형태의 근대 초극론이 조선에 적용될 때는 다른 논리로 담론이 형성된다. 일본은 '중국과의 관계를 중심'으로 대동아 공영권을 선포함으로써 '유기체적 민족에 대한 논리를 부정적으로 파악'하고, '각 민족에게 독자성을 인정해야 한'[5]다고 주장했다. 즉 지리적·역사적·경제적인 연대성과 인종적·민족적·문화적인 친근성을 토대로 긴밀한 정치성을 유지해야 한다고 보았다. 그러나 식민지인 조선 내에서는 일본과의 관계를 日鮮同祖론이라는 유기체적 민족사관을 가져와 대동아 공영권 논리와 황민화론의 정당성의 근거로 제시한다. 이는 조선인의 독자적인 민족성은 인정할 수 없을 뿐만 아니라 이면적으로 조선은 대동아 공영권의 대상에서 제외되고 있음을 말해 준다. 이것은 일제의 대외적 정책과 식민지내 정책에서 전쟁 이데올로기 적용의 차이에서 비롯된 모순이라고 할 수 있다.

이러한 모순적인 '근대 초극론'의 논리로 일제는 30년대부터 조선에 병참기지화 정책과 황민화 정책을 실시한다. 이는 각각 물질적 측면과 정신적 측면에 대응하는 정책이라 할 수 있다.[6] 황민화 정책은 '내선융화'에서 출발해 내선일체로 나아갔으며, 병참기지화 정책은 일본을 중심으로 한 조선과 만주, 중국의 통합으로 '대동아 공영권'을 통해서 서양의 침략주의를 막을 수 있다는 논리에 부응하

---

4) 히루마쓰 와타루, 앞의 책, 68쪽.
5) 함동주, 「중일전쟁과 미키 기요시의 동아협동체론」, 『동양사학연구』 56집, 동양사학회, 1996, 176쪽.
6) 강재언, 『일제하 40년사』, 풀빛, 1982.

기 위한 전쟁 동원 정책이다. 이 두 정책은 불가분의 관계로 일본 제국주의의 모순을 극명하게 보여주는 것이라 할 수 있다.

일본의 제국주의적 팽창정책의 일환이었던 '대동아 공영권'[7]의 논리로 인해 식민지 조선은 대륙병참기지로서 물자 총동원뿐만 아니라 전쟁에 필요한 모든 것을 뒷받침해야 하는 곳이 되었다. 이런 역할을 조선에서 해내기 위해서는 조선인의 사상규제가 급선무였다. 이것을 위해 일제는 내선일체의 이념을 철저히 보급하기 시작했다. "식민지 조선 통치의 근본방침은 '一視同仁'에 준해 조선인의 국체 관념을 확립"하고, "황국신민의 신념을 공고히 하여 내선일체로서 황운을 부익, 황도를 선양하는 것"이었다. 이른바 "내선일체는 식민 통치의 '本義', 지배 이데올로기로서 중시되었다."[8] 1938년 4월부터 시행된 '지원병 제도'나 1940년 2월의 '창씨개명', '국어 상용화정 책' 등은 모두 팽창전쟁이 장기화됨에 따라 전시동원을 강화하기 위해 취해진 것들이다. 일제는 내선일체를 표방하여 조선인의 황민 화를 강조했지만 그것은 대륙병참기지를 구축하기 위한 지배 이데 올로기에 불과했고, 실질적으로 일본인으로서의 권리를 전혀 보장 해 주지 않았다. 이런 정책상의 '차이'를 '조선의 특수성'[9]이라 치

---

7) 대동아 공영권은 조선 지식인들에게 조선인이 주체가 된 새로운 질서를 만들 수 있다는 환상을 심어주기에 충분한 논리였다. 1930년대 이후 일본에서 제기된 이른바 '근대의 초극'이나 탈근대론이 궁극적으로 대동아 공영권 사상으로 수렴되어 나갔던 것에서 보듯이, 대동아 공영권 사상은 서구적 보편주의에 대항하는 아시아적 보편주의의 정립을 주장하였으며, 그 배후에는 일본적 특수주의가 숨어 있었다고 할 수 있다. 이런 일제의 대동아 공영권 논리에 조선의 민족지들 역시 열렬히 환호하며 대응하고 있다. 그러나 대동아 공영권의 논리 안에는 식민지인 조선의 입장은 전혀 고려되어 있지 않으며, 일제는 협화를 주장하면서도 일본 민족의 주도를 절대 놓지 않았다는 점에서 대동아공영권은 모순을 지니고 있다고 할 수 있다.

8) 전상숙, 「일제 군부 파시즘체제와 '식민지 파시즘'」, 『동방학지』 124호, 연세대 국학연구원, 2004, 643~644쪽.

 이광수 문학의 민족주의 담론의 양가성

부하고 오히려 위로부터의 동원을 더욱 강화시켰다.

일제는 매체를 통해 이 정책들을 끊임없이 선전[10]하고 내선일체의 실천화를 강행하였다. 일제 총독부 기관지인 『매일신보』뿐만 아니라 민족지라 할 수 있는 『동아일보』, 『조선일보』 역시 일제의 식민정책을 적극적으로 수용하고 선전했다. 일제는 언론 매체의 총동원과 검열을 통해서 일제 식민주의 담론을 관철시키는 데 주력했다. 일제 식민지 정책 중 식민지 민중에 대한 억압과 일제의 식민지배 논리의 이중성을 잘 드러내는 것으로 '징병제'[11]를 들 수 있다. 이

---

9) 조선의 사정은 조선인이 아직 민족의식을 유지하고 있어 일본인과 동일한 국가 관념을 갖게 되는 데는 상당히 못미치는 실정이었다. 그러므로 총독부가 강력히 지도 육성해야 했다. 그런데 조선인은 내선일체의 근본전제인 황국신민화는 躬行 實踐하지 않으면서 내선일체의 어구를 강조하여 일본에서 일본인이 갖는 바와 같은 권리와 의무를 조선인에 대해서도 완전히 동일시해야 한다고 생각하여 제도상의 평등을 구하며 일제의 궁극의 이념을 방해했다. 이는 비황국신민적 태도 이며, 바로 조선인의 의식·사상이 내선일체가 부족하다는 것을 증명하는 것이었 다. 이것이 곧 일제가 말하는 조선의 '특수사정'이었다.
   國民總力朝鮮聯盟防衛指導部, 「內鮮一體ノ理念及其ノ具現方策要綱」, 1941. 6. 『일 제하 전시체제기 정책사료총서』, 전상숙, 앞의 글, 647쪽 재인용.

10) 「비상시의 조선인」, 『매일신보』, 1935. 1. 1. ; 「일본의 연맹탈퇴후도 남양왜임통 치공인」, 『매일신보』, 1935. 1. 5. ; 「황민화의 감격을 안고 십오만 청년은 약기」, 『매일신보』, 1941. 6. 21. ; 「大日本興亞同盟, 名稱 綱領등 決定」, 『매일신보』, 1941. 6. 22. ; 「동아신질서확립에 일화양국협력매진」, 『매일신보』, 1941. 6. 24. ; 「국민개병정신으로 절대의 지신과 자존심 가져라」, 『매일신보』, 1941. 7. 3. ; 「성전4년과 국민의 결의-대동아 전체의 해방, 일지사변은 대영미전」, 『매일신 보』, 1941. 7. 4. ; 「구미인의 침략일소-물자의 자급자족확보」, 『매일신보』, 1941. 7. 5. ; 「국력의 충실이 선결-시급한 국방국가 건설」, 『매일신보』, 1941. 7. 6. ; 「부동구매력 흡수를 기도-조선의 增稅안 결정」, 『매일신보』, 1941. 9. 5. ; 「우국지성의 대열변-작야, 임전대책 연설회 대성황」, 『매일신보』, 1941. 9. 5. ; 「총후국민의 생활등-민정을 상세어청취」, 『매일신보』, 1942. 4. 25. ; 「방공, 치 안의 만금과 내선일체강화를 역설-금일경찰부장회의남총독훈시」, 『매일신보』, 1942. 5. 5. ; 「국어의 보급 상용철저, 구체적 운동요강결정-총력운동으로 활발 전개」, 『매일신보』, 1942. 5. 7.

11) 징병제에 관련한 총독부 기관지 『매일신보』에 실린 기사로 「조선에 징병제도실 시-반도동포에 최고 영예, 시행기는 소화19년도부터, 국방의무의 중책을 분담」,

것은 내선일체, '대일본신민의 영예', '천황의 신민'이라는 명분으로 조선인을 침략전쟁에 강제 동원시키는 것이다. 문제는 대일본의 신민이라는 내선일체의 내용이 현실적으로는 전혀 실시되지 않고, 오로지 전쟁 동원시에만 적용되었다는 것이다. 그 근거로서 일제는 식민지를 법률상으로는 '外地'라는 말로 표현했는데, '외지(外地)'는 '일국의 영토 중에서 그 나라 헌법에 규정된 전국적인 보통 통치방식의 주요한 부분에서 어느 정도 예외적 통치가 합법적으로 행해지는 지역'이라 법률로 규정하고, 외지인과 내지인의 법률적 규정을 다르게 적용하였다.12) 일제는 '조선의 특수성'이라는 명분으로 정책을 현실화하지 않고, 내선일체의 논리로 조선인을 전쟁수행에 필요한 도구로 최대한 활용하였던 것이다. 특히 '지원병제도'에서 '징병제'로 급선회한 것은 전쟁이 장기화되고 패전 가능성이 높아지자 애초의 계획과는 달리 정신적 황국 신민화가 되지 않은 조선인까지 전쟁에 동원하기 위해서였다. 영구 식민화를 위해서는 '황민화'를 위

1942. 5. 10. ;「반도통치상 일대진전−징병령 시행에 남총독담발표」, 1942. 5. 10. ;「징병제를 신전봉고−선서식과 국기게양」, 1942. 5. 10. ;「이제야 떳떳한 황민」, 1942. 5. 10. ;「병역은 황민의 최고특권−일본정신체득에 힘쓰라」, 1942. 5. 12. ;「최고의 명예와 봉공−대일본신민만이 갓는 특전이다」, 1942. 5. 12. ;「국어생활화의 운동」, 「필요한 국어의 보급−먼저 책무의 중대함을 자각하라」, 1942. 5. 13. ;「먼저 국어의 상용화−일본정신체득에 첫 요소이다」, 「백만인 감격의 축전−래23일 징병제실시축하회」, 「징병제도 대연설회」, 「학원교련강화」, 「내선일체는 우선 국어상용으로」, 1942. 5. 14. ;「병역은 숭고한 봉공−청년학교를 만드러 준비 힘쓰자」, 「징병제기념강연」, 1942. 5. 15. ;「감격의 징병제로 황민의 대도에 돌진」, 「위대한 모성의 교훈−굿세인 병정양성에 절대 첫조건」, 1942. 5. 16. ;「역사적 감격에 바치는 세기의 정열을 호소−주최징병기면대강연」, 「새로운 반성과 각오−총력으로 중대책무를 완수하자」, 1942. 5. 18. ;「거듭되는 반도청년의 광영−군속으로 수천명채용−각지의 미영인 부로를 감시지도」, 「일사순국을 강조」, 1942. 5. 23.

12) 변은진, 「조선인 군사동원을 통해본 일제 식민정책의 성격」, 『아세아 연구』 46권 2호, 고려대 아세아 문제연구소, 2003. 7, 204~205쪽.

 이광수 문학의 민족주의 담론의 양가성

한 '의무교육제'를 실시한 후에나 가능했던 징병제를 '의무교육제'
보다 훨씬 빨리 시행하게 된 것은 현실의 전쟁 상황 속에서 선택한
최후의 수단이라 할 수 있다. 이것은 결국 일제의 동화정책의 허구
성과 모순성을 보여주는 것이다.[13]

전시체제 유지를 위해 이 시기 사상 억압과 통제 역시 극심했는
데, 일제가 인정하는 사상적 논리는 일본의 전통 속에 형성된 '천황
제 이데올로기'라는 독특한 군국주의 논리였다.[14] 이러한 논리와 사
상 체계 외에 어떠한 사상도 허용되지 않았으며, 친일적 성향의 조
선인조차 감시와 검열의 대상이 되었다.[15] 즉 정책적으로 '황민화'
를 추진했지만 실제로 조선인이 황국신민의 논리를 체득하는 것을
두려워했다고 볼 수 있다. 결국 '근대 초극론'이라는 명분[16] 아래

---

13) 지원병제도 징병제 실시는 일제 측의 입장에서 보면 내선일체론의 현실화 과정
과 일맥상통하는 것이었다. 그러나 다른 한편 그것은 많은 조선인에게 근대적인
무력을 사용할 수 있는 계기를 마련하는 것으로 식민통치를 근본적으로 위협하
는 것이 될 수도 있었다. 완벽하게 내선일체, 즉 황국신민, 문화적으로 완전한 일
본국민이 되기도 전에 군인이 되는 것은 일제 측으로는 매우 위험한 것이다. 이
점에서 이념과 사상으로서의 일제 동화주의와 현실 식민정책으로서의 동화정책
사이에는 상당한 간극이 있었다.
변은진, 위의 글, 212쪽.
14) 마루야마 마사오, 김석근 역, 「초국가주의의 논리와 심리」, 『현대정치의 사상과
행동』, 한길사, 1997.
15) 심지어 조선의 인사들이 지원병 제도나 징병제를 조선에서 빨리 실시하자고 청
원해도 일단은 경계와 감시의 대상이 되었다.
변은진, 앞의 글, 208쪽.
16) 고오야마는 "근대 기계 문명의 발달은 국가 존립을 위해 필수적인 군사적·경제
적 자원을 획득하기 위해 국가로 하여금 자국의 영토를 넘어설 것을 요구하게
되었다. 즉 국가는 지금까지의 국경선을 초월하여 생명선을 요구하는 상태에 다
다른 셈이다." 그는 이런 현상이 "근대 국가 단계를 경과하면서 자본주의를 매개
로 생겨난 현대 국가의 기본 특질 중 하나"이며, "이로 인해 공영권이나 광역권
이라고 불리는 특수한 세계가, 즉 제국과는 의의와 구조를 달리하는 세계가 요구
된다."고 주장한다. 이 특수한 세계란, 여전히 "다수 국가에 의해 성립되는 역사
적 세계"이지만 "지리적, 역사적, 경제적인 연대성이나 인종적·민족성·문화적

조선인은 대동아공영권을 이루고자 하는 일본의 노예적 역할만을 담당했다고 할 수 있다.

  결국 일제 식민주의 담론인 '황민화'론은 정신적 규율화를 위한 상징적 조치일 뿐이었다. 일제 식민주의 담론은 그 자체에 이미 모순성을 담지하고 있었기 때문에 식민지에 수용될 때 역시 균열을 낳을 수밖에 없었다.

2) 인간 수행론의 실천과 황민화를 통한 '동일화'

  이광수는 1930년대 후반부터 일제의 식민주의 담론인 황민화 담론을 적극적으로 수용하여 자신의 민족주의 담론으로 변용한다. 이를 위해 일제의 신체제에 호응하는 대동아 공영권의 선전과 황민화 논리를 전면에 내세우면서 적극적으로 '황민 되기'를 위해 노력할 것을 계몽한다. 특히 이광수는 이 시기 창씨개명으로 '이광수' 글쓰기와 '香山光郎' 글쓰기의 이중적 글쓰기[17]를 통해 황민화 담론을

  인 친근성을 기초로 하여 긴밀한 정치적 통일성을 요구하고 있다." 이 정치적 통일성은 어떤 특정한 국가를 지도자로 삼아 형성되어야 하나, 그 구성 원리로는 "근대 유럽을 지배한 원리와는 다른, 새로운 도덕적 원리"를 요구한다.
  히로마쓰 와타루, 앞의 책, 65~67쪽 참고.

17) 김윤식은 이 책들에서 이광수의 이중적 글쓰기 양상에 대하여 논하고 있다. 김윤식은 이를 글쓰기의 연속성이라는 개념으로 설명하고 있다. 즉 향산광랑의 글쓰기와 이광수의 글쓰기에서 '행자'의 길을 통해 굴욕감을 자부심으로 역전시킬 수 있었다고 본다. 이광수는 대동아 문학자 대회에서 불교 행자의 실천을 통해 가와카미 데쓰타로를 여지없이 무너뜨렸으며, 이는 다름 아닌 일본 황실 그 자체, 팔굉일우 사상 그 자체를 무화시키거나 적어도 대수롭지 않게 만들기에 모자람이 없었다고 파악한다. 말을 바꾸면, 제1회 대동아 문학자 대회에 볼모로 잡혀온, 그러니까 덫에 걸린 조선 문학자 이광수는 실상 쇼토쿠 태자가 호류지를 짓기 위해 혹은 최대의 사찰 도다이지를 세우기 위해 일본 국가가 초빙한 백제의 혜자 태자에 다름아니었음을 주장한다. 이광수의 도도한 우월감 앞에 여지없이 무너진

  이광수 문학의 민족주의 담론의 양가성

적극적으로 표명하고 있다. 이광수가 이 시기에 발표한 대부분의 논설과 문학작품들은 '香山光郎'이라는 이름으로 발표되었다. 그 중 9편[18]이 '이광수'라는 이름으로 발표되었고, 나머지 대부분의 작품은 '향산광랑'이라는 이름으로 발표함으로써 천황에 대한 충성심을 더욱 부각하고 있다. 그러나 '이광수'라는 이름으로 발표된 작품 역시 황민화 담론을 부각하는 데 주력한 작품이 많고, 자신의 불교적 세계관을 통해 황민화 담론과 논리적 연관성을 설명하는 식의 서술로 진행되고 있다. 특히 '이광수'라는 이름으로 발표한 작품에서는 고대의 조선과 일본의 상황을 설명하여 현재의 내선일체와 연결짓는[19] 내용이 작품의 주를 이룬다. 1940년대의 이광수는 내선일체의

쪽은 가와카미이자 일본 문학자 전부인 것이다. 나아가 이러한 이광수의 행자적 행위란 조선 문학자의 해방 뿐 아니라, 함께 덫에 걸린 다른 나라 문인들도 해방시킨 것이라 파악한다. 김윤식은 이를 일러 「연속성」이라 명명하고 있다.
김윤식, 「「이광수」의 글쓰기와 「향산광랑」의 글쓰기―자부심과 굴욕감의 역전현상」, 『작가세계』, 2002. ; 김윤식, 『일제말기 한국 작가의 일본어 글쓰기론』, 서울대출판부, 2003.

18) 이광수, 「진정 마음이 만나서야말로」(1)~(5), 『녹기』, 1940. 3~7(소설). ; 이광수, 「경성의 봄」, 『동경조일신문』, 1940. 4. 28~29.(수필) ; 이광수, 「산사사람들」, 『경성일보』, 1940. 5. 17~24.(소설). ; 이광수, 「예술은 생겨난다」, 『경성일보』, 1940. 5. 21.(수필) ; 이광수, 「조선의 초여름」, 『관광조선』, 1940. 7.(수필) ; 이광수, 「나의 교우록」, 『모던 日本』, 1940. 8.(수필) ; 이광수, 「내선일체 수상록」, 『협화사업』, 1941. 2. 15.(수필) ; 향산광랑(이광수), 「행자」, 『문학계』, 1941. 2.(수필) ; 이광수, 「전과에 응해서 이렇게 맹서한다―대동아 문학자대회 참가 기사」, 『동경일일신문』, 1942. 11. 5.(기사) ; 이광수, 「삼경인상기」, 『문학계』, 1943. 1. 9.(수필)

19) 김윤식은 『일제말기 한국작가의 일본어 글쓰기론』(168~170쪽)에서 위의 논리를 통해 그의 이중어 글쓰기의 연속성을 설명하고 있다. 김윤식은 이광수 글쓰기의 명분을 "제1층위는 그가 상상한 '고대'의 특수성으로 보고 있다. 이른바 내선일체사상의 뿌리찾기가 그것이다. 대동아전쟁 수행을 위한 명분으로 제시된 내선일체 사상을 받아들이되 이를 무화시키거나 적어도 무력화시킬 수 있는 방도는 그 근거랄까 뿌리를 저 2천 6백 년 전 무렵에서 찾는 일이 그것이다."로 분석하고 있다. 또 "근대를 포기한 이광수 앞에 펼쳐진 고대는 이처럼 과학이자 신화에 더도 덜도 아니었다. 근대의 세례를 받은 이광수에 있어 '과학'이란 사실만큼 고무적인 것은 없었으리라. 문학자인 이광수에 있어 신화(상상력)만큼 고무적인 것은

핵심 담론인 황민화론을 민족주의 담론으로 전유하여 자신의 논리를 펼친다. 그가 어떤 이름으로 발표한 글이든 모두 식민주의 담론을 모방하면서 황민화론을 민족 담론으로 전유하여 쓴 것임을 확인할 수 있다.[20] 이러한 글쓰기를 가능하게 한 것이 대동아 공영권 논리이다. 대동아 공영권 논리는 이광수가 '황민 되기'를 주장할 수 있는 이데올로기적 근거로 작용하고 있으며, '황민화'는 그 논리의 실천적 모습이라 할 수 있다.

大東亞 共榮圈 建設이라는 것은 全人類의 歷史에 前例가 업는 大理想이오 大經營이다. 亞細亞를 英 其他 植民地의 桎梏에서 解放하여서 八紘一宇의 皇道文化社會 中에 幸福과 繁榮을 長享케 하는 事 등이다. 英國은 當時 世界에 最富한 印度를 二世紀 間의 統治로 世界의 極貧者를 만들엇다. 蘭印, 佛印도 모도 英의 印度 統治와 同工異曲이다. 그들은 植民地의 土民을 乳牛 以上으로 생각지 아니하엿다. 오직 搾取하기 위하여서만 그 生存을 許하엿고 그 住民 自身의 文化繁榮은 念頭에 업섯다. 이것이 過去 英佛의 大罪惡이다.

그런데 日本의 共榮圈이란 이러한 英佛의 政策과는 對照的이다. 各民族으로 하여곰 各得其所케 하면서 共存共榮하자는 것이다. 이것은 오래 貪慾이 支配하던 地球上에 皇道의 新樂園을 建設하자는 聖된 事業이다. 이러한 大事業에 翼贊하게 되는 것은 朝鮮人으로서 無上의 榮光이라고 아니할 수 업다. 이번 事業에 大貢獻을 함이 업스면 길이 後昆에게 遺憾이 될 것이오. 羞恥가 될 것이다. 이것을 생각하면 今日의 朝鮮人은 마땅히 '一死

달리 없었으리라." 즉 "이러한 종교사상이야말로 이광수의 당당함과 자존심의 근거였다. 고대에 나아가면 주인이자 승자라는 이 환각이야 말로 문학자 이광수의 최대의 모험이자 도박이었다. 이 사실을 증명하기 위해 그는 향산광랑를 버리고 이광수라 썼다. 일본 최고의 평론가 고바야시 히데오에게 보낸 「행자」에서도 비슷했다. 그는 더도 덜도 아닌 이광수였던 것이다."라고 분석하면서 '이광수'라는 이름의 글쓰기의 의미를 파악하고 있다.

20) '이광수'라는 이름으로 쓴 소설은 논설이나 수필에 비해 '황민화론'이 자신의 담론으로 완벽히 체화되지 않아 서사과정에서 무의식적으로 미끄러지는 경향을 보이기도 한다.

  이광수 문학의 민족주의 담론의 양가성

報國의 誠을 誓하고' 이 時局을 爲하여서 全力을 殫盡하지 아니치 못할 것이다. 이런 것이 모두 이번 愛國運動의 動機일 것이다.21)

朝鮮人은 저마다 저를 改造하여야 한다. 제 人生觀, 社會觀을 한번 根柢로부터서 두들겨 고쳐서 行住坐臥에 夢寐에라도 나는 天皇의 臣民이다. 日本人이다. 帝國의 運命을 負擔한 國民이다 하는 생각이 쩌나지 아니하는 그러한 사람이 되도록 저를 改造하지 아니하면 아니된다. 끌려가는 日本 國民이어서는 아니된다. 구경하는 國民이어서는 아니된다. 自發的, 積極的으로 乃至 創造的으로 저마다 身體의 어느 부분을 바늘 쓰트로 찔러도 日本의 피가 흐르는 日本人이 되지 아니하여서는 아니된다.22)

첫 번째 인용문은 이광수가 의식적으로 자신과 조선 민중의 전향에 대해 대변하는 형식을 취하고 있다. 이광수는 자신이 민족주의적 사상을 버리고, 일본 민족으로 '황민'이 되어 살 것을 강조하기 위해 '대동아 공영권'의 논리를 가져와 합리화하고 있다. 위 글에서 논리로 제시하고 있는 것은 1920년대 「민족 개조론」에서 보였던 영국 식민지배 방식에 대한 긍정적 평가와는 상반되는 지점이다. 인도에 대한 식민지 정책에 대해 "주인의 종교, 습관, 기타의 생활방식을 존중"하고 "다른 민족의 민족성의 자유를 알아주고", 또 그것을 "자기네의 표준에 짤하서 변혁하려 아니"한다면서, "자기의 자유를 심히 사랑하는 그네는 참아 남의 자유를 죽이지 못"23)한다는 견해로 영국의 식민통치방식을 극찬했었다. 그러나 위의 인용문에서는 富國인 인도를 극빈자로 만들고, 인도국민의 착취에만 관심을 두고, 그 주민 자신의 문화번영은 염두에 두지 않았다고 비판하고 있다.

---

21) 이광수, 「반도 민중의 애국운동」(『매일신보』, 1941. 9. 4.~7.), 『춘원 이광수 친일
    문학전집 Ⅱ』(이경훈 편역), 평민사, 1995, 291~292쪽.
22) 이광수, 「황민화와 조선문학」(『매일신보』, 1940. 7. 6.), 위의 책, 76쪽.
23) 이광수, 「민족개조론」, 앞의 책, 32쪽.

논리의 전환은 이광수의 내면적 계기와 외부적 계기를 통해 살펴볼
수 있을 것이다. 우선 그의 논설에서 두드러지게 주장하고 있는 외
부적 계기는 중일전쟁을 통해 이루어진 대동아 공영권에 대한 인식
의 전환이라 할 수 있다.24) 그것은 일본의 공영권이 '각 민족이 각
각의 자리를 갖게 한다'는 그의 순진한 인식에서 비롯된다고 할 수
있다. 1절에서 살펴보았듯이 조선은 여전히 일본의 식민지로 남은
채, 대동아 공영권의 영역 안에 포함되지 않는다는 것을 전혀 인지
하지 못했다고 할 수 있다. 이것이 그가 전향하게 된 논리이자 황민
화 담론을 의식적으로 수용하게 된 계기라 할 수 있다. 또 내면적
계기로는 그의 수양동우회 사건과 안창호 선생의 서거로 인한 정신
적 공황, 그리고 아들 봉근을 잃고 변한 세계인식, 불교에의 심취
등을 들 수 있다.25) 이러한 내면적 계기들은 그의 외부적 계기에 힘
을 실어 주는 역할을 했다. 그러나 이런 내면적·외부적 계기들을
통해 이광수의 민족주의 담론의 논리를 표면적으로 읽어낸다 하더
라도, 당대 논리를 통해 받아들인 황민화 담론이 이광수의 이데올로
기로 완전히 체화되었는가의 여부는 확실하지 않다. 그러나 의식적

---

24) 이광수의 1930년대 후반의 식민주의에 대한 인식의 변화는 다소 의도적이고 작
   위적으로 읽힌다. 그런 현상은 일제의 담론에 과잉 모방의 모습, 또는 텍스트에
   서 자연스럽게 식민주의 담론과 어긋나는 지점들이 서사과정에서 표출되는 양상
   은 그의 당대 인식의 전환이 진실을 담지한 것이기보다는 의도성이 짙은 작위적
   전환의 모습을 보인다고 할 수 있다.
25) 김윤식은 이광수의 후반기 문학에서 친일로의 지향의 근본적인 문제를 '고아의
   식'에서 찾고 있지만, 그것을 해석하고 내재화하는 논리로는 '법화경'의 세계를
   들고 있다.
   김윤식, 『이광수와 그의 시대 2』, 솔, 2001, 207~372쪽.
   이경훈은 춘원의 친일문학을 일제에 의해 강제로 부여된 외적인 것, 춘원이 부여
   한 의식적인 논리, 종교점 관점, 무의식적 욕망 등의 것이 복합적으로 관련되었
   다고 파악한다.
   이경훈, 『이광수의 친일문학 연구』, 태학사, 1998.

 이광수 문학의 민족주의 담론의 양가성

으로 수용된 황민화 담론은 논설을 통해 식민주의 담론과 동일하게 나타나고, 또 서사에서도 전면적으로 표출되고 있다.

두 번째 인용문은 자신의 가치관과 세계관을 바꿔서라도 일본 신민이 될 것을 강조한다. 피마저도 일본인의 피가 될 수 있을 정도로 황민이 되어야 함을 주장한다. 일제의 식민주의 담론이 내세우는 논리를 적극적으로 모방하는 차원을 넘어 과잉모방의 양상까지 보인다. 다분히 의도적인 모방인 황민화 논리를 실천하기 위해 이광수는 불교의 '수행'론을 논리적 매개로 활용하고 있다. 이광수에게 '황민'은 일본의 국민이 되는 것이다. 즉 국가를 가진 백성이 된다는 의미이다. 이런 논리는 이전의 1930년대까지 가졌던 조선 민족으로서의 논리와 정반대의 모습이다. 그러나 이러한 논리를 해명하고 근거로써 끌어오는 것이 바로 불교를 통한 국가주의의 해명과 인과·인연설이라 할 수 있다.

> 국민주의에 대해 개인주의라는 것이 있지만, 국민적 성격이나 전통 등이 사상되고 남은 개인이란 과연 무엇일까. 아마 그것은 그림자보다도 얇은 것이며 생명력이 거의 없는 것이리라. 그러므로 어떤 사람이 자기가 독립한 한 개인이라 생각한다면, 그것은 착각이나 환영에 불과하다. 이에 반해 어떤 사람이 자기는 세계인이라고 칭한다면, 이것 역시 개인이라고 하는 것과는 다른 의미에서 착각이거나 환영이다. 왜냐하면 유태인마저도 어떤 나라엔가 국적을 가지는 것처럼, 모든 사람은 어떤 국민성에 물들어 있기 때문이다. 인류진화의 먼 장래, 또는 어떤 계단에서는 어떨지 몰라도, 우리가 알고 있는 한 국민성을 초월한 세계인은 있을 수 없다. 석가조차도 인도인으로 태어났으며, 인도인의 전통에 기초하여 인도인에게 교를 논하지 않았는가. 그리고 이 우주주의라고 할만한 석가는 분명히 국가에 대한 충의를 설하고 있는바, 이는 국민생활이 인간 생활의 단위라는 것을 인정하는 것이다. 사실상 우리는 국가를 통해, 즉 국가에 대한 의무를 통해 인류에 의무를 다할 수 있는 것이다.[26]

독립한 한 개인은 국적을 가질 때에만 그 의미가 있고, 그 국가에 대해서는 국민으로서 의무를 다해야 함을 석가나 유태인의 경우를 들어 주장한다. 즉 불교의 우주주의를 설파한 석가 역시 자신의 국가인 인도에 충성할 것을 설파했다는 이유를 들어 자신의 '황민화' 논리를 해명하고 있는 것이다. 이광수는 불교를 통해 국가주의로의 편입을 해명하고, 조선인이 '황민'이 되는 것을 불교의 '업'과 '인연설'을 통해 합리화한다.

> 現在 朝鮮 이천삼백만인은 다 同業者이다. 그들이 받는 禍福은 다 그들 自身이 지은바다. 우리가 오늘날 日本 國民이 된 것은 因緣 중에도 큰 因緣이다. 우리는 前生 多生에 天皇의 臣民으로 更生한 因을 쌓았다. 天皇陛下의 臣民으로 태어난 것은 내 肉身 父母의 子女로 태어난 것과 마찬가지로 重大한 因緣이다. 우리가 天皇陛下의 臣民으로 更生하는 날을 우리는 感謝로써 自祝하고 우리를 廣大無邊하신 聖恩의 품에 거두어 주시는데 대하사와서 盡忠의 誓와 行으로 報答하사옴이 당연히 우리의 義務이다.27)

30년대까지 자신이 굳건히 주장한 조선 민족의 독자성과 그 민족성을 회복하기 위해 노력했던 많은 논설에 대해 '일본 민족으로의 귀화'를 주장하는 국민적 국가주의28)의 논리를 해명할 수 있는 유일

---

26) 이광수, 「내선일체와 국민문학」(『조선』, 1940. 3.), 앞의 책, 69쪽.

27) 이광수, 「생사관」(『신시대』, 1941. 2.), 앞의 책, 175쪽.

28) 노상래는 1940년대 『국민문학』에 나타난 국민적 국가주의를 민족주의와 구분하여 설명하고 있다. "국민적 국가주의란 제국주의에 연동된 부르조아지가 국가 권력을 이용해 시장을 개척해야 할 필요성 때문에 만들어 낸 이데올로기를 의미한다. 이럴 경우 국민은 국가 이데올로기에 의해 호명된 주체일 뿐 민족주의에서 말하는 개체의 정체성이 보장되는 민족주의와는 다르다. 즉 국민적 국가주의는 제국주의라는 전체주의에 의해 자신의 힘을 타자로 표상되는 개체에게 무자비하게 행사함으로써 개인의 정체성을 말살하고 대신 국가 이데올로기만이 최고의 가치로 평가되는 이데올로기다.

 이광수 문학의 민족주의 담론의 양가성

한 길, 즉 이광수가 택할 수밖에 없었던 유일한 논리는 불교의 인과설 밖에 없었던 것이다. 이 인과설은 황민화를 체득하기 위해 조선인이 노력해야만 하는 이유까지도 설명할 수 있는 근거를 제공한다.

> 조선 사람들이 지금 같은 황국신민으로서 내지인과 평등한 지위에 서지 못하는 것을 섭섭이 알거니와 이것이 잘못이다. 웨 그런고 하면 현재의 우리는 무엇으로나 내지인만 못하기 때문이다. 우리는 내지인의 게 분에 넘는 우대를 받고 있는 것을 고맙게 생각하면서 더욱더욱 부지런히 일하고, 몸과 마음을 닦고 나라 사랑하는 일을 하고 무엇보다도 천황께 지극한 충성을 바쳐서 무엇에나 내지인 만하게 되도록 힘을 쓰는 것이 곧 정당한 인을 쌓는 일이다. 이렇게 힘을 씀이 없이 영광을 얻으려 함은 거지의 심장이다. 남의게서 무엇을 빌어서 얻으려는 심장이다. 내선일체나 황국신민화는 누가 시켜주는 것이 아니라, 내가 몸소 하여서 되는 것이다. 곧 인을 심거서 과를 걷는 것이다.[29]

일제가 조선인을 '황민'으로 인정해 주는 것만으로도 분에 넘는 우대를 받는 것이기 때문에 현재 일본인과 똑같은 대우를 받지 못하는 것에 대해 불만을 품어서는 안 된다며 그 이유를 불교의 '인과설'에서 찾아낸다. 즉 황민이 될 수 있는 因을 아직 쌓지 못했기 때문에 그 果인 진정한 '황민' 대우를 받을 수 없다는 것이다. 이런 식의 논리에서는 일본의 신민이 되기 위해서 조선인은 끊임없이 전쟁을 위해 총동원되어야 하며, 몸과 마음을 일본을 위해 바칠 수밖에 없다는 결론이 도출된다.[30]

노상래, 「『국민문학』소재 한국작가의 일본어 소설 연구」, 『한민족어문학』 44집, 한민족어문학회, 2003, 9쪽.

29) 이광수, 「인간수행론」(『신시대』, 1941. 1.), 앞의 책, 165쪽.

30) 일본의 국체·황도주의 이데올로기가 선전될 때, 일본의 철학자 키히라 타다요시는 헤겔과 불교철학의 융합을 통해 『행의 철학』을 써서 국가주의의 색채를 분명히 하고, 『일본 정신』을 통해 천황제의 호교론을 전개하면서 일본주의의 대표적

이런 논리는 그의 '국민문학'에서도 그대로 나타난다. 일본어 소설인 「가가와 교장」(『국민문학』, 1943. 10)은 성전을 위해 일상에서나 교육계에서 사치와 낭비를 줄이고 총후봉공할 것을 주장하는 내용의 작품이다. 일본인을 주인공으로 내세워 성전을 위해 최선을 다해 봉공할 것을 강조하는데, 조선인은 아직 청렴결백한 인격을 갖추지 않아서, 청렴한 일본인을 주인공으로 내세워 조선인을 계몽시키고 있다.

> 기무라는 보기에 영리한 아이는 아니다. 차라리 우직하게 보이는 눈매이다. 그것이 한없이 가가와의 마음에 든다. 가가와의 지론으로는 세상을 더럽게 하는 것은 똑똑한 사람들이라는 것이다. 특히 조선인이 그래서, 조선인 아이 중에는 너무 약아 보이는 놈들이 많다. 가가와에게는 바보같은 얼굴이 좋은 것이다.[31]

위 인용문은 조선인을 부정하는 일본인의 관점에서 조선인의 결점을 비판하고 있다. 상당히 주관적인 시선이며, 조선인의 영리함이 왜 나쁜 것인지에 대한 분석 없이 조선인은 "약아 보이는 놈들이 많다"는 식의 표현을 통해 일본인의 관점에서 조선인을 평가하고 있다.[32] 조선인은 황민 되기가 힘든 기질을 가진 족속임을 보여준

인 이데올로그로서 자리매김했다.(미야카와 토루·아라카와 이쿠오 엮음, 이수정 역, 『일본근대철학사』, 생각의 나무, 2001, 335~336쪽 참고.) 그의 일본주의 사상의 논리적 근거에서 불교는 근간이 되는 것으로 이광수가 일본의 황민화 담론을 수용하고 자신의 논리로 인정하는 근거로 이용하는 것과 일맥상통하다고 할 수 있다.

31) 이광수, 「가가와교장」, 『진정 마음이 만나서야말로』(이경훈 편역), 평민사, 1995, 359쪽.

32) 노상래는 이 작품에서 가가와 교장의 '어리숙함'에 대한 가치평가를 이분법적 사고로 해석하고 있다. 어리숙함이란 세상에 대해 타협할 줄 모르는 교육관에서 연유한 것으로 이는 자기 우월의식에서 표출된 것이며, 이것이 다른 사람을 평가하는 절대적인 기준으로 작동하게 될 때 '내 것'외에 다른 것에 대해서는 차별하게 되는 논리를 갖고 있다고 지적한다. 이는 '차이'를 인정하지 않는 제국주의 논리

 이광수 문학의 민족주의 담론의 양가성

다. 일본인이 보기에도 조선인은 철저히 '황민'의 조건을 갖추기 위해 노력해야 함을 역설하는 식민주의 담론을 적극적으로 모방하는 양상을 보이는 작품이라 할 수 있다. 뿐만 아니라 이 작품은 조선인의 황민으로서의 자격 부족을 지적하기도 하지만 일본인 스스로도 전쟁을 위해 총후봉공할 것을 계몽하고 있다. 교육계에서 내는 국방헌금을 국가사업을 위해 쓰는 돈과 동일시하는 모습과 일상에서의 절약을 강조하는 모습을 통해 더욱 잘 드러난다.

> "식모가 꼭 필요하다면 후사꼬가 일년동안 휴학을 해라. 그래서 식모가 되서 어머니를 도와라. 이제부터 일년이 결전의 일년이니까, 적어도 이 일년은 고생하는 일년으로 해야 하지 않겠냐. 전선에 있는 장병에 대한 의리로 봐서도 그렇다."[33]

위 글은 가가와 교장의 딸이 아버지에게 집안일이 힘들다고 토로한 후에 들은 이야기이다. 집안일이 힘들다면 학교를 쉬는 한이 있더라도 국가를 위해 돈을 낭비해서는 안 된다는 철저한 총후봉공의 정신을 표출하고 있다. 일상생활에서의 절약과 신체를 통한 봉공이라는 논리는 불교의 因果논리와 결부해 당시 이광수의 소설에 자주 등장하게 된다.

이광수가 조선인을 주인물로 설정하여 조선청년의 지원병 권유와 남아 있는 조선인들의 총후봉공의 필요성을 계몽하는 내용인 『봄의 노래』(『신시대』, 1941. 9~1942. 6) 역시 그의 인간 수행론적 사상이 황민화론과 결부되어 나타난 작품이라 할 수 있다.[34] 주인공의 일본인

와 회통하는 것으로 경계의 대상이라 평가하고 있다.
　　노상래, 앞의 글, 26쪽.
33) 이광수, 「가가와 교장」, 앞의 책, 352쪽.
34) 이 작품은 부분적으로 식민주의 담론과 '동일화'되는 부분이 표면적으로 드러난

선생인 스즈키가 죽으면서 유언으로 남긴 말들에서 이러한 모습을 읽어낼 수 있다.

> 요시오는 이런 생각을 하면서 스즈키 선생의 산소가 있는데를 바라보고 모자를 벗고 고개를 숙였다.
> "사람은 죽어도 없어지는 것이 아니야. 신으로나 사람으로나 즘생으로나 태어나는 거야."
> 스즈끼 선생은 이런 말도 하였다. 그는 죽어서 신이 되어서 십여년이나 가르처내인 아이들을 지킬 생각이었을 것이다.
> "お前 志願兵に行け."(너 지원병에 가라.)
> 하고 맨처음으로 권유를 받은 것은 스즈키 선생에게서였다. 스즈키 선생은 보병오장이었다.[35]

주인공인 요시오가 존경하는 일본인 선생 스즈키 선생의 무덤을 보고 선생의 유언을 받들기를 생각하게 된다. 그것이 바로 지원병이다. 죽은 선생이 죽은 것이 아니라 곁에서 다른 무엇으로 환생해 자신을 지켜보고 있을 것이라는 불교 사상을 통해 일제의 전쟁 총동원에 지원병으로 참여하도록 설득하고 있으며, 참여한 인물을 긍정적으로 그리고 있다. 또 요시오가 지원병으로 입대하여 훈련을 받는 과정에서 깨달은 부분을 자세히 설명하면서 군인으로서 일본을 위해 목숨을 바칠 것을 역설한다.

> 상해 어느 거리에서 파수를 보던 상등병 한사람이, 말 안 듣고 지나가는 서양사람의 자동차를 그예 붙들라고 뛰어 오르다가 떨어져 죽은 이야기는 요시오의게 큰 감동과 교훈을 주었다. 그 자동차 하나쯤 놓아 보내도 괜찮다 하는 생각이 났던 제 마음을 무섭게 채찍으로 따렸다.

다. 그러나 서사 구조의 특성상 담론과 '차이'가 나기도 한다.
35) 이광수, 「봄의 노래」, 앞의 책, 159~160쪽.

직무에는 큰 것, 적은 것의 차별이 있을 수가 없다. 큰 직무를 목숨으로
써 완수할 것이라 하면 작은 직무도 마찬가지다. 요시오는 차차 지원병
인 자기의 임무가 무엇인지를 깨달았다. 그것은 제가 어떠한 임무이든
지 넉넉히 맡을 수 있는 사람이 되는 것이었다. 몸으로 할일이면 무엇
이나 다하고 목숨으로 할일이면 무엇이나 다 할 수 있는 사람이 되는
것이다.36)

이 부분은 서양인 한 명을 잡기 위해 자신의 목숨을 바친 한 군
인의 사건을 일화로 제시하고 있다. 이를 통해 작가는 대동아 공영
권 사수를 위해 목숨을 바치는 것이 얼마나 중요한 일인가를 주인
공이 깨닫도록 설정하고 있다. 특히 이 사건이 개인주의와 자본주의
로 표상되는 서양에 대해 적대적인 시각을 둠으로써 대동아 공영권
수행을 위한 이 전쟁의 중요함을 역설하는 것이다. 이러한 논리는
후방에서 농사를 짓고 사는 고향의 부모와 동생, 그리고 마음의 여
인인 도시꼬의 총후봉공하는 모습을 통해 전시체제에서 조선인이
해야 할 일에 대해 계몽하는 부분이라 할 수 있다.

대동아 공영권 수행을 위해 전쟁에 참여할 수 있게 된 것은 영광스
러운 일이며 내선일체를 위해서 조선 청년이 전쟁에 징병되는 것이
황국신민이 되는 길임을 부각하는 작품으로 「군인이 될 수 있다」(『신태
양』, 1943. 11.)가 있다. 이 작품은 주인공의 죽은 아들이 어릴 때 병정
놀이를 하는 것을 좋아하는 것을 보고 조선인으로 태어나 군대에
갈 수 없었던 한을 일제의 '징병제' 실시를 통해 풀었다는 내용으로
전쟁 총동원 논리가 고스란히 드러나 있다.

　　"선생님, 조선인은 군인이 될 수 없습니까?"

---

36) 이광수, 「봄의 노래」, 앞의 책, 254쪽.

봉일은 떨리고 있었지만, 확실히 들리는 목소리로 말했다. 그 말은 실로 비통했다. 오꾸라 선생은 봉일이 하는 말을 듣자, 얼굴이 흙빛으로 변해 정신이 빠진 사람처럼 앞으로 고꾸라졌다. 오꾸라 선생은 겨우 정신을 차려서,

"봉일상, 미안해요. 지금은, 지금은 그렇다고 밖에 할 수 없어요. 봉일상이 어른이 되었을 때는 조선인도 모두 군인이 될 수 있을지 몰라요. 봉일상, 김상."37)

위 글은 죽어가는 아들이 조선인은 군인이 될 수 없느냐고 묻는 말에 그의 일본인 선생이 후일을 기약하면서 조선인도 군인이 될 수 있는 날이 올 것이라고 말하는 부분이다. 이는 어린 아들의 말을 빌려 '군인'의 의미가 바로 '국민'의 의미로 이어짐을 주장하는 것이다. 즉 '징병제'가 실시된 현재 조선인은 군인(일본 국민)이 되는 것을 무한한 영광으로 인식하고, 징병제에 적극 동참할 것을 주장하는 것이다. 이광수의 1940년대 문학에 나타나는 이러한 모습은 1930년대 후반 이후 일제 식민주의 담론인 대동아 공영권을 위한 전쟁 수행론과 황민화를 통한 내선일체의 논리를 적극적으로 수용하여 모방하는 과정에서 '동일화'의 양상이 표면적으로 드러나는 부분이다. 1940년대 이광수의 문학은 일제의 논리를 의식적인 측면에서 적극적으로 수용한다. 그러나 그의 의식적 수용은 다양한 작품의 서사에서 미끄러져 무의도적으로 황민화 담론을 이탈하기도 한다. 다음 절에서 '차이'로 나타나는 이광수 문학의 특징을 살펴보겠다.

---

37) 이광수, 「군인이 될 수 있다」, 앞의 책, 378~379쪽.

 이광수 문학의 민족주의 담론의 양가성

2. 황민화 담론과의 차이와 원형적 민족주의

이광수는 앞에서 보았듯이 자신의 논설을 통해 일제의 신체제 담론에 대한 동일화를 의식적으로 표명하고 있음을 확인할 수 있었다. 그러나 이광수의 황민화 담론에 대한 동일화는 그의 글 속에서 확고하게 드러나고 있음에도 불구하고, 글쓰기의 과정에서 자연스럽게 '차이'를 보이기도 한다. 이 절에서는 이광수의 글에서, 그의 황민화 담론의 수용이 식민주의 담론에서 표현하고 있는 부분과 달라지는 양상에 대해 살펴보겠다. 이광수가 1931년부터 시작되는 일제의 전시총동원 체제와 황민화 담론에 대해 적극적인 의사 표현을 한 시기는 수양동우회 사건으로 복역 후인 1939년경이라 할 수 있다. 그 이전의 논설에서는 일제 전시체제 담론에 대한 자신의 의견을 표면적으로 드러내지는 않았다. 1939년경부터 발표된 대부분의 글에서 일제의 식민주의 담론을 적극적으로 수용하면서, 내선일체, 황민화 등에 관해 의견을 피력한다.

> 내선일체란 조선인의 황민화를 말하는 것이지 쌍방이 서로 접근함을 의미하는 것이 아니다. 무슨 일이 있어도 천황의 신민이 되겠다. 일본인이 되겠다고 힘차게 나아가는 조선인 쪽의 기백에 의해서야 말로 내선일체는 이루어지는 것이다. 따라서 내선일체의 열쇠는 조선인 자신이 가지고 있는 것이다.
> 조선인 식자 계급에서 종종 "정말로 내선일체를 해 줄까"라고, 아무래도 불안한 듯이 내는 소리를 듣는다. 진정 내선일체가 되면 조선인에 대한 내지인의 특권이 소실되므로 내지인은 조선인이 정말로 일본인이 되는 것을 싫어할 것이다, 라는 마음이다. 그것은 일견 바보스러운 기우인 듯 하지만, 실제는 상당히 뿌리 깊은 기우이다. 또한 의외로 내지인 중에 그런 말을 하는 사람도 있다.[38]

위의 인용문은 일제가 정책적으로 내놓은 내선일체론을 전면적으로 수용하면서 조선인이 적극적으로 천황의 신민이 되기를 노력해야 함을 주장하는 글이다. 첫 번째 문단의 핵심은 "조선인의 황민화를 말하는 것이지 쌍방이 서로 접근함"이 아니라 "일본인이 되겠다"로 가야한다는 것이다. 즉 내선일체의 주역은 조선인임을 잊지 말아야 한다는 내용이다. 두 번째 문단에서는 자신의 생각을 식자계급의 생각인 듯이 되묻고 있다. 결론적으로 그런 생각은 '기우'라고 말하면서도 내지인의 사상을 의심하고 있는 것을 확인할 수 있다. 이는 이광수 본인 역시 내선일체의 이중성을 인지하고 있음을 알 수 있다. 또 이광수 자신의 글쓰기 언표작용에서 볼 때, 이것은 두 가지의 의미를 내포하고 있다. 그 하나는 일본이 주장하는 내선일체는 절대로 이루어질 수 없다는 것이고, 다른 하나는 내선일체가 불가능하더라도 조선인은 내선일체를 위해 노력하겠다는 것이다. 이 논리는 내선일체가 불가능한 것을 알지만 노력하는 모습을 보이겠다는 전제하에 성립된 글쓰기라고 할 수 있다. 내지인이 내선일체를 거부하는 것은 일본인은 절대로 조선인을 일본인으로 인정할 수 없다는 뜻이다. 즉 조선인이 아무리 노력해도 일본인이 될 수 없다는 내선일체의 불가능을 일본인 스스로 말한다고 볼 수 있다. 이는 일본인이 주장하는 내선일체 담론의 모순성을 그들 스스로 보여주고 있는 것이다. 다른 한편으로는 일제의 내선일체 정책을 끊임없이 모방하는 식민지인의 모습에서 일본인들은 오히려 불안을 느낀다는 것이다. 닮아가려는 모방의 과정에서 오히려 내선일체의 모순성을 역으로 드러낸다고 할 수 있다.

---

38) 이광수, 「내선일체 수상록」(1941. 5. 10.), 『친일문학전집 Ⅱ』(이경훈 편역), 평민사, 1995, 244쪽.

 이광수 문학의 민족주의 담론의 양가성

이광수는 일제가 내선일체 논리의 근거로 제시하는 일선동조론을
자신의 논리 속에 가져와 내선일체를 적극적으로 수용한다. 원래 日
鮮同祖論은 "일본인과 한국인은 동일한 조상, 동일한 근원을 가진
혈연적 연대가 있"으며, "고대의 일본은 한반도를 지배하였다고 주
장함으로써 일본과 한국 사이에는 가장과 가족원의 관계 또는 본가
와 분가의 관계"가 있다고 주장하는 것이다. 동시에 "일본인이 조선
에 가서 조선인이 되고 日本神이 조선에 옮겨가 朝鮮神이 되고 또
일본인이나 日本神이 조선의 국왕과 建國神이 되고 조선인은 일본에
투항·귀화하여 일본인이 되고 天皇의 世上이 되어서는 진고고우고
(神功皇后)가 三韓征伐을 하여 조선을 臣從시키는 등 조선은 태고이래
일본에 복속"39)되어 있었다는 것이다. 이것은 조선인의 독립적 정
체성을 부정하고 조선의 후진성을 드러내어 일제가 조선 지배의 정
당성을 주장하는 이데올로기로 사용한 것이다. 아래의 인용문은 이
광수가 '일선동조론'의 논리를 잘 이용하여 자신의 생각을 설명하고
있는 부분이다.

> 朝鮮人은 大和族과 朝鮮人의 피가 다르다고 해서, 卽 血統이 다른 民族
> 이라 해서 內心으로 歡迎하지 않는 分子가 있는 듯싶다. 그러나 內鮮 兩
> 民族은 피를 함께한 民族이다. 二千年 前에는 한 民族이었으며, 그 후에
> 도 一千二百年前 頃에 百濟로부터 日本에 건너간 百濟의 子孫들이 內地 崎
> 玉의 高麗村에서 日本人과 結婚하여 그 後孫은 混血한 完全한 日本人이 되
> 었으며, 千八百滿人이나 算하게 된다. 그리고 더욱 惶悚한 말씀이나 皇室
> 에도 二次나 朝鮮의 피가 석기셨던 것이다. 이 말은 總督府에서 해도 좋
> 다 해서 나는 기쁜 마음으로 權記하는 바인데, 第1回는 歷史에도 分明히
> 記錄되어져 있는 神公皇后께옵서는 新羅 天日槍의 後裔시다. 그때 처음으
> 로 日本 皇室에 新羅의 피가 석기셨고, 그 후 桓武天皇께옵서 京都에 서

---

39) 김운태, 『일본제국주의의 한국통치』, 박영사, 1998, 54쪽.

울을 御定하옵신 平安朝初에 桓武天皇의 御母后께서는 百濟의 聖王의 曾孫
女였었다. 이렇게 惶悚하옵게도 皇室을 비롯하여 臣民에 이르기까지 內
地人과 朝鮮人의 피는 하나으로 되어 있으며, 이로써 우리는 天皇 陛下의
臣民으로써 忠義를 다하는 자가 되어야 할 것이며[40]

　　1930년대까지 문화적 민족주의를 주장하던 이광수는 이 글에서
민족의 개념정의를 혈통을 통해 설명하면서 일본과 조선 민족의 뿌
리는 하나였다는 원형적 민족주의[41]로 환원시키고 있다. 민족주의
는 원래 근대에 형성된 개념으로 그 의미 안에는 봉건제의 신분철
폐를 통한 인민의 주권 사상을 축으로 형성된 민중을 민족의 틀로
끌어들인 다음 형성된 개념인 것이다. 민족주의의 이러한 역사적 운
동성을 무시하고 '원시 종족주의'와 동일한 혈통적 민족주의를 통해
내선일체의 논리적 근거로 제시된 일선동조론을 강력히 주장하고
있다. 이러한 논리는 일본이 한일병합의 논리로서 제시한 일선동조
론과 그 맥을 같이한다. 그러나 위 글을 자세히 살펴보면, "百濟로
부터 日本에 건너간 百濟의 子孫들"이 "완전한 일본인이 되었"고,
"神公皇后깨옵서는 新羅 天日槍의 後裔"였다는 서술은 앞서 일선동조
론과 맥을 같이 하는 듯하나 그 내용에 있어서는 완전히 역전된 상
황이다. 즉 일본인이 조선인의 피를 이어받은 형국이라는 뜻이다.
특히 천황조차 조선인의 후예라는 것은 일선동조론을 수용하면서도
글쓰기의 언표과정에서는 오히려 일제의 식민주의 담론에 균열을
가져오는 효과를 낳는다. 이광수는 일제의 식민주의 담론인 '일선동
조론'을 다양한 맥락에서 변용하여 진술하고 있다. 「행자」라는 글에

---

40) 이광수, 「신체제하에서 예술의 방향」, 『삼천리』, 1941. 1.
41) 에릭 홉스봄, 강명세 역, 『1780년 이후의 민족과 민족주의』, 창작과 비평사,
　　1993, 68~110쪽 참고.

　이광수 문학의 민족주의 담론의 양가성

서 그는 일본인 교수의 강연에서 들은 말을 인용한 후, 다시 자신의
논리를 덧붙인다.

> 일본정신의 특색으로서, (1) 일본은 君本國이다. 우선 아마테라스 오
> 오미가미(天照大神)가 나신 후에 백성이 났다. 일본의 君은 정복에 의한
> 것이 아니며, 추대된 것이 아니다. (2) 일본은 나라가 곧 집이다.(國卽家)
> 이다, (3) 君民은 부자관계이지 주종관계가 아니라는 것도 가르치셨습니
> 다.42)

> "일본에는 민족적 차별이 있을 수 없다. 신라나 백제나 고구려에서
> 귀화한 조선인은 養子적으로 일본인이 되어 버렸다. 혈통은 묻지 않는
> 다. 대만인도 조선인도 일본인이다. 거기에서 벗어나고자 하는 것은 구
> 한국인이다… 일본은 일민족 일국가이다. 결코 일본 민족안에서는 차별
> 이라는 것이 없다. 천황 아래 일본인은 일체평등이다."라고 말씀하셨던
> 것입니다.
> 혈통을 말했을 때, 우리가 반드시 전부 일본적이라고 할 수 없습니
> 다. 현재 내지인 인구 중에 약 천팔백만 명이 조선계의 피를 물려받은
> 사람으로 추정된다고 합니다. 현재 조선인의 몇 분의 일도 일본계의 피
> 를 물려받았겠지요. 신라의 표공이 동쪽에서 바다를 건너왔다고 조선의
> 고대사에 씌어 있습니다. (중략−인용자) 하지만 혈통은 문제가 아니라
> 고 말씀하셨습니다. 精神만 日本精神이 되면, 朝鮮民族은 養子적으로 日本
> 人이 될 수 있는 것이라고 말씀하셨습니다.43)

위 인용문은 경성제대 M교수로부터 들은 강연의 내용을 토대로
자신의 생각을 덧붙인 글이다. 두 번째 인용문에서 눈여겨 볼만한
것은 일본인 교수가 말한 "조선인은 養子적으로 일본인이 되어버렸
다"와 이광수가 말하고 있는 "내지인이 조선인의 피를 물려받았다"

---

42) 이광수, 「행자」(『문학계』, 1941. 3.), 『친일문학전집 Ⅱ』(이경훈 편역), 평민사,
   1995, 197쪽.
43) 이광수, 「행자」, 위의 책, 197~198쪽.

의 ‘차이’이다. 일본교수는 혈통은 중요하지 않다고 말하면서 조선인이 일본에 귀화해 양자가 되었다고 말하는데, 이광수는 내지인이 조선계의 피를 물려받았음을 강조한다. 「신체제하의 예술의 방향」의 인용과 같은 맥락의 서술이라 할 수 있다. 이는 내선일체의 논리인 ‘일선동조론’의 맥락을 수용하면서 조선인과 일본인은 혼혈되어 혈통적으로는 완전히 동일한 민족이라는 의미를 표출한다. 즉 조선인이 양자적으로 일본인이 된 것이 아니라 일본인과 조선인은 동일한 조상을 둔 한 핏줄임을 강조하고 있다. 일본교수가 일본정신을 강조하면서 내선일체를 주장함에 비해 이광수는 정신보다 혈통을 강조함으로써 원형적 민족주의로 환원하고자 하는 논리를 드러내고 있다. 이러한 논리는 ‘양자로서의 조선인’을 강조하는 일본인의 입장과 달리 ‘일본인과 조선인이 한 핏줄’임을 강조함으로써 두 민족의 동등성을 주장한다. 따라서 일본인 우위의 내선일체가 아니라 동등한 내선일체가 되어야 함을 주장하는 것이다. 이는 내선일체의 실제 내용이 그렇지 않음을 반증하는 것일 뿐만 아니라 내선일체의 논리를 이중적으로 적용하고 있는 일제의 기만성을 표출하는 것이다. 결국 이광수의 원형적 민족주의로의 환원은 일본의 ‘일선동조론’을 그대로 모방한 논리지만 언표과정에서 ‘차이’를 나타내면서 내선일체의 모순성과 허구성을 역으로 드러내고 있다. 일제의 식민주의 담론인 ‘황민화’는 이광수의 ‘황민 되기’의 모방과정에서 균열을 나타내었다. 「내선일체 수상록」의 인용문에서 이광수는 “내선일체는 조선인의 황민 되기”임을 강조하면서 일본인 스스로가 조선인의 황민 되기를 꺼려함을 지적한 후, 「신체제하의 예술의 방향」과 「행자」의 인용문에서는 “정신을 통한 양자되기가 아닌 혈통을 통한 일본인 되기”로 일제가 주장하는 내선일체 담론의 이중성을 노출시키고 있다.

  이광수 문학의 민족주의 담론의 양가성

일제 식민주의 담론의 핵심인 내선일체는 식민지 조선인이 모방하는 과정에서 '차이'를 낳게 되고, 이 차이는 일제의 식민주의 담론이 지닌 모순성을 확인해주는 동시에 식민주의 담론에 균열을 일으키고 있는 것이다. 원형 민족주의로의 전환은 식민주의 담론인 황민화 담론을 전유하면서 발생한 차이를 통해 민족주의 담론을 재창조한 것이라 할 수 있다. 식민지인의 뼛속까지 스며들어 있는 조선의 고대 역사와 문화에 대한 관념이 일제의 내선일체 담론의 논리인 일선동조론과의 교섭과정에서 발생한, 또 다른 의미의 민족주의 담론이라 할 수 있다. 원형적 민족주의는 1940년대 일제의 식민주의 담론과의 교섭과정에서 배태된 것이지만, 이광수가 원형적 민족주의로 전환할 수 있었던 배경은 1930년대 후반까지 지속된 문화적 민족주의의 유기체적 민족관의 영향도 배제할 수 없다. 원초적 민족을 구성하는 에스닉적 공동체의 확장된 모습이, 혈통과 문화의 동일성을 주장하는 일선동조론의 발현인 내선일체를 통해 형성 확대된 원형적 민족주의이다. 제국주의 담론이 그 자체에서 이중성을 담지하고 있었고, 그런 이중성을 내포한 식민주의 담론이 식민지에 수용되어 민족주의 담론으로 기능할 때, 역시 양가성을 가질 수밖에 없는 것이다.

3. 계몽 서사의 역전 구조와 〈국민문학〉의 양가성

논설은 자신의 주장을 직접적인 언설을 사용하여 표출한 양식이고, 소설은 내러티브의 과정에서 사회, 역사, 작가, 화자, 공동체의 이데올로기를 드러내고 의식적이든 무의식적이든 논설에 비해 다양한 스펙트럼으로 역사와 현실을 보여주는 장르라 할 수 있다. 특히 식민지 소설에서는 이러한 양상이 더욱 두드러지게 나타난다.[44] 식민지 문학에서는 직접적 언설의 형식보다는 내러티브를 통한 간접적 표출이 의미의 층위를 더욱 다양하게 볼 수 있는 장점을 가진다고 할 수 있다.

이광수의 식민지 후반부 소설은 대부분의 논자들이 지적하듯이 황민화론을 적극적으로 추수하고 있다. 이경훈은 이 시기 이광수 문학에 대하여 "일본을 매개로 독립이 가능하다는 생각에서 한 걸음 더 나아가 일본인 자체가 됨으로써 부국강병의 근대국가인 동시에 도구적 합리성, 소외, 물화, 약육강식 등의 근대적 '무정'함을 벗어난 '상애' 및 '후천'의 나라인 일본에 소속될 수 있다는 '타력본원'적 사고방식의 극단적 적용으로서 황민화론을 말하는 것"[45]이라고 평하고 있다. 이광수의 후반기 작품은 내선일체, 대동아 공영권, 총후봉공론을 주장하는 일제의 정책을 추수하는 것은 물론이거니와 이보다 더 앞장서서 이를 주장하고 있다고 느낄 만큼 표면적으로는 일본의 제국주의 담론을 그대로 모방하고 있다. 이 시기 이광수는 '민족'을 '臣民', '皇民', '國民'(일본국민)으로 변용하여 쓰고 있으며, 일제의 황국신민화 담론을 실천하고 있는 작품을 '국민문학'[46]이라 규정하고

---

44) 에드워드 사이드는 소설의 권위의 강화에 대해 설명하면서 그것이 단지 사회의 권력과 지배의 기능에만 연결된 것이 아니라, 규범적이고 통치권이 있는 것처럼 보이게 만들어졌다는 것, 즉 내러티브의 과정에 있어서 스스로를 유효하게끔 만들었다는 것이다. 내러티브 주제의 구성이 아무리 비정상적이고 이상해도 그것이 훌륭한 사회적 행위이며 그 뒤에 혹은 안에 사회와 역사의 권위를 가지고 있다는 점이다. 작가의 권위, 화자의 권위인데 화자의 담론은 내러티브를 인식할 수 있고, 그렇기 때문에 그것을 실존적으로 참조할 수 있는 상황에 고착시킨다. 마지막으로 공동체의 권위는 가족, 국가, 특정 장소 그리고 구체적인 역사적 순간도 될 수 있다.이 모든 것이 합쳐져서 소설이 전례 없는 방식으로 역사를 수용하게 되었다고 말한다.
에드워드 사이드, 김성곤·정정호 역, 『문화와 제국주의』, 창, 1995, 155~156쪽.
45) 이경훈, 『이광수의 친일문학연구』, 태학사, 1997, 27~28쪽.

   이광수 문학의 민족주의 담론의 양가성

있다. 이 장에서 살펴볼 작품은 내선일체의 대표적인 작품으로 「진정 마음이 만나서야말로」(『녹기』, 1940. 3~7.), 「그들의 사랑」(『신시대』, 1941. 1~3.), 「봄의 노래」(『신시대』, 1941. 9~1942. 6.) 「파리」(『반도작가단편집』, 1944. 5.)를 분석할 것이다. 앞의 두 작품은 내선간의 결혼을 통해 황민화를 추구하는 작품이고, 「봄의 노래」와 「파리」는 총후봉공론의 추수를 몸소 보여주고 있는 작품이다. 즉 내선일체의 적극적인 실천을 계몽하기 위한 작품이라 할 수 있다.

「진정 마음이 만나서야말로」에서 일본인 청년 타케오는 등산 중 위험한 상황에서 조선인 충식의 도움으로 구출된다. 이를 계기로 타케오는 충식의 가족과 친해지고, 조선인을 진심으로 이해하게 된다. 그리고 실명 상태의 타케오가 실명한 상태로 중국에서 충식의 동생 석란과 결혼하게 된다는 내용이다. 국민문학의 전형적인 작품으로 조선인과 일본인은 하나가 되어야 한다는 것을 강조하는 내용의, 일본어로 쓴 작품이다. 이 작품에는 '일본인의 조선인에 대한 생각'과 '조선인의 일본인에 대한 생각'들이 자주 서술되는데 서술방식을 보면, 조선인을 향한 계몽보다는 일본인을 향한 계몽47)쪽에 무게가

---

46) 이광수는 「국민문학의 의의」(『매일신보』, 1940. 2. 16)에서 다음과 같이 규정하고 있다. "국민문학이란 무엇인가. 그것은 우리 국가 생활이라는 것을 염두에서 쩨내지 말고 지어진 문학이다. 국가국민이라는 것을 깁히 인식하고 그것이 어쩌케 소중하고 고마운 것임을 깁히 느끼고 이 국가 생활을 통하여서 인류의 최고 이상을 실현하자는 감격을 가진 작가의 작품이다. …… 작품 속에 국가란 말이 한 마디도 아니 나와도 조타. 나와도 조타. 종교소설도 조코 연애소설도 조타. 다만 국가에 대한 신뢰와 정열과 감격인 작가에 주관의 향기가 흐르면 그것은 국민문학이다. 재료가 문제가 아니라 그 조제원리와 조제방법이 문제가 되는 것이다. ……네가 만일 민족주의자일진댄 금후의 조선의 민족운동은 황민화운동임을 인식하여야 할 것이다."

47) 이경훈은 이광수의 친일작품에서 계몽 구조에 대하여 「계몽으로서의 전향」이라고 명명한다. 즉 계몽의 심리적 역학관계가 일본인까지를 대상으로 하는 부분에서 춘원의 "토인적" 열등감 및 민족의식은 징후를 명백히 드러냄과 동시에 초극

실려 있음을 확인할 수 있다. 특히 작가는 일본인이 조선인에 대해 기본적으로 가지고 있었던 생각들의 잘못된 지점들을 고쳐주기에 여념이 없다. 여기서 타케오는 조선인을 정신적으로 차별하고 있으며, 아무런 이유없이 조선인 자체만으로 싫어하는 일본인의 근성을 보여주는 역할도 한다.

타케오는 석란의 일본어가 훌륭했기 때문에, 이 여자가 진짜 조선인 아가씨인가 의심할 정도였다. 도대체 어디가 다르단 말인가. 어느 곳이 조선적인 곳인가, 하고 타케오는 석란을 바라보며 생각했다. 유일하게 다른 점은 그녀가 입고 있는 옷뿐인 것 같았다. 그 말투건, 예의 건 무엇 하나 다른 점이 없지 않은가. 특히 알지 못하는 사람에 대한 그 아름다운 마음! 도대체 어디 이상한 점이 있단 말인가, 하고 타케오는 조선인은 열등하다고 입버릇처럼 말하던 아버지 대좌나 어머니의 마음을 알 수 없다고 조차 생각했다.[48]

타케오의 반에도 조선인 학생이 열 몇 명 있기는 있었다. 하지만 다른 내지인 학생들이 그랬듯이 타케오도 조선인 학생과는 거의 교제가 없었다. 조선인 학생들이 교실이나 어디서 자기들끼리 조선어로 술술 이야기 하고 있는 것을 볼 때마다, 타케오는 한대 패주고 싶을 정도로 불쾌한 감정을 느꼈던 것이다. 뭔지 하등한 노예처럼, 보는 것만으로 가슴이 메슥메슥한 것이었으며, 내지인들끼리 모인 곳에서는 조선인 학생의 버릇없는 일이라든지, 건방진 것, 편벽된 근성등을 깎아 내렸던 것이었다.[49]

타케오와 후미에는 잠시 침묵속에서 제각기 생각에 빠져들었다. 뭔

이 시도되고 있다고 파악한다.
이경훈, 위의 책, 278쪽.
48) 이광수, 「진정 마음이 만나서야말로」, 『진정 마음이 만나서야말로』(이경훈 편역), 평민사, 1995, 15~16쪽.
49) 이광수, 「진정 마음이 만나서야말로」, 위의 책, 17쪽.

 이광수 문학의 민족주의 담론의 양가성

가 인생의 새로운 한 면을 발견한 듯한 기분이 들지 않을 수 없었다.
적어도 조선인에 대한 인식을 바꿀 필요가 있다고 생각되었으며, 동시
에 인생이라는 것에 대한 인식도 하지 않을 수 없게 된 듯한 기분이 들
었던 것이다.50)

첫번째 인용문에서는 타케오가 조선인 석란을 바라보면서 어떻게
조선인이 저렇게 아름다운 마음을 가질 수 있는가에 대해 놀라고
있다. 이것은 일본인이 조선인을 의식적이건 무의식적이건 자신들
과는 비교할 수 없을 정도의 열등한 종족으로 인식하고 있으며, 그
래서 조선인을 차별하는 것은 너무나 당연한 것임을 방증하고 있는
것이다. 두 번째 인용문은 그러한 모습을 현실의 상황에서 직접적으
로 보여주는 것이다. 세 번째 인용문은 그것에 대한 사고의 전환이
필요함을 느끼는 부분이다. 이 부분에서는 일본인의 생각이 오히려
내선일체를 방해하고 있으며, 식민지 조선인의 '황민 되기' 이전에
조선인에 대한 일본인의 내선일체의 사상전환이 훨씬 더 시급함을
보여준다. 이 말은 결국 일제가 주장하는 내선일체 담론 자체의 모
순성을 그대로 노출시키는 것으로, 식민지 조선에서 내선일체 담론
의 내면화를 주장하는 것은 이미 불가능한 것임을 전제한 것이라
할 수 있다. 이러한 서사는 내선일체를 통해 조선인의 일본인화를
추구하는 것이 아니라, 일본인이 조선인을 향한 '동일화' 의식을 가
질 것에 대해 계몽하는 입장에 서게 된다. 이는 조선인 스스로를
'타자화'해 일본인을 닮아야만 이룰 수 있는 '황민화'를 벗어나는
부분이라고 할 수 있다. 물론 이 작품은 내선일체가 요구하는 제반
의 모습을 잘 보여주는 작품이다. 그러나 내러티브의 과정에서 반복
되는 언표작용으로 식민주의 담론과의 '동일화'와 '차이'를 드러내

---

50) 이광수, 「진정 마음이 만나서야말로」, 위의 책, 19쪽.

고 있다.

> 　　미나미 총독의 내선일체론도 김영준의 마음을 움직이게 하지는 못했
> 다. 그것은 정치가의 한 사령에 지나지 않는다고 생각했던 것이리라.
> 　　"우선 평등하게 하는 일이다. 우선 양민족을 평등한 지위에 두고서부
> 터 부족한 점을 보충하는 것이다. 우선 부족한 한쪽을 부족하지 않게
> 한 뒤에 평등하게 한다면, 그런 날은 영원히 오지 않는다. 왜냐하면 부
> 족한 쪽이 국민적 감격을 갖지 않기 때문이다."
> 　　그는 어느 날 그렇게 말한 적이 있었다.[51]

위 인용문 역시 일본인을 향한 계몽 서사라 할 수 있다. 내선일체
의 가장 큰 모순점은 양민족을 평등한 지위에 두고 출발하지 않았
다는 데 있다. 이러한 이유로 일제가 내세우는 내선일체의 논리는
조선인에게 설득력이 없다는 발언이다. 미나미 총독의 발언에 대한
이광수의 의견은 논설과 소설에서 상반되게 서술되고 있다. 위 소설
과 거의 같은 시기에 발표된 「내선일체와 국민문학」에서는 "미나미
총독은 조선 통치에 비약의 일대 시기를 획하기 위해 조선에 온 것
이 틀림없으나, 그렇다고 해도 지나의 사변이라는, 아니 아시아 재
건설이라는 성업이 시작되지 않았다면, 미나미 총독의 호소가 이렇
게도 정확하게 조선민중의 마음에 공명하여 이렇게도 강한 효과를
얻을 수 없었을 것이다."[52] 라고 발언하면서 미나미 총독의 발언으
로 조선 민중들의 마음가짐이 황민화를 향해 성큼 다가가고 있음을
강조하고 있다. 논설은 자신의 주장을 직접적으로 표출하는 방식이
고 매체의 정책 범위에 맞는 언설만을 싣는다는 특성을 인정하더라

---

51) 이광수, 「진정 마음이 만나서야말로」, 위의 책, 37~38쪽.
52) 이광수, 「내선일체와 국민문학」(『朝鮮』, 1940. 3.), 『친일문학전집 Ⅱ』(이경훈 편
　　역), 평민사, 1995, 67쪽.

 이광수 문학의 민족주의 담론의 양가성

도 소설에서 드러나는 미나미 총독의 발언에 대한 해석은 논설과 정반대의 의미를 드러내고 있다. 의도적으로 봉합된 논설의 언설과 달리 소설 내러티브의 무의식적 반복에 의해 이광수의 황민화 담론 수용은 균열을 드러낸다. 일본인과 조선인의 결혼으로 끝을 맺는 이 작품은 표면적으로는 일제가 요구하는 황민화 담론을 잘 추수하고 있는 소설이다. 그러나 내러티브의 표출방식에서 역전되면서 내선일체의 불가능성, 일본인의 조선인과의 '동일화' 거부, 조선인의 황민화 되기의 어려움 등 식민주의 담론과의 '차이'를 보여주는 결과를 낳았다.

「그들의 사랑」 역시 내선일체의 욕망을 잘 보여주는 작품이다. 전체적인 맥락과 의도는 앞의 작품과 비슷하다고 볼 수 있다. 그러나 이 작품의 가장 큰 특징은 주인공 이원구가 일본인 니시모도 박사에게 인정을 받으려고 엄청난 노력을 함에도 불구하고 박사는 이원구와 그의 딸 미찌꼬와의 결합은 강하게 반대한다는 점, 그리고 이원구가 조선인임에도 불구하고 일본인보다 더 일본인이 되고 싶어 하는 욕망 때문에 조선인 학생들에게 구타를 당한다는 점이라 할 수 있다. 이광수는 이 작품에서도 역시 조선인의 황민 되기를 몸소 실천하는 내선일체의 모습을 그리고 있다.

> "아니오. 나는 그 말을 취소할 수 없소. 그것이 어리석은 군중심리가 아니라 하면 현명한 의기라는 뜻이 될 것이오. 만일 그것을 현명한 의기라고 하기를 제군이 주창한다고 하면 제군은 다만 나라에 대하여서 비국민일뿐더러, 조선민중을 독살하는 자라 하는 것이오." "무엇이? 조선민족을 독살을 한다?"
> "그렇소 독살이오. 제군이 만일 진정으로 조선민중을 사랑한다 하면 광주학생 사건에 나타난 그러한 잘못된 감정을 하로바삐 청산해야 할 것이오."

　　"청산하고는 어찌하란 말이냐?"

　　"청산하고 우리는 순순히 일본국민의 길을 걸어가야 할 것이오. 여러분은 날더러 반역자라 하시거니와, 지금의 태도를 고치시지 아니하시면 여러분이야 말로 용서할 수 없는 반역자오, 죄인이오. 그리고 조선민족을 죽이는 자들이오."하고 원구는 자못 격분하였다.

　　이 때에 서너 청년이 대어들어서 원구를 권투의 어퍼컽으로 쥐어질러 넘어트리고 죽어라 하고 발길로 질렀다. 불의의 습격을 당한 원구는 응할 여가가 없었다.

　　대혼란이 일어났다. 일동은 거의 본정신을 잃었다. 따리는 자 말리는 자 누가누구인 것을 분별할 수가 없었다.[53]

이 인용문은 원구가 조선인 학생들에게 광주학생사건을 일본인의 입장에서 설교하자 대혼란이 일어난 장면이다. 표면적으로 드러나는 내용은 내선일체를 실행하지 않고 있는 조선인을 설득해서 내선일체를 앞당기고자 하는 것이다. 그러나 이 내러티브의 과정은 오히려 그 반대의 상황에 힘을 실어주고 있다. 즉 계몽의 대상은 '조선인'을 향해 있음에도 불구하고 내러티브의 과정에서는 내선일체의 계몽성을 역전시키고 있다. 이 작품을 읽는 조선인 독자[54]의 수용 차원에서 볼 때, 이 부분은 역설적이게도 이원구의 입장에 서기보다는 구타를 하는 대다수의 조선인 학생의 입장에 설 수 밖에 없는 구조를 가진다. 이후의 내용은 연재가 중단되어 확인할 수 없지만, 작가의 의도된 서술일지라도 글쓰기의 언표과정에서는 의도와 다르게 끊임없이 미끄러진다. 따라서 작가의 철저한 '황민 되기' 노력은 모방의 과정에서 '차이'를 생성하게 된다.

　「봄의 노래」는 주인공 요시오(조선인)를 통해 전쟁에 총동원해야

---

53) 이광수, 「그들의 사랑」, 위의 책, 152쪽.
54) 참고로 「그들의 사랑」은 이광수가 조선어로 쓴 작품이다.

　이광수 문학의 민족주의 담론의 양가성

함을 계몽하는 내용의 작품이다.[55] 요시오는 한산이씨 목은의 자손으로 양반 집안이었으나 현재는 농지를 다 빼앗기고 가난한 소작농으로 전락한 집안의 아들이다. 그러나 성품과 행실은 방정하여 작가가 작품에서 가장 긍정적으로 그리고 있는 인물이다. 이에 비해 작가가 부정적으로 그리고 있는 인물은 구장과 그의 딸 후사꼬이다. 요시오의 배필인 후사꼬는 품행과 성품이 바르지 못하고 공부도 못하지만 아버지의 부와 권력으로 부족한 것이 없이 자란 여성이다. 그의 아버지인 구장은 백정의 후손이었으나, 일제 강점기 이후 친일적 행위를 통해 부와 권력을 쌓은 인물로 작가가 이 인물들이 부정적임을 서사 과정에서 자연스럽게 표출하고 있다.

> 그런데 요시오의 집으로 말하면 한산리씨 목은 자손이라고 자처하고 동구에 효자정려까지 있다. 지금은 비록 가난하게 되었지마는 몇 대전에는 지금 구장이 들어있는 홰나무배기 큰 기와집에서 안팎 노적에 비복두고 살았노라고 뽐내는 집이다.
> "이 동네에서는 우리 가문이 고작이다. 우리 가문은 어디 가도 막히지 아니할 가문이다."
> 이렇게 요시오의 어머니는 요시오와 시즈에에게 여러번 말하였다.
> "구장네가 지금은 돈푼이나 가지고 꺼덕대지마는 예전 같으면야, 어림이나 있나, 우리집에 오면 하정배할 상놈이지."[56]

---

55) 이 작품은 이광수의 사상의 핵심이었던 수양동우회 사상을 그린 『흙』과 흡사한 서사 구조를 가진다. 그의 체화된 민족주의 담론을 가장 의도적으로 드러낸 작품과 닮아있다는 것은 시사하는 부분이 있다. 서사 구조를 살펴보면 허숭과 요시오, 정선과 후사코, 유순과 도시코의 배치는 『흙』과 『봄의 노래』의 서사 구조가 닮아 있으며, 작가가 긍정적으로 그린 인물은 모두 독립운동을 한 자손이거나 의로운 선비집 자손으로 설정되어 있다. 그에 반해 부정적 인물로 그려지는 것은 대부분 일제 강점기를 기회로 부를 축적한 부류의 인물들이다. 이런 점들을 통해서도 「봄의 노래」는 식민주의 담론과 '차이'를 나타낼 수밖에 없는 텍스트라 할 수 있다.

56) 이광수, 「봄의 노래」, 앞의 책, 156쪽.

양식 그릇에는 양식이 떨어졌다. 구장집 빚은 갚아야 하고, 금년 농
량은 또 구장 집에서 빚을 얻어여 한다. 이러한 사정을 생각하면 요시
오가 후미꼬에게 장가를 들거나, 시즈에가 노브오에게 시집을 가는 길
밖에 없다.57)

위의 첫 번째 인용문은 일제의 강점으로 인해 가난한 소작농이
된 요시오의 집 사람과 구장네 집안의 비교 대조를 통해 과거의 요
시오네 집의 내력을 설명하는 것이다. 두 번째 인용문은 현재의 요
시오네 집안 형편을 통해 구장에게 고개를 숙일 수밖에 없고 결국
요시오가 후미꼬와 결혼하게 될 것을 보여준다. 작가는 서술과정에
서 요시오의 인물됨과 바른 행실, 근면절약성을 부각하면서 지원병
까지 가는, 황민으로서의 자질을 갖춘 인물임을 보여준다. 이에 비
해 구장은 일제 강점기에 친일로 부를 축적하여, 백정의 신분이었음
에도 불구하고 구장자리까지 차지한 인물로 그리고 있다. 또 요시오
의 옛 양반집을 돈과 권력으로 빼앗아 차지하고 있으며, 이 동네에
서 소지주로 군림하고 있다는 것을 부각한다. 또 작가는 시종일관
구장의 됨됨이와 외모를 부정적으로 그리고 있고, 그의 딸 후미꼬는
성전을 위해 지원병으로 자원한 남편을 배신하고, 친정에서 다른 사
내의 아이를 임신하는 등 부정적인 행태를 저지르는 인물로 묘사하
고 있다. 이에 비해 한미한 가문의 딸인 도시코를 순수한 마음으로
요시오를 도와주는 긍정적 인물로 그리고 있다. 친일파인 구장과 그
의 딸은 전시 체제에 낭비와 게으름을 일삼는 인간으로 그려짐으로
써 오히려 총후봉공에 이바지하지 않는 전형적인 인물로 나타난다.
이에 비해 친일파에게 집과 토지를 다 빼앗긴 주인공은 성전 참여
와 총후봉공을 철저히 실천하는 인물로 그리고 있다. 작가의 의도는

57) 이광수, 「봄의 노래」, 앞의 책, 189쪽.

 이광수 문학의 민족주의 담론의 양가성

분명히 성전의 참여와 총후봉공에 힘쓸 것을 계몽하고자 하는 데 있었을 것이다. 그러나 서사 과정에서 역전된 상황을 연출하게 됨으로써 '친일'적인 구장네 집이 오히려 그의 담론에서 배제되는 결과를 초래하게 된다. 이러한 현상은 당대 작가가 인식한 '황민화' 담론이 체화된 이데올로기가 아니라 작위적으로 형성된 것으로 가정할 수 있다. 역사와 현실의 인식이 자연스럽게 표출되는 장편소설의 양식에서는 작가의 이데올로기가 내러티브 과정에서 무의식적으로 드러날 수밖에 없다. 작가가 의도적으로 전달하고자 한 聖戰 총동원 논리와 총후봉공 논리가 황민을 통해 이루어지는 것이 아니라 오히려 일제 식민 통치로 인해 피해를 입었던 인물을 통해 형상화됨으로써 작가가 계몽하고자 하는 내용이 내러티브 과정에서 끊임없이 미끄러지게 된다. 이러한 역전된 서사 구조로 인해 이 작품은 당대 식민주의 담론과 '차이'를 보이고 있다.58)

「파리」는 신체 규율을 통한 총후봉공의 사상을 키울 것을 계몽하는 작품이다. 이 작품은 일본어로 쓰였으며 시기도 다소 늦다. 내선일체와 대동아공영권의 사상이 어느 정도 내면화되었다고 생각했을 때 지은 작품이라 할 수 있다. 이 작품은 총후봉공론의 입장에서 사상을 몸소 실천해야 함을 강조하고 있다. 「파리」에서 주인공인 '나'는 근로봉사에 나가려고 하지만, 나이가 50이 넘어서 근로봉사에 나갈 수 없다. 이에 분개한 '나'는 자신도 충분히 근로봉사를 할 수 있다는 것을 보여주기 위해 '파리'잡기에 나선다. 하루에 7천 마리 이상의 파리를 잡고 기뻐하지만 파리 잡기에 너무 무리한 '나'는 자

---

58) 이경훈은 이 작품에서 민족 주체가 뒤바뀜으로 인해 이광수가 반어적으로 민족 의식을 나타냈다고 보기는 힘들고, 이 부분을 해결할 수 없어서 중단시킨 것으로 해석하고 있다.
   이경훈, 앞의 책, 306쪽.

리에 눕게 된다. 다소 골계적인 줄거리의 이 소설은 위생 담론을 바탕으로 모든 국민이 근로봉사를 통해 총후봉공에 앞장서야 한다는 주제를 담고 있다.

> 근로봉사를 나간 젊은이들이 돌아온 것은 일곱시도 지나 저녁 해가 뒷산 꼭대기를 붉게 물들일 때였으나, 그들은 처자와 저녁밥을 먹으러 가며 나의 파리잡기 모습에 대해 여러 가지로 이야기 했을 것이다. 내가 온 몸이 땀범벅이 되어 파리를 쫓아 원을 그리며 도는 모습이 골계였을지도 모른다. 더욱이 안방이나 부엌에까지 들어갔으므로 부인들은, 이 늙은이가 남자이기 때문에 거슬린다는 듯 킥킥 웃는 사람도 있었으며, 또는 옆집으로 도망가는 젊은 부인조차 있었다.[59]

위 인용문에서 본인 스스로도 자신의 행동이 상당히 골계스러운 것임을 알고 있다. 이 작품의 창작의도는 총동원되어 국가를 위해 스스로 봉사해야 한다는 것을 계몽하고자 하는 것이다. 「파리」는 그가 일제의 정책에 철저히 따르고 있음을 널리 선전하는 것이자, 국민 계몽의 의도가 짙게 깔린 작품이다. 그러나 이 작품 역시 글쓰기 과정에서 식민주의 담론과 '차이'를 보이고 있다. 이경훈은 이 작품에서 "파리는 미국과 영국 등 탐욕스런 서구자본주의 세력을 상징하며, 따라서 파리잡기는 그들과의 전쟁이 된다. 주인공이 파리를 잡은 후, '하루의 전투를 끝내고 쉬는 용사의 기분'과 자신의 기분을 동일시하는 이유는 이 때문"[60]이라고 설명한다. 그러나 전투를 마친 용사의 기분과 동일시하는 자신을 왜 스스로 골계라고 생각하고, 집에 돌아와 가족들과 그 이야기를 하면서 밥을 튀겨가며 자지러지게 웃는 모습을 설정한 것에 대한 해명은 되지 않는다. 이경훈

---

59) 이광수, 「파리」, 앞의 책, 409쪽.
60) 이경훈, 앞의 책, 317쪽.

 이광수 문학의 민족주의 담론의 양가성

은 "비록 스스로 골계스럽다고 말하고 있음에도 불구하고, 그는 그것이 젊은이들에게 전쟁에 참여하기를 적극적으로 권하는 웅변적인 행동이라고 믿으며, 한명의 영웅이 된 기분을 느끼기 때문"[61]이라고 밝히는데, 이런 관점은 그의 작품을 일제 식민주의 담론 구조의 틀 안에 가둬 놓은 후 해석했을 때 나올 수 있는 의미이다. 한 개인의 심리적 양상까지도 자연스럽게 미끄러져 나오는 내러티브 과정을 중심으로 작품을 해석한다면, 그 의미는 다소 달라질 수 있다. 총후봉공에 과잉으로 봉사하라고 외치면서 그것이 웃기는 현실일 수밖에 없음을 무의식적으로 드러낸다고 할 수 있다. 즉 계몽의 대상 스스로가 과잉 실천함으로써 계몽하고 있는 주체의 의미 역시 무화되는 것이다.

식민지 문학에 있어서 계몽의 대상은 피식민자이다. 즉 조선인이 조선인을 '타자화'해서 식민 본국인 일본인화 될 것을 요구하는 형식으로 이루어진다. 그러나 식민주의 담론을 모방하는 수행적 차원에서의 내러티브는 모순과 분열이 나타남을 확인할 수 있다.[62] 피식민자의 모방으로 나타나는 효과는 심화와 방해의 이중성을 지닌다. 심화는 식민 본국의 문화나 담론에 대해 적절한 모방을 강요받고 결과적으로 종주국의 논리에 점유됨에 반해, 방해는 종주국의 규율권력에 내재적인 위협으로 나타나는 반항의 기호이다.[63]이러한 모방의 양가성으로 인해 의도된 국민문학에서조차 일제 식민주의 담론을 이탈하는 차이를 보이게 된다. 이광수의 '국민문학'에서 민족주의 담론은 황민화 담론으로 대체되었다. 그러나 이 민족 담론은

---

61) 이경훈, 앞의 책, 319쪽.
62) 호미 바바, 나병철 역, 『문화의 위치』, 소명, 2002, 304쪽.
63) 호미 바바, 위의 책, 179쪽.

식민지 장에서 지배 담론에 완전히 흡수되지 않고 식민 지배 담론에 균열을 생성하게 된다.

1940년대 이광수의 민족주의 담론은 일제의 강력한 내선일체의 논리를 수용하면서 형성되었다. 일제가 식민주의 담론으로 내세운 내선일체는 '황민화론'을 중심으로 형성되었으며, 이는 '대동아 공영권'을 이루기 위한 상징적 조치로서 기능하였다. 이러한 상황 속에서 이광수는 '황민화론'의 모방을 통해 식민지 조선의 장에서 새로운 의미의 민족주의를 형성하고자 하였다. 그것은 1920년대 유기체적 민족관 위에 형성된 문화 민족주의의 변형, 확대된 원형적 민족주의로 드러났다. 일제는 근대 초극론을 토대로 형성된 대동아 공영권의 실현을 위해 식민지 조선에 황민화론을 식민주의 담론으로 형성시킨다. 이광수는 황민화론의 이론적 근거로 제시한 일선동조론의 의미를 적극적으로 수용하여, 혈연을 토대로 확대된 '원형적 민족주의'를 주장한다. 이는 일본과 조선을 하나의 혈연공동체로 바라보는 입장으로, 일본의 신민이 되고자 하는 이광수의 국민 국가주의에 대한 욕망의 표출이자 역으로 조선은 일본신민이 될 수 없다는 논리를 주장하는 것으로 양가성을 드러내고 있다.

 이광수 문학의 민족주의 담론의 양가성

제5장 민족주의 담론과 토포스(topos)적 인식

1. 상황론적 논리와 토포스적 인식

한국의 식민지 근대 문학 장에서 민족주의는 해방기에서부터 출발해 지금까지 여전히 문학계의 논쟁거리였다. 그 민족주의 문학에 대한 평가 역시 논쟁적이었다. 문학계에서 민족주의 논쟁은 주로 현실반영 리얼리즘의 인식에 토대를 두고 계급주의 문학과의 상관관계 속에서 고찰되어 왔거나, 제국주의 담론의 대립 항에 민족주의를 설정해 두고 저항 또는 협력의 양상으로 드러나느냐에 따라 가치지향적인 방식으로 고찰해 왔다. 이러한 방식을 토대로 식민지 근대 문학에서 이광수의 민족주의에 대한 평가는 두 가지로 결론지어졌다. 첫째는 1910년대부터 1940년대까지 줄곧 일제의 식민주의 담론의 자장 안에서 민족을 논의한 협력적 입장의 '민족주의자'로서의 평가였다. 둘째는 1910년부터 1930년대 초반까지는 민족에 대한 이광수 나름의 소신으로 민족주의를 지탱해오다가 식민지 말경에 일제의 저항할 수 없는 억압으로 '변절'한 민족주의자라는 견해이다. 첫 번째 논의는 기본적으로 이광수가 일제의 식민주의에 완전히 포섭되어 그 자장 안에서만 자신의 민족주의를 형성함으로써, 결국 '친일'의 길로 갈 것을 예정했다고 파악한다. 이는 출발선에서부터 친일을 지향하고 있음을 지적하는 평가이다. 두 번째 논의는 자신의 의지로 조선을 위해 민족주의를 견지하다가 일제의 강력한 억압으로 인해 '변절'했다는 것이다. 두 견해 모두 1940년대의 이광수 민족주의를 '친일' 또는 '변절'로 보면서, 이광수는 1940년대 민족주의를 버리고 '전향'했다고 파악한다. 이 견해들은 공통적으로 '민족주의'를 식민지 조선에서 형성되는 '절대적'인 이데올로기로 파악한다는 전제가 깔려있다. 그러나 본고는 민족주의를 절대 정신을 구현하는 이데올로기로 보지 않는다. 민족주의는 시대 상황의 논리에 의해 변화 가능하며 다른 담론과의 관계 속에서 형성되는 것으로 파악한다. 1910년부터 1940년대까지 그의 민족주의 담론은 민족주의라는 자장 안에서, 그리고 당대 식민지 공간에서 형성된 식민주의 담론과의 상관관계에서 파악할 때, '친일' 또는 '변절' 대신 일관된 논리를 찾을 수 있을 것이다. 이를 위해서 먼저 식민지 공간에 대한 의미를 분석할 필요가 있다. 식민지라는 특수한 공간은 식민지인의 이데올로기의 특성을 결정짓는 중요한 매개로 작용하기 때문이다.

근대는 타민족과 자민족을 경계선으로 구분하고, 자기 자신의 동일성을 주장하는 민족주의가 출현한 시기이다. 민족주의의 출현은 각 민족마다 국토, 언어, 문화 등 경계선에 대한 인식이 생겨난 것을 의미하고, 경계선의 인식은 곧 영토를 재탈환하려는 탈영토화가 시작된다는 의미이다. 식민지 민족주의는 탈영토화를 통해 잃어버린 국가를 재탈환하려는 시도이다. 이런 상황은 제국주의와 민족주의를 대립의 논리위에 팽팽히 서있게 하는 것이라 할 수 있다. 그러나 실질적으로 식민지의 민족주의와 식민주의의 제국주의는 동등한 힘의 분배로 대립각을 세울 수 없는 상황이다. 식민지는 이미 제국주의에 종속되어 있기 때문이다. 종속되어 있다는 것은 식민지 공간의 순수성이 사라졌다는 것이다. 즉 '식민지'는 식민주의와 식민지인의 다양한 문화 담론들이 공존하고 충돌하는 공간이고, 타자의 논리가 갈등하고 교섭하는 역동적인 공간이다.

이 식민지 장(場)은 타자의 문화를 받아들여 자신의 정체성을 '불완전한' 상태로 창조하는 혼성적인 문화 창조의 공간이다.[1] 이 공간에서 생성된 문화는 잡종성을 드러낸다고 할 수 있다. 식민지 공간의 특성상 완전히 순수한 문화는 형성될 수 없다. 타자의 문화와 원주민의 문화가 만나면서 그 공간은 잡종성을 드러낸다. 이 잡종성을 다르게 표현하면 '혼성성'이라 할 수 있는 것이다. 식민지의 잡종적인 문화는 타자의 문화에 대하여 '동일성'과 '대립'을 완전히 무너뜨리는 또 다른 차원의 주체적 문화로 부상한다. 이 순간 바로 타자에 대한 저항의 계기가 생성되며, 주체는 자기 동일성을 담지한 주체가 아니라 분열의 주체로서 기능하게 된다.

그러나 식민지는 혼성성을 드러내는 공간이기도 하지만, 식민지 주체의 입장에서는 토포스(topos)적 인식[2]을 하게 되는 공간이기도 하다. 토포스적 인식은 일반적으로 문화접촉과 문화 수용의 과정에

---

1) '불완전한' 상태란 식민 지배자의 공식적인 고착성에서 벗어나 교섭하는 상호작용의 공간에서 자신의 정체성을 새롭게 생성시키는 계기를 말한다.
호미 바바, 나병철 역, 『문화의 위치』, 소명, 2002, 91~93쪽 참조.
2) 토포스(topos)적 인식은 타자가 자기보다 우월하거나 물리적으로 강력한 것에 대한 지각을 의미한다. 만일 그러한 지각이 존재하지 않거나 극히 미미한 것이라면 토포스적 인식은 성립하기 어렵다. 토포스적 인식은 타자와의 비교를 행함으로써 자기 존재의 의미를 구할 수 있는 장소에서 가능하며, 주로 주변국가 지식인들에 의해 영위되는 의식행위이다.
장인성, 「토포스와 이이덴티티: 개국기 한일지식인의 국제정치적 사유」, 『국제정치논총』 37집, 한국국제정치학회, 1998, 7쪽.

서 타자의 이질적/동질적 문화 요소에 대하여 선택/저항을 행할 때, 또는 정치적 충격에 의해 자기와 타자의 힘의 질적/양적 '차이'가 의식될 때 나타난다.[3] 식민지 공간에서의 주체는 토포스적 인식을 토대로 자신의 담론을 형성해 나간다. 즉 타자로서 식민주의를 의식하게 되고 상황 논리에 따라 자신의 담론을 변화시키기도 한다. 식민지 공간은 식민주의 주체들에 의해, 정책과 담론들이 상황에 따라, 다양한 변화를 동반하는 곳이다. 이러한 변화 속에서 드러나는 분열된 주체의 민족주의 담론 역시 상황 논리의 변화에 따라 혼성화의 모습이 시기별로 다르게 나타난다.

식민지 근대 문학의 대표이자 논란의 구심점에 위치한 이광수의 민족주의 담론 역시 혼성성의 공간에서 그 의미를 새롭게 조명할 수 있다. 타자(일제)의 문화를 수용하는 동시에 그 과정에서 포함된 권력관계를 전유하여 새로운 담론을 생성했다는 점에서 그러하다. 이는 '동일성'으로서 타자를 흡수하는 방식도, '대립'으로서 타자를 거부하는 방식도 아니다. 완전한 '동일'이나 '대립'의 형태는 식민지 장에서는 발생할 수 없는 논리이다. 식민지 장은 혼성성의 공간이므로, 타자의 정체성을 완전히 자신의 정체성으로 치환할 수도, 그 반대로 순수한 자신만의 정체성을 담지할 수도 없는 공간이다. 이는 곧 이광수의 조선적 정체성이 곧바로 일본적 정체성으로 동일시 될 수 없으며, 일본적 정체성을 완전히 거부한 순수한 조선적 정체성만을 가질 수 없다는 것이다. 이광수는 식민지 장에서 혼성적 정체성을 가지는 분열된 주체로서 기능한다. 즉 분열된 주체의 민족주의 담론은 혼성성을 드러내는 식민지 공간의 특성으로 인해 새로운 담론으로 재구성된다고 할 수 있다. 혼성적으로 드러난 그의 민족주의

---

3) 장인성, 위의 책, 7쪽.

 이광수 문학의 민족주의 담론의 양가성

담론이 어떻게 식민지 장에서 재구성되어 가는가를 시대별로 살펴
보겠다.

이광수는 1905년 1차 일본유학을 떠나 일본에서 청소년기를 보내
면서 중등교육 수준의 학업을 하였고, 1909년 조부의 위독으로 귀
국한다. 이즈음 조선은 일본의 무력으로 강제 병합을 당할 조짐을
보였고, 1910년에 조선은 식민지로 전락한다.

> 國家의 榮枯와 나의 個性의 榮枯와 國家의 生命과 나의 生命과는 그 운
> 명을 갓치하난줄을 깨다랏노라. (중략—인용자) 또 한아 이상한 것은 처
> 임에는 다만 榮枯, 生存慾 이것들만으로 나라이란 것을 생각하게 되엿더
> 니 얼마 아니된 今日에 와서는 나라이라 하난 것이 나의 한 熱烈한 사
> 랑의 대상물이 됨이라. 이리하야 나는 일홈만일망정 극단의 「크리스챤」
> 으로, 대동주의자로, 허무주의자로, 본능만족주의무로 드듸여 愛國主義
> 에 정박하얏노라.[4]

이 글은 1910년 8월에 쓴 「여의 자각한 인생」으로 국가에 대한
자신의 생각을 종합적으로 설명하고 있다. 1910년, 그는 애국주의의
입장에서 국가를 인식한다. 이 애국주의는 바로 민족주의를 의미한
다. 이광수는 식민지를 직접 체험하고서 민족주의를 제국주의의 대
타항으로 설정하게 된다. 이광수의 민족주의는 자신의 인식만으로
성립된 것은 아니었다. 그는 어린 시절 조선에서의 생활과 일본유학
에서의 서구적인 일본 문화를 체험한 엘리트 지식인이다. 문화적 체
험[5]과 조선에서의 교사 생활은 그의 민족주의에 대한 인식을 중층

---

4) 이광수, 「여의 자각한 인생」, 『소년』 8권, 1910. 8, 21~23쪽.
5) 이광수는 1910년 이전 1차 일본 유학에 대한 경험과 합병 당시 조선에서의 교사
   로서의 체험, 14년~15년 시베리아, 치타에서의 독립운동의 경험, 15년 귀국 후
   2차 일본 유학의 경험 등은 그를 '준비론'의 민족주의 담론을 형성하는 밑거름으
   로 작용한 것이라 할 수 있다. 이는 이후 2·8독립선언서 작성과 상해 임시정부에

적으로 형성시켰다. 식민지 공간에서의 민족에 대한 정체성은 그를 분열적 주체로 만들기에 충분한 것이었다. 한편 일제의 입장에서 이광수는 감시와 억압의 대상이기도 했지만, 회유를 통해 식민지 정권 체계에 편입될 수 있는 타자이기도 했다. 이러한 양상들은 그의 민족주의 담론을 복합적으로 형성하는 원인으로 작용했다.

이러한 시대상황 속에서 이광수의 1910년대 민족주의 담론은 '준비론'의 모습으로 드러난다. '준비론'은 식민주의의 '문명화'론을 전유하여 모방한 담론이지만, 식민지 공간의 다양한 문화에 의해 '차이'를 보이면서 '비결정적'으로 형성된 것이다. 이것은 식민 종주국의 문화·담론과 조선의 당대 문화적 요소가 충돌하고 교섭하는 순간 생성된 제3의 새로운 담론이다. 1910년대 이광수는 그의 민족주의 담론 형성을 위해 일제의 자기 식민화 논리이자 식민주의 논리인 '문명'의 논리를 끌어들인다. 저항성을 담지하고 출현한 1910년대 민족주의는 이광수에게로 넘어오면서 제국의 식민화 논리인 '문명화'를 중심적으로 모방한 혼성적인 민족주의 담론으로 재탄생된다. 그것이 '준비론'의 양상이다. 1910년대 '준비론'은 식민담론의 이중성, 이광수의 이중적 위치의 역학관계, 식민지 공간의 혼성적 특성들의 교섭으로 형성된 새로운 담론이라 할 수 있다. 준비론으로 나타난 분열적 주체들의 저항의 계기는 식민 지배자들이 식민주의 권력과 담론을 '문화론'으로 전환하는 원리로 작동되는 결과를 초래했다.

이광수는 1910년대에 자신의 민족주의 담론을 형성하기 위해 식민주의의 다양한 담론 속에서 유독 '문명'을 핵심적으로 모방했다. 그 이유를 알아보기 위해 그가 1910년대 조선인에게 필요하다고 지

서 생활로 이어지게 되는 계기를 보인 경험들이라 할 수 있다.

 이광수 문학의 민족주의 담론의 양가성

적한 부분을 살펴보자.

爲先 彼로 하여금 力을 增하고 知를 得하고 財를 得하게 할지어다. 方今 興하려하는 民族이 戰爭을 好하고 殺伐을 好하고 腕力을 貴해함은 最히 合理한 事이며, 渴한 듯이 知를 求함이 그 次요, 財를 求함이 그 次니라. (중략—인용자) 此를 歷史上으로 보건댄, 人類文明의 最初階段은 戰爭과 掠奪과 利己心이라. 此는 將次 大人物이 되어, 大事業을 成하려는 小兒가 그 大事業을 成할 身體를 長하고 腕力을 鍛하기 爲하여 窓을 뚫고 器皿을 깨뜨리고 父母를 때림과 같으니 이것이 가장 아름다운지라. (중략—인용자) 原始時代에 在하여 掠奪, 殺戮에 不能하던 民族이 어찌 雄大한 文明民族이 되며, 兒童時代에 他 兒童을 때리고 나무에 오르고 물에 뛰어들어 父母의 걱정하는 장난군 못되는 者가 어찌 長成하여 天下를 號令하는 英雄이 되리오. 此 兒童時代의 「장난」과 原始時代의 慓悍을 余는 元氣라 하노니, 此 元氣의 有無가 多少는 그 個人, 그 民族의 全 歷史의 運命을 豫定하는 것이라.[6]

이광수가 1917년에 『학지광』에 쓴 「위선 수가 되고 연후에 인이 되라」는 글의 일부분이다. 1900년대부터 조선은 국가의 존폐위기로 인해 시대적 분위기는 '문명'의 필요성을 강조했다. 이광수도 문명의 중요성을 인식하는데, 그에게 그것은 전쟁도 일으킬 수 있는 절체절명의 '힘'으로 파악되었다. 이광수는 일본이 조선을 식민화할 수 있었던 것도 메이지 시기 일본의 서구 '문명' 추수의 결과이며, 러일전쟁의 승리도 모두 '문명'이 이루어 낸 결과라는 것이다. 그것은 바로 '물질문명'의 힘이 타국가를 점령할 수 있을 정도의 것임을 인식한 것이라 할 수 있다. 이광수는 흥하려는 민족에게 제일 필요한 것이 바로 전쟁, 살육, 약탈 등의 이기심에서 비롯되는 '힘'이라

---

6) 이광수, 「위선 수가 되고 연후에 인이 되라」, 『이광수 전집』 10권, 삼중당, 1972, 242~243쪽.

고 파악한다. 이 힘의 발현태는 전쟁, 약탈, 살육이라는 폭력적이고 물리적인 것이다. 이광수에게는 知와 財를 득하기 이전에 힘을 증강시키는 것이 조선 민족이 해야 할 첫 번째 일인 것이다. 이 힘이 형성되어야만 대사업을 이룰 수 있다고 보았다. '문명=힘'으로 파악한 그는 조선의 식민화의 논리로 이용된 문명의 논리를 민족주의 담론의 핵심논리로 원용하였다. 힘의 증강을 강력하게 주장하던 그가 조선 민중의 힘이 표출되는 3·1 운동을 경험하게 된다. 그가 원했던 대로 물리적 힘이 드러난 운동이었으나, 그 결과는 실패였다. 이 경험으로 그는 '문명'의 진정한 힘은 물리적이고 물질적인 것에 그치는 것이 아님을 깨닫고 민족주의 담론의 중심논리를 전환하게 된다.

1920년대는 1919년 3·1운동의 저항으로 식민지 장의 담론들이 표면적으로 변환하는 계기를 맞이한다. 물론 외부적인 세계사적 흐름과 일본 식민 본국의 문화적 분위기의 흐름은 정책과 담론의 변모를 가져오는 원인으로 작용하기도 하였다. 식민주의 담론은 문화·정신 개조를 주장하면서 조선의 고유한 정신문화를 조사 발굴하여 이것을 자신의 담론으로 변용하였다. 그것은 조선에서 반사회주의 담론으로 형성되었고, 조선 고유의 종교와 민간신앙을 일본의 문화와 접목하여 새로운 형태의 정신 개조를 주장하는 형태로 표출되었다.

이광수의 민족주의 담론은 당대 반사회주의 논리로 활용된 정신개조의 식민주의 담론인 '문화론'의 수용으로 형성된다. '문화론'을 전유한 이광수의 대중 민족주의는 식민주의 담론과 교섭하는 과정에서 또 다른 문화 담론을 생성한다. 그것은 서구 자본주의의 폐해, 물질의 한계를 자각한 데에서 출발한 것으로 조선의 민족성과 대중

 이광수 문학의 민족주의 담론의 양가성

의 정신을 개조하는 담론이다. 이광수가 규정한 민족주의는 조선의 문화를 창조할 수 있는 역량을 기르는 것, 그것의 출발은 대중의 정신에서 비롯된다는 것이다. 여기에서 대중은 실천하는 대중이며, 이후 조선의 중추계급이 될 훈련된 대중이다. 이광수가 담지한 문화 민족주의는 식민지 장에서 새로운 대중 민족주의로 드러났다. 대중 민족주의는 '반사회주의'를 중심으로 하는 식민주의 담론에서 비판하는 '계급적 주체'에서 대중을 배제한 논리는 아니다. 지식인층, 지주층, 자본주의 계층 보다는, 노농계층이 주체가 되고, 실천할 수 있는 역량을 가진 조선의 일반 민중을 대중으로 규정한 민족주의 담론인 것이다. 이광수는 반사회주의를 적극적으로 표방하는 식민주의 담론인 '문화론'에서 '정신 개조' 부분을 모방한다. 그러나 담론의 주체로 일반 대중인 농민을 지목함으로써 '계급적 주체'를 배제한 일제의 식민주의 담론과 '차이'를 표출한다.

정신 개조를 주장하는 식민주의 담론의 모방은 조선의 고유문화에 대한 관심을 촉발하는 계기가 되었으며, 또 이것은 조선인의 뿌리를 중시하는 유기체적 민족관을 적극적으로 수용하는 계기가 되었다. 유기체적 민족인식 위에 형성된 이광수의 대중·문화 민족주의 담론은 1920년대 일제의 문화정치 기획 아래 배태된 식민주의 담론과의 교섭과정에서 새롭게 생성된 담론이라 할 수 있다. 이러한 문화 민족주의는 1930년대 초반까지의 식민지 문화에서는 새로운 문화적 주체를 양성할 수 있는 담론으로 기여했지만, 30년대 중반부터 시작된 일제의 강력한 식민주의 정책 아래에서는 배제될 수밖에 없는 담론이었다.

문화 민족주의는 앞서 보았듯이 3·1운동 실패의 경험에서 출발한 것이다. 이광수는 조선이 독립할 수 있는 진정한 논리는 물리적인 힘의 발현으로 되는 것이 아니라, 세계에서도 인정받을 수 있는 외교적인 역량을 가진 문화적 힘의 발원으로 되는 것이었다. 그는 세계 강대국 속에서 조선 국가의 입지를 드러낼 수 있을 정도의 문화를 가지고, 조직적이고 체계적인 행정력이 뒷받침 되어야 한다는 것을 깨닫는다. 그러나 1920년대 조선은 전혀 그러한 것을 갖추지 못하였다. 그래서 이광수는 1920년대에 물질문명이 아닌 당대 일본이 수용한 국민국가 문화 교양주의를 수용하게 된다.[7] 물리적 힘보다 더욱 중요한 것은 조직적이고 체계적인 국민의 실천력임을 인식한 이광수는 식민주의 담론인 '문화론'을 전유하면서 강력한 문화를 가진 국가가 될 수 있는 조선 민족을 욕망한다. 그러기 위해서는 그는 각각의 조선인들이 직업을 갖기를 권고했으며, 직접적인 행위를 통해 실천하는 '농민'을 조선에서 제일 중요한 '대중'이라 보았다. 1920년대의 문화론으로 나타난 민족주의 담론은 이광수가 '수양동우회'라는 조직을 통해 직접 실현한 것이기도 했다. 문화론을 전유하여 형성해 나간 '문화 민족주의' 담론은 물리적인 힘을 키우는 시간보다 훨씬 오랜 시간을 필요로 하는 것이었다. 그러나 이광수가 원하는 실력을 키울 만큼의 시간은 식민지 공간에서 주어질 리 없었다. 1937년 중일 전쟁을 계기로 일제는 조선에서 문화 정책을 중단하고, '근대초극론'을 토대로 밖으로는 '대동아공영권'을 주장하고, 안으로는 내선일체를 토대로 한 '황민화론'을 식민주의 담론으

---

7) 조관자는 다이쇼(大正) 데모크라시 시기(1912~1926)의 일본의 문화는 단순한 인격·교양주의가 아니라고 본다. 당시 일본 담론은 영국, 프랑스의 문명에 대항하여 독일이 그리스 문화에 기원을 두는 국수주의 문화론을 창출했던 것에 영향을 받고 있었다고 파악한다. 독일이나 일본의 문화론은 후진적인 국민국가의 의식을 표현한 것이라고 설명하고 있다.
조관자, 「'민족의 힘'을 욕망한 '친일 내셔널리스트' 이광수」, 『해방 전후사의 재인식1』, 책세상, 2006, 529쪽.

  이광수 문학의 민족주의 담론의 양가성

로 내세운다. 강력한 식민주의 체제와 담론은 비정치성을 기반으로
한 문화 민족주의조차 허용하지 않았다.

　식민지 말기는 일본 자국내의 초국가주의 논리를 기반으로 한
'근대초극론'이 범람한 시대였다. 이광수의 민족주의 담론의 양상도
변화될 수밖에 없었다. 이광수 스스로 규정하고 있는 민족주의의 인
식에 대해 살펴보면,

> 누가 조선인의 혈통을 가지고 조선어를 말하고 조선인이로라는 聲言
> 을 한다하면 그는 조선민족이라고. 또 나는 명언하리라. 누구든지 조선
> 민족을 배반하지 아니하는 한에서 그가 어떠한 주의, 어떠한 계급에 속
> 한 것을 물론하고 그는 조선 민족에 포용된다고…… 그러므로 새로운
> 세대가 와서 국경과 민족적 모든 '차이'―언어, 생활상태, 습속 등―가
> 소멸되기까지는 민족적 結紐는 절대적이다. 더구나 금일의 조선 민족과
> 같이 민족 향상 운동이 필요한 지역에서는 모두 조선민족의 민족적 單
> 一體 사상을 파괴한 사상이나 행동은 조선민족의 적이니 그러한 사상
> 행동을 하는 자는 민족적 모반자로 볼 것이다.8)

> 세간에서는 흔히 민족주의와 사회주의를 대립적으로 말하는 모양이
> 나, 그것은 근본적으로 착오다. 민족주의란 세계주의에 대립할 것이요,
> 결코 사회주의에 대립할 성질의 것이 아니다. 민족주의란 정치·경제의
> 단위를 一民族에게 국한하자는, 이를테면 범위 문제요 양적 문제다. 그
> 러므로 조선의 민족주의라 하면 朝鮮內, 조선인의 정치조직, 경제 문화
> 조직을 전세계나 전아세아의 또 第二나 第三 인터내셔날의 또는 누구나
> 의 이해타산에서 하지 말고, 유독 조선민족의 이해타산에서 하자는 말
> 이다.9)

　위의 인용문은 1931년에 작성한 글로써 그의 민족주의에 대한 기

---

8) 이광수, 「여의 작가적 태도」, 『이광수 전집』 10권, 삼중당, 1972, 462쪽.
9) 이광수, 위의 글, 463쪽.

본적인 인식이 잘 나타난 글이다. 자신은 봉건적 민족주의자인 소비니스트도 아니며, 사회주의를 배제한 민족주의자도 아니요. 오로지 조선민족에 한하여, 인종·혈통·언어·국경·생활·습속이 동일한 조선 민족만의 이해타산에 의해 형성된 민족주의라는 것이다. 근대 민족주의 개념보다는 원초적 민족주의를 자신의 민족주의로 전제하고 있음을 엿볼 수 있다. 유기체적 민족주의는 민족주의 담론을 형성하는 데 용이할 뿐만 아니라, 식민주의 담론에 대한 대응도 쉽게 풀어갈 수 있다. 혈통과 인종, 언어, 습속이 같지 않은 민족은, 민족으로 형성될 수 없다는 논리이기 때문이다. 이 논리는 이광수가 '민족'에 눈을 뜬 1910년부터 시작된 것으로 그에게 절대적이며, 깊이 각인된 인식이었을 것이다. 이러한 에스니(ethnie)적 공동체를 기반으로 형성된 민족 개념 위에 서구 제국의 근대성(문명화론, 문화론 등)을 자신의 민족주의 담론으로 전유했다. 이러한 이광수에게 1940년대의 일제의 식민주의 정책은 그의 민족주의를 추구하는데 딜레마로 작용하게 된다. 근대 서구의 문명을 본받아 일본이 문명화가 되었다고 생각하는 이광수에게 1940년대 서구는 일본보다 수용할 가치가 떨어진 것으로 인식하였을까? 문명의 논리를 민족 자강의 논리로 인식했던 이광수는 1940년대에는 서구를 초극하는 '근대초극론'을 전유하면서 서구의 문명의 논리를 버리게 된다. 조선 민족의 선진화를 추진해온 이광수에게 힘의 절대자로 군림한 서구는 이제 배제의 대상이 되어야 했다.

1940년대의 일제의 신체제론은 이광수에게도 조선 민족의 힘을 키울 수 있는 여건을 전혀 허락하지 않았다. 당시 이광수는 수양동우회 사건으로 피소상태에 있었다. 정신적 지주였던 안창호의 서거, 수양동우회 사건으로 피소, 건강의 악화와 같은 열악한 상황에서 이광수 개인이 조선 민족의 힘을 키우기 위해 할 수 있는 일은 전혀 없었다. 1940년대의 식민지 상황에서 절대적 우위를 점한 대상은 미국·영국의 선진적 서구가 아니라 그들을 상대로 전쟁을 치르는 일본 제국이었다. 이러한 상황에서 이광수는 토포스적 인식을 강하게 표출할 수밖에 없었다. 결국 1940년대 이광수는 힘의 비교우위에 의해 타자(일제)를 받아들이게 된다. 이광수에게 있어서 1910년대에서 1930년대까지의 일본은 조선인이 최소 몇 십 년만 힘을 키운다면 충분히 물리칠 수 있는 수준의 타자였다면, 1940년대의 일제는 서구보다 강력한 물리적 힘을 가진 타자인 것이었다. 서양 열강을 대상으로 전쟁을 치를 수 있을 만큼의 '힘'을 가진 일제는 이광수의 인식에서는 절대 강자였다. 이로써 그는 일본의 힘을 인정하고 서구 문명과 문화의 자리에 일본 제국을 위치시킨다. 즉 이러한 상황에서 그가 선택할 수 있었던 것은 일본이 가진 힘을 고스란히 조선의 것으로 흡수하는 것이었다. 그 결과 조선이 일본의 자리에 있게 된다는 안일한 논리에 안착하게 된다. 이러한 인식은 1930년대 세계적으로 전운이 감돌던 시기에 쓴 그의 글에서 잘 드러난다. 이것은 이광수가 1910년대 '전쟁을 일으킬 수 있는 힘'을 '문명'으로 파악한 논리와 동일하다.

> 宇宙는 힘이다. 森羅萬象은 에너르기의 千變萬化的 律動이다. 힘이 없으면 宇宙는 없다. 亞細亞 大陸의 하늘에는 바야흐로 戰雲이 꿈틀거린다. 進軍喇叭이 있고, 突擊의 號令이 있고, 砲煙砲響이 일어난다. 이것이 民族의 힘의 發現이다. 民族의 힘과 힘이 마주치는 소리다. 戰爭처럼 힘의 形態를 端的으로 나타내는 것은 없을 것이다. (중략—인용자) 戰爭은 一民族의 健全한 體力을 要하고 腦力을 要하고, 精神力을 要한다. 무거운 짐을 지고 長距離를 달음질하여 여러 날 여러 밤을 굶고 새우고도 젖음과 추위에 견디는 힘—이것이 몸의 힘이요, 作戰과 科學과 機械와 이것이 골

의 힘이요, 愛國과 團結과 服從과 勇氣—이것이 군사의 精神의 힘이다. 二民族의 戰爭은 결국 二民族의 힘의 總合의 比較다. 그런데 우리에게 正히 없는 것이 이 힘이다. 몸의 힘, 골의 힘, 정신의 힘, 그러기 때문에 우리는 人類가 總出動, 大出演하는 今日의 舞臺에 一役을 맡지 못하고 막 뒤에 쭈구리고 앉은 姓名 없는 百姓이다. 우리에게 힘이 오르는 날 人類의 舞臺는 우리에게 鄭重한 出演請求狀을 보낼 것이다.10)

위 글은 잡지 『동광』(1931.12.28)에 실린 글이다. '문화 민족주의'를 추구했던 수양동우회에서 간행하는 잡지임에도 불구하고, 이광수는 '수양'의 덕목보다는 전쟁으로 표출되는 민족의 힘을 선망하고 있다. 민족의 힘은 전쟁으로 발현되며, 전쟁을 통해 민족 간의 힘을 비교할 수 있다고 보았다. 그리고 우리 조선 민족에게 없는 것이 이 힘이라고 결론짓고 있다. 그가 민족주의 담론에서 강조했던 문명과 문화의 논리는 힘을 획득하기 위한 과정이었다. 이러한 조선민족의 힘을 키울 수 있는 공간이 1940년대 일제의 신체제론으로 인해 전부 사라진다. 이에 그가 선택한 것이 일본 국체를 조선의 것으로 전유하는 방식이다. 즉 이광수의 1940년대 민족주의는 당대 힘의 표상인 '일본 민족주의'에 편입하는 것이었다. 그것은 표면적으로는 제국주의로의 편입이지만, 이광수에게는 조선 민족주의의 범위가 확장된 '원형적 민족주의' 담론으로의 전환인 것이다.

'원형적 민족주의'란 이광수 인식의 기저에 있었던 유기체적 민족관의 토대 위에 일본의 '일선동조론'을 가져와 민족의 범위를 확장시키면서 형성된 개념이다. "원형 민족주의와 근대 민족주의 사이에는 연속성이 있거나 또는 있어 보이는 곳에서 그 연속성은 완전히 허위"11)라는 홉스봄의 말처럼 일제의 '황민화'를 전유하면서

---

10) 이광수, 「힘의 재인식」, 『이광수 전집』 10권, 삼중당, 1972, 278~279쪽.

 이광수 문학의 민족주의 담론의 양가성

형성된 원형적 민족주의 담론은 근대 민족주의와는 전혀 다른 논리 위에 서 있는 것이다. 이광수의 민족주의는 애초에 '조선'이라는 민족이 같은 혈통과 언어로 이루어진 집단으로 인식하는 데에서 내선일체의 황민화 담론을 자신의 담론으로 수용하게 된다.

그러나 1940년대 식민지 공간에서의 원형적 민족주의는 또 다른 담론으로 재구성되는 순간을 맞이한다. 제국주의에 대한 불완전한 인식, 즉 제국주의의 또 다른 이름인 근대 민족주의에 대한 인식의 불완전성은 표면적으로 이광수의 민족주의를 황민화 담론을 수용하는 지점에 도달하게 만들었다. 그러나 식민지 장의 혼성적 특성으로 인해 이광수 민족주의 담론은 온전한 '황민화' 담론으로 치환될 수는 없었다. 이광수의 유기체적 민족관은 그로 하여금 제3의 민족주의 담론을 생성하게 한다. 그것이 소위 확장된 '원형적 민족주의' 담론인 것이다. 그러나 이광수가 주장한 원형적 민족주의로의 전환은, 글쓰기의 언표 과정에서 미끄러져 '차이'를 나타내면서, 일제의 내선일체의 모순성을 그대로 표출시켰다. 일제의 식민주의 담론인 '황민화'는 이광수의 '황민 되기' 과정에서 균열을 드러냈다. 일본인이 아닌 조선인의 '황민 되기'는 온전한 황민이 되지 않기를 바라는 '일본인'과 절대로 일본인이 될 수 없다는 것을 알지만 일본인이 되고 싶은 '조선인'의 갈등과 충돌의 모습인 것이다. 이광수의 후반기 문학에서 민족주의 담론은 황민화 담론으로 대체되었다. 그러나 이 민족주의 담론은 식민지 장에서 지배 담론에 완전히 흡수되지 않고, 식민지 장에서 새로운 민족주의 담론으로 재구성하게 된다.

정치성을 온전히 발현할 수 없는 식민지 공간에서는 식민지 지배자가 통일된 정책이나 의도를 갖고 있더라도 그것이 식민지에 실행

---

11) 에릭 홉스봄, 강명세 역, 『1780년 이후의 민족과 민족주의』, 창작과 비평사, 1993.

될 때는 식민지인의 공간에 부딪혀 분열될 수밖에 없다는 것이 탈식민주의 문화이론이라 할 수 있다. 특히 바바는 '정치학을 교의적인 이데올로기 실천에서 일상의 생활로 옮기면서 의식주의 일상사가 수행되는 공간에서 정치학이 시작된다'[12]고 보았다. 이처럼 정치학과 문화를 교의적 차원에서 수행적 차원으로 옮김으로써, 문화적 생산과 정치적 실천을 연결시키고 있다.[13] 식민지 장의 수행적 차원에서 형성되는 담론은 식민주의의 권위를 부인하면서 새로운 문화를 창조하는 역할을 한다. 이광수의 민족주의 담론도 식민지 장에서 수행적으로 드러날 때는 혼성성과 양가성을 보이면서, 식민주의 권위를 부인하는 효과를 드러낸다. 이러한 혼성성과 양가성의 현상은 민족주의 담론과 식민주의 담론이 교호하는 과정에서 발생한 것이다. 기본적으로 식민지 공간에서 발생하는 담론은 그 공간을 지배하는 요소들, 문화, 담론, 상징, 가치들과 결부할 수밖에 없다.

조선 민족의 힘을 키워 조선의 국민이 되고자 한 식민지 조선인 이광수는 식민지에서 조선 민족의 힘을 키울 수 있는 것이 '문명화론', '문화론', '황민화론'으로 드러나는 제국의 담론과 일제의 국체 담론이라고 보았다. 이러한 인식은 일본 유학 시절 메이지시기 발전한 일본 문명을 체험하면서 형성되었다. 일본의 발전된 문명을 동경한 식민지의 지도자 이광수는 서구의 담론을 전유하여 형성된 식민

---

12) 호미 바바, 앞의 책, 51~52쪽.

13) 탈구조주의 문화이론에 의하면 정치적 실천이란 주체 내부에서 미리 정해진 프로젝트의 인과적 실행이 아니라 물질적 삶의 형식을 만들어 나가는 끊임없는 가변적인 과정이다. 즉 그것은 선행하는 이론과 의도에 따라 객관세계와 주체의 의식을 변화시키는 것이기보다는 주체와 세계의 끝없는 상호작용 속에서 그들을 매개하는 삶의 형식을 변화시키는 실천이다. 이 같은 정치적 실천은 탈구조주의 문화이론이 말하는 '담론' 혹은 '문화형식'에 다름 아니다.
나병철, 『탈식민주의와 근대문학』, 문예출판사, 2004, 80~82쪽.

 이광수 문학의 민족주의 담론의 양가성

주의 담론을 모방하였으며, 일제 말기에는 조선 민족의 유일한 희망이 일본의 신민이 되는 것이라는 확대된 원형적 민족주의 논리까지 펼치게 된다. 물론 이광수는 식민주의 담론을 모방하여 민족주의 담론을 형성했지만, 식민지 공간에서 형성되는 담론은 순수성을 담보할 수 없으므로 식민주의 담론의 수용이 곧바로 민족주의 담론으로 재생산되지는 않는다는 점을 고려해야 한다. 따라서 이광수의 민족주의 담론을 곧바로 식민지 재생산 논리로 파악하는 것은 지양되어야 한다. 조선이 진정한 국민국가가 되기를 욕망했던 이광수는 식민지인으로서 제국의 담론을 모방하여 식민지 공간에서 새로운 담론을 형성하였다. '황민화론'을 모방하여 형성된 확장된 '원형적 민족주의' 담론도 그의 1940년대 작품에서는 온전한 황민화를 드러내지 못하고, 황민화를 추구하는 조선인을 무화시키는 계몽의 역전 구조를 보이게 된다. 이러한 양상은 이광수 민족주의 담론이 일제의 신체제 담론을 고스란히 재생시킨 논리가 아니라 식민지 공간에서 혼성성을 담지한 제3의 담론임을 보여준다.

이광수는 의도적으로 식민주의 담론을 수용하여 자발적으로 민족주의 담론을 형성하였다. 그 이면에는 조선민족의 힘을 키우고 싶었던 이광수의 내적 욕망이 작용하였지만, 그 결과로 드러난 그의 민족주의 담론이 식민지 논리를 재생산하지는 않았다. 식민지를 경험한 제3세계 민족의 문학을 연구함에 있어 민족주의는 일률적인 잣대로 평가내릴 수 없다. 식민지배자와 식민지인들의 문화와 담론, 상징, 가치 체계들이 식민지 공간에서 수행될 때는 다소 복잡하고 다양한 양상들이 작용한다. 민족주의 담론을 저항이냐, 협력이냐의 단선적인 잣대, 또는 파시즘이라는 식민지 규율담론에 종속시켜 논할 경우, 식민지 시기의 대부분의 문학인들은 '친일' 또는 '변절'이라는 멍에에서 벗어나지 못할 것이다. 물론 논자가 이광수를 '친일하지 않은' 민족주의자로 평가 내리려는 것은 아니다. 그러나 이광수가 선택한 민족주의는 조선 민족 국가를 형성하고자 욕망했던 식민지인이, 식민지라는 특수한 공간에서 형성한 것임을 전제로 해야한다. 따라서 복합적인 양상들의 관계성에 주의를 기울여야 함을 말하는 것이다. 또 민족주의는 규정된 어떤 정신을 말하는 절대적인 가치체계는 아니다. 민족주의 안에는 다양한 이데올로기들이 결합해서 그 시대의 상황논리에 따라 변하는 것이다. 이런 측면에서 파악할 때, 이광수의 민족주의는 서구의 담론뿐만 아니라, 일본의 국체 담론까지도 포함하여 형성될 수 있는 개념인 것이다.

2. 민족주의 담론의 양가성

식민지 시기 민족주의 담론은 식민지 근대 문학을 연구하는 대부분의 연구자들의 화두였다. 식민지 근대 문학에서 '민족주의'는 지배 민족과 식민지 민족 자신을 뚜렷한 경계선으로 구분하고, 동일성을 주장하는 형태로 규정되어 왔다. 근대와 더불어 발생한 식민지 민족주의와 또 다른(침략적) 민족주의 형태인 제국주의는 모두 동일성과 대립의 논리로 설명되었다. 그러나 식민지라는 특수한 공간은 동일성과 대립의 형태만이 발생하는 장이 아니라 식민주의의 상징계적 권력, 의고적인 담론들과 식민지 주민의 순수한 문화와 담론들이 교섭하면서 새로운 담론을 창출하는 곳이다. 이러한 공간에서 형성된 주체는 식민주의 구조에 포섭된 주체가 아니라, '동일화'와 '차이'를 반복적으로 드러내는 분열된 주체로 드러난다. 이광수의 민족주의 담론은 각 시대별 식민주의 담론의 양상에 따라 그 모습을 달리 했을 뿐만 아니라, 식민 본국의 담론과 발화의 맥락이 다르고, 경험의 영역 등이 다르기 때문에 완전히 동일시될 수 없었다. 미시적 '차이'를 통해 생성된 이광수의 민족주의 담론은 식민지 장에서 새로운 주체적 문화를 형성하는 것이기도 했다.

1910년대 일제는 내선융화의 동화주의 정책을 펼치면서, 문명과 야만의 이분화 논리로 식민주의 담론을 형성한 시기였다. 일제가 내세운 일시동인을 기반으로 한 내지연장주의 정책은 문명화 논리와 함께 식민지에서 이중성과 모순성을 드러냈다. 이 시기의 '문명'은 식민지 조선 민족의 미래를 위해 힘을 키우는 유일한 방책이라고 이광수는 인식했다. 그래서 이광수는 일제의 식민주의 담론인 문명화론을 모방하여 자신의 민족주의 담론으로 형성하고자 하였다. 일제의 문명화론을 모방한 민족주의 담론은 표면적으로는 사회진화론의 영향을 받아서 물질문명을 추구하는 모습으로 나타났다. 문명의 추구는 '산업상'과 '정신상'의 두 측면에서 이루어졌다. 전자는 경제적이고 실질적인 생활을 중심으로 물질문명의 중요성을, 후자는 문명화를 받아들이기 위한 정신상태의 계몽을 강조하는 것이다. 이러한 양상은 일제의 식민주의 담론이 추구하는 논리와 동일한 측면이었고, 이광수의 민족주의 담론도 문명화를 모방하여 동일화의 모습을 드러낸다. 그러나 식민주의 담론인 문명화론을 전유한 이광수의 민족주의 담론은 물질문명뿐만 아니라 정신문명의 중요성도 드러낸다. 그것이 '정'의 발현을 통한 정신문명 추구였다. '정'은 서구의 근대적 개인의 발견을 통한 자아의 형성에서 비롯되었다. 이것이 일제를 통해 유입되어 조선에서는 계몽 담론을 형성하는 요소로 작용하게 된다.

결국 '정'은 식민주의 문명화 담론의 모방으로써 '개인의 자발성

추구'라는 형태로 드러난다. 그러나 '정'의 담론은 물질문명을 토대
로 형성된 식민주의 담론과 교섭하는 과정에서 식민지 장의 담론에
균열을 일으킨다. '정'은 서구 근대문명의 '동일화'이자, 문명화 담
론을 토대로 기획된 일제 식민주의 담론과 '차이'를 낳는 양가적 의
미를 획득한다. 이것은 식민주의 담론에 종속되어 자기 식민화의 과
정으로 나아가는 것이 아니라 새로운 문화를 형성하는 계기로 작동
한다. 이광수의 단편소설 「윤광호」, 「어린 벗에게」, 「방황」, 「사랑인
가」에서 식민주의 담론인 물질문명의 모순을 서사과정에서 표출한
다. 또한 '정'은 개인의 자발성을 막는 고루한 관습의 개혁을 통해
새로운 문화 창조의 계몽논리로 드러나기도 한다. 식민주의 담론을
모방하는 과정에서 드러난 정의 발현양상은 제국의 문명화 담론을
전유하면서 나타난 민족주의 담론의 혼성화의 모습이다.

한편 식민주의 담론의 핵심적 논리인 동화주의의 일방적 동일화로
폄하된 이광수의 「대구에서」는 오히려 '준비론'의 모습이 드러난 논
설이라 평가할 수 있다. 이것은 식민주의 담론을 사실적 모방에만 그
치는 것이 아니라 심화와 방해를 동시에 드러내는 양가적 텍스트로
기능했다. 「대구에서」의 동화주의적 측면은 식민주의 담론을 일방적
으로 수용하여 적극적 추수로 나아간 것이 아니라, 오히려 서술과정
에서 식민지인에 대한 불평등과 교육 기회의 차별, 취업의 차별 등
등의 모순점들이 드러나 '차이'의 텍스트로서 기능하였다. 그의 장
편소설 『무정』에서도 이런 양상을 찾을 수 있다. 『무정』은 구습의
기호로 작용하는 영채와 신문명의 표상으로 기능하는 선형사이에서
형식이 갈등하는 구조로 이루어진 작품이다. 형식은 신문명의 결여
로 '부인'되어야 할 영채와 박진사를 서술하는 과정에서 일제가 추
구하는 식민주의 문화, 정책, 담론들과 끊임없이 미끄러지면서 차이

　이광수 문학의 민족주의 담론의 양가성

를 낳게 된다. 영채와 박진사는 『무정』 텍스트에서 배제해야 될 인물이지만, 서사 과정에서는 식민지인이 간직해야 할 소중한 정신문화를 간직한 인물로 그려짐으로써 '차이'를 보이게 된다. 뿐만 아니라 식민주의 담론에서 옹호하는 조선 귀족층에 대한 서술 등 주변인물의 형상화와 심리 표출에서도 식민주의 담론과 차이를 보이면서 서사 과정에서 미끄러지는 양상을 보인다.

이러한 모습은 『무정』이 단순히 식민지 재생산 논리의 텍스트가 아니라 식민주의 담론과 문화적 요소들이 부딪쳐 상호 교섭하는 과정에서 만들어진 혼성적 텍스트로 읽게 한다. 식민지 시대에 식민지인의 문학을 해석함에 있어 거시적으로 드러나는 담론의 동일성에만 주목한다면 식민지 문학은 늘 식민주의 담론에 종속되거나 식민주의 담론을 완전히 거부한 텍스트로만 읽힐 것이다. 서사 과정에서 드러나는 '동일화'와 '차이'에 주목할 때 식민주의에 대한 무수한 분열은 식민지인의 새로운 담론과 저항의 계기로서 작용할 수 있는 것이다. 1910년대의 이광수 민족주의 담론의 혼성화와 양가성의 모습은 「2·8독립선언서」를 작성하는 동인과 1920년대 문화 민족주의 담론으로 나아가는 발판을 마련했다고 볼 수 있다.

1920년대 일제는 문화정치를 기획하면서 1910년대보다 더욱더 정책의 기만적인 이중성을 드러낸다. 언론과 경찰조직을 이용해 대중을 감시하고, 사상의 흐름을 통제하는 표리부동의 모순성을 드러냈다. 일제는 행정의 미시적 조직화를 통해 민중의 일상생활의 사소한 부분까지 간섭했으며, 언론 문화의 자율성을 보장한다는 미명하에 사상 검열을 더욱 강화했다. 또 사회주의 사상 통제를 위해 조선의 고유문화를 변용하여 정신의 중요성을 부각시켰으며, 외래사상의 폐해를 물질주의로 규정하면서 식민주의 담론을 형성시켜 나갔다. 그러나 이러한 반사회주의 담론인 정신주의 논리는 식민지 장에서 민족주의 담론과는 '동일화'와 '차이'를 반복하면서 또 다른 의미로 형성되었다.

1920년대 「민족개조론」은 상해 독립신문의 「개조」의 연장선상의 논의로서 이광수가 인식한 대중의 의미를 일관되게 규명하고 있었다. 이광수의 문화 민족주의 담론에서의 '대중'은 식민주의에서 배제하고 있는 계급적 대중과 동일시되는 계층이 아니며, 민족을 위해 행동할 수 있는 '사회적 개인'으로서의 의미를 지닌다. 이광수가 추구하는 정신과 인격의 개조는 반사회주의 담론인 식민주의 담론과는 논의의 맥락에서 미시적으로 '차이'가 드러났다. 식민주의 담론에서 '정신'은 유물론을 물질주의로 규정하여 사회주의 사상의 파급을 막기 위한 논리로 이용된 것이었다. 그러나 이광수의 '정신'은 서구 자본주의의 폐해에 대한 비판의 시각에서 비롯된 것으로 반사회주의 담론에만 규정지어 설명하기는 힘들다. 이광수의 정신 개조의 논리로 드러난 문화 민족주의는 일제의 정신 개조담론이 식민주의 담론으로 변용되는 과정에서 드러난 반사회주의 담론과는 그 모방의 과정에서 차이를 보였다. 그 차이는 대중에 대한 인식에서부터 시작된다. 식민주의 담론은 '계급적 주체'로서의 대중을 그 대상으로 지목하여, 사회주의 담론의 파급을 우려하여 형성된 것이다. 그러나 이광수의 정신 개조의 대상은 현재 조선을 좀먹고 있는 지식계급들과 지주, 소지주, 자본가들이며, 조선의 미래의 중추계급은 '농민'이라고 파악한다. '문화 민족주의'에서 추구하는 대중은 실천하는 민중이며, 조직적으로 훈련받고 수양되었을 때 미래의 중추계급으로 성장할 부류이다. 대중의 성격을 통해 볼 때, 반사회주의 담론을 식민주의 담론으로 제시하여 조선의 정신문화를 변용해 식민지인의 문화를 개조하려는 식민주의 논리와는 '차이'가 드러남을 확인할 수 있다. 1920년대 '문화론'은 민족의 전통과 정신이 결부되어 형성되었다. 이 시기의 민족주의는 서구의 문화 담론이 조선의 정신, 가치, 문화와 교섭함으로써 에스닉(ethnic) 공동체를 기반으로 한 유기체적 민족주의의 양상이 두드러지게 나타났다. 1920년대부터 대중의 결집을 주장했던 이광수의 민족주의 담론은 이 시기 '일선동조론'을 수용할 수 있는 사상적 바탕을 형성하였다.

1920년대 이광수의 민족주의 담론의 식민화의 논리로 해석되어온 텍스트인 『재생』, 『흙』뿐만 아니라 만주 유랑농민의 삶을 그린 『삼봉이네 집』에서도 대중이 조선의 현재와 미래를 이끌어 갈 계층임을 서사 과정에서 드러낸다. 이러한 민족주의는 당대 식민주의 담론과 '동일화'와 '차이'를 반복하면서, 식민지 장에 균열을 일으킬 뿐만 아니라 혼성적인 새로운 문화 민족주의 담론을 형성하고 있음을 확인할 수 있었다. 문화 민족주의는 문화 개조 담론의 상관관계 속에서 파악할 때, 조선인이 주체가 되고, '조직화된 사회적 개인'인 농민과 일반 대중이 주체가 되는 민족주의이다. 이는 당대 문화정치 기획에서 발생한 식민주의 담론과의 역동적인 관계에서 '차이'로 표출된 부분이다. '차이'로 드러나는 문화 민족주의는 1920년대 대중들에게 끊임없이 저항의 가능성을 일깨워주는 계기로 작용했을 것이다.

1930년대 중반이후부터 일제는 '근대 초극론'을 토대로 형성된 식민주의 담론으로 식민지인의 정신에 대한 지배를 실시한다. 그 대표적인 논리가 '황민화'로 드러나는 내선일체이다. 일제의 근대 초극론을 바탕으로 하는 식민주의 담론은 그 어느 시기보다 강제성을 발휘했으며, 역압적이었고 모순적이었다. 전시체제의 일제가 인정하는 사상적 논리는 일본의 전통 속에 형성된 '천황제 이데올로기'라는 독특한 군국주의 논리였다. 일제는 황민화 담론으로 조선인이 진정으로 황민이 되기를 원했다기보다는 근대 초극론을 명분으로 추진된 전쟁을 위한 노동력 제공을 위해 그 담론을 형성시켰다고 할 수 있다. 오히려 조선인이 일본인과 동등한 황민이 되는 것을 두려워했기 때문에, 일제는 정책과 담론을 이중적으로 실시하는 모순을 드러냈다. 결국 '황민화' 담론은 정신적 규율을 위한 상징적 조치일 뿐이었다. 이광수는 조선의 모든 정신체계를 일본적 정체성으로 통합하려는 일제의 황민화 논리를 자신의 민족주의 담론으로 변용하여 모방하지만, 서사 과정에서는 끊임없이 미끄러진다. 이광수는 일본정신의 수용보다 혈통의 동일성을 강조함으로써 일선동조론을 원형적 민족주의로 전환하여 자신의 민족주의 담론을 실현하고자 했다. 이광수의 '원형적 민족주의'는 1920년대부터 지녔던 이광수의 유기체적 민족관과 일제의 일선동조론의 교섭 과정에서 형성된 것이라 할 수 있다. 이러한 담론은 황민화를 전유하였지만 텍스트의 서사 과정에서 식민주의 담론과 이탈하는 양상을 나타냈다. 일제의 식민주의 담론인 황민화론은 이광수의 '황민 되기' 과정에서 균열을 드러냈다. 일본인이 아닌 조선인의 '황민 되기'는 온전한 황민이 되지 않기를 바라는 '일본인'과 절대로 일본인이 될 수 없지만 일본인이 되고 싶은 '조선인'의 갈등과 충돌의 모습인 것이다. 이 시기 원형적 민족주의는 식민주의 담론을 자신의 담론으로 전유하면서 식민지 장에서 새로운 의미의 민족주의 담론을 창조한 것이라 할 수 있다.

1940년대 이광수의 문학은 황민화 담론을 전유하여 글쓰기를 감행한다. 계몽 구조로 드러나는 그의 서사는 글쓰기의 언표 과정에서

 이광수 문학의 민족주의 담론의 양가성

끊임없이 황민화 담론과 '차이'를 보이면서 식민주의 담론에 균열을 일으킨다. 「진정 마음이 만나서야말로」, 「그들의 사랑」은 서사 과정에서 계몽서사의 역전으로 인해 계몽의 대상을 전치시키고 있으며, 「봄의 노래」는 성전 총동원 논리와 총후봉공 논리가 황민을 통해 이루어지는 것이 아니라, 오히려 일제 식민 통치로 피해를 본 인물을 긍정적으로 형상화함으로써, 작가가 계몽하고자 하는 논리가 서사 과정에서 이탈하게 된다. 또 「파리」는 총후봉공의 과잉봉사를 하는 자신의 모습을 희화화함으로써 '과잉봉사'의 모순을 보여준다. 이러한 서사의 양상은 계몽하고 있는 주체의 의미를 스스로 무화시킨다. 식민지 '국민문학'의 계몽 서사는 조선인이 조선인을 타자화해서 식민 본국인 일본인이 될 것을 요구하는 형식으로 이루어진다. 그러나 식민주의 담론을 모방하는 수행적 차원에서의 드러나는 서사는 모순과 균열이 나타난다. 작가의 의도와 상관없이 형성된 모방의 양가성은 일제 식민주의의 담론을 이탈하게 되어 의도된 국민문학에서도 '차이'를 드러낸다. 이광수의 후반기 문학에서 민족주의 담론은 황민화 담론으로 대체되었다. 그러나 이 민족주의 담론은 식민지 장에서 지배 담론에 완전히 흡수되지 않고 식민지 장에서 새로운 민족주의 담론으로 생성하게 된다. 이러한 시각은 일제 후반기 문학에 대한 새로운 시각을 제공하는 계기가 될 수도 있을 것이다. 거대 담론의 틀에 매여 '저항'과 '타협'으로만 논했던 문학사는 일제 후반기 문학에 대해 침묵할 수밖에 없었고, 그 시기는 문학사의 공백기로 남아야 했다. 그러나 식민지 시대의 다양한 담론들의 수용과 갈등을 통해 드러나는 미시적인 '차이'에도 주의를 기울인다면, 일제 강점 후반기 문학의 의미를 새롭게 규정할 수 있을 것이다.

이상에서 살펴본 이광수 문학에 나타난 민족주의 담론의 양가성을 살펴보았다. 이광수의 민족주의 담론이 전유한 '문명화론', '문화론', '황민화론'은 '제국의 담론'과 '일제의 국체 담론'이었다. 이광수는 이러한 담론이 조선 민족을 키울 수 있는 유일한 방법이라 인식하였다. 조선이 진정한 국민국가가 되기를 욕망했던 이광수는 식민지인으로서 제국의 담론을 모방했지만, 이것은 일제의 신체제 담론을 온전히 재생시킨 논리가 아니라 식민지 공간에서 혼성성을 담지한 또 다른 담론으로 기능했다.

식민지 시대의 이광수 문학에 나타난 민족주의 담론은 식민지 공간에서 식민주의 담론과 완전히 '동일화'되지 않고 글쓰기의 과정에서 끊임없이 '차이'를 나타냈다. 1910년대 준비론, 1920년대에서 1930년대의 문화 민족주의 담론, 1930년대 후반 이후의 원형적 민족주의 담론은 다양하게 변화하는 식민주의 담론과의 역동적 관계 속에서 양가적으로 드러남을 확인할 수 있었다. 식민주의 담론을 고정된 틀에 가둔 후에 식민지의 담론을 해석할 때, 식민지 장에 나타난 저항의 계기를 찾을 수 있는 길은 열리지 않는다. 그러나 식민주의 담론을 정형화의 틀에 고정시키지 않고, 식민지인의 담론과의 관계성을 통해 살펴볼 때는, 식민주의 담론과의 미시적 '차이'들이 식민지에서 저항의 계기로 작동될 수 있음을 알 수 있다.

 이광수 문학의 민족주의 담론의 양가성

제2부: 식민지 담론과 민족 서사

1920년대 이광수의 역사 내러티브와
민족주의 담론의 양상
- 역사 소설 『단종애사』를 중심으로

1. 역사 내러티브와 '문학'의 상동성

이 논문은 1920년대 이광수의 역사소설에 나타난 서사 전략을 통해 그의 민족주의 담론이 역사 내러티브로 구성될 때 나타나는 양상과 의미를 밝히는 것을 목적으로 한다. 이 시기 일제는 식민정책을 '문화정치'로 전환하여, 표면적으로는 조선인의 표현과 언론의 자유를 공식적으로 공표하였다. 이 정책은 식민지 조선인의 회유를 위한 기만적인 것이었지만, 1920년대 조선인이 간행한 언론 매체와 잡지들이 대거 쏟아져 나올 수 있는 계기가 되기도 하였다. 그 중『동아일보』와『조선일보』의 민족지의 출현은 식민지 조선에 다양한 담론을 형성하는데 일조하였다. 민족지의 탄생은 1920년대 문화정책과 맞물리면서 조선인의 정체성을 회복하기 위한 매개체로 활용되었다. 이는 당대 신문의 연재소설로 역사소설이 대거 출현한 것을 통해서도 확인할 수 있다. 그 정점에서 활약한 작가가 바로 이광수이다. 이광수는 『동아일보』의 지면을 이용해 역사소설을 창작하고 연재하기 시작한다. 1926년 『마의 태자』를 시작으로 1928년 『단종 애사』로 이어지는 역사소설은 그가 추구하는 당대 문화론에 담긴 민족주의 담론의 양상을 드러내는 텍스트이다.

이광수의 역사소설에 대한 연구는 주로 그의 역사소설에 나타난 역사인식과 소설로서의 형상화 문제를 지적하면서부터 시작되었다. 그 출발이 된 연구가 김동인의 「춘원연구」이다. 김동인은 이광수의 역사소설은 역사에 대한 고증이 정확하지 않으며, 조선시대의 역사와 문화적 사실에 대한 오류가 많다고 혹평하였다.[1] 이것은 그의 역사소설에 드러난 역사인식에 문제가 있음을 지적한 것이기도 하다. 또 역사를 소재로 택했지만 소설적 형상화가 미흡하다고 지적했다. 남효온의 『육신전』을 그대로 옮겨 온 수준이라고 폄하하였다.[2] 즉 김동인은 역사소설이 역사를 소재로 채택하여 역사적 사실을 잘 보여주되, 서사의 진행은 소설적 상상력을 발휘하여 형상화되어야 한다고 주장한다는 관점을 기준으로 삼았다고 볼 수 있다. 이는 기본적으로 역사소설의 '역사' 부분과 '소설' 부분을 각각 나누어서 의미부여를 하는 이분법적 시각이 전제된 것이다.

김동인의 논의를 필두로 이후 역사소설에 대한 연구의 초점은 주로 역사와 문학의 관계를 어떻게 규정할 것인가로 이루어져 왔다.[3] 이러한 논의는 역사와 문학을 사실성과 허구성으로 규정하고, 이것의 이중성을 동시에 갖춘 것을 역사소설로 명명하고 있다. 이러한 논의 아래 이광수의 역사소설은 사실적 부분에 치중하여 소설적 상

---

1) 김동인, 「춘원연구(十)」, 『삼천리 문학』 2집, 삼천리사, 1938. 4.
2) 김동인, 「춘원연구(十一)~(十二)」, 『삼천리』 제10권, 11권, 삼천리사, 1938. 10~ 1939. 1.
3) 이재선, 「역사소설의 성취와 반성」, 『현대 한국문학 100년』, 민음사, 1999. ; 이주형, 「한국 역사소설의 전개양상, 그 성취와 한계」, 『한국현대소설과 민족현실의 인식』, 역락, 2007.

상력이 부족한 작품이라고 평가 되었다. 이러한 논의를 바탕으로 다수의 연구자들은 서구 장편 소설 이론인 루카치의 『역사소설론』을 가져와 우리의 근대 역사소설을 평가하는 기준으로 삼고, "역사소설은 과거를 현재의 전사로서 충실히 형상화함으로써 현재에의 인식을 풍부히 하는 기능을 수행할 때 가장 긍정적인 의의를 지닌다"4)고 지적한다. 그래서 이광수의 역사소설은 작가의 보수적 민족주의가 지닌 사상적 한계와 이념의 제시를 위해 사실의 왜곡 등으로 바람직한 성과에 도달하지 못하고 있다고 파악한다. 즉 작가의 역사의식의 미숙함과 현실 인식에 대한 불성실한 태도 등을 들어 부정적으로 해석하는 경우가 이 시기 많은 연구자의 논의에서 이루어졌다.5) 이러한 분석은 역사소설은 반드시 역사성과 함께 소설 미학적 형상화를 잘 보여주는 것이 역사소설로서 의의가 있다는 전제에서 출발한 것이다.

　최근에는 당대의 여러 담론과의 상관성을 통해 근대 역사소설 기원과 계보를 추적하는 논의들이 나타나고 있다.6) 이러한 논의는 이광수의 역사소설에 국한된 것이 아니라 근대 역사소설의 형성을 당대의 다양한 담론과의 상관성을 통해 추적해냄으로써 서구 이론의 일방적 수용을 통한 해석에 비해 한국의 근대 역사소설 전반을 해석하는 관점으로 유용한 논의라 할 수 있다.

　이러한 기존 논의를 참고로 하면서도 기본적으로 본고에서는 역

---

4) 강영주, 「이광수의 역사소설」, 『한국학보』 39호, 일지사, 1985, 71쪽.

5) 백낙청, 「역사소설과 역사의식」, 『한국근대문학사론』, 한길사, 1982. ; 윤병노, 『한국 근현대 문학사』, 명문당, 1991.

6) 이승윤, 「한국 근대 역사소설의 형성과 전개」, 연세대학교 박사학위논문, 2005. 12. ; 김병길, 「한국근대 신문연재 역사소설의 기원과 계보」, 연세대학교 박사학위논문, 2006. 7.

사소설의 개념을 다소 다른 관점에서 바라보고 있음을 지적하고자 한다. 역사소설에서 역사의 사실적 인식과 소설 미학적 측면을 이분법적으로 구분하지 않고, '역사'에 이미 '서사'가 개입되어 있다는 전제에서 출발하여, 문학과 역사가 가지는 서술상의 '상동성'에 초점을 두고 논의하고자 한다. 즉 역사를 소재로 하는 역사소설은 역사에 내러티브가 개입되어 있기 때문에 역사는 논증을 바탕으로 이루어졌다는 역사가들의 재현방식도 사실은 결국 내러티브와 차이가 없다는 것이다.[7] 즉 역사에 소설적 상상력을 가미한 역사소설의 서사도 기본적으로 역사와 상동성을 갖는다는 것이다.[8] 그렇다고 해서 역사소설의 서사적 특성이 역사와 동일하다는 의미는 아니다. 역사적 사실의 내러티브적 성격과 역사소설의 허구적 서사를 동일시하여 서술하는 것이 아니라, 기존 논의에서 다소 간과한 상동성의 측면에서 좀 더 의미부여를 한다는 것이다.

본고에서는 역사소설에 대한 위의 개념을 토대로 이광수의 1920년대 역사소설 『단종애사』를 분석의 대상으로 삼는다. 이러한 개념 위에 『단종애사』가 당대 식민지 문화 담론과의 상관관계 속에서 어떤 의미를 표출하는지를 고찰할 것이다. 이를 위해 먼저 텍스트의 역사 서사 전략이 이광수가 추구하는 민족주의를 어떤 방식으로 재생산하는지를 살펴볼 것이다. 또 당대 역사 소설이 민족주의 담론과

---

7) 헤이든 화이트, 천형균 역, 『19세기 유럽의 역사적 상상력―메타역사』, 문학과 지성사, 1991, 11~62쪽.

8) 역사란 객관적 실재로 가정되는 사건들로부터 임의적 추출, 배열의 과정을 거침으로써 의미화된 텍스트에 지나지 않는다. 따라서 모든 역사서술은 이야기 곧 언어적 형태로 물질화된 2차 텍스트라 할 수 있다. 이러한 관점에서 역사 서술과 소설 간의 실질적인 경계란 상상의 관념에 불과한 것임을 알 수 있다.
김병길, 「역사, 역사소설, 역사소설론에 대한 네거티브」, 『현대 문학의 연구』 24집, 한국문학연구학회, 2004, 244쪽.

  식민지 담론과 민족 서사

관계 맺는 방식을 통해 역사 담론의 의미를 도출할 것이다.

식민지 현실에서 식민 본국의 정책과 담론은 수행적 차원에서 이루어질 때는 모순과 충돌이 발생할 수밖에 없다. 1920년대 행해진 식민지 문화정책은 식민지 현실에서 식민지인에게 언론 매체 간행의 자유가 주어졌지만, 이것은 검열과 규제가 동반된 것이었으며 식민지 문화 담론 형성에도 균열을 가져올 수밖에 없었다. 이러한 상황에서 언론 매체에 연재한 역사소설은 다양한 담론과의 역학관계 속에서 굴절된 양상을 보일 것이다. 본고에서는 식민 정책의 역학관계 속에서 드러나는 이광수의 역사 내러티브의 양상을 그가 추구한 민족주의 담론과의 관계에서 고찰할 것이다. 즉 1920년대 이광수의 역사 소설이 보여주고자 한 역사 담론의 의미를 살펴봄으로써 근대 역사소설의 위상과 의미를 밝히는 작업이 될 것이다.

2. 1920년대 식민지 문화 담론과 역사 내러티브

1920년대 일제는 민간 언론을 부분적으로 허용한다. 1910년대의 무단 통치기의 언론통제가 오히려 조선인들의 정치·문화적 움직임들을 간파할 수 없게 하는 허점으로 작용하였기 때문이다. 그러나 1920년대의 언론의 허용은 법조항과 출판지법을 통해 일본 본국의 법과는 차별을 두는 방식으로 이루어졌다.[9] 일제는 언론차별에 대해 조선인의 문화와 민도의 차이를 내세우면서 이를 합리화하였다.

---

9) 조선에 적용된 출판법은 허가제를 통해 사전 검열을 할 수 있고, 각종 검열 내용은 일제에게 유리하게 적용되었으며, 일본과 비교해서 형량에서도 훨씬 혹독하였다.
　이재진·이민주, 「1920년대 일제 '문화정치' 시기의 법치적 언론통제의 폭압적 성격에 대한 재조명」, 『한국언론학보』 50권, 한국언론학회, 2006. 2, 235쪽.

문화정치는 언론 허용, 보통 경찰제 등을 통해 이데올로기적 국가기구를 일상생활에까지 확장시켰다는 면에서 더욱 교묘하고 이중적인 통치방식이었다. 일제는 조선인의 교육, 종교, 대중매체, 예술에 대한 국가권력을 확대하였을 뿐만 아니라 청결검사까지 실시하면서 문화적 측면에서 민중의 정보를 개별적으로 통제할 수 있는 시스템을 구축하였다. 이러한 시스템은 문화의 영역에 깊이 개입할 수 있는 여건을 만들어 주었다. 일제가 통제한 문화의 대상은 조선의 민족성(ethnicity)과 정신이었다.[10] 일제는 조선 문화의 특성을 조사하는 것에서부터 조선인의 정신지배를 시작했다. 조선인의 정신문화를 조사한 것은 조선인의 사상적 토대를 일본적 정신으로 변용하기 위해서였다.[11]

일제가 조선에 언론을 허용하게 되면서 다양한 매체를 통해 식민주의 담론이 조선의 문화와 일상에 침투하게 되었다. 일제는 담론 형성과정에서 조선의 정신문화를 유용하게 활용한다. 1920년대에 일제는 민간신앙, 무속을 조선의 고유문화로 부각하는데, 거기에는 이러한 고유문화를 원용하여 조선 사회에 퍼지고 있는 외래사상인 사회주의 사상에 대해 반감을 갖게 하려는 의도가 담겨 있다. 이것은 조선인의 민중의식을 식민지 국민의식으로 개량하여 사회 교화의 소재로 이용하려는 것이다. 즉 상하질서에 순종하는 봉건적인 정서를 조장하여 조선인에게 식민지배체제에 순응하도록 하는 데에 활용하였다.[12] 이 시기 식민주의 담론은 일본의 문화만을 조선인에게 동

---

10) 마이클 신, 「'문화정치'시기의 문화정책」, 『일제 식민지 시기의 통치체제 형성』, 혜안, 2006, 272쪽.

11) 1920년대 문화정치 관련에 대한 자세한 내용은 김경미, 「이광수 문학에 나타난 민족주의 담론의 양가성 연구」, 경북대학교 박사학위논문, 2007. 12, 70~128쪽 참조.

화시키는 방식이 아니라 조선 문화까지도 변용하여 정신의 내선융화를 추구하려 하였다.

1920년대 식민주의 담론이 추구한 문화론의 핵심인 민족성과 정신에 대한 강조는 식민지 조선에서도 영향을 받을 수밖에 없었으며, 언론 매체들은 대대적으로 조선의 전통과 민속에 대한 관심을 보이면서 그것들에 대한 기획물들을 신문에 게재하였다. 당대 『동아일보』주간이었으며, 「민족개조론」으로 질타와 주목을 동시에 받은 이광수도 일제의 문화정책을 표면적으로 수용하였다. 정치적 활동을 할 수 없었던 현실상황에서 이광수는 기본적으로 문화적 접근을 통한 민족성 개조와 문화 민족주의를 추구하였다. 이광수는 「민족개조론」에서 개조운동은 민족성과 민족생활에 국한된 것임과 기본적으로 정치성을 배제한 문화적인 부분임을 강조한다.13) 이광수는 "조선은 극히 單純한 一民族으로 性情과 言語와 生活의 目的이 單一함으로 改造하기에는 가장 根本的인 便宜를 가젓다"14)라고 말한다. 이러한 논리는 스미스가 민족 정체성을 에스닉(ethnic) 공동체에서 기원하고 있다고 말한 부분과 일맥상통한다. 스미스는 민족 정체성은 공유된 기억과 집단적 운명, 문화적 단위에서 경계 짓는 신화, 기억, 상징, 가치 속에서 형성된 문화적 친근감이라고 파악한다.15) 그는 공동체의 이러한 요소가 민족적 정체성을 형성하는데 중요한 역할을 한다고 보았다. 민족 정체성을 형성하는 요소인 역사적 영토, 고향, 공통의 신화와 역사적 기억들, 공통의 문화, 멤버들의 권리와 의무 등은 에스닉 공동체에 기원을 두고 있다고 파악한다.16) 이광수가 지적하고

---

12) 이지원, 『한국 근대 문화 사상사 연구』, 혜안, 2007, 168~169쪽.

13) 이광수, 「민족개조론」, 『개벽』 23호, 1922. 5, 72쪽 참고.

14) 이광수, 위의 책, 50쪽.

15) Anthony D. Smith, *National identity*, University of Nevada Press, 1991, pp.18~29.

있는 문화론적 차원에서의 민족주의적 성향은 스미스의 민족적 정체성의 요소와 동일한 맥락이라고 볼 수 있다.[17] 이것은 민족의 기원을 찾는 것으로 결국 상상의 공동체인 근대 민족주의를 형성하기 위한 전제가 될 뿐만 아니라 조선인에게 필수불가결한 정당성을 부여해준다.

1920년대 이광수가 주장하는 문화 담론은 일제의 식민주의 담론인 정신주의를 모방[18]하면서 자신이 추구하고자 하는 민족주의를 형성하는데 활용한다. 그의 문화 담론은 곧바로 문화를 전면적으로 부각하면서, 표면적으로 드러나는 언설의 양상과 달리 정치성을 내포하는 민족주의로 나아간다. 이는 문화 민족주의가 가지고 있는 기본적인 속성에서도 파악할 수 있다. 문화 민족주의의 중요성은 무정치성이나 비정치성에 있는 것이 아니고, 문화 민족주의가 정치적 정통성의 문제에 발생하는 근본적인 변화에 주목한다. 문화는 정치와 잠재적 연관성을 지녔을 뿐만 아니라 정치에 불가피하게 필요한 것으로 대두되고 있다. 민족은 정치적 충성으로 공통의 주권자에게 바치는 사람들의 집단이 아니고 정신적 유대와 문화적 전통으로 엮여 있는 공동체인 것이다.[19] 결국 문화 민족주의는 정치성이 배제된 것

---

16) Anthony D. Smith, ibid, p.14.

17) 이광수의 문화 담론과 문화 민족주의의 발현은 공통의 역사적 기억과 신화를 그리는 역사소설 창작으로 이어진다. 역사소설의 창작 열기는 당대의 문화 담론과 이광수의 문화 민족주의 논리와 밀접한 관련성을 맺고 있다.

18) 이 글에서 '모방'의 개념은 바바의 양가성 이론에서 나온 개념이다. 모방은 피식민자가 서구 문명을 수용하면서 식민자를 닮은 순응적인 주체로 탄생되는 과정이다. 그러나 모방은 양가성을 둘러싸고 구성됨으로써, 단순히 서구문명의 이식이 아니라 혼성화된 모습으로 드러난다는 것이다.
호미 바바, 나병철 역, 『문화의 위치』, 소명, 2002, 178~191쪽 참조.

19) 박의경은 근대 민족주의는 '문화의 정치화', '정치의 문화화'라는 말에서도 알 수 있듯이 민족주의는 문화적 가치를 고려하지 않고는 존재할 수 없다고 파악한다. 그러나 이러한 변화가 발생하기 위하여, 문화가 정치적 주장에 공조하기 위하여,

이 아니라 정치적으로 조명되기 위한 전제로서 기능하는 것이다. 유기체적 민족관의 바탕 위에 형성된 문화 민족주의는 식민지 장이라는 공간에서의 수행으로 정치성은 내면으로 침잠할 수밖에 없었다.

앞서 살펴본 대로 1920년대 문화 담론은 공유된 기억과 공통의 신화를 통해 민족성을 고양하는 등 표면적으로는 일제의 문화정책이 추구하는 것을 적극적으로 모방하였다. 그러나 식민지에서 수행적으로 나타날 때는 모순적이며 기형적인 것이었다. 일제의 식민주의 담론은 정신의 개량화로 내선융화를 바란 것이었다면, 이광수의 문화론은 조선인들만의 공유된 기억을 복구하여 민족성을 회복하자는 것이었다. 이 문화론의 밑바탕에는 조선인의 공통된 문화와 기억을 통해 대중을 계몽하고자 하는 의도가 담겨 있다. 1920년대 이광수가 주장하는 '대중'은 표면적으로는 반사회주의 담론이 표상하는 '정신주의'의 발현으로 드러나지만, 이는 반사회주의 담론에서 배태된 정신주의가 아니라 서구의 자유주의 정신을 담지하면서 집단과 사회를 중심에 두는 '사회적 개인'으로서의 의미를 지닌 것이다.[20] 이광수는 '국가' 기구가 없는 조선에서는 상상의 공동체인 '민족'을 상정할 수밖에 없는데, 이 민족이 정치적 단체인 국가가 되기 위해서는 사회적 개인으로 생활할 것을 강조한다. 그러기 위해서 이광수는 대중의 집단 기억을 활용한다. 각각의 개인이 공동의 사회 집단에 소속되었음을 각인시키는 방식인 것이다.

사회 집단은 동일한 기억을 공유하고, 그 기억을 통해 자기 집단에 대한 귀속감을 확인한다는 점에서 기억공동체의 성격을 띤다. 어

문화 그 자체가 우선적으로 정치적 맥락에서 조명되어야 한다는 것이다.
박의경, 「민족문화와 정치적 정통성」, 『한국정치학보』 36집, 한국 정치학회, 2002, 66쪽 참고.
20) 김경미, 앞의 책, 100쪽.

떤 사건이 한 집단의 공동체적 기억 속에 뿌리를 내리려면, 그 사건에는 그 집단만의 독특성과 지속성이 담겨 있어야 한다. 독특성이란 그 집단만이 간직하고 있다고 믿어지는 고유한 속성들을 의미한다.21) 집단 기억은 단순히 과거의 기억을 불러오는 데 그치는 것이 아니라 과거의 사건을 현재의 상황에서 재구성하여 현재의 대중에게 인식시킨다. 이러한 공통된 기억을 가져올 수 있는 가장 적합한 방식은 바로 과거 기억의 집결체인 역사를 가져오는 것이다. 과거 기억의 집결체인 역사를 가져오더라도 기본적으로 역사는 "과거를 사실 그대로 재구성하는 것이 아니라, 자기 이해관계에 맞는 사실들을 강조-종속-배제의 원리에 따라 구성"22)하는 것이다. 결국 역사 서술은 이해관계를 놓고 서로 충돌하는 논리를 자기 방식으로 구성하는 담론일 뿐이다. 이런 논리에서 볼 때 이광수가 역사를 소재로 과거의 기억을 새롭게 재구성한 방식은 바로 '역사 내러티브'이다.

역사 내러티브는 현재의 상황에 맞게 과거를 복원할 수 있으며, 기억으로 현재를 읽음으로써 현실에 대한 상황파악과 대중의 민족 의식을 환기시키는 역할을 한다. 정치성이 발현될 수 없는 시대에 역사 내러티브를 통한 대중의 계몽은 유용할 뿐더러 당대 식민주의 담론에도 이탈되지 않는 것이다. 역사는 기억의 언어화이며, 언어로 표현된 역사에는 이미 이야기 구조가 내재해 있다. 즉 역사 내러티브는 언어로 이야기된 집단 기억의 표상인 것이다. 언어로 표현된 순간 그 기억은 담론으로 형성된다. "기억의 대상은 과거 그 자체라기보다는 텍스트이다. 독자 혹은 집단 기억 속의 대중은 능동적으로 매개하는 행위자가 된다는 것이다. 왜냐하면 집단 기억은 독자, 대

---

21) 최호근, 「집단 기억과 역사」, 『역사교육』 85집, 역사교육연구회, 2003, 165쪽.
22) 최호근, 위의 책, 170쪽.

 식민지 담론과 민족 서사

중에 의해 자체적으로 생산되어 그들의 생각 속에 저장되는 것이 아니라, 오히려 텍스트와 마주하는 독자와 대중에 의해 자신의 존재를 구성해 내고 드러내는 것이기 때문이다."23) 이런 맥락에서 볼 때 계몽의 대상인 대중은 기억하는 행위자이면서 집단 기억을 전파하는 매개자이기도 하다. 그리고 역사 내러티브는 집단 기억을 생성하고 전파하는 문화적 도구로 기능하는 텍스트인 것이다.

1920년대의 이광수의 역사 내러티브는 대중의 집단 기억을 통해 계몽 담론으로서 기능한다.24) 이광수는 대중의 기억을 조선시대의 왕조사로 회귀시킨다. 이광수가 역사 소설을 창작한 시대현실은 민족의 지속성을 잃은 식민지 상황이다. 이런 현실 상황에서, 과거의 기억인 조선은 민족 공동체가 지속적으로 유지되던 시절로 민족의 정통성을 회복할 수 있는 표본으로서의 역할을 한다. 즉 이광수는 중세의 왕조사를 전유하면서 근대 민족주의의 부활을 꾀하고자 한 것이다. 왕조사를 전유한 역사 내러티브는 조선이 지속성을 가진 민족임을 기억해내고 복원함으로써 대중으로 하여금 현재의 부재함을 일깨우고 미래의 국민으로서의 삶을 각인시키는 계몽 담론으로서 작용한다.

앞서 살펴보았듯이 1920년대는 일제의 문화정책으로 조선인에게 언론 매체의 간행이 허용되었던 시기였다. 대중매체는 기본적으로

---

23) 양호환, 「집단 기억, 역사의식, 역사교육」, 『역사교육』 109집, 역사교육연구회, 2009, 13쪽.

24) 이광수의 역사 내러티브는 허구적 서사를 추가함으로써 대중성을 함유하게 되고, 이 대중적 요소들로 인해 많은 독자를 확보하게 된다. 이것은 결국 계몽 담론을 형성하는 중요한 역할로 기여하게 되는 것이다. 이광수는 조선 민족의 역사에서 가장 민족성을 잘 드러내면서 장점과 단점을 골고루 보여주는 시대가 단종조로 보았다. 이것이 본고에서 『단종애사』를 1920년대 역사 서사 텍스트로 선정한 이유이기도 한다.

국가에 일어난 중요한 역사적 사건이나 이것에 대한 사람들의 기억을 기록하고 해석하고 재해석하는 기능을 한다. 과거를 현재로 불러오고 현재의 의미를 재구성하면서, 대중매체는 과거를 인식하고 이해하는 역사인식의 방향에 직간접적인 영향을 미친다. 단순히 과거에 대한 사실적인 정보를 투명하게 전달하는 차원을 넘어 기억의 형태와 내용을 조건 짓는 하나의 맥락으로서, 과거에 대한 다양한 때로는 상충되는 기억을 매개하고 그것에 대한 인식의 틀을 제공한다.25) 매체는 사회의 문화적 기억을 소통하는 중요한 매개체로서 공적 공간에서 집단 기억인 내러티브를 구체화하고 소통시키는 하나의 조건이 되고, 기억을 매개하여 우리가 무엇을 기억하고 어떻게 기억할지의 문제에 개입하게 되는 것이다.26) 이광수는 역사 내러티브를 통해 식민지 조선인을 '민족'으로 호명하였고, 이것을 신문이라는 대중 매체를 통해 집단 기억으로 각인시키는데 성공하였다. 당대의 대중인 독자는 서사를 통한 담론형성에 동참하게 되는 것이다. 이러한 매커니즘이 1920년대 역사 내러티브를 활성화시키는 동력으로 작용했으며, 역사 내러티브는 식민지 상황에서 정체성을 가질 수 없었던 조선 민족에게 공통의 기억과 문화를 가진 집단으로 인식하는 계기를 만들어 주었다.

결국 1920년대 식민지 문화 담론은 조선인들에게 '민족'에 대한 인식을 조선의 왕조사를 전유한 역사 내러티브로 형성하게 했으며, 언론매체의 허용이라는 일제의 문화정책이 작동되면서 양자의 역학 관계 속에서 이루어졌다. 기억의 재구성으로서 역사 내러티브는

---

25) 이동후, 「국가주의 집합기억의 재생산―일본역사교과서 파동을 중심으로」, 『언론
    과 사회』 11권 2호, 성곡언론문화재단, 2003, 72~73쪽.
26) 이동후, 위의 책, 76쪽.

 식민지 담론과 민족 서사

1920년대 대중에게 하나의 담론으로서 기능하였다.

3. 『단종애사』의 서사 전략과 민족주의 담론의 역학관계

이광수의 역사소설은 앞장에서 살펴보았듯이 기본적으로 식민지 현실에서 대중에 대한 계몽의도로 쓴 작품이라 할 수 있다. 즉 대중의 집단 기억을 복원하여 현재의 식민지 조선의 현실을 인식하고, 상상의 공동체인 '민족'에 대한 관념을 유기체적 민족으로 환원시켜 식민지 조선인 스스로를 지탱할 근본적인 조건을 부여해준다.[27] 이광수는 역사소설의 서사 전략을 통해 자신이 텍스트에서 추구하고자 한 민족주의 담론을 이면적으로 제시한다. 계몽 텍스트로 역사 서사를 선택함으로써 그의 소설에서 사실과 허구의 경계는 의미를 상실한다.[28] 이광수가 추구한 역사소설 『단종애사』의 서사 전략은 사실 효과(reality-effect)를 살린 재현방식이다. 또 서술 방법으로는 작가와 서술자를 동일선상에 위치시키고, 제3의 인물의 시선을 통해 신뢰성과 객관성을 확보하는 인물 초점화 방식을 구사한다. 이는 당대 식민지인 독자들이 텍스트를 읽는 과정에서 자연스럽게 자신이

---

27) 1920년대 '민족'의 복원을 위한 노력은 다양한 방식으로 이루어져 왔다. 최남선의 고대사 연구, 문화유산 답사 등도 민족 담론을 형성하는 데 기여했으나, 본고에서는 서사전략을 통해 이루어진 민족주의 담론의 형성을 고찰하기 위해 이광수의 『단종애사』를 주요 텍스트로 설정한다.

28) 송기섭은 과거를 재현하는 정당한 방식으로 역사소설이 시대의 계몽 텍스트가 되면서 역사와 허구의 경계는 소멸한다고 파악한다. 유교적 가치가 민족의 집단적 정체성을 확보하고 확산시킬 서사의 이념으로 받아들여지면서 근대 역사소설은 역사의 재현 양식으로 서사적 도식성을 얻는다고 말한다.
송기섭, 「근대 역사소설의 서사적 조건」, 『어문학』 86집, 한국어문학회, 2004, 371~372쪽. ; 루샤오펑, 조미원외 2인 역, 『역사에서 허구로』, 길, 2001, 82~83쪽 참고.

나아가야 할 방향을 깨닫게 하는 역할을 한다. 또 『단종애사』는 『동아일보』에 연재함으로써 서사 전개 전략이 기본적으로 대중의 흥미 유발에 초점을 두고 있다. 대중성은 신문을 구독하는 독자의 수를 증가시키는 역할을 하여 다수의 독자를 독서 인구로 흡수할 수 있다. 이러한 서사 전략은 당대 역사 소설의 전형이자 『단종애사』를 통해 작가가 추구하고자 한 민족주의 담론을 형성하는 방법이다.

1) 고증적 역사의 사실 효과와 민족 복원

이광수의 『단종애사』는 역사의 실재 사건과 인물을 소재로 가져와 일대기적으로 서술하고 있어서 기존의 역사서와 별반 다르지 않다는 부정적 평가를 받아왔다. 즉 공적인 왕조사의 가공되지 않은 역사적 사실을 일차적 자료로 삼으면서 서술하는 방식이라는 것이다. 그러나 기본적으로 역사가 '언어로 표상된 과거'인 담론의 구성물로서 허구와 다르지 않다[29]는 전제에서 출발한다면, 기존 논의에서 부정적으로 평가된 부분은 이광수 역사소설의 기본적인 서사의 특징으로 재해석할 수 있을 것이다.

역사소설에 있어서 사실성과 허구성을 불변하는 범주인 양 상상하는 것을 깨뜨리는 개념으로 사실 효과에 대해 주목할 필요가 있

---

29) 공임순은 역사적 이해라는 것은 이야기를 따라가는 것, 다시 말해 독자의 관심을 이끌어 내고 독자와의 동일시를 유도해내는 이야기 따라가기와 다르지 않다고 말한 역사가를 통해 역사의 이해 가능성이란 이야기하기의 이해 가능성에 다름 아니며, 파편적이고 개별적인 사건들을 통일된 연속체로 만드는 허구적 개연성의 역동적 과정과 다르지 않다고 파악한다. 즉 허구와 역사와의 차이는 상상력의 질적 차이가 아니라 단지 정도의 차이에 지나지 않는다고 파악한다.
공임순, 「한국 근대 역사소설의 장르론적 연구」, 서강대학교 박사학위논문, 2000년, 16~17쪽 참고.

다. 이 개념은 사실이라는 것이 외적으로 고정된 실체가 아니라 끊임없이 산출되고 재구성되는 담론의 효과물이며, 사실은 다양하게 생산될 수 있다는 것을 전제로 한 것이다. 즉 사실 효과는 사실주의가 실제로 외적 현실을 그대로 반영한 것이 아니라 사실 효과를 통해 그들 나름의 현실을 만들어 낸 것에 지나지 않는다는 것이다.[30] 역사소설이나 역사에서 진실이나 사실은 더 이상 텍스트 바깥에 놓여있는 것에서 직접적으로 결과하는 것이 아니라, 발화 그 자체의 문맥에 의해 구체적인 담화의 결과물로서 산출된다는 것이다.

『단종애사』는 1928년 11월 30일부터 1929년 12월 11일까지 『동아일보』에 실린 작품이다. 이 작품은 연재와 동시에 당대 대중들의 인기를 상당히 얻었다. 『단종애사』는 기본적으로 남효온의 『육신전』이라는 역사물에 의거하여 쓴 작품으로 공적 사실에 기대고 있다. 이는 작가의 서술 과정에서 드러나는 사건과 상황에 대해서 독자가 진실성을 갖게 되는 원인으로 작용한다. 즉 작품의 주요 인물과 사건을 독자들은 과거에 실제로 발생했던 것으로 인지하기 때문에 작품에 대한 기대지평은 더욱더 확장된다. 『단종애사』에서 외적 원천에 기대어 서사를 진행하므로 서사 과정에서 작가와 서술자가 분리되지 않고 겹치는 경우가 많다. 또 서술자가 사건을 설명하고 해석하는 논평자의 입장이 되기도 하고, 앞으로 일어날 사건에 대해 미리 예고하기도 한다. 즉 독자에게 서술자는 역사가와 동일한 위치를 부여받는다. 이러한 서술 형태는 독자로 하여금 현재 진행되고 있는 서사는 '허구'로 인식하기 전에 '실제로 과거에 일어났던 일'들로 인지하게 하는 사실 효과적 재현방식이라 할 수 있다.

---

30) Roland Barthes, "The reality effect", French Literary Theory today, trans R, Carter Cambridge Uni., 1982.(공임순, 위의 책, 21쪽 재인용.)

수양은 열네 살에 남의 집 유부녀의 방에서 자다가 본서방에게 들키어 발로 뒷벽을 차서 무너뜨리고 달아나기를 십리나 하였고, 열여섯 살 적에는 왕방산 사냥에 하루에 노루와 사슴을 스무마리나 쏘아 잡아서 전신이 피투성이가 되어 이영기로 하여금, 『뜻 밖에 태조대왕의 신무를 다시 뵈옵니다.』하고 눈물을 흘리게 하였다.

세종께서는 수양대군이 너무 날래고 날뛰는 것을 지르기 위하여 항상 소매 넓은 웃웃과 가랑이 넓은 바지를 입히시고, 『너같이 날랜 삶은 넓은 옷을 입어야 쓴다.』하여 경계하시었다. 이렇게 수양대군은 부왕께는 걱정거리가 되고 궁중에서는 웃음거리가 되었으나 세자께서는 그것이 가엾어서 더욱이 아우님을 돌아보시었다.[31]

위의 인용문은 수양을 바라보는 서술자의 시선과 작가의 시선이 겹치는 부분이다. 수양의 성품을 일화를 통해 전달함과 동시에 서술자의 즉각적인 해석이 가미되어 있다. 이러한 서술방식은 독자로 하여금 서술된 상황을 신뢰하게 하고, 서술자가 이끄는 대로 주요 인물에 대해 인식하게 한다. 즉 외적 원천인 『육신전』을 토대로 한 서사 전개는 작가이자 서술자를 역사가와 동일시하게 되고, 서술자의 논평은 독자에게 텍스트에 대한 신뢰를 높이면서 서술된 것을 진실로 믿게 하는 사실 효과를 갖게 된다. 또 이광수는 일어날 사건에 대해 미리 예고하는 서술 방식을 사용하는데, 이것은 독자들에게 이 사건이 왜 발생했는지 알게 함으로써 역사의 진실과 독자가 추구해야 할 민족상이 무엇인지를 쉽게 알려주는 구실을 한다.

상지삼년을해(上之三年乙亥). 이 해는 단종대왕이 그 숙부 수양대군에게 임금의 자리를 내어 주지 아니치 못하던 슬픈 일이 있던 해다. (중략 ─인용자) 수양대군은 당연히 왕의 자리를 도모할 결심을 하였다. 得隴望蜀이란 셈으로 바라던 자리를 얻으면 한층 더 높은 자리를 또 바라는

---

31) 이광수, 『단종애사』, 『이광수 전집』 4권, 삼중당, 1972년, 272쪽.

법이다. 이리하여 사람은 한없는 욕심의 층층대를 허덕거리며 오르다가
마침내 끝 간 데를 보지 못하고 현기증이 나서 굴러 떨어지어 머리가
부서져 죽는 법이다. 더구나 수양대군 같은 야심이 만만한 사람이 오를
수 있는 한 층을 남겨두고 마음을 잡을 리가 없다. 일국 정권을 한 손
에 거두어 쥐고 보면 부족한 것이 오직 익선관과 곤룡포인 듯하였다.[32]

위의 인용문은 수양대군이 나라의 중심적인 정치적 권력을 잡는
데 그치지 않고 왕권까지 차지하게 될 것임을 미리 예고하고 있는
부분이다. 이후에 일어날 일이 正道에 어긋나는 길임을 독자에게 알
려준 다음, 부정적 인물로 인지시키는 방법이다. 반동인물의 성향과
행적을 집요하게 추적하여 서술하는 것은 독자에게 서술자의 평가
가 진실임을 각인시키고 동의를 구하는 계몽적 작가의식의 발로라
할 수 있다. 이러한 서사 전략은 대중의 집단 기억을 회복하여 작가
가 의도한 기억으로 재생산하는 방식이자 사실임을 각인시키는 '사
실 효과'적 재현의 핵심을 보여주는 것이기도 하다. 사실 효과를 위
한 또 하나의 서사 전략으로 이광수는 텍스트에 왕의 교서를 직접적
으로 인용한 문서를 제시한다. 특히 조선 시대에 사용했을 법한 내용
의 교서를 한자로 서술하여, 역사 서사의 사실성을 높이고 있다.

『叔父. 孝父本乎天性. 忠義出於至誠. 氣盖一世. 勇冠三軍. 爲善最樂. 富貴聲
色. 無足搖其中. 事君以忠. 夷險終始. 曷嘗貳其操. 粤余冲人. 遭家不造. 瑢居至
親之地. 蓄無上之心. (하략-인용자)』[33]

위의 인용문은 단종이 반대파의 압력에 못 이겨서 수양대군에게
보낸 왕의 교서이다. 조선시대에 실제로 왕의 교서를 내리는 절차와

---

32) 이광수, 『단종애사』, 위의 책, 403~404쪽.
33) 이광수, 『단종애사』, 위의 책, 365쪽.

1920년대 이광수의 역사 내러티브와 민족주의 담론의 양상　　

방식을 보여주고, 그 내용도 그대로 서사 과정에서 인용하고 있다. 독자들은 원 사료를 텍스트에서 확인함으로써 민족의 역사에 대한 확신과 권위에 대한 동경을 갖게 되는 것이다.

공적 역사에 기대어 서사를 진행시키는 전략은 서사에 대한 독자의 신뢰성을 높임으로써 식민지 조선 민족이 나아가야 할 방향을 제시하는데 일조하였다. 서술자와 역사가의 동일시, 사료의 직접적 인용, 역사적 사건에 대한 예고 등의 서술 방식은 역사소설을 읽는 대중의 집단 기억을 복원하여 새로운 상상의 공동체인 '민족'을 재구성하는 기능을 잠재적으로 해내고 있다. 이광수는 조선시대의 왕조적 전통을 끌어와서 민족주의의 정신을 새롭게 복원하려고 하였다. 이는 일제가 문화 정책을 통해 조선인의 정신과 민족성 복원을 내선융화의 기제로 사용하려는 의도와 표면적으로 일치할 수 있다. 그러나 조선인만의 고유한 정신과 민족성이 서사 과정에서 자연스럽게 도출됨으로써 이광수의 민족주의 담론은 식민주의 담론에 완전히 흡수되지 않고 식민지 공간에서 균열을 생성하게 된다.

2) 인물 초점화의 객관적 서술과 계몽성

『단종애사』는 서술자의 총체적 발화가 사건을 이끌어가는 서술방식을 취하고 있으나, 텍스트에 등장하는 각 인물에 대해서는 제3자의 시선을 통해 서술하는 초점화[34] 방식을 채택하고 있다. 즉 '누가

---

34) 서사텍스트에서 초점화는 '누가 보는가'에 의해 의미를 도출하는 방식으로 '누가 말하는가'의 서술자와는 구분된다. 이광수는 『단종애사』에서 중요인물에 대한 서술을 서술자가 논평하면서 말하는 경우가 대부분이지만, 반동인물에 대한 서술에 있어서는 한 인물을 다양한 인물의 시선을 통해 보여진 사실을 서술하는 '복수 초점화'를 사용하여 서술하고 있다. 초점화에 관한 논의는 제라르 즈네뜨, 권택

 식민지 담론과 민족 서사

말하는가'라는 관점에서는 서술자가 텍스트에서 대부분의 발화를 차지하지만, '누가 보는가'의 관점에서는 서술자의 발화보다는 중요 인물의 시선이 중요한 의미를 드러낸다. 독자는 텍스트를 읽으면서 내용을 인지하는 것이 아니라 내용을 제시하는 인물의 시선을 따라가면서 서술 대상을 지각하게 된다. 『단종애사』는 선인과 악인의 행적을 대비해서 보여주는 장면에서는 신뢰할 수 있는 제3의 인물의 시선을 통해 사건을 서술하고 있다. 서술자가 제시하는 인물에 대한 가치판단을 실존했던 '신뢰할 수 있는 인물의 눈'을 통해 표현함으로써 독자는 정황에 대한 신빙성을 갖게 된다. 독자는 초점화된 인물의 진술에 따라 초점 대상을 인식하게 된다. 즉 초점화자의 시선을 전폭적으로 믿게 된다는 것이다. 초점화는 텍스트에 등장하는 인물과 서술자의 관계를 통해 텍스트의 의미를 밝히는 것이다.

양녕이 보기에 안평은 왕이 되라고 하면 달아날 사람이었다. 제일 마음 놓이지 아니하는 이가 수양대군이다. (암만해도 가만있지 아니할걸.) 하고 양녕대군은 수양대군의 어리었을 때 일을 생각한다. 원천석이 「이 아이 모습이 내조와 흡사하오.」하던 말도 생각한다. 내조라는 태종대왕은 곧 양녕대군의 아버지시어니와 태종대왕과 같다고 한 말에는 형을 극하고 아버지를 극한 것도 포함된 것이다. 문종대왕이 오래 사시었더면 수양은 형을 극하였을는지 모르고 세종대왕이 오래 사시었다면 아버지까지도 극하였을는지 모른다. 그런데 아버지이신 세종도 돌아가시고 형님이신 문종도 돌아가시었으니 수양이 아비와 형을 극하였다는 말은 들을 기회가 없이 되었지만는 앞에 당할 것이 어린 조카—열 두 살 되시는 세자—장차는 어린 임금을 순순히 섬길까. 이렇게 생각하면 양녕대군은 머리를 흔들고 속으로, (아니! 안될 말!) 하고 수양대군의 붉은 광채나는 살기등등한 눈을 한번더 아니 볼 수 없었다.[35]

영 역, 『서사담론』, 교보문고, 1992, 177~182쪽 참조.
35) 이광수, 『단종애사』, 앞의 책, 296쪽.

위의 인용문은 양녕대군이 초점 주체가 되고, 초점화 대상인 수양대군에 대한 심중을 서술한 것이다. 사건이나 정황을 초점 주체인 양녕대군의 시선에서 제시되므로 독자는 서술자의 존재보다는 초점 주체의 입장에서 사건을 바라보게 된다. 초점 주체의 시각 안에 다른 인물인 원천석의 발화가 개입되면서 초점주체의 시선은 더욱더 신뢰성과 객관성을 얻게 된다. 즉 서술자의 직접적인 발화에 의지하지 않고, 신뢰할 수 있는 제3인물의 생각과 시선을 통해 초점화 대상인 수양대군에 대한 가치판단을 하게 된다. 이러한 초점화 방식은 서술자의 발화가 없더라도 작가는 인물과 독자에게 일정한 거리를 두면서 자신의 의도를 객관적인 양 선명하게 전달할 수 있다. 이는 독자로 하여금 서술된 내용이 일방적인 서술자의 시선이 아니라 대부분의 사람들이 공감하는 공증된 사실이라고 인식하게 해서 서술의 객관성을 확보하게 된다. 이러한 전략은 작가의 의도대로 대중을 계몽하는 데 용이하다. 즉 조선 민족을 위해 필요한 인물 유형이 과연 어떠해야 할지에 대해 독자에게 질문을 던지면서 독자 대중 스스로 해답을 찾게 하는 방법이다.

『단종애사』에서 초점화는 일정하게 드러나기 보다는 여러 인물이 초점화가 되면서 주요 인물에 대한 시각을 독자가 판단하게 하는 방식을 취한다. 특히『단종애사』는 초점 주체를 주로 인지도가 높고 덕이 있는 인물로 설정하여, 반동인물에 대한 시선을 상세하고 장황하게 보여주고 있다. 어진 임금인 세종대왕이나 세조의 형인 양녕대군, 문종대왕 등 민족의 정통성을 대변해 줄 수 있는 인물의 시선은 독자에게 신뢰감을 줄 뿐만 아니라 작가가 추구하는 민족의 상징을 보여준다. 물론『단종애사』의 서술 방식은 서술자의 논평이 지배적인 목소리로 드러나고 있다. 그러나 그 위에 복수 초점화를 사용함으로써 작가는 객관성을 확보할 수 있으며, 작가가 의도한 민족계몽에 대한 주제 의식도 정당성을 획득한다. 이러한 서사 전략은 독자에게 공감의 장을 열어주고, 독자 대중의 심리를 쉽게 움직이는 데 기여한다. 이것은 대중 계몽에 적합한 방식으로 상상의 공동체인 '민족'을 새롭게 재생산하고자 하는 이광수의 탈식민적인 욕망의 발현이자 민족주의 담론을 형성해가는 방법이기도 하다.

3) 연재 방식의 흥미성 유발과 대중 독자 확보

『단종애사』는 신문 매체에 실린 장편의 연재소설이다. 매체에 연재되는 장편 역사소설이라는 장르 안에는 이미 매체적 특징과 연재방식의 독특성이 내재해 있다. 신문연재소설의 특징은 독자의 지속적인 독서를 위한 흥미유발 방식인 에피소드식 구성과 매 회 연재의 말미에 다음 연재에 대한 기대를 할 수 있도록 극적 긴장감을 심어주는 것이다. 또 서사의 진행과정을

「소설예고」, 『동아일보』, 1928. 11.28.

역순행적으로 구성하고, 극적 사건을 한꺼번에 서술하지 않고 다른 내용을 전개하다가 다시 앞의 사건을 이어서 서술하는 구성을 사용하기도 한다. 이것은 신문 매체의 속성인 상업성과 대중성을 충족시키는 요건으로 작용한다.

　이광수는 『무정』을 필두로 『단종애사』 전에 이미 몇 편의 신문연재소설을 발표한 바 있었다. 연재소설이 신문 매체와 불가분의 관계에 있으며, 대중성을 기반으로 해야만 경제성과 계몽에 유효한 성과를 거둘 수 있다는 것을 경험을 통해 알고 있었다. 특히 『단종애사』는 이전의 연재소설 『무정』이나 『재생』과는 달리 조선의 왕조사를 소재로 채택하여 작가가 의도한 민족주의 담론을 기억의 재생을 통해 재생산 하고자 시도한 작품이다.

　『단종애사』는 역사를 소재로 한 연재소설로서 기본적인 서사는 왕조사의 연대기식 구조로 단종의 일대기를 그리고 있다. 서사의 중심 구조는 단종을 둘러싼 정통 왕조편에 선 인물들과 반대편인 수양대군의 인물들을 대비하는 방식으로 이루어져 있다. 그러나 한편으로는 중요한 사건의 줄기 이외에 다양한 사건을 에피소드 방식으로 진행하고 있는 것이 이 작품의 두드러진 서사 전략 중의 하나이다. 『단종애사』에서는 단종과 사육신, 수양대군과 그의 무리들 이외에 궁궐 내에서 일어나는 여인들의 쟁총사건이나 김종서와 그의 애첩 야화에 대한 내용이 다소 장황하고 세밀하게 서술되어 있다. 이런 사건은 작품의 큰 줄기에서 벗어나는 것들이다. 그러나 작가는 왕을 둘러싸고 일어나는 여성들의 애정과 권력다툼, 김종서와 그의 애첩의 사랑이야기를 몇 회에 걸쳐 또 다른 별미로써 삽입하고 있다. 이것은 다소 지루할 수 있는 역사 전개에 독자들의 흥미를 유발하여 독서를 지속시키는 동력으로 작용한다. 즉 『단종애사』를 읽는 수많은 독자36)에 대한 배려이자 대중성 확보와도 상관이 있는 것이다.

---

36) 이광수의 『단종애사』는 김동인의 회상이나 당대의 많은 작가들의 말을 통해서도 알 수 있듯이 당대에 엄청난 인기를 얻은 작품이다. 이것은 연재 당시 『동아일보』에 투서한 독후감이나 독자란에 실린 내용을 통해서도 확인할 수 있다. 연재 중일 때뿐만 아니라 연재 이후에도 독자들끼리 독후감에 대한 평가를 하고 반박하

　식민지 담론과 민족 서사

이 뿐만 아니라 홍미를 유발하는 서사 전략으로 중요한 사건을 서술하다가 잠시 다른 내용을 진행한 후 다시 이전의 사건을 서술하는 방식이 있다.[37] 이것은 중요한 사건에 대하여 독자의 궁금증을 증폭시켜 텍스트를 구매하게 하는 효과를 발휘한다. 또 사건을 순차적으로 진행하다가 다시 과거의 사건을 서술하는 역순행적 방식을 채택하는데, 이것 역시 서사의 단조로움을 피하면서 진행되는 사건을 독자가 끝까지 읽도록 유도하는 방식이다. 이와 더불어 매회 말미에 극적 긴장감이 높은 내용을 배치해서 다음 회에 대한 기대 심리를 자극하였다. 다음 회의 사건 전개가 궁금하여 신문을 구독하는 독자[38]가 대거 생겨남으로써 『동아일보』는 일거양득의 효과를 누리게 된다. 이는 매체의 상업성과 대중성이 만나는 지점으로 불가분의 관계를 가진다.

『단종애사』의 연재 방식에서 가장 핵심적인 서사 전략은 역사적 상황을 독자가 생생하고 현장감 있게 받아들이도록 하는 것이다. 그것은 중요 인물들 간의 심리나 갈등적 상황을 대화와 심리묘사로 진행하는 방식이다. 『단종애사』에서 대부분의 사건 서술은 인물들의 대화를 통해 발생하고 해결된다.

는 내용의 글들이 『동아일보』에 지속적으로 실린 것만으로도 당대의 인기를 실감할 수 있다. 『단종애사』와 관련해서 신문에 실린 관련 기사가 70편 정도이고, 독후감이 실린 것은 1929년 11. 12~1930년 1. 12까지로 22일간 두 편 정도씩 꾸준히 실렸다. 이런 사실만 보더라도 『단종애사』의 인기를 실감할 수 있을 것이다.

37) 『무정』과 『재생』도 신문에 연재된 소설이었지만 이와 같은 방식은 잘 적용되지 않았다. 역사 소설은 역사라는 거대 사건의 추이를 보여주는 것이 핵심인데, 공적 사건 위주로 서술될 때의 지루함을 탈피하고 독자의 홍미를 고조시키기 위해 이광수가 『단종애사』의 서술 전개에 자주 사용한 방식이다.

38) "新聞配達時間이 되면 東亞報왓소?하지아니하고 모다 端宗史낫소 端宗史하고 每日四五人式 爭先鬪讀한다"
함흥 오산생, 「단종애사 독후감」, 『동아일보』, 1929. 11. 13.

『그렇기로니 아무 죄도 없는 사람을 어떻게 죽인단 말이야.』

하고 괴로운 빛을 보인다. 잠시 아무 말이 없다.

『죄가 없길래 죽여야 하는 것이외다.』하고 정인지가 감았던 눈을 뜬다.

감았던 눈을 뜰 때마다 정인지의 입에서는 피비린내가 나는 꾀가 나오는 것이다.

『안평대군이 진실로 죄가 있다하면 백성의 마음이 따르지 아니할 것이니 무슨 두려워할 것이 있겠소오리까마는 죄가 없는 지라, 죄가 없이 누명을 쓴지라, 백성의 마음이 그리로 돌아가는 것이요. 백성의 마음이 안평대군으로 돌아가면 자연히 나으리를 원망하게 되는 것이외다. 그러니까 백성의 마음을 안평에게로 돌아가기 전에 화근을 끊어버리는 것이 지당한가 하오.』

『과연 지당하외다. 좌의정 말씀이 지당하외다.』

『과연 지당하외다.』

『그렇기를 두 말씀이오니까.』[39]

위의 인용문은 수양대군과 정인지를 비롯한 신하들이 안평대군을 살해해야 하는 이유를 두고 오가는 대화를 서술한 부분이다. 이 대화는 이후 안평대군의 살해 사건의 견인차 역할을 한다. 인물들의 대화를 직접 인용하는 방식은 서술자가 요약하여 서술하는 것보다 독자 스스로 역사적 사실을 직접 경험하는 듯한 착각을 불러일으켜서 서사에 집중하는 데 효과적이다. 서사의 서술시간과 사건의 진행시간이 일치하여, 독자는 당시의 현장감을 느낄 수 있고, 작가는 울분에 젖은 독자를 자신의 의도에 따라 계몽하는 효과를 가진다. 위의 사건을 읽은 독자는 정인지를 비롯한 수양대군 휘하의 신하들에 대해 부정적이다 못해 천인공노할 반역자로 인지하게 될 것이다. 이러한 서사 전략은 조선 왕조의 정통성을 전유하여 당대 독자 대중에게서 민족정신에 대한 인식과 현재의 상황에 대한 반성을 이끌어

---

39) 이광수, 『단종애사』, 앞의 책, 374~375쪽.

 식민지 담론과 민족 서사

내어 당대 민족주의 담론을 형성하는 데 유효했다.

연재소설은 주로 당대의 사회 문화 담론과 관계되는 내용을 서사화하는 경우가 많다. 1930년대 농촌관련 소설 『흙』, 『상록수』 등이 대거 연재된 것은 농촌 운동에 대한 사회담론을 형성하고자 한 당대 언론매체들의 의도에 의한 것이다. 1920년대 역사소설도 일제의 문화정책과 이광수가 추구했던 문화 민족주의 담론의 역학관계 속에서 형성된 담론으로써 식민지 조선의 수행적 현실을 보여주는 텍스트로 기능했을 것이다.

1920년대 이광수의 역사 소설의 서사 전략은 일제의 식민주의 담론인 문화론을 전유하면서 문화 민족주의 담론을 형성하는 데 이바지 하였다. 1920년대 일제 문화정치의 핵심은 조선인의 고유 신앙과 전통문화를 통해 민족성과 정신을 교화하여 내선융화에 힘쓰고자 한 것이다. 즉 봉건적인 정신을 강조하여 민중들이 식민지배체제에 순응하도록 하기 위한 것이었다. 이광수가 역사 서사를 통해 표상하고자 한 문화 민족주의는 일제의 문화론의 형태를 수용한 듯했으나 서사과정에서 드러나는 양상은 조선인의 민족성을 발현한 것이었다. 즉 이광수의 민족주의 담론은 일제의 식민주의 담론에 그대로 봉합되지 않고 기억을 재구성한 역사 소설 서술 과정에서 자연스럽게 차이를 드러내었다.

4. 1920년대 역사 담론의 역할과 의미

이광수는 1920년대 역사 서사를 통해 민족주의 담론을 형성하고자 했다. 역사는 언어로 기억된 담론의 구성물이라는 전제에서 출발한 본고의 논의는 역사와 소설의 상이성에 주목하기보다는 상동성에 주목했다. 즉 문학과 역사가 모두 서사를 기반으로 하는 텍스트라는 점에서 역사소설의 복합적인 장르적 성격에 얽매이지 않았다. 단지 근대 역사소설의 역할과 의미가 그의 텍스트에서 어떠한 서사 전략을 통해 그려지는가에 초점을 두었다. 이런 시각에서 볼 때 이광수가 역사 소설에서 추구한 '민족성'과 '정신'의 문제는 우리 문학 장에서 형성된 역사 담론의 의미를 드러내는 핵심 기제로 작용하였다.

1920년대 일제는 문화정책을 통해 조선인의 언론 매체를 다소 허용했으며, 이를 통해 식민주의 문화 담론을 조선인들에게 주입하고자 하였다. 역사소설에서 드러난 이광수의 문화 민족주의는 식민주의와는 같은 형식, 다른 내용을 담은 것으로 서로 간의 상관관계 속에서 형성되었지만, 일제의 문화론적 식민주의 담론과는 차이를 나타내었고 조선인에게 '민족'을 재구성하는 데 기여하였다.

이광수는 역사소설을 창작하면서 "륙신의 충분의렬은 만고에써짐이엄시 조선백성의 정신ㅅ속에 살것"[40]이라는 말로 작품을 통해 전달하고 싶은 주제를 나타내었다. 또 "이 사실에들어난 인정과 의리는 세월이 지내고 시대가 변한다고 낡어질것이아니"[41]라고 말한다. 이것은 식민지 조선인이 과거의 정신과 의리를 통해 현재의 모습을 반성해야 함을 이면적으로 표현한 것이다. 역사 서사를 통해 그가 진정 말하고 싶었던 것은 현재를 재구성할 조선인의 '정신'이 무엇인가 하는 질문이었을 것이다. 이광수는 역사란 항상 현재의 자신과의 관계를 통해서만 진정한 의미를 얻을 수 있다고 믿었다. 그리고 그는 그 의미를 전달하기 위해 대중에게 쉽게 다가갈 수 있는 역사

---

40) 이광수, 「소설예고—단종애사 작자의 말」, 『동아일보』, 1928. 11. 20.
41) 이광수, 위의 글, 1928. 11. 20.

서사물의 창작에 몰두한 것이다.

1920년대는 문화정치라는 명목 하에 조선인의 정신과 문화를 미시적으로 통제했던 시기로 통제의 궁극적 대상은 조선의 민족성이었다. 조선인의 정신문화를 조사하여 조선인의 사상적 토대조차 일본정신으로 변용하고자 한 것이었다. 이러한 과정 속에서 탄생한 것이 1920년대 역사소설이다. 이광수의 근대 역사소설은 조선 민족이라는 집단만이 공유할 수 있는 불변의 원리를 찾으려는 노력에서 비롯된 것이다. 당대 정치적 현실에서 정치성을 외연으로 내세울 수 없었던 상황을 생각해 볼 때, 근대 역사소설이 조선의 왕조사로 회귀하여 공통의 정신적 원리를 구하고자 한 것을 두고 단순히 원초적인 원시 종족주의로의 귀환을 의미하는 것이라고 볼 수 없다. 오히려 민족의 동질성과 유대감의 원천이 우리 민족에게도 있었음을 왕조사의 단면을 통해 보여주고, 민족주의 담론을 재생산하고자 한 작가 의지의 발로라고 할 수 있다.

즉 1920년대 역사 서사의 출현은 집단 기억의 복원을 통한 민족 공동체를 재발견하는 계기로 작용했다. 그것은 '국민'으로 호명될 수 없었던 조선인들에게 국민적 실존을 느끼게 하며, 정신적 원천인 '민족'의 일원으로 상상할 수 있게 한 원동력이 되었다. 당대에 이루어진 '민족'을 복원하기 위한 작업은 다양한 방식으로 행해졌다. 최남선을 중심으로 이루어진 고대사 연구, 『개벽』을 통해 행해진 문화유산 답사와 국토 기행문 창작 등의 노력은 당대 언론 매체를 통해 이루어졌다. 그러나 이러한 작업은 일반 대중들에게 쉽게 접근할 수 없었고 계몽의 효과도 미미했다. 이를 보완하면서 나타난 역사소설은 대중에게 흥미성과 계몽성을 동시에 충족시켜주는 역할을 하게 되었다. 특히 이광수의 역사소설은 다수의 대중 독자를 확보하면서 당대의 조선인들에게 위기에 처한 역사적 인물을 서사 안에서 만나게 함으로써 민족의 집단적 전망을 추구하게 하였고, 각각의 개인이 홀로 있는 것이 아니라 역사 공동체에 소속되어 있음을 지각하게 한다.

이 모든 것을 가능하게 한 것은 당연히 언론 매체의 역할이었다. 매체는 사회의 문화적 기억을 소통하는 중요한 매개체로서 공적 공간에서 집단 기억인 내러티브를 구체화하고 소통시키는 하나의 조건이 되고, 기억을 매개하여 우리가 무엇을 기억하고 어떻게 기억할지의 문제에 개입하게 된다. 즉 이광수는 역사 소설의 창작을 통해 식민지 조선인을 민족으로 끌어들였고, 이들에게 집단 기억을 각인시키는 데 대중 매체인 신문을 활용하였다. 즉 대중 매체는 역사 서사를 활성화시키고 대중 독자의 욕망을 충족시키면서 공통의 기억을 형성시킨 원동력으로 작용하였다. 결국 당대의 대중은 신문의 역사 서사를 통해 담론 생성에 동참하게 되었다.

결론적으로 1920년대의 문화정책의 언론 허용과 문화 담론의 형성 등의 역학관계 속에서 이광수의 역사소설은 문화 민족주의 담론을 재구성하는 것을 가능하게 했다. 즉 민족주의 담론의 서사가 대중에게 널리 전파되고 공유된 기억으로 형성되기까지는 당대의 사회 문화적 매커니즘의 작동이 우선되었기 때문이다. 1920년대에 작동했던 식민주의 담론, 문화 정책적 측면, 문화 담론의 요소들의 상호작용으로 인해 대중은 역사서사와 만날 수 있었고 민족 공동체를 꿈꿀 수 있었다. 결국 1920년대 이광수의 역사소설은 정치성을 표출할 수 없었던 시대에 대중의 억눌린 욕망을 분출할 수 있는 공간을 마련해 주었으며, 과거의 기억을 언어로 복원하여 독자 대중을 민족 구성원으로 복귀시키는 역할에 일조하였다.

1940년대 이광수의 역사 내러티브와 민족주의 담론의 양상
- 역사소설 『세조대왕』을 중심으로

1. 역사 내러티브와 기억의 재구성

이 논문은 1940년대 이광수 역사소설의 서사 전략을 통해 그의 민족주의 담론이 역사 내러티브로 구성될 때 나타나는 양상과 의미를 밝히는 것을 목적으로 한다. 이 시기 일제는 1937년 중일전쟁을 기점으로 대동아 공영권을 위해 식민지 정책을 전면적으로 전환하였다. 이를 위해 일제는 황민화 정책을 노골적으로 추진하는데, 이 정책은 표면적으로는 조선인도 일본인과 똑같은 황민으로서의 자격을 준다는 것이었다. 그러나 일제가 실시한 황민화 정책의 본질인 창씨개명, 조선어 사용 금지, 징병제 등은 조선 민족의 정체성을 말살하는 정책에 불과하였다. 이러한 기만적인 정책 아래 조선의 문화 전반은 방향을 잃게 되었고 문인들은 절필하거나 정책에 동조하는 문학을 해야 하는 상황에 놓이게 되었다.

특히 이 시기는 조선 민족이 주체가 되는 역사소설을 창작하기에는 힘든 상황이었다. 일반적으로 역사 소설은 민족의 정체성과 정서를 반영하는 대표적인 장르이자 작가의 내면적 고뇌와 갈등을 표면적이든지 이면적이든지 표출할 수밖에 없는 장르이다. 그래서 이 시기에 조선 민족이 주체가 된 역사소설의 창작과 발표는 주목의 대상이 될 수밖에 없으며 그 의미 역시 문제적일 수밖에 없다.

이 논문은 1920년대 이광수의 대표적인 역사소설 『단종애사』의 속편이라 할 수 있는 『세조대왕』을 중심대상으로 한다. 이광수의 민족주의 담론의 전환 양상이 어떠한 내적 논리를 가지고 변모했으며 당대의 황민화 담론을 어떤 방식으로 전유하고 있는가를 논의할 것이다. 이러한 논의는 그의 1920년대 민족주의 담론이 1940년대에는 어떤 방식으로 굴절되어 나타나는가를 살펴볼 수 있으며 시대적 상황에 따른 그의 민족주의 담론과의 상관성도 파악할 수 있을 것이다. 앞서 말했듯이 1940년대의 역사소설의 중요성에도 불구하고 이광수의 역사소설인 『세조대왕』에 대한 기존논의는 거의 전무한 상태이다. 그 이유는 『세조대왕』이 이전 작품에 비해 작품성이 부족하다는 평가와 주로 친일적인 면모를 보인다는 점에서 찾을 수 있다. 이러한 까닭으로 그의 전성기인 1920~30년대 창작된 작품인 『단종애사』, 『이순신』 등 '충'을 강조한 유교적 정통성을 중심 화두로 두고 창작된 작품들이 연구의 대상이 되었다. 이러한 작품은 나라를 잃은 식민지 조선 백성들에게 민족에 대한 경각심과 과거 조선인의 위대함을 일깨워서 민족 정체성을 갖도록 하기에 충분했다. 그러나 1940년대는 이러한 내용을 표출할 수 없는 시대였으며, 오히려 황국신민이 될 것을 종용하는 상황이었다. 이러한 상황에서 탄생한 『세조대왕』은 1920년대에 가지고 있었던 이광수의 민족에 대한 생각이 1940년대에 어떠한 논리로 전환되고 굴절되는지를 보여주는 대표적

  식민지 담론과 민족 서사

인 역사소설로서 의의가 있다고 할 수 있다.

1940년대 이광수의 역사소설을 중심 텍스트로 논의한 기존 연구는 거의 전무한 상태이고, 최근에 주로 학위논문에서 부분적으로 간략히 다루고 있는 실정이다. 그 중 탁광혁은 "이광수의 후반기 역사소설은 종교적인 삶과 개인적인 삶을 중시"했으며, 이것은 결국 "내선일체 사상과 대동아 공영권을 주창했던 일제의 정책을 불교의 대승적 사상과 접목시키기 위한 시도"[1]였다고 평가하고 있다. 김병길은 이광수의 1940년대 역사소설을 "집단적 저항성에 대한 회의감을 느끼면서 표면적으로 역사적 관심이 민족을 떠나 종교적 세계로 향하고 있다"라고 지적한다. 이것은 결국 이광수가 "제국주의 담론에 대한 지지의 가능성을 열어놓는 계기가 되었다"[2]라고 평가하고 있다. 이러한 평가들은 역사소설의 전체적인 계보를 살펴보는 과정에서 논의된 것으로 이광수의 1940년대 역사소설의 내적 논리를 탐구하여 역사소설의 변화 양상을 밝히는 데까지는 나아가지 못하고 있다.

이러한 논의를 참고하면서 본고에서는 역사서술을 좀 더 확장적인 개념으로 사용하고자 한다. 기본적으로 '역사'란 결국 '기억'에 특유한 강제적 반복성을 객관성이라는 이름으로 제어하면서 그 기억을 변화된 현실에 맞추어 해석학적으로 전유하는 작업이라 할 수 있다. 이러한 과정에서 형성된 '역사'를 일반적으로 객관성을 확보한 담론으로 파악하는 것에 대해 비판하는 '기억' 이론을 적용하여 역사 내러티브를 설명하고자 한다. 기본적으로 역사는 과거를 사실 그대로 구성하는 것이 아니라 서술하는 역사가의 이해관계에 맞는

---

1) 탁광혁, 「이광수 역사소설 연구」, 한국외국어대학교 박사학위논문, 2003. 8.
2) 김병길, 「한국근대 신문연재소설의 기원과 계보」, 연세대학교 박사학위논문, 2006. 7.

사실들만을 추려서 기록하는 것이다. 즉 선택과 배제의 원리에 의해 재구성되는 것이다.[3] 결국 역사 서술은 서로 충돌하는 내용을 기억과 망각의 매커니즘을 통해 자기방식대로 구성하는 담론인 것이다. 이러한 논리에서 볼 때 역사 내러티브는 작가의 의도에 맞게 선택되고 배제된 기억의 재구성이라 할 수 있다.

본고에서는 역사와 기억의 상관성에 대한 위의 개념을 토대로 이광수의 1940년대 역사소설 『세조대왕』을 분석할 것이다. 공적 역사에 대한 기억을 재구성하여 역사 내러티브를 형성하고 있는 『세조대왕』은 1940년대 식민지 상황에서 이광수가 말하고자 한 민족 담론의 양상이 잘 드러나는 텍스트이다. 이 작품의 분석은 1940년대 이광수의 역사소설에 나타난 민족주의 담론의 변화와 굴절 양상을 살펴볼 수 있는 기회가 될 것이다. 민족주의 담론의 굴절 양상은 이광수가 역사 내러티브를 통해 구사한 서사전략을 통해 확인할 수 있다. 결국 이것은 1940년대 식민주의 담론과 역사 내러티브가 관계 맺는 방식을 통해 당대의 이광수가 전유한 민족주의 담론의 논리와 의미를 밝히는 작업이 될 것이다.

2. 황민화 담론과 민족의 재편성으로서 역사 서사

1940년대 일제는 대동아 공영권을 위해 조선인의 정신 개조인 황민화를 적극적으로 추진하였다. 이를 위해 1938년 4월에는 '지원병 제도', 1940년 2월에는 '창씨개명', '국어 상용화 정책' 등을 시행한다. 이러한 모든 정책들은 내선일체라는 명분 아래 조선인의 전시동

---

3) 전진성, 『역사가 기억을 말하다』, 휴머니스트, 2005, 77~103쪽 참조.

원을 강화하기 위한 책략에 불과했다. 즉 '조선인은 대일본신민이
다'라는 내선일체의 구호는 조선인을 전시에 빠르고 쉽게 동원하기
위한 명분인 것이었다. 특히 주목할 점은 전쟁이 장기화되고 패전
가능성이 고조되자 애초의 계획과는 달리 정신적으로 황국신민화
되지 못한 조선인까지 전쟁에 동원하기 위해 지원병 제도를 징병제
로 급전환하였다는 것이다. 결국 내선일체는 대동아 공영권을 위한
전쟁 동원의 수단으로서의 상징적 명분이자 조치에 불과한 것이었
다.4) 이러한 황민화의 이중성과 모순성은 그의 인지 여부와 상관없
이 그의 1940년대 논설에서 중요한 의미로 표출하게 된다. 아래의
글에서 이광수는 조선인이 적극적으로 노력해서 황민이 되어야 함
을 주장하고 있다.

> 조선인은 저마다 저를 개조하여야 한다. 제 인생관, 사회관을 한번
> 근저로부터 두들겨 고쳐서 행주좌와에 몽매에라도 나는 천황의 신민이
> 다. 일본인이다. 제국의 운명을 부담한 국민이다 하는 생각이 써나지
> 아니하는 그러한 사람이 되도록 저를 개조하지 아니하면 아니된다. 끌
> 려가는 일본국민이어서는 아니된다. 구경하는 국민이어서는 아니된다.
> 자발적, 적극적으로내지 창조적으로 저마다 신체의 어느부분을 끄트로
> 찔러도 일본의 피가 흐르는 일본인이 되지 아니하여서는 아니된다.5)

---

4) 1940년대 황민화 담론의 이중성에 관한 자세한 내용은 김경미, 「이광수 문학에
   나타난 민족주의 담론의 양가성 연구」, 경북대학교 박사학위논문, 2008. 2, 129~
   150쪽 참조.

5) 이광수, 「황민화와 조선문학」(『매일신보』, 1940. 7. 6.), 『친일문학전집 Ⅱ』(이경훈
   편역), 평민사, 1995, 76쪽.
   이광수가 조선인의 황민화 필요성에 대하여 적극적으로 주장한 논설은 1939년부
   터 집필되었다고 할 수 있다. 1940년 이전의 논설에는 「문학의 국민성」(『경성일
   보』, 1939. 11. 14~17), 「국민문학의 의의」(『매일신보』, 1940. 2. 16.), 「창씨와 나」
   (『매일신보』, 1940. 2. 20.), 「내선일체와 국민문학」(『조선』, 1940. 3.) 등이 있으
   며, 1940년 이후의 논설은 더욱 강력하게 황민화를 주장하는 내용을 담고 있다.

위의 인용문은 두 가지 측면에서 황민화에 대한 이광수의 생각을 읽을 수 있다. 표면적으로는 현재 조선인이 살아갈 수 있는 유일한 길은 뼛속까지 황국신민이 되어야 한다는 것이고, 조선인은 정신적으로 육체적으로 온전히 일본인이어야 한다는 것이다. 그러나 위의 글에서 그가 주장하는 내용의 이면에는 조선인은 일본인과 기본적인 인생관과 가치관이 다른 민족이라는 것을 전제에 두고 있다. 즉 조선인과 일본인은 민족성(ethnicity)이 전혀 다른 민족이어서 의식적으로 황민이 되려고 노력해야만 겨우 일본 국민이 될 수 있다는 것이다. 즉 조선인의 황민화는 일본 민족(ethnic)이 되는 것이 아니라 일본 국민(nation)이 되는 것이라는 말이다. 이러한 논리는 이광수가 의도적으로 표현하고자 했던 것은 아니었다. 그러나 그의 글에서는 그가 기존에 갖고 있었던 민족에 대한 생각들이 자연스럽게 문맥 속에서 드러나고 있다. 결국 이광수가 의도하지는 않았지만 그가 생각한 일본인 되기인 황민화는 유기체적 민족[6]인 에스닉적 측면에서는 불가능한 것이고, 노력한다면 국민으로서는 통합될 가능성이 있다는 전제가 자연스럽게 표출되고 있다. 1940년대 이광수는 황민화를 위해 기존의 사상과 생각을 적극적으로 전환했으며, 본인은 진정한 일본 제국의 신민이 되었다는 전제에서 조선인 황민 되기 프로젝트를 계몽적 글쓰기 방식을 통해 조선인에게 각인시키고자 했다. 그러나 본질적으로 그가 기존에 가졌던 민족에 대한 근원적인 생각은 그의 1940년대 국민문학적인 글에서도 노출될 수밖에 없었다.

이러한 사실은 그가 1920년대에 가졌던 민족에 대한 생각과 이어지고 있으며 그것은 대표적인 논설인 「민족개조론」을 통해서도 확

---

6) 이광수의 민족, 민족주의 담론에 관련한 자세한 내용은 김경미, 「이광수 문학에 나타난 민족주의 담론과 양가성 연구」, 경북대학교 박사학위논문, 2008. 2 참고.

인할 수 있다. 조선인의 민족성 개조를 주장하는 이 글에서 그는 민족성을 근본적 성격과 부차적 성격으로 나누면서 민족성에는 절대 변하지 않는 근본적 성격이 있음을 강조하고 있다.

일즉 이민족으로서 완전히 동화하야 동일한 성격의 민족을 성하였다는 전례를 보지 못한 것으로 보면 각 민족에게는 도저히 변할 수 업는 일개 또는 수개의 근본적 성격이 잇다고 보는 것이 올흔듯합니다. 특히 개인 심리학상으로 보더라도 각 개인마다 해부적 특징이 잇는 모양으로 갑이면 갑, 을이면 을되는 개성에 근본적 특징이 잇서 이것은 일생에 변하기 어려운 것을 보더라도 개인의 성격의 총화라 할만한 민족성에도 변할 수 업는 근본적 성격이 잇슬것입니다.
민족의 근본적 성격은 불가변의 것이라고 하고 민족을 개조할 방법을 연구해보는 것이 필요합니다.[7]

위의 인용문은 민족성에 대한 근본적 성격은 변할 수 없는 것임을 강조하고 있다. 이는 기본적으로 에스닉적 민족주의를 기본적 전제로 두고 해석한 것으로 '조선인'만의 민족성을 부각하고 있다. 즉 민족성은 불변하므로 절대로 이민족이 다른 민족에 완전히 동화될 수 없다는 것이다. 이 논리는 기본적으로 일제의 내선일체는 성립될 수 없는 것임과 동시에 조선인의 황민화는 생태적으로 절대 이루어질 수 없다는 것이다.

조선민족의 역사에 참고해보건대 인(仁)은 조선민족의 근본적 성격인 듯합니다. 국제적으로도 일즉 남을 침략해 본일이 업고 쏘 외국인을 심히 애경(愛敬)하는 성질이 잇스며 민족끼리도 잔인강폭한 행위는 극히 적습니다. 살인강도가튼 잔인성의 죄악은 현금에도 심히 적다합니다. 조선처럼 관대한 자는 타민족에는 보기 어렵습니다. 혹 누가 자기에게

---

7) 이광수, 「민족개조론」, 『개벽』 23호, 1922. 5, 39쪽.

모욕을 가하면 흔히는 썰썰 웃고 구태 복수하려 아니합니다. 외국인은 혹 이를 나타한 까닭이라 할른지 모르나 썰썰 웃는 그의 심리는 일종 관서(寬恕)와 자존이외다. 그래서 조선인은 원수를 기억할 줄 모릅니다. 곳 니저버립니다. 심지어 자기의 혈족을 죽인자까지도 흔히는 용서합니다. 그럼으로 조선의 전설이나 문학에 보수(報讎)에 관한 것은 극히 적고 일본민족과 가티 이를 한 미덕으로 아는 생각은 족음도 업습니다.[8]

위의 인용문에서 이광수는 조선 민족의 민족성, 즉 불변하는 근본적 성격을 인(仁)으로 파악하고 있다. 이광수는 그것을 너그러움과 용서를 잘하는 민족으로서 복수를 싫어하고 원수조차도 용서를 하는 민족성이라고 파악하고 있다. 또 이러한 민족성의 특징을 더욱 정교하게 부각하기 위해 일본의 민족성과 비교하고 있다. 일본 민족은 보수(報讎), 즉 원수를 갚는 것을 미덕으로 아는 잔인성이 농후한 민족임을 강조하여 드러내고 있다. 일본 민족과 조선 민족은 민족성(ethnicity)이 근본적으로 다른 민족임을 피력하고 있으며, 스스로 두 민족은 절대로 동화될 수도 하나가 될 수도, 없음을 인지하고 있었다.

1920년대 「민족개조론」에서부터 역설해 온 조선 민족과 일본 민족에 대한 생각은 일제의 식민주의 정책이 황민화로 급선회한 1940년대에서도 표면적으로는 언급하지 않지만 글쓰기 과정에서는 자연스럽게 표출되었다. 결국 조선인의 황민화는 에스닉적 차원에서는 절대로 형성될 수 없는 논리이고, 만일 이루어질 수 있다면 그것은 국민(nation)적 차원에서만 가능하다는 것을 이면적으로 보여주고 있는 것이다. 그래서 이광수는 조선인이 황민이 되기 위해서 온몸을 바쳐 최선을 다해야 함을 강조한다. 그러나 익히 알고 있듯이 황민화 정책은 조선인이 진정으로 황민이 되는 것을 두려워하는 일본인

---

8) 이광수, 「민족개조론」, 위의 책, 42쪽.

과, 노력해도 결코 황민이 될 수 없다는 것을 인지한 조선인들에게 정책의 모순성과 이중성이 그대로 노출되면서 국민(nation)적 차원에서도 황민화의 실현은 힘든 것이었다. 이러한 난관에 봉착하게 된 이광수는 이것의 극복방법으로 기존에 담지하고 있었던 그의 민족주의에 대한 생각을 전환하기 시작한다. 그것은 바로 황민화 논리를 합리화하고 정당화할 수 있는 유일한 방법인 기억의 재구성을 통한 민족의 재편성을 시도하는 것이다.

즉 국민(nation)적 차원에서의 동일화가 아닌 민족(ethnic)적 차원에서 동일화에 대한 방안을 구축하는 것이다. 만일 원래부터 동일한 민족(ethnic)이라는 전제가 성립된다면 황민화가 조선 민족에게 실질적으로 가능할 수 있을 것이라는 생각이다. 민족성의 근본적 성격이 다른 일본과 조선의 동일화 방안은 다름 아닌 민족성의 근본적 성격조차 동일하다는 논리인 것이다. 그것은 바로 일제의 내선일체의 논리적 근거이자 한일병합의 논리로서 제시된 일선동조론의 차용이다. 즉 일본인과 조선인은 뿌리가 하나라는 역사적 근거, 즉 원시종족주의와 동일한 혈통적 민족주의로의 확장을 통해 이광수는 황민화가 성립될 수 없는 근본적 전제를 뒤집고자 하였다.

朝鮮人은 大和族과 朝鮮人의 피가 다르다고 해서, 即 血統이 다른 民族이라 해서 內心으로 歡迎하지 않는 分子가 있는 듯싶다. 그러나 內鮮 兩民族은 피를 함께한 民族이다. 二千年 前에는 한 民族이었으며, 그 후에도 一千二百年前 頃에 百濟로부터 日本에 건너간 百濟의 子孫들이 內地 崎玉의 高麗村에서 日本人과 結婚하여 그 後孫은 混血한 完全한 日本人이 되었으며, 千八百滿人이나 算하게 된다. 그리고 더욱 惶悚한 말씀이나 皇室에도 二次나 朝鮮의 피가 석기셨던 것이다. 이 말은 總督府에서 해도 좋다 해서 나는 기쁜 마음으로 權記하는 바인데, 第1回는 歷史에도 分明히 記錄되어져 있는 神公皇后께옵서는 新羅 天日槍의 後裔시다. 그때 처음으로 日本 皇室에 新羅의 피가 석기셨고, 그 후 桓武天皇께옵서 京都에 서울을 御定하옵신 平安朝初에 桓武天皇의 御母后께서는 百濟의 聖王의 曾孫女였었다. 이렇게 惶悚하옵게도 皇室을 비롯하여 臣民에 이르기까지 內地人과 朝鮮人의 피는 하나으로 되어 있으며, 이로써 우리는 天皇 陛下의 臣民으로써 忠義를 다하는 자가 되어야 할 것이며9)

　　민족성의 근본적 성격부터 다르다고 주장하던 이광수는 자체적으로 역사를 재구성하고 있다. 이천년 전의 역사를 새롭게 구성하여 전혀 다른 두 민족인 일본과 조선을 하나의 혈통을 가진 민족이라는 새로운 기억을 선택하여 역사로 재생산해내고 있다. 위의 인용문은 당대 인기 있었던 잡지인 『삼천리』에 조선어로 실은 글이다. 대중매체는 기본적으로 중요한 역사적 사건이나 이것에 대한 사람들의 기억을 기록하고 해석하는 기능을 한다. 과거를 현재로 불러오고 현재의 의미를 재구성하면서, 과거를 이해하는 방향에 직간접적인 영향을 미친다. 이러한 매체는 사회 문화적 기억을 소통시키는 하나의 조건이 되고 무엇을 어떻게 기억해야 할 것인지의 문제에 개입하게 된다.10) 이러한 매체를 통해 이광수는 역사 내러티브를 재생산해내고 있다.

　　역사란 기억을 대상화하여 비판적으로 재구성해낸 가공물이다. 역사는 기억의 조작이라고 할 수 있다. 역사는 자발적인 기억행위와 거리를 둔 채 그것의 신뢰성에 의문을 제기하고 그 신성한 권위를 해체해 버림으로써 결국 본원적 기억을 변형시킨다.11) 이광수는 망

---

9) 이광수, 「신체제하에서 예술의 방향」(『삼천리』, 1941. 1.), 『친일문학전집 Ⅱ』(이경훈 편역), 평민사, 1995, 147~148쪽.

10) 이동후, 「국가주의 집합기억의 재생산」, 『언론과 사회』 11권 2호, 성곡언론문화재단, 2003, 72~76쪽 참고.

11) 전진성, 앞의 책, 78쪽.

각된 기억을 끄집어내어 새롭게 선택하고 재구성하여 다시 역사 내러티브로 생산하고 있다. 이러한 역사 내러티브의 재구성은 민족(ethnic)의 재편성으로 이어지고 있다. 선택하고 배제되는 기억의 원리에 따라 대중 매체를 통해 역사 내러티브를 구성함으로써 1940년대 이광수는 민족의 범위를 확장하고 민족주의 담론을 새롭게 형성시키고 있다. 이러한 현상은 그의 1940년대 역사소설인 『세조대왕』에서도 역사 내러티브의 서사 전략을 통해 자연스럽게 드러나고 있다. 3장에서는 1940년대 『세조대왕』에 나타난 역사 내러티브의 서사 전략을 통해 민족주의 담론을 어떤 형식으로 형성해 나가는지 살펴볼 것이다.

3. 『세조대왕』의 서사 전략과 민족주의 담론의 양상

1940년대 이광수의 역사 내러티브는 황민화 담론의 수용을 위한 기억의 재구성으로 이루어졌으며, 이는 당대 황민화 담론을 식민지 현실에 놓여 있는 조선인들에게 적극적으로 주입시키기 위한 전략적 차원에서 이루어진 것이다. 이것은 그의 1940년대 논설뿐만 아니라 서사 양식인 역사 소설에서도 드러나고 있다. 이광수는 역사 소설의 서사 전략을 통해서 자신이 텍스트에서 추구하고자 한 민족주의 담론을 새롭게 생성하고 있다.

이광수가 추구한 역사소설 『세조대왕』의 서사 전략은 기억을 재구성하여 공적 역사를 탈중심화하는 방식이다. 『세조대왕』은 왕조사를 소재로 채택함에도 불구하고 텍스트 외적 원천에 기대어 사건 위주의 사실적 재현을 보여주는 것이 아니라 서술자가 주요 인물을 이분법적으로 대비시켜 논평하는 전략을 구사한다. 이 방식은 왕조사 중심의 공적 역사를 주변화시키면서 독자들에게 역사적 개연성을 확보하여 설득력을 갖게 한다. 이러한 서사 전략은 유교적 '충'을 화두로 하는 왕조사 중심의 공적 역사를 부정하면서 역사에서 부각되지 못한 기억들을 재구성하여 새롭게 역사 내러티브를 형성하는 것이다.

이는 기억의 선택과 배제를 통해 역사적 개연성을 부여하여 당대의 사건이 현실의 상황에서 재탄생되는 것이기도 하다. 또 이것은 이광수가 이전부터 갖고 있었던 민족주의 담론이 변화 굴절되는 양상의 논리를 보여주게 될 것이다.

1) 역사적 개연성 확보와 공적 역사의 주변화

1940년대 역사소설인 『세조대왕』은 이광수가 1928에서 29년까지 집필한 『단종애사』와 그 시대적 배경이 동일한 작품이다. 『단종애사』는 남효온의 『육신전』이라는 역사물에 의거하여 쓴 작품으로 텍스트 외적 원천에 기대어 사실 효과를 재현한 작품이다. 그러나 『세조대왕』은 역사적 배경은 『단종애사』와 동일하나 작품의 주요인물에 대한 평가는 상반되게 그리고 있다. 『단종애사』에서 단종을 배신한 당대 신하와 수양은 '충'을 버린 부정적 인물로 그려졌으며, 나머지 단종과 사육신들은 '충'의 표본이 되는 인물로 형상화 되었다. 그러나 1940년대 『세조대왕』에서는 주인공과 그 주변의 인물들에 대한 형상화가 정반대의 모습으로 그려지고 있다. 『세조대왕』은 수양이 왕위를 찬탈한 지 10년이 흐른 후의 시대적 배경을 토대로 세조의 일상과 정치적 사상에 대해 형상화하고 있다. 세조를 옹위한 측근 신하들과 늘 의견의 대비를 보이는 세조에 대한 서술자의 시선은

 식민지 담론과 민족 서사

이전의 『단종애사』에서 형상화 된 잔인하고 탐욕이 강한 세조와는 상반된 모습으로 드러나고 있다. 이러한 모습은 1920년대에 이광수가 가졌던 민족에 대한 생각이 1940년대로 넘어오면서 당대의 상황 논리에 따라 변화된 것으로 짐작할 수 있다. 『세조대왕』에 나타난 역사 내러티브의 서사 전략은 작가의 민족주의 담론의 변화 양상을 설명하는 근거로서 작용할 것이다.

『단종애사』를 읽었던 1920년대의 독자들은 같은 시대의 사건을 바라보는 시각이 정반대로 드러나는 『세조대왕』을 읽을 때 서술자의 시선이나 논평들이 쉽게 용납될 수 없을뿐더러 그 내용 역시 설득력을 가질 수 없을 것이다. 『세조대왕』은 조선 왕조의 공적 역사 기록을 토대로 쓴 『단종애사』와는 전혀 다른 맥락에서 역사 내러티브를 구사하기 때문이다. 1940년대 이광수에게 필요한 역사는 중국을 숭배한 유교적 적통성을 지닌 왕조사가 아니라 일본과의 유대감, 문화적 친밀성 등의 사건들일 것이다. 실제 기록된 조선조의 역사는 일본과의 적대적 관계의 기록이 훨씬 많았다. 이런 까닭으로 이광수는 『세조대왕』의 서사 전략을 사실적 사건의 재현이 아니라 내면 심리와 발화를 통해 공적 역사의 부정성을 부각하는 방향으로 설정했다. 이를 위해 작가는 세조의 왕위계승 사건이 아닌 왕이 된 이후의 모습을 서사화해서 역사적 개연성을 확보하고자 하였다. 즉 부정적 인물로 평가된 세조가 왕으로서 정당성을 얻기 위해서는 기존의 '정통성'이라고 평가받는 것들을 훼손시키는 방식을 택해야만 한다. 그것이 바로 『세조대왕』에 등장하는 인물을 이분법적 시선을 통해 대비시키는 방식이다. 이러한 서사 전략은 독자의 부정적인 시선이 왕위를 쟁탈한 세조에게 향하는 것이 아니라 개인적인 부귀공명을 위해 자신의 안위만을 생각하는 유신들에게로 향하게 되는 효과를 발

휘한다. 아래의 인용문은 수양이 왕위에 오른 후의 행적을 서술자의
시선을 통해 드러내고 있는 내용이다.

> 왕은 슬픔이 일어남을 깨닫는다. 왕은 오욕을 금하는 생활을 하셨다.
> 수라도 잠저시나 다름없었다. 진지 한 그릇과 나물국 한 그릇과 짠 반
> 찬 한 그릇과 물 한 그릇으로 수도하는 중의 식사를 하시는 일이 많았
> 다. (중략—인용자) 방이 더우면 마음이 게을러지고 또 정욕이 동한다
> 하여 엄동설한에도 불을 많이 때기를 금하시고, 또 찌는 듯한 복염에도
> 베옷과 부채와 얼음을 쓰지 아니하셨다. 몹시 더운 날에 솜옷을 입으시
> 고 문창호를 굳게 닫고 계셔서 신하들에게 몸을 길들이고 마음을 굳세
> 게 하는 법을 가르치셨다. 이 모양으로 상감은 몸의 편안을 위하는 모
> 든 탐욕을 끊는 생활을 하시면서 오직 나라와 백성을 위하는 일에 힘을
> 쓰셨다.[12]

> 유신들은 오직 중국을 숭배하여서 글도 한문만을 숭상하였고 한글로
> 번역하는 것을 객쩍은 일로 알았고 중들 중에도 대장경전을 조선말로
> 옮기려는 열성과, 또 그만한 힘을 가진 자가 없었다. 모두 그 날 그 날
> 의 제 영화를 생각하는 무리요, 국가와 민생의 백년대계를 생각하는 자
> 가 없었다. 왕은 이 일에도 외로우셨다. 혼자셨다.[13]

위의 첫 번째 인용문은 유교의 적통성을 훼손하면서까지 왕위에
오른 세조의 일상생활을 그리고 있다. 왕으로서 세조의 삶은 부귀공
명을 위한 것이 아니라 오로지 나라와 백성을 위한 것이었음을 독
자에게 합리적으로 전달하기 위해 서술자는 관찰자적 시선과 논평
적 서술을 사용한다. 이러한 방식은 텍스트를 읽는 독자가 스스로
세조의 일상을 지켜보는 듯한 인상을 줌으로써 세조의 금욕적 일상
과 검소함이 억지스럽지 않고 오히려 독자의 동정을 이끌어내는데

---

12) 이광수, 『세조대왕』, 『이광수 전집』 4권, 삼중당, 1972, 500쪽.
13) 이광수, 『세조대왕』, 위의 책, 506쪽.

 식민지 담론과 민족 서사

도움이 된다. 이것은 『단종애사』에서 부각된 세조의 탐욕적 모습과 잔인성에 대한 기억이 나라와 백성을 위해 희생하는 세조의 모습으로 기억이 전이 되도록 한다.

이에 반해 두 번째 인용문은 세조의 뜻을 전혀 헤아리지 못하고 자신의 부귀영화에만 신경을 쓰는 신하들의 모습을 왕의 모습과 대비적으로 논평함으로써 독자들이 서술자의 생각에 자연스럽게 호응하도록 만든다. 특히 중국을 숭배하는 신하들에 대한 비판적 시각은 텍스트에 자주 나타나는데, 이는 중국 숭배사상이 일선동조론의 원형을 훼손하는 것으로 파악한 작가의 의도된 서술이라 할 수 있다. 즉 대동아 공영권의 주체를 일본(조선을 포함한)으로 상정한 이광수에게 중국은 대동아 공영권의 주체인 일본의 타자로 규정되기 때문이다. 결국 중국을 숭배하고 자신의 안위만을 생각하는 신하들의 형상화는 독자들에게 부정성을 극대화해서 보여주는 효과를 가져온다. 반면에 자신을 억압하고 금욕하며 백성을 생각하는 세조의 모습은 더욱 긍정적으로 읽히게 됨으로써 왕위를 찬탈한 세조는 어느새 독자들의 기억의 뒤편에 서게 되는 것이다.

이분법적 서술과 논평들이 더욱 신뢰를 얻도록 하기 위해 이광수는 유교의 적통성을 비판할 수 있는 논리적 근거를 채택하게 된다. 즉 이광수는 유교적 정통성을 건국이념으로 바라보는 조선의 왕조윤리를 비판하기 위한 근거로서 조선의 역사에서 부각되지 못한 관념적 사유들을 서사 밖으로 이끌어낸다. 그것이 바로 유교적 '충'과 '적통성'의 논리를 무화시키는 불교의 인과론적 사유방식인 것이다. 이광수는 세조를 윤(閏)의 인물로 폄하한 조선의 이념인 '충'을 훼손시킬 논리로써 불교적 사유를 가져온다. 모든 일의 원인에는 결과가 반드시 따른다는 '인과론'적 사유를 통해 조선의 유교적 관점의 부정성을 부각하고, 그것의 의미를 무화시키고자 한다. 이것은 기존의 공적 역사의 사실적 사건을 주변화하여 새로운 시각으로 역사를 바라보고자 하는 작가의 의도된 내러티브 방식이라 할 수 있다.

> 『그러한 대의를 꾸며대더라도 임금을 죽인 것은 임금을 죽인 것이요. 노산을 죽인 죄를 내나 범옹이 벗을 줄 아오? 못 벗소. 대의가 어쩌고 하더라도 그것은 다만 저를 속이는 말이요. 범옹. 노산 죽인데 대하여 서는 나도 죄인이요. 범옹도 죄인이오.』 (중략―인용자)
> 『아니, 아니, 죄인은 그런말을 하는 법이 아니요. 그것이 첨곡(諂曲)이라는 것이요. 제 허물을 허물아닌 것처럼 꾸민단 말이요. 그것은 죄 위에 또 한 죄를 더 짓는 것이요. 유가들은 그것이 병이야. 죄를 졌거든 나는 죄인이요. 이러지 아니하고 무에라고 무에라고 사기를 끌어 오고 경서를 끌어다가 그것을 꾸미려 들어. 저를 속이는 것이지, 천지신명이야 속소?』 상감의 말씀은 숙주의 속을 꿰뚫고 들여다보시는 말씀과 같았다. 숙주는 진실로 자기가 한 모든 일을 여러 가지로 꾸며서 옳은 것을 만들고 있었다. 자기가 한 일은 다 옳았다. 그 옳음의 갚음이 자기의 부귀와 공명이라고 자신하고 있었다.『첨곡』상감은 그것을 첨곡이라고 하셨다. 숙주는 일찍 자기가 첨곡한 사람으로 자처한 일은 없었다. 자기는 공명정대한 사람으로 자신하고 있었다.
> 『그럼 유가에서 천명이라는 것이요. 그런데 유가에서 천명이라면 제 책임은 없는 것같이 생각하지마는 그런 것이 아니야. 아무리 군국 대사를 위하고 억조 창생을 위해서 한 일이라도 내가 받을 보는 보대로 받는 것이요. 이를테면 살신성인이라는 것이지.』[14]

위의 인용문은 신하 신숙주와 세조가 국사를 논의하는 과정에서 과거의 일들에 대한 각자의 생각을 대화로 서술하고 있는 것이다. 신숙주는 과거에 노산군을 죽이고 세조를 왕위에 세우기 위해 저지른 모든 악업을 군국 대사를 위하고 억조 창생을 위해서 한 일로

---

14) 이광수, 『세조대왕』, 위의 책, 515~517쪽.

정당화하고 있다. 그러나 세조는 아무리 그러한 명분이 있더라도 자신이 지은 죄가는 꼭 업대로 받아야함을 역설하고 있다. 신숙주는 세조와 더불어 적통인 단종을 폐위시킨 인물이다. 군국대사를 위한다는 유교적 명분으로 유교적 적통성을 파괴한 인물이다. 이 인물은 세조가 왕이 된 이후에는 왕조의 안위를 위한 적통 훼손을 또 다른 유교적 명분을 내세워 정당하다고 합리화하고 있다. 서술자는 신숙주를 상황에 따라 변모하는 현세 지향적 논리를 내세우는 인물로 바라보고 있다. 이에 반해 세조는 어떠한 명분이 있었더라도 자신이 지은 허물에 대한 죄가(罪賈)는 반드시 받을 수밖에 없다는 인과론적 사유로 일관하고 있다. 명분을 위해 또다른 명분을 내세워 합리화하는 유교적 가치와 어떤 명분이 있더라도 자신이 지은 죄는 반드시 갚아야 한다는 불교적 가치의 대립을 통해 독자는 유교적 가치를 부정적으로 받아들이게 된다. 결국 긍정적으로 평가하는 세조의 인과론적 사유와 대비되는 신하들의 논리는 부정적으로 받아들일 수밖에 없는 것이다. 특히 신뢰할 수 있는 인물인 김시습의 발화를 통해 이것은 더욱 분명하게 드러난다.

> "대체 세상에서 생각하기를 금옥(金玉)은 공씨의 자손의 것으로 알고 있는 것인데 석가의 자손이 그 금옥을 탐내는 빛을 보이는 날이면 공씨 자손들은 이를 악물고 덤빌 것 아니요?"15)

김시습은 조선의 이념인 유교적 적통성의 논리를 현세에서 개인의 부귀영화를 위해 명분을 갖다 붙이는 무리들의 논리로 규정하고 있다. 왕조의 대의를 위한다는 현실적 명분은 유가적 관점에서는 정

---

15) 이광수, 『세조대왕』, 위의 책, 539쪽.

의로 가장할 수 있으나 인과론의 관점에서는 첨곡이고 탐욕에 불과
한 것이다. 서술자는 시종일관 내러티브 과정에서 세조와 세조를 둘
러싸고 있는 신하들의 무리를 이분법적 시선으로 분리해서 서술하
고 있다. 사건을 바라보는 서술자의 시선과 논평은 신하를 부정적
인물로 극대화함으로써 세조의 불교적 사유방식을 더욱 긍정적으로
만들고 있다. 물론 세조의 인과론적 사유는 비합리적이고 관념적인
논리이지만 당대의 공적 역사의 중심인 유교적 이념을 주변화시키
는 데 성공하고 있다. 결국 세조의 내면 심리와 신하들의 생각을 권
위있는 서술자의 발화와 논평을 통해 대비적으로 드러냄으로써 독
자는 당대 역사에 대한 새로운 해석을 개연성 있게 받아들이게 되
는 것이다.

즉 유교를 국책으로 신봉하는 유신들에 대한 서술자의 부정적인
시선과 불교의 사상을 따르고 실천하는 세조에 대한 서술자의 긍정
적인 시선의 대비는 결과적으로 독자들에게 유교적 적통성에 대한
의문을 품게 만든다. 이러한 서사 전략은 『세조대왕』에서 작가가 추
구하고자 한 민족주의 담론을 실현하는 데 유효하게 작용하였다. 유
교에 대한 부정은 결국 중국을 숭배한 조선의 왕조를 비판하게 되
는 것이고, 이것은 결국 일본을 중심으로 대동아 공영권이 이루어져
야 한다는 것을 말하고 싶은 1940년대 이광수의 민족주의 담론의
모습인 것이다.

요컨대 『세조대왕』에서의 서사 전략은 공적 역사, 기록된 역사,
즉 모든 사람들이 공인되었다고 믿고 있는 역사를 이분법적 서사
전략을 통해 역사 내러티브로 새롭게 재구성하고 있다. 공적 역사를
거스를 수밖에 없었던 조선조의 세조를 정당화하고자 한 『세조대왕』
은 1940년대 '민족'을 확장하고 굴절해서라도 조선인을 황민으로

  식민지 담론과 민족 서사

편입해야 하는 이광수의 당대 모습의 알레고리로 읽을 수 있을 것이다.

2) 기억의 선택과 배제를 통한 민족 담론의 굴절

1940년대 이광수가 원하는 조선민족은 앞에서 살펴보았듯이 황민으로서의 민족이다. 이를 위해 『세조대왕』에서 그는 이전에 가졌던 민족에 대한 기억을 억압하고 배제한 후 현재의 상황에 맞는 기억을 선택하여 역사 내러티브를 새롭게 구성한다. "기억은 과거보다는 오히려 현재 지향적이다"16)라는 말처럼 기억은 과거의 경험이 고정된 형태로 전달되는 것이 아니라 현재의 시점에서 재구성되는 것이다. 이광수가 1940년대에 원했던 민족에 대한 기억은 일본인과 조선인이 에스닉 차원에서도 충분히 하나가 될 수 있는 조건들이었다. 이러한 조건들은 기존의 공적 역사를 통해서는 성립될 수 없는 것이다. 이런 이유로 공적 역사를 주변화하는 서사 전략과 역사 내러티브의 재구성은 그의 1940년대 역사 소설에서는 필연적 과제였다. 이런 과제를 수행하기 위해서 역사에 대한 기억을 새롭게 조정해야만 했다. 현재의 시점에서 역사를 치환, 변형, 왜곡하여 기억을 재구성17)한 것으로 1940년대 이광수의 민족 담론은 형성될 수밖에 없었다.

---

16) 안병직, 「한국사회에서의 '기억'과 '역사'」, 『역사학보』 193집, 역사학회, 2007, 281쪽.

17) "현재 지향적이고 현재의 토양에서 새롭게 구성되는 것이 기억이라면 그것은 불가피하게 선택적일 수밖에 없다. 기억은 걸러져서 어떤 것은 계속 존속하고, 어떤 것은 억압되며, 나머지는 폐기된다. 따라서 기억은 망각과 불가분의 관계에 있고 망각은 기억의 일종이라고 할 수 있다."
안병직, 위의 글, 281~282쪽 참고.

이광수가 1940년대에 필요했던 기억은 일본과의 혈통적 동일성과 역사적으로 친밀한 유대감이다. 이광수가 이전에 담지하고 있었던 민족에 대한 근본적 생각, 일본과는 민족성이 근본적으로 다르다는 기억은 변형되고 치환되어야 할 것들이었다. 이러한 기억의 치환으로 『세조대왕』에서는 이광수가 기획한 민족의 모습이 세조가 꿈꾸는 민족으로 전이되면서 서술되고 있다.

> 아주 옛날 일은 말 말고라도 신공 황후가 신라 왕자 천일창의 후손이라 하는 것이며, 성덕태자에게 법화경, 승만경을 진강한 이가 고구려 중 혜자라는 것이며, 또 그 때에 나라에 법륭사 등 절을 짓는데 성덕태자를 도운 이가 백제 중 자총이란 것이며, 또 처음 경도에 평안경을 정하신 환무천황의 어머니가 백제 성왕의 증손녀라는 것이며, 또 신라가 당나라 군사를 끌어들여 백제를 치매 일본에서 구원병을 파견하였고, 백제가 멸망함에 미쳐서는 백제의 왕족과 대관과 학자가 일본에 망명하여서 황실의 우대를 받자와 일본 백성이 되어서 이래 육칠백년에 자손이 수없이 퍼졌고 지금도 벼슬하는 이와 학자가 많다는 것이며, 또 그 후에 신라가 당나라를 끌어들여 고구려를 멸할 때에 왕자 약광이 일천 칠백여 명의 귀족과 학자와 중과 신관과 도검을 만드는 공장과 기타 여러 공장을 거느리고 일본으로 망명하매 원성천황이 무장에 땅을 베어 주어서 세거하게 하였다는 것이며, 또 일본서는 조선을 한 집같이 여겨 가까이 하기를 바란다는 것이며, 또 고려 때에도 많은 사람이 일본에 건너가서 귀화하여 산다는 것이며[18]

위의 인용문은 세조와 그의 신하들이 국가 대소사를 논하는 자리에서 조선과 일본의 관계를 피력하고 있는 부분이다. 서술자는 삼국시대부터 일본과 우호적 외교관계를 유지한 사례를 통해 민족적 유대감을 제시하고 있다. 또 일본과 조선민족은 백제시대부터 혈통이

---

18) 이광수, 『세조대왕』, 앞의 책, 584쪽.

 식민지 담론과 민족 서사

섞였으며, 수많은 자손들이 일본과 조선에 뿌리를 내리고 산다고 지적하고 있다. 일본 민족과의 혈통적 동질성을 찾기 위해 기존의 역사적 기억을 배제하고 선택하면서 공통점과 유사성을 강조하는 것은 일본 민족과의 연속성을 증명하기 위한 이광수의 노력의 결과물이다.

새로운 민족 담론을 형성하기 위해 제시한 위의 역사적 기억들은 작가가 힘겹게 기억을 조작해 얻어낸 것이다. 왜냐하면 불과 6년 전에 쓴 논설 「조선민족론」이라는 글에서는 일본인, 중국인과는 다른 조선민족의 특징을 자랑스럽게 구사하고 있기 때문이다. 즉 1930년대 초중반까지 이광수는 일본을 조선과는 근본적으로 다른 민족이라고 인지하고 있었다. 깊이 각인된 기억을 수정하는 것은 현실 지향성이 분명할 때만 나타나는 것이다. 1940년대의 식민지 현실은 이광수에게 절박하고도 치명적인 상황이었음을 반증하는 것이기도 하다. 결국 이광수가 이전에 공적 역사로 담지하고 있었던 역사는 새로운 기억의 선택으로 인해 망각의 저편으로 사라져야 하는 입장에 놓여 있는 것이다.

> 그의 피에 흐르는 선천적, 유전적인 조선민족적인 성격은 조물주도 변역(變易)하고 좌우(左右)할 힘이 없는 것이다. (중략–인용자) 그러면 민족의 본질적 요소는 무엇인가. 첫째 혈통은 그 주되는 것 중에 하나다. 조선인 중에는 한족의 피, 몽고족의 피도 어떠한 비율로는 흐르리라 함은 지나간 역사를 보아서 추정할 수 있지마는 우리 민족의 기록이 소급(遡及)할 수 있는 한에서 우리는 다른 어느 민족도 아니요, 특수한 조선족의 혈통을 받은 민족이다. 혹시 이민족의 피가 흘러 들어왔다 하더라도 그것은 대해에 들어온 몇 줄기 강수와 같이 그 독립성과 특수성을 잃어버리고 조선의 피에 화해 버리고 말았다. 그래서 골격, 용모에 「조선적」인 특색을 어디서나 분명히 인식할 수 있다. 중국인과 일본인이 조선인과 흡사하다하지마는 꼭 같은 복장을 입혀놓고 보더라도 우리는

　　백에 구십구의 경우에서는 조선인을 골라낼 수 있는 것이다. 이 특이점
　　은 혈통에서 오는 것이라 할 수 있다.[19]

　1940년대 이전의 역사에 대한 기억은 조선민족의 고유성을 강조
하는 것이었다. 이광수는 어느 민족과도 구분되는 조선인만의 특징
으로 민족을 규정하고 있다. 특히 혈통은 몇몇의 이민족의 피가 섞
여있더라도 몇 줄기 강수와 같은 것으로 조선인의 피에 화한다는
조선족만의 혈통임을 강조하고 있다. 1930년대에 몇 줄기 이민족의
피가 조선인의 피로 화했던 것이, 1940년대에는 몇 줄기의 조선인
의 피가 일본인의 피로 화하게 되는 형국인 것이다. 물론 이광수는
일본을 조선과 동조동근의 유기체적 민족(ethnic)으로 인식하지 않은
것은 분명하다. 그러나 제국주의에 대한 불완전한 인식과 의도적으
로라도 황민이 되어야 하는 상황은 그를 민족의 기억을 왜곡해야
하는 차원에까지 이르게 한 것이다.

　기억은 사회적 권력관계에 종속되고 집단의 이익과 이데올로기에
서 자유롭지 못하다. 기억을 둘러싼 갈등은 민족의 정체성을 규정하
는 기억의 내용까지도 결정하는 모습을 여실히 보여준다. 위의 인용
문에서 밝히고 있듯이 민족의 기록이 소급할 수 있는 한에서 우리
민족은 조선족의 혈통을 이어 받은 민족이라고 규정하고 있으나, 현
재 1940년대의 이데올로기와 권력 지향성에 따라 기억이 선택한 내
용은 조선인이 일본민족으로 변경되고 확장되는 것이다. 이광수가
창안한 1940년대 민족의 역사란 결국 과거에서 발견되는 것이 아니
라 현재의 관점에서 창안되는 것, 역사 서술에서 권력 관계와 이데
올로기의 영향은 배제되기 어렵다는 것, 그리고 기억과 망각의 매커

---

19) 이광수, 「조선민족론」(『동광총서』, 1933. 6~7), 『이광수 전집』 10권, 삼중당, 1972,
　　215~216쪽.

니즘을 통해 지속적으로 수정되고 다시 서술되는 것이다.

> 이 모양으로 상감은 문화의 모든 방면에서 조선을 아름다운 나라로 만들려고 힘을 썼고 또 외교적으로도 이웃나라들과 불교를 통하여서 서로 화친하기를 힘쓰셨다. 상감은 여러 차례 일본에 사절을 보내어서 두 나라가 영구히 돈목하기를 도모하려 하셨으나 중국 숭배의 고질이 깊이 박힌 유신들이 번번히 이것을 방해하였다. 그 표면의 이유는 조선이 일본과 빈번히 교통하면 명나라의 의심을 산다는 것이었으나, 기실은 존숭하는 노예근성과 아울러서 불교를 미워하는 까닭이었다. 본래 신라적부터 불교도는 중국 숭배의 관념이 없었다. 적어도 정치적으로는 저를 존숭하는 생각을 가지고 있었다. 그래서 불교도들은 요샛말로 하면 국수주의자였다. 고신도의 정신을 보존한 것도 실로 불교도였다. 고려말까지도 이 사상이 계속하였다. 묘청이 고려 임금을 황제라고 일컫기를 주장한 것도 이 정신이다. 이 정신은 고려 태조의 전한 정신이었다. 고려초에도 임금이 황제라고는 아니하였더라도 연호를 쓰고 짐, 붕이라는 말을 썼다. (중략—인용자) 그리고 명나라에 대하여서도 은근히 유신들의 사상을 불쾌히 여기시와 차라리 일본과 친하고 명을 멀리하려는 생각을 품고 계셨다. 상감의 이러한 생각—중국에 대하여 독립의 위신을 유지하려는 생각을 이은 이는 그 후 이백년이나 지나서 효종 때에 한번더 나타났을 뿐이었다. 이러하기 때문에 상감은 고구려, 백제 때로부터 깊은 인연이 있고 또 불교로 보아서 더욱 뜻이 같은 일본과의 교의를 두터이 하려고 힘을 쓰신 것이다. (중략—인용자) 일본서 한해에 여러 차례씩 혹은 장군가로부터, 혹은 명가로부터 사자가 내왕하였기 때문에 상감은 예로부터 일본과 조선과의 관계에 대하여서 깊은 인식을 가지고 계셨다.[20]

위의 인용문에서 보듯이 1940년대의 이광수는 황민화를 위해 혈통에 대한 기억의 조작을 거쳐 외교 관계와 문화에까지 기억의 왜곡을 확장하고 있다. 공인된 역사물과 기록물을 통해 볼 때 조선은

---

20) 이광수, 『세조대왕』, 앞의 책, 583~584쪽.

중국을 숭배한 대표적인 왕조였다. 왕위계승이나 세자 책봉에 이르기까지 모든 일들에 중국의 간섭과 지시를 받았던 왕조였다. 그러나 위의 인용문은 현재의 관점에서 중국과의 외교관계는 버려야할 이념인 부정적인 과거일 뿐이며, 세조는 친일본적이며 중국에 대하여서 배타적인 사상을 가진 임금으로 서술되고 있다. 현재 조선인이 일본민족이어야만 하는 작가에게 조선의 왕조사는 지우고 싶은 치명적인 기억일 뿐인 것이다. 과거 조선의 사실적 사건들은 대부분 중국을 숭배한 기억들로 가득 차있는 것이 역사적 현실인 시점에서 기억의 조작을 통한 역사의 수정은 이광수에게 불가피한 것이었다. 중국적 전통을 이어받은 조선의 유교적 적통성을 일본적 전통으로 탈바꿈하기 위한 기억의 치환은 이광수에게 필연적인 것이었다.

그러나 『세조대왕』에서 서술자의 노력에도 불구하고 내러티브 과정에서 조선은 중국을 숭배했던 왕조로 자연스럽게 드러나고 있다. 식민지인의 정체성과 식민주의 담론이 식민지 장에서 펼쳐질 때, 작가의 의도된 서술도 의도하지 않은 조선적 정체성의 표출로 인해 온전하게 드러나지 못하게 된다. 즉 식민주의 담론인 황민화 담론의 완전한 수용은 근본적으로 식민지 장에서는 균열된 양상으로 드러날 수밖에 없다는 것이다. 식민주체를 온전히 모방하고 싶으나 절대로 동일하게 될 수 없는 식민지인의 현실인 것이다. 결국 일본과의 유대감과 혈통의 단일성을 주장하고 기억을 수정하지만 완전한 일본 민족으로 남기에 식민지 조선의 공인된 역사적 사실은 너무도 명징한 것이었다. 『세조대왕』에서 서술자는 세조의 사유를 이용해서라도 고대의 역사를 회복하고자 기억을 선택하고 배제했지만 공인된 역사를 완전히 전복하기에는 역부족이었다. 이러한 역부족은 내러티브 과정에서 서술자의 회한으로 남겨지게 된다.

 식민지 담론과 민족 서사

> 만일 상감이 더 오래 사시고, 또 신하들이 상감의 뜻을 받들었다 하
> 면, 임진년의 비극은 아니 일어나고 말았을는지도 모른다. 그것은 슬픈
> 인식 착오였다.21)

위의 인용문은 이미 서술 과정에서 조선이 일본과는 친밀한 관계
가 아닌 민족이었음을 반증하는 것이다. 이광수는 의도된 기억의 조
작으로 황민화 담론을 적극적으로 수용하려고 노력함에도 불구하고
내러티브 과정에서 표출되는 식민지인의 조선 민족적 정체성은 완
전히 일본 민족이 될 수 없음을 스스로 보여주는 것이기도 하다. 이
광수가 역사 내러티브를 통해 표상하고자 한 민족주의는 일제의 황
민화론을 수용하여 민족을 원형적 차원에서 확장시킨 에스닉적 민
족주의였다. 그러나 『세조대왕』에 나타난 역사 내러티브의 과정은
식민지 조선인의 정체성이 자연스럽게 서사에 개입됨으로써 완전한
황민으로 편입하지 못하는 '차이'를 보여주었다.

기억의 배제와 선택을 통해 민족을 재편성해서 민족주의 담론을
형성하고자 한 이광수는 자신이 보여주려고 의도한 것과 서술된 내
러티브의 본질적인 차이로 어긋날 수밖에 없었다. 결국 이광수의
1940년대 역사 소설은 일제의 황민화 정책을 적극적으로 수용하고
자 했음에도 불구하고 기억의 배제와 선택으로 이루어진 역사 내러
티브는 민족주의 담론의 굴절된 모습으로 남게 되었다.

4. 1940년대 이광수 역사 담론의 의미와 토포스(topos)적 인식

1940년대 이광수의 역사 내러티브의 과정에서 나타난 민족주의

---

21) 이광수, 『세조대왕』, 앞의 책, 585쪽.

담론은 일제의 강력한 내선일체의 논리를 수용하면서 형성되었다. 일제가 식민주의 담론으로 내세운 내선일체는 '황민화론'을 중심으로 형성되었으며, 이는 대동아 공영권을 이루기 위한 상징적 조치로서 기능하였다. 이러한 상황 속에서 이광수는 1940년대의 역사 내러티브의 서사전략을 통해 식민지 조선인을 황민으로 만들기 위한 민족 담론을 형성하고자 하였다. 그것은 기억의 선택과정을 통해 형성된 유기체적 민족의 확장된 형태로 드러났다. 이광수는 일제의 황민화론의 이론적 근거로 제시된 일선동조론의 의미를 적극적으로 수용하여 혈연을 토대로 민족의 원형을 확대 왜곡하여 복원하고자 하였다.

1940년대 역사소설인 『세조대왕』은 이광수가 원하는 황국신민으로서의 조선 민족의 근원을 새롭게 형성시키고자 했던 텍스트이다. 주요 인물을 이분법적으로 대비하여 서술함으로써 독자들에게 유교적 적통성에 의문을 품게 하여 일본적 친연성이 있는 사상에 대해 긍정적 인식을 갖도록 하였다. 또 조선인에게 현재의 관점에서 필요한 일본과의 동일한 역사를 만들기 위해 기억을 억압하고 배제하면서, 황민으로서의 조건을 가진 민족으로 재구성하려고 의도적으로 역사 내러티브를 구성하였다. 그러나 『세조대왕』에서 재편성된 민족은 온전히 황민으로 편입하지 못한 채 민족 담론의 굴절된 모습만 남기게 되었다. 결과적으로 이것은 일본과 조선을 하나의 혈연공동체로 바라보는 입장으로 일본의 신민이 되고자 하는 이광수의 욕망이 표출된 것이었지만 조선인은 일본신민이 될 수 없다는 것을 반증하는 것이기도 했다.

이광수가 1930년대까지 견지해오던 유기체적 민족주의 담론을 황민화론으로 전환하여 민족 담론을 수립하려고 한 논리는 그가 1910

년대부터 1940년대까지 펼친 담론의 형성 방식을 통해 그 내적 논리를 확인할 수 있다. 기본적으로 이광수는 혈통과 인종, 언어, 습속이 같지 않은 민족은, 민족으로 형성될 수 없다는 논리를 지니고 있었다. 이 논리는 이광수가 민족에 눈을 뜬 1910년대부터 시작된 것으로 절대적이며, 깊이 각인된 인식이었다. 이러한 에스닉(ethnic)적 공동체를 기반으로 형성된 민족 개념 위에 서구 제국의 근대성을 자신의 민족주의 담론으로 전유했었다. 1910년대에는 서구를 모방한 선진화된 일본의 문명론을, 1920년대에는 전세계적인 흐름이었던 문화론을 수용해서 자신의 민족주의 담론으로 전유하였다. 이러한 이광수에게 1940년대의 일제의 내선일체는 힘의 절대자로 군림한 서구를 배제하고 그 자리에 일본을 놓게 되는 상황을 연출하게 된다. 1940년대의 식민지 상황에서 힘의 절대적 우위를 차지하는 것은 미국을 상대로 전쟁을 치르는 일본 제국이었다. 이러한 상황 논리에 따라 그의 민족주의 담론은 모습을 달리하는데, 이것은 타자의 힘의 우위를 의식할 때 발생하는 토포스(topos)적 인식22)이 바탕에 자리 잡고 있었기 때문이다.

식민지 주체인 이광수는 식민지 기간 동안 늘 상황논리에 의해 타자를 받아들였다. 이광수에게 있어서 1910년대에서 1930년대까지

---

22) 토포스(topos)적 인식은 일반적으로 문화 접촉과 문화 수용의 과정에서 타자의 이질적/동질적 문화 요소에 대하여 선택/저항을 행할 때, 또는 정치적 충격에 의해 자기와 타자의 힘의 질적/ 양적 차이가 의식될 때 보여진다. 즉 토포스적 인식은 타자가 자기보다 우월하거나 물리적으로 강력한 것에 대한 지각을 의미한다. 만일 그러한 지각이 존재하지 않거나 극히 미미한 것이라면 토포스적 인식은 성립하기 어렵다. 토포스적 인식은 타자와의 비교를 행함으로써 자기 존재(아이덴티티)의 의미를 구할 수 있는 장소에서 가능하며, 주로 주변국가 지식인들에 의해 영위되는 의식행위이다.
장인성, 「토포스와 이이덴티티: 개국기 한일지식인의 국제정치적 사유」, 『국제정치논총』 37집, 한국국제정치학회, 1998. 7쪽 참고.

조선 민족이 본받아야 할 대상은 서구를 모방한 일본의 모습이었다. 이 시기 그에게 일본은 조선인이 최소 몇 십 년만 힘을 키운다면 충분히 따라갈 수 있는 수준의 타자로 인식되었기 때문에 토포스적 인식이 강하게 나타나지는 않았다. 그러나 1940년대의 일본은 서구 열강 위에 위치하고 있는 강력한 물리적 힘을 가진 타자였다. 때문에 그는 일본의 힘을 인정하고 서구 문명과 문화의 자리에 일본 제국을 위치시킨다. 즉 이러한 상황에서 그가 선택할 수 있었던 것은 일본이 가진 힘을 고스란히 조선의 것으로 흡수하는 것이었다. 결국 황민이 된 조선인이 일본의 자리에 있게 될 것이라는 안일한 논리에 안착하게 된다. 이때부터 그는 적극적으로 대동아 공영권을 위한 황민화 정책을 수용하고 민족의 담론으로서 받아들이게 된다. 이광수가 일제의 정책이 바뀔 때마다 그의 민족주의 담론이 식민주의 정책을 모방하면서 이루어진 것은 기본적으로 그에게 토포스적 인식이 바탕에 자리잡고 있었기 때문이었다. 즉 힘의 우위에 따라 민족이 나아가야 할 방향을 결정하는 비합리적인 식민지 주변인의 인식의 한계인 것이다.

조선 민족의 힘을 키울 수 있는 공간이 1940년대 일제의 신체제론으로 인해 전부 사라지게 된 상황에서 이광수가 선택한 것은 토포스적 인식을 통해 일본 국체를 조선의 것으로 전유하는 방식이다. 그것은 표면적으로는 일본 제국주의로의 편입이지만, 이광수에게는 민족주의의 범위가 확장된 원형적 민족주의23)로의 전환인 것이다.

---

23) 에릭 홉스봄은 근대 민족주의의 개념을 설명하는 과정에서 독특하게도 혈통을 중심으로 이루어진 원시 종족주의와 유사한 형태의 민족주의를 원형적 민족주의로 규정하고 있다.
에릭 홉스봄, 강명세 역, 『1780년 이후의 민족과 민족주의』, 창작과 비평사, 1993. 참고.

 식민지 담론과 민족 서사

이것은 이광수 인식의 기저에 있었던 유기체적 민족관의 토대 위에 일본이 내세운 '일선동조론'을 근거로 교묘하게 범위를 확장시켜 형성한 민족주의이다. 물론 이광수는 의식적인 차원에서 일본을 조선과 동조동근의 유기체적 민족으로 인식하지는 않았다. 제국주의에 대한 불완전한 인식, 즉 제국주의의 또 다른 이름인 근대 민족주의에 대한 인식의 불완전성은 표면적으로 이광수의 민족주의를 황민화 담론을 수용하는 지점에 도달하게 만들었다.

결론적으로 1940년대의 식민주의 황민화 정책과 이광수의 토포스적 인식과의 상관관계 속에서 역사 소설은 민족주의 담론의 굴절된 모습을 남기게 되었다. 일본 제국주의의 힘이 곧 조선 민족의 힘이 될 것이라는 안일한 논리, 즉 토포스적 인식은 역사를 왜곡하고 기억을 조작하여 민족 담론을 형성하는 데까지 이르렀다. 이광수는 의도적이고 자발적으로 식민주의 담론을 수용하여 민족 담론을 형성하고자 하였다. 그 이면에는 조선 민족의 힘을 키우고 싶었던 피식민지 조선인 이광수의 진정한 내적 욕망이 작용하였지만, 오히려 1940년대 그의 역사 담론은 황민이 되고자 했던 식민지인의 트라우마로 기억될 뿐이다. 특히 이광수에게는 『세조대왕』에서 서술자가 말한 것처럼 "슬픈 인식 착오"로 남게 되는 것이다.

1. 이광수 문화 담론과 근대 매체

이 논문은 1920년대 전반기에 이광수의 문화 담론이 당대 주요 매체였던 『개벽』과 『조선문단』과의 관계 속에서 형성되고 수행되는 양상을 고찰하는 것이 목적이다. 이러한 논의는 1920년대 전반기 이광수의 문화 담론이 당대 문단에서 차지하는 위상과 의미를 도출할 수 있을 것이다. 또 이 논의는 이광수의 1920년대의 문학을 이분법적 시각─민족주의 대 계급주의 혹은 부르주아 문학 대 프로문학─에 입각해서 일면성만을 부각하는 기존의 논의를 새롭게 해석하는 계기가 될 것이다.

1920년대 일제는 '무단정치'에서 '문화정치'로 전환하고, 조선인들에게 언론의 자유를 표면적으로는 허용하였다. 이 문화정치는 무단정치를 통해서는 얻을 수 없는 정보의 흐름을 간파하고 미시적인 감시를 위해 의도적으로 전환한 정책으로 조선인의 입장에서는 기만적이면서도 이중적인 정책이었다. 문화 정치의 실행으로 식민지 조선인들에 의해 일간 신문과 잡지들이 대거 발행되기 시작했다. 그 중『동아일보』와『조선일보』의 민족지 출현은 식민지에 다양한 담론을 형성하는데 일조했으며, 잡지『개벽』은 당대의 담론을 주도했다. 1920년대는 사회진화론의 영향을 받아 형성된 문명화론 대신 문화 담론이 주류를 형성하게 된다. 문화 담론의 부상은 일본의 영향이 컸으나 식민지 조선에서는 수용과 배제의 갈등과정을 거쳐 의미의 변용이 이루어졌다. 이것이 문화를 통한 개조 운동으로 발전된 것이다. 이광수는 상해에서 귀국하여『동아일보』와『개벽』에 자신의 사상이 담긴 논설들을 대거 싣고, 이후 1924년부터는『조선문단』에 소설과 문예평론을 통해 문학 장을 형성하는데 기여한다. 이러한 일련의 과정은 그가 문화 담론을 형성하는 모습으로서 1920년대 전반기 식민지 조선의 문화와 문단에 많은 영향을 끼친다.

본고에서는 1920년대에 발행된 잡지『개벽』과『조선문단』에 게재된 이광수의 논설과 평론을 통해 그가 1920년대 전반기에 추구한 문화 담론을 고찰하고자 한다. 1920년대 중요 매체였던『개벽』과『조선문단』에 대한 연구는 어느 정도의 성과를 이루고 있으나, 이 매체와의 관계를 통해 드러나는 이광수의 문화론에 대한 조명은 크게 부각되지 못한 상황이다. 이광수는 1920년대 초기에『개벽』에서 논설로써 문화론을 밀도 있게 표현하고 있으며, 중반기에 접어들면서 『조선문단』에서 소설과 문예평론 등으로 문화론을 수행하고 있다. 물론 기본적으로『동아일보』와『조선일보』에서의 활동도 무시할 수 없다. 그러나 신문과 잡지는 먼저 매체의 성격에서 차이를 보이고 발행의 취지와 독자 대중의 성향도 다르다. 1920년대 신문과 잡지는 근대 민족 국가를 염원하는 식민지 조선인들의 필수적인 '담론 공간'으로 기능했다. 일반 사회, 문화, 정치, 사건 사고와 문학까지

 식민지 담론과 민족 서사

다루는 신문에 비해 잡지는 발행의 취지와 성격이 분명하며 전문적이고 집중적이다. 그래서 그들이 독자 대중을 향해 형성하고자 하는 담론 역시 기획적이고 의도적이다. 이러한 잡지도 독자 대중을 활용하는 방식에 따라 성격은 달라질 수 있다. 본고에서는 담론을 집중적으로 형성하고자 했던 『개벽』과 문학 장으로서 기능했던 『조선문단』에 실린 이광수의 다양한 평문과 서사 텍스트를 통해 당대에 추구한 문화 담론의 의미를 고찰할 것이다.

최근 학계에는 1920년대 문학에 대한 재인식이 시도되고 있다. 먼저 1920년대 전반기의 문학에 대한 해석은 기본적으로 당대 문단 전반에 영향을 끼친 언론 매체가 담론 기획에 관여하는 부분을 통해 문단의 지형도를 고찰하는 방식으로 진행되었다. 특히 1920년대 부상한 『개벽』과 『조선문단』에 대한 연구는 다층적 각도에서 이루어졌다. 『개벽』이 가지고 있는 사상적 흐름의 변화 양상을 살핀 연구[1]와 매체의 유통망과 집필진의 성격을 통해 매체의 영향력을 실증적으로 고찰한 연구,[2] 그리고 매체의 검열문제를 통해 『개벽』의 복합적으로 얽힌 권력 구도를 보여준 연구[3] 등 다각도로 이루어져 왔다. 한편 『조선문단』에 관한 연구로는 『조선문단』이 당대 잡지 중에서 문단제도의 현상추천제를 확립하고, 대중성과 전문성을 갖춘 잡지로 문인 재생산 구조를 정착시킨 잡지로서의 의의를 고찰한 연구[4]와 『조선문단』의 편집진들의 기획이 동인지 형식을 벗어나 개방성,

---

1) 허수, 「일제하 이돈화의 사회사상과 천도교」, 서울대 박사학위논문, 2005.
2) 최수일, 「1920년대 문학과 『개벽』의 위상」, 성균관대 박사학위논문, 2002.
3) 한기형, 「문화정치기 검열체계와 식민지 미디어」, 『대동문화연구』 53집, 성균관대학교 대동문화연구원, 2005. ; 한기형, 「식민지 검열장의 성격과 근대 텍스트」, 『민족문학사연구』 34호, 민족문학사학회, 2007.
4) 이봉범, 「1920년대 부르주아 문학의 제도적 정착과 『조선문단』」, 『민족문학사연구』 29호, 민족문학사학회, 2005.

대중성, 홍미중심성에 주목하여 잡지의 성격을 문단적 상황과 연관하여 고찰한 논의5)가 있다. 또 편집부에 의해 기획된 특집과 기획물을 중심으로 1920년대 중반 형성된 문학제도의 방향성과 매체의 기획 의도를 규명한 연구6)도 있다. 이 논의들은 각각 1920년대 사상적 흐름을 분석하거나 잡지 특유의 편집 형태와 기획 의도를 분석하여 잡지의 성격을 규명한 후 1920년대의 문단 지형도를 그리고자 시도한 논의라고 볼 수 있다.

매체와의 관련 이외에 1920년대 이광수의 문화론에 대한 연구는 문학계보다는 오히려 역사학계나 정치학계에서 많은 관심을 보여 왔다. 이들의 글은 주로 이광수의 「민족개조론」에 담긴 사상의 원천이나 지향점을 분석하는 방향으로 이루어져 실력양성론적 관점 또는 우생학적 관점에서 해석하고 있다.7) 이러한 연구는 당대 사회 전반의 사상적 맥락을 공시적으로 고찰할 수 있는 논의로서 유용하다. 이광수의 1920년대 문화론에 대한 문학계의 연구로는 김현주의 논의가 있다. 김현주는 1920년대 이광수의 문학을 문화적 파시즘이라고 명명하고, 그가 문학에서 문화는 심미적 이상으로 유기적 통일성을 지향하고, 논설에서 문화는 개인과 집단의 완전한 통일의 형식, 즉 정치의 전체화로 드러난다고 파악한다.8) 결국 이광수의 '문

---

5) 이경돈, 「『조선문단』의 재인식」, 『상허학보』 7집, 상허학회, 2001.

6) 차혜영, 「『조선문단』연구―'조선문학'의 창안과 문학 장 생산의 기제에 대하여」, 『한국문학이론과 비평』 32집, 한국문학이론과 비평학회, 2006. 9.

7) 김명구, 「1920년대 국내 부르주아 민족운동 우파 계열의 민족운동론―「동아일보」 주도층을 중심으로」, 『한국근현대사연구』 20집, 한국근현대사연구회, 2002. ; 김형국, 「1920년대초 민족개조론 검토」, 『한국근현대사연구』 19집, 한국근현대사연구회, 2001. ; 박찬승, 『한국 근대정치 사상사연구―민족주의 우파의 실력양성운동론』, 역사비평사, 1994.

8) 김현주, 『이광수의 문화이념 연구』, 연세대 박사학위논문, 2002. 8.

화’는 1940년대 친일문학으로 나아가는 정치적 이데올로기로 작용했다고 본다. 이러한 논의는 파시즘을 근대성의 한 속성으로 파악하고, 식민지 주체가 식민지적 구조에 종속된 상태에 놓여있다는 전제 하에서 그의 문화론을 분석한 결과이다. 물론 이 연구는 식민지 주체들의 근대적 경험의 굴절과 복합성을 설명하는데 유효한 논의이기는 하다. 그러나 이 논의는 이광수의 문화론이 이미 식민주의 담론에 포섭된 상태이고, 근대의 지배구조인 파시즘에 종속되어 있다는 전제에서 출발하기 때문에 식민지 담론이 형성되는 다양한 매커니즘의 역동성을 통해 나타나는 관계성을 놓치고 있다. 즉 식민주의의 담론과 근대 매스 미디어의 담론 기획과의 관련성, 매체를 접하는 독자대중의 욕망과 잡지 기획 주체들의 욕망의 교호 작용 등이 당대 이광수의 문화 담론의 성격을 형성하는데 관여한다.

본고는 매체와의 관계성을 통해 드러나는 이광수의 1920년대 전반기의 문화 담론에 주목하고자 한다. 1920년대 이광수의 문화 담론은 매체에 나타난 담론의 기획의도와 이를 받아들이는 매체 독자들의 욕망, 그리고 저변에 스며있는 당대 식민주의 담론과의 교호관계를 통해 파악할 수 있다. 본고에서는 1920년대 전반기 문단을 장악했던 잡지『개벽』과『조선문단』에 드러난 다양한 글들을 통해 이광수의 문화 담론의 논리를 살펴보고 당대 매체들을 통해 문화론의 수행 양상을 고찰할 것이다.

2. 『개벽』의 담론 기획과 이광수의 문화 담론

1) 『개벽』의 문화 담론과 「민족개조론」

　『개벽』은 일제가 문화정책으로 전환한 시점에 조선인에 의해 발행된 종합지이다. 1920년 6월에 발간하여 1926년 8월 72호가 1920년대를 장식하는 마지막호가 되었다. 『개벽』은 천도교의 종교적 성향을 가진 사회 개혁 종합지로서 민족지로 출발하여 사회주의 사상지로 폐간을 맞아하게 된 것으로 알려져 있다. 그러나 최근의 『개벽』과 관련된 연구들은 이 잡지의 사상적 논조의 변화를 전반기의 민족주의, 후반기의 사회주의로 이분화하지 않고 분화와 통합 등의 논리로 일관적인 흐름에 집중하여 기존의 이분법적 해석에 의문을 제기한다. 또 1920년대 문단을 동인지 문단 중심으로 해석하는 기존 논의에도 반론을 제기하면서 문단 지형도를 새롭게 그리는 데 일조하고 있다. 즉 『개벽』에 대한 다양한 연구는 매체를 통한 당대의 담론과의 관계성을 밝히면서 1920년대 전반기 문단의 지형도를 좀 더 명확하게 구상하는 데 기여한다.

　『개벽』은 종합지로서 종교, 정치, 문화, 사상, 예술, 풍속 등 다양한 방면에 대한 내용을 싣고 있고, 당대 판매 발행 부수가 매월 8,000~9,000부에 이르면 잡지로 단순한 종합지가 아닌 당대 여론 형성의 중심이자 '문화권력'을 장악한 잡지였다.9) 또 동시대에 발간

---

9) 최수일은 『개벽』은 매월 평균 8000~9000부를 찍어내는 잡지로 당대 전체 신문 잡지의 구독수가 10만명이 되지 않는 상황에서 최소 1만명 이상이 『개벽』을 읽었는 것으로 분석하고 있다. 또 『개벽』의 핵심 독자층이 당대 여론 형성의 중심 세력이자 청년층으로 『개벽』은 당대 핵심잡지로 기능했다고 파악한다.
　최수일, 「『개벽』의 유통망의 현황과 담당층」, 『대동문화연구』, 49집, 성균관대학

된 동인지 잡지의 폐쇄적인 성격과 달리 개방성을 띄었으며, 당대 식민지 조선인의 다양한 계층과 소통하고자 하는 의지를 보인 잡지 였다. 『개벽』의 발행 주체인 이돈화와 김기전 등은 천도교 관련자였 지만 표면적으로는 종교색을 강조하지 않았다. 이들은 천도교주의 를 직접적으로 드러내는 논설보다는 문화주의와 관련된 글을 주로 실었다. 이는 편집진의 전략이자 『개벽』을 통해 문화주의 개조론의 당대적 의미를 추론해 볼 수 있는 계기가 될 것이다.

　발간 초창기에 『개벽』은 문화와 관련된 다양한 담론들이 서로 경 쟁하는 구도를 보였다.[10] 물론 당대 문화 담론은 세계적인 추세로 1920년대 모든 언론 매체에서 집중적으로 다루어진 담론이다. 천도 교적 성향이 짙은 잡지 『개벽』에서 문화주의를 모토로 한 개조 운 동을 전반기의 주된 담론으로 형성한 것만 보더라도 『개벽』의 종합 적이고 개방적인 성격을 간파할 수 있다. 즉 『개벽』의 집필진들은 잡지의 저변 확대를 위해 종교성을 완화하고, 대중을 선도하면서 동 시에 소통해야 하는 현실성에 입각하여 잡지의 편집 체계를 구성하 였다. 『개벽』의 독자층은 천도교를 기반으로 한 청년 엘리트층으로, 그들은 시대의 흐름과 사상의 변동을 가장 빠르게 흡수하는 계층이 다. 이에 『개벽』 집필진들은 '문화주의'가 천도교 사상과도 조화롭 게 통합될 수 있는 사상으로 식민지 조선 현실에 필요한 것이며, 독 자 대중들의 지적 욕망에도 부합되는 측면이 있다고 판단하였다. 또

교 대동문화연구원, 2005, 347~378쪽.

10) 문화주의를 토대로 민족개조론자 뿐만 아니라 노동문제의 해결을 요구하는 사회 개조론자들도 있었다. 문화 주의자들이 문화주의를 실현하기 위해 민족구성원 개 개인을 강조했다면, 사회 개조론자들은 집단과 사회적 연대를 중심으로 한 사회 운동을 지향했다. 이들은 노동문제를 계급적 시각에서 분석하고 있다(김형국, 앞 의 글, 192~193쪽). 이러한 복합적인 흐름은 이후 『개벽』이 사회주의 경향으로 나아가는 부분에서도 짐작할 수 있다.

신속성을 모토로 유통되는 일간지 신문과는 달리 잡지 『개벽』은 당대의 교호하는 사상의 다층적 면모를 소개하고 논평할 수 있는 공간으로 기능하고, 그 매체를 구독하는 독자 대중과 담론을 공유할 수 있었다. 또 잡지는 '미시적으로 분화하여 발전하는 사회세계 각 영역의 작고도 전문적인, 혹은 공동체적인 요구와 이해를 반영하는 매체'11)이다. 이러한 특성상 잡지 『개벽』은 당대의 문화 담론을 형성하는 역할을 했다.

식민지 조선에서 문화론을 집중적으로 조명한 최초의 논자는 이돈화이다. 그는 『개벽』의 편집진이자 천도교 주창자로 논설을 통해 신문화 건설운동을 주장한다.12) 이돈화는 문화를 理想的 價值로 설정하고, 이상적 가치를 도덕과 연결시키며, 이상적 생활이 문화라면 문화는 도덕과 밀접하게 연결되어 있다고 설명한다. 문화주의의 원론을 소개하는 글인 「문화주의와 인격상 평등」13)을 통해 일본의 쿠와키 켄요쿠의 문화주의를 알리고 인격상의 평등을 전제로 문화 가치의 실현을 주장하고 있다.

> 現實로는 說明키 難한 價值生活의 全體되는 文化는 自由라 云하는 事와 극히 密接한 關係를 가지고 잇도다 文化는 한갓 變遷하야 가는 것이 아니라 어쩐 一定의 法則에 依하야 必然的으로 發達하야 가는 것이다. 然이나 그 一法則에는 如何한 事일지라도 得爲하리라 할만한 人의 能力이 結合하야 잇나니 此能力이야말로 人의 人되는 特色이엇다. 自由라 云하는 것이 道德 說明上의 基礎 觀念이 되어 잇스며 그리하야 쏘 그 意志의 自由와 文化는 關係를 깁히 맺고 잇겟다. 意志의 自由가 有한 人이야 卽人

---

11) 천정환, 「주체로서의 근대적 대중독자의 형성과 전개」, 『독서연구』 13호, 한국독서학회, 2005. 6, 222쪽.

12) 이돈화, 「조선신문화건설에 대한 도안」, 『개벽』 4호, 1920. 9.

13) 이돈화, 「文化主義와 人格상 平等」, 『개벽』 6호, 1920. 12.

의 人되는 本性을 具備한 것인데 그 人된 本性이라 함은 즉 人格이엇다. 고로 文化는 人格과 密接不離한 關係를 가지고 잇는 것이엇다. 文化는 人의 能力의 自由發達이라 云하는 事에 歸着할 것이라.14)

위 인용문은 당대 문화 건설은 기본적으로 자유의지에 의해 실현되며, 자유의지는 도덕이 기초가 된 인격주의와 연관된다고 주장한다. 결국 인격이 제대로 갖추어져야만 문화인이 될 수 있음을 지적하고 있다. 결국 문화주의는 인격 개조로 나아가고, 이 인격 개조는 조선인의 민족성 개조로 이어진다. 이것은 일본의 문화주의를 식민지 조선에서 수용할 때, '민족 현실'이 결부되면서 나타나게 된 현상이다. 즉 '민족 개조'는 문화주의의 사회적 실현방법으로 드러나게 된다.15) 한편 김기전은 민족 전체의 발달을 위해서 봉건적 인습을 비판하고 특히 가족제도의 폐해를 언급하면서 문화 개조의 중요성을 강조하고 있다. 부모 중심의 사회에서 자녀 중심의 교양주의로 나아가야 한다16)고 강조한다. 『개벽』의 또 다른 논자인 박달성은 「사회문제에 先하야 자아문제에 反하라」17)라는 글에서 오직 개인은 사회에 대한 성실한 공복이 되어야 함을 강조한다. 이들은 개인 스스로가 개조의 주인공이 되어 사회와 민족에 기여해야 한다고 주장하고 있다. 문화 개조론을 주장하는 많은 논자들이 대부분 문화 창도

---

14) 이돈화, 위의 글, 12쪽.

15) 이돈화의 문화주의는 한편으로는 人乃天主義와 사인여천주의와 비슷하게 문명비판의 정신주의적 경향, 인격가치 및 도덕적 실천을 중시하는 경향을 가지고 있었다. 그는 문화주의를 소개해서 종교적 사회개조의 이론적 자원으로 활용하고자 했다.(허수, 앞의 글, 69~75쪽 참고.) 즉 이돈화의 문화론은 기본적으로 종교적 실천을 내면에 간직한 채 사회 개조의 실천 원리로 활용된 것이다. 즉 표면적으로 드러난 '인격' 개조의 문제는 천도교 사상과 일맥상통한 부분이라 할 수 있다.

16) 묘향산인, 「從來의 孝道를 批判하야써 今後의 父子關係를 聲言함」, 『개벽』 4호, 1920. 9, 23~26쪽.

17) 박달성, 『개벽』 12호, 1921. 6, 22쪽.

를 위해서 도덕과 인격문제를 연결해서 논의하고 있으며, 식민지 현
실과의 관련성 속에서 문화주의를 추구하고 있다.

　종교적 차원에서 도덕과 인격의 문제를 문화론으로 전유한 이들
편집진의 문화 담론과는 기본적인 전제에서 차이를 지니고 있지만,
1922년 5월 발표된 이광수의 「민족개조론」 역시 당대의 문화 담론
을 집약적으로 드러내고 있다. 「민족개조론」은 종교적 사회 개조의
이론적 자원으로 활용된 문화론과는 출발점이 다르지만 조선 현실
과 민족의 상황을 구체적으로 제시하고 개조의 필요성을 집대성한
측면에서는 유사성을 갖는다. 특히 앞서의 논자들이 주장한 인격개
조와 도덕성 함양 등을 통해 사회에 기여할 것을 강조하는 중심 논
리는 동일하다고 할 수 있다. 이광수는 '민족개조는 도덕적일 것'이
라는 항을 설정하여 조선 민족성을 좀먹는 요인을 '허위', '비사회
적 이기심', '나타', '무신', '겁나', '사회성의 결핍'으로 파악한다.
이를 개선하기 위해서는 도덕성을 갖추고 인격적, 정신적인 개조를
해야 함을 역설한다.

> 　惡政을 이겨내지 못한 것은 첫재 나타하여 實行할 精神이 업고 둘재
> 怯懦하야 實行할 勇氣가 업고 셋재 信義와 社會性의 缺乏으로 同志의 鞏固
> 한 團結을 엇지 못한 까닭이외다. 改革의 事業은 空想과 空論으로 될 것
> 이 아니오 오직 實行으로야만 될 것이오…곳 虛僞, 非社會的 利己心, 懶
> 惰, 無信, 怯懦, 社會性의 缺乏-이것이 朝鮮民族으로 하여곰 今日의 衰頹
> 에 싸지게 한 原因이 아닙니까. (중략-인용자) 그럼으로 一民族을 改造
> 함에는 그 民族性의 根底인 道德에서부터 始하여야 한다 함이외다.[18]

　위의 글은 도덕성을 갖추지 못한 경우 발생하는 악조건들을 나열

---

18) 이광수, 「민족개조론」, 『개벽』 23호, 1922. 5, 36~38쪽.

하면서, 정신의 중요성과 도덕성의 중요함을 거듭 강조하고 있다. 이 정신과 도덕성만이 민족의 미래를 담보할 수 있는 조건이라고 분석한다.

> 改造主義者의 唯一한 主張은 朝鮮人이 帝國主義者가 되든지, 民主主義者가 되든지, 쏘는 資本主義者가 되든지 勞農主義者가 되든지를 勿問하고 오즉 그 무슨 「……者」될 사람의 人性을 改造해야 한다 함이외다. 다시 말하면 현재 朝鮮人의 性格을 改造한 뒤에야 健全한 帝國主義者도 될 수 잇고, 民主主義者도 될 수 잇고, 勞農主義者나 資本主義者도 될 수 잇는 것이지, 이 改造가 업시는 아모주의자도 될 수 업시 오즉 劣敗者가 될 뿐이라 함이외다. 信用할만한 德行, 職務를 堪當할 만한 學識이나 技能, 自己의 衣食住를 어들만한 職業의 能力, 이런 것이 업시야 무엇은 되겟습니짜. 그럼으로 이 改造主義는 사람의 바탕을 改造하야 그 主義야 무엇이며 職業이야 무엇이든지 능히 文明한 一個人으로, 文明한 社會의 一員으로 獨立한 生活을 經營하고 社會的 職務를 分擔할만한 誠意와 能力을 가질만한 사람을 만들자 함이외다.[19]

위의 인용문은 개조의 내용을 분석한 것으로 어떠한 주의자가 되기 위해서는 반드시 인성을 개조해야 함을 강조한다. 이광수는 검열을 의식해서인지 절대 정치성을 말하는 것이 아니라는 전제를 두고 '주의자'의 중요성을 정신의 개조에만 두고 있다고 강조하나, '주의자'란 어휘에는 이미 정치성이 포함되어 있다. 즉 '주의자'가 되기 위한 전제조건으로 정신의 개조를 주장한다는 것은, 정신 개조의 이면에는 정치성이 내포되어 있다는 뜻이다. 이광수의 「민족개조론」은 발표 이후 논란이 된 부분도 있지만 전면적으로는 문화주의를 표방한 민족성 개조론이다. 그러나 신문지법에 의해 검열을 받는 『개벽』

---

[19] 이광수, 「민족개조론」, 위의 글, 54쪽.

에 실렸음에도 불구하고 다량의 내용들이 일제의 검열로 인해 삭제당했다. 일제의 검열당국은 1920년대 초반에는 사회주의 사상이 아니라 민족 독립적 성향을 가진 내용에 대해서 철저하게 검열 삭제를 했다.[20] 이는 이후『개벽』의 사상적 흐름이 사회주의 담론으로 연결되는 것이 용인되는 점을 봐도 알 수 있다.

즉 이광수의「민족개조론」이 정치성을 내포하느냐의 지점과 검열당국에 의해 내용의 중요 부분이 다량 삭제된 점, 그리고 사회주의를 포함한 정론지로서의『개벽』의 담론 기획과의 상호관계성 속에서 이광수의「민족개조론」의 의미는 도출될 수 있는 것이다. 이광수는「민족개조론」과 비슷한 논리의 글[21]을『개벽』에 다수 실었고, 이것은『개벽』의 주요 집필진의 논리와 밀접한 상호관련성을 보여주었다.「민족개조론」에서 3·1운동과 관련된 내용[22]으로 인해 이광수는『개

---

20) 최수일은『개벽』의 검열문제에 대하여 신경향파 문학의 대표적인 작품들이 부분 삭제에 그치고 있고, 국권상실의 분노와 비애 혹은 국권회복의지를 그린다든가, 일제의 식민정책을 비판하는 부분은 전면 삭제를 당했다고 분석했다. 즉 검열당국은 전면 삭제는 아닐지라도 이른바 '민족 정서'를 자극하는 단어나 구절은 철저히 삭제했다고 파악하고 있다.
  최수일,「근대문학의 재생산 회로와 검열―『개벽』을 중심으로」,『대동문화연구』53집, 성균관대학교 대동문화연구원, 2006, 97~98쪽.
21) 이광수는「민족개조론」을 발표하기 이전에 비슷한 논리를 가진「중추계급과 사회」(1921. 7.),「팔자설을 기초한 조선인의 인생관」(1921. 8.),「소년에게」(1921. 11.~1922. 3.),「예술과 인생」(1922. 1.) 등 다수의 논설을 싣는다.『개벽』에 실린 이 글들의 공통점은 문화주의를 기저에 두고 있지만 조선 민족의 민족성의 문제를 중요하게 다루고 있다.
22) 역사적 사건인 3·1운동의 의미를 '무지몽매한 야만인종이 자각없이 추이하여 가는 변화'라는 부분으로 인해 당대 많은 독자들에게 질타를 받게 된다. 이 부분에 대한 해석은 맥락상에서 파악해야 할 부분으로 현재 연구자들에게도 의견이 다양하게 드러난다. 김현주는「이광수와 문화적 파시즘」에서 폭력적이고 무지한 사회주의 선동세력으로 규정하고, 이광수가 이들 '대중'을 통제와 지배의 대상으로 파악한다고 본다. 그리고 이광수는 1910년대 사상과 20년대 사상이 180도 달라져 있다고 파악한다. 그 근거로 제시하는 것이 이광수가 르봉의 대중정치학을

 식민지 담론과 민족 서사

벽』에 본의 아닌 누를 끼치게 되어 자진 사퇴하였으나, 그의 문화 담론의 논리가 『개벽』 담론의 취지와 달랐기 때문에 물러난 것은 아니었다. 즉 민족 문화 담론의 다양성을 보여주고 사회주의 사상으로 나아가는 『개벽』의 사상적 지향성과 이광수의 「민족개조론」이 이반(離反)적이지 않다는 것이다. 이는 앞서 살펴 본 『개벽』에서 문화 개조를 선도적으로 주창한 집필진들 이돈화, 김기전 그리고 박달성이 사회주의 계열의 글들을 다수 발표하면서 자신의 사상의 폭을 넓혀가고 있는 점에서도 전반기 문화 담론의 이면적 성격을 짐작할 수 있다. 즉 종교성을 완화하고 정치성의 이면화 과정에서 문화주의를 모토로 한 『개벽』의 담론 기획과 이광수의 「민족개조론」의 문화 담론은 서로 상호보완적인 교호관계를 형성하고 있었다. 즉 당대의 이광수가 핵심적으로 강조한 민족 개조의 문제와 『개벽』 집필진이 종

수용하고 있고, 『개벽』의 주요 편집진인 이돈화, 김기전 등도 반사회주의 세력이어서 사회주의 인텔리에 대한 엄청난 적개심을 갖고 있다고 판단한다. 그래서 『개벽』의 초기 권두언에서 이들 집필진이 「민중이여 자중하라」를 통해 혼란과 무질서를 초래하지 말고 자중할 것을 당부하고 있다고 파악하고 있다.(김현주, 「이광수의 문화적 파시즘―1920년대 전반기 이광수의 '정치학'과 '문화론'의 관련성을 중심으로」, 『현대문학의 연구』, 한국문학연구학회, 2000.) 이는 기본적으로 『개벽』의 전체적인 담론 기획을 제대로 읽어내지 못한 경우이기도 하고, 이광수의 민족개조론 사상을 르봉 사상에 바로 대입하여 파시즘 정치학으로 읽어내는 전제에서부터 오류를 범하고 있다. 『개벽』의 주요 집필진인 김기전과 이돈화는 천도교 사상가로서 『개벽』의 사회 개혁사상에 사회주의 사상을 포용하여 민족 개조의 담론을 형성하고자 한 이들이다. 그들은 1923부터 사회주의 사상의 글들을 집중적으로 『개벽』에 싣고 있으며, 이를 처음부터 타도의 대상이나 혼란을 초래하는 무리로 상정한 것은 결코 아니다. 이는 『개벽』의 사상 체계와 근대 지식 체계의 흐름을 통해서도 확인할 수 있다. 「민족개조론」에서 이광수는 개조의 대상은 조선 인민 대중이며, 이 대중은 사회주의를 지향하는 폭도가 아니라 수양과 훈련이 필요한 일반적인 계몽의 대상으로 규정한다. 즉 폭력적이고 계급적인 차원에서의 '대중'이 혁명을 일으킬 것을 염려한 것이 아니라 조직의 중요성을 강조하기 위한 것이다.
이광수의 「민족개조론」의 '대중'에 대한 자세한 해석은 김경미, 「이광수 문학에 나타난 민족주의 담론의 양가성 연구」, 경북대학교 박사학위논문, 2008. 2. 참고.

교성을 뒤로 하고 매체의 화두로 제시한 개조의 중심점에서는 ‘문화’가 공통 화두로서 존재했기 때문이다. 즉 ‘문화’를 통한 조선민족 개조의 절실함은 그들의 정치성과 종교성의 차이를 불식시킬 정도로 당대 식민지 조선에서 가장 필요한 핵심 노선이었고 이들을 공조하게 만든 필수불가결한 조건이었다고 할 수 있다.

결국 「민족개조론」의 행간에서 드러나는 문화 담론의 사상적 매커니즘은 1920년대 『개벽』의 다양한 민족 문화 담론의 논리와 연결되는 것이라 할 수 있다. 즉 「민족개조론」이 단순히 친일 부르주아 민족주의 우파계열에 서있는 논리는 아니라는 것이다. 이는 결국 「민족개조론」이 변절한 이광수의 사상을 대표한 것, 또는 우생론적인 시각에서 민족성을 비하한 것, 친일 파시즘적 담론이라는 기존의 논의들은 『개벽』의 담론 기획과 관계없이 내용의 한 구절을 떼어 와서 확대 해석하거나 이광수의 당대 행적을 유추하여 내려진 결과로 볼 수 있다.

이광수의 문화 담론의 대표적 논설인 「민족개조론」은 그 담론이 놓여 있는 매체적 성격과 식민주의 담론과의 교호 관계에서 형성된 식민지 문화 담론으로 해석해야만 객관적이며 다층적인 의미를 도출할 수 있다. 즉 1920년대 전반기 『개벽』의 민족 담론을 추구한 논리와의 관계에서 이광수의 문화 담론도 고찰되어야 할 것이다.

2) 계몽 기획과 의사소통의 원리

『개벽』의 문화 담론과 이광수의 문화 담론의 상호 관련성은 엘리트 독자 대중과의 공공적 소통을 위해 선택한 서술 구조와 원리를 통해 더 확실해질 수 있다. 이것은 당대의 문화 담론이 매체 독자의 욕망과 담론을 기획하는 주체들의 욕망을 상호 충족시키는 방법으로서의 의미를 가지기 때문이다. 이광수는 『개벽』에 「중추계급과 사회」(1921. 7), 「팔자설을 기초한 조선인의 인생관」(1921. 8), 「소년에게」(1921. 11~1922. 3), 「예술과 인생」(1922.1), 「민족개조론」(1922. 5) 등 다수의 논설과 미완으로 끝난 단편 소설 「거룩한 죽음」(1923. 3)을 싣는다. 『개벽』에 실린 이 글들의 공통점은 문화주의를 기저에 두고 조선인의 민족성 문제를 중요하게 다루고 있다. 이광수의 텍스트들이 보이는 계몽의 기획과 독자 대중과의 관계성의 원리를 통해 문화 담론 형성 방식의 의미를 살펴보겠다.

　『개벽』은 잡지의 체제적인 측면에서 계몽의 영역, 소통의 영역, 대중의 영역으로 나뉘어 구성되어 있다.23) 논설위주로 편성된 계몽의 영역이 『개벽』 전반기에서는 핵심이 되는 공간으로 잡지의 앞부분에 집중적으로 활용되었다. 『개벽』 1호에서 30호까지 전반기에는 천도교의 종교성의 자제와 정치성의 이면화를 통해 『개벽』은 근대적 매체로 자리 잡는다. 개벽 주도층은 종교성과 정치성이 내면화된 매체공간을 활용하면서 문화적 계몽을 주도해 나갔다. 계몽의 영역에 실린 대부분의 글은 논설의 형식을 갖고 있다.

　논설은 근대적 공공영역과 관련된 글쓰기로 기본적으로 의사소통을 전제로 한 것이다. 주로 공공의 매체에 실리는 논설은 정치권력에 의해 침해받을 수 없는 의사표현의 자유가 개인적인 차원과 집합적인 차원에서 동시에 구현된 것이다. 근대적인 대중매체가 형성해 놓은 대중을 전제로 한다는 점, 인쇄혁명이 가져 온 대중 매체의 산물이며 공공성에 입각하여 논의하며 공공성의 변화를 가장 단적

---

23) 허수, 「『개벽』의 '표상공간'에 나타난 매체적 성격」, 『대동문화연구』 62집, 성균관대학교 대동문화연구원, 2008, 361~364쪽.

으로 보여주는 글쓰기이며, 계몽 기획을 대표하는 글쓰기이다.[24] 물론 식민지 시기에는 정치권력에 의해 완전한 의사표현의 자유를 보장받을 수는 없었지만 장르적 성격상 논설이 공공성을 확보하는 글쓰기 방식으로서 기능한 것은 분명하다.

공공성을 담보로 하는 논설 형식의 글쓰기는 당대 『개벽』의 엘리트 독자대중을 공론장의 영역으로 집합시킨다. 특히 문화정치기인 1920년대는 일제의 검열의 제약이 있긴 했으나 신문지법의 적용을 받는 『개벽』의 경우는 공론장의 역할을 하기에 충분하였다. 특히 문화주의를 민족 개조의 방법으로 실현하려고 한 주요논자들의 글은 대부분 계몽의 기획을 띤 논설 양식을 채택하였다. 이광수의 「민족개조론」 외 다수의 글들은 기본적으로 조선 민족을 향해 민족성을 개조할 것을 설득하는 구조의 논설이다. 조선인의 민족성을 개조해야 하는 필연적인 이유를 합리적 입장에서 보여주고, 개선해야 할 지점을 논리적으로 제시한다. 기본적으로 논설은 주체의 단정적 어투, 청자에 대한 중립적 문체, 객관적 언술성을 갖춘 글[25]이라고 할 수 있다. 이광수는 「민족개조론」에서 사실적 정황과 강력한 주장을 표현하는 데에 '~이외다'와 '~습니다' 체를 반복적으로 사용한다. 이러한 종결어미는 서술자가 독자인 청자에 대해 동의를 구하면서도 확신을 주는 표현 방식이라고 할 수 있다. 「민족개조론」은 매우 긴 장문의 논설문이다. 구성체계가 민족개조의 의의를 서두로 시작하여, 역사적으로 본 개조운동을 서술한 후, 민족개조의 가능성을 고찰하고, 개조의 내용과 방법을 제시하고 있다.[26]

---

24) 김동식, 「한국의 근대적 문학 개념형성과정 연구」, 서울대학교 박사학위논문, 1999, 23~26쪽.
25) 김미형, 「논설문 문체의 변천연구」, 『한말연구』 11호, 한말연구학회, 2002.
26) 김현주「논쟁의 정치와 「민족개조론」글쓰기」, 『역사와 현실』, 57호, 한국역사연구

 식민지 담론과 민족 서사

　　조선인은 원수를 기억할 줄 모릅니다. 곳 니저버립니다. 심지어 자기의 혈족을 죽인 자짜지도 혼히는 용서합니다. 그럼으로 조선의 전설이나 문학에 報讐에 관한 것은 극히 적고 일본민족과 가티 이를 한 미덕으로 아는 생각은 죽음도 업습니다.(중략—인용자) 조선인은 결코 제국주의적, 군벌주의적 국민은 되지 못합니다. 종교적으로 우는 민족, 철학적으로 음침하게 사색하는 민족도 되지 못합니다. 조선인은 현실적, 예술적으로 웃고 놀고 살 민족이외다. 朝鮮 民族의 根本的 性格은 무엇인고. 漢文式 觀念으로 말하면 仁과 義와 禮와 勇이다. 이것을 現代的 用語로 말하면 寬大, 博愛, 禮儀, 禁慾的, 自尊, 快活이라 하겟습니다.[27]

　　민족성의 개조도 상술한 원리에 벗어나는 것이 아니니 그 개조되는 경로는 이러할 것이외다.
　　一, 민족중에서 어쩐 일개인이 개조의 필요를 자각하는 것,
　　二, 그 사람이 그 자각에 의하야 개조의 신계획을 세우는 것,
　　三, 그 제일인이 제이인의 동지를 득하는 것,
　　四, 제일인과 제이인이 제삼인의 동지를 득하야 이 삼인이 개조의 목적으로 단결하는 것, 이 모양으로 동지를 증가할 것,
　　五, 이 개조단체의 개조사상이 일반민중에게 선전되는 것,
　　六, 일반민중 중에 그 사상이 토의의 제목이 되는 것,
　　七, 마츰내 그 사상이 승리하야 그 민중의 여론이 되는 것, 즉 그 민중의 사상이 되는 것,
　　八, 이에 그 여론을 대표하는 중심인물이 나서 그 사상으로 민중의 생활을 지도하는 것,
　　九, 마츰내 그 사상이 이지의 역을 탈하야 정의적인 습관의 역에 입하는 것

회, 2005. 9)는 이광수의 「민족개조론」을 제안서로 분류하고 있다. 과학적 방법을 토대로 기획된 제안서라고 규정한다. 구성체계적 측면에서 충분히 제안서적 요소를 보이고 있지만, 기본적으로 제안서의 성격은 상위기관이나 단체에 자신의 기획을 제안하는 것이다. 그러나 이광수의 「민족개조론」은 『개벽』을 구독하는 독자 대중을 향해 설득하고 동의를 이끌어내고자 하는 방식으로 읽힌다. 이런 측면에서 볼 때 제안서이기보다는 제안을 포함하고 있는 설득적 글쓰기인 ‘논설’로 보는 것이 더 합당한 듯하다.
27) 이광수, 「민족개조론」, 『개벽』 23호, 1922. 5, 42~45쪽.

을 통과하야 드듸어 민족성 개조의 과정을 완성하는 것이다.[28]

위의 첫 번째 인용문은 조선인의 민족성 개조는 가능한가에 대한 질문을 던진 후, 조선 민족의 기본적인 민족성을 서술하고 있는 부분이다. 이 부분은 거의 '~입니다'의 종결어미를 통해 사실적 정황에 대해 설명하고 있다. 이러한 서술법은 독자 대중의 동의를 구하면서 자신의 말들이 진실임을 확인시키는 것이다. 즉 서술자의 주관적 생각이 객관성을 담보한 것임을 독자로부터 용인 받고자 하는 언술방식인 것이다. 두 번째 인용문은 이광수가 『개벽』의 독자 대중을 향해 민족 개조의 방법적 절차를 매우 친절하게 조목조목 설명해주고 있는 부분이다. 이 서술 방식은 교수자가 학생들을 대상으로 교화하는 수준의 방식이다. 즉 제안을 하거나 평가를 받기보다는 독자가 이미 자신의 개조론에 설득되어 그것을 실천하는 단계에까지 나아갔다는 전제 하에 이루어지는 글쓰기 방식이다. 즉 강력한 계몽의 기획안에 놓여 있는 글임을 단정적으로 보여준다. 「민족개조론」은 이러한 서술방식이 교대로 드러나면서 독자 대중의 동의를 구하거나 자신의 생각을 강력히 제시하여 서술한다. 즉 「민족개조론」을 비롯한 『개벽』에 실린 이광수의 텍스트는 공공성을 기반으로 하는 매체에 공적 담론을 교화적 방식과 의사소통적 방식을 교대로 사용하면서 대중을 계몽의 기획안으로 인도한다.

계몽의 기획은 자신들의 주장과 전망에 공감하는 사람들을 만들고 그들의 집단적인 열광을 통해 집합적 동의와 연대를 재생산해야 한다. 개인의 심리적 차원으로 접근해 들어가 집합적인 경험을 생산해냄으로써 상호 주관적인 차원에서 스스로의 정당성을 확보해야

---

28) 이광수, 위의 글, 49~50쪽.

하는 것이다.[29] 『개벽』에 실린 논설을 비롯한 이광수의 글쓰기는 계몽의 기획이 자신의 이념을 확장하고 계몽을 주도하는 주체 측과 계몽의 대상이 되는 독자 대중 사이의 공통의 동의를 이끌어내기 위한 의사소통의 원리로 이루어진 것이다. 이것은 이광수의 문화 담론을 용이하게 형성할 수 있는 최적의 기획이자 서술방식이라 할 수 있다. 『개벽』이 문화 담론을 형성하는 공간으로 기능했다면, 『조선문단』은 어떤 방식으로 기능했는지 다음 장에서 살펴보도록 하겠다.

3. 『조선문단』의 문학 장 형성과 문화 담론의 수행

1) 문화 담론의 수행 공간으로서의 「문학강화」

『조선문단』은 1924년 10월에 창간한 문학 전문 잡지로 1920년대 전반기 문학 장 형성에 영향력을 행사한 매체이다. 『조선문단』은 대중과의 단절을 통해 자신의 위상을 세우고자 했던 동인지 문단 시대를 넘어서 독자 대중과의 소통과 문학인의 저변 확대를 위한 문예 전문지의 성격을 띠고 탄생했다. 또 문단의 등단제도를 구축하여 문인 재생산 구조를 정착시킨 잡지로 평가받고 있다. 『조선문단』의 발간과 동시에 이광수는 주재로 활동하였다.[30] 1910년대부터 식민지 조선에서 문학으로 명성을 날렸던 이광수는 잡지의 독자 확보에 기여를 한다. 이광수의 명성은 『조선문단』 시대까지도 효력을 발휘

---

29) 김동식, 앞의 글, 25쪽.
30) 『조선문단』과 이광수의 관계성은 문단사적으로 중요하게 다루어져 왔다. 그러나 『조선문단』에 실린 이광수의 문학에 대한 연구는 거의 미비하다. 이것은 『조선문단』의 주재로서의 이광수의 상징성이 더 크게 작용한 것이라 볼 수 있다.

하였다.31) 『개벽』에서 「민족개조론」을 발표한 후 일부 독자들의 심한 반발로 인해 이광수는 『개벽』에서 거의 활동을 중단한다. 그 후 『조선문단』에서 문학적 글쓰기를 통해 문단 활동을 개시한다. 이광수에게 있어 『개벽』이 문화 담론을 형성하는 공간이었다면, 『조선문단』은 문학 장르를 통해 문화 담론을 수행하는 공간이었다.

이광수는 『조선문단』에서 주재로 활동하면서 1호에서 6호까지는 거의 4~5편에 해당하는 글을 싣는다. 『조선문단』에서 이광수가 맡은 글들은 크게 네 부류로 나눌 수 있다. 단편소설, 문예비평문, 현상문예 선후감, 에세이류의 수필이다. 『개벽』에서 주로 논설적 글쓰기로 문화 담론을 형성하는 데 주력을 했다면, 『조선문단』에서는 잡지의 성격과 기획에 맞추어 문학적 글쓰기로 담론을 수행하고 실천했다. 문학 텍스트 중 문예비평인 「문학강화」는 1호에서 5호까지 시리즈로 실린다. 지병으로 5호에서 중단되기는 했지만 이광수는 이 「문학강화」에 대해 심려를 기울인 것으로 보인다. 「문학강화」는 1910년대에 이광수가 발표한 「문학의 가치」(1910), 「문학이란 하오」(1916)의 평문과 동일한 시각에서 바라봄으로써 『조선문단』을 논의한 연구에서 중요하게 다루지 않은 측면이 강하다.32) 그러나 1920년대 『조선문단』에 실린 「문학강화」는 이광수의 문화 담론을 수행한 문학비평으로서 의미를 가진 글이다.

---

31) 방인근, 「『조선문단』시절」, 『한국문단이면사』, 깊은샘, 1999, 126쪽.
32) 차혜영은 『조선문단』의 문학 장 생산에 대한 연구를 통해 「문학강화」에 대하여 짧게 언급한다. 김동인의 「소설작법」, 주요한, 김억의 「시작법」과 함께 문학 개념의 성립 과정에서 조선문학도 중요하게 다루는 데, 이것은 세계문학과 동시대의 자신의 문학에 대한 위상을 세우는 기획으로 해석하고 있다.
차혜영, 「『조선문단』연구─조선문학의 창안과 문학 장 생산의 기제에 대하여」, 『한국문학이론과 비평』 32집, 한국문학이론과 비평학회, 2006. 9.

 식민지 담론과 민족 서사

　　국민교육에 국문학을 존중하는 이유는 광의의 품성도야라든가 문자
로써 사상과 감정을 표현하는 기술을 배호는 외에 국민정신을 고취함
에잇다. 국민정신이라함은 그 민족에게 특수하게 쌔어난 이상과 감정을
니름이니 이것은 그 국민의 정치, 종교, 습관 등에도 표현되지마는 가
장 순수하게 표현되는데가 문학기타의 예술이다. 그럼으로 국문학을 배
호는 동안에 젊은 국민은 그 선조의 정신, 즉 국민정신의 감염을 밧는
것이다. 이럼으로 현대의 국가가 국문학을 존중하는 것이다. 국가 쑨
아니라 모든 단체생활에서는 다각기 그 단체의 정신(이상과 감정)을 표
현하는 문학을 존중하는 것이니 가령 기독교네에서는 기독교문학이 잇
고 사회주의내에서는 사회주의 문학이 잇다. 요새에 항용하는 푸롤레타
리아문학이라는 것도 이러한 범주에서 나온 것이다. (중략－인용자) 오
늘날 조선문단에 보는 듯한 데카단식 문학뿐이어니하야 구역나는 것을
억지로 맛나게 먹으려 하고 저도 구역나는 것을 만들어 억지로 남에게
맛난다는 대답을 강청하려 한다. 이것은 오직 신생하려는 조선문학에
병독이될뿐더러 조선의 민족적 성격의 수련과 개조에 무서운 독을 가
하는 결과가 된다. 문학일대 타락된 청년남녀가 얼마나 만흘가[33]

　　위의 인용문은 국민생활에는 문학이 필요하며, 국민정신을 드러
내는 국문학의 중요성을 강조하고 있다. 국문학의 중요성을 강조하
는 논리 이면에는 「민족개조론」에서 강조한 "조선 민족의 성격 수
련과 개조"로 귀결된다. 이광수는 당대에 출몰하는 사회주의 문학
이 아니라 데카단식 문학을 예로 들면서 이는 정신이 타락한 것으
로 조선인의 정신에 '독'으로써 악영향을 끼치는 것을 염려하고 있
다. 결국 이광수는 「문학강화」라는 비평문에서 문학의 필요성, 국문
학의 중요성을 말하기보다는 조선 민족의 개조의 한 과정으로서의
국문학의 중요성을 피력하고 있는 것이다. 즉 『개벽』에서 형성하고
자 시도했던 '민족 개조' 담론을 『조선문단』에서 실천적인 글인 비

---

33) 이광수, 「문학강화 一」, 『조선문단』 1호, 1924. 10, 55~56쪽.

평문과 문예를 통해 수행하고 있는 것이다. 이광수는 여기에서 그치지 않고 "조선민족의 성격 수련과 개조"의 문제를 결국 "인격"의 문제로 종결지으면서 「문학강화」라는 비평적 글쓰기로 민족 개조 담론을 수행하고 실천하고 있는 것이다.

> 고귀한 인격에서야 고귀한 문학이 나오고 비열한 인격에서는 오직 비열한 문학만이 나올 수 잇는 것이다. (중략—인용자) 대개 작품의 선악은 동기의 여하에서 갈리고 동기는 인격에서 발아되는 아포(芽胞)다. 이상에 예를 든 것으로 보더라도 그 작품에는 개인의 인격의 특색이 분명히 들어나지 아니하는가. 파리의 눈에는 불결한 것만 보일 것이다. 벌이나 나븨눈에는 꼿이 보인다. 구만리장공의 웅대광활한 맛은 대붕이 아니고는 보지 못하는 것이다. 열악한 인격을 가진이는 인생의 추악하고 열등한 방면만 즐겨보아 인성의 추악하고 열등한 감정을 움직이게 하는 작품을 내어 인성을 타락케 하는 것이다. (중략—인용자) 추악하고 열등한 예술가를 가지는 것은 그 민족의 독이오. 아울너 인류의 독이다. 그와 반대로 고귀한 인격을 가진 예술가를 가지는 것은 그 민족의 복이오, 아울러 인류의 복이다. 문(文)은 인(人)이다.[34]

위의 인용문은 「문학강화」에서 문학은 무엇인가를 결론짓는 마지막 내용이다. 그는 문학의 유희성, 쾌미, 기원 등에 대한 내용을 전제로 서술한 후, 인격의 중요성을 주장하는 것으로 대미를 장식하고 있다. 인간 생활의 모든 장르에 필요한 것은 고귀한 인격인 것이다. '추악하고 열등한 예술가'의 상반된 의미가 '고귀한 인격을 가진 예술가'로 규정지을 만큼 그에게 인격은 최고의 가치인 것이다. 예술인 문학도 결국은 인격에 의해 좌우된다는 결론을 낳는다. 문학을 주제로 쓴 「문학강화」, 즉 문학 개론적 글쓰기에서도 문학의 이론적

---

34) 이광수, 「문학강화 四」, 『조선문단』 4호, 1925. 1, 118~121쪽.

이고 객관적인 기술적 내용보다는 사상적 층위인 '인격'35)의 중요
성을 강조함으로써 모든 글쓰기적 과제에 자신의 문화 담론을 실천
하고 있다.

『조선문단』은 1920년대 중반 문학을 중심으로 문단의 중추적인
역할을 한 잡지이다. 특히 등단 제도를 활성화해서 독자로 하여금
문학가에 대한 욕망을 키우는 작용을 한 잡지였다. 즉 『조선문단』은
독자인 소비자에게 문학을 창작할 수 있는 생산자가 될 가능성을
제시하면서 이를 통해 다시 소비자를 확대 재생산하는 구조를 가진
매체이다. 『조선문단』의 이러한 작동원리는 이광수의 문화 담론을
수행할 수 있는 최적의 공간이 되었다. "비평을 한다는 것은 텍스트
에 대한 미학적 감식안을 작동시키고 이를 논리적으로 중층화시킨
다는 것"이다. "비평은 근대 문학에 대한 상당한 식견과 이론적 지
식을 겸비하지 않고는 불가능"한 것이며, "근대문학에 대한 인식과
지식이 상당한 수준"36)에서 가능한 장르이다. 즉 비평은 생산된 텍
스트나 문학에 대한 미학적 평가를 감행하는 장르이다. 그러나 이광
수는 이러한 비평 장르에서도 자신의 사상적 담론을 실행하는 공간
으로 활용하였다. 오히려 그는 비평을 할 수 있는 문단적 위치를 이

---

35) '인격'의 문제는 1920년대 『개벽』을 이끌어간 주된 인물들도 공통적으로 강조한
    부분이다. 특히 이돈화의 '인격'주의는 그의 문화 담론의 중심적인 화두였다. 이
    는 당대 『개벽』에서 문화 담론을 형성하고자 했던 이광수의 '민족 개조 담론'과도
    유사성을 보인다고 할 수 있다. (허수, 앞의 책, 57~113쪽 참고.) 이에 비해 『조선
    문단』에서 문예를 통해 활동을 하는 많은 작가들의 작품에서는 이광수가 강조하
    는 '인격'의 문제보다는 주로 생활과 관련된 '사랑', 삶의 '비애'와 '허무'등의 다
    양한 주제가 나타났다. 이것을 통해 보더라도 이광수는 『조선문단』의 지면을 통
    해 자신이 견지하고 있었던 '민족 개조 담론'을 문예라는 다른 방식으로 수행하
    고자 했다고 할 수 있다.
36) 박헌호, 「동인지에서 신춘문예로─등단제도의 권력적 변환」, 『대동문화연구』 53
    집, 대동문화연구회, 2006, 24쪽.

용해 『조선문단』에서 문화 담론을 수행하는 방법으로 활용하였다고 볼 수 있다.

한편 비평을 할 수 있는 작가는 당대 문학을 이끌어가는 입장에 위치한 문단 권력을 상징하는 것이기도 하다. 이광수는 그 이름만으로도 당대 문단의 권력이었다. 그가 쓴 비평 장르는 문학교과서로서 인정받는 측면이 강했다. 또『조선문단』에 실린 각종 문예비평, 소설 작법, 시작법 등은 문학을 욕망하는 독자들의 교과서적 교본이 되었다. 즉 등단제도를 통해 작가가 되고 싶어 하는『조선문단』의 독자 대중은 「문학강화」, 「소설작법」, 「시작법」 등 문학에 관련된 이론적 비평문을 필독할 수밖에 없다. 결국『조선문단』의 매체적 작동원리에 의해 확보된 다수의 독자 대중은 이광수의 「문학강화」를 비롯한 그의 다양한 비평문을 읽음으로써 그의 문화 담론의 논리를 의식적으로든지 무의식적으로든지 수용하게 되는 것이다.

『조선문단』의 기획의도에 의해 이광수는 자신의 문화 담론을 수행할 수 있는 공간을 쉽게 확보할 수 있었다. 이광수의 「문학강화」가 '조선적인 것을 통해 자신의 위상을 확보하여 문학 장의 주체로 세우는 기획'37)으로서의 의미보다 오히려『조선문단』의 매체적 원리로 인해 자신이 오래 동안 기획해 온 민족 문화 개조 담론의 수행의 장으로서 더 큰 의미를 부여받는다고 할 수 있다. 다음 절에서는『조선문단』에 실린 이광수의 서사 텍스트를 대상으로 담론의 수행 과정과 독자 대중과의 관계성을 살펴보겠다.

---

37) 차혜영, 앞의 글, 204쪽.

 식민지 담론과 민족 서사

2) 서사 텍스트의 전략과 독자 대중의 추종 원리

『조선문단』은 문학을 전문적으로 다루는 잡지임을 표방하고 발간되었다. 창간호의 권두언에서는 "「인생을 위한 예술」, 「거룩한 사랑의 예술」 우리는 오직 이것을 밋고 이것만을 밋는다. 지극히 슬픈 처지에 잇서 지극히 쓰거운 피와 눈물을 가진 우리 조선의 어린 아들과 쌀들은 반드시 이 소리를 들을 줄 밋는다."[38]라는 내용으로 『조선문단』의 창간을 축하하면서 이 매체가 추구할 담론의 성격도 동시에 표출하고 있다. 한편으로 『조선문단』의 편집체계를 보면, 제일 앞에 소설류를 싣고, 그 다음 시, 비평을 비롯한 논문, 마지막으로 합평회나 편집후언 등이 실린다. 즉 『조선문단』은 기본적으로 창작 위주로 잡지를 편성한 후 문학과 관련된 잡다한 글들을 수록하고 있다. 이광수는 『조선문단』에 다수의 평문을 제외한 창작으로 네 편의 단편소설과 두 편의 수필을 게재하였고, 현상문예의 「소설선후언」을 다섯 번에 걸쳐 게재하였다.

이광수는 『조선문단』에서 문학인의 저변 확대를 위해 마련된 등단제도에서 주재로서 당선된 작품에 대해 「소설선후언」이라는 평을 게재하였다.[39] 즉 등단할 작품을 이광수가 직접 심사하고 선발하여 작품에 대한 평가까지 한다는 의미이다. 『조선문단』은 창간호에서 현상문예공모에 대한 선전을 한 후, 2호에 바로 작품을 선발하여

---

38) 당시의 『조선문단』의 주재는 이광수이었다. 그의 권두사에서 그가 조선인에게 바라는 문학의 특징 즉 향후 『조선문단』이 추구하는 문학의 성향을 그대로 보여주고 있다.
　　주재, 「권두사」, 『조선문단』 1호, 1924. 10, 1쪽.
39) 이광수는 『조선문단』 2호(1924. 11), 3호(1924. 12), 4호 (1925. 1), 7호(1925. 4), 11호(1925. 9)에 5번이나 현상문예에 대한 평가의 글을 게재한다. 『조선문단』의 정착기와 성숙기에 그의 영향력을 확인할 수 있는 부분이다.

게재하였다. 『조선문단』은 창간호부터 독자들의 관심이 집중된 잡지였다. 종합지 성격을 띤 『개벽』의 문예면에 대한 독자 대중의 갈증을 풀어준 것이 바로 『조선문단』이다. 이는 매호 「편집여언」에서 독자들의 많은 투고량에 대한 감사의 말을 통해서도 확인할 수 있다. 판매량40)과 독자 투고량41)의 상승만큼 『조선문단』의 현상문예제도는 작가가 되고 싶은 독자들의 욕망을 충족하기에 좋은 제도였다. 이광수는 『조선문단』을 통해 작가를 욕망하는 많은 독자 대중에게 문단 권력이자 추종해야 하는 상징적인 존재였다. 즉 『조선문단』의 현상문예 구조 안에서 이광수는 독자 대중을 규합하고 추종하게 하는 원리이자 권력이었다. 결국 『조선문단』의 등단제도를 통해 작가가 되려는 독자 대중은 이광수의 문학 텍스트를 필독하는 것이 선행과제이자 등단의 지름길이었다. 즉 그의 글을 통해 드러나는 문학적 성향과 사상적 측면이 당선작 선발에 자연스럽게 개입된다는 것이다. 이는 그가 등단 작품을 평한 「소설선후언」을 통해서도 자신의 문학적 기호와의 관련성을 확인할 수 있다.

> 그 이유는 첫째 진집함이 부족하고 희작적인 것 둘재 인생으로 보는 태도가 좀 깁흠이 적고 관능적임에 잇다. 만일 若月군이 이 두 점을 위하야 정성스러운 노력만 하면 반다시 큰 작품을 내리라고 밋는다.(『조선문단』, 2호, 83쪽)
> 「통일」과 「동기」는 작품의 생명이다. 약월군의 솜씨를 칭양한다. 그리하고 더욱 깁히 인생을 보고 더욱 정성과 힘을 들이시기를 빈다.(『조선문단』, 3호, 78쪽)

---

40) 『조선문단』의 판매량은 2호에서 "일주일래에 이천부가 나갔습니다. 오늘이 십일월칠일인데요. 또 재판을 하게 될른지 모르겠습니다." 등의 편집후언을 통해서도 『조선문단』의 인기를 확인할 수 있다.

41) 『조선문단』에 보내지는 독자 투고문은 "투고문은 매일 대개 이삼십편, 한달이면 오륙백편이 드러옵니다."라는 4호 편집후언을 통해 짐작할 수 있다.

 식민지 담론과 민족 서사

　　원소군의 「아즈매의 사」는 그의 쓰거운 동정과 정성과 참되려 하는
애씀이 이 익숙지 못한흠을 감초와 버리고도 남앗다. 사람에게 대한 쓰
거운 동정 그것을 말하려하는 정성 참되려하는 애씀—이것은 예술가의
생명이다. (『조선문단』, 3호, 78~79쪽)
　　박화성의 「추석전야」도 눈물로서 낡을 작품이다. 소설의 기교로는 아
직 덜되엇다 할데가 만코 좀 억지인듯 한데와 지은듯한데도 업지 아니
하나 그 놉흔 동긔와 쓰거운 동정과 정성은 이런 것을 이기고도 남는
다. (『조선문단』, 3호, 79쪽)

　　위의 인용문에서 보듯이 이광수는 소설의 작법이나 형식의 훌륭
함보다는 소설 내용의 동기와 정성, 인생에 대한 진지함이 잘 표현
된 작품을 호평하고 있다. 그의 소설 평가의 기준은 '인간에 대한
동정', '정성', '인생에 대한 진지함'으로 표현되고 있다. 이는 결국
이광수가 문화 담론에서 끊임없이 강조했던 '인격 수양'의 다양한 기
의들인 것이다. 이것을 서사의 양식을 빌어 의미를 표출한 것이 『조
선문단』에 실은 단편소설이다.

　　이광수는 『조선문단』에 단편소설 「혈서」(1924. 10), 「H군을 생각하고」
(1924. 11), 「엇던 아츰」(1924. 12), 「사랑에 주렷던 이들」(1925. 1)의 네 편
을 실었다. 이 단편 소설들에 대한 연구는 기존 논의에서 전무한 상
태이다. 즉 1910년대 단편소설의 연구에 비해 1920년대 단편소설은
양적인 면에서 부족하고, 미완으로 끝나고 있으며, 소설 미학적 완
성도에서도 당대의 다른 작가의 단편소설에 비해 미흡하다고 볼 수
있다.[42] 그러나 『조선문단』에 실린 네 편의 단편소설에는 각 작품의

---

42) 1920년대는 단편소설의 시대라고 불러도 될 만큼 다량의 우수한 단편소설들이
　　쏟아져 나오던 시기였다. 염상섭, 김동인, 현진건, 나도향, 그 외 경향 문학까지
　　합친다면 질과 양적인 면에서 모두 우수하다고 할 수 있다. 이런 분위기 속에서
　　1920년대 이광수의 단편소설은 다소 의미를 상실할 수도 있다. 그러나 『조선문
　　단』과의 관계성, 그리고 1920년대 담론과의 관련성을 통해 파악할 때 소설의 의

미학적 특징보다는 당대의 문화 담론에서 주장한 매커니즘이 서사로 자연스럽게 표출되어 드러난다. 물론 미완의 작품과 짧은 감상 수준의 작품도 있지만 네 작품에서 공통적으로 부각되는 부분을 통해서 이 시기 이광수의 담론의 지향점을 가늠해 볼 수 있을 것이다.

논설은 필자의 생각이나 사상을 직접적인 언설을 사용하여 표출한 양식임에 비해, 소설은 내러티브 과정에서 작가의 사회, 역사, 문화, 사상에 대한 인식과 이데올로기가 의식적이든 무의식적이든 간접적으로 자연스럽게 표출되는 장르이다.[43] 즉 논설을 중심으로 자신의 담론을 형성시키고자 한 『개벽』의 글들에 비해 『조선문단』에서는 소설 장르로서 자신의 담론을 서사화시켜 무의식적으로 독자 대중들이 자연스럽게 수용할 수 있도록 만든다. 논설에서 '인격'으로 나타난 것이 소설 미학적 전유과정을 거쳐 '인간애', '인류애'로 드러나게 된 것이다. 이광수는 『개벽』에서 '민족 개조'를 핵심 화두로 전반적인 문화 담론을 형성하였다. 그 개조의 출발과 끝은 바로 조선 민족의 '정신과 인격의 개조'임을 표방했다. 이것은 이기주의, 나타함, 허위, 신의 없음에 대한 비판에서 출발한 것으로 결국 완전한 인격을 갖춘 평범한 개인이 모여 민족 전체가 온전한 인격체가 될 수 있음을 말한 것이다. 이러한 담론의 양상이 서사를 통해 문학적 이상으로 표현될 때에는 보편적인 인간의 사랑과 인도주의, 즉 휴머니즘의 형상화로 나타난다.

「혈서」는 자신의 동경체험을 소재로 여인 M과의 사이에 일어난 일을 1인칭 주인공 시점으로 바라보고, 서술자인 주인공의 고백을 토대로 서술된 작품이다. 민족에 대한 대자적 포부와 개인의 욕망과

미를 찾을 수 있을 것이다.

43) 에드워드 사이드, 김성곤 역, 『문화와 제국주의』, 창, 1995, 155~156쪽 참조.

의 갈등관계를 고백체 형식으로 표현하고 있다. 이는 '정'의 발현을
모토로 한 1910년대 문학적 경향의 연장으로 읽히기도 하지만, 서
사의 종반부로 갈수록 개인의 '정'과 사상보다는 범인류애적인 사랑
이 더 중요함을 강조하고 있다.

> 나는 일생에 혼인을 하지 아니할 무거운 맹세를 한 사람입니다. 만일
> 매씨를 위하야 무간지옥의 벌을 받음으로 매씨가 깃버하리라 하면 나
> 는 깃브게 그리하겟소이다. 내 몸둥이 한부분을 떼어라 하면 그것은 매
> 씨를 위하여 깃쁘게 데겟소이다. 그러나 이 중한 맹세는 깨드릴 수가
> 업서요. 아마 로형께서는 우리네의 심리를 잘 모르시겟지오마는 다만
> 내 목슴은 이믜 무엇에 바쳐버린 것만 알고 미더 주셔요.」(중략-인용
> 자) 비록 우리를 쳐들어오는 병정과 정치가라도 그 울긋불긋한 가면을
> 벗겨버리고 벌거버슨 한낫사람이 될 대에 우리는 서로 껴안으며, 「사랑
> 하는 형제여!자매여!」할수가 잇는 것이라고 생각하엿다. 이때에 이러케
> 어든 생각은 오늘날까지도 내 생각의 기조가 되어 있다.[44]

위의 인용문에서는 자신이 맹세한 사상을 위해서라면 한 인간의
마음이나 사랑은 별로 중요하지 않다고 생각했던 주인공이, 결국 이
러한 맹세보다 더 소중한 것은 모든 인간을 껴안을 수 있는 인류애
라고 깨닫는 것으로 귀결된다. 이광수는 「문학강화」에서도 밝히고
있지만 문화의 핵심을 문학으로 본다. 즉 인격을 개조하여 문화를
통해 민족의 미래를 기약할 수 있다는 이광수의 논리로 봤을 때 문
학적 형상화에서는 완벽한 인격을 표상하는 인물이 서사의 중심이

---

44) 이 작품은 독특하게도 서사 진행과정에서 검열로 삭제된 부분이 다섯 군데 이상
이고, 200자 이상이 검열 삭제되었다. 서사의 특성상 무의식적으로 발현된 서사
가 당대의 대중에게 민족 정서를 환기시키는 작용을 할 가능성을 배제하기 위해
서 검열당국에 의해 강제적으로 삭제당한 것으로 보인다.
이광수, 「혈서」, 『조선문단』 1호, 1924. 10, 17~20쪽.

될 수밖에 없다. 인격적 문학, '文이 곧 人'이라고 파악하는 이광수의 논리가 자연스럽게 표출되고 있다.

「H군을 생각하고」에서는 주인공이 한 여성에게 배신당한 것이라고 오해한 후 결국 죽음에 이르는 내용을 회상을 통해 서술하고 있다. 그러나 결국 그 여성은 지극히 인간적이며 숭고한 인격을 가진 것으로 밝혀지면서 소설은 끝이 난다. 「엇던 아츰」은 매우 짧은 掌篇小說이다. 학생들과 사찰을 방문한 선생이 이른 아침에 일찍 일어나 산에 올라서 스스로 조선 사람을 위해 자신을 희생할 것을 맹세하는 내용으로 사건도 없이 주인공의 생각의 편린을 서술하고 있다.

> 「모든 것은 오늘아츰에 다 작뎡이 되었다. 지금까지 머뭇거리던 것은 다 바려야한다. 재산도 명예도 내 몸의 안락도 다 바려야 한다. 밝아버슨 몸으로 불덩어리와 갓흔 정성 하나만 들고 동포들 속에 쒸어들어가야 한다. 그래서 그네와 가티 굶고 헐벗고 채우고 어더맛고 울어야한다. 그래서 사랑릐 불로 이천만 조선사람에게 세례를 주고다시 텬국의 법률로 그네를 묵거 한덩어리를 만들어야한다. 지금까지는 그네와 짜로 쩌러저서, 한층 놉흔 곳에서 입으로남 부르지졋다. 마치 물에 쌔저 죽어가는 무리를 보고 짱우헤 편안히 안저서 나오라고 소리만 치는심이 엇섯다. (중략—인용자) 내가 활활 버서버리고 그네와 가티 물에 쒸어들어야 한다. 들어가서 한사람식이라도 건지어내자.45)

위의 인용문은 서사 양식이라는 것을 빼면 「민족개조론」을 그대로 옮겨온 형상을 하고 있다. 이광수가 기획한 민족 개조 담론에 대한 본인 스스로의 다짐이자 맹세로서 읽힌다. 이 대사는 서사과정에서 자연스럽게 표출되는 것이 아니라 주인공이 어느 날 아침에 문득 깨닫는 내용을 서술한 것이다. 이광수의 일인칭 고백체 소설에서

---

45) 이광수, 「엇던 아츰」, 『조선문단』 3호, 1924. 12, 5~6쪽.

 식민지 담론과 민족 서사

자주 나타나는 방식으로 주인공의 독백을 통한 주제제시 방식이다. 즉 수필적 양식에 가까운 서사로 볼 수 있는 텍스트이다. 이 작품은 소설적 형상화를 목적으로 한 것이 아니다. 서사 양식이 독자 대중의 이해를 돕는데 쉬울 뿐만 아니라 독자가 오래도록 기억할 수 있는 장르적 장점이 있으므로 작가는 자신의 담론을 용이하게 선전하기 위한 전략으로 서사의 방식을 의도적으로 채택한 것이라고 볼 수 있다. 「사랑에 주렸던 이들」은 미완의 작품으로 주된 내용은 기독교적 인도주의를 추구하고 있다. 창녀를 품게 된 경위와 창녀를 통해 '인간애의 진정성'을 깨닫는 내용으로 모든 인간은 동일하다는 '인격적 평등'을 강조하고 있다. 『조선문단』에 실린 이광수의 문학 텍스트들은 기본적으로 서사과정에서 인격을 결부시켜 선하고 인도주의적인 사람이 될 것을 강조하고 있다. 이는 1호에서부터 계속된 주제의식으로 서사 방식을 통한 담론의 수행 전략으로 해석할 수 있다.

요컨대 이광수의 단편 서사에는 인물이 자신의 인격에 대해 반성하고 노력하는 모습이 핵심적으로 그려지고, 서술자는 등장하는 인물들을 인도주의적인 시선으로 바라보고 있다. 즉 서사를 이끌어가는 동력은 인간에 대한 무조건적인 사랑과 휴머니즘이다. 결국 인격의 온전함과 정신의 개조를 문학적으로 형상화 할 때는 이것을 추구하고자 노력하는 인간이 사랑을 통해 인류를 구하고자하는 모습으로 드러나게 되는 것이다. 이는 「소설선후언」에서 평가한 기준과 일맥상통하는 내용으로 이광수만의 서사 전략이라 할 수 있다. 이광수의 단편 서사 패턴은 『조선문단』에서 활동한 많은 작가들의 경향과는 다소 달랐다. 오히려 이들은 범인류애보다는 개인의 사랑, 일상의 허무함과 삶의 비애, 가난의 처절함 등 다양한 소재를 통해 당

대의 현실을 그리고 있다.46) 이런 측면에서도 알 수 있듯이 이광수
가 『조선문단』을 통해 이루려고 한 것은 자신이 추구하고자 한 담
론의 실천에 집중되고 있음을 확인할 수 있다. 이것은 서사 텍스트의
전략이기도 하지만 에세이류의 글에서도 표출되고 있다.47) 결국 이
광수는 심미성을 추구하는 문학에서도 '인격'의 개조를 핵심으로 삼
고 있다. 문학은 결코 미적인 것의 형상화만으로 성립될 수 없고, 도
덕과 인격의 완성으로 진정한 가치를 얻을 수 있다는 이광수의 서사
전략은 「민족개조론」에서 보여준 담론의 실천적 모습인 것이다.

　　결론적으로 『조선문단』에 실린 이광수의 「소설선후언」은 소설 창
작의 표본으로서 작가를 욕망하는 독자들의 교과서적인 기능을 했
고, 그의 단편 서사들은 모범 답안 내지는 예시 답안으로서의 기능
을 한 것이라고 할 수 있다. 즉 『조선문단』에 실린 대부분의 텍스트
들은 작가가 되고자 하는 독자 대중에 의해 읽힐 수밖에 없는 구조
인 것이다. 결국 이광수의 서사 텍스트는 독자 대중을 규합하고 추
종하게 하는 전략적 의미를 내포하고 있고, 『조선문단』은 그러한 역
할을 할 수 있는 위상과 원리를 제공하였다. 즉 1920년대 『조선문
단』은 식민지 조선의 문학 장의 형성에 기여했을 뿐만 아니라 이광
수 개인에게 있어서는 그의 문화 담론을 용이하게 수행할 수 있는
공간으로서 기능하였다.

---

46) 당시 『조선문단』에서 활동한 단편소설의 작가는 최서해, 염상섭, 김동인, 현진건,
　　나도향, 박종화, 방인근 등이었다. 이들의 1920년대 단편소설은 다채로운 소재와
　　표현으로 시대를 풍미했고, 이 작가들은 당대를 단편소설의 시대로 만든 장본인
　　들이었다.
47) 이광수는 「의기론」(『조선문단』 3호, 1924. 12.)에서 목숨을 바치는 것보다 인격의
　　가치를 끌어올리는 것이 가장 큰 의기라고 파악한다. 민족의 개조를 위해서는 먼
　　저 인격과 도덕을 개조해야한다는 이광수의 사상적 주제는 수필류의 글에서도
　　발견된다. 심미성을 추구하는 문학에서도 여전히 '인격'의 문제는 핵심이 되고
　　있다.

4. 1920년대 이광수 문화 담론의 지향점과 의미

1920년대 전반기는 전 세계적으로 문화 담론의 시대였다. 문화 담론은 일본을 통해 유입된 후 식민지 조선 현실에서 식민주의 담론과 결부되면서 다층적인 변용을 겪게 된다. 즉 정치성의 이면화나 개조의 형태로 드러나는 부분은 식민지 담론과의 관계에서 나타난 현상으로 지적할 수 있다. 1920년 이후 급격히 유입된 문화 담론은 대부분의 언론 매체에서 다루어지면서 한 시대를 풍미하였다. 이러한 담론은 불특정 다수인 대중의 욕망에 의해 유행되고, 유행된 담론은 또다시 대중독자들에 의해 재형성되는 과정을 거쳐 현실에 정착하게 된다. 이러한 매커니즘으로 인해 1920년대 매체인 『개벽』은 문화론을 수용하게 되고 이를 구매하는 대중독자들은 문화 담론 형성에 기여하게 된다. 『조선문단』 역시 문학을 통해 당대의 담론을 형성하고 수행하는 공간으로 기능하였다.

이광수의 문화 담론에 대한 논의는 주로 「민족개조론」이라는 논설 텍스트 하나에 집중되어 연구되어 왔다. 특히 이 논설이 실린 『개벽』의 매체적 성격과 담론과의 관계성을 고찰하지 않고 텍스트 한 편을 중심으로만 연구되었다. 그 결과 당대의 문화 정치적 상황과 매체와의 역학관계에서 도출되는 문화 담론의 다양성과 이면적 의미는 사라지고 「민족개조론」이 조선인의 부정적인 면만 부각시켰다는 이분법적이고 극단적인 평가로 귀결되는 결과를 초래하였다. 「민족개조론」에 드러난 그의 문화 담론의 지향점은 『개벽』의 다양한 논객들의 담론과의 상호작용 속에서 그 의미를 찾을 수 있고, 특히 '인격'의 개조를 실천 과제로 다룬 지점은 종교성을 배제하려고 노력한 『개벽』의 주요 필진들의 논리와 연결되고 있다.

『조선문단』 역시 기존 논의에서는 프로문학을 견제하기 위해 탄생한 잡지로서 부르주아 민족 문학만을 추구하는 것으로 알려져 있다. 특히 「민족개조론」 사건으로 버려진 이광수가 주재(主宰) 역할을 일임하여 재기를 위한 공간으로서 기능했다는 점도 크게 부각되었다. 그러나 이것은 조연현의 『한국현대문학사개관』에 수록된 "『개벽』은 계급주의, 『조선문단』은 민족주의"48)라는 단순한 분류작업들이 치밀한 실증적 고찰 없이 이어져 온 연구의 선입견이자 일면성의 확대 해석이라고 할 수 있다. 『조선문단』은 『개벽』의 종합지적인 성격으로 인해 문학을 통해 담론을 펼칠 공간이 부족한 조선의 문단을 위해 기획된 잡지였다. 그 출발은 이광수와 방인근, 전영택, 주요한이 주축이 되어 꾸려졌고, 이후 몇 호 지나지 않아 최서해, 염상섭, 김기진, 양주동 등 다양한 문학적 성향을 가진 문사들의 공간으로 활용되었다. 1926년 7월경 『조선문단』은 자금 사정으로 인해 잠시 중단 된 후, 27년 1월에는 프로문학의 중요한 논쟁이었던 김기진과 박영희의 '내용형식 논쟁'의 장으로서도 활용되었다. 최서해를 등단시키고, 김기진의 꾸준한 활동과 내용형식 논쟁의 공간으로서의 『조선문단』은 당대 조선 전체 문학의 소통공간으로 기능했다고 할 수 있다. 또 『조선문단』에서 등단한 신진작가들의 작품에 오히려 프로문학 초기적 경향이 발견되는 데서도 알 수 있듯이 기존의 부르주아적 문학인의 잡지라는 논의는 수정될 필요가 있다. 물론 『조선문단』에서 이광수는 20년대에 추구한 문화 담론을 실천하는 공간으로 충분히 활용하기도 했다. 그러나 이것은 프로문학을 견제하기 위한 활동이 아니라 자신이 그리고 있는 조선의 문학, 조선 민족의 문화 지형도를 전파하고 실천하고자 한 것이다.

---

48) 조연현, 『한국현대문학사 개관』, 정음사, 1989, 115~116쪽.

작가의 담론 체계를 연구하는 데에는 그 텍스트가 놓인 시대적 상황과 텍스트가 실린 매체의 성격과 진행 상황, 그리고 그 텍스트 자체의 내용들, 마지막으로 그 텍스트를 창작한 작가와 수용하는 독자들의 성향 등 다양한 지점들의 역학관계를 통해 그 의미를 도출해야 한다. 1920년대 이광수의 문화 담론에 대한 연구는 문화 담론의 핵심 텍스트인 「민족개조론」이 탄생한 당대의 식민지적 상황과 식민주의 담론과의 관계, 그리고 텍스트가 실린 『개벽』과 『조선문단』의 성격과 위상, 마지막으로 이 텍스트를 창작한 이광수가 처해져 있었던 상황과 이를 받아들이는 독자들의 양상을 고려해야만 그의 문화 담론의 의미를 온전하게 해석할 수 있을 것이다.

1920년대 이광수의 문화 담론은 프로문학을 배제하기 위해 기획된 담론이 아니라 당대의 상황 속에서 조선 민족이 나아갈 수 있는 방향 탐색과정에서 형성된 담론이다. 그의 문화 담론은 『개벽』과 『조선문단』뿐만 아니라 당대의 조선 민족지인 『동아일보』에서도 끊임없이 추구했던 과제였다. 신문이라는 매체에 비해 잡지가 좀 더 전문성을 확보한다는 점에서 이광수의 문화 담론을 1920년대 주요 잡지였던 『개벽』과 『조선문단』과의 관계성을 통해 살펴보는 것은 중요한 의미를 갖는다. 이광수는 『개벽』에서 이 매체를 접하는 독자들과의 소통을 통해 담론을 형성하고자 하였고, 『조선문단』에서는 형성된 담론을 문학 텍스트를 읽는 독자 대중을 규합하여 담론을 실천하는 공간으로 활용하고자 하였다. 민족주의와 사회주의의 편가르기는 당대 문화 담론의 형성과정에서 두드러지는 양상도 아니었으며, 문화 담론의 추구가 프로문학 즉 사회주의를 배제하기 위한 전략은 더욱더 아니었다. 이는 '인격'의 개조만이 조선 민족이 나아가야 할 당대의 유일한 탈출구임을 자각한 이광수가 독자 대중과 더불어 문화 담론을 형성하고 수행하기 위한 하나의 과정이었다고 할 수 있다.

1940년대 어문정책과 이광수의 이중어 글쓰기

1. 조선교육령과 이중어 글쓰기

이 논문은 일제 말기인 1938년에서 1945년까지 일제의 어문정책 하에 성립된 이광수의 창작소설을 중심으로 이중어 글쓰기의 양상과 의미를 밝히는 것을 목적으로 한다. 이 시기는 일제의 조선민족 정체성 말살을 위해 '대동아공영권'의 명목으로 조선의 문화 전반에 내선일체를 강요하였다. 그래서 이들은 일상, 문화, 교육계에 강제적으로 제도의 개편을 강행하였다. 그 중 제3차 조선교육령은 문화와 일상 전반에 강력한 영향력을 미치면서, 일본어 사용 강제를 통해 조선민족의 정체성을 의식적으로 지배하고자 하였다. 일본어 상용정책은 기본적으로 일본어를 통해 내선일체를 이루어 조선의 흔적을 지우는 것이었지만, 실질적인 측면에서는 조선인 징용을 활성화하기 위한 것이 주목적이었다고 할 수 있었다.

일제 말기의 폭력적 상황 하에서 행해진 어문정책은 조선 문학계에도 큰 파장을 몰고 왔다. 문인들에게 언어는 창작과 직결되는 문제였다. 언어 문제는 결국 창작에서 이중어 글쓰기의 문제를 가져왔고, '이중어'는 조선인 작가들에게는 문인의 자존심과 민족 정체성의 문제와 관련하여 심각한 현상으로 대두되었다. 일제의 어문정책이 1940년대 문학에 가져온 가장 큰 변화는 조선 문인들이 대거 일본어로 창작하게 되었다는 것이다. 식민지 시기 일본문학은 조선 문학의 타자이자 동경의 대상이기도 했다. 그러나 조선인의 일본어 창작은 동경의 대상인 일본문학으로의 진입 이전에 대부분의 작가들에겐 '고민의 종자'였다.

이광수도 식민시기에 이중어로 글쓰기를 한 작가이다. 그의 처녀작인 「愛か」는 일본어로 써서 일본잡지에 발표한 작품이다. 이후 1936년 「萬爺の死」도 일본잡지에 발표한 일본어 소설이다. 1939년 이후에는 조선어 소설뿐만 아니라 일본어 소설을 조선에서 발간되는 일본어 잡지에 몇 편 발표하였다. 일제 말기 이광수의 이중어 소설에 대한 연구는 2000년대에 접어들면서 '친일문학'에 대한 새로운 시각과 함께 다양하게 논의되었다. 이중어 연구에 포문을 연 연구자는 임종국이다. 그는 『친일문학론』[1]에서 이중 언어에 집중하기보다는 정치적 맥락 속에서 협력/저항의 이분법적인 사상 논리로 일제에 협력한 단체와 작가를 친일로 규정하여 분석하였다. 이 연구는 문학사에서 배제되었던 일제말기 문학을 총체적으로 접근한 중요한 논의라고 할 수 있다. 이를 토대로 김윤식은 『한일 근대문학의 관련양상 신론』[2]에서 식민지 현실에서 한일근대문학의 상호관계를 분석하면서 식민시기에 일본어로 창작해서 '친일문학'으로 규정지었던 작품들을 재해석하여 이중어 글쓰기의 영역에 확대 포함시켰다. 그는 일본어를 '인공어'로 규정하고 이중어 글쓰기를 세 가지

---

1) 임종국, 『친일문학론』, 평화출판사, 1966, 15~357쪽.
2) 김윤식, 『한·일 근대문학의 관련양상 신론』, 서울대학교출판부, 2001, 13~32쪽.

유형으로 분류하여 각 유형에 대한 기준을 정립하였다. 이어 『일제 말기 한국 작가의 글쓰기론』3)에서는 이중어 글쓰기의 영역을 보다 세밀하게 구분하고, 작가별로 심화된 논의를 펼치고 있다. 그는 이광수를 제2형식에 해당하는 이중어 글쓰기를 감행한 작가로 규정하고, '이광수'와 '향산광랑'의 글쓰기로 구분하여 '근대'의 영역에서 '혼'의 영역으로 넘어오는 과정에서 이루어진 글쓰기의 연속성을 설명하고 있다. 이 연구에서는 이중어 글쓰기의 영역을 확고히 함과 동시에 이광수의 이중어 문학 양상을 새로운 시각으로 고찰함으로써 그의 일제 말기 문학의 지평을 넓히는 데 기여하고 있다. 일본에서 연구된 정백수의 『한국근대의 식민지 체험과 이중언어 문학』4)은 식민지 상황에서 이언어(二言語) 사용의 현상을 이광수와 김사량의 소설 텍스트를 중심으로 탈식민주의 시각으로 그 의미를 해석한 논문이다. 이 두 작가의 일본어 텍스트를 통해 이중어가 놓여있는 상황과 관계의 맥락을 논리적으로 풀어냄으로써 식민 상황에서 이중어 문학의 중요성을 한층 부각시킨 논의라 할 수 있다. 한편 이경훈5)은 이광수의 일제말기 친일경향의 작품을 총체적으로 분석하고 있다. 그는 이 시기 이광수의 작품을 "스스로 제국주의의 주체가 됨으로써 타력본원적인 욕망을 표출"한 것으로 분석하고, 일제 말기 작품의 근저를 그의 초기 문학에서부터 이끌어냄으로써 친일의 내적 논리를 규명하고 있다.

이광수 이외 다른 작가 중심으로 일제 말기의 이중어 문학 연구에 대한 기틀을 마련한 것으로 김재용, 노상래, 윤대석의 논의가 있

---

3) 김윤식, 『일제 말기 한국 작가의 글쓰기론』, 서울대학교출판부, 2003, 97~363쪽.
4) 정백수, 『한국 근대의 식민지 체험과 이중언어 문학』, 아세아 문화사, 2000, 15~384쪽.
5) 이경훈, 『이광수의 친일문학연구』, 태학사, 1998, 266~357쪽.

다. 이들 연구는 이중어 문학 연구를 집중, 심화시켜 1940년대 문학
에 대한 시각을 다양하게 보여주고 있다. 김재용은 『협력과 저항』6)
에서 일제말기 문학에서 일본어로 쓴 작품을 무조건 친일문학으로
규정하는 것은 언어 민족주의적 발상으로 파악하고, 언어와 상관없
이 대동아 공영권의 전쟁동원과 내선 일체의 황국신민화라는 두 가
지 입장을 선전하는 문학을 친일문학이라고 보고 있다. 또 작품에서
이러한 내용을 이끌어가는 원동력은 작가의 자발성이며, 이것에 대
한 내적 논리가 반드시 존재한다고 파악한다. 이 논의는 기존의 친
일문학을 '강요'에 의해 이루어진 협력문학으로 보던 시각에서 벗어
나 '자발성'과 '내적 논리'라는 새로운 기준을 정립하였다. 그러나
이 논의는 '자발성'의 기준 자체의 모호함으로 인해 논란의 소지를
남기고 있다. 노상래7)는 잡지 『국민문학』에 수록된 작품을 대상으
로 이중어 소설이 친일문학에만 국한되지 않음을 밝히고 있으며, 표
현어에 귀속되지 않는 친일문학의 기준을 마련하는 논의로써 의의
가 있다. 윤대석은 『1940년대 '국민문학' 연구』8)에서 국민문학이 놓
여져 있는 1940년대의 상황 맥락과 식민 담론의 상관관계 속에서 식
민지인을 '분열된 주체'로 설정하여 '차이'를 통해 드러나는 '국민문
학'의 다층적 매커니즘을 설명하고 있다.

　이러한 기존 논의의 성과를 바탕으로 본고에서는 이광수의 일제
말기 이중어 문학이 당대 어문 정책 하에서 어떤 논리로 이루어지

---

6) 김재용, 『협력과 저항』, 소명, 2004, 37~93쪽.

7) 노상래, 「이중어 소설 연구」, 『어문학』 86집, 한국어문학회, 2004. 12, 307~339
　　쪽. ; 「『국민문학』소재 한국작가의 일본어 소설 연구」, 『한민족어문학』 44집, 한
　　민족어문학회, 2004. 6, 353~409쪽.

8) 윤대석, 『1940년대 '국민문학'연구』, 서울대학교 박사학위논문, 2006. 2, 151~
　　181쪽. ; 윤대석, 『식민지 국민문학론』, 역락, 2006, 61~87쪽.

　식민지 담론과 민족 서사

고 있으며, 이중어 문학의 언어표현의 양상에 따라 글쓰기의 의미가 어떻게 달라지는가를 고찰할 것이다. 이를 위해 본고에서는 '이중어' 글쓰기의 범주9)를 이광수의 일본어 창작으로만 좁히지 않고, 조선어와 일본어를 병행한 작품, 조선어로 먼저 창작한 후 다시 번역해서 일본어로 실은 작품들을 모두 이중어 글쓰기 범주에 포함시켜 논의하고자 한다.

식민지 상황에서 식민본국의 정책과 담론은 현실에서 수행적으로 이루어질 때는 모순적 양상으로 나타난다. 제3차 조선교육령 하에서 이루어진 어문정책도 식민지 현실에서 행해질 때는 교육, 일상, 문학 담론에 균열을 가져올 수밖에 없다. 이러한 상황에서 이루어진 이광수의 이중어 글쓰기는 식민지의 부차적 언어인 조선어와 제국어인 일본어의 역전된 관계를 연출할 뿐만 아니라 이중어 표기로 인해 서사 과정에서의 차이와 의미의 굴절이 드러난다. 먼저 당대의 어문정책의 모순 양상과 그 의미를 고찰하고, 이광수의 문학을 대상으로 이중 언어 교섭으로 발생하는 서사 이탈의 과정과 이중어 표기 양상을 통해 그의 이중어 글쓰기에 대하여 새로운 시각을 이끌어 낼 것이다. 본고는 이러한 논의 과정에서 기존의 이광수 이중어 문학을 '친일문학'으로 단정했던 시각에서 벗어나 작품들의 의미 지평을 좀 더 다양하게 확장하고자 한다.

---

9) 윤대석은 "이중언어문학이란 한 작가 혹은 하나의 문화권 내에서 문학텍스트가 생산될 때 두 가지 언어가 섞여서 사용되고 그것이 서로 간섭을 일으키는 경우의 문학 현상을 말한다."라고 명명하고 있다. 그는 넓은 의미에서 식민지 상황에서 인공어인 일본어를 습득하면서 문학 활동을 한 경우도 있기 때문에, 그들의 조선어 창작도 이중언어문학에 포함될 수 있다고 파악한다. (윤대석, 『1940년대 '국민문학'연구』, 서울대학교 박사학위논문, 2006. 2, 174쪽.)
본고에서는 이 논의를 기본적으로 수용하고, 식민시기의 이광수의 전반적인 작품 활동 상황을 고려하여 일제말기 작품 중 조선어와 일본어 병용표기로 된 작품, 일본어 표기 작품 모두를 이중어 글쓰기에 포함하여 고찰할 것이다.

2. 어문정책의 이중성과 이중 언어 사용의 모순

일제는 1937년 중일전쟁을 시작으로 식민지 조선을 병참기지화하기 위한 정책을 펼친다. 먼저 일제는 전쟁동원을 위해 가장 기초가 되는 언어문제를 적극적으로 개편하기 시작했다. 1938년 2월의 『육군특별지원병령』 공포와 관련하여 이루어진 이 교육령 개정의 본질적인 목적은 일본의 전시체제 동원을 위한 것이었다. 1938년 3월 3일 칙령 제103호로 개정한 제3차 조선교육령은 중등학교에서 '조선어 과목'을 완전 폐지, 보통학교에서는 '조선어'를 수의과목으로 선정하여 존치하게 했지만, 현실적으로 1939년에는 조선어 과목에 대한 시험은 이루어지지 않았다. 즉 형식적으로는 각 학교에서 자발적으로 폐과하는 상황을 연출하였지만, 실제로는 일제에 의해 강제적으로 행해진 것이었다.[10] 교육령 개정에서 나타난 내선일체의 주내용은 일본인과의 학제통일과 일본어 교육의 강화였다. 일본인과의 학제통일은 조선어를 없애기 위한 명분으로 이용되었고, 교육차별을 없앤다는 이유로 결과적으로 일본어(국어)만 필수과목이 되고 조선어는 선택과목으로 지정되었다. 일제는 '국어사용의 철저'를 황민화의 실천요목으로 삼아 교장, 교직원들 그리고 학생 상호간에 감시자가 되어 긴장된 분위기를 조성하게 하고, 수의과목으로 정했던 조선어 과정을 학교장 재량에 맡기는 방침을 세웠다. 그러나 대부분 총독부의 감시 하에 자체 폐지하게 되어 조선어 과목은 결국 학교교육에서 배제되었다.[11]

---

10) 최관진, 「어문정책과 한문교육 정책의 변천 연구 — 개화기부터 일제강점기까지」, 『청람어문교육』 26집, 청람어문교육학회, 2003. 10, 240쪽.

11) 이명화, 「조선총독부의 언어동화정책 — 황민화시기 일본어상용운동을 중심으로」, 『한국독립운동사 연구』 9집, 독립기념관 한국독립운동사연구소, 1995. 8, 277~

제3차 조선교육령으로 인해 각급 학교는 다양한 방도로 일본어 상용을 철저히 실천하였다. 매월 1주를 '국어강조주간'으로 설정하고 학생들의 일본어 사용 실태를 조사하였다. 또 우수자에게 '국어상'을 수여함으로써 일본어 사용을 과시하도록 조장하는 학교도 있었고, 다른 학교에서는 「全校國語化二個年計劃」을 수립하여 각 학급에서 "황국의 民으로서 황국의 언어를 사용함은 진실한 국민이라는 증표이며, 국민으로의 과시"12)라는 문구를 매일 소리 높여 복창하게 하였다. 또 매주 초에 「國語表」13)라는 것을 학생들에게 배부하여 서로 감시하게 한 다음 조선어를 많이 사용하는 학생은 표를 뺏고, 그 학생을 체벌하게 하는 등의 수법으로 일본어 상용을 강제해 나갔다. 이런 방법은 교원과 학생들에게 조선어를 사용하는 것은 열등하며 수치스러운 것으로 인식하도록 했다.

이러한 언어정책의 실용화는 식민지 조선이라는 공간에서 두 언어 사용이라는 이중어 문학 현상을 낳았다. 그러나 두 언어가 동등한 지위에서 성립한 이중언어(bilingualism)적 사용관계로 보지 않고, 조선어는 하급어로, 일본어는 상급어로 규정하는 이중언어(diglossia)적 사용관계14)로 규정함으로써 언어문제에서 이데올로기의 영역으로 옮겨오게 되었다. 이는 결국 언어 사용의 문제에 국한되는 것이 아니라 민족 정체성의 문제로 확대되어 '조선인'인 것에 대해 수치

294쪽.

12) 山下裕, 「皇道の顯現をめざして」, 『朝鮮』 287호, 1939. 4, 96쪽.(이명화, 위의 글, 284쪽 인용)

13) 「국어표」와 비슷한 것이 이광수의 「선행장」이라는 소설에 나타나 있다. 당대의 조선에서 일본어 교육정책의 일면을 엿볼 수 있는 작품이다. 이런 일들이 실질적으로 많은 학교에서 이루어졌음을 확인할 수 있다.

14) 조태린, 『일제시대의 언어정책과 언어운동에 관한 연구』, 연세대학교 석사학위논문, 1997, 58~59쪽.

심을 갖게 하고, 황국신민인 '일본인'이 되기 위해 자발적으로 노력하는 계기로 이용되었다. 결국 총독부는 일본어 상용을 완전한 문서로 규정짓지는 않았으나, 현실에서는 관공서 직원, 교원들의 충성도의 기준으로 적용하는 등 강제성을 보였다. 일본어 상용화는 생활의 문제보다 더 중요한 정체성의 문제에 적극적으로 개입하여 조선인으로 하여금 조선인의 존재를 부정하는 인식에 이르도록 하였다.

3차 조선교육령은 학교뿐만 아니라 문화방면에도 영향을 미쳤다. 일제는 1939년 10월에 문인 250여명을 동원하여 문인단체 「조선인 문인협회」를 결성하게 하고 일본어로 문학 활동을 할 것을 종용하였다. 이러한 사태에 대해 문인들은 대담과 좌담회를 열어 자신의 생각을 조심스럽게 피력하였다. 『경성일보』에서 주최한 이 좌담회에서는 일본인 문인과 조선인 문인 몇몇을 패널로 모아 반도의 문예, 특히 일본어 사용에 대한 문제를 다루었다.

> 이광수: 반도인이 가장 근심하는 것은, 언제나 언문으로 쓰고 있으니까 국문으로 쓰게 되면, 별로 자유롭게 쓸 수 없습니다. 어떻게 쓰면 좋은 것일까, 나쁜 것일까 헷갈리고 있습니다. (중략—인용자)
> 이광수: 한문을 배운 사람은 언문을 압니다. 국민문학이 의무가 되어 국어가 보급되고, 조선인 전체가 국어를 읽을 수 있게 되는 것은 빨라도 삼십년, 아니면 오십년 후가 될 것이라고 생각합니다. 따라서 언문밖에 읽을 줄 모르는 사람들을 그냥 둘 수는 없습니다. 모두 국어를 아는 조선인이 되기까지는, 일시적이더라도 언문문학이 아니면 안된다고 생각합니다.[15]

이광수는 이 좌담회에서 국어 상용화가 문학계에 미칠 파급효과

---

15) 「문인의 입장에서—菊池寬 씨 등을 중심으로—반도의 문예를 말하는 좌담회」, 『경성일보』, 1940. 8. 14~16. (이경훈 편역, 『춘원 이광수 친일문학전집 Ⅱ』, 평민사, 1995.)

 식민지 담론과 민족 서사

를 염려하고 있다. 특히 문학에서 국어사용은 시기상조라는 것이다. 최소한 삼십년에서 오십년은 지나야만 국어로 쓴 문학이 조선인들에게 읽힐 수 있다는 것이다. 국어의 전면적인 상용에 대해서는 반대의 입장을 조심스럽게 표명한 것이다. 이광수 발언의 이면은 두 가지로 해석 가능하다. 즉 국어 상용을 강제적으로 실시하는 것은 조선에서 문학의 불가능성을 말한 것이다. 또 제국의 언어가 식민지 조선에서 강력한 권력 장악을 인정하는 것인 동시에 식민지인이자 문학인으로서의 모국어에 대한 중요성을 피력한 것이기도 하다. 일제 정책에 적극적으로 협력했던 이광수도 문학에 있어서 일본어 상용에 대해서는 곤란함을 표명했다고 할 수 있다. 그는 소설 창작을 일본어로 시작한 작가이고, 일제의 어문정책의 개정과는 별도로 일본어로 가끔씩 창작하기도 하였다. 그는 일본어와 조선어 두 언어를 자유자재로 사용가능한 이중 언어 사용자(bilingual writer)이었다. 그럼에도 불구하고 이런 식의 생각을 피력하는 것은 문학의 특수성과 그 문학을 읽는 독자인 조선인의 모국어의 문제를 배제할 수 없었기 때문일 것이다. 이 논의에 대한 연장선상에서 좌담회에 참석한 일본인 문인들은 조선어의 일본어 번역 문제를 지적한다.

德永直: 한 가지는 번역이 어려운 점입니다. 저도 조선판에 조선의 작가가 쓴 작품을 많이 싣고 있습니다만, 우리 회사에 있는, 이번에 창씨한 後藤이라는 기자는 아이가 곧 태어나려 할 때 나는 소리를 어떻게 번역하면 좋을까 모르겠다고 합니다. 괴로운 고토우 상의 부인이 내지인이므로, 어떻게 해서 태어나는가 물어보았습니다만, 공교롭게도 아이를 낳은 경험이 없습니다. (웃음소리) 그래서 아주 곤란한데, 그런 형용의 말이 좀처럼 나오지 않아서, 辛島 선생께 여쭈어봅니다만, 절대적으로 어렵습니까?
辛島曉: 번역은 어렵습니다.[16]

위의 두 일본인은 조선인이 쓴 조선 문학을 일본어로 번역하려고 할 때의 어려운 지점을 토로하고 있다. 반도의 문예에 일본어 상용화를 주장하기 위해 모인 자리에서 번역의 문제점을 지적한 것은 하루 빨리 조선 문인들이 일본어로 창작할 것을 종용하기 위해 나온 발언이라 할 수 있다. 그러나 문맥상 이들의 대화는 일본어와 조선어가 근본적으로 문화의 토대와 정서가 상이하다는 것을 드러내고 있다. 이는 역으로 조선인이 일본어를 상용으로 문학 창작을 하는 것의 어려움을 그들 스스로 말하는 것이기도 하다. 이러한 논리로 인해 번역문제는 이 두 대화를 끝으로 좌담회에서 다른 화제로 바뀌게 되었다. 그들은 조선의 어문정책에서 조선어를 수의과목으로 개정하여 현실에서는 일본어만을 사용할 것을 강요하고 있다. 그러나 그것이 식민지인의 언어사용이나 문학에서 합리적이지 않을 뿐만 아니라 현실적으로 매우 부당한 조치임을 일본인 스스로 인지하고 있다는 것을 입증하는 것이다.

식민 종주국인 일본인의 입장에서 조선어 문학을 일본어로 번역한다는 것은 제국의 권력 즉 일본 문학사 안에 미개한 조선 문학을 포함시켜 준다는 입장이다. 일본인 스스로 번역의 난점―정서의 표현, 형용어의 차이 등―을 인식하고 있음에도 불구하고 이런 입장을 표명하는 것은 일본어 상용화 정책의 명분을 마련하기 위해서라 할 것이다. 그러나 조선 문학의 일본어 번역은 조선인의 입장에서는 모국어가 내재하고 있는 특수성으로 인해 의미와 표현의 왜곡을 생각하지 않을 수 없었고, 일본어로 창작해야 하는 것을 조금이라도 늦추기 위한 방패막이로 인식하였다. 이광수도 일본어로의 번역문제에

---

16) 「문인의 입장에서―菊池寬 씨 등을 중심으로―반도의 문예를 말하는 좌담회」, 위의 책, 468쪽.

  식민지 담론과 민족 서사

대해 상당한 불만과 번역의 불완전성에 대한 의구심으로 인해 일본
어를 상용하고 문학 창작언어로 전용하는 것에 대해서는 완전히 동
의하는 입장이 아니었다.

> **이광수:** 冊이 나오기는 몇가지, 나왔으나 아직 日字가 없어 별다른 反
> 響은 못들렀어요. 그런데 내가 經驗하여 보니까 飜譯이 問題입니다. 語學
> 에 精通할 뿐더러 文學的 教養이 깊은 이가 붓을 드러 하여 준다면 安心
> 하고 맡길 수 있으되, 誤譯과 서투른 譯에 對해서는 여간 傷心되지 않습
> 니다. 아마 나 한사람의 問題가 아니고 누구나 제가 國語로 「書ぉろし」
> (새로 씀)한 것이 아니면 多少의 不滿이 있을 걸요.
> **정인섭:** (중략―인용자) 國語로 作家가 直接 「書ぉろし」한 文學이란 아
> 직은 時日을 要하는 것이니까 過渡期인 지금에 있어서는 이러한 機關 設
> 置가 가장 必要하여요.17)

위의 글은 『삼천리』에서 조선 문인들끼리 모여 국민문학이 나아
가야 할 방향과 조선 문인의 동경문단 진출에 대한 논의에서 이광
수의 일본문단 진출의 영역에서 번역 문제를 해결하는 데의 난점에
대해 토로하고 있는 부분이다. 이광수는 일본어에도 능통한 작가였
기 때문에 능력이 부족한 번역가에 맡기는 것보다 자신이 일본어로
직접 다시 쓰는 것이 오히려 더 낫다고 말하고 있고, 정인섭은 직접
일본어로 쓰는 것은 시기상조이므로 번역기관을 설치하자는 입장을
취하고 있다. 번역 문제가 조선 문인들의 제국 문단에의 편입의 욕
망과 함께 조선어를 버리고 일본어로 창작하기 힘든 현실에 대한
'갈등'으로 드러나고 있음을 확인할 수 있다.

일제 말기의 어문정책은 식민지배자가 대동아 공영권을 추구하는
과정에서 이루어진 폭력적 정책임에도 불구하고 그 명분은 조선인

---

17) 「신체제와 조선문학의 길―신체제하의 조선문학의 진로」, 『삼천리』, 1940. 12.

의 황국신민으로의 자격 부여 내지는 '국민문학'권 안에 들어올 수 있는 특권으로 선전된 모순을 담지한 정책이었다. 식민지인의 입장에서 일본어 상용은 제국의 신민이 되고자하는 욕망을 충족시키는 기제가 되기도 했지만, 정서와 문화의 다양성을 표현하는 문학어의 특수성으로 인해 일본어로 창작하는 것은 난관에 부딪칠 수밖에 없는 균열된 상황을 연출하기도 하였다.

3. 이광수의 이중어 글쓰기의 양상

1) 이중 언어 병용의 의미와 '번역'의 확장

이광수는 1930년대 후반부터 일제의 황민화 담론과 국책을 적극적으로 수용하면서 작품 활동을 한 작가이다. 특히 제3차 조선교육령 이후 문단에서 일본어 창작과 번역문제가 핵심 화두가 되면서 그는 일본어와 조선어를 병행해서 창작하게 되었다. 익히 알다시피 이광수의 첫 번째 창작이 일본 유학시절에 쓴 「愛か」라는 일본어 소설이었다. 이것은 이광수의 창작 행위 매커니즘을 해석하는 기제로 적용할 수 있다. 그는 조선어가 모국어로써 완벽하게 체계를 갖춘 16세에 일본으로 건너가 일상 생활어가 아닌 인공어라 할 수 있는 문학어를 일본어로써 시작하게 되었다. 그에게 일본어는 조선어처럼 모국어의 의미는 아니지만, 창작의 영역에 있어서는 일본어가 조선어 못지않게 자연스러울 수 있다는 것이다. 김동인의 유명한 말처럼 그도 문학 창작을 일본어로 구상했을 수도 있다는 가정이 성립된다. 그러나 이광수는 대표작인 『무정』을 비롯하여 20년대, 30년대까지 다량의 작품을 조선어로 창작했다. 이런 상황을 종합해 봤을

때, 이광수는 인공어인 문학어를 창작 표기하는 데 제국어인 일본어와 식민어인 조선어 둘 다 가능했다는 것이다. 이중 언어 표기가 자유로웠던 이광수의 일본어 사용은 자신의 정체성 문제와 결부되었고, 한편으로는 독자 다수인 조선 민중의 일본어 해독 능력과 관련하여 생각할 수밖에 없었다. 일본어를 상용어로, 조선어를 주변어로 사용할 수밖에 없는 균열된 이중 언어의 문단 상황은 이광수에게 딜레마로 작용하였다.

1939년부터 이광수는 국책에 협력하는 소설을 창작할 때는 조선어와 일본어를 병용하는 글쓰기를 사용하거나, 조선어로 먼저 창작한 후 일본어로 번역하여 일본어 잡지에 다시 싣거나 하였다. 그러나 1942년 이후 조선어 창작이 전면적으로 금지되었을 때는 대부분의 작품을 일본어로 창작하였다. 이광수의 1939년도 작품인 「선행장」[18]은 식민지 조선에서 일본어를 국어로 수업하는 장면을 통해 국어(일본어)사용을 권장하는 내용을 다룬 텍스트이다. 서술자는 일본어 상용화를 위해 국어를 가르치는 선생인 식민지배자를 두둔하고 식민지인인 학생을 불성실한 것으로 서술함으로써 표면적으로는 황국신민이 되기 위한 조선인의 자세를 문제 삼고 있다. 그러나 이 텍스트는 표면적 서사의 의미보다 서사 전개 과정에서 당대 일본어 상용화 정책의 모순점과 폭력성을 읽어낼 수 있다.

> 면은 연필을 꼭 쥐이고 집관(館)ㅅ자 볼메질(質)ㅅ자 밧갈경(耕)ㅅ자 이러한 글자들을 가튼 자를 백번씩 쓰고 안자 잇섯다.(334쪽)
> "응 가끼도리를 스므마디에 열네마디나 잘 못 써서 선생이 면의 젠꼬오시오를 도루 거두섯다구 아까 면이가 학교에서 돌아오는 길로 내

---

18) 이광수, 「선행장」(『家庭の友』, 1939. 12.), 『진정 마음이 만나서야말로』(이경훈 편역), 평민사, 1995, 330~341쪽.

압헤 꿀어 안자서 우는군.' 아버지 젠꼬오시를 빼앗겻서 잘 하면 또 주신다고'이러고 우는군"(334쪽)

　면이는 분명 피곤한 모양이엇다. 학교에서 선생님께 옷깃에 달앗던 「선행장」을 떼올때에 바든 정신적 타격이 필시 컷을 것이다. 오륙십명 아이들 중에서 당한 망신의 부끄러움이 감정적인 면에서는 정녕 견디기 어려웠을 것이다. 나중에 드른말이지만 「선행장」을 떼올때에 면은 어떠케나 슬피 울엇는지 선생님도 고개를 돌니섯다고 한다. 그리고 아비에게 그런 사연을 보고할 때에 심경도 어지간히 어려운 것이엇슬 것이다. 게다가 해가 질때까지 사생을 하고 돌아왓스니 퍽은 피곤하엿슬 것이다. 아비되는 나는 이런 생각을 하면서 면이가 발갈경ㅅ자 육십자까지 쓸때까지 뒤에서 보고 잇섯다. "그만자거라" 하는 말이 목구멍까지 나오는 것을 꿀꿀참앗다.

　"하로 이틀 두어시간 잠을 덜 자기로 어떨라고 그만한 고생에도 저항을 못해서 무엇해."

　이러한 생각을 하고 밧갈 경ㅅ자(耕) 백자를 다쓸때까지 기다리기로 하엿다.(339쪽)[19]

　이 작품은 보통학교에 다니는 학생이 일본어 받아쓰기를 못해서 국어 선생님에게서 선행장을 뺏기는 것이 서러워 열심히 일본어를 공부하는 모습을 그리고 있다. 표면적 내용은 국어를 잘 못하는 자식 때문에 힘들어하는 부모의 심정과 당사자인 학생의 심정을 표현하여 국어를 열심히 해야 함을 강조한다. 그러나 역으로 국어는 모국어가 아니므로 배우기가 무척 힘들다는 점뿐만 아니라 국어 받아쓰기를 통해 학생의 선행장을 빼앗는 수업방식의 가혹함을 드러내고 있다. 선생 역시 안타까워하면서도 그렇게 할 수밖에 없는 상황이 묘사됨으로써 당시 일제가 강요한 어문정책의 폭력적인 단면을 보여주게 된다. 작가의 의도가 국어의 상용화를 지지하든 아니면 국

---

19) 이광수, 「선행장」, 위의 책, 334~339쪽.

어 상용의 어려움을 말하는 것이든, 독자의 입장에서 이 소설은 조선인의 일본어 사용의 어려움, 어문정책의 가혹성, 조선어 말살정책의 일환으로써의 교육정책의 일면을 역으로 드러내는 작품이라 할 수 있다.

이 작품이 제국의 언어에 대한 조선인의 노력이 더 필요함[20]으로 읽힌다 하더라도 「선행장」은 10세, 소학교 4학년 조선인 아이에게 일본어의 강제적 주입에 대한 폭력성을 보여주고 있다. 또 10살짜리 아이가 써야 할 국어 받아쓰기 숙제 양의 어마어마함, 그리고 한자의 난이도 측면에서 일본어는 실용적인 언어가 아닐 뿐만 아니라 평범한 대중에게는 낯설고 배우기 힘든 언어임을 명시하는 작품이다. 10세 소년이 배워야 할 한자 수준은 '집관(館)ㅅ자 볼메질(質)ㅅ자 밧갈경(耕)ㅅ자'이다. 이런 한자는 중등학교 고학년 수준에서 배우는 한자라고 볼 수 있다. 서사의 이면을 따라가 보면 일본어 상용화의 강제가 가져온 폐단과 일상생활에서의 곤란한 언어생활이 더욱 부각되고 있음을 확인할 수 있다. 선행장을 다시 찾기 위해 일본어 쓰기 연습으로 피곤해서 지친 자식을 바라보는 부모의 안타까운 마음에서 이런 모습은 더욱 잘 드러난다.

「선행장」은 서사 과정에서 의미의 이중성뿐 만 아니라 언어 표기의 문제에 있어서도 문제적 텍스트이다. 먼저 이 소설은 조선어를 기본으로 표기해서 창작한 작품이다. 그러나 서술 과정에서 일본어 한자를 발음 그대로 한글로 표현하는 방식, 일상 대화를 일본어 발

---

20) 이경훈은 「선행장」의 의미를 "일본어 교육을 둘러싼 문제, 즉 한국어 말살 및 일본어 교육과 관련된 식민지 지배/ 피지배의 진정한 관계를 오히려 불성실한 피교육자와 성실한 교육자의 관계로 변모시키는 것과도 연관되는 문제이며, 더 나아가 일제가 주장하는 "일시동인"으로써 피식민지 상황을 있게 한 약육강식의 근대 제국주의 자체를 초극하려는 것이기도 하다."라고 분석하고 있다.
이경훈 편역, 『친일발굴소설집－진정 마음이 만나서야말로』, 평민사, 1995, 443쪽.

음 그대로 한글로 표기하는 방식, 대화 중간에 일본어를 직접 삽입하여 표기하는 방식, 끝으로 한글로 표기한 일본어를 괄호치기를 통해서 해석을 다는 방식을 사용하였다. 이러한 방식은 소설의 내러티브를 자주 끊으며, 해독과정에서 더듬거림과 생경함을 발생시킨다.

> ① "아버지 젠꼬오시(善行章)를 빼앗겨서. 가끼도리 잘 못햇다고. 스물에 여섯박게 안마젓다고. 선생님이 젠꼬오시오 도루내라구. 이 다음에 공부 잘하면 또 주신다구."
>
> 하고는 또 고개를 숙이고 울엇다. (젠꼬오시오 라는 것은 동글한 은바탕에 남빗 사구라를 노흔 것으로서 특히 국어 공부를 잘하는 아이에게 주어 옷깃에 붓치게 하는 것이다.) (333쪽)
>
> ② "그럼 안 뺏겨요? 그것을 무엇에 써요? 공부가 그 따위고야 중학교에를 어떠케 들어가요? 원 스무마디에 열 네마디를 잘 못쓰다니? 아다마가 와루이네. 그런데 왜 인제야 내게 그 말슴을 하서요. 내 호차리질을 좀 할 것을."(중략—인용자)(334쪽)
>
> "센세이 오하요 미나산 오하요."
>
> 하는 유희를 생각하였다. (중략—인용자)(337쪽)
>
> "우리 연이는 고등 사범학교를 졸업하고 녀학교 선생이 된단 말야. 그래서어 오이찌 니 오이찌 니 하고 체조를 가르친단 말야." 하고 우섯다.(338쪽)
>
> ③ "너 선생님을 원망하니?"
>
> 안해는 눈물을 씻고 이러케 면을 보고 물엇다.
>
> "아니 ありがたいと思つて居るよ."
>
> 면은 서슴지 안코 이러케 대답하엿다.
>
> "先生は眞劍だよ. とても眞劍だよ."
>
> 면은 이런 소리를 하엿다. 신갱이란 말은 바로 일전에 요미가따에서 배운 말인 줄을 나는 안다. 그러나 면은 무슨 뜻으로 선생님을 신깽이라고 하엿는지는 알 수 업다. (340쪽)
>
> "能く云つて呉れた. 先生はありがたいんだよ."
>
> 나도 이러케 말하지 아니 할 수 업섯다. (341쪽)21)

 식민지 담론과 민족 서사

①의 인용문은 일본어 한자를 조선어로 바꾸어서 표기하지 않고 일본어 발음을 한글로 바로 표기하는 방식을 사용하고 있다. 조선에서 사용하지 않는 '善行章'이라는 일본식 한자어를 일본어 발음 그대로 한글로 표기하는 것, '받아쓰기'를 '가끼도리'라는 일본어 발음으로 바로 표기하는 것, 그리고 낯선 식민본국의 용어를 괄호치기를 통해 주석을 다는 방식은 '조선어'로 해독하는 식민지인의 입장에서는 더듬거림과 생경함의 표상이다. 평상시에 전혀 사용하지 않던 어휘들이 돌출되면서 글 읽기는 잠시 중단되고, 그것에 대한 의미를 한글로 다시 풀어 쓴 주석을 통해 이해하게 된다. 즉 식민본국의 언어와 식민지의 언어가 상호 간섭을 일으켜 내러티브 진행과정을 거칠게 하고 있다. ②의 인용문은 대화 중 문장 전체를 일본어 발음으로 표기하고 있는 것이다. 이것은 표면적으로는 조선인의 생활에 일본어가 자연스럽게 스며들어와 있다고 생각할 수 있는 상황을 연출하기도 한다. 그러나 조선인 가족끼리의 대화에서 맥락 없이 일본어 문장을 삽입함으로써 두 언어 혼용의 부자연스러움을 부각시키고 있다. 조선어를 상용했던 대부분의 식민지인은 모국어의 문법체계를 자연스럽게 인지하고 있다. 이런 원리에서 볼 때 ②의 일본어 발음을 한글로 곧바로 표기하는 방식과 ③번의 일본어 히라가나를 그대로 문장에 노출시키는 방식, 즉 이중어 병용 글쓰기는 제국어와 모국어의 훼손을 동시에 가져오고, 서사 진행 단절과 끊어 읽기 등의 결과를 낳는다. 일종의 번역을 통해 '다시 읽기'에 해당되는 부분이라 할 수 있다. 작가의 의도는 내러티브 과정에서 자연스럽게 제국의 언어를 사용함으로써 조선어로 독서하는 식민지 독자가 제국언어 체계에 쉽게 편입되도록 하기 위해서일 것이다. 그러나 일본

---

21) 이광수, 「선행장」, 앞의 책, 333~341쪽 참고.

어 해독자 비율이 낮았던 당시 식민지 조선인의 입장에서 이것은 제국 언어로 편입되기보다는 오히려 '일본정신' 수용을 위한 국어 상용에 대해 더욱 이질감을 느끼는 계기로 작용하게 된다.

일제 말기의 상황에서 일본어는 식민지 조선에서 특권어의 위치를 점하면서 권력어로 기능하였고, 조선어는 주변어 내지는 소수어로 하층 언어의 위치에 있었다. 이러한 상황에서 주변어인 조선어 사이에 권력어인 일본어를 삽입하는 방식은 오히려 제국언어의 정체성에 균열을 일으키며, 특권적 언어를 부수적 언어로 주변화시킨다. 언어의 혼성화로 인해 제국어와 식민어의 경계가 무너지는 것이다. 이러한 현상은 제국주의자의 입장에서는 '국어'로 상징되는 '일본정신'을 훼손하는 것인 동시에 '중심어'인 일본어를 주변어로 전락시키는 것이기도 하다. 식민지 상황에서 이중 언어는 각각 동등한 위치를 점할 수 없다. 일제 말기의 일본어의 특권적 위치를 생각해 볼 때, 완벽한 일본어의 구사가 아니라, 한글식 발음표기, 괄호치기, 주석달기 식의 제국어의 주변적 사용은 오히려 국어(일본어)의 권위를 저하시키는 결과를 낳았다.

한편 이 시기의 이광수는 조선어로 창작한 소설에서 부분적으로 일본어로 표기한 것뿐만 아니라 많은 분량을 일본어로 표기한 후 다시 괄호치기 해서 한글로 그 의미를 해석하는 방식을 사용하는 경우도 있었다.

다까시의 이 말에 원구는 무슨 중대성이 있음을 직감하였다. 그래서 말없이 다다시와 말을 맞추면서 다다시의 얼굴을 바라보았다.
"要するに, われわれはばね, 父や 母は毋論のこと僕自身からして, すでに, 君をわれわれと全然違つたもののやうに思つていたんだ. それがそもそもの間違だつたんたよ. これは僕の家族に限つたことではないと思ふ. 恐らくは，すべての日本人が，すべての朝鮮人に對して，さうであるやうに思ふ．
この中に根本的な誤謬があると思ふんだよ．即ち認識の態度といふかな，方法
といふかな，これが間違つていると思ふんだ．君をわれらと全然違つたもの
と思ひこんでいるから始めから君の一言一動を，警戒穿鑿の眼を以つて見る．
さういふ眼でみるから何んだが，われらのすることと違つているやうに感ず
る．そこでますます警戒と穿鑿を加へる．ますます疑を起して氣まづくなる．
遠ざかる，といつたわけなんだよ疑心暗鬼.”

　　(요컨대, 우리들은 말이야, 부모는 말할 것 없이 나 자신부터가 늘 자
네를 우리들과는 아주 다른 존재로만 알고 있었던 것이야. 그것부터가
잘못이었네. 이점은 하필 우리 가족에게만 있었다고 할 수 없어. 아마
도 모든 일본인이 모든 조선인에 대해서 그런 줄 아네. 여기에 근본적
잘못이 숨은 줄 아네. 다시 말하면 인식의 태도랄지, 방법이랄지, 이게
틀렸다고 생각하네. 자네를 우리들과는 아주 다른 것으로 생각고만 있
으니까, 처음부터 군의 일언일동을, 경계와 천착의 눈으로 보지. 그렇게
만 보니 어쩐지 우리들의 하는 일과는 딴 것으로 느껴지네. 그러니 더
욱 경계와 천착을 더하네. 자꾸자꾸 의혹을 일으켜서 거북하게 되고 멀
어지고, 하는 까닭일세. 의심암귀야.)

　　다다시가 하는 말을 들으면 그것은 꼭 같이 조선인을 대하는 경우에
도 적용할 수 있는 것이라고 생각하였다.[22]

위의 인용문은 원구와 다다시의 대화 중 다다시가 원구를 통해
조선인의 진정성을 깨닫고 일본인의 조선인에 대한 경계와 의심에
대해 반성하는 부분이다. 이 부분은 먼저 서사과정에서 계몽의 전도
현상[23]이 일어나는 것은 차치하고서도 장문에 해당하는 부분을 맥
락 없이 일본어로 표기함으로써 일본어를 해독하지 못하는 독자들
은 이 부분에 대해 '번역' 행위를 거친 후에 독서를 지속할 수 있
다. 작가의 창작행위 역시 조선어에서 일본어로 '번역'하는 인지체

---

22) 이광수, 「그들의 사랑」, 앞의 책, 137~138쪽.
23) 이광수의 후반기 문학에서 계몽의 역전 현상에 대한 논의는 김경미, 「이광수 후
　　반기 문학의 민족 담론의 양가성」, 『어문학』 97집, 한국어문학회, 2007. 9. 참고.

계 과정을 거쳐 실행된다. '번역'은 식민지인이 식민본국인 제국문학으로의 편입을 의미하거나 식민자로부터 '호명'되는 과정으로 인식되지만, 결국 문학 내적으로는 여전히 식민지적인 것으로 제시된다.24) 즉 조선어 사용에서 일본어로 병용 표기하는 것이 절대로 제국문학에 편입되거나 제국언어를 수용하게 되는 것이 아니라 조선어가 모국어인 독자에게는 제국어의 모어 간섭, 또는 주변화로 인지되며 그 문학 자체도 조선문학으로 남게 될 뿐이다.

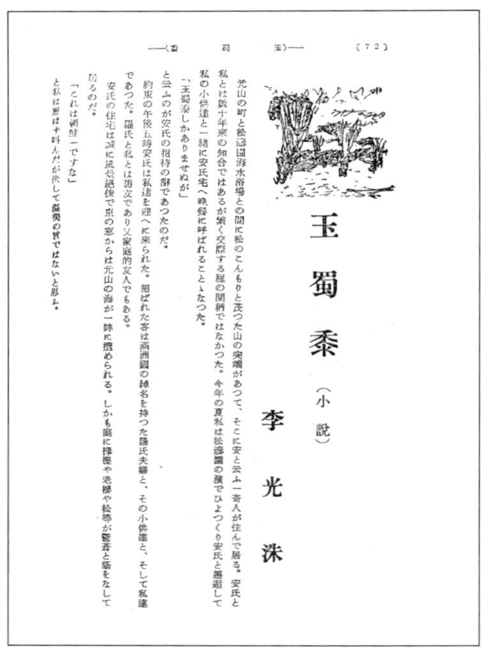

—(黍 蜀 玉)— 〔72〕

玉蜀黍 (小説)

李光洙

元山の町と松濤園海水浴場との間に松のこんもりと茂つた山の突端があつて、そこに安と云ふ一奇人が住んで居る。安氏と私とは數十年來の知合ではあるが繁く交際する程の間柄ではなかつた。今年の夏私は松濤園の濱でひよつくり安氏と遭遇して私の小供達と一緒に安氏宅へ晩餐に呼ばれることゝなつた。

「玉蜀黍しかありませぬが」

と云ふのが安氏の招待の辭であつたのだ。

約束の午後五時安氏は私達を迎へに來られた。招ばれた客は満洲國の綽名を持つた羅氏夫婦と、その小供達と、そして私達であつた。羅氏と私とは游友であり又家庭的友人でもある。

安氏の住宅は誠に風景絶佳で東の窓からは元山の海が一眸に擂められる。しかも庭に挿橙や老櫻や松等が蔭蒼と蔭をなして居るのだ。

「これは朝鮮一ですな」

と私は思はず叫んだが決して溫興の賃ではないと思ふ。

「玉蜀黍」, 『총동원—식량문제특집호』, 1939. 11.

장문의 일본어 표기를 넘어서 이광수는 조선어로 창작한 작품 「옥수수」(춘원 作)를 1940년 3월 『삼천리』에 싣고, 이후 11월에 일본어 잡지 『총동원』에 「玉蜀黍」(이광수 作)로 번역하여 다시 싣는다. 조선어와 일본어 사이에서 창작구상이 가능했던 이광수는 자신의 작품을 조선어에서 일본어로 번역하는 것이 딱히 어려운 작업은 아니었을 것이다. 오히려 이러한 작업은 국책에 적극적으로 기여하는 식민지인

---

24) 더글러스 로빈슨, 정혜욱 옮김, 『번역과 제국—포스트식민주의 이론 해설』, 동문선, 1997, 126~129쪽.

 식민지 담론과 민족 서사

의 표상이 될 수 있을 뿐만 아니라 일본정신을 철저히 이행하여 황민으로 호명되고 싶은 욕망을 표출한 것이기도 하다. 「옥수수」의 서사는 시국 정책에 맞추어 '옥수수'로 식량난을 해결하는 안씨를 통해 총후봉공에 이바지하자는 내용이다. 두 언어 작품의 주제와 서술과정은 거의 동일하다. '일본정신'의 핵심을 '국어' 상용으로 바라보는 제국인의 입장에서 조선 문학을 제국언어로 '번역'하는 것은 식민지 문학이 제국문단에 편입하는 것인 동시에 동등한 신민의 자격을 부여하는 것으로 표명했다. 그러나 '번역'은 조선 정신과 문화를 '일본어'로 표현하여 식민지 헤게모니의 이미지로 변형된 반면에, 동시에 내적으로는 여전히 조선적인 것으로 제시되는 것이다.

이광수의 이중어 글쓰기는 조선어이든지, 일본어이든지 서술과정에서 의식적·무의식적으로 서로의 언어를 교섭하는 순간에 발생한 간섭현상이다. 이러한 경향은 조선어 속에 일본어 섞어 쓰기로 드러나면서 조선어에 담긴 문화와 정신의 영향으로 일본어의 쓰임이 부차적 언어로 인식되는 결과를 생산한다. 이광수의 일제 말기 이중어 글쓰기는 국책에 협력하면서도 조선인 자신의 정체성 문제와 이중언어문학의 다양한 특성으로 인해 제국문학으로 완전히 편입하지 못하고 '차이'를 드러낼 수밖에 없었다.

2) 일본어 소설의 서사이탈과 조선어의 '간섭'

태평양 전쟁이 발발한 이후 1942년에 정책적으로 조선어 사용을 전면적으로 금지시켰고, 1943년 3월에는 총독부에서 교육령을 개정하면서 중등학교와 사범학교에 한국어 교과를 완전 폐지[25]하였다. 이광수는 1942년을 기점으로 대부분의 소설을 모어가 아닌 일본어로 창작하였다. "모어란 그 언어를 구사하는 인간이 속한 공동체의 언어로, 그 공동체 안에서 태어난 그·그녀가 자기도 모르는 사이에 습득하게 되면서 스스로를 종속시킨 언어이다."26) 모어로 창작하는 것은 모어 공동체의 정서와 가치에 의해 형성된 글쓰기이므로 서술자의 주관적 인식을 토대로 개념화가 되어, 인물상이 구성되고 모국어 독자들에서 정서적 동질성을 느끼게 한다. 그러나 일본어 창작은 작가와 독자의 공동체적 공유의식이 존재하지 않기 때문에 텍스트는 정서적 이질성을 그대로 드러내면서 차이를 나타낸다. 일본어 창작으로 인해 이런 양상을 보이는 대표적인 작품이 「가가와교장」과 「파리」이다.

1942년 이후 일본어로 창작한 「가가와 교장」27)은 조선의 한 시골 학교에 교장으로 온 일본인 인물 '가가와'의 학교생활과 교육정신을 통해 총후봉공에 이바지하는 일본인의 정신을 높이 평가하는 작품이다. 작가는 이 작품의 기본적인 서사구조를 정직한 일본인과 부정직하고 타협적인 조선인으로 대비해서 서술하고 있다. 긍정적인 가가와의 성격을 '정직일변도'의 인물로서 타협하지 않고 수완이 없는 사람으로 설정하고, '가가와'의 반대항의 인물로는 조선인 후원회 회원과 기성회원으로 약삭빠르고 기브앤 테이크주의자로 배치한다. 문제는 이러한 서술 구도를 통해 '가가와'와 같은 일본인의 태도를 본받아 황국신민이 되어야 함을 계몽하자는 의도이다. 그런데 비판의 대상으로 설정한 인물들이 대부분 식민지 조선의 지방부호 내지는 도회의원인 세력가들28)이다. 식민지하에서 권세가나 부호들은

---

25) 이명화, 앞의 글, 288쪽.
26) 정백수, 앞의 책, 203쪽.
27) 이광수, 「가가와교장」, 『국민문학』, 1943. 10, 7~26쪽.
28) 후원회원인 가네가와(金川), 보꾸자와(朴澤)와 기성회 이사인 리노이에시레츠(李

대부분 일제와 손을 잡고 총독부의 보호아래 있었던 계층이다. 친일파는 식민본국인 일본의 입장에서는 매우 선호하는 인물유형이다. 이 작품의 서술자는 기본적으로 약삭빠르고, 책략적인 조선인들을 부정적으로 서술하고 있고, 그들은 부자인데도 이기적이고 기회주의적이라고 파악한다. 그러나 그들은 일본 국책에 적극적으로 협조하고 순종한 부류들이었다. 그런데 일본인 '가가와'의 시선으로 부정적으로 비판하게 되는 아이러니적인 상황을 연출하게 된다. 이것은 작가가 의도적으로 고안해 낸 일본인 '가가와'안에 작가의 정체성이 개입되면서, 그 정체성이 무의식적으로 표출된 결과인 것이다. 결국 총후봉공에 적극적으로 동참할 것을 선전하기 위한 의도에서 구성된 서사가 내러티브 과정에서 의도와 달리 자연스럽게 틀어지는 양상을 보이고 있다.

또 일본인조차 괴짜라고 판단하는 '가가와'라는 인물을 통해 총후봉공을 실천하자는 의도는 서사과정에서 큰 설득력을 갖지 못한다. '가가와'는 일제말기 국책을 실현하기 위해 창조된 인물인데, 융통성 없는 성격과 서사과정에서 반동인물로 지정된 조선인의 잘못된 계층 설정으로 인해, 「가가와 교장」의 주인공 '가가와'는 총후봉공을 적극적으로 실천하지 못하는 인물로 드러나게 된다. 정신의 중요성을 강조하는 가가와는 결국 자신이 가장 아끼던 그의 일본정신에 감화한 조선인 학생조차 떠나게 하는 결말을 맞게 된다. 그래서 이 작품은 작가의 의도와 그려진 서사가 크게 어긋났다고 할 수 있다. 이런 현상은 일본어로 일본정신을 그리려 한 의도와 조선인으로

家時烈)는 조선인 지방부호로 도회의원, 양조업을 하는 부자이다. 적극적으로 창씨개명을 하였고, 일본인 교장이 있는 학교에 적극적으로 기부를 하려는 사람들이다.

서 무의식적으로 드러나는 잠재된 정체성이 서사 과정에서 교섭함으로써 일어난 균열현상이라 할 것이다.

이광수가 의도적으로 '황국정신'을 선전하기 위해 창작한 작품과 모국어가 아닌 일본어로 쓴 작품에서 서사의 어긋남은 자주 발견된다. 소설은 일반적인 논설류와 달리 플롯을 구상하고 서술하는 과정에서 모국어를 사용하는 공동체의 의식과 정서를 이탈하여 창작할 수 있는 장르가 아니다. 「가가와 교장」에서 드러나는 이러한 서사의 어긋남은 작가가 조선에서 오랜 세월동안 쌓아온 감정과 가치, 정서의 발현이 일본어 창작에서도 억제되지 않고 무의식적으로 드러난 것이라 할 수 있다. 즉 일본어로써의 창작은 모국어를 공유한 공동체와의 가치, 정서와 동질하지 않기 때문에 서사과정에서 이러한 현상이 나타나는 것은 불가피한 것이다. 이광수 역시 외국어로 소설을 창작하는 것은 무모한 일임을 밝힌바 있다.

> **향산광랑:** 사투리란 둘째 셋째 문제이고 무엇보다 국어로 소설을 쓰고자 하는 것 자체가 도대체 무모하니까요.(중략—인용자)
> **향산광랑:** 대체로 조선인이 쓸 수 있는 것은 수필이겠지요. 소설을 쓰고자 한다면 그것은 일본인 아내를 얻든가, 일본에 와서 몇십년간 살아야 하는 것이니까.
> **최남선:** 몇십년을 살아도 마찬가지라고 여겨집니다. 옛날 그리운 라프카디오 헌의 말이지만, 그 말이 귀에 익어 할 수 없군요. "'자기의 모국어'가 아니어도 다시 말해 모국어 아닌 것으로 문학을 짓는다는 것은 무모하다" 라고. 그러나 유럽에서는 그런 경우도 있긴 있지요. 몇백년에 한 사람 정도이긴 해도 만엽집의 특징(민엽집조)으로 읊은 가인의 노래를 읽어보면 이 점을 알 수 있지요. 바로 저 만엽집을 읽어보면 우리들도 만엽집조로 읊은 작품을 읽어도 도무지 잘 알 수가 없습니다. 여기에 뭔가 우리들에게 통하지 않는 것이 있더군요.
> **향산광랑:** 그렇겠군요. 외국인이 그 흉내 내기가 가능할까 어떨까는, 근본적으로는 의문을 갖고 있습니다.

  식민지 담론과 민족 서사

최남선: 그것은 재미있는 역설이군요.

향산광랑: 금년에 들어 저도 국어(일본어) 작품을 4, 5편 썼지만 이런 것은 쓸 것이 아니라고 생각했습니다. 아무래도 말솜씨가 나오지 않아서…….[29]

이광수는 이 대담에서 조선인이 일본어로 소설을 창작하는 것은 '흉내 내기'에 불가한 것이고, 흉내조차도 가능할지 의문이라고 말하고 있다. 일제가 어문정책에서 '국어=일본정신'을 나타내는 것임을 강요함에도 불구하고, 조선인은 자신의 모국어로 창작해야만 창작의 진가를 발휘할 수 있다고 말하고 있다. 수필류 등은 문장이 직설적인 언설을 사용하여 표현한 경우의 글이며, 소설은 서사과정에서 작가의 역사, 사회, 문화, 정신, 사상적 인식과 공동체 이데올로기가 의식적으로든 무의식적으로든 자연스럽게 표출될 수밖에 없는 장르이다.[30] 그러므로 작가가 의도적으로 '일본정신' 표방을 작정하고 글쓰기를 감행하더라도 작가의 오래된 공동체적 이데올로기는 드러나게 마련이다. 특히 식민 본국의 언어로 창작하는 비동질성으로 인해 서사 과정의 부자연스러움은 필연적이다. 서사 과정에서의 미끄러짐은 오히려 일본어 창작을 모국어인 조선어적 체계가 간섭하여 나타난 현상이다. 이는 온전함과 완벽함을 추구하는 제국어를 오히려 훼손하고 있는 것이다. 외국어를 통한 흉내 내기는 그의 말처럼 흉내 내는 순간 스스로 완벽할 수 없음을 드러내는 것으로 이중어 글쓰기의 균열과 아이러니를 보여주는 것이다.[31]

---

29) 「동경대담」, 『조선화보』, 1944. 1. (김윤식 편역, 『이광수의 일어창작 및 산문선』, 역락, 2007, 226~227쪽.)

30) 에드워드 사이드, 김성곤·정정호 역, 『문화와 제국주의』, 창, 1995, 155~156쪽.

31) 이러한 경향을 보이는 작품으로는 「파리」가 있다. 1944년도 작품인 「파리」 역시 일본어로 창작되었으며, 총후봉공을 위해 최선을 다하는 조선인 주인공을 그려

일본어로 창작한 작품은 그 의미의 미끄러짐뿐만 아니라 조선 문화와 일본 문화의 차이로 인해 조선의 문화를 일본어로 '표기'하는 과정에서도 서로 간섭하는 현상이 발생한다. 조선인 작가가 일본어로 표현하기 위해서는, 두 언어의 차이를 교섭하는 과정을 거쳐야 하고, 작가의 언어의식 내부에서는 그 차이성을 물상화하는 과정이 일어난다. 또 조선인의 일본어에 의한 발화는 결국 조선어에 의해 간섭하는 가운데 진행된다. 조선어의 간섭이라는 것은 일본어 체계에서의 이질성을 체험하게 되는 결정적인 요인이다.[32] 이러한 양상은 이광수의 일본어 텍스트에도 드러난다. 그것은 주석달기, 즉 괄호치기로 일본어에는 없는 조선적인 단어를 사용할 때, 괄호 안에 일본어로 뜻풀이를 하는 경우이다.

" ヌロギ(黃色)"[33]

"アンパン(奧座敷)"[34]

이 단어들은 일본어인 카타카나로 표기했으며, 일본문화에서는 사용하지 않는 어휘이기 때문에 조선어 발음 그대로 표기한 후 일본어 한자로 괄호 안에 주석을 달고 있다. '누로기'는 얼굴이 황색인 인물의 별명으로 작가가 그 의미전달을 위해 황색이라고 설명해 주고 있다. '안방'은 일본문화에는 없는 어휘이므로 '아랫목 자리'라는 뜻을 가진 일본어 한자로 그 의미를 해석해 주고 있다. 각 문화의 차이로 인해 발생한 현상으로써 작가가 직접 개입하여 이중어

대동아 공영권을 이루고자 의도한 작품이다. 그러나 작가가 창안한 주인공의 과도한 일본정신 흉내 내기로 인해 오히려 그 의미를 희화화시키는 작품이다. 이 작품은 계몽의 대상 스스로가 과잉 실천함으로써 계몽하는 주체 역시 의미가 무화되고 있다. 이 작품에 대한 자세한 분석은 김경미, 앞의 글, 200~201쪽 참고.

32) 정백수, 앞의 책, 339~341쪽 참고.

33) 이광수, 「蠅」, 『반도작가단편집』, 1944. 5, 41쪽.

34) 이광수, 「蠅」, 위의 책, 45쪽.

 식민지 담론과 민족 서사

사용 표기의 문제를 간접적으로 해결한 것이다. 이것은 언어 사이에 문화적 차이가 있음을 말하는 것이고, 일본어로의 창작의 한계와 일본어 창작과정에서 조선어의 간섭현상을 보여주는 것이다. 또 번역 불가능한 단어들, 고유명사를 표기할 때도 조선어 발음 그대로 표기함으로써 조선어로 인해 일본어의 어법체계를 해체하기도 한다.

"ケヂベ"35)

"ベウキオクレル"36)

이 단어들은 번역 불가능하다고 생각하여 작가가 카타카나를 그대로 노출시킨 경우이다. 첫 번째 단어는 "케지베"라는 발음으로 우리 조선어에서 "계집애"를 나타내는 것이다. 두 번째 단어는 "베우키오쿠레루"라는 발음으로 "배우기가 늦었다"는 뜻이다. 작가는 일본어에서 이 용어와 비슷한 개념어를 찾아내어 표기할 수 있었음에도 불구하고 생경한 조선 발음을 그대로 사용하고 있다. 작가의 의도가 작용하지 않았더라도 이러한 표기만으로도 소설의 실질적인 정보를 제공하는 역할은 국어인 일본어가 아니라 조선어임을 확인할 수 있다. 이러한 현상은 이중어를 사용하는 작가들의 작품에 많이 나타나는 양상이다. 이는 작품의 시공간이 조선이고, 사건이 전개되는 상황에서 자연스럽게 노출되는 조선 문화의 특수성으로 일본어를 간섭하는 '조선성'이라 할 것이다. 이것이 바로 일본어로 표기해도 일본문학일 수 없는 이유이자, 작가의 정체성을 떠나서 창작을 할 수 없는 이유이기도 하다.

일본어 창작에 대한 모국어인 조선어의 간섭은 이중어 문학의 특

---

35) 이광수, 「加川校長」, 『국민문학』, 1943. 10, 15쪽.
36) 이광수, 위의 책, 17쪽.
  이 부분에 대해 이경훈은 "병으로 늦는다"고 번역하고 있으나, "병으로 늦는다"의 표기는 "ビョウキオクレル" 이어야 한다.

징이자 단일 언어 사용에서는 경험할 수 없는 이중어 글쓰기 작가
만의 발화 특징이라 할 수 있다. 결국 이중 언어 작가는 '자신이 말
하려고 의도한 것과 표현된 언어 사이에 존재하는 본질적인 차
이'[37)에 의해 창작 주체의 의도와 표현의 결과는 항상 어긋날 수밖
에 없는 것이다. 결국 이광수의 이중 언어 문학은 일제의 국책에 협
력하는 내용을 다룸에도 불구하고 조선적인 정체성으로 인해 제국
문학에 완전히 편입하지 못하는 차이를 보여주었다.

4. 1940년대 이광수 이중어 글쓰기의 의미

이광수는 일제 말기 이중 언어로 소설을 창작한 작가이다. 그의
이중어 글쓰기는 일제의 어문정책의 논리와 내선일체의 황민화담론
을 수행하면서 이루어진 것이다. 1938년 이후의 일제의 언어정책은
식민지 조선에 이중 언어 사용이라는 이중어 문학 현상을 낳았고,
이는 언어문제의 차원에서 조선인의 정체성 문제로 확대되었다. 모
국어의 금지와 일본어 상용의 갈등과 모순, 조선 문학의 일본어 번
역문제는 일제 말기의 이중어 문학현상을 설명하는 핵심기제로 작
용하였다.

일제 말기의 어문정책은 식민지배자의 대동아 공영권을 위한 하
나의 과정에서 이루어진 폭력적 정책임에도 불구하고 그 명분은 조
선인의 황국신민으로의 자격 부여 내지는 '제국문학'권 안에 들어올
수 있는 특권으로 선전된 모순을 담지한 정책이었다. 식민지인의 입
장에서 일본어 상용은 제국의 신민이 되고자하는 욕망을 충족시키

---

37) 정백수, 앞의 책, 348쪽.

는 기제가 되기도 했지만, 반면에 정서와 문화의 다양성을 표현하는 문학어의 특수성으로 인해 일본어로 창작하는 것은 난관에 부딪칠 수밖에 없는 균열된 상황을 연출하게 되었다.

이광수의 이중어 문학 영역은 두 언어의 병용 표기와 일본어 전용 표기를 아우르는 것이었다. 일제 말기 그의 이중어 문학의 특징을 잘 보여주는 작품은 「선행장」, 「그들의 사랑」, 「가가와교장」, 「파리」 등이다. 이 작품들에서 이중어 문학 창작은 의도된 서사와 무의식적으로 표출된 서사의 교섭, 이중 언어 표기의 혼용이 빚어내는 이질감 그리고 번역을 통해 드러나는 언어체계의 혼란 등의 양상으로 나타났다. 이것들은 그의 작품을 '친일'이라는 단일한 의미 규정에서 벗어나 언어 문제와 정체성의 상관관계를 해석하는 새로운 시각을 제공하였다.

일제 말기의 상황에서 일본어는 식민지 조선에서 특권어의 위치를 점하면서 권력어로 기능하였고, 조선어는 주변어로 하층 언어로 하향 이동하였다. 이러한 상황에서 조선어 사이에 일본어를 삽입하는 글쓰기는 오히려 제국언어의 정체성에 균열을 일으키며, 특권적 언어를 부수적 언어로 주변화 시키는 현상을 낳았다. 언어의 혼성화로 인해 제국어와 식민어의 경계가 무너지는 것이다. 이러한 현상은 제국주의자의 입장에서는 '국어'로 상징되는 '일본정신'을 훼손하는 것인 동시에 '중심어'인 일본어를 '주변어'로 전락시키는 것이기도 하다. 식민지 상황에서 이중 언어는 각각 동등한 위치를 점할 수 없다. 일제 말기의 일본어의 특권적 위치를 생각해볼 때, 완벽한 일본어로의 표현이 아니라, 한글식 발음표기, 괄호치기, 주석달기 식의 제국어의 주변적 사용은 오히려 국어(일본어)의 권위를 저하시키는 결과를 낳았다. 또 '번역'은 식민지인이 식민본국인 제국문학으로의 편입을 의미하거나 식민자로부터 '호명'되는 과정으로 인식되지만, 결국 문학 내적으로 여전히 식민지적인 것으로 제시될 뿐이다.

일본어로 창작한 작품은 그 서사 과정에서의 이탈뿐 만 아니라 각각의 문화 정체성의 차이로 인해 조선의 문화를 일본어로 '표기' 하는 과정에서도 서로 '간섭'하는 현상이 발생한다. 조선인 작가가 일본어로 표현하기 위해서는, 두 언어의 차이를 교섭하는 과정을 거쳐야 하고, 작가의 언어의식 내부에서는 그 차이를 인식하는 과정이 일어난다. 또 조선인의 일본어에 의한 발화는 결국 조선어에 의해 간섭하는 가운데 진행된다. 조선어의 간섭이라는 것은 일본어 체계에서의 이질성을 체험하게 되는 결정적인 요인이다.

이광수의 이중어 글쓰기는 조선어이든지, 일본어이든지 서술과정에서 의식적·무의식적으로 서로의 언어를 교섭하는 순간에 발생한 간섭현상이다. 일본어 창작에 대한 모국어의 간섭은 이중어 문학의 특징이자 단일 언어 사용에서는 경험할 수 없는 이중어 글쓰기만의 특징이다. 이중 언어 작가는 자신이 말하려고 의도한 것과 표현된 언어 사이에 존재하는 본질적인 차이로 인해 주체의 의도와 표현의 결과는 항상 어긋나게 되는 것이다. 결국 이광수의 이중 언어 글쓰기는 일제의 국책에 협력하는 내용을 다룸에도 불구하고 조선적 정체성으로 인해 일본 문학에 완전히 편입하지 못하는 차이를 보여주었다. 이 논의를 통해 일제 말기 이광수의 문학을 사상적 이데올로기의 시각에서 '친일', '협력' 문학으로 이분화 하여 일반화하는 시각은 지양해야 할 것임을 밝히며, 아울러 언어와 민족정체성의 상관관계에서 나타나는 현상을 통해 의미 지평이 좀 더 다양하게 확장되기를 바란다.

<h1 style="text-align:center">해방기 이광수 문학의 기억 서사와
민족 담론의 양상</h1>

1. 해방기 문단과 기억 서사

이 논문은 해방기(1945~1950년) 이광수 문학에서 기억의 재구성을 통해 드러난 고백 서사의 전략과 민족 담론의 변화 양상을 밝히는 것을 목적으로 한다. 도둑처럼 찾아온 해방이란 말처럼 이 시기는 식민지인으로 살아온 조선인에게는 억압적 질서의 소멸이라는 기쁨과 또 다른 세력의 유입이라는 혼란이 교차되는 복잡하고 다양한 상황이 연출된 시기였다. 특히 식민지 말기에 적극적으로 친일 행위를 한 이광수에게 해방은 기쁨에 앞서 앞날에 대한 막연한 두려움과 암담함 그 자체였을 것이다. 황국신민임을 자처했던 이광수에게 조선의 해방은 딜레마로 작용할 수밖에 없었다. 민족 반역자를 처단해야한다는 시국 분위기 속에서 그가 할 수 있었던 일은 조용히 당대의 추이를 지켜보는 일이었다.

해방 직후 이광수는 자신이 살고 있었던 사릉에 칩거하여 농사를 지으면서 "문학이나 학문의 일은 국가의 죄인이라도 할 수 있는 ·

일"이라고 여기며 다양한 글들을 창작했다. 이후 삼종제 이학수가 거처한 광동 중학교를 거쳐 사릉으로, 다시 서울에서 지내면서 해방기를 보내게 된다. 이 시기에 쓴 글들이 『돌베개』(1948. 6), 『나의 고백』(1948. 12), 『도산 안창호』(1947. 5), 『사랑의 동명왕』(1949. 12), 『서울』(1950. 1) 등의 작품이다. 이 작품들은 크게 자신의 삶을 돌아보는 고백적 수필류와 민족 재건을 위한 희망을 그린 소설류로 분류할 수 있다.

　해방기 이광수 문학에 대한 연구는 다양하게 이루어졌다고 볼 수는 없다. 그 이유로 대부분의 글들이 고백적 서사로 이루어진 수필이고, 나머지는 다른 인물에 대한 평전과 미완성 세태 소설들로 이루어져 있기 때문이다. 물론 역사 소설로 완성한 『사랑의 동명왕』이 있긴 하지만, 이 작품에 대한 평가도 작품성이 떨어진다는 이유로 미미하게 다루어지고 있을 뿐이다. 이러한 이유로 인해 해방기 문학에 대한 평가가 다채롭게 이루어지지 못했지만, 그 중 주목해서 살펴볼 논의로는 김윤식의 『이광수와 그의 시대 2』가 있다. 김윤식은 이광수의 해방기 문학 역시 대부분 변명과 참회를 오가는 심정적 차원에서의 행위였으며, 이 시기 역사 소설인 『사랑의 동명왕』은 맹물 같은 야담에 지나지 않고, 오히려 『서울』은 미완성이지만 해방기 사회 비판과 반공주의를 통해 이광수 자신의 새로운 모습과 사명감을 드러내고자 한 작품이라고 평가하고 있다.[1] 이 연구는 해방기 이광수의 삶과 정치 담론과의 상관관계 속에서 그의 문학을 살펴봄으로써 당대 이광수 문학의 존재이유를 밝히는 기본적인 자료로써 의의가 있다. 이동하는 이광수의 「나의 고백」과 「사랑의 동명왕」을 채만식의 「민족의 죄인」과 「소년은 자란다」와 비교 분석하면서, 이광수의 작품은 표면적으로 친일에 대한 변명이나 반성의 뜻이 드러

---

1) 김윤식, 『이광수와 그의 시대 2』, 솔, 2001, 375~466쪽 참고.

나지만 이면적으로는 면죄부를 받기 위한 의도일 뿐이며, 내일에 대한 희망을 노래한 것도 주관적이고 심정적 차원에 그치고 있음을 비판하고 있다.2) 이 연구는 해방기 작품이 기본적으로 내포하는 반성과 변명의 매커니즘을 분석함으로써 이광수의 친일행적의 의미를 부여하는데 기여하고 있다. 이 외의 연구로는 심원섭의 「이광수의 보살행 서원과 친일의 문제」가 있다. 심원섭은 그의 해방기 문학은 상황론적 논리와 자기희생의 논리를 피력한 것으로 자기인식상의 착오에서 비롯된 전도된 명예욕구의 소산이라고 평가하고 있다.3) 이 연구는 해방기 이광수의 문학을 정신적 맥락 속에서 그 의미를 고찰하고 있어서 해방기 이광수의 의식세계를 규명하는 논의로서 의미가 있다.

이러한 기존논의를 참고하면서 본고에서는 이광수의 해방기 문학이 '기억'의 논리에 의해 구성되고 있는 고백의 전략적 측면과 서사 전략을 통해 드러난 해방기 민족 담론의 양상을 살펴보고자 한다. 기본적으로 '기억'은 한 주체가 자신의 과거를 자신의 현재와 관련 짓는 정신적 행위이자 과정이다. 과거를 한편으로 지나가버린 것으로 확정지우면서도 동시에 현재화함으로써 과거의 시간적 지위를 변화시킨다. 또 기억은 과거와 선택적으로 교우하는 하나의 방식이기에 특정한 과거를 기억하기 위해서는 반드시 특정한 망각이 요구된다.4) 기억의 논리에 의해 쓰여진 고백적 서사들은 기본적으로 망각, 즉 억압의 매커니즘으로 설명 가능하다. 이광수가 해방기에 쓴

---

2) 이동하, 「이광수와 채만식의 해방기 작품에 대한 연구」, 『배달말』, 배달말학회, 1991. 12, 145~168쪽 참고.

3) 심원섭, 「이광수의 보살행 서원과 친일의 문제」, 『한림일본학연구』, 제7집, 한림대학교 일본학연구소, 2002. 12, 68~92쪽.

4) 전진성, 『역사가 기억을 말하다』, 휴머니스트, 2005, 44~74쪽.

대부분의 고백 서사는 이러한 기억의 재구성에 의해 이루어진 것이
라 볼 수 있다.

본고에서는 이러한 기억과 고백 서사의 상관성에 대한 위의 개념
을 토대로 해방 후 이광수를 지배하고 있었던 친일 행위에 대한 자
의식의 표현인 『돌베개』와 일명 '자서전'이라고 부를 수도 있는『나
의 고백』을 분석할 것이다. 이 텍스트들은 기억의 매커니즘을 통해
드러난 '고백'의 서사로써 당대의 이광수의 의식과 무의식, 그리고
과거의 고백을 통해 기억에서 배제하고 싶었던 현재의 욕망을 읽어
낼 수 있을 것이다. 또 이 욕망들은 당대의 정치 상황과 상호작용하
면서 민족 담론의 의식적 변화 양상을 역사 서사와 세태 비판 서사
를 통해 드러내고 있다. 특히 역사 소설 『사랑의 동명왕』과 미완성
작인 세태 소설 『서울』은 이광수의 현재의 욕망을 통해 미래를 설
계하고자 한 작품이다. 이 작품들을 통해서 이광수가 제시하고자 한
해방기 민족 담론의 모습이 어떤 논리로 전환되고 성립되는지를 고
찰할 것이다.

2. 해방기 문단 형성과 '고백'의 전략

해방기 이광수 문학은 앞 장에서 밝혔듯이 크게 두 가지 장르로
분류된다고 할 수 있다. 이 두 장르는 크게 고백적 수필류와 민족의
미래를 꿈 꾼 소설류로 나눌 수 있다. 이 두 장르는 공교롭게도 시
기적으로도 일정한 거리를 보이고 있다. 즉 자신의 과거를 통해 내
면을 드러내는 고백 장르는 1948년 이전과 이후로 나눠져 서술 방
식이 구분되고, 민족의 재건을 꿈 꾼 소설 장르는 단정 수립을 경계
로 그 의미가 달라진다. 해방 직후 정치적 문단적으로 혼란한 상황

 식민지 담론과 민족 서사

은 1948년을 기점으로 재편성의 단계를 거친다. 문단의 재편성은 해방기 이광수 문학에서도 일정한 변모를 보이는 계기로 작용한다. 이 장에서는 먼저 단정 수립 이전에 집필한 작품들, 즉 자신을 완전히 숨긴 상태에서 쓴 『돌베개』와 기억의 재구성을 통해 드러난 고백적 글쓰기인 『나의 고백』을 통해 이광수 스스로가 생각하는 친일 행위의 내재적 의미를 분석하고, 이것이 '고백'이라는 장르와 만나면서 드러나는 서술자의 현재의 욕망을 살펴보겠다.

1) 문단의 재편성과 서술 방식의 변화

해방직후의 조선 문단은 혼란 그 자체였다. 단체의 결성과 조직 활동이 활발하게 이루어졌지만, 식민지를 지배했던 일제의 권력이 소멸되면서 사회전체가 권력의 무방비상태에 놓이게 되었다. 해방기 문단은 다양한 문학적 열망과 정치 담론들이 상호작용하면서 갈등하고 충돌하는 장이었다.

이 시기에는 문학단체들이 좌우 대립이라는 이념적 지형에 따라 결성되고 통합 해체되는 과정을 반복하였다. 이러한 현상은 해방 직후 분출된 다양한 정치적 열망들이 점차 좌우의 대립구도에 따라 재배치되는 과정의 일환이었다. 해방기로부터 군정을 거쳐 단정 수립에 이르는 과정 속에서 이데올로기가 정치, 사회, 문화의 본질적 국면을 규정하는 것은 분명한 사실이지만, 개인의 선택과 실천의 국면을 구체적으로 규율하기 시작한 것은 단정 이후부터라고 할 수 있다.5) 즉 해방 직후인 1945년에서 1947년까지는 남한에서의 좌익

---

5) 류경동은 "1945년부터 1948년까지의 문단이 좌우의 격렬한 갈등을 중심으로 형성되지 않았다는 것은, 좌우의 문학단체에 동시에 이름을 걸었던 작가들이 상당

문인들의 입지가 그렇게 좁지 않았다는 것이다. 이러한 이유로 이 시기 문단의 화두는 다양했으며, 친일의 문제도 다양한 시각에서 다루어졌다고 할 수 있다. 해방기의 이러한 분위기로 인해 친일행위를 직접적으로 한 정치인과 문화인들이 자신의 '포즈'를 드러내기는 어려웠다. 해방 직후 이광수 역시 당대의 화두였던 '친일'의 논리에 묶여 자신을 드러낼 수도 없었고, 드러내고자 하지도 않았다. 이러한 시기, 즉 문단의 담론이 '반일'에 집중된 시기의 이광수의 글들은 내용이나 서술방식에서도 그 이후의 글들과 차이를 나타낸다. 이 시기 그는 사릉이나 봉선사에 머물면서 「산중일기」를 필두로 「죽은 새」, 「돌베개」 등 수필류의 글들을 집필한다. 이 글들은 이후 『돌베개』로 출간되는데, 주로 해방 직후인 1946~47년경에 쓴 글들이다.

해방 직후 이광수의 내면을 드러내는 작품 중 「죽은 새」는 민족의 죄인의 위치에서 숨어서 지내는 나약한 소시민인 서술자와 죽은 작은 새를 동일시하고 있다. 이 시기의 이광수는 지도자도 문학자도 아닌 민족의 죄인일 뿐인 것이다.

> 안 걸어 본 길에는 언제나 불안이 있다. 이 길이 어디로 가는 것인가. 길가에 무슨 위험은 없나 하여서 버스럭 소리만 나도 쭈뼛하여 마음이 씐다. 내 수양이 부족한 탓인가, 이 몸뚱이에 붙은 본능인가. 이 불안을 이기고 모르는 길을 끝끝내 걷는 데는 용기가 필요하다. 이것을 보면 길 없던 곳에 첫걸음을 들여놓은 우리 조상님네는 큰 용기를 가졌거나 큰 필요에 몰렸었을 것이라고 고개가 숙여진다. 성인이나 영웅은 다 첫길을 밟은 용기 있는 어른들이셨다. 세상에 어느 길치고 첫걸음

수 있었으며 궁극적으로 좌우의 대립은 해소되고 통합되어야 하고 그렇게 될 것이라고 보는 견해가 많았기 때문"이라고 밝히고 있다.
류경동, 「해방기 문단형성과 반공주의 작동 양상 연구」, 『상허학보』 21집, 상허학회, 2007. 10, 20~21쪽.

 식민지 담론과 민족 서사

안 밟힌 길이 있던가.6)

이 글은 1946년 10월에 쓴 글로 당시의 이광수의 심경이 절실하게 드러나고 있다. 지금 서술자가 걷고 있는 이 길이 또 위험을 초래하지 않을까 하는 불안, 이것은 식민지 말기 이광수의 친일행적에 대해 말로 표현할 수 없는 현재의 심경을 보여주는 것이다. 이러한 글의 서술 방식은 감상을 토대로 생각을 정리하는 관조적 형태를 취하고 있다. 버스럭 소리만으로도 마음을 졸여야 하는 죄인으로서의 상황, 이 시기 이광수의 삶은 스스로 죄 값을 조용히 치르는 모습이다. 40년 평생을 민중을 계몽하던 방식의 글을 써 온 글쓴이에게 이 글의 서술방식은 다소 생경하고 이채롭다. 이 글은 계몽조, 훈계조를 벗어나 자신이 느낀 점을 조심스럽게 읊조리고 있으면서 자신의 삶을 돌아보는 관조의 방식이다. 제3의 독자를 전제로 하지 않은 글, 바로 자신만을 돌아보는 글쓰기인 것이다. 『돌베개』의 앞부분에 실린 대부분의 글들은 이 방식을 취하고 있다.7)

그러나 1948년 즈음에 집필한 수필류의 글들은 이전의 이러한 서술 방식을 탈피하고 있다. 특히 『돌베개』의 끝에 실려 있는 세 편의 글과 『나의 고백』은 서술방식에서 전혀 다른 양상을 보이고 있다. 이러한 양상은 이 시기의 문단의 세력 형성과 상관성을 드러내면서 이광수의 글에서도 변화를 보인다. 1948년을 즈음해서 문단은 정치적 담론에 의해 우익 계열의 문인들이 득세를 하게 된다. 1948년을 기점으로 하여 해방기의 핵심 화두인 '반일'의 문제는 서서히 와해

---

6) 이광수, 「죽은 새」, 『돌베개』, 『이광수 전집』 8권, 삼중당, 1972, 274쪽.

7) 이러한 서술 방식을 취하고 있는 글들은 『돌베개』에 수록된, 「죽은 새」, 「우리 소」, 「살아갈 만한 세상」, 「돌베개」, 「물」, 「인생과 자연」, 「백로」, 「제비집」, 「인토」, 「나는 바쁘다」, 「여름의 유모어」, 「서울 열흘」이다.

되면서 단정수립 이후로는 '반북'과 '반공'으로 재배치된다.8) 이러한 문단의 분위기는 이광수의 입지를 살려주는 계기로서 작용한다. 즉 문단 재편성의 영향은 이광수의 글쓰기에서도 자연스럽게 드러나고 있다. 1948년 이전에 쓴 『돌베개』의 작품과 1948년 이후에 집필한 「내 나라」, 『나의 고백』은 서술 방법과 내용면에서 현격한 변화를 보인다.

> 미영과 대립한 세력인 소비에뜨 러시아로 보면 이미 종교단체화하여서 스탈린주의에 대해서는 신조가 되어 버리고 말았으니, 자기비판을 바랄 수는 없는 사정이요, 실제에 있어서 러시아로서는 그대로 믿고 나갈길 밖에 없는 것이다. 이 푸른 민주주의, 붉은 민주주의 두 가지가 다 진리일수는 없거니와, 이것을 공평하게 정당하게 비판할 자격은 선입견이 없는 제삼자에게서만 바랄 수 있는 것이다. (중략-인용자) 그런데 현실을 보건댄 앵글로색슨식 민주주의자나 슬라브식 민주주의자나 다 제 민족의 역사와 문화를 무시하고, 혹은 와싱턴을, 혹은 모스크바를 고대로 서울에 떠오려 하는 것 같다. 지난 적에 우리나라를 소중화로 만들려는 유교도들이 하던 모양으로 이제는 이 땅을 소 미국, 소 소련을 만들려 하는 것 같다. 우익은 자유주의니까 그대도록 심하지 아니하거니와, 좌익 사람들은 군대적이요, 교파적이어서 주의에 있어서는 개인의 자유가 없는 만큼 이 색채가 더욱 농후하다.9)

이 글은 1948년에 쓴 글로 2년 전에 쓴 글의 서술 방식이나 내용과는 전혀 다르다. '친일'의 문제가 정치계와 문단계에서 화두로 떠

---

8) 해방기 문단의 형성과 관련된 논의로는 김준현, 「1940년대 후반 정치담론과 문학담론의 관계」, 『상허학보』 27집, 상허학회, 2009, 10, 51~84쪽. ; 류경동, 「해방기 문단형성과 반공주의 작동 양상 연구」, 『상허학보』 21집, 상허학회, 2007. 10, 11~35쪽. ; 이양숙, 「해방기 문학 비평에 나타난 기억의 정치학」, 『한국현대문학연구』 28집, 한국현대문학회, 2009. 8, 281~307쪽.
9) 이광수, 「내나라」, 『이광수 전집』 10권, 삼중당, 1972, 238~240쪽.

올랐을 때 이광수는 글에서 그 어떤 '포즈'도 취하지 않았다. 다만 자연의 하나인 미물로서의 자신을 인식하고 있었다. 그러나 1948년의 문단의 재편성[10]으로 인해 그의 붓은 날개를 달기 시작한다. 즉 자신의 '포즈'와 '역할'을 되찾은 것이다. 그것은 하나의 미물이자 민족의 반역자의 위치가 아니라 민중을 계몽하는 지도자와 문학인의 위치인 것이다. 위의 인용문은 그에게 날개를 달아준 문단계와 정치계에 보답이라도 하는 듯이 조국이 나아가야 할 방향을 제시하고 있다. 그것도 반좌익적 시각을 견지하면서 계몽의 형태로 민중을 계도하는 서술 방식인 것이다. 이러한 서술 방식의 변모, 즉 관조적 삶의 조망에서 민중 계몽적 시각으로의 변화 양상은 그의 해방기 포즈의 의미를 설명해 주는 단서가 되는 것이다.

문단의 재편성으로 힘을 얻은 이광수는 드디어 직접적인 '고백'의 방식을 통해 자신의 포즈를 구축하는 단계로 나아간다. 그것이 반민특위를 앞두고 쓴 『나의 고백』이다. 『나의 고백』은 '고백'이라는 전략을 통해 자신의 과거를 드러내는 글쓰기 방식이다. 이 '고백'의 전략이 기억을 어떤 방식으로 배제하고 억압하는지를 분석하여 이광수가 고백을 통해 말하고자 한 현재의 욕망과 그 의미를 살펴보도록 하겠다.

2) 기억의 재구성과 고백적 글쓰기

1948년 문단의 재편성으로 인해 자신의 위치와 역할을 되찾고 싶었던 이광수는 드디어 자신의 치명적인 오점인 '친일'의 문제에 대

---

10) 1948년의 문단의 재편성은 이광수뿐 만 아니라 당대 민족주의 우익계열의 문인들에게도 큰 영향을 미친 것이기도 했다.

해 고백하는 글을 집필한다. 이 글은 단정 수립한 8월에 집필을 시작하여 12월에 출간되었다. 남한의 단독 정부 수립의 의미가 무엇인가? 그것은 '민족'의 의미 규정을 바꾸는 계기가 되는 것이다. 해방 직후 '민족'의 의미는 '반일'과 '반제국'에 집중되었다. 그러나 단정 수립 후의 '민족'은 '반일'에 입각해 있지 않고, '반북'과 '반공'으로 자리배치를 달리하게 된다. 이러한 정치적 상황에서 이광수의 고백서인 『나의 고백』의 집필은 함의하는 바가 다양할 수밖에 없다.

이광수의 『나의 고백』은 자기에 대한 글쓰기로써 '자서전'의 일종인 고백적 글쓰기라 할 수 있다. 자서전은 "작가가 자신의 죄를 고백하거나 자기 행동을 변호하고 정당화하며, 타인을 비난하는 특별한 방식으로 이해"되거나, 또는 "현재와 과거라는 서로 다른 시간대에 속한 두 인물이 서로 대화하는 과정에서 '고백되어진 삶의 이야기'라는 형태를 통해 과거에서 현재에 이르는 삶의 여정을 다시 경험하고자 하는 것"11)이라 할 수 있다. 이광수의 『나의 고백』은 이 두 가지 양상을 모두 포함하고 있다. 또 "고백하는 행위 또는 자기에 대한 글쓰기는 '가치'를 추구하는 의지와 결부"되어 있다. 과거의 수많은 사건들 중 "특정 에피소드를 선택하여 배열함으로써 삶을 재구성할 때, 삶의 통일성이란 현재의 입장에서 과거의 요소들을 미래로 투시하는 행위"12)이기 때문에 글쓰기는 하나의 기획이라 할 수 있다.

이광수의 『나의 고백』은 과거에서 현재에 이르는 여정을 7개의

---

11) 유호식, 「자기에 대한 글쓰기-고백의 전략」, 『불어불문학 연구』 제43집, 한국불어
   불문학회, 2000, 182쪽.
12) 유호식, 위의 글, 184쪽.

항목, 에피소드로 나누어 고백하고 있다. 그 중 4개 항목은 민족을 위해 독립운동을 하던 시기이고, 나머지 3개 항목은 '친일'행위를 했던 시절의 내용이다.[13] 독립운동의 시기는 50장의 분량으로 길게 고백하고 있고, 친일한 항목은 14장의 짧은 분량으로 고백하고 있다. 이광수는 『나의 고백』이라는 글쓰기의 기획을 통해 과거에 독립운동을 한 모습으로 자신의 미래를 투사하고 싶은 현재의 욕망을 드러내고 있다. 물론 독립 운동 때의 모습뿐만 아니라 자신의 치명적인 결점인 '친일' 행각을 고백함으로써 자신의 진정성을 증명하고 그 진정성 위에 타자와의 관계를 이어가고자 시도하기도 한다. 이러한 고백의 글쓰기는 '과거의 경험의 시간'과 '글을 쓰는 현재의 시간'이 일치하지 않기 때문에 과거와 현재의 괴리로 인해 또 다른 의미를 생성하게 된다. 그것이 바로 기억의 매커니즘에 의한 고백의 의미이다.

즉 기억은 망각의 또다른 이름이다. "망각을 '기억에 대한 심리적 거부'로 정의한다면, 망각은 우연한 사건이 아니라 기억해내기를 거부하는 어떤 의도에 의해 발생한 사건으로서 목적성을 지닌다." 또 "우리가 무엇을 기억하고자 할 때, 어떤 동기의 작용에 따라 망각하고자 하는 의도가 생겨나고, 그 의도가 기억하고자 했던 것을 억압"하게 된다. 즉 "기억의 행위가 거부되고 기억의 내용이 억압"된다. 망각의 결정적 동기가 되는 억압된 사고 내용은 "무의식적인 것으로서 당사자에게는 고통스러운 내밀한 일"[14]과 관련되는 것이다.

---

13) 이광수의 『나의 고백』의 7개 항목은, 「민족의식이 싹트던 때」, 「민족운동의 첫 실천」, 「망명한 사람들」, 「기미년과 나」, 「나의 훼절」, 「민족 보존」, 「해방과 나」 이다. 그리고 부록으로 <친일파의 변>이 첨부되어 있다. (이광수, 「나의 고백」, 『이광수 전집』 7권, 삼중당, 1972, 219~287쪽.)

14) 김현진, 「기억의 허구성과 서사적 진실」, 『기억과 망각』, 책세상, 2003, 211쪽.

이광수에게 '친일' 행위는 일종의 콤플렉스이자 기억해내기를 거부하는, 즉 망각하고 싶은 의도가 충분히 생길 수 있는 사건이다. 그가 『나의 고백』에서 보여주는 사건들은 이러한 기억의 억압과 망각의 과정을 거쳐 고백된 것이라 할 수 있다.

「선생님 강연은 들었습니다. 이렇게 저희만 있는 곳에서 더 하실 말씀은 없습니까?」하는 것이었다. 나는 천근 무게로 가슴이 눌리는 듯하였다. 「무슨 할 말이 있겠어요?」 「그래도 무슨 말씀이 더 있을 것 같은데요.」 「말 안해도 서로 알 말도 있지. 말하는 것은 하나마나 한 말이고.」 나는 이렇게 대답하였다. 「저희들은 어떡허믄 좋아요?」 가깝다는 듯이 이렇게 묻는 이가 있었다. 「나는 내 딸을 보고 공부나 잘하라고 이릅니다. 민족의 생명은 영원하니까, 이럴 때도 있고 저럴 때도 있지요. 공부들이나 잘하시오.」15)

위의 인용문이 해방 전 그 시절에 진실로 있었던 일인지는 여기에서 중요하지 않다. 위의 글은 이광수가 『나의 고백』에서 과거의 기억을 재구성한 것이라는 점이 중요하다. 즉 "왜곡과 변형을 거치지 않은 과거의 복원은 거의 불가능"한 것이다. 과거는 "기억하는 현재의 상황과 내적 욕구에 따라 수정된 채 재구성"16)되는 것이다. 이런 관점에서 위의 사건을 바라본다면, 이광수의 현재의 상황과 내적 욕구를 해석해낼 수 있는 것이다. 기억의 과정을 거친 고백의 서사에서 읽어내야 할 지점은 바로 글쓴이의 현재의 욕망인 것이다. 위의 글에서 두드러지게 눈에 띄는 부분이 "민족의 생명은 영원하니까"라는 부분이다. 인용문의 에피소드는 충분히 이광수가 겪은 과거의 한 장면일 수 있다. 그러나 대화 과정에서의 '민족'에 관련

---

15) 이광수, 「나의 고백」, 『이광수 전집』 7권, 삼중당, 1972, 280쪽.
16) 김현진, 앞의 글, 216쪽.

 식민지 담론과 민족 서사

된 부분은 당시 분위기에서 나오기도 힘들뿐 만 아니라 대화의 발화 과정상 다소 어색하기까지 하다. 즉 이 부분은 이광수의 현재의 욕망을 드러낸 부분이라 할 수 있다. 즉 이광수의 현재의 욕망은 '나는 항상 민족주의자였고, 지금도 그렇다'라는 것이다. 식민지 말기 이광수의 친일 행적은 누구나 알고 있는 기정사실이었다. 특히 이광수는 '황민 되기'의 논리로써 조선인이 황국신민이 되기 위해 노력하고 일제에 봉사한다면, 조선인도 '제국의 신민으로써의 영광'을 누릴 수 있다는 점을 누누이 강조해왔다.17) 그러나 그의 '기억'은 이러한 부분에 대해서는 '배제'하고 있다. 이 '제국에 대한 열망'의 기억은 '망각'하고 싶은 억압의 매커니즘으로 해석할 수 있는 것이다.

특히 이 글을 쓰는 시기의 남한은 단독 정부 수립으로 '반공'이 정치 담론의 화두로 자리잡고 있을 시기였다. '민족'이라는 기호는 '반일'이 아니라 '반공', '반북', '반소'의 의미로 규정되고 있었다. 현재나 미래는 과거에 대한 막강한 힘을 발휘할 수 있기 때문에 과거는 현재와 미래에 의해 만들어진다고도 할 수 있다. 고백 서사는 과거의 기억을 바탕으로 이루어진다. 과거는 "보존되거나 단순히 기억 속에서 발견되는 것이 아니라, 기억을 통해 현재적 이해 속에서 구성되는"18) 것이다. 즉 현재의 지배적 담론이나 이데올로기가 과거를 결정한다는 것은 이광수가 『나의 고백』을 서술한 시기와 관련해서도 '기억의 주체'와 '담론'의 관계를 확인할 수 있다. 이러한

---

17) 이광수의 1940년대 친일 행적과 황민화 담론에 대한 자세한 논의는 김경미, 「이광수 문학에 나타난 민족주의 담론의 양가성 연구」, 경북대학교 박사학위논문, 2008. 2와 김경미, 「1940년대 어문정책하 이광수의 이중어 글쓰기 연구」, 『한민족어문학』, 제53집, 한민족어문학회 2008. 12 참고.
18) 김현진, 앞의 글, 223쪽.

고백적 서사가 제3자에게 '변명'으로 읽히든 '합리화'로 읽히든 상관없이 이광수에게 중요한 것은 '고백'적 서사를 쓸 수 있었던 당시의 문단적 상황에서 자신의 위치 확인과 욕망의 표출인 것이다. 부록으로 <친일파의 변>을 쓸 수 있었던 당당함은 바로 당대의 상황과 기억의 논리에 의해서 가능한 것이다.

1948년 단정 수립 후 남한은 더 이상 좌익계의 문인들이 설 자리를 마련해 주지 않았다. '반일'이 더 이상 화두가 되지 않고, '반공'이 화두가 되었다. 남한 정부 하에서 '반민법'의 발효는 반공의식이 투철했던 '친일' 행위자들에게 큰 위협은 아니었을 것이다. 이광수는 이 글을 쓰게 된 동기를 다음과 같이 밝히고 있다.

> 그런데 반민법도 이미 실시되었으니 내가 언제 심판을 받을지도 모르고, 심판을 받으면 어떠한 법의 처분을 받을는지 모르니 아직 글을 쓸 수 있는 동안에 민족 운동과 나와의 대략을 적어서 평소에 나를 사랑하고 염려하여 주던 또는 나를 미워하고 저주하던 이들에게 내 심경을 알리고자 하여 이 글을 쓴 것이다.[19]

해방 직후의 이광수는 어떤 식으로든 자신의 '친일'행위를 드러내고자 하지 않았다. 일상의 삶에 대한 소소한 감상 수준의 글을 수필의 형식으로 썼을 뿐 '고백'이라는 전략을 통해 과거를 기억하는 방식의 글을 쓸 수는 없었다. 1945~6년의 정치적 현실을 생각해 본다면 그 이유는 곧바로 드러나는 것이다. 위의 인용문에서 이 글을 쓴 이유를 밝히고 있으나, 이것 역시 1948년의 문단상황이기 때문에 위와 같은 내용의 글도 쓸 수 있는 것이다. 단정이 수립되고 반민법이 실시된 시점에서 과거를 기억 과정을 통해 고백하는 글쓰

---

19) 이광수, 「나의 고백」, 앞의 책, 283쪽.

 식민지 담론과 민족 서사

기를 작성한다는 것은 기억하는 주체의 현재적 상황을 역설적으로 보여주는 것이라고 할 수 있다. 즉 이 시기의 이광수는 '반공'을 무기로 새롭게 재탄생할 수 있는 '민족주의자'의 현현이었기 때문이다. 그 스스로도 그렇게 믿었고, 그의 고백적 글쓰기를 통해서도 그렇게 말하고 있는 것이다.

3. 해방기 소설의 서사 전략과 민족 담론의 양상

1948년 단정 수립 후 반민법이 실시되고, 이광수는 반민특위 재판과정에서 3일 만에 병보석으로 풀려난다. 이 시기에 창작한 작품이 역사 소설 『사랑의 동명왕』이다. 이 작품은 반민특위에서 불기소된 후 1949년 12월에 탈고한다. 이후 1950년 1월에 장편 소설 『서울』을 『태양신문』에 연재하나 미완성작으로 탈고를 하지 못한다. 이 두 작품은 단정 수립 이후, 이광수가 '친일'의 혐의에서 벗어난 직후에 적극적으로 집필한 작품으로써 그의 현재적 욕망을 읽을 수 있다. 이 두 작품이 놓여 있는 자리는 '민족'이 '반일'의 기의에서 '반공'의 기의로 넘어간 시점이며, 민족(ethnic) 차원에서 벗어나 국가(nation)로 구축되는 지점이다.

신화적 기억을 통해 국가를 재건하고자 한 『사랑의 동명왕』과 해방기의 세태 비판과 민족 복원의 욕망을 드러내고 있는 『서울』을 통해 이광수가 해방기 문단에서 추구하고자 한 민족 담론의 양상을 밝힐 것이다.

1) 신화적 기억과 국가 재건의 논리

『사랑의 동명왕』은 1949년 3월에 집필하기 시작한 역사소설이다.
단독 정부가 수립되고 새로운 국가 건설을 위한 사명감으로 이광수
는 민족의 희망을 보여주는 신화를 근거로 역사소설 창작으로 나아
갔다. 이광수는 『사랑의 동명왕』에서 민족 공통의 역사적 기억인
'신화'를 통해 이상화된 국가의 이미지를 창조하고자 하였다. 기본적
으로 "역사란 과거를 사실 그대로 구성하는 것이 아니라 서술하는
역사가의 이해관계에 맞는 사실들만을 추려서 기록하는 것이다."[20]
일제 강점기에 신화를 근거로 제시된 역사 소설은 '민족(ethnic)'이라
는 공동체를 염원하는 전략으로 사용되었지만, 해방이 된 공간에서
의 신화는 '국가(nation)' 재건을 시도하는 전략으로서 기능한다.

식민지 말기에 이광수가 창작한 대부분의 역사소설들은 불교적
인과론에 입각하여 현재의 세계를 인정하고 받아들일 것을 주장하
였다. 1940년에 쓴 『세조대왕』에서는 황민이 되기 위해 민족의 혈
통범위와 근원을 새롭게 구성하기까지 했다. 즉 현실적으로 조선인
의 황민화가 에스닉(ethnic)적 차원에서도 형성될 수 없었고, 국민
(nation)적 차원에서도 불가능한 상황에서 이광수의 선택은 민족에 대
한 기억을 새롭게 구성하는 것이었다. 그것은 표면적으로는 일본 제
국주의로의 편입이지만, 이광수에게는 민족주의의 범위 확장인 '원
형'적 민족주의로의 전환이었다.[21] 그러나 해방 후 단독 정부가 수
립된 상황에서 이러한 기억의 재구성은 별다른 의미를 획득하지 못

---

20) 전진성, 앞의 책, 77~103쪽.

21) 1940년대 역사소설의 민족 담론에 관련한 논의는 김경미, 「1940년대 이광수의
　　역사 내러티브와 민족주의 담론의 양상」, 『어문학』 109집, 한국어문학회, 2010.
　　9. 참조.

한다. 그래서 이광수는 오히려 한 번도 시도하지 않았던 '신화'의 기억을 끄집어 와서 현재의 욕망을 그려내고자 하였다.

신화는 어떤 사물의 본질에 관련된 서사이며, 시원과 관련된 서사이다. 해방기 국가를 새롭게 재건해야 하는 현 시점에서 신화를 통한 나라 만들기 기획은 나름의 의미를 가질 수 있다. 이광수는 국가 건설을 가장 적극적으로 수행한 주몽의 건국신화를 끌어와 현재의 국가 재건에 대한 욕망을 표출하고 있다. 이러한 욕망은 1948년 「내 나라」라는 글에서도 그대로 드러나고 있다.

> 아주 옛날은 차치하고라도 고구려 때로만 말하더라도 당시 세계에 가장 강국이었던 수와 당의 대군을 격퇴할 실력이 있을 만큼 강대하였건마는 한 번도 이편에서 전쟁을 건 일은 없고 저 편에서 침략하여 올 때에만 일어나서 이것을 쳐 물렸다. (중략―인용자) 이제 와서 보건댄 우리 민족의 홍익인간의 이상은 깊이깊이 우리의 정신에 뿌리를 박아서 몇 천년의 세월을 지나고 어떠한 밖에서 오는 압박과 고뇌를 받아도 스러지지 아니함을 깨닫고 기쁘고 고맙게 생각하지 아니할 수 없다. (중략―인용자) 우리 민족이 사는 동안 이 모든 것을 꿰뚫어 흐르는 홍익인간의 한 줄기 빛은 변함이 없는 것이니, 장차 오려는 새 시대의 출발도 여기서 시작될 것이다.[22]

> 이 여러 나라들은 본래는 부여를 뿌리로 하고 갈라진 '단군'의 족속이었으나 시대가 지남을 따라서 점점 서로 멀어져서 피차에 남의 집같이 되어 서로 싸우기까지 하게 되고, 그 종주국인 부여도 늙어서 국력이 쇠한데다가 남북으로 갈린 뒤로는 더욱 위신이 떨어져서 마치 중국의 춘추 전국 시대의 주나라나 다름없이 되었다. 이 형세를 비겨 말하면, 어미 닭없는 병아리들이 수리 앞에 있는 것과 같아서 당시 우리 민족의 운명은 심히 위태하였다. 알알이 흩어져서는 안 되겠다. 뭉쳐서 큰 힘을 이루어 살겠다 하는 생각이 이때에 우리 민족 안에 나기 시작

---

22) 이광수, 「내 나라」, 앞의 글, 232~236쪽.

하였으니, 남에는 박혁거세(朴赫居世)를 주장으로 하는 신라의 건설이요,
북에는 주몽이 중심이 된 고구려의 궐기였다.[23]

위의 첫 번째 인용문은 단정이 수립된 직후 앞으로 나아갈 국가
의 방향성을 제시하는 글이다. 이광수는 여기에서 역사상 가장 강한
힘을 발휘했던 '고구려' 시대를 끌어와서 새 시대 국가의 표본으로
삼고, "장차 오려는 새 시대의 출발"은 "홍익인간의 이상"으로 시작
될 것이라고 장담하고 있다. 이러한 생각을 서사를 통해 표출한 작
품이 바로 두 번째 인용문 『사랑의 동명왕』이다. 이 서사에서 이광
수는 민족이 나아가야 할 길, 물론 그것은 강인한 국가의 형태를 띠
는 것이지만 그 안에는 더 중요한 또 다른 기의를 내포하고 있다.
즉 우리 민족은 흩어지면 안 된다는 메시지, 즉 뭉쳐야 한다는 것이
다. 이광수는 부여의 멸망이 남북으로 갈린 뒤 이루어진 것이라고
파악하고, 이를 본보기로 삼아 하나의 민족이 하나의 국가를 건설해
야 함을 은연중 강조하고 있다. 이러한 서술은 당대 해방기의 남북
의 혼란한 정세에 대한 비판의 알레고리로 읽을 수 있다. 즉 '소 소
련', '소 미국'으로서의 대한민국은 의미가 없다는 것이다. 이 시기
물론 '반공'이 정치 담론의 핵심이었지만, 민족 통합의 필요성도 인
식하고 있었음을 확인할 수 있다. 민족 통일의 염원을 주몽의 국가
건설, 즉 신화적 서사 전략을 통해 드러냄으로써 현재의 이광수 자
신이 욕망하는 국가의 모습을 제시하고 있다.

또 하나 이광수는 『사랑의 동명왕』에서 기존의 역사소설에서 제
시하지 않았던 것들을 서술하고 있다. 식민지 때에 쓴 역사 소설에
서는 주로 민족(ethnic) 정체성의 확립과 공동체의 염원을 구상하는

---

23) 이광수, 『사랑의 동명왕』, 『이광수 전집』 7권, 삼중당, 1972, 60쪽.

데에 주력했다면, 해방 후의 역사소설에서는 국가(nation) '통치의 방법'과 '국토의 개념', '법률과 산업'에 대한 구체적 사안을 제시하고 있다. 이것은 막연히 민족(ethnic)을 복원하자는 논리에서 나아가 실질적인 국가(nation) 건설의 모습을 재현하고 있는 것이다.

> 「여기가 흘승골이라는 데요. 저기 저 성이 흘승골 성이요.」 하고 손을 들어 한 곳을 가리키니 산마루를 돌아서 오랜 토성이 보인다. 「저것은 어느때 성인가?」 「낸들 아오마는, 옛 어른들 말씀이 단군께서 세 아드님을 데리시고 쌓으신 것이라 하오. 그래서 이 산을 아들메라 하고 저 뒤에 높은 봉우리가 함박(태백), 낮은 봉우리가 족박(소백), 그리고 이 봉우리가 아들메요. 여기 큰 나라가 들어앉는다 하오.」 하고 눈을 들어 주몽을 슬쩍 살피고는 어디론가 가버리고 만다. 뒤에 세 봉우리 산이 있고 앞에 비류가 흐르고 물을 건너서는 큰 벌이 있어 양식도 넉넉하고 교통도 편하고도 흘승골의 요해가 지키기 쉽고 치기 어렵게 생긴 곳이었다.24)

위의 인용문에서 보듯이 국가의 영토를 확정짓고, 그 영토가 백성들이 잘 살 수 있는 조건을 갖춘 곳임을 보여주고 있다. 주몽이 자리잡은 곳은 다름 아닌 단군이 나라를 세운 바로 그곳이다. 그것은 영토의 의미뿐만 아니라 국가의 이데올로기 역시 단군의 뜻과 같아야 함을 의미하는 것이다. 국가 건립의 3요소 중 가장 중요한 영토를 마련한 후 주몽은 백성을 모으고 법률을 정하고, 국가 기간산업을 육성한다. 고구려의 법률은 "일. 사람을 죽인 자는 죽인다. 이. 부녀를 겁간하거나 남의 부녀와 간통한 자는 죽인다. 삼. 도둑질하는 자는 죽인다. 사. 남의 집에 불을 놓거나 남의 집을 허는 자는 죽인다. 오. 남을 때리거나 남을 욕설하거나 남을 속여 재물을

---

24) 이광수, 『사랑의 동명왕』, 위의 책, 91쪽.

얻는 자는 볼기와 형문을 때린다."25) 정도로 간단하지만 치안이 유지된다는 점에서 국가의 중요한 형태를 갖추고 있는 것이다. 뿐만 아니라 "토지를 개간"하고, "목축을 장려"하고, 또 "도로를 개척"하여 "치안과 국방과 물자의 교역"26)에도 나아가게 하였고, 돼지치기, 양잠업, 공업과 광업을 발전시키는 모습까지 상세히 서술하고 있다. 주몽의 건국 과정을 상세히 서술하는 것은 건국 과정을 통해 해방기 정부가 나아가야 할 국가 건설의 방향성을 보여주고자 하는 이광수의 현재적 욕망의 표출인 것이다.

특히 『사랑의 동명왕』에서 주몽이 죽으면서 남긴 백성을 통치하는 방법에 대한 서술은 당대의 이광수의 사상과 욕망이 직접적으로 드러나는 부분이라 할 수 있다.

> 우리나라에는 한 사람도 눌린 사람이 있어서는 안 될 것이다. 아비는 아들을 누르지 않고 지아비와 지어미는 서로 섬기는 마음을 가지고 관은 민을 섬기고 이렇게 하면 눌리는 원통함을 가지는 사람이 없을 것이다.27)

> 「백성은 제 욕심이 없이 저희를 위하는 자를 사랑하고 저희를 해하는 자를 미워하나니, 백성을 위하는 자에게 높은 벼슬을 주고 백성을 해치는 자에게 엄한 벌을 주면 백성이 믿나니라.」28)

위의 첫 번째 인용문은 이광수가 1948년의 수필로 '사랑'의 마음으로 모든 일을 할 때 최선의 결과가 올 것이라는 자신의 신념이자

---

25) 이광수, 『사랑의 동명왕』, 위의 책, 92쪽.
26) 이광수, 『사랑의 동명왕』, 위의 책, 109쪽.
27) 이광수, 「사랑의 길」, 『이광수 전집』 10권, 삼중당 1972, 227쪽.
28) 이광수, 『사랑의 동명왕』, 앞의 책, 115쪽.

 식민지 담론과 민족 서사

삶의 좌우명을 밝힌 글이다. 이 사랑은 인간관계의 모든 면에서 적용되는 것임을 강조하고 있다. 두 번째 인용문은 주몽이 아들 유리에게 백성을 다스리는 방법을 전수하는 유언으로 소설의 마지막을 장식한 부분이다. '사랑으로 백성을 다스릴 때, 백성도 임금을 따른다'는 통치 원리를 전수하면서까지 '사랑'을 강조하고 있다. 이광수가 세상에 출사표를 던지고 민족주의자로서 글을 쓰기 시작할 때부터 갖고 있었던 신념이 해방기에 다시 문면으로 떠오르고 있는 것이다.29)

이광수는 해방기에 어떠한 국가가 건설되어야 하는지에 대한 구체적 시안을 생각하고 있었다. 그것이 바로 『사랑의 동명왕』이라는 신화적 기억을 토대로 한 역사 서사에 재현된 것이다. 김윤식은 이 작품을 단순한 오락거리의 야담에 불과하다고 평가하고 있지만, 흥미 위주의 연애담 서술 부분에 비해 국가 건설을 시작하여 완성해가는 부분의 서술 분량이 훨씬 많은 것을 감안할 때도, 단순히 이 작품을 오락물의 야담으로 보기는 힘들다. 해방기 단정 수립 후 이광수의 국가 건설에 대한 현재적 욕망이 신화적 서사 전략을 통해 형상화된 작품이라 할 수 있다. 즉 단정 수립 이후의 혼란한 정국에 대한 우려와 기대감이 에스닉(ethnic) 차원에서 더 나아가 네이션(nation)으로의 기획이 구체적으로 드러난 서사인 것이다. 다음 절에서는 세태를 반영한 소설 『서울』을 대상으로 해방기 문단에서 이광수가 추구하고자 한 현재의 욕망을 통해 민족 담론이 어떤 방식으로 드러나는지를 살펴보도록 하겠다.

---

29) 이광수의 식민지 전반기 문화 담론의 양상이 서사를 통해 문학적 이상으로 표현될 때는 보편적인 인간의 사랑과 인도주의, 즉 휴머니즘의 형상화로 나타난다. 김경미, 「1920년대 전반기 이광수 문학에 나타난 문화 담론 연구―『개벽』과 『조선문단』을 중심으로」, 『어문론총』 51호, 한국문학언어학회, 2009. 12, 387쪽 참고.

2) 세태 비판과 민족(ethnic) 복원의 욕망

『서울』은 1950년 1월에 『태양신문』에 연재된 소설로 한 달 만에 중단된 작품이다. 연재 중단의 이유는 좌익계 신문인 『태양신문』이 이광수의 소설과 사상적으로 맞지 않다는 마찰로 인해 연재를 지속하지 못한 것으로 알려져 있다.[30] 이러한 사연이 있는 만큼 『서울』은 다소 문제적인 작품이다. 미완성작임에도 불구하고 이 작품을 분석하는 이유는 『서울』을 통해 당대의 이광수가 생각한 민족에 대한 인식 지평을 읽어낼 수 있기 때문이다. 뿐만 아니라 이 작품은 이광수의 현재적 욕망들이 당대의 담론과 서사 사이에서 자연스럽게 드러나고 있기 때문이다. 또한 남한 단독 정부 수립의 기반이 어느 정도 자리를 잡은 1950년은 이광수에게 어떤 시대로 다가왔는가를 살펴볼 수 있는 텍스트이다. 앞장에서 분석한 『사랑의 동명왕』이 국가를 재건해가는 과정을 통해 대한민국이 나아가야 할 방향을 제시한 작품이라면, 『서울』은 민족의 토대가 되는 이데올로기적 측면을 집중적으로 제시하고자 하였다. 결국 당대의 문단적 상황과 남한의 정치 담론의 역학적 관계에서 볼 때 『서울』의 탄생은 이미 예고되었다고 볼 수 있다.

『서울』은 법대생 인순이, 사범대생 음전이, 음전의 오빠 규원, 그리고 상하이에서 온 서병달이라는 인물이 주축이 되어 사건이 진행된다. 그리고 음전의 아버지 이한종도 서사 진행에 중요한 역할을 한다. 이 작품은 소설 단계 중 전개 부분에서 연재가 중단되었기 때문에 사건 위주의 분석보다는 인물의 캐릭터와 사상 분석이 작품을 해석하는데 중요한 단서가 될 수 있다. 크리스마스 파티에서 만난

---

30) 더 자세한 내용은 『이광수 전집』 7권 이형기의 해설부분(665쪽)을 참고할 것.

 식민지 담론과 민족 서사

서병달과 인순, 음전과 규원의 성격과 사상의 매커니즘을 통해 서술
자가 말하고자 하는 민족 담론의 양상이 드러나고 있다. 서병달은
상하이에서 온 공산주의자로서 남한에 공산주의를 심기 위한 간첩
역할을 하는 인물이다. 이에 반해 음전과 규원은 이한종이라는 민족
주의자의 자식으로 아버지 이한종과 동일한 사상을 가진 인물이다.
인순은 예쁘고 똑똑하지만 아직 자신만의 사상을 갖지 못한 해방기
상류층 자식으로 그려진다. 이 인물들 중에서 서술자는 이한종과 음
전, 그리고 규원을 묘사할 때는 긍정적이고 호의적으로 시선처리를
한다. 이에 반해 서병달과 인순을 묘사할 때는 다소 냉소적이며 객
관적인 시각을 견지하고 있다.

> 음전의 아버지는 한동안 T신문사에서 주필을 하면서 K여학교에서
> 정치철학을 강의하고 있었다. 그는 일본서 공부를 하였고, 서양도 다녀
> 왔으나 최신식 신사는 아니었다. 이 집이 순구식 조선집인 모양으로 그
> 생활도 전통적인 조선식이었다. 그렇다고 그의 사상은 반드시 구식은
> 아니었다. 그는 민주주의도 알고 공산주의도 알았다. 그는 물론 민주주
> 의자이지마는 완고한 국수주의자는 아니었다. 전통적인 조선 것이라고
> 반드시 옳다고 고집하지는 않는 것이라 민족과 국가의 진보에 장애가
> 되지 않는 한 전통적인 옳음과 아름다움을 지키자 하는 정도에 온건한
> 조선주의자였다.31)

위의 인용문은 음전의 아버지 이한종의 모습과 사상을 서술하고
있는 부분이다. 서술자는 이한종을 생활면에서는 객관적으로 묘사
하고, 사상적인 면에서는 다소 주관적 시선으로 그리고 있다. 그러
나 이 주관적 시선이 객관적 묘사에 묻혀서 서술의 신뢰성을 잃지
는 않고 있다. 서술자는 이한종을 민주주의자이자 조선주의자라고

---

31) 이광수, 『서울』, 『이광수 전집』 7권, 삼중당, 1972, 503쪽.

밝히고, 최고의 교육과 다양한 식견을 고루 갖춘 인텔리로 묘사하고 있다. 또 조선적이지만 고루하지 않고, 민족주의자이지만 영미와 소련의 사상도 날카롭게 분석할 수 있는 인물로 평가하고 있다. 이한종의 딸 음전의 사상 역시 이와 유사하다.

> 이 땅 위에 서로 사랑하는 나라를 세우자는 것입니다. 지난 사천년에 여러번 외적의 침입을 받아서 사랑의 나라 운동이 아직 큰 성과를 짓지 못하였습니다마는 우리 민족의 본심은 이 정신으로 수련되어 있다고 믿습니다. (중략—인용자) 남을 미워하고 남의 것을 탐내는 마음은 우리 본심이 아니요, 폭력과 모략으로 남을 해치려는 것이 우리의 마음이 아닌 것을 발견할 것입니다. 이 마음이야 말로 세계 평화를 가져올 마음이 아닙니까. 우리는 이 사명을 들고 일어날 날이 왔다고 믿습니다. 우리는 모스크바도 아니요, 서울의 깃발 밑에 일어나 인류 구제의 길을 떠날 때라고 믿습니다.32)

위의 인용문은 음전이가 많은 청년들 앞에서 연설하는 내용의 한 부분이다. 그녀의 사상은 기본적으로 '사랑'에 바탕을 둔 자유 민주주의자이자 민족주의자이다. 즉 모스크바에 깃발을 꽂아서는 안 되고 서울의 깃발에 인류를 구제하는 길을 떠나자는 부분에서 그의 아버지 민족주의자 이한종과 사상적인 면에서 유사하다고 할 수 있다.

이에 반해 서병달은 이력이 독특한 공산주의 스파이로 묘사되고 있다. 그러나 서술자는 서병달을 단순히 공산주의에만 한정시키지 않고 있다. 이 부분은 이 작품을 해석할 수 있는 중요한 지점이자 미완성작의 결론을 유추해볼 수 있는 열쇠가 되기도 한다. 서술자는 우선 서병달의 가족 이력을 아주 구체적으로 묘사하고 있다. 그런 다음 그가 공산주의에 빠지게 된 계기와 현재 남한에서의 스파이

---

32) 이광수, 『서울』, 위의 책, 540쪽.

 식민지 담론과 민족 서사

역할을 하게 된 경위를 보여준다.

① 병달은 서태순의 손자요, 서상모의 조카요, 서상우의 아들이란 것이 그가 양반의 자손이요, 민족 운동 지사의 혈육이라는 것을 동시에 소개하는 큰 사실이었다. 서태수는 구한국의 공사를 지내다가 을사 신조약으로 한국의 외교권이 일본으로 넘어간데 분개하여 고국에 돌아오지 아니하고 천진에 숨어서 세상을 떠났다. 그의 맏아들 상요는 국내에 있었으나 삼일운동에 붙들려 옥사하였고[33]

② 「혁명」 이 말은 만청을 때려 눕히자는 말로 부르짖은 것이어니와, 후에는 국민정부의 부패한 관료들을 물리치자는 의미를 가진 말이 되었고, 지금은 자본가와 지주를 없애자 해서 경제 평등, 정치 평등을 실현하자는 공산주의 사상에 가까운 뜻을 가지게 되었다.[34]

③ 그러나 민족을 청산하려는 애국심 극복은 병달에게는 퍽 어려운 일이다. 조부 이래로 민족주의이던 전통이려니와, 조국에서 멀리 떠나 자라나는 것이 도리어 의식을 강하게 하는 빌미가 되었다. 더구나 그가 어려서는 상해에 있는 그 아버지의 집에는 자주 민족 운동가들이 찾아왔고, 와서 묵는 일도 있었다.[35]

④ 애국심과 민족의식은 병달에게는 본능이라 할 만하게 깊이 뿌리가 박혔던 것이다. 그러나 공산주의의 이론에 의하면 표면에 내어놓는 이론에는 민족과 애국을 호조하지마는 당원들끼리의 훈련에 가장 중요한 것은 조국 의식과 민족 의식을 빼어내 버리라는 것이었다. 이 생각을 그냥 두고는 세계의 무산자를 동포로 알고 소련을 조국으로 여길 수가 없기 때문이다.[36]

---

33) 이광수, 『서울』, 위의 책, 544쪽.
34) 이광수, 『서울』, 위의 책, 545쪽.
35) 이광수, 『서울』, 위의 책, 546쪽.
36) 이광수, 『서울』, 위의 책, 546쪽.

⑤ 조국(그는 입으로는 소련을 조국이라고 불렀으나 속으로는 역시 한반도가 조국이었다.)의 민중은 그중에도 끼긋한 청년 남녀들, 또 농민 노동자들, 대 지도자들이 서병달을 쌍수를 들고 기다리고 있는 것 같고, 자기 앞에 굴복하는 것 같았다.[37]

위의 인용문 ①은 서병달의 가족에 대한 서술이다. 그가 민족 독립운동지사의 자손임을 구체적으로 밝힌 후, ②에서는 그가 중국 상하이에서 어떻게 공산주의에 몰입하게 되었는지를 중국 공산주의 혁명 과정을 통해 서술하고 있다. ③은 그럼에도 불구하고 서병달은 오랜 세월 환경의 강력한 영향으로 민족주의 사상을 벗어날 수 없을 것이라는 점을 지적한다. ④에서는 몸으로 직접 받아들인 민족주의와 이론으로 받아들인 공산주의의 병립불가능을 설명하고 있으며, ⑤에서는 그가 입으로는 조국을 '소련'이라고 말했지만, 진심으로 조국은 '한국'일 수밖에 없다는 내용을 서술하고 있다.

위의 인용문에 나타난 공산주의에 대한 서술자의 해석이 옳은 것인가에 대한 여부는 이 글에서 중요치 않다. 서병달의 사상과 삶을 길고도 다채롭게 서술한 서술자의 의도에 이미 이 작품이 말하고자 하는 핵심적 의미가 드러나고 있다. 김윤식은 『서울』은 공산주의를 비판하기 위해 쓴 이광수의 야심작이라고 밝히고 있다.[38] 이광수가 단순히 해방기의 세태와 공산주의를 비판하기 위해 이 글을 집필했다면, 굳이 '서병달'의 인물 유형을 복잡하게 설정하지는 않았을 것

---

37) 이광수, 『서울』, 위의 책, 552쪽.
38) 이 작품의 탄생 배경을 김윤식은 "8.15해방이란 얼마나 가슴 벅찬 대사건인가. 그러나 그것은 그를 감옥에 몰아넣는 두려움의 세계였다. 감옥에서 바라본 찬란한 세계에 대한 저주스러운 심정이 「서울」을 낳은 기반이었다. 그것은 그의 오기였다."라고 평가하고 있으며, 또 이 작품이 "계속 씌어졌더라면 공산주의를 비판하는 춘원의 기본 태도가 여지없이 전개되었을 것"이라고 평가하고 있다. 김윤식, 앞의 책, 460~463쪽.

 식민지 담론과 민족 서사

이다. 오히려 식민지 기간 동안 계급주의 사상에 물든 후, 좌익 운동에 몸담은 인물로 그려냈을 것이다. 그러나 『서울』의 주요인물인 서병달은 상하이에서 성장, 민족운동가 집안 출신, 엘리트 교육을 받은 재원 등의 입체적 인물로 그려지고 있다. 특히 자신과 다른 사상으로 인해 갈등을 빚게 될 음전, 규원과 닮아있다는 것이 이 인물을 설명할 중요한 단서라는 것이다. 즉 민족주의자라 할 수 있는 음전과 규원, 그리고 공산주의자 서병달은 겉모습은 다르지만 같은 뿌리를 가진 비슷한 종류의 인물인 것이다. 뿐만 아니라 소설 발단에 소개된 이한종의 사상은 서병달의 조부와 아버지의 사상과 맞닿아 있다는 점이다. 이후 서사가 진행된다면, 서병달은 머리로 습득한 공산주의 사상과 마음으로 받아들인 민족주의 사상의 충돌로 인해 많은 갈등을 겪게 될 것이다. 그리고 그의 내면 깊숙이 자리잡은 민족주의 사상과 주변의 인물인 음전과 규원을 통해 그의 공산주의 사상은 서서히 힘을 잃어가게 될 것이다.

이러한 인물들의 특성을 종합해 볼 때, 『서울』은 단순히 해방기 세태 비판이나 공산주의 비판만을 위한 서사가 아니라는 것이다. 이광수가 『서울』에서 그리고자 한 것은 대한민국의 건국이념의 바탕은 공산주의도 아니고, 미국식 민주주의도 아닌 음전과 이한종이 보여준 조선식 민족주의여야 한다는 것이다. 앞서 설명한 이한종과 음전이의 사상이 이광수의 「내 나라」와 「사랑의 길」에 나타난 사상과 일맥상통하게 서술된 까닭도 바로 이러한 전개를 염두에 두고 서술했기 때문이다. 결국 이광수는 서병달의 공산주의 간첩 행위가 오히려 음전과 규원에 의해 와해되면서, 국가가 견지해야 할 정체성이 바로 이한종의 사상, 음전과 규원의 사상인 민족주의에 있다는 것을 드러내고자 했을 것이다. 이것을 더욱 뒷받침하는 에피소드로 규원

과 음전의 조선 춤을 사랑하고 전수받는 모습을 길게 서술한 부분
에서 더욱 강렬히 드러난다.

　　　　민족을 사모하는 한종은 일본 밑에서 쓰러져 가는 민족 예술을 살리
려고 숨어서 애를 썼다. 자신도 정악 전습소에 다니면서 거문고와 춤과
노래를 배우고 규원과 음전에게도 가르쳤다. 이것도 그 시절에는 눈물
겨운 일이었다. 규원도 조금 배웠다. 한종이 좋아하는 노래는 「청석령」
이었다. 마음이 비장한지라 소리도 비장하였다. 규원의 춤에 비장조가
있는 것도 그 영향이었다.[39]

위의 글은 조선의 정신을 이어가기 위해 조선 예술을 배우고 지
켜온 모습을 서술하고 있다. 지금 해방기의 사회가 자기 것이 아닌
남의 것을 흉내내고 원숭이처럼 살아가고 있는 것을 반성하면서 조
선의 예술, 잃어버린 조선의 정신을 찾을 것을 강조하고 있다. "민
주주의니 공산주의니 해도 모두 어째 우리가 영어나 러시아말을 흉
내내는 것 같"[40]다고 지적하면서 "잃어 버렸던 정신을 찾는 것도
혁명"이라고 주장하고 있다.

이 작품이 놓인 위치, 즉 단정 수립 후 '반공'이 득세한 시점임을
감안한다면, 이 작품에 기본적으로 전제된 시각은 '반공'인 것은 틀
림없다. 그러나 이광수가 의도한 것은 단지 공산주의 비판에만 머물
지는 않는다는 것이다. 간혹 공산주의자들의 사랑 방식에 대해서는
"동물적 사랑"이라든지, "붉은 사랑"이라는 표현을 통해 비판하고는
있지만 서사의 전 과정에서 공산주의를 비판하는 항목은 잘 드러나
지 않는다. '반공'이 당대 사회의 화두로서 작용했지만 『서울』에 나

---

39) 이광수, 『서울』, 위의 책, 563쪽.
40) 이광수, 『서울』, 위의 책, 563쪽.

타난 공산주의는 또 다른 외래사상의 하나이며, 당대에 남한에서 가장 비판받는 사상이라는 것이다. 즉 공산주의를 비판하기 위해 조선적 민족주의를 열망하는 것이 아니라, 조선적 민족주의가 당대에 절실히 요구됨을 말하기 위해 공산주의가 비판의 대상으로 강력하게 제시된 것이라 할 수 있다.

『서울』이 연재가 중단되는 바람에 그 결말도 확인할 수는 없다. 연재된 글에서는 인물들의 갈등 상황도 전혀 드러나지 않은 채 중단되었다. 이런 상황에서 인물 각각이 가지고 있는 사상과 삶의 방식을 통해 이광수가 말하고자 한 의미를 유추해 보는 것은 중요한 의의를 가진다. 서사가 진행되는 과정에서 드러나는 민족주의에 대한 열망과 이한종을 통해 자신의 역할을 회복하고자 하는 욕망의 표출은 『서울』에서 말하고자 하는 이광수의 현재적 욕망이기도 한 것이다. 결국 이것은 이광수가 예전부터 견지하고 있었던 에스닉 (ethnic)적 민족주의41)의 복원에 대한 욕망으로서 드러나고 있다. 일제 말기 이광수의 '제국에 대한 열망'으로 드러난 민족 담론이 해방 후에는 '민족정체성 복원에 대한 욕망'으로 대체되어 나타나고 있는 것이다.

4. 해방기 이광수 문학과 '민족'

도둑처럼 찾아온 해방은 이광수에게 다양한 의미를 내포한 시공간이었다. 해방기 민족 담론이 '반일'이었던 시기의 이광수는 자신

---

41) 에스닉적 민족주의에 대한 자세한 논의는 김경미, 「이광수 문학에 나타난 민족주의 담론의 양가성 연구」, 경북대학교 박사학위논문, 2008. 2 참고.

의 존재를 절대로 드러낼 수 없었다. 이 시기 그는 사릉이나 봉선사에 칩거해서 관조적 형식의 수필을 집필하면서 자신의 삶을 돌아보는 시간을 가졌다. 그러나 이러한 기간도 잠시, 1948년을 기점으로 정치 담론과 문단이 재편성되면서 민족 담론은 '반일'에서 '반공', '반북'으로 자리바꿈을 하게 된다. 이러한 상황은 친일 행위로 민족 반역자가 된 이광수에게 새로운 기회를 열어주는 계기가 되었다. 이 시기를 기점으로 이광수는 '고백'적 글쓰기와 민족 재건을 꿈꾸는 다양한 서사를 집필하기 시작한다.

기억의 재구성을 통해 드러난 고백서사인 『돌베개』와 『나의 고백』은 서술방식에서 차이를 보이는데, 이것은 문단 재편성의 논리와 맞물려 있다. 1946년~47년경에 쓴 작품들(『돌베개』에 다수 수록된)은 감상을 토대로 주관적이지만 계몽의 성격을 드러내지 않고 자신의 삶을 돌아보는 관조적 방식을 취하고 있다. 그러나 1948년을 기점으로 쓴 「내 나라」, 「사랑의 길」, 『나의 고백』의 글들은 정치적 담론이 '반공'으로 재배치되는 시기와 맞물려 서술 방식도 현격한 차이를 보인다. 이 시기 이광수는 자신의 포즈와 역할을 되찾을 용기를 갖게 된다. 이러한 상황은 그의 붓에 날개를 달게 하였고, 민족의 반역자가 아니라 민중을 계몽하는 지도자이자 문학인으로 거듭나게 된다. 한편 이 시기 글의 서술방식은 반좌익적 시각을 견지하면서 계몽, 즉 민중을 계도하는 어조로 바뀌게 되고, '고백'의 전략을 통해 자신의 포즈를 구축하는 단계로까지 나아간다.

『나의 고백』은 자기에 대한 글쓰기로써 '자서전'의 일종인 고백적 글쓰기이다. 이광수는 『나의 고백』이라는 글쓰기 기획을 통해 민족 운동가로서의 자신의 모습을 투사하고 싶은 현재의 욕망을 드러냈다. 고백의 글쓰기는 '과거의 경험의 시간'과 '글을 쓰는 현재의 시간'이 일치하지 않기 때문에 재생된 현재는 과거와는 또다른 모습인 것이다. 과거는 기억하는 현재의 상황과 내적 욕구에 따라 수정된 채 재구성된다. 이런 기억의 재구성과 고백의 전략으로 이광수의 『나의 고백』은 '민족주의자 이광수'를 떠올리게 한다는 것이다. 단정이 수립되고 반민법이 실시된 시점에서 과거를 기억과정을 통해 고백하는 전략은 기억하는 주체의 현재적 상황을 역설적으로 보여주는 것이기도 하다.

단정 수립 후 이광수는 활발한 작품 활동을 하였다. 그 중 신화적 기억을 통해 국가를 재건하고자 한 『사랑의 동명왕』과 해방기의 세태 비판과 민족 복원의 욕망을 드러낸 『서울』은 그가 해방기 문단에서 추구하고자 한 민족 담론의 양상을 구체적으로 보여주는 작품이다. 이광수는 『사랑의 동명왕』에서 해방기에 새롭게 건설해야 할 국가의 구체적 사안—영토 확보, 법률 제정, 통치 이념—들을 신화적 기억을 토대로 역사 서사에 재현하였다. 해방기 단정 수립 후 이광수가 꿈꾸었던 국가 재건의 현재적 욕망이 『사랑의 동명왕』에서 그대로 표출되었다.

『서울』은 해방기 세태 비판과 함께 이광수가 그리고자 한 국가의 존립 사상이 에스닉적 민족주의임을 강력히 드러낸 작품이다. '반공'이 당대의 정치 담론의 핵심화두였던 1950년대의 논리를 전제에 두고 창작한 것이지만, 반공주의 논리만을 표출한 작품은 아니었다. 공산주의자 서병달과 민족주의자 음전, 규원, 이한종, 그리고 인순을 통해 당대의 국가 존재 기반이 되는 사상은 조선적 민족주의가 되어야 함을 인물의 다양한 캐릭터의 상호관련을 통해 제시하고 있다. 『서울』은 연재 중단으로 인해 미완성으로 끝났지만 이광수가 만들어 놓은 인물의 삶과 사상을 통해 볼 때, 이 작품에서 이광수가 지향하고자 한 바는 단순히 반공주의에 그치는 것이 아니라 정신의 복원을 통한 에스닉(ethnic)적 민족주의 구축에 닿아있음을 확인할 수 있다.

이광수의 해방기 문학은 당대의 정치 담론, 그리고 문단의 편성 과정과 맞물리면서 그 의미가 도출되었다. 특히 민족 반역자의 멍에를 지고 있었던 이광수에게 해방기 문단의 급격한 정세 변화는 그의 글쓰기의 변화와 밀접하게 관련될 수밖에 없었다. 숨조차 쉴 수 없게 만든 해방 직후의 글쓰기와 단정 수립 후 정치 담론이 '반공'으로 급전환된 시기의 글쓰기는 차이를 나타낼 수밖에 없었다. 해방기의 정치 담론의 변화만큼 다양한 글쓰기를 선보인 이광수의 해방기 문학은 고백의 전략을 동반하든지 신화적 기억을 수반하든지 최종적으로는 새로운 국가 건설을 위한 민족주의의 구축으로 드러났다고 할 수 있다.

참고문헌

1. 기본자료

『소년』, 『태극학보』, 『대한홍학보』, 『청춘』, 『개벽』, 『삼천리』, 『창조』, 『폐허』, 『백조』, 『학지광』, 『매일신보』, 『권업신문』, 『대한인정교보』, 『동아일보』, 『조선일보』, 『조선문단』, 『삼천리 문학』, 『총동원』
『이광수 전집』 1~10권, 삼중당, 1972.
이경훈 편역, 『진정 마음이 만나서야말로』, 평민사, 1995.
이경훈 편역, 『춘원 이광수 친일문학전집 2』, 평민사, 1995.
김원모·이경훈 편역, 『동포에 고함』, 철학과 현실사, 1997.
『반도작가단편집』, 한국도서출판주식회사, 1944.

2. 논문

강영주, 「이광수의 역사소설」, 『한국학보』 39호, 일지사, 1985.
공임순, 「한국 근대 역사소설의 장르론적 연구」, 서강대학교 박사학위논문, 2000.
구인환, 「이광수 소설의 근대성」, 『문학과 문학교육』, 국학자료원, 2000.
구인환, 「이광수 소설 연구」, 서울대학교 박사학위논문, 1981.
권보드래, 「정의 발견과 근대성」, 『문학과 교육』, 2000 가을.
권영민, 「『무정』은 과연 근대소설인가: 이광수 문학의 근대성 평가」, 『문학사상』, 문학사상사, 1997. 9.
권태억, 「1910년대 일제 식민통치의 기조」, 『한국사 연구』 124호, 한국사 연구회, 2004.
김경미, 「1910년대 이광수 문학에 나타난 준비론의 양가성」, 『어문학』 86집, 한국어문학회, 2004.
김경미, 「1910년대 이광수의 단편소설과 '정'의 양가성 연구」, 『어문학』 89집,

한국어문학회, 2005.

김경미, 「1920년대 이광수 역사내러티브와 민족주의 담론의 양상—역사소설 『단종애사』를 중심으로」, 『어문학』 105집, 한국어문학회, 2009. 9.

김경미, 「1920년대 전반기 이광수 문학에 나타난 문화 담론 연구」, 『어문논총』 제51호, 한국문학언어학회, 2009. 12.

김경미, 「1940년대 어문정책하 이광수의 이중어 글쓰기 연구」, 『한민족어문학』 제53집, 한민족어문학회, 2008. 12.

김경미, 「1940년대 이광수의 역사 내러티브와 민족주의 담론의 양상—역사소설 『세종대왕』을 중심으로」, 『어문학』 제109집, 한국어문학회, 2010. 9.

김경미, 「이광수 문학에 나타난 민족주의 담론의 양가성 연구」, 경북대학교 박사 학위논문, 2007. 12.

김경미, 「이광수 후반기 문학의 민족담론의 양가성」, 『어문학』 97집, 한국어문학 회, 2007. 9.

김경미, 「해방기 이광수 문학의 기억 서사와 민족 담론의 양상」, 『현대문학이론 연구』 43집, 현대문학이론학회, 2010. 12.

김동식, 「한국의 근대적 문학 개념형성과정 연구」, 서울대학교 박사학위논문, 1999.

김명구, 「1920년대 국내 부르주아 민족운동 우파 계열의 민족운동론—「동아일 보」 주도층을 중심으로」, 『한국근현대사연구』 20집, 한국근현대사연구 회, 2002.

김미형, 「논설문 문체의 변천연구」, 『한말연구』 11호, 한말연구학회, 2002.

김병길, 「역사, 역사소설, 역사소설론에 대한 네거티브」, 『현대 문학의 연구』 24, 한국문학연구학회, 2004.

김병길, 「한국근대 신문연재 역사소설의 기원과 계보」, 연세대학교 박사학위논 문, 2006. 7.

김윤식, 「고아의식의 초극과 좌절」, 『문학사상』, 문학사상사, 1992. 2.

김종수, 「이광수 문학론의 계몽의식 연구」, 『한국문학이론과 비평』, 한국문학이 론과 비평학회, 2001. 6.

김준현, 「1940년대 후반 정치담론과 문학담론의 관계」, 『상허학보』 27집, 상허학 회, 2009. 10.

김춘섭, 「이광수의 문학론과 민족주의」, 『한국문학이론과 비평』 제26집, 한국문학 이론과 비평학회, 2005. 3.

김현주, 「논쟁의 정치와 「민족개조론」글쓰기」, 『역사와 현실』 57호, 한국역사연
　　　구회, 2005. 9.
김현주, 「이광수의 문화이념 연구」, 연세대학교 박사학위논문, 2002. 8.
김현진, 「기억의 허구성과 서사적 진실」, 『기억과 망각』, 책세상, 2003.
김형국, 「1920년대초 민족개조론 검토」, 『한국근현대사연구』 19집, 한국근현대
　　　사학회, 2001.
노상래, 「이중어 소설연구-『국민문학』 소재 비친일 일본어 소설을 중심으로」,
　　　『어문학』 86집, 한국어문학회, 2004. 12.
노상래, 「『국민문학』 소재 한국작가의 일본어 소설 연구」, 『한민족어문학』 44집,
　　　한민족어문학회, 2004. 6.
류경동, 「해방기 문단형성과 반공주의 작동 양상 연구」, 『상허학보』 21집, 상허
　　　학회, 2007. 10.
류준필, 「'문명', '문화'관념의 형성과 '국문학의 발생'」, 『민족문학사연구』 18호,
　　　민족문학사학회, 2001.
박상준, 「역사속의 비극적 개인과 계몽의식-춘원 이광수의 1920년대 역사소설
　　　논고」, 『우리말글』 28호, 우리말글학회, 2003.
박은식, 『박은식 전서』, 단국대학교 동양학 연구소, 1975.
박의경, 「민족문화와 정치적 정통성」, 『한국정치학보』 36집, 한국정치학회, 2002.
박찬승, 「부르주아 민족주의, 우파 민족주의, 문화 민족주의」, 역사문제 연구소,
　　　2006 여름.
박헌호, 「1920년대 전반기 『매일신보』의 반-사회주의 담론 연구」, 『한국문학연
　　　구』 29권, 동국대학교 한국문학연구소, 2004.
박헌호, 「동인지에서 신춘문예로-등단제도의 권력적 변환」, 『대동문화연구』 제
　　　53집, 대동문화연구회, 2006.
박헌호, 「문화정치기 신문의 위상과 반-검열의 내적 논리」, 『대동문화연구』 제
　　　50집, 대동문화연구회, 2005.
변은진, 「조선인 군사동원을 통해본 일제 식민정책의 성격」, 『아세아 연구』 제46
　　　집, 고려대학교 아세아문제연구소, 2003. 7.
서영채, 「『무정』과 소설적 근대성」, 『문학사상』, 문학사상사, 1992. 2.
서영채, 「이광수의 초기 단편에 나타난 사랑의 양상」, 『한국현대문학연구』 10집,
　　　한국현대문학회, 2001.
서영채, 「한국 근대 소설에 나타난 사랑의 양상과 의미에 대한 연구」, 서울대학

교 박사학위논문, 2002.

송기섭, 「근대 역사소설의 서사적 조건」, 『어문학』 86집, 한국어문학회, 2004.

심원섭, 「이광수의 보살행 서원과 친일의 문제」, 『한림일본학연구』 제7집, 한림대학교 일본학연구소, 2002. 12.

안병직, 「한국사회에서의 '기억'과 '역사'」, 『역사학보』 193집, 역사학회, 2007.

안태정, 「1920년대 일제의 조선지배논리와 이광수의 민족개량주의 논리」, 『사총』 35집, 역사학연구회, 1989.

양호환, 「집단 기억, 역사의식, 역사교육」, 『역사교육』 109집, 역사교육연구회, 2009.

유호식, 「자기에 대한 글쓰기-고백의 전략」, 『불어불문학 연구』 제43집, 한국불어불문학회, 2000.

윤대석, 「1940년대 '국민문학' 연구」, 서울대학교 박사학위논문, 2006. 2.

윤영실, 「문학적 글쓰기와 민족의 공간」, 『한국현대문학연구』, 제26집, 한국현대문학회, 2008. 12.

이경돈, 「『조선문단』의 재인식」, 『상허학보』 7집, 상허학회, 2001.

이동하, 「이광수와 채만식의 해방기 작품에 대한 연구」, 『배달말』, 배달말학회, 1991. 12.

이동후, 「국가주의 집합기억의 재생산-일본역사교과서 파동을 중심으로」, 『언론과 사회』 11권 2호, 성곡언론문화재단, 2003.

이명화, 「조선총독부의 언어동화정책-황민화시기 일본어 상용운동을 중심으로」, 『한국독립운동사연구』 9집, 독립기념관 한국독립운동사연구소, 1995. 8.

이봉범, 「1920년대 부르주아 문학의 제도적 정착과 『조선문단』」, 『민족문학사연구』 29호, 민족문학사학회, 2005.

이승윤, 「한국 근대 역사소설의 형성과 전개」, 연세대학교 박사학위논문, 2005. 12.

이양숙, 「해방기 문학 비평에 나타난 기억의 정치학」, 『한국현대문학연구』 28집, 한국현대문학회, 2009. 8.

이원동, 「일제강점기 이기영 소설의 담론적 실천연구」, 경북대학교 박사학위논문, 2005. 12.

이재진·이민주, 「1920년대 일제 '문화정치' 시기의 법치적 언론통제의 폭압적 성격에 대한 재조명」, 『한국언론학보』 50권, 한국언론학회, 2006. 2.

이주형, 「1910년대 장편소설과 계몽의식」, 『국어교육연구』 34집, 국어교육학회,

2002.

이주형, 「한국 근대소설에 나타난 민족주의」, 『한국어문』 1호, 한국정신문화연구
　　　원, 1992.

이현식, 「문학의 자율성, 주체의 발견, 근대라는 미망」, 『문학과 사회』, 문학과
　　　지성사, 1998 가을호.

장영우, 「이광수의 근대인식과 민족주의 사상」, 『동악어문논집』 35집, 동국대학
　　　교 동악어문학회, 1999.

장인성, 「토포스와 이이덴티티: 개국기 한일지식인의 국제정치적 사유」, 『국제정
　　　치논총』 37집, 한국국제정치학회, 1998.

전상숙, 「일제 군부 파시즘 체제와 '식민지 파시즘」, 『동방학지』, 연세대학교 국
　　　학연구원, 2004.

전은경, 「1910년대 번안소설 연구」, 경북대학교 박사학위논문, 2006. 6.

정병호, 「이광수의 초기 문학론과 일본 문학사의 편제」, 『일본학보』 59집, 한국
　　　일본학회, 2004.

정연태, 「조선총독 寺內正 의 한국관과 식민통치」, 『한국사연구』 124호, 한국사
　　　연구회, 2004.

조태린, 「일제시대의 언어정책과 언어운동에 관한 연구」, 연세대학교 석사학위논
　　　문, 1997.

차미령, 「「무정」에 나타난 '사랑'과 '주체'의 문제」, 『한국학보』 110호, 일지사,
　　　2002.

차혜영, 「『조선문단』연구-'조선문학'의 창안과 문학 장 생산의 기제에 대하여」,
　　　『한국문학이론과 비평』 32집, 한국문학이론과 비평학회, 2006. 9.

천정환, 「주체로서의 근대적 대중독자의 형성과 전개」, 『독서연구』 13호, 한국독
　　　서학회, 2005. 6.

최관진, 「어문정책과 한문교육 정책의 변천 연구-개화기부터 일제강점기까지」,
　　　『청람어문교육』 26집, 청람어문교육학회, 2003. 10.

최수일, 「1920년대 문학과 『개벽』의 위상」, 성균관대학교 박사학위논문, 2002.

최수일, 「근대문학의 재생산 회로와 검열-『개벽』을 중심으로」, 『대동문화연구』
　　　53집, 성균관대학교 대동문화연구원, 2006.

최수일, 「『개벽』의 유통망의 현황과 담당층」, 『대동문화연구』 49집, 성균관대학
　　　교 대동문화연구원, 2005.

최주한, 「이광수 소설 연구」, 서강대학교 박사학위논문, 2001.

최호근, 「집단 기억과 역사」, 『역사교육』 85집, 역사교육연구회, 2003. 3.
탁광혁, 「이광수 역사소설 연구」, 한국외국어대학교 박사학위논문, 2003. 8.
한기형, 「문화정치기 검열체계와 식민지 미디어」, 『대동문화연구』 53집, 성균관
　　　대학교 대동문화연구원, 2005.
한기형, 「식민지 검열장의 성격과 근대 텍스트」, 『민족문학사연구』 34호, 민족문
　　　학사학회, 2007.
한승옥, 「이광수 연구 — 「무정」을 중심으로」, 고려대학교 박사학위논문, 1981.
한용환, 「이광수 소설의 비평적 연구」, 동국대학교 박사학위논문, 1994.
한점돌, 「1920년대 한국소설의 정신사적 연구」, 서울대학교 박사학위논문, 1992.
함동주, 「중일전쟁과 미키기요시의 동아협동체론」, 『동양사학연구』 56집, 동양사
　　　학회, 1996.
허　수, 「일제하 이돈화의 사회사상과 천도교」, 서울대학교 박사학위논문, 2005.
허　수, 「『개벽』의 ‘표상공간’에 나타난 매체적 성격」, 『대동문화연구』 62집, 성
　　　균관대학교 대동문화연구원, 2008.
홍혜원, 「이광수 소설의 서사성 연구」, 이화여자대학교 박사학위논문, 2000.

3. 국내 저서

강재언, 『일제하 40년사』, 풀빛, 1982.
김경미 외, 『1910년대 문학과 근대』, 월인, 2005.
김동노, 『일제 식민지 시기의 통치체제 형성』, 혜안, 2006.
김복순, 『1910년대 한국문학과 근대성』, 소명, 1999.
김붕구, 「신문학초기의 계몽사상과 근대적 자아」, 『이광수 연구(상)』, 태학사,
　　　1984.
김우종, 「민족문학과 훼절」, 『이광수 연구 (상)』, 태학사, 1984.
김운태, 『일본제국주의의 한국통치』, 박영사, 1998.
김윤식, 『이광수와 그의 시대 1 · 2』, 솔, 1999.
김윤식, 『이광수의 일어창작 및 산문선』, 역락, 2007.
김윤식, 『일제말기 한국 작가의 글쓰기론』, 서울대학교 출판부, 2003.
김윤식, 『한일 근대문학의 관련양상 신론』, 서울대학교 출판부, 2001.
김재용, 『협력과 저항』, 소명, 2004.

김 철 외, 『문학속의 파시즘』, 삼인, 2001.

김현주, 「이광수의 문화적 파시즘」, 『문학속의 파시즘』, 삼인, 2001.

나병철, 『탈식민주의와 근대문학』, 문예출판사, 2004.

동국대학교부설 한국문학연구소 편, 『이광수 연구 上・下』, 태학사, 1984.

마이클 신, 「'문화정치'시기의 문화정책, 1919~1925년」, 『일제 식민지 시기의 통치체제 형성』, 혜안, 2006.

박성진, 「일제 초기 '조선물산공진회' 연구」, 『식민지 조선과 매일신보』, 신서원, 2003.

박찬승, 『한국 근대정치 사상사연구-민족주의 우파의 실력양성운동론』, 역사비평사, 1994.

방인근, 『한국문단이면사』, 깊은샘, 1999.

백낙청, 『한국 근대 문학사론』, 한길사, 1982.

손정수, 「1910년대 이광수의 문학론과 작품의 관련양상」, 『개념사로서의 한국근대비평사』, 역락, 2002.

수요여사연구회 편, 『식민지 조선과 매일신보』, 신서원, 2003.

수요역사연구회 편, 『식민지 동화정책과 협력 그리고 인식』, 두리미디어, 2007.

신기욱・마이클 로빈슨 엮음, 도면회 역, 『한국의 식민지 근대성』, 삼인, 2006.

연세대학교 국학연구원 편, 『춘원 이광수 문학 연구』, 국학자료원, 1994.

윤대석, 『식민지 국민문학론』, 역락, 2006.

윤병노, 『한국 근현대 문학사』, 명문당, 1991.

윤홍로, 『이광수 문학과 삶』, 한국연구원, 1992.

이경훈, 『이광수의 친일문학연구』, 태학사, 1998.

이재선 외, 『현대 한국문학 100년』, 민음사, 1999.

이주형, 『한국근대소설연구』, 창작과 비평사, 1995.

이주형, 『한국현대소설과 민족현실의 인식』, 역락, 2007.

이지원, 『한국 근대 문화 사상사 연구』, 혜안, 2007.

임종국, 『친일문학론』, 평화출판사, 1966.

임지현, 『민족주의는 반역인가』, 소나무, 1999.

장문석, 『민족주의 길들이기』, 지식의 풍경, 2007.

전진성, 『역사가 기억을 말하다』, 휴머니스트, 2005.

정백수, 『한국 근대의 식민지 체험과 이중언어 문학』, 아세아 문화사, 2000.

조관자, 「민족의 힘을 욕망한 친일 내셔널리스트 이광수」, 『해방전후사의 재인식

1』, 책세상, 2006.
조연현, 『(증보) 한국현대문학사 개관』, 정음사, 1989.
하정일, 『20세기 한국 문학과 근대성의 변증법』, 소명, 2000.
하정일, 『탈식민의 역학』, 소명, 2006.

4. 국외 저서

루샤오펑, 조미원외 2인 역, 『역사에서 허구로』, 길, 2001.
姜尙中, 이경덕·임성모 역, 『오리엔탈리즘을 넘어서』, 이산, 1999.
姜尙中, 임성모 역, 『내셔널리즘』, 이산, 2004.
廣松涉, 김항 역, 『근대초극론』, 민음사, 2003.
西川長夫, 윤대석 역, 『국민이라는 괴물』, 소명, 2002.
上野千鶴子, 이선이 역, 『내셔널리즘과 젠더』, 박종철 출판사, 2000.
小森陽一, 송태욱 역, 『포스트 콜로니얼』, 삼인, 2002.
小森陽一 외, 이규수 역, 『내셔널 히스토리를 넘어서』, 삼인, 1999.
小坂井敏晶, 방광석 역, 『민족은 없다』, 뿌리와 이파리, 2003.
李成市, 박경희 역, 『만들어진 고대』, 삼인, 2004.
李孝德, 박성관 역, 『표상공간의 근대』, 소명, 2002.
中村光夫, 고재석·김환기 역, 『일본메이지문학사』, 동국대학교출판부, 2001.
河上徹太郎, 『近代の超克』, 創元社, 1943.
丸山眞男, 김석근 역, 『현대정치의 사상과 행동』, 한길사, 1997.
丸山眞男 외, 임성모 역, 『번역과 일본의 근대』, 이산, 2000.
檜山久雄, 정선태 역, 『동양적 근대의 창출』, 소명, 2001.
Anderson, Benedict, 윤형숙 역, 『상상의 공동체』, 나남 출판, 2002.
Bhabha, Homi, 나병철 역, 『문화의 위치』, 소명, 2002.
Brook, Peter, 이봉지·한애경 역, 『육체와 예술』, 문학과 지성사, 2000.
Chatterjee, Partha, The nation and its fragments, Princeton, Newjersey; Princeton University Press, 1993.
Chen, Xiaomei, 정진배·김정아 역, 『옥시덴탈리즘』, 강, 2001.
Fanon, Frantz, 이석호 역, 『검은 피부, 하얀 가면』, 인간사랑, 1998.
Felski, Rita, 김영찬·심진경 역, 『근대성과 페미니즘』, 거름, 1998.

Gaddis, John Lewis, 강규형 역, 『역사의 풍경』, 에코리브르, 2004.

Genette, Gerard, 권택영 역, 『서사담론』, 교보문고, 1992.

Hobsbawm, Eric J., 강명세 역, 『1780년 이후의 민족과 민족주의』, 창작과 비평사, 1993.

Hobsbawm, Eric J., 박지향 역, 『만들어진 전통』, 휴머니스트, 2005.

Kaye, Harvery J., 오인영 역, 『과거의 힘-역사의식, 기억과 상상력』, 삼인, 2004.

Kohn, Hans, 백낙청 역, 「민족주의의 개념」, 『민족주의란 무엇인가』, 창작과 비평사, 1981.

Mosse, George L., 서강여성문학연구회 역, 『내셔널리즘과 섹슈얼리티』, 소명, 2004.

Oka mari, 김병구 역, 『기억·서사』, 소명출판, 2001.

Robinson, Douglas, 정혜욱 옮김, 『번역과 제국』, 동문선, 1997.

Robinson, Mikhail, 김민환 역, 『일제하 문화적 민족주의』, 나남, 1990.

Said, Edward W., 김성곤·정정호 역, 『문화와 제국주의』, 창, 1995.

Said, Edward W., 박홍규 역, 『오리엔탈리즘』, 교보문고, 2002.

Smith, Anthony D., National identity, Reno Las Vegas: University of Nevada Press, 1991.

Smith, Anthony D., *National identity*, University of Nevada Press, 1991.

Spivak, Gayatri. C., 박미선·태혜숙 역, 『포스트식민 이성 비판』, 갈무리, 2005.

Steinmetz, Harst, 서정일 역, 『문학과 역사』, 예림기획, 2000.

Tanaka, Stefan, 박영재·함동주 역, 『일본 동양학의 구조』, 문학과 지성사, 2004.

저자 김경미(金慶美)

1972년 대구 출생
영남대학교 한문교육과 졸업
경북대학교 대학원 국문학과 문학 석사·박사
현재 경북대학교 기초교육원 초빙교수로 재직 중

논저

「이광수 문학에 나타난 민족주의 담론의 양가성 연구」(박사논문, 2008)
「1920년대 이광수의 역사 내러티브와 민족주의 담론의 양상」(2009)
「1940년대 이광수의 역사 내러티브와 민족주의 담론의 양상」(2010)
「해방기 이광수 문학의 기억 서사와 민족 담론의 양상」(2010)
『1910년대 문학과 근대』(공저, 2005)
『우리 영화 속 문학 읽기』(공저, 2006) 등

이광수 문학과 민족 담론

인 쇄 2011년 3월 21일
발 행 2011년 3월 31일
지은이 김경미
펴낸이 이대현
편 집 박선주
디자인 이홍주
펴낸곳 도서출판 역락
　　　　서울 서초구 반포4동 577-25 문창빌딩 2층
　　　　전화 02-3409-2058(영업부), 2060(편집부) | FAX 3409-2059
　　　　이메일 youkrack@hanmail.net
　　　　등록 1999년 4월 19일 제303-2002-000014호
ISBN 978-89-5556-905-6 93810

정 가 28,000원
*잘못된 책은 교환해 드립니다.